PAVILLON

BRAD MELTZER

Der zehnte Richter

Roman

Aus dem Amerikanischen
von Bernhard Kleinschmidt

PAVILLON VERLAG
MÜNCHEN

Pavillon Taschenbuch
Nr. 02/410

Titel der Originalausgabe
THE TENTH JUSTICE

Umwelthinweis:
Dieses Buch wurde auf
chlor- und säurefreiem Papier gedruckt.

Taschenbuchausgabe 04/2004

Printed in Germany 2004
Umschlagillustration: mauritius-images/SST
Umschlaggestaltung: Nele Schütz Design, München
Druck und Bindung: GGP Media, Pößneck
http://www.heyne.de

ISBN: 3-453-87989-9

Für Cori

Seit du in meinem Leben bist,
hat sich so viel geändert.

In einer Hauptstadt voll vertraulicher Vorgänge und voller undichter Stellen bleibt am Gerichtshof das geheim, was geheim bleiben muß. Die Presse spekuliert, doch die Details der Urteilsfindung dringen niemals an die Öffentlichkeit, und das Votum wird erst dann bekannt, wenn abschließend die Entscheidung verkündet wird.

Equal Justice Under Law
Historische Gesellschaft des
Obersten Gerichtshofs

Fünf Stimmen erreichen alles hier.

William Brennan
Richter am Obersten Gerichtshof

ERSTES KAPITEL

Ben Addison schwitzte. Schwitzte, daß ihm das Wasser herunterlief.

Dabei konnte er das gerade am wenigsten brauchen.

In den vergangenen drei Stunden hatte Ben die neuesten Ausgaben der *Washington Post*, der *New York Times*, der *Legal Times* und von *Law Week* gelesen. Gestern abend hatte er sich vor dem Einschlafen jeden wichtigen Fall ins Gedächtnis gerufen, der in der letzten Sitzungsperiode des Obersten Gerichtshofs behandelt worden war. Außerdem hatte er eine Liste mit jedem Votum zusammengestellt, das Richter Mason Hollis je abgegeben hatte, und zur Sicherheit hatte er auch Hollis' Biographie noch einmal durchgelesen. Worum es auch gehen mochte, Ben war überzeugt, daß er auf jedes Gesprächsthema vorbereitet war, das Richter Hollis anschneiden konnte. Seine Aktentasche war gepackt mit zwei Notizblöcken, vier Kugelschreibern, zwei Bleistiften, einem juristischen Lexikon im Taschenformat, einem kleinen Wörterbuch und einem Truthahn-Sandwich. Er hatte gehört, daß die Mitarbeiter des Obersten Gerichts normalerweise die Mittagspause durcharbeiteten. Keine Frage: Ben Addison war auf alles vorbereitet.

Und trotzdem schwitzte er, daß ihm das Wasser herunterlief.

Es war Bens erster Arbeitstag, und er stand eine halbe Stunde zu früh vor dem Gerichtsgebäude, in den Bann gezogen von den leuchtend weißen Säulen, die das höchste Gericht des Landes schmückten. Das ist es, dachte er und atmete tief ein. Jetzt hab' ich's endlich geschafft. Ben fuhr mit der Hand durch sein braunes Haar und stieg die breiten Marmorstufen hinauf. Dabei zählt er jeden Schritt, falls Richter Hollis sich dafür interessieren sollte, wie viele Stufen es gab. Vierundvierzig, murmelte er vor sich hin und prägte sich den Sachverhalt gut ein.

Ben zog die schwere Bronzetür auf und betrat das Gebäude. »Sie wünschen?« fragte ein neben einem Metalldetektor sitzender Sicherheitsbeamter.

»Mein Name ist Ben Addison. Ich bin einer der neuen Assistenten.«

Der Wachmann fand Bens Namen auf seiner Liste. »Die Einführung beginnt erst in einer halben Stunde.«

»Ich bin gern pünktlich«, erwiderte Ben lächelnd.

»Klar«, sagte der Wachmann augenrollend. »Gehen Sie einfach die Halle entlang und den ersten Gang links. Dann ist es die erste Tür rechts.«

Mit Marmorbüsten ehemaliger Richter dekoriert, war die leuchtend weiße Große Halle noch genauso eindrucksvoll wie beim ersten Mal. Ein verschmitztes Lächeln spielte um Bens Mund, als er an den Standbildern vorüberging. »Hallo, Oberster Gerichtshof«, flüsterte er sich zu. »Hallo, Ben«, war seine eigene Antwort.

Ben zog die große Holztür auf. Er hatte erwartet, ein leeres Zimmer vorzufinden, aber da saßen schon acht weitere Personen. »Arschkriecher«, brummte Ben vor sich hin, als er sich auf den einzigen leeren Stuhl im Zimmer setzte.

So unauffällig wie möglich taxierte Ben seine neuen Kollegen. Er erkannte drei. Ganz rechts saß ein gutgekleideter Mann mit einer modischen Brille mit Schildpattgestell, der in der Redaktion der *Stanford Law Review* gearbeitet hatte. Die großgewachsene Schwarze zu seiner Linken war eine ehemalige Chefredakteurin der *Harvard Law Review*. Ben hatte beide in Yale bei einer nationalen Konferenz für die Mitarbeiter juristischer Fachzeitschriften kennengelernt. Soweit er sich erinnerte, hatte der Stanford-Mann davor als Reporter für die *Los Angeles Times* gearbeitet, die Harvard-Frau war bei Sotheby's für Expertisen über alte Meister zuständig gewesen. Sie hieß Angela. Angela und dann irgend etwas mit P. Direkt neben Ben saß Joel Westman, ein früherer Kommilitone an der juristischen Fakultät der Yale University. Ursprünglich hatte er sich mit Politik beschäftigt und vor seinem Jurastudium Reden für das Weiße Haus geschrieben. Ganz hübsche Lebensläufe, dachte Ben. Er bemühte sich, möglichst unbefangen zu wirken, lächelte und nickte allen drei Bekannten freundlich zu. Sie erwiderten die Geste.

Nervös tappte Ben mit dem Fuß auf den dicken Teppichboden. Mach dir keine Sorgen, sagte er sich. Alles wird glattgehen. Du bist genauso schlau wie alle anderen. Aber auch genauso weltgewandt? Aus genauso guter Familie? Darauf kam es nicht an. Denk daran, daß diese Unterhose dir schon immer Glück gebracht hat, beruhigte er sich. Ben hatte die inzwischen ausgefransten roten Boxershorts in seinem ersten Semester an der Columbia University erstanden. Er hatte sie bei der ersten Sitzung jedes Seminars getragen, bei jeder Zwischenprüfung, bei jeder wichtigen Verabredung mit einem Mädchen. Wenn er am Ende des Semesters an drei aufeinanderfolgenden Tagen Prüfungen hatte, ließ er die Boxershorts gleich an. Er hatte sie während seiner drei Jahre in Yale getragen und bei jedem Vorstellungsgespräch. Und heute war der Tag, beschloß er, an dem sein Talisman in den heiligen Hallen des Obersten Gerichtshofs den Erfolg garantieren würde.

Schließlich betrat ein Mann mittleren Alters im grauen Nadelstreifenanzug den Raum. Er hatte einen Stapel brauner Umschläge in der Hand, schritt zum Podium und zählte die Anwesenden. »Mein Name ist Reed Hughes«, sagte er. Seine Hände schlossen sich fest um die Seiten des Rednerpults. »Im Auftrag des für Sie als Assistenten zuständigen Zentralbüros freue ich mich, Sie in aller Form am Obersten Gerichtshof der Vereinigten Staaten begrüßen zu können. Auf die Gefahr hin, einiges zu wiederholen, was Ihnen bereits bekannt ist, möchte ich Ihnen doch ein wenig von dem berichten, was in Ihrem Jahr hier auf Sie zukommen wird.«

In Sekundenschnelle hatten vier der Anwesenden ihre Notizbücher und Kugelschreiber gezückt.

Erbärmlich, dachte Ben, während er den Impuls bezähmte, selbst sein Notizbuch herauszuholen.

»Wie Sie wissen, kann jeder Richter zwei wissenschaftliche Mitarbeiter einstellen, die ihn bei der Vorbereitung seiner Stimmabgabe unterstützen«, erklärte Hughes. »Alle neun hier Anwesenden werden mit neun weiteren Kollegen zusammenarbeiten, die vor einem Monat, also am ersten Juli, mit ihrer Arbeit begonnen haben. Es ist mir bewußt, daß Sie alle außerordentlich hart gearbeitet haben, um die Position zu erreichen, in der Sie sich heute befinden. Den größten Teil Ihres Lebens haben Sie an einem nicht enden wollenden Wettlauf zum Erfolg teilgenommen. Nun aber will ich Ihnen etwas sagen, was Sie, wie ich hoffe, ernst nehmen werden. Der Wettlauf ist vorbei. Sie haben gewonnen. Sie sind Assistenten am Obersten Gerichtshof der Vereinigten Staaten.«

»Hast du das gehört?« flüsterte Ben Joel ins Ohr. »Wir sind die Assistenten.«

Joel warf ihm einen finsteren Blick zu. »Klugscheißer sind bei niemand sonderlich beliebt, Addison.«

»Diese achtzehn Menschen, zu denen Sie gehören, sind die besten und intelligentesten jungen Juristen des Landes«, fuhr Hughes fort. »Unter Tausenden von Bewerbern aus den herausragenden Fakultäten des Landes haben die Mitglieder dieses Gerichtshofs gerade Sie gewählt. Was heißt das nun? Es heißt, daß sich Ihr Leben grundsätzlich verändert hat. Personalchefs werden Ihnen Posten anbieten, Headhunter werden Sie in teure Restaurants einladen, mögliche Arbeitgeber werden alles in ihrer Macht Stehende tun, um Sie für ihre Firma zu gewinnen. Sie sind Mitglieder der elitärsten Verbindung des Landes. Der derzeitige Außenminister hat als Mitarbeiter am Obersten Gerichtshof begonnen, ebenso der Verteidigungsminister. Drei unserer neun Obersten Richter waren hier einmal wissenschaftliche Mitarbeiter, was bedeutet, daß irgend jemand in diesem Zimmer eine ziemlich gute Chance hat, Richter am Obersten Gericht zu werden. Ab heute sind Sie das wertvollste Eigentum auf dem Spielplan. Sie sind Parkstraße *und* Schloßallee. Und das bedeutet, daß Sie Macht besitzen.«

Ben Addison lehnte sich zurück. Er hatte aufgehört zu schwitzen.

Hughes ließ den Blick über seine gebannten Zuhörer schweifen. »Warum erzähle ich Ihnen das alles? Nicht, damit Sie Ihre Freunde beeindrucken können. Und bestimmt nicht, um Ihrem Ego zu schmeicheln. Da ich Jahr für Jahr mit den Assistenten umgehe, weiß ich, daß keiner von Ihnen ein Ego-Problem hat. Meine Absicht ist, Sie auf die Verantwortung vorzubereiten, die Sie erwartet.

Diese Arbeit ist wichtig – wahrscheinlich wichtiger als jede andere Arbeit, die Sie jemals haben werden. Seit über zweihundert Jahren steuert der Oberste Gerichtshof unser Land durch seine bedeutendsten Kontroversen. Der Kongreß beschließt die Gesetze und der Präsident unterzeichnet sie, aber es ist der Oberste Gerichtshof, der sie absegnet. Vom heutigen Tag an liegt diese Macht in Ihren Händen. Zusammen mit den Richtern werden Sie Entscheidungen ausarbeiten, die das Leben von Menschen verändern. Sie werden beständig aufgefordert werden, mitzuwirken, und Ihr Standpunkt wird unstreitig Wirkung zeigen. In vielen Fällen werden die Richter sich ganz auf Ihre Analyse verlassen. Es wird Ihre Vorarbeit sein, auf die sie ihr Urteil gründen. Das bedeutet, daß Sie Einfluß darauf haben, was die Richter sehen und was sie wissen. Am Obersten Gerichtshof sitzen neun Richter. Was Sie, meine Damen und Herren, jedoch an Einfluß und Macht besitzen, macht Sie zum zehnten Richter.«

Ben nickte langsam mit dem Kopf. Er war fasziniert.

Hughes machte eine Pause, um sorgsam seine Brille zurechtzurücken. »Auf Ihren Schultern liegt nun sehr viel Verantwortung. Sie müssen Sie mit Klugheit nutzen. Und damit will ich sagen, daß ich weiß, Sie werden diese Verpflichtung außerordentlich ernst nehmen. Wenn Sie die richtige Einstellung haben, kann die Zeit bei uns Ihr Leben verändern. Hat jemand eine Frage?«

Keine einzige Hand hob sich.

»Schön«, meinte Hughes, »dann können wir Sie ja zu Ihren Büros schicken.« Während er die Umschläge verteilte, erklärte er: »Nehmen Sie den mit Ihrem Namen und geben Sie den Rest weiter. Die Umschläge enthalten Ihre Ausweiskarte und Ihr Kennwort. Die Karte öffnet Ihnen jeden beliebigen Eingang dieses Gebäudes, das Kennwort brauchen Sie für Ihren Computer. Ihre Sekretärin wird Ihnen zeigen, wie man die Programme aufruft. Irgendwelche Fragen?« Wieder kein einziges Handzeichen. »Gut«, sagte Hughes, »dann können Sie jetzt zu Ihren Büros gehen. Die Nummer steht auf dem Umschlag.« Während sich das Zimmer leerte, rief er noch: »Wenn Sie Fragen haben, können Sie mich gern anrufen.«

Ben machte sich zu seinem Büro auf, das als einziges im ersten Stock lag. Im letzten Jahr hatte er dort bei seinem Vorstellungsgespräch die damaligen Mitarbeiter von Richter Hollis kennengelernt. Rasch bahnte er sich den Weg durch die Große Halle und auf den Fahrstuhl zu. Die Aufzugführerin war eine ältere Frau mit pechschwarz gefärbtem Haar und einer Gerichtsuniform, die zu eng für ihren massigen Körper war. Auf einem Tischchen vor dem Aufzug setzte sie ein Puzzle zusammen.

»Erster Stock, bitte«, sagte Ben. Als die Frau nicht reagierte, fügte er hinzu: »Ma'am, ich würde gern nach oben fahren. Könnten Sie bitte ...«

»Nur keine Hetze«, brummte sie, ohne aufzusehen, »bin gleich da.« Als sie den richtigen Platz für das Puzzleteil in ihrer Hand gefunden hatte, blickte sie schließlich auf. »Also schön, zu wem wollen Sie denn?«

»Ich bin Assistent von Richter Hollis. Mein Name ist Ben Addison«, erklärte Ben und streckte seine Hand aus.

»Ist mir egal, wer Sie sind. Sagen Sie mir bloß, in welchen Stock Sie wollen«, meinte die Frau und marschierte in den Aufzug.

»In den ersten«, erwiderte Ben trocken.

Der Flur im ersten Stock war ganz aus Marmor, dazu kam ein rot-goldener Teppich, doch dafür hatte Ben kaum Augen. Er war zu sehr damit beschäftigt, nach der Zimmernummer zu suchen, die auf seinem Umschlag stand. »Schön, Sie wiederzusehen, Richter Hollis«, rezitierte er. »Tag, Richter Hollis, schön, Sie zu sehen. Wie geht's, wie steht's, Richter Hollis? Hübsche Robe, Richter Hollis – Sie steht Ihnen großartig. Soll ich Ihnen noch ein wenig in den Hintern kriechen, Richter Hollis?« Schließlich sah Ben Zimmer 2143. Vor der großen, aufwendig geschnitzten Mahagonitür wischte er seine Hand an der Hose ab und hoffte auf einen trockenen Händedruck. Dann packte er den Messingknauf, öffnete die Tür und trat ein.

»Sie müssen Ben sein.« Eine Frau Ende Zwanzig schielte über ihre Zeitung. »Tut mir leid, daß Sie den hübschen Anzug für mich vergeudet haben.« Die Frau warf die Zeitung beiseite, ging auf Ben zu und streckte ihm die Hand entgegen. Sie trug khakifarbene Shorts und ein tannengrünes T-Shirt. »Freut mich, Sie kennenzulernen. Ich bin Lisa, Ihre Kollegin für dieses Jahr. Und ich hoffe, daß wir uns nicht gerade hassen, weil wir 'ne ganze Menge Zeit miteinander verbringen werden.«

»Ist der Richter …«

»Kommen Sie, ich zeige Ihnen unser Büro«, unterbrach Lisa ihn und zog ihn mit sich. »Das hier ist bloß das Vorzimmer. Nancy hat heute frei, aber normalerweise sitzt *sie* hier. Sie ist die Sekretärin von Hollis.«

Lisa war klein, athletisch gebaut, gedrungen, aber elegant. Ihre zierliche Nase paßte gut zu ihren schmalen Lippen und ihren blauen Augen. Sie öffnete die Tür zu einem kleineren Zimmer. »Das ist unser Büro. Ziemlich beschissen, was?«

»Unglaublich«, sagte Ben schon von der Tür aus. Das Büro war nicht groß und fast ohne Schmuck, doch die elegante dunkle Holztäfelung der Wände verlieh ihm einen Hauch von Geschichte. Auf der rechten Seite waren Bücherschränke eingebaut, die Bens und Lisas Privatbibliothek beherbergen würden. Mit seinen Bänden voller Prozeßakten, Abhandlungen und juristischen Zeitschriften erinnerte das Zimmer Ben an die Bibliotheken von Millionärsvillen in kitschigen Filmen.

An der hinteren Wand hing das einzige Bild im Zimmer – eine Fotografie der derzeitigen Richter. Es war das offizielle Bild, das nach der Ernennung eines neuen Richters immer nach demselben Muster aufgenommen wurde: Fünf Richter saßen und vier Richter standen. In der Mitte saß der Vorsitzende, die anderen waren entsprechend ihres Dienstalters am Obersten Gerichtshof arrangiert. Der dienstälteste Richter saß ganz links, der neue Richter stand ganz rechts. Obwohl das Foto erst sechs Monate alt war, machten die identischen schwarzen Roben und der dazu passende stoische Blick das Porträt fast ununterscheidbar von den Dutzenden von Bildern, die man in der Vergangenheit aufgenommen hatte.

Auf dem blau-goldenen Teppichboden standen sich zwei antike Holzschreibtische gegenüber, dazu kamen zwei Computer, eine Wand mit Aktenschränken, ein Reißwolf und ein abgenutztes scharlachrotes Sofa. Die beiden Schreibtische bogen sich bereits unter Papierbergen. »Soweit ich weiß, stammen die Tische aus der frühen Kolonialzeit«, erklärte Lisa. »Vielleicht sind sie früher von irgendwelchen alten Richtern benutzt worden. Oder es sind nur Kopien, die jemand in der Garage stehen hatte. Was zum Teufel verstehe ich schon von Antiquitäten?«

Während er ihr in das vollgestopfte, aber distinguierte Büro folgte, bemerkte Ben, daß Lisa barfuß war.

»Der Richter kommt heute wohl nicht?« fragte Ben, schob einige Akten beiseite und stellte seine Tasche auf einen der beiden Schreibtische.

»Stimmt. Tut mir leid, eigentlich hätte ich Sie gestern abend anrufen sollen. Die meisten Richter fahren im Sommer weg. Hollis wird erst nächsten Monat zurückkommen, deshalb kann man so rumlaufen, wie man will.« Lisa lehnte sich an Bens Tisch. »Na, was denken Sie?«

Ben ließ den Blick durchs Zimmer schweifen und bemerkte: »Das Sofa sieht bequem aus.«

»Es ist bestenfalls Durchschnitt. Aber immerhin ist es bequemer als diese alten Stühle.« Lisa flitzte zu einem der Aktenschränke aus grauem Metall und verkündete: »Aber hier ist das Beste an diesem Büro. Sehen Sie es sich mal an.«

Ben zog den Schrank von der Wand weg und sah achtzehn mit schwarzem Filzstift geschriebene Autogramme. »Das sind wohl die früheren Mitarbeiter von Hollis?« fragte er, während er die Namen las, die die halbe Rückwand bedeckten.

»Nee, das sind die ersten Musketiere«, sagte Lisa. »Klar sind's die alten Mitarbeiter.«

»Wann unterschreiben wir?«

»Jetzt oder nie«, meinte Lisa und zog einen schwarzen Filzstift aus ihrer Gesäßtasche.

»Wir können's kaum erwarten, was?« sagte Ben lachend.

»Hören Sie mal, Sie können von Glück reden, daß ich auf Sie gewartet habe.« Mit großer Geste schrieb Lisa ihren Namen. Als sie fertig war, fügte Ben seinen gleich unter ihrem hinzu. »Sie haben wohl im Juli angefangen?« fragte er.

»Ja. Dabei wäre ich gern ein bißchen länger rumgereist.«

»Das hab' ich dafür getan«, sagte Ben. »Ich bin erst vor zwei Tagen aus Europa zurückgekommen.«

»Schön für dich.« Lisa warf sich aufs Sofa. »Ist doch in Ordnung, wenn wir uns duzen? Jedenfalls brauche ich jetzt einige Basisinformationen über dich – woher du kommst, auf welcher Uni du warst, was für Hobbys und Ambitionen du hast – mit allen pikanten Einzelheiten.«

»Willst du auch meine Maße wissen, oder reicht meine Schuhgröße?«

»Die Maße sehe ich schon selbst«, gab Lisa blitzschnell zurück. »Kleine Füße, mittelgroße Hände, durchschnittlicher Körperbau, großes Ego.«

Ben lachte. »Und alle haben gesagt, mein Kollege wird ein steifes Handtuch sein«, sagte er und legte sein Jackett ab. Ben hatte ein ovales Gesicht und nicht gerade eindrucksvolle Bakkenknochen, aber mit seinen leuchtend dunkelgrünen Augen und dem hellbraunen, in die Stirn fallenden Haar galt er durchaus als gut aussehend. Er rollte seine Hemdsärmel hoch und sagte: »Ich bin aus Newton, Massachusetts; im Grundstudium war ich an der Columbia, hab' dann an der Yale Jura studiert; letztes Jahr war ich Mitarbeiter von Richter Stanley im Bezirk D.C.; über kurz oder lang will ich Staatsanwalt werden.«

»Laaaaangweilig!« meinte Lisa und streckte alle viere von sich. »Warum gibst du mir nicht gleich deinen Lebenslauf? Erzähl mir wirklich was von dir. Vorlieben, Abneigungen, Lieblingsgerichte, Sexskandale, was mit deiner Familie los ist. Irgendwas.«

»Bist du immer so frech?« Ben setzte sich auf die Ecke seines Schreibtischs.

»Na hör mal, wir werden die nächsten zwölf Monate zusammen in diesem Zimmer wohnen. Da sollten wir doch irgendwie anfangen. Also was ist, antwortest du oder nicht?«

»Meine Mutter ist in der Geschäftsführung einer Computerfirma in Boston. Sie ist der Prototyp einer kampflustigen, mit allen Wasser gewaschenen Powerfrau aus Brooklyn. Mein Dad schreibt eine liberale Kolumne für den *Boston Globe*. Die beiden haben sich an der Universität von Michigan in einem Soziologieseminar getroffen. Ihre erste Unterhaltung war ein Streit: Mein Vater ist ausgerastet, als meine Mutter gesagt hat, das Gehalt eines Menschen stehe in direkter Beziehung zu seiner Intelligenz.«

»Ausgezeichnet. Konfliktpotential vorhanden!« Lisa setzte sich auf.

»Sie kommen wirklich gut miteinander aus, bloß über Politik kann man bei uns zu Hause nicht sprechen.«

»Und wo stehst du politisch?«

»Ich schätze, irgendwo zwischen gemäßigt konservativ und liberal.« Ben zog eine imaginäre Linie mit seinen Händen. »Schließlich bin ich das Produkt einer Zweiparteienehe.«

»Irgendwelche Freundinnen?« erkundigte sich Lisa.

»Nein, ich glaube, mein Dad beschränkt sich weitgehend auf meine Mutter.«

»Sehr lustig.«

»Ich wohne mit meinen drei besten Freunden aus der High-School zusammen.«

»Warst du schon mal verliebt?«

»Hat dich schon mal jemand als aufdringlich bezeichnet?«

»Beantworte einfach meine Frage«, sagte Lisa.

»Erst einmal, obwohl ich nicht sicher bin, ob man es Liebe nennen kann. Nach dem Studium bin ich zwei Monate um die Welt gereist – nach Europa und Asien, Bangkok und Bali, nach Spanien und in die Schweiz – und hab' alles mitgenommen, was ich sehen konnte.«

»Reisen scheint deine Leidenschaft zu sein.«

»Durchaus. Wie auch immer, in Spanien bin ich einer Frau namens Jacqueline Ambrosio begegnet.«

»Wie exotisch. Kam sie von dort?«

»Nee. Sie arbeitete in Rhode Island im Marketing-Bereich. Sie hatte ihre Reise in Spanien begonnen, und ich war am Ende der meinen. Wir haben uns in Salamanca kennengelernt, sind übers Wochenende auf die schöne Insel Mallorca geflogen, und nach fünf Tagen ist jeder seiner Wege gegangen.«

»Halt ein, du brichst mir das Herz«, stöhnte Lisa. »Und laß mich raten: Du hast ihre Adresse verloren, konntest die Liebste nie wiedersehen, und bis zum heutigen Tag sehnt sich dein Herz nach ihr.«

»Nicht ganz. An meinem letzten Tag in Spanien hat sie mir gestanden, daß sie verheiratet ist, es aber sehr genossen hatte, wieder ein wenig Single zu spielen. Offenbar traf am folgenden Tag ihr Mann ein.«

Lisa schwieg einen Augenblick. Schließlich sagte sie: »Ist die Geschichte purer Blödsinn?«

»In keiner Weise.«

»Trug sie keinen Ehering?«

»Nicht, während wir zusammen waren.«

»Na schön, es ist 'ne gute Story. Aber mit Sicherheit war es keine Liebe.«

»Das habe ich auch nicht behauptet«, sagte Ben grinsend. »Und wie steht's mit dir? Was ist deine Geschichte? Bloß die pikanten Einzelheiten.«

Lisa schwang ihre Beine auf das rote Sofa. »Ich bin aus Los Angeles, und ich hasse diese Stadt. Ich finde, es ist die Kloschüssel der großen Toilette des Westens. Ich bin bloß deshalb von Anfang bis zum Ende auf die Stanford gegangen, weil ich gern in der Nähe meiner Familie wohne.«

»Laaaaangweilig«, tönte Ben.

»Jetzt wart mal noch 'nen Augenblick«, sagte Lisa. »Mein Vater ist in L. A. geboren, meine Mutter kommt aus Memphis. Sie haben sich – und das ist die reine Wahrheit – auf einem Treffen von Elvis-Fans in Las Vegas kennengelernt. Sie sammeln alles, was mit Elvis zu tun hat – Teller, Handtücher, Serviettenhalter. Wir haben sogar einen Pez-Spender im Elvis-Look.«

»So was gibt's?«

»Irgendein verrückter Sammler in Alabama hat einen Spender mit Fred-Feuerstein-Kopf bearbeitet. Er hat die Nase abgefeilt und Koteletten und eine Sonnenbrille draufgemalt. Meine Eltern sind ausgeflippt und haben zweihundert Dollar dafür bezahlt. Frag bloß nicht weiter, es sind totale Freaks.«

»Du willst doch nicht etwa sagen, daß dein zweiter Vorname ...«

»Ganz recht. Lisa Marie Schulman.«

»Phantastisch«, sagte Ben beeindruckt. »Ich wollte schon immer meine Kinder mit einem wirklich komischen Namen wie Thor oder Ira fürs Leben zeichnen.«

»Das kann ich nur empfehlen. Wenn du die ganze Kindheit hindurch veräppelt wirst, ist das wirklich gut für deine Selbstachtung.«

»Laß mich dich mal was fragen«, sagte Ben. »Drehst du deine Spaghetti auf?«

Lisa hob verständnislos die Augenbrauen.

»Meiner Ansicht nach gibt es auf dieser Welt zwei Sorten

Menschen«, erklärte Ben, »und zwar solche, die ihre Spaghetti auf die Gabel drehen, um sie anständig in den Mund zu schieben, und solche, die sie einschlürfen und sich dabei von oben bis unten bekleckern. Zu welcher Sorte gehörst du?«

»Ich schlürfe«, sagte Lisa grinsend. »Und als ich klein war, habe ich nichts Weißes gegessen, so daß meine Mutter Sachen wie Milch und Eier mit Lebensmittelfarbstoff tarnen mußte.«

»Wie bitte?« fragte Ben lachend.

»Das stimmt. Ich hab' die Farbe Weiß gehaßt, und deshalb hat sie meine Milch immer lila und meine Eier immer rot gefärbt. Es war absolut phantastisch.«

»Außerdem hast du deinen Barbie-Puppen die Haare abgeschnitten, stimmt's?«

»Sobald ich sie aus ihrer Schachtel geholt hatte«, bestätigte Lisa stolz. »Die kleinen Scheißerchen hatten nichts anderes verdient.«

»Na, eins ist mir jetzt klar«, sagte Ben lachend. »Wir werden prima miteinander auskommen.«

Nach einer zehnminütigen U-Bahnfahrt zum Dupont Circle bestieg Ben eine der vielen übergroßen Rolltreppen Washingtons und machte sich auf den Weg nach Hause. Einen Häuserblock vom U-Bahnhof entfernt traf er auf Tough Guy Joey, den zornigsten Penner der Gegend. »Hey, Joey«, sagte Ben.

»Verpiß dich«, schnauzte Joey ihn an. »Du kannst mich mal.«

»Hier ist was zu essen«, sagte Ben und gab Joey das Truthahn-Sandwich, daß er mit ins Büro genommen hatte. »Netterweise laden sie einen am ersten Tag mittags ein.«

»Danke, Mann.« Joey grabschte sich das Sandwich. »Fick dich ins Knie. Hosenscheißer.«

»Genau«, meinte Ben. Während er an den alten, aber gemütlichen Sandsteinbauten vorüberging, die das Viertel prägten, sah Ben Scharen junger Angestellter die baumbestandenen Straßen entlang zum Abendessen eilen. Schon fast zu Hause angekommen, sog Ben tief die Luft ein und genoß den Duft hausgemachten Essens, der jeden Abend aus dem roten Ziegelhaus an seiner Straßenecke drang. Ben wohnte in einem schmalen, unauffälligen Sandsteinhaus mit einer verblaßten hellbraunen Markise über dem Eingang und einer amerikanischen Flagge, deren achtundvierzig Sterne nicht mehr auf dem neuesten Stand waren. Obwohl es August war, war die Tür noch immer für Halloween dekoriert. Bens Mitbewohner Ober war ziemlich stolz auf seine Künste und hatte sich geweigert, die Dekoration abzunehmen, bevor sie ein weiteres Jahr ihren Sinn erfüllt hatte. Als Ben in die Wohnung trat, waren Ober und Nathan beim Kochen.

»Na, wie war's?« erkundigte sich Ober. »Hast du jemand verklagt?«

»Es war super«, sagte Ben und ließ die Aktentasche neben den Garderobenschrank fallen, um seine Krawatte aufzubinden. »Der Richter ist noch zwei Wochen weg, deshalb haben wir uns bloß ein bißchen eingearbeitet.«

»Und wie ist dein Kollege?« Ober schüttete Nudeln ins kochende Wasser.

»Es ist eine Frau.«

»Wie sieht sie aus? Ist sie scharf?«

»Sie ist ziemlich hübsch«, berichtete Ben. »Außerdem ist sie resolut und sehr direkt. Sie macht dir absolut nichts vor. Sie hat schöne Augen, hübsches kurzes Haar ...«

»Sie ist lesbisch«, erklärte Ober. »Gar keine Frage.«

»Was ist denn los mit dir?« fragte Nathan, als Ben den Kopf schüttelte.

»Kurzes Haar und sehr direkt?« sagte Ober spöttisch. »Und du glaubst tatsächlich, das ist keine Lesbe?«

»Sie hat mir heute schon angeboten, mein Auto zu reparieren«, ergänzte Ben.

»Sieh mal an«, sagte Ober und zeigte auf Ben. »Sie hat ihn gerade erst kennengelernt und klappt schon den Werkzeugkoffer auf.«

Ben ignorierte seinen Freund und öffnete den Kühlschrank. »Was kocht ihr da eigentlich?«

»Anita Bryant kocht Nudeln, und ich mache meine stinkende Knoblauchsoße«, erklärte Nathan. Seinen breiten Schultern spannten sich kaum, als er den schweren Spaghettitopf auf die hintere Flamme hievte. Getreu seiner militärischen Haltung trug er noch immer seine Krawatte, obwohl er schon eine halbe Stunde zu Hause war. »Tu noch ein paar Nudeln rein – im Schrank sind bloß noch zwanzig Schachteln.« Vorsichtig stellte er seinen Soßentopf auf die vordere Flamme. »Jetzt erzähl mal, wie es war. Was hast du den ganzen Tag gemacht?«

»Bis der Gerichtshof offiziell wieder tagt, verbringen wir die meiste Zeit damit, Gutachten zu Eingaben zu verfassen, die ein Revisionsurteil anstreben«, berichtete Ben. Er sah in die Runde, um festzustellen, ob seine Freunde an weiteren Erklärungen interessiert waren, bevor er fortfuhr: »Täglich wird der Gerichtshof von Eingaben überschwemmt, die auf eine Revision abzielen, also eine Aktenanforderung durch uns. Wenn vier der Richter zustimmen, bedeutet das, daß der Fall vor den Gerichtshof kommt. Um Zeit zu sparen, lesen wir die Eingaben durch, fassen sie in standardisierter Form zusammen und empfehlen, ob der betreffende Richter eine Revision gewähren oder ablehnen sollte.«

»Wie euer Gutachten ausfällt, kann also wirklich Einfluß darauf nehmen, ob der Gerichtshof entscheidet, einen Fall zu behandeln«, schloß Nathan.

»Könnte man so sagen, aber ich glaube, irgendwie überschätzt du unsere Macht.« Ben tauchte seinen Finger in die Soße, um zu kosten. »Das Gutachten kommt schließlich auch ins Amtszimmer jedes anderen Richters, wodurch man schon in Schach gehalten wird. Nehmen wir einmal an, es ginge um so einen wichtigen Fall wie eine echte Einschränkung des Rechts auf Abtreibung. Wenn mein Gutachten einseitig ist und Richter Hollis nahelegt, eine Anhörung zu verweigern, treten seine konservativen Kollegen ihm die Tür ein, und ich sehe aus wie ein Trottel.«

»Aber in einem nebensächlichen Fall wird es bestimmt niemand auffallen – besonders wenn du der einzige bist, der die ursprüngliche Eingabe gelesen hat«, sagte Nathan.

»Ich weiß nicht.« Ben schüttelte den Kopf und lehnte sich an die Küchentheke. »Ich hab' den Eindruck, daß heute abend deine napoleonische Seite Oberhand gewinnt. Hier geht es um den Obersten Gerichtshof. Und der hat einen strengen Ehrenkodex.«

»Ich kann noch immer nicht glauben, daß du am Obersten Gerichtshof bist«, meinte Ober, der am Spülbecken Knoblauch schälte. »Am allerobersten Gericht, verdammt noch mal. Ich sitze im Büro am Telefon, und du hängst am Obersten Gerichtshof rum.«

»Sieht so aus, als wärst du nicht befördert worden«, sagte Ben.

»Die haben mich total hingehängt«, erwiderte Ober ruhig. Mit zwei deutlichen Grübchen in seinen blassen Wangen und hellen Sommersprossen auf seiner Nase war er der einzige von Bens Mitbewohnern, der noch immer aussah wie ein Student. »Dabei hab' ich bloß deswegen im Büro von Senator Stevens angefangen, weil man mir gesagt hat, ich würde nur ein paar Wochen am Telefon sitzen. Das war vor fünf Monaten.«

»Hast du sie deshalb zur Rede gestellt?« fragte Ben.

»Ich hab' alles versucht, was du mir gesagt hast«, erklärte Ober. »Aber ich kann einfach nicht so aggressiv sein wie du.«

»Hast du wenigstens damit gedroht, zu kündigen?« wollte Ben wissen.

»Ich hab's irgendwie angedeutet.«

»Angedeutet?« fragte Ben. »Und, was haben sie gesagt?«

»Sie haben mir gesagt, es täte ihnen wirklich leid, aber sie würden sich gerade auf ein Wahljahr vorbereiten. Außerdem gäbe es mindestens hundert Leute, die meinen Job mit Handkuß nehmen würden. Ich glaube, ich hätte schon auf den Schreibtisch der Personalchefin pinkeln müssen.«

»Na, das ist mal eine echt gute Idee«, kommentierte Nathan. »Pinkeln ist eine absolut angemessene Reaktion für einen Achtundzwanzigjährigen. Ich hab' immer gehört, es sei der beste Weg zu einer Beförderung.«

»Du mußt auftreten«, meinte Ben. »Du mußt es schaffen, daß sie denken, die Welt bricht zusammen, wenn sie dich verlieren.«

»Und wie soll ich das machen?«

»Du mußt das Gesamtprodukt vorführen«, erklärte Ben. Mit einem Blick auf Obers weißes Oxfordhemd fügte er hinzu: »Und du mußt dich entsprechend anziehen. Ich hab' dir schon einmal gesagt, du sollst das Hemd da unbedingt im Schrank lassen. Mit deinen Sommersprossen und den blonden Haaren siehst du wie ein Waisenknabe aus.«

»Aber was soll ich denn …«

»Da.« Ben zog sein Jackett aus und reichte es Ober. Als dieser hineinschlüpfte, fuhr er fort: »Das steht dir ziemlich gut. Du wirst also meinen Anzug und meine Krawatte tragen. Das ist ein Outfit, mit dem man Eindruck schinden kann. Und dann wirst du morgen früh wieder ins Büro gehen und die Sache noch einmal vorbringen.«

»Das schaffe ich nicht«, sagte Ober.

»Vielleicht kannst du einen Brief schreiben«, schlug Nathan vor. »Dann mußt du niemandem direkt gegenübertreten.«

»Genau«, sagte Ben. »Wenn du willst, helfe ich dir beim Schreiben. Wenn wir drei zusammenhalten, bekommst du sofort eine neue Aufgabe.«

»Ich weiß nicht«, meinte Ober. Er zog das Jackett aus und gab es Ben zurück. »Vielleicht sollten wir die Sache einfach vergessen.«

»Jetzt laß dir bloß keine Angst einjagen«, sagte Ben. »Wir helfen dir da schon durch.«

»Wie wär's, wenn du Ben erzählst, was dir heute passiert ist«, warf Nathan ein, um vom Thema abzulenken.

»Meine Güte, das hab' ich fast vergessen! Ich bin gleich wieder da.« Ober rannte aus der Küche und die Treppe hinauf.

»Wir müssen ihm wirklich helfen«, sagte Ben.

»Ich weiß«, sagte Nathan. »Aber jetzt laß ihn einfach mal seine Geschichte erzählen. Das wird ihn aufmuntern.«

»Laß mich mal raten: Hat es irgendwas mit einer Lotterie zu tun?«

»P. T. Barnum hätte ihn geliebt wie seinen eigenen Sohn.«

»Wie kann er bloß so süchtig danach sein?«

»Ich weiß gar nicht, warum du dich wunderst«, sagte Nathan. »Du warst sechs Wochen in Europa. Hast du wirklich erwartet, daß sich in der Zwischenzeit die Welt verändert hat? Manches bleibt eben bis in alle Ewigkeit, wie es war.«

»Was hast du so lang gemacht?« fragte Ben, als Ober zurückkam.

»Wirst du schon sehen«, legte Ober los, die Hände hinter dem Rücken verborgen. »Also: Ich gehe heute in beschissener Stimmung vom Büro nach Hause. Da sehe ich plötzlich ein neues Schild im Schaufenster von Pauls Kramladen: ›Wir haben Lotterie!‹«

»Grammatik ist Pauls großes Hobby«, kommentierte Nathan.

Unbeirrt fuhr Ober fort: »Zuerst hab' ich mir ein einziges Rubbellos gekauft. Ich rubble und gewinne einen Dollar, mit dem ich mir ein neues Los kaufe. Mit dem gewinne ich zwei Dollar!« Seine Stimme überschlug sich. »Jetzt *weiß* ich, daß ich nicht verlieren kann. Ich nehme also noch zwei Lose. Das eine ist eine Niete, mit dem anderen gewinne ich wieder einen Dollar.«

»Das ist der Punkt, an dem normale Menschen aufhören«, unterbrach ihn Nathan.

»Also kaufe ich mir mein allerletztes Los!« fuhr Ober fort. »Ich rubble und gewinne drei Dollar, mit denen ich Snickers für uns alle kaufe!« Er warf Ben und Nathan die Riegel zu, die er hinter seinem Rücken versteckt hatte.

»Unglaublich«, kommentierte Nathan und riß seinen Riegel auf. »Ist dir klar, daß du durch jeden Reifen gesprungen bist, den die Lotterieverwaltung dir hingehalten hat?«

»Na und?« Ober biß ein Riesenstück von seinem Riegel ab. »Ich hab' seit Monaten kein Snickers mehr gegessen. Außerdem hab' ich gedacht, das Zeug eignet sich hervorragend, um Bens ersten Arbeitstag zu feiern.«

Eine halbe Stunde später saßen die drei Freunde am Küchentisch. »Da bin ich wieder, meine Lieben!« verkündete Eric, als er mit einem Fußtritt die Haustür öffnete.

»Kann man noch ungelegener kommen?« fragte Nathan. Er legte seine Gabel beiseite, während Ben und Ober sich ins Wohnzimmer aufmachten, um Eric entgegenzugehen.

»Der verlorene Sohn ist zurückgekehrt!« rief Eric, als er Ben erblickte.

»Wird allmählich Zeit«, sagte Ben. »Ich hab' schon gedacht, du bist abgehauen.«

Ein zur Hälfte gegessenes Sandwich in der Hand, umarmte Eric seinen Freund. Er trug ein ungebügeltes Hemd mit angeknöpftem Kragen und zerknitterte beige Baumwollhosen, womit er der am nachlässigsten Gekleidete der vier war. Sein dichtes schwarzes Haar war immer ungekämmt; auch frisch rasiert war er nur selten. Der dunkle Schimmer auf seinen Wangen wurde von seinen buschigen schwarzen Augenbrauen noch betont. Es fehlten nur ein paar Millimeter, und die Brauen hätten sich berührt, wodurch der Eindruck eines ständigen Stirnrunzelns entstand. »Tut mir leid«, sagte Eric, »aber ich hab' diese Woche jeden Abend noch was fertigmachen müssen.«

»Jeden Abend?« fragte Ben verwirrt. »Für eine Monatszeitschrift?«

»Er weiß noch nichts von deiner Stelle«, sagte Nathan, der nun auch ins Wohnzimmer trat, zu Eric. »Denk dran, er war sechs Wochen weg.«

»Also bist du nicht mehr bei der *Washington Life*?«

»Nein, mein Lieber.« Eric kratzte sich mit deutlichem Stolz den Kopf. »Gerade als ich dachte, ich würde den Rest meiner journalistischen Karriere damit verbringen, die örtlichen Antiquitätenmessen und die besten neuen Restaurants zu präsentieren, bekam ich einen Anruf vom *Washington Herald*. In der politischen Redaktion war eine feste Stelle frei. Vor zwei Wochen hab' ich angefangen.«

»Du arbeitest für einen derart erzkonservativen Haufen?« fragte Ben.

»Hör mal, es ist vielleicht nur das zweite Blatt in dieser Stadt, aber es hat eine Auflage von achtzigtausend, und die gehört jetzt mir!«

»Das ist phantastisch.« Ben schlug seinem Freund auf die Schulter.

»Übrigens«, sagte Eric zu Ober, »rat mal, was sie neu auf die Rätselseite bringen?«

»Führ mich bloß nicht an der Nase rum ... ist es etwa ein Silbenrätsel?« rief Ober und packte Eric am Hemd.

»Ein Silbenrätsel!« schrie Eric. »Ab nächstem Monat!«

»Ein Silbenrätsel!« wiederholte Ober.

»Sil-ben-rät-sel! Sil-ben-rät-sel! Sil-ben-rät-sel!« riefen die beiden Freunde im Chor.

»Selig sind die Armen im Geiste.« Nathan legte den Arm um Bens Schulter.

»Ich muß zugeben, daß ich das wirklich vermißt habe«, erklärte Ben.

»Willst du damit sagen, daß es in Europa keine Einfaltspinsel mehr gibt?« fragte Nathan.

»Sehr lustig«, erwiderte Ben, als er sich wieder seinen rätselbesessenen Mitbewohnern zuwandte. »He, ihr siamesischen Zwillinge, wie wär's, wenn wir uns wieder ans Abendessen machen?«

»Ich kann nicht«, sagte Eric und biß in sein Sandwich. »Das ist mein Abendessen. Die morgige Ausgabe ruft.«

Es war später am Abend, als Nathan in Bens Zimmer kam, das wohl der am besten eingerichtete Raum des Hauses war. Mit seinem antiken Schreibtisch aus Eiche, seinem altväterlichen Bett und dem Bücherregal aus demselben Holz war Ben der einzige der vier Freunde, der sich darum kümmerte, ob die Möbel überhaupt zusammenpaßten. Eine Zeitlang hatte auch Nathan vorgehabt, sein eigenes Zimmer neu einzurichten, hatte es sich aber anders überlegt, als er erkannte, daß er nur Bens Vorbild nacheifern wollte. Drei professionell gerahmte Schwarzweißfotos hingen an der Wand über Bens Bett: Das eine zeigte das halbfertige Washington-Monument, das zweite den halbfertigenEiffelturm, das dritte die halbfertige Freiheitsstatue. Ben war ein begeisterter Andenkensammler. Auf seinem Bücherregal lagen unter anderem die Schlüssel seines ersten Wagens, eine Gürtelschnalle mit seinen Initialen, die er als Neunjähriger von seinem Großvater bekommen hatte, Obers Haarnetz aus der Zeit, in der er bei *Burger Heaven* gejobbt hatte, die schauderhafte Krawatte, die Nathan an seinem ersten Arbeitstag getragen hatte, der Besucherausweis von seinem Vorstellungsgespräch bei Richter Hollis, und sein größter Schatz – der zeremonielle Hammer, den Richter Stanley ihm geschenkt hatte.

»Bist du immer noch dabei, deine Post durchzusehen?« fragte Nathan angesichts des Stapels von Umschlägen, den Ben durchblätterte.

»Es ist verblüffend, wieviel Werbung ein einzelner Mensch innerhalb von sechs Wochen bekommen kann«, stellte Ben fest.

»Ich hab' drei Lotterieangebote, ungefähr fünfzig Kataloge, ein Dutzend Zeitschriftenangebote; und erinnerst du dich noch daran, wie Ober letztes Jahr die Wahl zur Miss Teen USA angeschaut hat und die kostenlose Nummer anrief, um uns Bewerbungsunterlagen zu bestellen? Ich bin noch immer auf der Versandliste. Hör dir das an: ›Lieber Ben Addison! Sind Sie die nächste Miss Teen USA? Das wissen nur die Mitglieder der Jury, aber Sie können der Welt Ihre Ambitionen demonstrieren – mit Ihrer Bestellung eines von Miss Teen USA autorisierten Produkts.‹« Ben sah auf und ergänzte: »Ich glaube, ich werde Ober einen Sport-BH mit Miss-Teen-USA-Aufdruck bestellen. Sobald sie ihn als Kunden auf ihrer Versandliste haben, werden sie ihn nie wieder aus den Fängen lassen.«

»Das ist eine ausgezeichnete Idee.« Nathan ließ sich auf Bens Bett nieder.

»Na, dann erzähl mir mal, was sonst noch gelaufen ist«, sagte Ben und warf den Brief zur Seite.

»Ehrlich gesagt, es ist alles beim alten. Eric ist weniger hier, weil er ständig mit dem Redaktionsschluß kämpft.«

»Und er hat die Tat noch immer nicht vollbracht?«

»Nein, unser vierter Mitbewohner ist noch immer Jungfrau. Und er behauptet weiterhin, das sei Absicht, weil er bis zur Heirat warten will.«

»Ober zieht ihn wohl noch immer damit auf?« fragte Ben, obwohl er die Antwort schon wußte.

»Das tut er doch schon seit der vorletzten Klasse auf der High-School.« Nathan strich sein rotes Haar zurück, das er sehr kurz trug, um seine Geheimratsecken zu vertuschen. Nathan war der erste der vier Freunde, dessen Haar sich zu verflüchtigen begann, und wenn er im Zimmer war, waren Themen wie Haarausfall und Frisuren verboten. Extrem ehrgeizig wie er war, paßte es ihm nicht, an irgendeiner Front zu verlieren, und seine schwindende Haarpracht untergrub seiner Meinung nach sein gesamtes Erscheinungsbild und verdunkelte alles von seinem entschlossenen Auftreten bis zu seinem kantigen Unterkiefer.

»Und der neue Job beim *Herald*? Eric scheint wirklich zufrieden damit zu sein.«

»Soll das ein Witz sein?« meinte Nathan. »Eric schwebt über den Wolken, seit er diese Stelle hat. Er hält sich für den Schah von Persien.«

»Höre ich da vielleicht ein wenig Neid mitschwingen?« fragte Ben.

»Überhaupt nicht«, erwiderte Nathan. »Er hat zwei Jahre damit verbracht, sein Diplom in Journalismus zu erwerben, und ich freue mich sehr, daß er endlich über was Wichtigeres schreibt als über Flohmärkte. Es wäre bloß schön, wenn er öfter hier wäre.«

»Das meinst du doch nicht im Ernst«, frotzelte Ben. »Du interessierst dich doch nicht die Bohne dafür, wie oft er hier ist. Dir paßt es bloß nicht, daß er mehr Erfolg hat als du.«

»Erstens hat er nicht mehr Erfolg als ich. Und zweitens habe ich überhaupt nichts dagegen, daß er groß rauskommt. Mir wäre bloß lieber, wenn er weniger fixiert darauf wäre.«

»Und wieder erhebt der Neid sein häßliches Antlitz.«

»Du weißt schon, was ich meine«, sagte Nathan. »Wenn Eric irgendwas anfängt, wird er besessen davon. Das war schon an der Uni so und damals, als er für diese Literaturzeitschrift geschrieben hat, und natürlich auch, als er bei *Washington Life* anfing. Mir ist schon klar, daß er sich für Woodward und Bernstein in einem hält, aber es würde mich freuen, wenn er seinen Freunden etwas mehr Beachtung schenken würde. Wie die Dinge liegen, hab' ich kein einziges vernünftiges Gespräch mit ihm geführt, seit er diese Stelle angetreten hat. Er hat einfach keine Zeit mehr für uns.«

»Willst du wissen, was ich darüber denke? Ich denke, du bist viel zu ehrgeizig. Das warst du schon immer, und das wirst du auch bleiben.«

»Mit meinem Ehrgeiz hat das überhaupt nichts zu tun. Hier geht es um Freundschaft.«

»Jetzt laß ihn mal in Frieden«, sagte Ben. »Er ist schließlich noch neu da. Ich bin sicher, daß er bloß versucht, einen guten Eindruck zu machen.«

»Vielleicht.« Nathan nahm einen Bleistift vom Tisch und begann, auf einem Blatt Papier herumzukritzeln.

»Jetzt vergiß das Ganze mal. Wie läuft's im State Department? Habt ihr in den letzten paar Wochen irgendwelche Dritte-Welt-Länder übernommen?«

»Leider nein. Es läuft ungefähr so, wie ich es mir gedacht habe. Mein Chef war die letzte Woche in Südafrika, deshalb war nicht viel zu tun. Aber ich glaube, sie wollen mich behalten. Wahrscheinlich werden sie mich in ein paar Monaten in den politischen Planungsstab stecken.«

»Worum geht es da?«

»Dieses Gremium heckt die gesamte Strategie des Ministeriums aus. Wer dort sitzt, arbeitet im allgemeinen den wichtigen Kommissionen zu.«

»Du und ein Haufen weiterer Geistesriesen denken da also über unsere Zukunft nach, was?«

»Irgend jemand muß sich ja Gedanken machen, wie man die Welt regiert.« Nathan war dabei, den Umriß der Vereinigten Staaten zu zeichnen. »Und was ist mit dir? Heute war dein erster Tag am Obersten Gericht. Das ist auch nicht gerade ein Aushilfsjob.«

»Ich weiß.« Ben nestelte am Verschluß seines Terminkalenders. »Ich hoffe bloß, es ist in Ordnung, daß ich im August angefangen habe und nicht schon im Juli. Heute bin ich mir irgendwie verloren vorgekommen.«

»Das ist ganz bestimmt in Ordnung«, meinte Nathan. »Du hast überhaupt nichts verpaßt. Nur daß deine Kollegin einen Monat Vorsprung hat.«

»Wird wohl so sein.« Ben trat zu seinem Regal und begann, seine Bücher umzustellen.

Nathan beobachtete seinen Freund über eine Minute lang. »Es ist schon okay, nervös zu sein«, sagte er schließlich. »Du bist immerhin am Obersten Gericht.«

»Ich weiß. Es ist bloß so, daß alle da so verdammt clever sind. Die können jeden Präzedenzfall der letzten zwanzig Jahre zitieren, und ich kenne gerade mal die Darsteller von *L. A. Law*. Das wird mir nicht viel helfen.«

Ohne zu klopfen, trat Ober ins Zimmer. »Wer ist denn gestorben?« fragte er, als er Bens angespanntes Gesicht sah.

»Er macht sich bloß Sorgen, daß der Oberste Gerichtshof ihn intellektuell einschüchtern könnte«, erklärte Nathan.

»Ach, komm.« Ober setzte sich auf Bens Bettkante. »Sag ihnen doch, daß du sämtliche Darsteller von *L. A. Law* aufsagen kannst. Das hat mich immer sehr beeindruckt.«

»Ich bin erledigt«, stöhnte Ben, der noch immer seine Bücher umstellte.

»Hör doch mal mit den Büchern auf, Ben. Du brauchst dir überhaupt keine Sorgen zu machen«, sagte Nathan. »Dein ganzes bisheriges Leben hast du auf der intellektuellen Leiter ganz oben gestanden. Zuerst warst du an der Columbia, dann in Yale, und dann im Amtszimmer von Richter Stanley. Jetzt arbeitest du für Richter Hollis, eines der herausragenden Mitglieder des Gerichtshofs. Entweder ist deine ganze Erfolgsgeschichte ein Schwindel, oder du bist bloß nervös. Was ist wohl deiner Meinung nach wahrscheinlicher?«

»Vermutlich ist es ein Schwindel«, frotzelte Ober.

»Halt die Klappe, du Trottel«, schimpfte Nathan. »Ben, du bist der absolute Überflieger. Du hast schon als Kleinkind deine Wachsmalstifte numeriert. Du hast die Aerodynamik des Tischtennisballs erforscht ...«

»Er war der einzige von uns, der sein Knetgummi nicht aufgefuttert hat«, fügte Ober hinzu.

»Genau«, bestätigte Nathan. »Abgesehen von mir selbst bist du der klügste Mensch, den ich kenne.«

Grinsend drehte Ben sich zu Nathan um. »Ich bin klüger.«

Bemüht, nicht selbst herauszuplatzen, sagte Nathan: »Drei Buchstaben, Kumpel: S-A-T.«

»Bloß, weil du mich bei diesem blöden Intelligenztest um ein paar magere Punkte geschlagen hast, bist du noch lange nicht klüger als ich«, erklärte Ben.

»Der Test lügt nicht.« Nathan ging zur Tür. »Deine Bauernschläue hast du vielleicht, aber wenn es um ungezügelten Intellektualismus geht, bin ich dein Meister. Übrigens, Ober: Als wir klein waren, hat keiner von uns sein Knetgummi aufgegessen. Wir haben bloß so getan, um dir dabei zusehen zu können.«

Während Nathan das Zimmer verließ, sah Ober Ben an. Als der lauthals zu lachen begann, schrie er: »Das habe ich gewußt!«

ZWEITES KAPITEL

Als Ben am folgenden Morgen die Amtsräume von Richter Hollis betrat, trug er karierte Shorts und ein ausgeblichenes T-Shirt. »Ben, bist du das?« hörte er Lisa aus ihrem gemeinsamen Büro rufen. »Komm sofort rein!«

»Was ist denn los?« Ben stürmte durch die Tür. »Ist was passiert?«

»Du wirst nicht glauben, was.« Lisa blätterte hektisch die Rolodex-Kartei auf ihrem Tisch durch. »Ich hab' einen Anruf vom Büro des Gouverneurs von Missouri bekommen. Wir haben vierundzwanzig Stunden, um einen Antrag gegen die Vollstreckung eines Todesurteils zu bearbeiten.«

»Was sagst du?« Ben warf seine Aktentasche auf seinen Schreibtisch.

»Da ist sie ja!« verkündete Lisa und zog eine Karte aus der Rolodex. Zu Ben gewandt, erklärte sie: »In Missouri sitzt ein Mörder, der drei kleine Kinder umgebracht hat. Vor ungefähr zehn Jahren ist er zum Tode verurteilt worden, und seither hat das Ganze die Berufungsinstanzen beschäftigt. Die Hinrichtung sollte eigentlich erst im Oktober stattfinden, aber aus irgendeinem Grund hat der Staat sie auf morgen vorverlegt. Der Typ hat automatisch einen Revisionsantrag an den Obersten Gerichtshof frei, und jetzt bleiben uns vierundzwanzig Stunden, um Hollis zu finden und seine Meinung festzustellen.«

»Wie erreichen wir ihn denn?« fragte Ben.

»Das versuche ich ja gerade herauszukriegen.« Lisa hielt die Karteikarte in die Höhe. »Er hat mir die Telefonnummer von seinem Urlaubsdomizil in Norwegen hinterlassen, aber offenbar ist er ein paar Tage woanders hingefahren. Die Rolodex hab' ich aus seinem Büro. Ich weiß, daß er eine Schwester in Kalifornien hat, und die werde ich jetzt anrufen.«

Ben nahm den Hörer seines Telefons ab, wählte die Auskunft an und ließ sich die Nummer des U.S. Marshals Service geben. Zu Lisa gewandt, erklärte er: »Jeder Richter muß zu seiner Bewachung stets einen Marshal bei sich haben. Die Zentrale muß also wissen, wo er ist.«

»Mrs. Winston?« fragte Lisa. »Entschuldigen Sie bitte vielmals, daß ich Sie so früh anrufe. Ich bin eine Mitarbeiterin von Richter Hollis, und wir müssen ihn unbedingt erreichen. Es ist ein Notfall.«

»Hallo, ist dort der Marshals Service?« fragte Ben. »Hier spricht Ben Addison, ich bin Assistent von Richter Mason Hollis. Wir müssen den Richter dringend erreichen. Es ist ein Notfall.«

»Sie weiß nicht, wo er ist«, sagte Lisa und legte den Hörer auf, während Ben seinem Gesprächspartner die Lage erklärte.

»Mhm. Okay. Ja, auf jeden Fall«, sagte Ben.

»Was sagen sie denn?« Lisa gab Ben einen ungeduldigen Klaps auf den Arm.

»Sie wissen, wo er ist.« Ben legte den Hörer auf. »Die Nummer geben sie uns zwar nicht, aber sie nehmen Kontakt mit ihm auf und sagen ihm, daß er uns anrufen soll.«

»Hast du gesagt, daß es ein Notfall ist?« fragte Lisa. Da Bens Blick sie zu fragen schien, ob sie ihn für einen Trottel halte, fügte sie rasch hinzu: »Tut mir leid, ich wollte bloß auf Nummer Sicher gehen.«

Zehn Minuten später läutete das Telefon. Ben nahm sofort den Hörer ab und sagte ruhig: »Hier ist das Amtszimmer von Richter Hollis ... Hallo, Richter Hollis. Wie ist es in Norwegen? Ja, ich hab' schon gehört, daß es um diese Jahreszeit wunderschön sein soll. Nein. Doch, unser Büro ist großartig. Lisa war sehr hilfreich. Also, wir haben gerade einen kleinen Notfall. Soeben hat uns der Antrag eines Hinrichtungskandidaten erreicht, dessen Urteil morgen vollstreckt werden soll. Also, äh, was sollen wir tun?« Ben schrieb hastig einige Notizen auf und sagte schließlich: »Dann werden wir Sie heute nachmittag wieder anrufen.«

»Was hat er denn gesagt, verdammt noch mal?« brüllte Lisa, sobald Ben den Hörer aufgelegt hatte.

»Folgendes muß geschehen«, sagte Ben und schlug das oberste Blatt seines Notizblocks um, um eine Liste aufzustellen. »Zuerst müssen wir jedem der anderen Richter mitteilen, daß sein Votum bis morgen früh um acht vorliegen muß. Wir brauchen fünf Stimmen, um die Hinrichtung aufschieben zu können. Wenn bloß vier Richter für die Aufschiebung sind, muß der Knabe morgen sterben. Nachdem wir alle Amtszimmer informiert haben, müssen wir ein Memorandum verfassen, in dem es darum geht, ob Hollis selbst die Aufschiebung gewähren soll.«

»Die entscheidenden Fakten werden sich in den Akten der untergeordneten Bundesgerichte finden«, ergänzte Lisa.

»Genau. Und er hat mir erklärt, wie man da rankommt. Er meint, wir werden wahrscheinlich nicht vor morgen früh fertig werden, aber er will das fertige Memo bis sechs Uhr morgens. Ich habe seine Faxnummer.« Ben warf seinen Computer an. »Ich mache mich jetzt an den offiziellen Schrieb, um die Verfahrensakten zu bekommen.«

»Und ich teile den anderen Amtszimmern mit, was los ist.«

»Wenn du damit fertig bist, denk auf jeden Fall daran, das Ganze auch als Aktennotiz loszuschicken, damit alle eine offizielle Benachrichtigung in der Hand halten«, sagte Ben, als Lisa schon zur Tür lief. »Dann kann nachher keiner sagen, er hätte nichts davon gewußt.«

Lisa nickte und eilte hinaus.

Eine Stunde später wurden neun Kartons mit Gerichtsakten ins Amtszimmer geliefert. »Wir sind erledigt«, stöhnte Ben, als er sah, wie man die Kartons hereinschob.

»Das können wir unmöglich bis heute abend durchlesen«, ergänzte Lisa.

Ben studierte die Seiten der Kartons, die mit den entsprechenden Jahreszahlen beschriftet waren. »Wie wär's, wenn ich mit dem ältesten Zeug anfange, und du mit dem neuesten? Ich schätze, irgendwann im Winter werden wir uns dann in der Mitte treffen.«

Lisa war einverstanden, und die beiden begannen, den Papierberg durchzuwühlen.

Um zwei Uhr nachmittags läutete Bens Telefon. »Hier ist das Amtszimmer von Richter Hollis. Ben Addison am Apparat«, meldete er sich.

»Tag, Ben, hier spricht Rick Fagen. Ich war vor drei Jahren Mitarbeiter von Richter Hollis. Jetzt rufe ich bloß an, um nachzufragen, wie es läuft. Es ist so üblich, daß die alten Mitarbeiter sich ab und zu bei euch melden. Ich weiß, daß der Job in den ersten paar Wochen ziemlich anspruchsvoll aussehen kann.«

»Es ist 'ne tolle Zeit, das stimmt schon«, meinte Ben.

»Wer ist es?« fragte Lisa.

Ben bedeckte den Hörer mit der Hand und flüsterte: »Einer von Hollis' alten Mitarbeitern.«

»Super«, sagte Lisa und fügte rasch hinzu: »Letzten Monat hat schon einer angerufen. Die wissen perfekt Bescheid, wie man mit diesem Zeug umgeht. Frag ihn, was wir tun sollen.«

»Rick, darf ich dich was fragen?« begann Ben. »Wir haben da gerade mit einer Hinrichtung zu tun ...«

»Unglaublich«, unterbrach Rick ihn. »Das machen die immer so früh in der Sitzungsperiode. Und Hollis ist wahrscheinlich noch weg?«

»Der genießt die norwegische Sonne. Und wir müssen eine Wagenladung Akten durchlesen, um beantworten zu können, ob er einen Aufschub gewähren soll.«

»Na schön, dann müßt ihr folgendes tun«, sagte Rick mit ermutigendem Selbstvertrauen in der Stimme. »Wenn dieser Fall schon ein paar Jahre am Laufen ist, werdet ihr wahrscheinlich nie in der Lage sein, alle relevanten Akten anzusehen. Deshalb solltet ihr euch auf den juristischen Kernpunkt konzentrieren, auf dem dieser letzte Antrag beruht. Alle anderen Punkte sind unwichtig. An eurer Stelle würde ich mich also in eine der juristischen Datenbanken einklinken und meine Suche auf den spezifischen Punkt beschränken, für den ihr euch interessiert. Wenn es um Haftprüfung geht, sucht unter Haftprüfung; wenn es um eine inkorrekte Einweisung der Geschworenen geht, sucht da. Am einfachsten ist es mit Sicherheit, im Westlaw ...«

»Westlaw hab' ich schon durchgearbeitet«, erklärte Ben. »Das Problem ist, daß die Akten ein absolutes Chaos sind. Wir können kaum entscheiden, wo wir anfangen sollen.«

»Konzentriert euch einfach auf die Niederschrift des ersten Verfahrens. Meistens zielt so ein Antrag nämlich auf einen Fehler, der der ersten Instanz unterlaufen ist. Haben sich schon irgendwelche anderen Richter gemeldet?«

»Nein.« Ben war damit beschäftigt, Ricks Anweisungen zu notieren. »Der Antrag ist erst heute morgen reingekommen.«

»Wenn ihr Glück habt, gewähren fünf der anderen Richter den Aufschub, bevor ihr fertig seid. Dann müßt ihr euch nicht mal zu einer Entscheidung durchringen.«

»Und wie stehen da die Chancen?« fragte Ben, während Lisa ihm über die Schulter schielte.

»Das kommt auf den Streitpunkt an. Wenn es um den Vierten Zusatzartikel geht, also um Schutz gegen willkürliche Polizeimaßnahmen, werden Osterman und die konservative Mannschaft die Sache auf keinen Fall aufnehmen. Dreiberg wiederum könnte anbeißen. Für euch ist es aber am wichtigsten, zu begreifen, daß ihr nicht eure eigene Meinung hinschreibt, sondern die von Hollis. Schön und gut, wenn ihr meint, daß man den Angeklagten hingehängt hat, aber ihr müßt eure Argumentation darauf aufbauen, was Hollis denken könnte. Bisher war es immer so, daß er solche Vorgänge nicht angerührt hat, wenn sie nicht mit einer neuen juristischen Perspektive verbunden waren. Ansonsten ist er meistens zufrieden damit, dem Urteil der ersten Instanz sein Vertrauen zu schenken.«

»Was ist, wenn der Verurteilte tatsächlich unschuldig sein sollte?« Ben wickelte die Telefonschnur eng um seinen Finger.

»Das kommt auf die Fakten an«, sagte Rick. »Wenn ihr einen Fall habt, in dem man dem Angeklagten tatsächlich seine Rechte verweigert hat, könnte Hollis anbeißen. Ihr müßt allerdings vorsichtig sein. Schließlich seid ihr nicht Sherlock Holmes und dürft nicht glauben, ihr könntet den Fall von eurem Büro aus lösen. Wenn der Verurteilte behauptet, er sei in Wirklichkeit unschuldig, solltet ihr euch lieber sicher sein, daß ein Verfahrensfehler vorliegt. Vergeudet bloß nicht die Zeit von Hollis, indem ihr nur sagt, ihr hättet so eine Ahnung und ein Gefühl im Bauch, daß der Betreffende es gar nicht war. Hollis sitzt schließlich seit dreiundzwanzig Jahren auf der Bank. Er mag zwar eine Schwäche für Fälle haben, in denen es um Dinge wie Religions- oder Pressefreiheit geht, aber er wird sich einen Dreck um eure Ahnungen scheren.«

Nach einer langen Pause fragte Ben: »Was ist, wenn man wirklich weiß, daß dieser Typ unschuldig ist? Ich meine, wenn man es nicht bloß im Bauch spürt, sondern auch in der Brust und in den Achselhöhlen. Überall eben.«

»Es ist eure Entscheidung«, warnte Rick. »Wenn ihr recht habt, gut für euch. Aber wenn ihr nicht recht habt, wird Hollis den Aufschub verweigern, und ihr steht da mit 'nem faulen Ei im Gesicht. Das Ganze ist zwar nicht so schlimm, aber da ihr gerade erst angefangen habt, würde ich mir an eurer Stelle ein bißchen mehr Vertrauen von seiner Seite erwerben wollen, bevor ich mich aus dem Fenster lehne.«

»Also soll ich diesen Typen draufgehen lassen, um nicht dumm dazustehen?«

»Hör zu, ich kenne die Akten dieses Falles nicht«, sagte Rick. »Ich sage bloß, daß ihr euch gut aussuchen sollt, wofür ihr kämpft. Jetzt muß ich aber los. Wenn ihr noch irgendwelche Fragen habt, könnt ihr mich gerne anrufen.«

»Also, vielen Dank für die Hilfe«, sagte Ben. »Wir wissen das wirklich zu schätzen.« Nachdem er Ricks Nummer aufgeschrieben hatte, legte Ben den Hörer auf, schaltete seinen Computer an und klinkte sich erneut in die Westlaw-Datenbank ein.

Um halb sechs betrat Joel, einer von Richter Ostermans Mitarbeitern, das Büro. »Wir sind draußen. Osterman verweigert den Aufschub.«

»Dann gehst du jetzt nach Hause?« fragte Lisa hinter ihrem Aktenstapel.

»Richtig geraten.« Auf Joels Gesicht trat ein zufriedenes Grinsen. »Unser Tagwerk ist getan.«

Während er aus der Tür ging, rief Lisa: »Ich wünsche dir ein Leben voller Mühsal und einen langen und qualvollen Tod.«

»Bis morgen«, flötete Joel. »Hoffentlich hast du dann was anderes an.«

Innerhalb der folgenden drei Stunden verweigerte Richter Gardner den Aufschub, während seine Kollegen Veidt, Kovacs, Moloch und Dreiberg ihn gewährten.

»Drei Richter sind noch übrig, und wir brauchen noch ein positives Votum«, sagte Ben. »Wie stehen die Chancen, daß diese Entscheidung von uns abhängt?«

»Ich will lieber nicht darüber reden«, meinte Lisa, den Blick auf das Schriftstück in ihrer Hand geheftet. »Ich muß mich bloß konzentrieren, dann wird das Ganze bald vorüber sein. Ich bin ruhig. Ich bin konzentriert. Ich bin im Zentrum meines Universums, und ich bin eins mit diesem Dokument.«

Um elf Uhr nachts lehnte Lisa sich in ihrem Stuhl zurück und schrie: »Ich halt's nicht mehr aus! Die letzten zwölf Stunden hab' ich mich kein einziges Mal bewegt!«

»Ich dachte, du seist eins mit dem Universum?« fragte Ben.

»Zum Teufel mit dem Universum.« Lisa stand auf und tigerte im Büro umher. »Ich hasse das Universum. Ich pfeife auf das Universum. Jetzt bin ich eins mit Wut, Erbitterung und Haß. Laß uns diesen Scheißkerl hinhängen und nach Hause gehen.«

»Also, das ist genau die Art von Jurisprudenz, die wir an diesem Gericht öfter praktizieren sollten.«

Unvermutet öffnete sich die Bürotür, und Angela verkündete: »Blake und Flam sind beide draußen. Aufschub verweigert. Die Sache liegt jetzt ganz bei euch.«

Ben sah Lisa an, deren Schultern besiegt herabhingen. »Wir brauchen diesen Kerl also nur hinzuhängen, um nach Hause zu gehen?«

Kurz nach Mitternacht saß Ben vor seinem Computer, die Augen auf den Monitor geheftet. »Ich sehe den Beweis einfach nicht«, sagte er zum dritten Mal in fünfzehn Minuten. »Ich kenne diesen Typ nicht, ich hab' ihn nie gesehen, aber ich weiß, daß da kein Beweis zu sehen ist.«

»Einen Scheißdreck weißt du.« Lisa lag lang ausgestreckt auf dem Sofa und hatte die Arme über die Augen gelegt. »Also, was wollen wir in unserem Memo schreiben?«

»Wie wär's, wenn wir Hollis einen kurzen Überblick über die Fakten verschaffen und dann empfehlen, daß er den Aufschub auf Grund einer Unschuldsvermutung gewähren soll.«

»Wir wissen doch gar nicht, ob dieser Typ unschuldig ist«, wandte Lisa ein.

»Der Angeklagte hat kein faires Verfahren bekommen, und das ist eine Tatsache.« Ben hörte auf zu tippen. »Der Beamte, der ihn festgenommen hat, besteht laut Polizeibericht darauf, daß er bei der Festnahme jemand aus der Hintertür des Hauses laufen sah. Aber als die Verteidigung versucht, diese Aussage zum Verfahren zuzulassen, lehnt es der Richter mit der Begründung ab, sie sei ohne Belang. Das ist doch lächerlich.«

Lisa setzte sich auf. »So was nennt man richterliches Ermessen. Es gibt keinen Grund für die Annahme, daß der Richter unrecht hatte.«

»Doch, es gibt einen Grund.« Ben drehte sich auf seinem Stuhl zu seiner Kollegin hin. »Der Angeklagte behauptet, daß dieser geheimnisvolle Fremde in der Nacht dieses einen Mordes sein Alibi bezeugen konnte.«

»Die anderen beiden Morde sind damit noch immer nicht erklärt«, wandte Lisa ein. »Selbst wenn er dieses eine Kind nicht umgebracht hat, so doch zwei andere.«

»Du verstehst nicht, was ich sagen will.« Verärgert hob Ben die Stimme. »Ich sage ja gar nicht, daß er an allen Morden unschuldig ist, aber wenn er nur zwei statt drei Menschen getötet hat, wäre er vielleicht nicht zum Tode verurteilt worden. Vielleicht hätten die Geschworenen ihm statt dessen lebenslänglich gegeben.«

»Ben, dieser Typ hat in einer einzigen Nacht zwei unschuldige Kinder ermordet. Das gibst selbst du zu. Wenn es nicht drei waren, vergiß es doch. Er verdient trotzdem, was ihm blüht.«

»Das ist nichts als deine Meinung.« Ben sprang von seinem Stuhl auf. »Wenn die Geschworenen ihren Beschluß auf der Basis von drei Morden getroffen haben, ist das was anderes als zwei Morde.«

»Aber du weißt doch nicht mal, ob die Aussage des Polizisten ihm geholfen hätte«, warf Lisa ein. »Vielleicht wäre er trotzdem schuldig gesprochen worden.«

»Aber vielleicht auch nicht.« Ben ruderte mit den Armen, um seinem Argument übertrieben Nachdruck zu verleihen. »Das ist jedenfalls nicht unsere Entscheidung.«

»Hör dich doch mal an.« Lisa sprang vom Sofa und baute sich vor Ben auf. »Du kannst nicht jedes Verfahren aufrollen, bloß weil du es anders geführt hättest. Die Geschworenen haben die Aussage des Angeklagten gehört und wie er von einem verschwundenen Zeugen gesprochen hat. Trotzdem haben sie ihn in drei Fällen des Mordes schuldig gesprochen. Bloß weil ein Bulle diesen geheimnisvollen Zeugen gesehen hat, heißt das noch lange nicht, daß dieser Zeuge auch ein Alibi hätte liefern können. Ob die Aussage des Beamten zugelassen wurde oder nicht, der Zeuge war unauffindbar. Wenn jemand eine Person sieht, die potentiell ein Alibi liefern könnte, ist das nicht die kleinste Spur eines Beweises, daß es überhaupt ein Alibi gibt.«

»Aber es verändert die Geschichte, die die Geschworenen gehört haben«, erwiderte Ben. »Ich sage nicht, daß die Aussage des Beamten das Alibi erwiesen hätte. Sie hätte aber zu einem gewissen Grad die Behauptung des Angeklagten gestützt, daß dieser Unbekannte existierte. Und bevor man in seinen Tod geht, sollte man meiner Meinung nach wenigstens jede Möglichkeit erhalten, seine Sache zu beweisen.«

»Dir tut dieser Typ bloß leid, weil dir die Todesstrafe als Lösung grundsätzlich nicht paßt«, sagte Lisa.

»Haargenau richtig«, bestätigte Ben und ließ seine Fingerknöchel knacken. »Ich will Hollis empfehlen, den Fall anzunehmen. Wenn du was anderes denkst, verstehe ich das, aber mir ist es die Sache wert. Wenn Hollis anderer Meinung ist, kann nichts Schlimmeres passieren, als daß ich dumm aus der Wäsche schaue. Und weil es um ein Menschenleben geht, will ich's riskieren. Wenn es dich glücklich macht, schreibe ich bloß meinen Namen unter das Memo.«

Lisa schüttelte den Kopf und stemmte die Hände in die Hüften. »Ist dir dieses Arschloch wirklich so wichtig?«

Ben nickte.

»Na schön, dann schreiben wir die Stellungnahme«, sagte Lisa. »Aber wenn Hollis anderer Meinung ist, trete ich dir in den Hintern.«

Ben wandte sich wieder seinem Computer zu und grinste. »Abgemacht.«

»Beeil dich!« schrie Lisa um zehn vor sechs. Mit den soeben gedruckten zweiunddreißig Seiten der Stellungnahme raste Ben aus der Tür, direkt zu dem in Hollis' Büro stehenden Faxgerät. Zwanzig Minuten später war er wieder da. «Könnten wir noch müder sein?« fragte er und strich sich sein inzwischen fettiges Haar aus der Stirn.

»Das Fax ist durchgelaufen?« Lisas Tränensäcke waren ein deutliches Zeichen, daß auch sie erschöpft war.

Ben nickte und setzte sich neben sie aufs Sofa.

Blinzelnd sah sie zu ihrem Kollegen empor und meinte: »Du hast einen echt schwachen Bart.«

»Keineswegs.« Ben fuhr mit der Hand über seine kurzen Stoppeln.

»Doch, doch«, sagte sie. »Das ist ja kein Charaktermangel. Es bedeutet bloß, daß du kein echter Mann bist.«

»Du wüßtest wohl gern, wie sehr ich einer bin«, erwiderte Ben grinsend.

Ein peinliches Schweigen erfüllte das Zimmer. »Du hast gerade mit mir geflirtet«, sagte Lisa schließlich.

»Wovon redest du da?« Ben lachte.

»Jawohl. Du hast geflirtet.«

»Hab' ich nicht.«

»Was war dann das ›Du wüßtest wohl gern, wie sehr ich einer bin‹? Genausogut hättest du sagen können: ›Probier mal mein Ding aus.‹«

»Das war's. Du hast mich ertappt«, erklärte Ben sarkastisch. »Na schön, Lisa, machen wir Schluß mit diesen Spielchen. Probier mal mein Ding aus.«

»Das hättest du wohl gern«, meinte Lisa grinsend.

Ben zeigte auf Lisa. »Das kannst du mit mir nicht machen, Weib! Jetzt hast *du* mit mir geflirtet. Ungelogen!«

»Du spinnst«, sagte Lisa lachend. »Hör mal, vergessen wir das Ganze einfach. Es zündet nicht. Wir sind beide müde, und ich habe nicht die Absicht, mich von meiner geistigen Erschöpfung zu irgend etwas bringen zu lassen, was ich später bereuen könnte.«

»Genau.« Ben ließ den Kopf zurückfallen. »Obwohl ich dir versprechen kann, daß niemand es je bereut hat.«

»Lisa, wach auf!« Ben rüttelte sie wach.

»Ha?« Lisa setzte sich auf dem roten Sofa auf. »Wie spät ist es?«

»Halb acht. Ich kann nicht schlafen. Ständig denke ich an diesen Verurteilten. Was ist, wenn Hollis den Aufschub ablehnt, weil wir schlecht gearbeitet haben? Dann hätten wir ihn umgebracht.«

»Wir haben überhaupt niemanden umgebracht. Wir haben unser Bestes getan und eine anständige Stellungnahme verfaßt.«

»Meinst du?«

»Absolut. Wir haben getan, was wir für ...«

Das Telefon läutete.

Ben stürzte hin. »Hallo? Guten Tag, Richter Hollis. Haben Sie das Fax gut bekommen?« Ben schwieg, während Lisa ihm auf den Arm schlug, um eine Reaktion hervorzulocken. »Nein, das wissen wir«, sagte Ben. »Ja, wir kennen den Ablauf. Okay. Dann werden wir Sie erst in einem Monat sehen. Schönen Tag noch.« Ben legte den Hörer auf, hielt inne, und sah Lisa mit leerem Blick an. »Das macht fünf Stimmen! Wir haben den Aufschub!« schrie er.

Die beiden Kollegen umarmten sich und hüpften johlend in ihrem Büro umher. »Wir haben den Aufschub! Wir haben den Aufschub!«

»Ich kann's kaum glauben!« rief Lisa. »Was hat er noch gesagt?«

»Er hat gesagt, unser Memo hätte ihm gefallen. Die Argumentation sei überzeugend, unsere Analyse gut durchdacht. Wir hätten das Wort ›überdies‹ zu oft benutzt, aber er denkt, wir haben die Sache genau getroffen. Er hat das Büro des Gouverneurs von Missouri schon angerufen. Wir müssen bloß noch alle Vorbereitungen für die Anhörung treffen.«

»Ich kann's kaum glauben«, wiederholte Lisa und faßte sich an die Stirn.

»Und weißt du, was das beste war? Hollis hat tatsächlich gesagt, und ich zitiere: ›Diese ersten Instanzen sind so beschissen, daß es zum Davonlaufen ist.‹«

»Hollis hat *beschissen* gesagt?«

»Mir ins Ohr«, sagte Ben mit breitem Grinsen. »Heute ist ein beschissen guter Tag.«

DRITTES KAPITEL

Ben stand vor *Armand's Pizzeria* und genoß den kühlen Wind des späten Oktobers. Nun, da der Sommer offiziell zu Ende ging, verschwand auch Washingtons unerträgliche Schwüle. Ohne Jackett, die Ärmel bis zu den Ellbogen hochgerollt, genoß Ben die ruhige Atmosphäre, die in der Gegend herrschte. Er vergaß schon das Grün des Sommers, als er versunken die braune und rötliche Färbung betrachtete, die die Bäume an der Massachusetts Avenue überzog. Entspannt wartete er auf den Mann, mit dem er sich zum Mittagessen verabredet hatte. Nach einigen Minuten spürte er eine Hand auf seiner Schulter. »Ben?«

»Rick?« Ben erkannte die Stimme des ehemaligen Assistenten von Richter Hollis sofort wieder. Rick trug einen olivgrünen Anzug und eine Krawatte mit Paisleymuster. Sein auffallendstes Merkmal waren seine Augen, hervorstehend und leicht blutunterlaufen. Er hatte sein dünnes blondes Haar perfekt gekämmt und war größer, schlanker und dem Aussehen nach älter, als Ben erwartet hatte. »Schön, daß sich endlich ein Gesicht mit deiner Stimme verbindet«, sagte Ben, als sie die Hände schüttelten. »Nach all den Ratschlägen, die du mir in den letzten beiden Monaten gegeben hast, hab' ich mir gedacht, daß es an der Zeit ist, herauszufinden, wie du eigentlich aussiehst.«

»Ganz meinerseits«, meinte Rick, während sie das Lokal betraten. »Na, wie ist Hollis mit dir umgesprungen?«

»Er ist schon in Ordnung.« Sie setzten sich an einen Tisch in einer Ecke des Raumes. »Es sind jetzt ungefähr eineinhalb Monate, seit er aus Norwegen zurückgekommen ist, und ich glaube, ich hab' mich endlich an seine Eigenheiten gewöhnt.«

»Er kann extrem seltsam sein, findest du nicht? Ich hab' nie kapiert, warum er immer nur mit Bleistiften schreibt. Meinst du, er ist allergisch gegen Kugelschreiber?«

»Ich glaube, das ist einfach ein Teil seiner Persönlichkeit«, sagte Ben. »Nach seiner Vorstellung ist nichts in Stein gemeißelt; alles ist veränderbar. Wäre nur schön, wenn er nicht die Radiergummis von seinen Bleistiften knabbern würde.«

»Das macht er also immer noch?« Rick lachte. »Dabei ist mir immer übel geworden.«

»Einen sauberen Radiergummi zu verspeisen, ist eine Sache. Ich bin total für saubere Radiergummis. Aber er kaut an den schmutzigen. Einmal hab' ich ihn eine halbe Seite ausradieren sehen. Das ganze Blatt war mit Gummiresten bedeckt, und der Gummi selbst war pechschwarz. Genau dieses Ding hat er dann in den Mund gesteckt und daran rumgekaut. Als der Stift wieder zum Vorschein kam, war bloß noch der Metallring zu sehen. Seine Zähne waren so schwarz, daß es widerwärtig war.«

»Ach, wie ich mich nach diesen Tagen zurücksehne.« Rick wandte sich der Speisekarte zu.

»Du brauchst dir das Ding gar nicht anzuschauen«, meinte Ben. »Hier geht es ausschließlich um das eine.« Er zeigte auf die Selbstbedienungstheke, *Armand's* Spezialität. »So viel Pizza, wie du reinkriegst, für nur vier Dollar fünfundneunzig. Was mich betrifft, ist das so ziemlich das Größte in der Stadt. Ich kann kaum glauben, daß du nie davon gehört hast.«

»Ich hab' eindeutig was versäumt.« Rick ließ den Blick über die verschiedenen Pizzen wandern.

Die beiden bestellten ihre Getränke und gingen zur Theke, wo sich jeder drei Stücke auflud. Als sie zu ihrem Tisch zurückgingen, sagte Ben: »Übrigens, nochmals vielen Dank für den Rat in der Sache Scott. Mir war gar nicht klar, daß Hollis in solchen Fällen so eisern auf seiten der Angeklagten steht.«

»Wenn es um eine Benachteiligung des Angeklagten ging, hat unser gerechter Richter bisher immer angebissen«, kommentierte Rick. »Übrigens, wie ist die Sache mit der Todesstrafe ausgegangen?«

»Du weißt doch, daß ich dir das nicht erzählen darf.« Ben stieß ein gezwungenes Lachen aus. »Wir haben einen Ehrenkodex unterzeichnet – alles ist vertraulich.«

»Ich hab' mal die gleiche Verpflichtung unterschrieben.« Rick faltete ein Stück mit Zwiebeln und Knoblauch garnierter Pizza zusammen. »Und ich bin noch immer daran gebunden.

Glaub mir, ich weiß, wie es ist, in diesen Amtszimmern zu hocken. Die Verantwortung hört nie auf.«

Ben sah über seine Schulter, dann beugte er sich zu Rick. »Wir arbeiten gerade am Sondervotum. Die Richter haben fünf zu vier entschieden, ihn in den Tod zu schicken. Es war herzzerreißend.«

»Na, nun laß dich davon nicht niedermachen«, sagte Rick. »Ihr beide habt bei der Vorbereitung der Anhörung wirklich gute Arbeit geleistet. Ihr könnt ...«

»Ich weiß, wir können nicht immer gewinnen«, unterbrach ihn Ben. »Ich hätte mir nur gewünscht, diesen Typ retten zu können. In der ersten Instanz hat man ihn einfach hingehängt.«

»Er ist nicht der erste und wird sicher nicht der letzte sein«, stellte Rick fest. »Und woran arbeitet ihr noch? Was ist eigentlich mit der CMI-Fusion? Ist die nicht nächste Woche fällig?«

»Wahrscheinlich wird es noch ein paar Wochen dauern. Blake und Osterman haben darum gebeten, mehr Zeit für ihre Voten zu bekommen. Du weißt ja, wie es ist – Fusionen führen immer zu Verwirrung. Es dauert ewig, den ganzen Kartellquatsch durchzuackern.«

»Und wer gewinnt?«

»Es war eigentlich ziemlich aufregend.« Ben sah wieder über seine Schulter. »Als es bei der Sitzung zu einer Abstimmung kam, stand es fünf zu vier gegen CMI. In letzter Minute hat Osterman dann Richterin Dreiberg aus dem Sitzungszimmer gebeten und mit in sein Büro genommen. Laut Ostermans Mitarbeitern hat er sie dann davon überzeugt, daß die Gesetze zugunsten von CMI sprächen, weshalb die Fusion mit Lexcoll nach dem Kartellgesetz vollkommen legal sei. Charles Maxwell wird sich zur Ruhe setzen, wenn diese Entscheidung bekannt wird. Es heißt, er hätte gut über fünf Millionen bloß für Anwaltskosten verbraten, um den Fall vor Gericht zu bringen.«

»Hast du irgendeine Ahnung, warum die Dreiberg ihre Meinung geändert hat?«

»Nein. Du weißt ja, wie Osterman ist. Er hat sie wahrscheinlich intellektuell unter Druck gesetzt, und sie hat nachgegeben. Es ist schwer für das jüngste Mitglied, sich gegen den Vorsitzenden durchzusetzen.«

»Besonders, wenn es sich um eine Frau handelt«, meinte Rick.

Erstaunt von seinem Kommentar, sagte Ben: »Das würde ich nicht sagen. Selbst für einen Mann wäre es schwer, Osterman frontal entgegenzutreten.«

»Kann schon sein«, stimmte Rick zu.

»Um wieviel Uhr kommt sie eigentlich?« fragte Nathan, während er seine Schuhe auf dem Couchtisch des Wohnzimmers polierte.

»Sie müßte jeden Moment eintreffen.« Auch Ben bemühte sich um seine Schuhe. Als er sah, wie sorgfältig sein Freund bürstete und wienerte, meinte er: »Wie wär's, wenn ich dir was bezahle, damit du auch meine putzt?«

»Dies ist eine alte Tradition, mein Junge«, erklärte Nathan. »Weitergereicht vom Vater zum Sohn, vom Sohn zum Freund. Schuhe zu polieren ist ein Teil des Lebens.«

»Ich kann's kaum glauben, daß ich so was mache.« Ben bürstete schwarze Schuhcreme in den Slipper. »Ich fühle mich wie mein eigener Großvater. Ich meine, es ist doch so, daß nur alte Leute ihre Schuhe putzen. Wahrscheinlich übermannt mich gleich das Alter.«

»Ums Alter geht es hier nicht im geringsten«, stellte Nathan fest. »Ich putze meine Schuhe, seit ich zwölf bin.«

»Ja, aber du bügelst schließlich auch deine Socken.«

»Nur meine Anzugsocken«, korrigierte Nathan. »Als ob ausgerechnet du dir darüber das Maul zerreißen dürftest.«

»Komm mir bloß nicht so«, sagte Ben. »Ich bin vielleicht ordentlich, aber du bist noch voll in der analen Phase.«

Nathan bürstete die Seite eines Schuhs, wobei er ein wenig Spucke hinzufügte. »In deinen Träumen vielleicht.«

»Woran liegt es dann, daß deine Kreditkarten alphabetisch geordnet in deiner Brieftasche stecken? Oder daß deine Kleider sich im Schrank auf keinen Fall berühren dürfen?«

»Ich möchte bloß, daß alle Dinge ihren eigenen Platz haben«, erklärte Nathan.

»Klar möchtest du das – und nicht etwa, weil du ein Spinner bist.« Ben starrte auf den Schuh in seiner rechten Hand. »Wenn

Lisa mich jetzt sehen könnte, würde sie in ein Triumphgeheul ausbrechen.«

»Ich kann's kaum glauben, daß du sie noch immer nicht rumgekriegt hast.«

»Ich glaube, sie wird dir wirklich gefallen«, sagte Ben. »Sie hat was.«

»Warum machst du dich dann nicht an sie ran?«

»Geht nicht«, meinte Ben. »Wir sind uns zu ähnlich. Es wäre wie ein Verhältnis mit meiner eigenen Schwester.« Er schlüpfte in seine spiegelblanken Slipper.

Als es läutete, ging Ben zur Tür. »Hübsch hier«, sagte Lisa beim Eintreten. »Besser, als ich gedacht hab'.« An der gegenüberliegenden Wand des Wohnzimmers stand eine große tiefblaue Couch. Ein kleineres gestreiftes Sofa diente als Ablage für Jacketts, Aktenmappen, Brieftaschen und Schlüssel. Die beiden Möbel waren von der ersten Gehaltszahlung der Freunde in Washington angeschafft worden. Über der größeren Couch hing ein riesiger leerer Goldrahmen als Einfassung eines Gesprenkels aus roter, blauer, gelber und grüner Farbe, das Eric beim Einzug direkt auf die Wand gemalt hatte. Eric hatte ihm den Titel »Primärfarben in Aktion« gegeben, Ben sprach von einem netten ersten Versuch – wenn man Jackson Pollock mochte. Ober war der Meinung, es sei nicht ganz daneben, während Nathan es als Desaster bezeichnete.

Ben trat mit Lisa ins Wohnzimmer und stellte Nathan vor, der noch immer seine Schuhe polierte.

»Schön, dich endlich mal kennenzulernen«, sagte Lisa. Sie schnüffelte in der Luft und fügte mit einem Blick auf den Schuhputzkasten hinzu: »Wenn ihr Lust habt, können wir ins Kino gehen. Rentner bekommen Ermäßigung.«

»Mach dich nur über uns lustig, wenn's dir Spaß macht«, meinte Ben.

»Natürlich macht es mir Spaß.« Lisa sah sich im Zimmer um. »Sagt mal, was ist das eigentlich für ein Couchtisch?« Der Tisch in der Mitte des Zimmers bestand aus einem auf starke Pappe aufgezogenen Plakat von Elbridge Gerry – nach Bens Meinung der übelste Vizepräsident der amerikanischen Geschichte –, das auf Betonblöcken ruhte.

»Das ist der politisch fragwürdigste Couchtisch der Stadt«, erklärte Ben stolz. »Wo sonst kann man seine Füße auf die Visage von jemandem legen, der sich geweigert hat, die amerikanische Verfassung zu unterzeichnen?«

»Manchmal hast du wirklich nicht alle Tassen im Schrank, ist dir das klar?« sagte Lisa. Sie ging an dem gläsernen Eßtisch vorbei, der zwischen Küche und Wohnzimmer stand, betrat die Küche und inspizierte einen am Kühlschrank hängenden Kalender. »Ist das etwa ein Miss-Teen-USA-Kalender?« Sie zeigte auf das Logo unter dem Bild eines Mädchens im Abendkleid und blätterte die Monate durch. »Wirklich erbärmlich.«

»Ich hab' schon gewußt, daß du das machst«, verkündete Ben aus dem Wohnzimmer. »Es gibt zwei Sorten von Menschen auf dieser Welt: Die einen sehen sich nie den ganzen Wandkalender an, damit sie jeden Monat eine Überraschung haben, und die anderen blättern das Ding sofort gierig durch, um alle Bilder auf einmal sehen zu können.«

Lisa kam ins Wohnzimmer zurück. »Ich dachte, du bist der Meinung, daß es auf der Welt bloß zwei andere Sorten von Menschen gibt: Spaghetti-Dreher und Spaghetti-Schlürfer.«

Ben legte eine Kunstpause ein. »Na schön, dann gibt es eben vier Sorten.«

Ohne Vorwarnung stand Ober in der Tür. »Da bin ich wieder!« verkündete er. »Ist die Lesbe schon da?«

»Vielleicht gibt es fünf Sorten«, sagte Ben.

Ober trat zu Lisa, während Ben die Augen schloß und sich aufs Schlimmste gefaßt machte. »Du mußt Ober sein.« Lisa bot ihm die Hand. »Komisch, Ben hat gesagt, deine Handflächen wären viel haariger.«

Nathan lachte, und Ober konterte: »Tatsächlich? Dich hat er dragonermäßiger dargestellt.«

»Er hat gesagt, du könntest nicht mal aufrecht gehen«, schlug Lisa zurück.

»Er hat gesagt, du könntest im Stehen pinkeln.«

»Wirklich nett«, meinte Lisa. »Er hat gesagt, du hättest keine opponierten Daumen.«

»Das versteh' ich nicht«, sagte Ober verdutzt. »Was sind opponierte Daumen?«

»Wenn du keine hättest, würdest du mit den Halbaffen rumhängen«, erklärte Lisa. »Oder mit den Reptilien. Vielleicht wären es auch die Bakterien. Niedere Lebensformen ...«

»Ooookay, ich glaube, wir haben's kapiert«, unterbrach Ben und trat zwischen die beiden. »Wie ich sehe, werdet ihr zwei hervorragend miteinander auskommen. Also, was machen wir zum Abendessen?«

»Ich hab' gedacht, daß Lisa für uns kocht.« Ober ließ sich neben Nathan auf die große Couch fallen. »Nein – stimmt ja gar nicht – sie sollte mein Auto reparieren.«

»Fangt bloß nicht wieder an«, warnte Ben. »Wie wär's, wenn wir uns was Chinesisches kommen lassen?« Die drei anderen nickten zustimmend, und Ben gab die Bestellung durch. Als er den Telefonhörer auflegte, griff Lisa in ihre Tasche. »Ben, ich wollte dir was zeigen.« Sie zog ein zehnseitiges Schriftstück heraus. »Das habe ich gerade aus dem Westlaw ausgedruckt. Es ist unser erstes veröffentlichtes Votum.«

Strahlend überflog Ben das Dokument. »Unglaublich! Das sind unsere Worte! Als Teil der Rechtsprechung!«

»Das verstehe ich noch immer nicht«, bemerkte Nathan. »Ihr entscheidet die Fälle anstelle der Richter? Ist das legal?«

»Wir entscheiden nichts, wir schreiben bloß die Voten.« Ben wedelte mit dem Schriftstück in der Luft. »Jeden Mittwoch und Freitag kommen die Richter zu einer Sitzung zusammen, und da wird dann über die Fälle abgestimmt. Auf der Grundlage unserer Memos und unserer Recherchen entwickeln sie ihr Votum. Nehmen wir einmal an, ein Bürgerrechtsfall kommt vor Gericht. Die Richter stimmen ab, wobei fünf den Beklagten für haftbar halten, vier aber nicht. Der Beklagte ist also haftbar. Dieses Urteil wird aber nicht einfach so verkündet; die eigentliche Urteilsbegründung muß jemand zugeteilt und dann verfaßt werden. Das dauert ein bis sechs Monate. Wenn die Sache also Hollis zugeteilt wird, kommt er aus der Sitzung und verkündet mir und Lisa: ›Wir schreiben das Mehrheitsvotum; der Beklagte ist haftbar. Ich hätte gern, daß Sie das Ganze aus der Perspektive des Vierzehnten Zusatzartikels – da geht es um den Schutz der persönlichen Freiheit gegen staatliche Übergriffe – angehen.‹ Wir versuchen unser Bestes und überreichen es Hollis. Normalerweise bringt er entscheidende Veränderungen an, bevor der Schrieb endgültig fertig ist, aber er bleibt doch in erster Linie unser Werk.«

»Und hier ist er.« Lisa zerrte das Schriftstück aus Bens Händen und überreichte es Nathan. »Hollis hat das schon vor Monaten abgesegnet, aber es wurde erst diese Woche bekanntgegeben.«

»Sehr eindrucksvoll«, bemerkte Nathan.

»Siehst du den Abschnitt da?« Lisa zeigte auf eine Seite. »Daran haben wir zwei volle Tage gearbeitet. Hollis wollte eine seiner früheren Entscheidungen nicht umstoßen.«

Die Türglocke läutete. »Futter. Futter. Futter«, frohlockte Ober und rannte zur Tür.

»Das kann gar nicht sein«, rief ihm Ben hinterher. »Wir haben doch gerade erst bestellt.«

Als Ober die Tür öffnete, stand zu seiner Enttäuschung Eric davor.

»'tschuldigung, aber ich hab' meine Schlüssel im Büro vergessen«, erklärte Eric und fuhr sich mit den Händen durch sein ungekämmtes Haar.

»Phantastisch«, sagte Ober aufgeregt. »Komm schon, ich will dir jemanden vorstellen.« Er zog Eric ins Wohnzimmer und verkündete: »Lisa, das ist Eric. Er ist noch Jungfrau.«

»Du mußt ihn entschuldigen.« Eric schüttelte Lisas Hand. »Er ist so stolz auf mich, daß er sich einfach nicht beherrschen kann.«

»Schön, dich kennenzulernen«, meinte Lisa. »Ich hab' schon viel von dir gehört.«

»Ganz meinerseits«, sagte Eric.

Ohne auf Ober zu achten, fragte Ben: »Willst du was zu essen haben, Eric? Wir haben was Chinesisches bestellt. Die Sachen dürften jeden Moment kommen.«

»Klingt super«, meinte Eric. »Übrigens, habt ihr schon von der CMI-Fusion gehört?«

»Nee. Was ist denn?« erkundigte sich Ben.

»Ich war gerade in der Nachrichtenredaktion, als die Sache durchkam. Kurz vor Börsenschluß hat Charles Maxwell weitere zwanzig Prozent der Lexcoll-Aktien gekauft. In den verbleibenden drei Minuten ist der Kurs der Aktie um vierzehn Punkte hochgeschossen, und die Analysten sagen voraus, daß CMI bis neun Uhr fünfunddreißig morgen früh um dreißig Prozent explodieren wird. Die Trader auf dem Parkett haben sich die Haare gerauft.«

»Maxwell kann doch nichts gewußt haben, oder?« fragte Lisa Ben.

»Nein. Auf keinen Fall«, erwiderte Ben, dem ein Schauer den Rücken hinunterlief, als er an seine Unterhaltung mit Rick dachte. Nein, Maxwell konnte nichts gewußt haben, beruhigte er sich. »Das ist gar nicht möglich. Es war ein Glückstreffer. Das Votum des Gerichtshofs war nicht unvorhersehbar. Maxwell muß mit seinen juristischen Beratern gesprochen haben.«

»Was auch immer er wußte«, sagte Eric, »man spricht davon, daß das die riskanteste Entscheidung war, die Maxwell je getroffen hat. Wenn er recht behält, ist er ein Milliardär, aber wenn der Gerichtshof die Fusion nicht zuläßt, hat er sein gesamtes Geld in die miserabelste Telekommunikationsallianz der Geschichte gesteckt.«

Als Ben am nächsten Tag zur Arbeit kam, lag eine Aktennotiz auf seinem Tisch. Sie war an alle Assistenten gerichtet und besagte, daß sich jeder einzelne angesichts der neuesten Entwicklungen betreffs der CMI-Fusion ins Gedächtnis rufen sollte, daß sämtliche innergerichtlichen Informationen absolut vertraulich seien und unter keinen Umständen nach außen gelangen dürften. Unvermittelt spürte Ben eine Hand auf seiner Schulter. »Wer zum Teufel –«, schrie er und wirbelte herum.

»Immer mit der Ruhe, Großer«, sagte Lisa.

»Du hast mich ganz schön erschreckt.« Ben wischte sich den Schweiß von der Stirn.

»Ist die Notiz da nicht unglaublich?« Lisa hielt ihr eigenes Exemplar in die Höhe. »Was glauben die eigentlich, wer sie sind? Ist das eine Beschuldigung oder was?«

»Ich glaube nicht, daß es so schlimm ist.« Ben nestelte an seiner Krawatte. »Es ist wohl bloß als Erinnerung gedacht. Bestimmt ist die Presse ständig hinter ihnen her, um rauszukriegen, ob Maxwells Vermutung richtig war.«

»Na, jedenfalls ist die Verkündung auf nächste Woche vorgezogen worden, so daß die ganzen Geier rasch genug wissen werden, ob er ein Guru oder ein Trottel ist. Hör mal, ich will mir einen Kaffee holen. Willst du auch irgendwas?«

Ben schüttelte den Kopf. Sobald Lisa das Büro verlassen hatte, machte sich Ben sofort an seine Rolodex und suchte Ricks Telefonnummer heraus. Als er zum Hörer gegriffen und gewählt hatte, hörte er zur Überraschung nur eine mechanische Stimme: »Kein Anschluß unter dieser Nummer. Bitte überprüfen Sie die gewählte Nummer und wählen Sie noch einmal.« Verwirrt tippte er dieselben Zahlen erneut ein, wobei er jede Ziffer sorgfältig überprüfte. »Kein Anschluß unter dieser Nummer. Bitte überprüfen Sie die gewählte Nummer und wählen Sie noch einmal.«

Ben warf den Hörer auf die Gabel, zerdrückte die Karteikarte in seiner Hand und warf sie an die Wand. Verdammt, dachte er, was mache ich jetzt? Er nahm den Hörer wieder ab und wählte schnell die Auskunft. »Ich brauche eine Nummer in D.C.; der Name ist Rick Fagen. F-A-G-E-N.« Nervös klopfte Ben mit seinem Kugelschreiber auf die Tischplatte.

»Tut mir leid, Sir«, sagte die Telefonistin. »Der Name Fagen ist nicht verzeichnet.«

»Kann ich Ihnen vielleicht seine alte Telefonnummer geben, damit Sie nachschauen können, ob eine neue Nummer existiert?«

»Ich will's versuchen«, meinte die Telefonistin, und Ben rannte zur gegenüberliegenden Wand, um die Karteikarte wiederzuholen. »Sir, sind Sie noch da?«

Ben raste zu seinem Tisch zurück und ließ sich auf seinen Stuhl fallen. »Da bin ich schon.« Er las Ricks alte Nummer vor.

»Tut mir leid, Sir«, erklärte die Frauenstimme, »dieser Anschluß ist abgemeldet.«

»Das weiß ich bereits«, schnauzte Ben. »Deshalb habe ich mich ja nach einer neuen Nummer erkundigt.« Wütend fuhr er fort: »Können Sie mir sagen, wohin die Rechnung nachgesendet wurde?«

»Tut mir leid, zu dieser Auskunft sind wir nicht berechtigt.«

»Danke.« Ben legte auf. Schweißüberströmt ließ er seine

Stirn auf die Tischplatte sinken. Es muß eine Erklärung dafür geben, redete er sich ein. Rick ist einfach umgezogen. Es gibt keinen Grund zur Panik. Nur keine Aufregung. Wieder rief er die Auskunft an und ließ sich die Nummer der Telefongesellschaft geben. »Guten Tag, mein Name ist Rick Fagen«, erklärte er der Telefonistin. »Ich hab' vor kurzem mein Telefon abgemeldet, und ich glaube, ich habe Ihnen die falsche Nachsendeadresse gegeben. Könnten Sie das bitte überprüfen, damit ich mit meinen Zahlungen nicht in Verzug komme?«

»Ich verbinde Sie mit der Buchhaltung, Mr. Fagen«, sagte die Telefonistin.

»Was kann ich für Sie tun?« fragte eine neue Stimme.

Ben erzählte seine Geschichte noch einmal.

»Wie war Ihre alte Telefonnummer?«

Ben las die Nummer von der zerknitterten Karteikarte ab und wartete. Endlich sagte seine Gesprächspartnerin: »Gut, daß Sie anrufen, Mr. Fagen. Sie haben gar keine Nachsendeadresse hinterlassen.«

»Sind Sie sicher?« Ben griff nach einem Kugelschreiber. »Welche Adresse haben Sie denn?«

»Wir haben bloß die alte. 1780 Rhode Island Avenue, N.W., Apartment 317.«

»Das ist tatsächlich nur die alte.« Ben notierte die Adresse. »Nun, sobald ich eine neue Wohnung habe, werde ich Sie auf jeden Fall benachrichtigen.« Er legte den Hörer auf und lehnte sich zurück, um auf eine andere Möglichkeit zu kommen, wie Rick ausfindig zu machen war. Dann überflog er den Zimmerplan des Obersten Gerichts, verließ sein Büro und rannte den Flur entlang und die hängende Wendeltreppe hinunter, ein architektonisches Phänomen, das nur von den Angestellten benutzt werden durfte. Seinem geistigen Gebäudeplan folgend, lief er durch die Große Halle und durch die anschließenden Flure zum Personalbüro.

»Was kann ich für Sie tun?« fragte eine Frau hinter der Theke.

»Tag. Ich bin Ben Addison, einer der Mitarbeiter von Richter Hollis. Wir versuchen gerade, ein Treffen aller ehemaligen Mitarbeiter des Richters zu organisieren, und mir ist eingefallen, daß ich am Anfang die ganzen Formulare für Sie hier ausgefüllt habe. Haben Sie vielleicht eine Liste mit den Adressen der alten Kollegen?«

»Oh, wir haben alle hier«, sagte die Frau stolz. »Da wir die Sicherheitsüberprüfung machen, kennen wir jede Adresse, unter der Sie in den vergangenen zehn Jahren gemeldet waren.«

»Also, wir brauchen nur die Adresse eines der alten Mitarbeiter. Die anderen haben wir alle.«

»Ausweis?«

Ben griff in die Brusttasche seines Anzugshemds und reichte der Frau seinen Gerichtsausweis. Sie führte ihn durch eine Lesevorrichtung auf ihrem Tisch und blickte auf ihren Monitor, um auf das Erscheinen von Bens Freigabe zu warten.

Nun mach schon, dachte Ben, der mit den Daumen auf die Theke trommelte.

»Wie ist denn der Name des Mitarbeiters?« fragte die Frau endlich und gab Ben seinen Ausweis zurück.

»Rick Fagen.« Ben steckte die Karte wieder in seine Brusttasche. »Vielleicht steht da auch Richard.«

Die Frau gab den Namen in ihren Computer ein. »Unter diesem Namen finde ich niemanden als ehemaligen Assistenten von Richter Hollis.«

Überrascht sagte Ben: »Vielleicht ist unsere Liste nicht in Ordnung. Könnten Sie die Liste mit den Mitarbeitern der anderen Richter überprüfen?«

Ben trommelte weiter, während die Frau ihren Suchbefehl anpaßte.

»Tut mir leid«, sagte sie schließlich, »unter diesem Namen gibt es keinen Eintrag.«

»Das ist unmöglich.« Voller Panik erhob Ben die Stimme.

»Ich sag's Ihnen doch«, beteuerte die Frau. »Ich hab' unser gesamtes Personal überprüft. Kein Mensch namens Rick Fagen hat jemals am Obersten Gerichtshof gearbeitet.«

VIERTES KAPITEL

Ben schoß die Treppe hinauf und stürzte in vollem Tempo zurück in sein Büro. Er lief zu dem Aktenschrank und zog ihn von der Wand weg. Rick Fagens Unterschrift war nicht zu finden. »Verdammt!« brüllte er und schlug mit der Faust eine riesige Delle in den Schrank. »Wie konnte ich bloß so blöd sein?« Als er sich umwandte, entdeckte Ben einen riesigen Strauß roter, gelber und violetter Blumen auf seinem Schreibtisch. Er zog die Karte aus dem übergroßen Weidenkorb und öffnete den winzigen Umschlag. *Danke für Deine Hilfe*, las er. *Mit freundlichen Grüßen, Rick*. Ben wurde flau im Magen. Er war nahe daran, sich zu übergeben. Als das Zimmer sich um ihn zu drehen begann, legte er seinen Kopf auf die Schreibtischplatte. Jetzt sitz' ich wirklich in der Klemme, dachte er. Was soll ich bloß tun, verdammt noch mal?

Als er allmählich wieder Luft bekam, schob Ben den Blumenkorb beiseite, nahm den Hörer ab und wählte die Nummer von Nathan. »Ich bin's«, meldete er sich.

»Geht's dir nicht gut?« fragte Nathan.

»Können wir uns zu Hause treffen?« fragte Ben zurück.

»Es ist noch nicht mal zehn.«

»Nathan, bitte, können wir uns zu Hause treffen? Es ist wichtig.«

»Natürlich.« Nathan klang verwirrt. »Ich gehe sofort los, aber was ist überhaupt passiert?«

»Ich sag's dir zu Hause«, antwortete Ben und legte auf.

Er schrieb eine kurze Notiz für Lisa, packte seine Aktentasche und ging zur Tür. Als er das Gebäude verließ, sah er Lisa die Treppe heraufkommen. »Wo willst du denn hin?« fragte sie.

»Ich hab' üble Magenkrämpfe«, erklärte Ben. Sein Gesicht war aschfahl. »Kannst du Hollis sagen, daß ich deswegen heimgehen mußte?«

»Natürlich. Schaffst du's?«

»Ja, ja, ich muß bloß nach Hause.«

Als Ben heimkam, ging er sofort in sein Zimmer, setzte sich aufs Bett und versuchte, sich zu entspannen, so gut es ging. Er ließ seinen Atem langsamer werden, stellte sich einen Spaziergang durch einen stillen Wald vor, dachte an die Stille beim Sporttauchen. Bleib ruhig, redete er sich zu. Es ist schon in Ordnung. Es gibt schlimmere Dinge. Krebs. Die Pest. Den Tod. Unfähig, länger stillzusitzen, ging er in dem kleinen Zimmer umher. Wieder und wieder ließ er die Ereignisse Revue passieren. »Scheiße!« sagte er schließlich laut. »Wie konnte ich bloß so blöd sein?« Er ging zurück zum Bett und versuchte noch einmal, sich zu entspannen. Es war sinnlos. Er fragte sich, was er tun sollte. Sollte er sich Hollis anvertrauen? Wenn er das tat, würde er sofort entlassen werden. Nein, es mußte einen besseren Ausweg geben. Während er im Geiste die verschiedenen Alternativen durchspielte, kam er immer wieder zu demselben Schluß: Der erste Schritt war, denjenigen zu finden, der diese Katastrophe verursacht hatte. Ben wußte, daß er Rick aufspüren mußte. Seine Überlegungen wurden unterbrochen, als ein Auto in die Einfahrt einbog.

»Ben!« rief Nathan wenige Augenblicke später von unten.

»Ich bin hier oben«, antwortete Ben.

Nathan nahm zwei Stufen auf einmal und stürmte in Bens Zimmer. »Was ist passiert?«

Ben saß auf dem Bett, den Kopf in den Händen verborgen. »Ich hab's total versaut«, sagte er.

»Was denn? Red doch!«

Ben sprudelte seine Geschichte hervor. »... und ich glaube, daß Maxwell von diesem Rick einen Tip bekommen haben könnte.«

Nathan starrte aus dem Fenster. »Das weißt du doch gar nicht.« Ruhig und langsam fuhr er fort: »Es gibt keinen Grund, das Schlimmste anzunehmen.«

Ben sah zu seinem Freund auf. Er kannte den tröstenden, aber unehrlichen Tonfall. »Nathan, ich weiß, daß er's getan hat. Niemand riskiert Millionen wegen einer bloßen Vermutung. Er hat mir zum Dank sogar Blumen geschickt. Rick hat mich eingeseift, und ich bin total drauf reingefallen. Er hat es leicht gehabt. Er mußte bloß ein paar Nachforschungen anstellen und beim Gerichtshof anrufen, sobald die neuen Mitarbeiter anfingen. Die Richter waren noch nicht da, und wir waren noch feucht hinter den Ohren. So einfach ist das.«

»Eins versteh' ich nicht.« Nathan lehnte sich ans Fensterbrett. »Hast du mit Hollis nie über Rick gesprochen?«

»Absolut nie. Ich wollte Hollis ja nicht wissen lassen, daß ich mir von außen Ratschläge hole. Lisa und ich müssen so perfekt erscheinen wie möglich.« Ben ließ den Blick zu Boden sinken. »Verdammt!« brüllte er und trommelte aufs Bett. »Das war so verdammt *dämlich* von mir!«

»Jetzt kannst du ohnehin nichts mehr ändern«, versuchte Nathan seinen Freund so gut zu trösten, wie er konnte. »Vielleicht können wir probieren, Rick zu finden. Hast du seine Telefonnummer?«

»Die hab' ich schon überprüft. Abgemeldet. Aber ich habe seine Adresse.«

»Du mußt wirklich nicht mitkommen«, sagte Ben, als er die Tür von Nathans altem braunen Volvo öffnete.

»Erst holst du mich aus der Arbeit, und jetzt willst du mich abwimmeln, wenn du die Wohnung von diesem Typen auskundschaftest?« fragte Nathan. »Vergiß es.«

»Es ist ja nicht so, daß ich dich von irgendwas ausschließen will ...«

»Ich weiß«, sagte Nathan. »Und ich bin auch nicht dabei, weil ich Angst habe, etwas zu verpassen. Ich bin dabei, weil ich dir helfen will.«

»Ich bin dir ja auch dankbar«, erklärte Ben, während Nathan den Wagen zurücksetzte. »Ich wollte dich bloß nicht in meine Probleme reinziehen.«

In der Seventeenth Street manövrierte Nathan den Wagen einige Blocks vor der Adresse in eine Parklücke. »Laß uns den Rest zu Fuß gehen.«

Ben blickte zu den dunklen Wolken empor. »Hast du einen Regenschirm? Es wird bald gießen.«

»Unter deinem Sitz müßte einer sein«, sagte Nathan.

Wie ein architektonischer Fremdkörper stand das Gebäude mit der Adresse 1780 Rhode Island ganz in der Nähe des Geschäftszentrums der Stadt. Ende der siebziger Jahre entworfen, war es gallig grün, acht Stock hoch und hatte dunkle, die gesamte Stockwerkhöhe umfassende Glasfenster. Kein Ruhmesblatt für einen Architekten. Ben und Nathan öffneten die Flügel der schweren Glastür, betraten die Lobby und steuerten auf den Portier zu, der in dem ansonsten renovierten Ambiente an einem leicht verrosteten Blechtisch saß.

»Sie wünschen?« fragte er.

»Ich will meinen Bruder besuchen«, erklärte Ben. »Er heißt Rick Fagen und wohnt in Apartment 317.«

Der Portier starrte die beiden Freunde ein paar Sekunden an. Schließlich sagte er: »Folgen Sie mir.« Ben und Nathan warfen sich einen Blick zu und zögerten kurz. Doch als Nathan Ben zustimmend zunickte, folgten sie dem Portier. Dieser führte sie über eine kleine Treppe und am einzigen Aufzug des Gebäudes vorbei, um dann in einen langen Flur zur Rechten einzubiegen. Vor einem Zimmer mit der Aufschrift »Privat« blieb er stehen, öffnete die Tür und führte sie hinein. »Setzen Sie sich.« Er zeigte auf zwei abgewetzte Ledersofas. Nathan und Ben gehorchten, und der Portier verschwand hinter einer anderen Tür, die zu einem Büro zu führen schien.

»Meinst du, es klappt?« fragte Nathan.

»Zumindest ist es den Versuch wert«, erwiderte Ben.

Nathan ließ seinen Blick durch das leere, mit unechter Zirbelkiefer ausgekleidete Wartezimmer schweifen. »Hier stinkt es nur so nach Mafia«, flüsterte er.

»Wie bitte?«

»Ehrlich«, sagte Nathan. »Es riecht wie im Haus meines Cousins Lou. Wir sollten schnellstens verschwinden.«

»Du kannst ja gehen«, flüsterte Ben. »Ich bleibe hier.«

»Das war keine gute Idee«, sagte Nathan. »Womöglich ist Rick selbst in dem Büro da.«

Bevor Ben etwas erwidert konnte, trat der Portier mit einem kurzgewachsenen Mann mit Schnurrbart aus dem Büro. »Ich bin der Hausverwalter«, sagte der. »Was wünschen Sie?«

»Tag. Ich bin der Bruder von Rick Fagen«, erwiderte Ben und streckte ihm die Hand entgegen. »Er hat uns gesagt, wir sollten ihn hier treffen.«

Ohne auf Bens ausgestreckte Hand zu achten, musterte der Verwalter Ben und Nathan. Dann steckte er die Hände in die Hosentaschen und grinste. »Wenn Sie sein Bruder sind, wieso wissen Sie dann nicht, daß er vor zwei Wochen hier ausgezogen ist? Hören Sie, unsere Mieter achten sehr auf Diskretion. Wenn Sie meinen, Sie könnten uns verscheißern, sollten Sie sich was Besseres ausdenken, als zu behaupten, daß Sie sein Bruder sind. Also, wenn Sie keine Bullen sind, dann verschwinden Sie, aber schnellstens.«

Der Portier öffnete die Tür und beförderte Ben und Nathan unsanft hinaus. »Das war doch ein schöner Erfolg«, sagte Nathan, als die Glastür sich hinter ihnen schloß. Sie standen unter dem Vordach, und Ben starrte schweigend in den prasselnden Regen. Nathan klappte seinen Schirm auf. »Na, wenigstens werden wir nicht –«

»Ich bin erledigt.« Ben rannte blindlings durch den Regen auf das Auto zu.

Während der Rückfahrt fiel kein Wort. »Komm schon, reiß dich zusammen«, sagte Nathan schließlich, als sie zu Hause ankamen.

»Ich muß nachdenken.« Ben ging geradewegs in die Küche.

»Du hast schon die ganze letzte Viertelstunde nachgedacht. Sag doch mal was.«

»Was soll ich deiner Meinung nach denn sagen?« Bens Stimme wurde lauter. »Man hat mich gerade eben übel reingelegt, und ich hab' meine gesamte Karriere in Gefahr gebracht. Menschenskind, was für ein toller Tag!«

»Hör mal, laß das bloß nicht an mir aus«, warnte ihn Nathan, öffnete den Kühlschrank und goß sich ein Glas Eistee ein. »Ich bin für dich da, und ich tue mein Bestes, um dir zu helfen, aber dein Prügelknabe bin ich nicht.«

»Tut mir leid.« Ben setzte sich an den kleinen Küchentisch. »Es ist bloß ... ich hab' bloß ... es ist eine echte Katastrophe.«

Nathan reichte Ben den Eistee. »Ist schon in Ordnung. Aber *irgendwas* sollten wir doch tun. Konzentrier mal deine Energie. Wie wär's, wenn wir uns ausdenken, wie wir Rick um die Ecke bringen können?«

»Das mache ich schon seit drei Stunden.« Ben umklammerte sein Glas. »Bis jetzt fällt mir nichts Besseres ein, als ihm die Augenlider abzuschneiden und ihn vor einen Spiegel zu setzen. Er wird von seinem eigenen Anblick verrückt werden, weil er die Augen nicht mehr schließen kann.«

»Das wäre eine Möglichkeit.«

»Ich mache keine Witze.« Ben nahm einen Schluck Tee. »Ich muß diesen Kerl finden. Wenn bekannt wird, daß ich ein Gerichtsurteil ausgeplaudert habe, bin ich erledigt. Und ohne Rick kann ich ja meine Unschuld nicht beweisen. Wenn ich ihn habe, kann ich versuchen, seine Verbindung zu Maxwell nachzuweisen. Sonst fällt mir momentan nichts ein. Können wir ihn nicht übers State Department suchen lassen?«

»Nicht ohne zu sagen, warum wir ihn suchen. Und wenn wir das tun, kannst du deinem Job adieu sagen.«

»Und meiner Karriere.«

»Aber eine vertrauliche Überprüfung könnte drin sein«, begann Nathan plötzlich. Seine Stimme gewann an Zuversicht. »Wir brauchen lediglich einen Kongreßabgeordneten, der ...« Er sprang von der Theke, griff nach dem Telefon und wählte Obers Nummer. »Hallo, Ober? Ich bin's. Wir brauchen dringend deine Hilfe. Bist du immer noch damit beschäftigt, die Briefe aus dem Wahlkreis zu beantworten?«

»Klar«, sagte Ober. »Ich bin der Großmeister des Werbebriefs.«

»Dann hast du auch immer noch Zugang zu der Signiermaschine, die die Unterschrift des Senators fälscht?«

»Natürlich. Hast du wirklich geglaubt, daß Senator Stevens deine Geburtstagskarte höchstpersönlich unterschreibt?«

»Du mußt mir einen Gefallen tun«, sagte Nathan. »Ich brauche ein formelles Ersuchen auf dem Briefpapier des Senats. Richte es zu meinen Händen an das State Department und bitte um eine vertrauliche Überprüfung eines gewissen – wie ist der Name, Ben?«

»Richard oder Rick Fagen.« sagte Ben mit gequältem Lächeln. »Hier ist seine alte Telefonnummer und Adresse.«

Nathan gab die Daten an Ober weiter und fügte hinzu: »Achte auf die Formulierung, daß sämtliche Korrespondenz an mich geleitet werden soll.«

»Worum geht es eigentlich?« erkundigte sich Ober argwöhnisch.

»Das sage ich dir später«, erklärte Nathan. »Jetzt ist nicht der richtige Zeitpunkt dafür.«

»Aber ist das denn nicht ungesetzlich?« wollte Ober wissen.

»Irgendwie schon, aber dies ist ein Notfall«, erwiderte Nathan. »Wir brauchen die Informationen.«

»Ich weiß sogar, wie wir die Sache rechtlich hinbiegen können.« Ben riß Nathan den Hörer aus der Hand. »Ober, ich bin's. Ich muß dich mal was fragen: Was macht ihr eigentlich, wenn irgendein Irrer dem Senator einen Drohbrief schreibt?«

»Das kommt darauf an«, antwortete Ober. »Ernsthafte Todesdrohungen sollten sofort an den Geheimdienst weitergeleitet werden. Aber wenn es so aussieht, als sei der Schreiber bloß ein ganz normaler Spinner, liegt es in unserem Ermessen.«

»Ausgezeichnet. Dann gehst du also folgendermaßen vor: Schreib dem Senator eine getürkte Todesdrohung und unterschreib sie mit Rick Fagen. Der Brief muß aber irgendwie meschugge aussehen. Wenn dann jemals jemand von dir wissen will, warum du eine Überprüfung angestrengt hast, zeigst du ihm den Brief und erklärst, du hättest bloß das Leben des Senators schützen wollen.«

»Hübsch ausgedacht«, sagte Nathan und übernahm wieder den Hörer. »Noch eins, Ober. Paß auf, daß die Signiermaschine eine anständige Unterschrift hinbringt. Diese Fälschungen erkennt man aus einer Meile Entfernung.« Nathan verabschiedete sich und legte auf. »Na, fühlst du dich jetzt ein bißchen besser?«

»Ein bißchen schon.« Ben strich sich sein noch immer nasses Haar aus der Stirn. »Übrigens, vielen Dank, daß du hergekommen bist.«

»Du gibst die Befehle, ich gehorche.« Nathan hob die Hand zum Salut.

Später am Nachmittag läutete das Telefon in Bens Zimmer. Ben streckte sich, um vom Bett aus den Hörer zu erreichen. »Hallo?«

»Hier ist Lisa. Ich rufe bloß an, um zu fragen, wie es dir geht.«

»Nicht mehr ganz so schlecht.« Ben fühlte sich unbehaglich, weil er Lisa anlog. »Es waren bloß ein paar Magenkrämpfe.«

»Willst du mich verarschen?« fragte Lisa. »Dann komme ich nämlich sofort nach der Arbeit zu dir.«

»Ich schwöre dir, es geht schon.« Ben legte sich wieder aufs Bett und starrte an die Zimmerdecke. »Ich hab' eine Magenverstimmung, und deshalb ist es mir nicht gutgegangen. In Ordnung?«

»Klar. Wunderbar«, sagte Lisa. »Na, wie sehr hast du mich vermißt?«

»Immens. Und, was war heute los? Irgendwas Aufregendes?«

»Eigentlich nicht. Alle reden von der Sache mit Charles Maxwell. Hollis macht sich Sorgen, daß nach der Urteilsverkündung alle lauthals schreien werden, er hätte einen Informanten bei uns gehabt.«

»Das ist schon möglich.« Ben hantierte an dem Rollo vor seinem Fenster.

»Natürlich. Aber ich glaube, die Medien saugen einfach an Jimmy Carters linker Erdnuß. Bei jeder Lappalie heulen sie was von Verschwörung.«

»An Carters linker Erdnuß?« wiederholte Ben lachend. »In was für einer Zeit lebst du eigentlich?«

»Kennst du das nicht? Ist ein berühmter Spruch.«

»Zumindest ist er das gewesen«, meinte Ben sarkastisch, »und zwar damals zur Zeit der Ölkrise.«

»Hör mal, du brauchst dich nicht über mich lustig zu machen. Ich hab' Wichtigeres zu tun. Übrigens, wer hat dir die Blumen geschickt?«

Ben fiel schlagartig ein, daß er vergessen hatte, Ricks Geschenk wegzuwerfen. Er versuchte, Zeit zu gewinnen. »Welche Blumen?« stotterte er.

»Da steht ein riesiger Korb auf deinem Tisch.«

»Der ist wahrscheinlich von meiner Mutter. Ich hab' ihr gesagt, daß es mir gestern abend nicht gutging.«

»Soll ich den Umschlag aufmachen?« fragte Lisa. »Er liegt nämlich gleich neben –«

»Nein!« brüllte Ben. »Finger weg.«

»Tut mir leid. Ich wollte dir ja nicht –«

»Ist nicht dein Fehler. Ich mag es bloß nicht, wenn andere Leute meine Briefe aufmachen.«

»Vielleicht sollte ich mir den Rest der Woche frei nehmen«, überlegte sich Ben, als er mit Nathan das Abendessen vorbereitete.

»Auf keinen Fall.« Nathan würfelte eine große Zwiebel. »Du willst ja schließlich nicht die Aufmerksamkeit auf dich lenken. Das Beste, was du tun kannst, ist, einfach deiner Arbeit nachzugehen.«

»Aber ich kann mich bestimmt nicht konzentrieren. Ich muß Rick finden. Ich muß –«

»Vergiß es«, unterbrach Nathan ihn. »Was willst du denn tun? Ziellos in der Stadt herumwandern, bis er dir vor die Nase läuft? Wenn Ober die Überprüfung korrekt anfordert, werden wir am Wochenende mehr wissen.« Er hob den Deckel vom Reiskocher, und eine duftende Dampfwolke verbreitete sich in der Küche. »Hast du dir schon überlegt, ob du Ober erzählen willst, was passiert ist?«

»Das muß ich ja.« Ben stellte zwei Teller auf den Tisch. »Er ist mein Freund.«

»Außerdem ist er ein Trottel«, ergänzte Nathan.

»Ja, aber mein Freund ist er trotzdem. Und er hat das Recht, zu erfahren, worum es bei diesem Brief geht.«

»Was ist mit Eric?« Nathan streute die gewürfelte Zwiebel in eine Pfanne.

»Ich weiß nicht recht. Ich will ja nicht jeden mit hineinziehen. Es ist schon schlimm genug, daß ihr beide darin verwickelt seid.«

»Deine Fürsorglichkeit in allen Ehren, aber ich glaube, du solltest Eric aufklären. Vielleicht kann jemand von seinen Kollegen bei der Zeitung irgendwas über das Gebäude herausfinden, in dem Rick gewohnt hat.«

»Das ist keine schlechte Idee«, stimmte Ben zu.

»Hast du schon darüber nachgedacht, ob du dich Hollis anvertraust?«

»Das geht nicht.« Ben schüttelte den Kopf. »Er würde jede Achtung vor mir verlieren. Ganz abgesehen davon müßte er mich rausschmeißen, weil ich den Ehrenkodex verletzt habe.« Er legte Gabeln und Servietten auf den Tisch. »Aber ich glaube, ich werde Lisa informieren.«

»Schlechte Idee«, sagte Nathan. »Eindeutig eine schlechte Idee. Du kennst sie ja kaum. Wieso glaubst du, daß sie dich nicht verrät?«

»Das würde sie bestimmt nicht machen. Lisa ist eine echte Freundin. Außerdem hat sie ein Recht, die Sache zu erfahren. Schließlich hat auch sie mit Rick gesprochen. Ich muß es ihr also schon zu ihrer eigenen Sicherheit sagen.«

»Sie ist nicht in Gefahr. Du mußt ihr kein Sterbenswörtchen sagen.«

»Doch«, erwiderte Ben, »weil es richtig ist. Wäre die Situation umgekehrt, würde ich auch alles wissen wollen. Abgesehen davon ist es angesichts der Blumen, die Rick ins Gericht geschickt hat, ganz klar, daß er nicht einfach verschwinden wird. Ich glaube, er will mir mitteilen, daß er weiß, wie er an mich rankommt – und wenn das der Fall ist, muß ich Lisa warnen.«

»Sei bloß vorsichtig«, mahnte Nathan. »Es wäre schlimm, wenn es auf dich zurückschlagen ... Verdammt!« Nathan hatte eine Knoblauchzehe verfehlt und sich in den Finger geschnitten. »Scheißding!« brüllte er.

»Alles in Ordnung?« fragte Ben.

»Ja, ist schon wieder okay.« Nathan hielt seinen blutenden Finger unter den Wasserhahn. »Es ist bloß ein winziger Schnitt.«

»Die tun am meisten weh.«

Im selben Moment kamen Ober und Eric nach Hause. »Oh, trautes Heim«, verkündete Ober, als er durch die Tür kam. Er marschierte direkt in die Küche und nahm Nathan aufs Korn. »Also, was sollte die ganze Heimlichtuerei heute? Was ist passiert, verdammt noch mal?«

Schweigend hielt Nathan seinen Finger hoch und sah zu Ben hinüber.

»Ich hab' ein paar Probleme.« Ben versuchte, so locker wie möglich zu klingen.

»Die sind hoffentlich kein Pappenstiel«, sagte Ober. »So eine vorgetäuschte Todesdrohung an einen Senator kann mich ins Gefängnis bringen.«

»Du hast einem Senator einen Drohbrief geschrieben?« Eric stahl einen Schnitz rote Paprika vom Schneidebrett.

»Ich werde euch erzählen, was passiert ist«, erklärte Ben, »aber ihr müßt schwören, kein Sterbenswörtchen davon zu verraten.« In kurzen Zügen berichtete er alles, was geschehen war, bis zu dem gemeinsam mit Nathan ausgestandenen Abenteuer in Ricks altem Apartmenthaus.

»Du bist erledigt«, meinte Ober. »Wahrscheinlich planen sie gerade jetzt deinen Tod.«

»Ich hab' dir ja gesagt, du sollst ihm nichts verraten«, sagte Nathan zu Ben.

»Eric, glaubst du, daß du über einen Kollegen in der Redaktion irgend etwas über dieses Gebäude herausbekommen kannst?« fragte Ben.

»Ich kann's versuchen.« Eric vermied es, Ben in die Augen zu sehen.

»Was ist denn?« fragte Ben, der Erics Unbehagen bemerkte.

»Das ganze ist kein Witz.« Eric setzte sich an den Küchentisch. »Dieser Typ namens Rick, wer immer er auch sein mag, ist kein kleiner Betrüger. Man kann nicht einfach bei Charles Maxwell reinspazieren und verkünden: ›Ich hab' da ein Geheimnis.‹ Rick muß Beziehungen haben.«

»Bestimmt hat er die«, bestätigte Ben. »Als wir heute in seinem Apartmenthaus waren, hat der Verwalter kein einziges Wort über ihn verlauten lassen.«

Eric schwieg eine Zeitlang, dann sagte er: »Ich weiß, daß du das vielleicht für eine schwachsinnige Idee hältst, aber wenn du willst, kannst du die Presse davon informieren.«

»Auf keinen Fall«, winkte Ben ab. »Wenn man am Gerichtshof erfährt, daß ich den Ehrenkodex verletzt habe, muß man mich rausschmeißen, und meine Karriere ist im Eimer. Ganz abgesehen davon, daß ich vor Millionen von Menschen als Trottel dastehe.«

»Man hat dich ja auch ganz schön reingelegt«, sagte Ober und griff ebenfalls nach einem Paprikaschnitz.

»Danke«, sagte Ben. »Vielen Dank für deine Unterstützung.« Er sah Eric an. »Zum jetzigen Zeitpunkt will ich immer noch sehen, was wir selbst herausfinden können. Meine Karriere hängt sowieso schon an einem seidenen Faden, und das letzte, was ich tun will, ist, das auch noch publik zu machen.«

»Wie du willst«, meinte Eric. »Es ist schließlich dein Leben.«

Als Ben am nächsten Tag zur Arbeit kam, suchte er sofort nach der Karte aus dem Blumenkorb. Er zerfetzte den winzigen Zettel und überlegte, was er mit dem Korb selbst tun sollte. Er wollte ihn nicht bei sich haben, aber wenn er ihn wegwarf, würde Lisa noch mehr Verdacht schöpfen. Schließlich stellte er den Korb auf einen der Aktenschränke. So schmückte er einfach das Büro, und Ben konnte sagen, er sei von seiner Mutter.

Als die Blumen abgeräumt waren, zeigte sich, daß Bens Tisch über und über mit Akten bedeckt war. Neben den Stößen von Eingaben lagen Entwürfe zu anstehenden Entscheidungen. Jede Akte steckte in einer braunen Mappe mit dem Vermerk: »Vertraulich – Ausschließlich Amtszimmer Richter Hollis.« Obwohl das niemand davon abhalten konnte, einen der Ordner zu öffnen, war Hollis davon überzeugt, daß die unausweichlichen Konsequenzen potentielle Neugierige abschrecken würden. Auf jedem Ordner befand sich ferner ein gelber Klebezettel, auf dem Ben und Lisa sich gegenseitig über den Zustand des Schriftsatzes informierten. Nicht eine einzige Stellungnahme gelangte an Hollis, bevor sie beide mit ihrem Inhalt zufrieden waren. Ben überflog die Klebezettel und entdeckte zu seiner Überraschung einen mit der Notiz: »Erster Entwurf – Sache Kramer«.

Lisa trat ins Büro. »Morgen, armer Kranker. Wie geht's dir?«

»Ganz gut.« Er hob die Akte Kramer hoch. »Das hättest du nicht machen müssen. Ich sollte doch den ersten Entwurf schreiben.«

»Ich weiß schon. Aber du warst krank, und ich hatte ein bißchen Zeit, deshalb hab' ich gedacht –«

»Du hättest aber kein ganzes zusätzliches Votum schreiben sollen. Du hast doch schon genug am Hals.«

»Vergiß es«, sagte Lisa. »Ich wollte dir helfen, und ich hab's getan. Es ist fertig. Sei dankbar.«

Ben wartete, bis Lisa an ihrem Tisch saß. Dann sagte er mit einem Lächeln: »Danke.«

Zur Mittagszeit spazierten Lisa und Ben zur Union Station, um dort zu essen. Nach jahrelanger Verwahrlosung war der Bahnhof wieder eine Touristenattraktion. In den ineinander übergehenden, gewölbten Hallen hatten zwischen den Statuen, Säulen, Skulpturen und Bogengängen über hundert erstklassige Läden aufgemacht, dazu ein Multiplex-Kino und natürlich eine Imbißpassage. Jedesmal, wenn Ben hindurchging, wurde ihm schlecht.

Lisa und Ben wichen der Masse der Touristengruppen aus und sicherten sich einen Tisch in der Ecke der Passage. »Alles in Ordnung?« fragte Lisa, als sie Ben in seinen Pommes frites stochern sah.

»Klar. Ich muß dir bloß etwas beichten.«

»Augenblick mal. Wenn du mir erzählen willst, daß du dich in mich verliebt hast, muß ich mich vielleicht übergeben.«

»Nein, das ist es nicht«, sagte Ben. »So sehr du's dir auch wünschst.« Er wischte sich die Hände an einer Papierserviette ab. »Erinnerst du dich an Rick? Einen von Hollis' alten Mitarbeitern?« Lisa nickte. »Vor ungefähr drei Wochen hab' ich Rick im Vertrauen das Ergebnis der CMI-Sache erzählt. Was ein paar Tage später geschehen ist, weißt du – Maxwell hat sein gesamtes Vermögen auf einen Sieg gesetzt. Als ich daraufhin versuchte, Rick zu finden, war er verschwunden.« Lisa starrte ihn mit offenem Mund an. »Rick Fagen war zu keiner Zeit Mitarbeiter am Obersten Gericht. Sein Telefonanschluß ist stillgelegt; er ist aus seinem Apartment ausgezogen; er hat sich in Luft aufgelöst.«

»Willst du mich verarschen?« Lisa hielt noch immer ihr Sandwich in der Hand. »Warum zum Teufel hast du ihm denn das Votum verraten?«

»Wir haben einfach so herumgeredet«, antwortete Ben abwehrend. »Er hat gesagt, er sei neugierig auf die Sache, und ich hab' nachgegeben. Jedesmal, wenn wir einen Rat brauchten, hat er uns geholfen. Ich konnte einfach nicht nein sagen.«

»Aber man darf ein Urteil doch auf keinen Fall ausplaudern«, sagte Lisa mit gehobener Stimme.

»Hör mal, ich hab' Mist gebaut. Das weiß ich«, erwiderte Ben. »Aber er hat mich total eingewickelt. Glaub mir, es wäre dir auch passiert. Es war die perfekte Falle.«

»Ich kann's einfach nicht glauben.«

»Lisa, jetzt beruhige dich doch. Ich hab' dir das erzählt, weil ich dir vertraue. Du wirst doch nichts verraten, oder?«

Lisa legte ihr Sandwich auf den Teller und sah ihren Kollegen an. »Das ist eine ernste Sache, Ben. Wir können das nicht einfach aussitzen.«

»Ich weiß. Aber bis ich beweisen kann, daß Rick tatsächlich was weitergegeben hat, will ich mich bedeckt halten. Nathan läßt ihn durchs State Department überprüfen, und Eric erkundigt sich bei seinen Redaktionskollegen über das Apartmenthaus, in dem Rick gewohnt hat.«

»Wir sollten mit Hollis sprechen.«

»Hollis will ich nun gerade nicht einweihen«, sagte Ben mit Nachdruck. Er beugte sich zu Lisa. »Glaub mir, ich hab' die ganze Nacht deswegen wach gelegen. Wenn ich zu Hollis gehe, werfen sie mich raus. Selbst wenn ich nichts Böses im Sinn hatte, habe ich doch den Ehrenkodex verletzt. Und wenn man mich rauswirft, bin ich erledigt.«

Nach einer langen Pause fragte Lisa: »Warum hast du mir das alles erzählt?«

»Weil ich nicht will, daß auch du noch Schaden erleidest. Ich weiß ja nicht, ob Rick alle Mitarbeiter im Visier hat oder ob ich sein einziges Arschloch des Jahres bin. Ich erwarte nicht, daß du für mich lügst, und ich will auf gar keinen Fall, daß du Probleme bekommst. Du solltest es nur wissen, weil wir Freunde sind.«

Lisa schwieg einen Augenblick. »Dann sind diese Blumen, die du gestern bekommen hast – nicht von deiner Mutter, oder?«

»Sie sind von Rick«, sagte Ben. »Ich wollte es dir schon gestern sagen, aber ich konnte –«

»Hast du den Korb nach Wanzen abgesucht?«

»Wie bitte?«

»Du weißt schon – Wanzen, Abhörgeräte.«

»Glaubst du etwa –«

»Laß uns von hier verschwinden«, sagte Lisa, schob ihren Stuhl zurück und packte ihre Tasche.

Die beiden Kollegen eilten die Rolltreppe hoch und rannten aus dem Bahnhof. Rick, der sie von der gegenüberliegenden Ecke der Imbißpassage aus beobachtete, lehnte sich zurück. »Wo wollen sie hin?« fragte er.

»Das hab' ich nicht verstehen können«, sagte Ricks Partner, während er sich an den Tisch setzte. »Aber hast du die Panik auf ihren Gesichtern gesehen? Sie wissen gar nicht, wo sie hinrennen sollen.«

Rick grinste. »Das Komische daran ist, daß es noch schlimmer für sie werden wird.«

Ben und Lisa eilten wortlos die First Street hinunter, bis sie wieder im Gerichtsgebäude waren. »Na, meine Lieben«, fragte Nancy, als sie an ihrem Schreibtisch vorbeikamen, »wie war euer Mittagessen?«

»Gut«, erwiderte Ben.

»Prima«, sagte Lisa.

Die beiden hasteten in ihr Büro und schlugen die Tür hinter sich zu. Ihr erstes Ziel war der Aktenschrank, von dem Ben den großen Weidenkorb holte. Als er ihn aufs Sofa gestellt hatte, rollten sie ihre Ärmel hoch und zerlegten methodisch den riesigen Blumenstrauß. Eine Blüte nach der anderen holten sie heraus, zerdrückten den Kelch und untersuchten jeden Stengel. Zweiundzwanzig Rosen, vierzehn Iris, elf Lilien und vier Fresiendolden später waren das Sofa wie auch der halbe Boden des Zimmers mit den zerstreuten Überresten eines zuvor erlesen gesteckten Arrangements bedeckt. Gefunden hatten die beiden nichts.

»Da muß aber was drin sein«, behauptete Lisa. »Es gab keinen anderen Grund, Blumen zu schicken.«

»Vielleicht wollte er mich bloß erschrecken«, gab Ben zu bedenken. »Oder er will mich nervös machen.«

Während Lisa das Sofa abbürstete, untersuchte Ben den Blumenhaufen noch einmal. Fünfzehn Minuten lang wiederholten die beiden ihre Inspektion jeder einzelnen Blüte. Dann rissen sie den Korb auseinander. Wieder nichts.

»Verdammt.« Ben schob die feuchte Masse vom Sofa. »Das ist unmöglich.«

»Ich glaube nicht, daß wir was übersehen haben.«

Ben setzte sich aufs Sofa und lehnte sich zurück. »Natürlich haben wir nichts übersehen. Wir haben bloß unsere Zeit vergeudet.«

»Macht nichts. Du weißt genau, daß wir das tun mußten. Ich meine, was wäre, wenn wir wirklich was gefunden hätten?«

»Haben wir aber nicht.« Ben zupfte nervös am abgewetzten Stoff des Sofas. »Es ist absolut nichts zu finden.«

Lisa legte vorsichtig die Hand auf seine Schulter. »Es ist ganz normal, wegen so einer Sache Angst zu haben.«

»Es ist bloß, daß ich erledigt bin, wenn ...«

»Ich weiß schon, was auf dem Spiel steht. Und diese Sache ist mehr, als du verdient hast. Aber gemeinsam werden wir es schon schaffen.«

»Ich will dich aber nicht da reinziehen. Ich hab's dir nur erzählt, um dich zu warnen.«

»Zu spät«, tadelte Lisa, die Hand noch immer auf Bens Schulter. »Sollen wir etwa den ganzen Tag hier rumsitzen, oder wollen wir versuchen, den Kerl aufzuspüren?«

Ben sah seine Kollegin an und zwang sich zu einem Lächeln. »Du bist wirklich eine gute Freundin, Lisa Marie. Wenn ich ins Gefängnis muß, nehme ich dich mit.«

Einige Tage später warteten Ben, Lisa und Ober darauf, daß Nathan endlich von der Arbeit kam. Im Wohnzimmer der vier Freunde saßen Ben und Ober auf der großen blauen Couch, während Lisa das kleine Sofa belegt hatte, die Beine auf dem Polster. »Das gibt's doch gar nicht«, sagte sie. »Es ist fast neun Uhr. Wo zum Teufel steckt er bloß?«

»Er hat gesagt, die angeforderte Überprüfung müßte gegen sieben oder acht Uhr abgeschlossen sein.« Ben sah auf seine Armbanduhr. »Vielleicht dauert es ein bißchen länger.«

»Oder Rick hat ihn mit seiner Bande gemeiner Gerichtsassistenten gekidnappt«, phantasierte Ober, der sich die Fußnägel schnitt. »Jetzt müssen wir sie mit Hilfe behelfsmäßiger Waffen befreien, die wir uns aus gängigen Küchengeräten basteln.«

»Stimmt was nicht mit dir?« Ben sah seinen Freund an.

»War ja bloß so ein Gedanke«, verteidigte sich Ober.

Lisa versuchte, das Gespräch auf ein anderes Thema zu lenken. »Mir ist immer noch nicht klar, wie ihr es alle geschafft habt, in Washington zu landen. Meine Freunde sind jetzt im ganzen Land verstreut.«

»Das ist eigentlich ganz einfach«, erklärte Ben. »Nathan, Eric und ich, wir interessieren uns für Politik, weshalb Washington die richtige Wahl zu sein schien. Ober ist mitgekommen, weil er dabeisein wollte.«

»Stimmt gar nicht.« Ober sah von seinen Füßen auf. »Ich bin hierhergekommen, weil ich an Senator Stevens glaube.«

»Das dürfte wohl kaum stimmen«, sagte Lisa. »Du hast ja keine Ahnung von Paul Stevens.«

»Ich weiß eine ganze Menge über Stevens«, verwahrte sich Ober.

»Dann sag mir irgend etwas, was du über ihn weißt«, forderte Lisa ihn auf. »Such dir irgendein Wahlkampfthema aus und erklär es mir.«

Nach einer langen Pause lachte Ober. »Er ist gegen das Verbrechen und für die Interessen der Kinder.«

»Das ist ja eine wahrhaft revolutionäre Kombination«, meinte Lisa. »Und ich hab' tatsächlich gedacht, Stevens würde das allseits populäre Programm zugunsten des Verbrechens und wider die kindlichen Interessen propagieren.«

»Laß ihn in Ruhe«, warf Ben ein. »Ober ist ein Mann von ungewöhnlich großem Wissen. Er weiß mehr, als er preisgibt.«

»Das kann ich nicht ganz glauben«, sagte Lisa.

»Solltest du aber«, meinte Ober. »Beispielsweise kann ich feststellen, ob ein Satz Würfel korrekt ausbalanciert ist.«

»Würfel?« fragte Lisa.

»Ja, Würfel. Wie die Würfel, die man bei Brettspielen benutzt.«

»In den letzten paar Jahren, ist Ober der – nun, sagen wir – Unternehmerischste von uns Vieren gewesen«, erklärte Ben. »Gleich nach dem College haben er und sein Vater ein Brettspiel erfunden, von dem sie sich einen landesweiten Erfolg erhofften. Daher das Wissen über Würfel.«

»Du hast tatsächlich ein Brettspiel erfunden?« fragte Lisa.

»Eigentlich ist mein Vater auf die Idee gekommen. Das Spiel hieß ...«

»›Spekulation – Ein Spiel voll Scharfsinn und Tücke‹«, verkündeten Ben und Ober im Chor.

»Jawohl«, fuhr Ober fort. »Es war ein wahnsinnig spannendes Strategiespiel, und es hatte alles: Bauern, Bluffs, Spezialkarten – was ein gutes Spiel eben haben sollte.«

»Und was ist daraus geworden?«

»Alle haben es gehaßt«, sagte Ober. »Sie haben erklärt, es sei zu langweilig. Nach anderthalb Jahren sind wir in Konkurs gegangen, und ich hab' mich mit einer illustren Mischung schlecht bezahlter Jobs über Wasser gehalten. Innerhalb von drei Jahren war ich alles, vom Anstreicher über den Marketing-Berater bis zum PR-Assistenten.«

»Wenn du so ein Versager bist, wie hast du dann den Job beim Senat bekommen?«

»Das war Bens Schuld«, erklärte Ober. »Als er von der offenen Stelle im Büro von Senator Stevens gehört hat, hat er mir einen Bewerbungsbrief geschrieben, meinen Lebenslauf so frisiert, daß er unheimlich politisch klang, und mich auf das Vorstellungsgespräch vorbereitet. Eine Woche später hatte ich den Job. Und der Rest ist Kongreßgeschichte.«

»Und wie stellst du fest, ob ein Würfel präpariert ist?« wollte Lisa doch noch wissen.

»Das sag' ich dir nicht. Du kannst ja deine eigene Spielefirma aufmachen.«

Augenrollend wandte Lisa sich wieder an Ben. »Du hast also Jura studiert, Eric hat sein Diplom gemacht und der Chaot da hat mit seinen Würfeln gespielt. Was hat Nathan vor seinem Eintritt in den öffentlichen Dienst getan?«

»Er hatte ein Fulbright-Stipendium, deshalb hat er nach dem College zwei Jahre an der Universität von Tokyo internationalen Handel studiert. Dann Arbeit in der Exportabteilung einer japanischen High-Tech-Firma. In die Staaten zurückgekehrt, hat er die Karriereleiter des State Department erklommen. Wenn ich mich nicht täusche, wird er –« Ben brach ab, als Nathan zur Tür hereinkam.

»Wenn man vom Teufel spricht«, sagte Lisa.

»Und?« fragte Ben aufgeregt, sobald Nathan das Zimmer betrat.

»Nichts.« Nathan warf Ben einen dicken Aktenordner zu. »Sie haben vierhundertsiebenundfünfzig Personen namens Richard Fagen gefunden. Das Alter und die physischen Merkmale passen auf ganze zwölf, und bloß zwei davon sind straffällig geworden. Keiner der letzteren hat irgendwelche juristischen Kenntnisse, und beide sitzen momentan noch hinter Gittern. Ich hab' bei der entsprechenden Abteilung angerufen, und dort hat man mir gesagt, daß Rick wahrscheinlich einen Decknamen benutzt. Wenn wir nicht seinen richtigen Namen herausbekommen, werden wir ihn nie finden.«

»Scheiße.« Ben blätterte in den wertlosen Akten.

»Übrigens«, sagte Nathan zu Ober, »haben sie die Unterschrift von Senator Stevens überprüft, und sie hat sich als echt herausgestellt. Ich hab' gedacht, du hättest die Signiermaschine benutzt.«

»Habe ich auch«, sagte Ober stolz. »Ich hab' nur meinen Hintern dagegen gehauen, während sie arbeitete. Dann sieht die Unterschrift immer echt aus.«

»Gute Leistung«, meinte Nathan beeindruckt.

»Ich hab' meine lichten Momente«, erklärte Ober und widmete sich dann wieder seinen Füßen.

Lisa beobachtete, wie Ben nervös in den Papieren blätterte. »Mach dich nicht verrückt. Das heißt ja noch nicht, daß wir am Ende sind.«

»Wir haben schließlich noch nichts von Eric gehört«, fügte Nathan hinzu. »Wenn wir Glück haben, hat er Informationen über das Gebäude.«

Um Viertel nach zehn kam Eric nach Hause. Ben, Lisa, Nathan und Ober saßen vor dem Fernseher, um sich die Zeit zu vertreiben. »Warum hast du so lang gebraucht?« fragte Ben, hob die Fernbedienung und schaltete den Apparat aus.

»Ich hab' mich doch bloß eine Viertelstunde verspätet. Ich mußte noch einen Artikel redigieren«, erklärte Eric. »Gibt's irgendwas zu essen?«

»Hast du was über das Gebäude herausgefunden?« fragte Nathan, während Eric auf die Küchentür zuging.

»Ach ja.« Eric drehte sich um. »Das hätte ich fast vergessen. 1780 Rhode Island ist keine gute Adresse. Ich hab' ein paar von den zuständigen Leuten gefragt, was da los ist, und sie meinten, das Objekt sei ziemlich zwielichtig.«

»So hat es auch gerochen«, sagte Nathan.

»Es gehört einem Kerl namens Mickey Strauss«, fuhr Eric fort. »Mickey ist purer Schleim. Vor zwei Jahren sind in dem Haus zwei Leichen mit Schußwunden entdeckt worden, und letztes Jahr hatte ein riesiger Dealerring dort seine Zentrale, aber Mickey behauptet, er hätte nie die leiseste Ahnung davon gehabt. Die Typen in der Redaktion meinen, wenn ein Tieflader durch sein Büro und direkt über seinen Schreibtisch donnern würde, könnte Mickey beschwören, er hätte ihn nicht gesehen. Rick war verdammt clever, sich dieses Haus auszusuchen – er wußte offenbar, daß Mickey ihn nicht verpfeifen würde.«

»Wir müssen da reinkommen.« Ben stand auf. »Vielleicht steht Ricks echter Name auf dem Mietvertrag.«

»Warum sollte er?« fragte Lisa. »Wenn es so ein Hochsicherheitsobjekt ist, gibt es vielleicht gar keine Mietverträge.«

Die vier Freunde starrten Lisa an. »Da hat sie nicht unrecht«, sagte Nathan schließlich.

»Das heißt noch nicht, daß es wirklich keine Mietverträge gibt«, beharrte Ben und ging zur Tür. »Und im Moment ist das unser einziger Anhaltspunkt.«

»Wo willst du denn hin?« fragte Eric, bevor er endgültig in der Küche verschwand. »Die werden dich da nicht einfach reinspazieren lassen.«

»Es dürfte nicht zu schwierig sein.« Ben hatte die Hand schon auf dem Knauf der Haustür. »Sie haben bloß irgendeinen blöden Portier, um die Bude zu bewachen.«

»Und eine Videokamera«, fügte Nathan hinzu.

Ben drehte sich wieder um. »Da war eine Kamera?«

»Eine von der alten Sorte«, sagte Nathan, »und zwar direkt über der Tür des Büros. Aber die dürfte kaum ein unüberwindliches Hindernis darstellen.«

»Wie wär's, wenn wir eine Pizza anliefern?« schlug Ober vor. »Dann kommen wir rein.«

»Leider nicht«, sagte Ben. »Das Büro ist wahrscheinlich unbesetzt, so daß niemand da ist, um die Pizza entgegenzunehmen.«

»Aber so kommen wir wenigstens am Portier vorbei und in das Haus rein«, sagte Ober. »Und dann müssen wir bloß noch das Schloß der Bürotür aufbrechen.«

»Das klappt nie«, sagte Ben. »Wenn du nicht zufällig ein ausgebildeter Schlosser bist, haben wir keine Chance, das Ding aufzubekommen. Wir müssen es irgendwie schaffen, daß der Portier uns ins Büro läßt.«

»Entschuldige mal«, unterbrach ihn Lisa. »Es tut mir wirklich leid, eure Luftblase zum Platzen zu bringen, aber ist euch eigentlich klar, daß euer Vorhaben strafbar ist?«

»Ich hab' dir ja gesagt, du hättest sie nicht einladen sollen«, sagte Ober. »Sie ruiniert bloß alles.«

Ohne auf Ober zu achten, warf Lisa Ben einen kalten Blick zu. »Das ist kein Kartenspiel. Wenn ihr in das Gebäude einbrecht, macht ihr euch strafbar. Ihr alle solltet mal darüber nachdenken.«

»Ich habe nicht den Eindruck, daß ich eine andere Wahl hätte«, erwiderte Ben nervös.

»Dann solltest du wenigstens an die Folgen denken«, sagte Lisa. »Wenn man dich erwischt, verlierst du nicht nur deinen Job, sondern auch deine Zulassung als Anwalt. Deine Karriere ist beendet. Und bloß wegen eines blöden Einbruchs.«

»Es wird kein Einbruch werden«, verteidigte sich Ben. »Wenn wir den Portier dazu kriegen, uns reinzulassen, haben wir ja sein Einverständnis.«

»Aber ihr lügt, um reinzukommen«, sagte Lisa.

»Dann geht es höchstens um Hausfriedensbruch.«

»Also, das ist echt intelligent. Warum gehst du nicht einfach hin und –«

»Was soll ich deiner Meinung nach denn tun?« fragte Ben mit zitternder Stimme. »Ich muß da rein. Wenn herauskommt, daß ich einem Außenstehenden Informationen zugespielt habe, ist meine Karriere ohnehin ruiniert. So habe ich wenigstens eine Chance, das zu verhindern. Wenn die Sache dir nicht gefällt, kann ich das verstehen, aber bitte halt mir keine Predigt. Das

Ganze ist schlimm genug.« Er wandte sich an seine Mitbewohner und fragte: »Irgendwelche anderen Vorschläge?«

»Wir könnten uns als Kammerjäger verkleiden und sagen, daß wir im Büro Kakerlaken beseitigen müssen«, schlug Ober vor.

»Und woher kriegen wir die ganze Ausrüstung?« fragte Nathan. »Oder sollen wir einfach in Jeans und Taschenlampen erscheinen und hoffen, daß es niemandem auffällt?«

»Und wenn wir uns als Anstreicher verkleiden?« fragte Ober. »Dann ist es wie in dem Film *Der Clou*. Der Portier wird uns reinlassen, und anstatt das Büro zu streichen, machen wir uns an die Akten.«

»Wenn ihr das wirklich machen wollt, hab' ich eine Idee«, unterbrach ihn Lisa. »Statt von Anfang an was Verbotenes zu machen, könnten wir doch versuchen, halbwegs legal reinzukommen. Wir können doch einfach zum Portier marschieren und ihm ein paar Scheine hinblättern. Dann geben wir ihm die Nummer von Ricks Wohnung und bitten ihn, die Mietverträge für uns anzuschauen. So sind wir nicht diejenigen, die irgendwo einbrechen.«

»Das ist keine schlechte Idee«, räumte Nathan ein.

»Was ist das Schlimmste, das passieren kann?« fragte Ben achselzuckend. »Daß der Wachmann nein sagt?«

»Und wenn sie euch erkennen und umbringen?« warf Eric ein, der mit einem Roastbeef-Sandwich in der Hand aus der Küche kam.

»Erkennen werden sie uns auf keinen Fall«, meinte Nathan. »Es ist unmöglich, daß der Portier, der am Tag Dienst hatte, jetzt in der Nacht immer noch da sitzt.«

»Und wenn doch?« fragte Eric.

»Dann tun wir so, als hätten wir uns in der Adresse geirrt«, erklärte Nathan. Angesichts von Bens langem Schweigen fragte er: »Alles in Ordnung?«

»Geht schon«, sagte Ben wenig überzeugend. Zu Lisa gewandt, fügte er hinzu: »Ich verstehe, wenn du nicht mitkommen willst.«

»Jetzt fahr bloß nicht deine Macho-Tour ab«, antwortete sie. »Ich komme mit.«

»Und was ist mit all deinen Befürchtungen, daß man uns festnehmen könnte?« fragte Ben.

»Wir kennen ja beide die entsprechenden Paragraphen«, erwiderte Lisa. »Schon weil ich hier bin, bin ich an der Sache beteiligt.«

»Ich kann jedenfalls nicht mitkommen.« Eric schluckte ein Stück Roastbeef hinunter. »Ich muß noch mal in die Redaktion, um meinen Artikel fertig zu machen.«

»Was soll das heißen?« fragte Nathan. »Ben braucht –«

»Was soll ich denn machen?« entgegnete Eric. »Der Artikel wartet.«

»Mach dir keine Sorgen«, sagte Ben. »Aber wenn du bis zwei Uhr morgens nichts von uns gehört hast, ruf die Polizei.«

Es war Mitternacht, als die Freunde in der Nähe des Apartmenthauses nach einer Parklücke suchten. »Diese Stadt ist wirklich das letzte«, sagte Nathan. »Tausende von Menschen. Tausende von Autos. Und zwölf Stellplätze.«

Ben betrachtete den leichten Nieselregen, der auf die Windschutzscheibe niederging. »Das Ganze wird eine Katastrophe.«

»Jetzt hast du plötzlich Bedenken?« fragte Lisa vom Rücksitz. »Was ist geschehen? Hat dein Hirn plötzlich wieder zu arbeiten begonnen?«

»Ich hab' keine Bedenken.« Ben wandte sich um. »Ich bin bloß nervös. Okay?«

»Mach dir keine Sorgen«, sagte Ober. »Es wird schon klappen.«

Überzeugt, nie eine Parklücke zu finden, lenkte Nathan den Wagen in eine schmale Einfahrt neben dem Gebäude. »Hast du das Geld?« fragte er und stellte den Motor ab.

»Klar.« Ben tastete in der rechten Tasche seines Jacketts nach den ersten hundert und in der linken Tasche nach weiteren zweihundert Dollar.

»Ich glaube immer noch, daß ich reingehen sollte«, sagte Nathan.

»Jetzt hör bloß auf, es persönlich zu nehmen«, sagte Ben. »Ich hab' dir doch schon gesagt, daß Lisa und ich gehen. Einem Mann und einer Frau wird leichter geglaubt.«

»Wer sagt das?« wollte Ober wissen.

»Meine Wenigkeit«, sagte Ben. »Und jetzt hör auf, dich zu beschweren. Es ist ja keine große Sache.« Er angelte sich den unter dem Vordersitz liegenden Regenschirm, öffnete die Tür und stieg aus. Lisa folgte ihm.

Während sie auf das Apartmenthaus zugingen, hielt Ben den Schirm über seine Kollegin. »Bist du sicher, daß du's wirklich tun willst?« fragte Lisa.

»Eigentlich nicht«, antwortete Ben.

»Warum kehren wir dann nicht einfach um und –«

»Du weißt, daß das nicht geht«, sagte Ben beschwörend. »Ich muß Rick finden. Und im Moment ist das der beste Weg. Wenn du verschwinden willst ...«

»Ich bin dabei«, versicherte ihm Lisa. »Solange die Sache legal bleibt, bin ich dabei.«

Als sie zum Eingang kamen, war die Tür zu Bens Überraschung verschlossen. Lisa drückte die Nase ans Glas, um besser hineinsehen zu können. »Läute mal«, sagte sie. »Er sitzt da drin.«

Wenig später hörten sie ein Summen, und Ben konnte die Tür aufstoßen. Zuversichtlich und gelassen gingen Ben und Lisa auf den an seinem Metalltisch sitzenden Nachtwächter zu. »Was ist los?« fragte der. »Haben Sie keinen Schlüssel?«

»Wir wohnen gar nicht hier«, erklärte Ben.

»Zu wem wollen Sie dann?« fragte der Wachmann und nahm den Hörer seines Telefons ab.

»Wir wollen zu gar niemand«, sagte Ben. »Wir wollen Sie um einen Gefallen bitten.«

Der Wachmann legte den Hörer wieder auf. »Also?«

»Wir suchen nach dem Bruder meiner Frau, der früher hier gewohnt hat. Er schuldet uns noch Geld, und wie Sie sich vorstellen können, hätten wir es gern zurück.« Ben zog die fünf Zwanzigdollarscheine aus seiner rechten Tasche und legte sie auf den Tisch. »Vielleicht können Sie uns helfen, seinen Mietvertrag oder seine neue Adresse aufzutreiben. Jede Information wäre eine große Hilfe für uns.«

Der Wachmann sah Ben und Lisa scharf an. »Es gibt keine Mietverträge.«

»Wie steht's mit der Nachsendeadresse?« fragte Ben. »Können Sie nicht die Kartei überprüfen?«

»Es gibt über niemanden Unterlagen«, erwiderte der Wachmann. »Auch keine Kartei. Gar nichts.«

»Könnten Sie nicht trotzdem mal nachschauen?« beharrte Ben. »Vielleicht findet sich was im Büro.« Er warf weitere hundert Dollar auf den Tisch. »Er hat in Apartment 317 gewohnt. Ich brauche bloß seinen Namen oder seine Adresse. Niemand wird je etwas davon erfahren.«

»Wenn er der Bruder Ihrer Frau ist, warum brauchen Sie dann seinen Namen?« fragte der Wachmann argwöhnisch.

»Hören Sie, sind Sie wirklich an einer Antwort interessiert?« mischte sich Lisa ein. »Es ist leicht verdientes Geld. Wollen Sie es oder wollen Sie es nicht?«

Der Wachmann starrte die beiden noch immer an. Schließlich nahm er das Geld. »Für dreihundert mach ich's.« Ben warf weitere hundert Dollar auf den Tisch. Der Wachmann steckte die Scheine ein, erhob sich und zog die oberste Schublade seines Schreibtischs auf. Er holte einen Revolver heraus und richtete ihn auf Ben und Lisa.

»Was haben wir denn getan?« Ben hob die Hände in die Luft.

»Ich weiß schon, wer Sie sind«, sagte der Wachmann. »Und nun machen Sie, daß Sie verschwinden.«

»Immer mit der Ruhe«, sagte Lisa.

Der Wachmann spannte den Hahn seines Revolvers. »Raus! Und zwar sofort!«

Die beiden drehten sich langsam um und gingen zur Tür. Als sie draußen waren, liefen sie los.

»Bring uns hier weg«, keuchte Ben, als er und Lisa in den Wagen stiegen.

»Was ist denn los?« Nathan ließ den Motor an. »Habt ihr den Mietvertrag?«

»Fahr los. Fahr einfach los«, sagte Ben nervös. »Ich will jetzt nicht darüber reden.«

Um halb eins waren die Freunde wieder zu Hause. »Was ist passiert?« fragte Eric, der mit der Fernbedienung auf dem Sofa saß.

»Nichts haben wir erreicht.« Nathan ließ sich auf die große Couch fallen. »Ben ist in diesem Apartmenthaus nicht gerade willkommen.«

»Und wir haben dreihundert Dollar verloren.« Ober zog sein Sweatshirt aus und warf es auf die Couch.

»Wo ist Lisa?« fragte Eric.

»Wir haben sie zu Hause abgesetzt«, sagte Ben. »Es gab nichts mehr zu besprechen.«

»Nach allem, was der Wachmann gesagt hat, existieren weder Mitverträge noch Unterlagen über die Bewohner des Hauses«, berichtete Nathan. »Mir scheint, Rick ist viel gerissener, als wir geglaubt haben.«

»Das war's dann also?« fragte Eric. »Ihr seid mit eurem Latein am Ende?«

»Überhaupt nicht.« Ben ging die Treppe hinauf. »Wir fangen gerade erst an.«

FÜNFTES KAPITEL

Guten Tag, mein Name ist Rick Fagen. Ich habe ein Problem«, sagte Ben in seinem liebenswürdigsten Tonfall. »Vor kurzem habe ich mein Telefon abgemeldet, die letzte Rechnung aber noch nicht erhalten. Das liegt wahrscheinlich daran, daß Sie meine neue Adresse noch nicht haben.«

»Wie war Ihre alte Telefonnummer, Sir?« Die Telefonistin tippte Ricks alte Nummer ein: »Stimmt, Mr. Fagen. Wir haben noch keine Nachsendeadresse von Ihnen. Wenn Sie mir Ihre neue Adresse sagen, schicken wir die Rechnung gern noch einmal.«

»Ausgezeichnet«, sagte Ben. »Meine neue Adresse lautet: Postfach 1227, Washington, D.C. 20037.«

»Die Rechnung wird Ihnen innerhalb der nächsten Wochen zugesandt, Mr. Fagen. Kann ich sonst noch etwas für Sie tun?«

»Ja, ich hätte noch eine letzte Bitte«, antwortete Ben. »Ich habe gerade festgestellt, daß ich beim Umzug meine alten Telefonrechnungen verlegt habe. Ich brauche sie aber für meine Steuererklärung. Könnten Sie mir davon auch Kopien senden?«

»Natürlich«, sagte die Telefonistin. »Ich mache mir gleich eine Notiz, daß wir sie beilegen sollen. Sonst noch etwas?«

»Nein, ich glaube, das wär's. Vielen Dank für Ihre Hilfe.« Ben legte auf und sah Lisa an, die ihm gegenübersaß.

»Glaubst du wirklich, daß du mit den Rechnungen was anfangen kannst?« fragte sie.

»Eigentlich nicht«, sagte Ben. »Ich glaube nicht, daß Rick so dumm war, über eine nachprüfbare Nummer wichtige Telefonate zu führen. Vermutlich war er dauernd unterwegs und hat die meisten seiner Geschäfte über ein Handy abgewickelt. Die Washingtoner Nummer war wahrscheinlich nur für mich.«

»Es war trotzdem clever, ein Postfach zu besorgen«, sagte Lisa, um ihn aufzumuntern.

»Mag sein. Wenn jemand das Telefon überwacht, weiß man sowieso schon, daß ich in der Sache drin stecke.«

»Das weißt du ja gar nicht.« Lisa sah auf ihre Uhr. »Es ist bald zehn. Wir sollten jetzt wohl rübergehen.«

»Ich hab' keine Lust«, sagte Ben gereizt.

»Bist du noch ganz bei Trost?« fragte sie. »Sie verkünden das Urteil zur CMI-Fusion. Willst du nicht sehen, wie die Meute reagiert?«

Ben schwieg.

»Egal, du kommst mit.« Lisa packte seine Hand. »Schließlich sollen wir bei allen Urteilsverkündungen anwesend sein.«

Obwohl die Richter Anfang September ihren Urlaub beendeten und die Sitzungsperiode des Winterhalbjahrs am ersten Montag im Oktober begann, wurde es Anfang November, bis die ersten Entscheidungen verkündet wurden und die Betriebsamkeit am Gerichtshof ihren Höhepunkt erreichte. Mündliche Anhörungen fanden zwar die ganze Woche statt, doch der Termin für Urteilsverkündungen war Punkt zehn Uhr am Montagmorgen. Diese Sitzungen waren öffentlich und immer bis zum letzten Platz mit Touristen, Reportern und Freunden des Gerichts gefüllt. An einem typischen Montag begannen sich die Neugierigen um acht Uhr morgens vor dem Gebäude anzustellen, bei wichtigeren Urteilen bildete sich die Schlange schon um sechs. Als es 1989 in der Sache Webster um das Recht auf Schwangerschaftsabbruch gegangen war, hatten findige Kleinunternehmer festgestellt, daß Touristen wie Reporter eine Menge Geld dafür zahlten, wenn jemand anderer für sie Schlange stand. Als Folge war ein inoffizieller Erwerbszweig entstanden, der alle wichtigen Medienereignisse im Regierungsviertel bediente. Für die öffentliche Verkündigung des Votums zur CMI-Fusion hatten die professionellen Ersatzleute fast einen ganzen Tag vorher ihre Posten bezogen.

Gegen neun Uhr morgens wurde die ungeduldige Menge endlich in das Gebäude geleitet. Während die Besucher durch die Große Halle und zwei verschiedene Metalldetektoren gelotst wurden, gingen Ben und Lisa direkt zum größten Gerichtssaal. »Ist doch phantastisch«, sagte Lisa mit einem Blick auf die Touristenschlange, die allmählich im Saal untergebracht wurde.

Ben war wenig begeistert davon, Charles Maxwells Sieg beizuwohnen, doch auch er konnte sich der erregten Atmosphäre des Sitzungstags nicht verschließen. Reporter drängten sich auf die winzige Pressetribüne an der linken Seite des Saales. Es war der einzige Bereich, in dem die Beobachter sich Notizen machen durften; Tonbänder waren allerdings auch hier nicht zugelassen. Bewaffnete Wachen führten die Touristen und andere Beobachter zu den zwölf Bankreihen in der Mitte des Raumes, und dann warteten alle gespannt auf den Auftritt der Richter. Das unterdrückte Flüstern der Zuschauer heizte die Atmosphäre weiter auf. Auf der rechten Seite des Gerichtssaals war ein Bereich für die Familienmitglieder und Freunde der Richter reserviert, ein weiterer für die Assistenten des Gerichtshofs.

»Nichts als Schafe«, sagte Ben mit einem Blick auf den bis auf den letzten Platz gefüllten Saal. »Sie kommen bloß, um dem Spektakel beizuwohnen und wieder zu verschwinden. Die Konsequenzen sind ihnen egal. Für sie ist es bloß eine Touristenattraktion.«

»Vergiß doch mal deine schlechte Laune«, sagte Lisa. Noch immer von Pomp und Dramatik der Inszenierung in den Bann geschlagen, sah sie die Zeiger der Uhr weiter auf zehn vorrükken.

Ben heftete seinen Blick auf den Marmorfries über dem Haupteingang, dem die Richter gegenübersaßen. Es stellte die Mächte des Bösen dar – Bestechlichkeit und Falschheit –, besiegt von den Mächten des Guten: Sicherheit, Barmherzigkeit und Frieden, dazu Justitia, flankiert von Weisheit und Wahrheit.

Lisa, die Bens Blick gefolgt war, fragte: »Na, ahmt die Kunst das Leben nach?«

»Sehr lustig«, fuhr Ben sie an.

Um exakt drei Minuten vor zehn rief ein Summton die Richter ins Sitzungszimmer, wo sie sich auf das Betreten des Gerichtssaals vorbereiteten. Hinter dem burgunderroten Samtvorhang reichten sich alle Richter zeremoniell die Hände. Dies war ein Brauch, den der Vorsitzende Richter Fuller um die Jahrhundertwende eingeführt hatte, um zu zeigen, daß »die Übereinstimmung in den Zielen, wenn auch nicht in den Urteilen, des Gerichtshofs Grundsatz« sei. Um Punkt zehn Uhr ließ der

Gerichtsdiener seinen Hammer ertönen, worauf sich alle Anwesenden erhoben.

»Der ehrenwerte Vorsitzende und die Mitglieder des Obersten Gerichtshofs der Vereinigten Staaten!« verkündete er. Innerhalb weniger Sekunden schritten die neun Richter durch separate Öffnungen im Vorhang und begaben sich auf ihre Plätze.

So oft sie dieses Schauspiel auch beobachtete, Lisa war immer beeindruckt vom gleichzeitigen Erscheinen aller neun Richter. »Toll«, flüsterte sie Ben zu. »Als sähe man die Ankunft des All-Star-Teams.«

»Schhhh!« machte Ben, der gebannt auf das Podium in der Mitte starrte.

Die neun Sessel der Richter standen frontal vor allen Anwesenden. Mit identischem braunen Leder bezogen, waren sie der Statur jedes einzelnen Richters angepaßt. Während die Mitglieder des Gerichtshofs sich niederließen, verkündete der Gerichtsdiener: »Hört! Hört! Hört! Wer ein Anliegen vor den ehrenwerten Obersten Gerichtshof der Vereinigten Staaten zu bringen hat, wird aufgefordert, herbeizutreten und aufzumerken, denn der Gerichtshof läßt sich nun zur Sitzung nieder. Gott schütze die Vereinigten Staaten und dieses ehrenwerte Gericht!« Wieder ertönte der Hammer, und alle Anwesenden nahmen Platz.

Osterman saß als Vorsitzender in der Mitte der Richter. »Heute verkünden wir die Urteile in folgenden Angelegenheiten: Vereinigte Staaten gegen CMI und Lexcoll und Tennessee gegen Shreve. Richter Blake wird die beiden heutigen Urteile verlesen.«

»Vielen Dank, Herr Vorsitzender«, sagte Blake. Richter Blake stammte aus South Carolina und sein Südstaatenakzent war, obwohl er schon nahezu zehn Jahre Mitglied des Gerichts war, noch immer so auffällig wie am Tag seiner Vereidigung. Die auf den CMI-Fall fixierten Zuhörer hielten gebannt den Atem an, als Blake begann, das vorbereitete Dokument vorzulesen: »In der Angelegenheit des Staates Tennessee gegen Shreve geben wir der Klage statt und bestätigen das Urteil des Obersten Gerichtshofs von Tennessee.« Obgleich er wußte, daß die Menge dem zweiten Urteil entgegenfieberte, nahm Blake sich Zeit, die Erkenntnisse des Gerichts darzulegen.

Als er den ersten Fall abgeschlossen hatte, lehnte Blake sich zurück und verlagerte sein Gewicht. Dann räusperte er sich, griff nach dem Zinnkrug, wie er vor jedem Richter stand, goß sich ein Glas Wasser ein und bereitete sich auf das Verlesen des zweiten Urteils vor. Nachdem er sich mit seinem Taschentuch die Mundwinkel getrocknet hatte, setzte er ein gekünsteltes Lächeln auf. »In der Angelegenheit Vereinigte Staaten gegen CMI und Lexcoll sind wir der Ansicht, daß die beiden Unternehmen vereint zwar einen bedeutenden Telekommunikationskonzern darstellen werden, daß dies aber nicht im Hinblick auf die Schaffung eines Monopols geschieht. Daher verstößt die Fusion der Unternehmen nicht gegen das Kartellgesetz. Wir weisen die Klage ab und bestätigen das Urteil der Revisionsinstanz.«

Ein lautes Murmeln erhob sich in der Menge, als die Anwesenden die Raffinesse von Charles Maxwells kurz zuvor getroffener Entscheidung anerkannten, seine Beteiligung an Lexcoll zu erhöhen. Sekunden nach der Urteilsverkündung schaltete man im Zentralbüro die Sprechanlage zum Gerichtssaal ab und teilte der Pressestelle mit, daß die Entscheidung bekanntgegeben worden war. Unverzüglich verteilten die sieben Angestellten der Pressestelle Kopien des offiziellen Schriftsatzes an die im Untergeschoß versammelten Reporter, während zwei EDV-Spezialisten das Urteil in verschiedene juristische Datenbanken einspeisten. Im Gerichtssaal machten sich die Zeitungsreporter Notizen über die Stimmung der Richter; vor dem Gebäude rangelten mindestens zwei Dutzend Fernsehreporter um die beste Kameraposition und hofften, mit ihrer Story als erste auf Sendung gehen zu können. Als Richter Blake seine Darlegung der gerichtlichen Argumentation abgeschlossen hatte, besaßen bereits dreitausendsiebenhundertsechzig Menschen Kopien der Urteilsbegründung, sechs Millionen hatten das Ergebnis vernommen. Als der Gerichtsdiener die Sitzung offiziell beendete, war die Medienwelt erschöpft, Charles Maxwell ein Genie und Ben vernichtet.

»Scheiße«, sagte er, während er sich mit Lisa durch die Menge schlängelte, die den Gerichtssaal verließ.

»Worüber wunderst du dich eigentlich? Du kennst das Ergebnis doch schon seit Monaten.«

»Bloß raus hier«, sagte Ben und drängte weiter. Sie zogen ihre Ausweiskarten durch ein kleines Lesegerät, worauf sich zwei kugelsichere Türen öffneten und die beiden Kollegen in den nicht öffentlichen Bürobereich im Erdgeschoß entließen. Ben und Lisa stiegen eine der weniger begangenen Treppen empor und kehrten in ihr Zimmer zurück. »Ich kann's immer noch nicht fassen«, sagte Ben, sobald sich die Tür hinter ihm geschlossen hatte. »Maxwell wird zum Industriemogul, bloß weil ein einfältiger Mitarbeiter den Mund nicht halten konnte.« Er zog sein Jackett aus und hängte es über seine Stuhllehne. »Vielleicht hat Eric recht, und ich sollte wirklich die Presse informieren.«

»Auf keinen Fall«, protestierte Lisa. Sie nahm einen braunen Aktendeckel von ihrem Tisch und ging in den hinteren Teil des Büros, wo sie den Reißwolf anschaltete und den gesamten Papierstapel durchlaufen ließ. Sie vernichtete ihre alten Fassungen eines Votums nie, bevor das Urteil verkündet worden war. »Erstens hast du keine Beweise, weshalb sie dich für verrückt halten werden. Und zweitens, wenn sie dir doch glauben sollten, hast du nur deine Karriere geopfert.«

»Aber Maxwells Machenschaften würden aufgedeckt.«

»Bist du verrückt geworden? Willst du denn aus purer Schadenfreude dein Leben wegwerfen?«

»Es wäre das einzig Richtige.« Ben sank aufs Sofa. »Ich kann Rick nicht identifizieren; womöglich sehen wir ihn nie wieder; es ist unmöglich, ihn aufzuspüren. Also ist es die einzige Möglichkeit, diesen Schlamassel zu beenden.«

Lisa trat zum Sofa und sah drohend auf Ben hinab. »Was ist bloß los mit dir, verdammt noch mal? Du benimmst dich, als ginge die Welt unter. Du hast einen Fehler gemacht. Du hast was verbockt. Man hat dich reingelegt. Aber du hast es nicht absichtlich getan. Jemand hat dich ausgetrickst –«

»Und genau das macht mich so sauer«, fuhr Ben sie an, während er sich aufsetzte.

»Das ist es also? Du bist wütend, weil dich endlich jemand ausgetrickst hat? Dieses ganze Selbstmitleid hat nur den einen Grund, daß dir jemand intellektuell überlegen war?«

»Du verstehst überhaupt nicht –«

»Ich verstehe sehr gut, Ben. Du bist wütend, weil er dich beim Intelligenztest geschlagen hat.« Lisa setzte sich neben ihn aufs Sofa. »Jetzt reiß dich mal zusammen. Es war nicht dein Fehler. Du warst weder blöd noch naiv. Du hast getan, was jeder intelligente Mensch getan hätte. Man hat dich nur reingelegt. Rick hat dich ausgetrickst, und das mußt du eben akzeptieren.«

»Darf ich nicht noch ein wenig schmollen?«

»Du bekommst genau noch dreißig Sekunden«, sagte Lisa und sah auf ihre Armbanduhr. Sie wartete. »Okay, das war's. Bist du fertig?«

»Wie ist die Urteilsverkündung gelaufen?« fragte Eric Ben am Abend, als die beiden vor dem Fernseher saßen.

»Ganz ordentlich. Wie hat man sich beim *Washington Herald* zu der ganzen Sache gestellt?«

»Sie sind ausgerastet«, brachte Eric zwischen zwei Löffeln Cornflakes hervor. »Warte, bis du die morgige Ausgabe siehst. Auf der ersten Seite ist ein großes Foto von Maxwell kurz nach der Bekanntgabe. Er grinst so hämisch, daß man kotzen möchte.«

»Toll.«

»Und in die Sonntagsausgabe kommt ein dickes Feature über ihn. Der Knabe hat eine bessere Presse als der Papst.«

»Toll«, wiederholte Ben, während er die Sender durchzappte. Er stoppte bei CNN, sah dann aber Maxwell auftauchen und zappte weiter.

»Der Kurs von CMI ist bis zum Börsenschluß um fast siebzehn Prozent gestiegen.«

»Toll. Hör mal, Eric, kannst du mir ein Messer aus der Küche holen? Ich will mir die Augen ausstechen.«

»Ödipus, was?« Eric schaufelte sich einen weiteren Löffel Cornflakes in den Mund. »Das würde dir bestimmt gut stehen.«

Ohne Vorwarnung marschierte Ober singend durch die Haustür. »Ratet mal, wer im Büro von Senator Stevens nicht mehr Telefondienst hat?«

»Bist du befördert worden?« Eric sprang auf, um seinen Freund zu umarmen.

Hinter Ober trat Nathan ins Zimmer. »Ist er tatsächlich befördert worden?« fragte Ben.

»Ihr werdet es nicht glauben«, sagte Nathan. »Ober, erzähl ihnen die Geschichte.«

»Ja, das müßt ihr einfach hören«, erklärte Ober. »Es ist schlichtweg mondo.«

»Mondo?« Eric lachte. »Wir sind hier doch nicht in L.A. Hör bloß auf mit dem verrückten Zeug.«

»Jetzt laß ihn doch einfach erzählen«, sagte Ben.

»Nun denn«, begann Ober. »Ihr erinnert euch ja an Ricks angebliche Todesdrohung, die ich an Senator Stevens schreiben sollte.« Ben nickte. »Offenbar hat unsere Personalchefin herausgefunden, daß ich beim State Department eine Computerüberprüfung bezüglich Rick beantragt hatte. Letzte Woche kam sie zu mir, um zu fragen, warum ich das getan hätte. Ich hab' ihr gesagt, ich hätte es als Vorsichtsmaßnahme gesehen – ich hätte die Drohung zwar nicht ernst genommen, aber auf Nummer Sicher gehen wollen. Heute hat sie mich dann zu sich bestellt und mir erklärt, ich sei ab sofort ihr jüngster parlamentarischer Assistent. Ich werde die ganzen Wählerbeschwerden über Bauordnungen und Orangensaftsubventionen bearbeiten.«

»Damit bist du in Stevens' Wahlkampagne eindeutig an vorderster Front«, meinte Ben.

»Es wird noch besser«, sagte Nathan. »Ober, zeig ihnen den Brief.«

»Mit Vergnügen.« Ober öffnete die Ledermappe, die seine Eltern ihm zum College-Abschluß geschenkt hatten, zog ein einzelnes Blatt Papier hervor und überreichte es Ben.

»Lieber William!« las Ben vor, nachdem er sich mitten im Wohnzimmer in Positur gestellt hatte. »Herzlichen Dank für Ihre Bemühungen betreffend die kürzlich gegen mich ausgesprochene Todesdrohung. Ihr Vorgehen ist ein leuchtendes Beispiel für jene Art von Initiative, die nur wenige Menschen zu ergreifen gewillt sind. Ich hoffe, Sie wissen, wie sehr ich Ihre gesamte Tätigkeit schätze. Marcia hat mir mitgeteilt, wieviel Sie leisten. Machen Sie weiter so!«

»Lies die Unterschrift«, sagte Ober lachend.

»Ihr Freund Paul.«

»Er hat mit ›Paul‹ unterschrieben?« Eric riß Ben den Brief aus den Händen.

»Und ich bin sein Freund«, verkündete Ober.

»Das ist unglaublich«, erklärte Ben.

»Noch nie dagewesen«, sagte Nathan.

»Unmöglich.«

»Absolut phantastisch!« spann Ben den Faden weiter.

»Die sind mondo bescheuert!« tönte Ober. »Und mir hat das Ganze tatsächlich eine Beförderung eingebracht!«

Während Ober und Eric im Zimmer herumtanzten, fragte Ben: »Kennt Ihr eigentlich ›Des Kaisers neue Kleider‹?«

»Genau«, sagte Nathan.

Das Telefon läutete. »Wartet mal einen Moment.« Ben ging in die Küche und nahm den Hörer ab. »Hallo?« meldete er sich.

»Hallo, Benjamin.«

»Tag, Mom«, sagte Ben.

»Benjamin, ich will dich etwas fragen. Hattest du irgendwas mit dem Urteil über Charles Maxwells Fusion zu tun, das heute verkündet wurde?«

»Eigentlich nicht«, sagte Ben augenrollend. »Das haben die Assistenten eines anderen Richters bearbeitet.«

»Aber du kanntest das Ergebnis, bevor es bekanntgegeben wurde, nicht wahr?«

»Natürlich, Mom. Schon seit zwei Monaten.«

»Danke«, sagte Sheila Addison. »Jetzt solltest du es eigentlich auch noch deinem Vater sagen, weil er's mir sicher nicht glauben wird. Der gute Mann denkt, nur weil er Kolumnist ist, weiß er alles.«

»Noch etwas, Mom?« fragte Ben. »Wir feiern nämlich gerade. Ober ist heute befördert worden.«

»Wie schön für ihn!« sagte Sheila. »Ach, Barbara wird so stolz auf ihn sein. Gib ihn mir mal, ich will ihm gratulieren.«

»Ich gebe ihn dir nicht«, sagte Ben.

»Na, dann sag ihm, daß ich ihn lieber mal sehen will, wenn ihr zu Thanksgiving nach Hause kommt. Übrigens, weißt du schon, ob du Dienstag oder Mittwoch kommst?«

»Es sind doch noch drei Wochen. Ich hab' noch keine Ahnung.« Um vom Thema abzulenken, fragte Ben: »Was gibt's Neues zu Hause?«

»Eigentlich gar nichts«, sagte Sheila. »Heute hab' ich einen Brief für dich bekommen. Er sieht wie eine wichtige Rechnung aus; deshalb wußte ich nicht, ob ich vielleicht den Umschlag aufmachen soll, bevor ich ihn dir schicke.«

»Von wem ist er denn?«

»Der Absender ist *Mailboxes and Things*. Und da ist ein dikker Stempel mit ›Zweite Mahnung‹.«

Überrascht hörte Ben den Namen der Adresse, wo er sein Postfach eingerichtet hatte. Ich habe doch im voraus bezahlt, überlegte er. »Mach ihn bitte auf.«

»Das ist eindeutig eine Rechnung. Da steht, wenn du den ausstehenden Betrag nicht bezahlst, wird dein Postfach Nummer 1327 geschlossen und deine Post konfisziert. Warum hast du denn ein Postfach, Benjamin?«

»Wie war die Nummer des Fachs?« hakte Ben nach, ohne auf die Frage seiner Mutter einzugehen.

»Dreizehn-siebenundzwanzig.«

»Das muß ein Irrtum sein. Das ist gar nicht mein Postfach.«

»Soll ich dir die Rechnung schicken?«

»Nein, ich gehe morgen selbst hin, um die Sache zu klären. So, jetzt muß ich aber wirklich Schluß machen. Grüß Dad von mir.« Ben legte auf und kehrte ins Wohnzimmer zurück.

»Kommst du mit?« fragte Ober. »Wir wollen meine Beförderung feiern.«

»Klar komme ich mit.« Ben holte seinen Mantel. »Solche Wunder geschehen bloß ein einziges Mal im Jahrzehnt.«

Als Ober *Boosin's Bar* betrat, atmete er tief ein und genoß den Geruch schalen Biers und glimmender Zigaretten. »Ahhh, es gibt doch nichts Schöner als Kneipenmief«, verkündete er. »Ich fühle mich wieder wie am College.« *Boosin's*, das zweite Zuhause vieler junger Angestellter in Washington, war die Stammkneipe der vier Freunde seit ihrer Ankunft in der Hauptstadt. Sie setzten sich an ihren gewohnten Tisch im hinteren Teil des Raumes, und bald erschien ihre Kellnerin.

»Tag, Tina«, sagte Ben.

»Na, was gibt's Neues?« fragte sie.

»Ober ist heute befördert worden. Wir hoffen, ihm so viel Bier einflößen zu können, daß er zu Boden sinkt und sich vor Freude übergibt.«

»Mal sehen, was ich tun kann«, meinte Tina und ging zur Theke, um mit zwei Kannen Bier und vier Gläsern zurückzukehren. Nathan goß allen ein und hob sein Glas, um einen Trinkspruch auszubringen. »Auf Ober. Möge die blinde Gunst des Schicksals dich auf all deinen Wegen begleiten!«

Als die Freunde angestoßen hatten, legte Ben seine Hand auf Obers Schulter. »Ich bin wirklich stolz auf dich, mein Freund.«

»Wow, ein Kompliment vom Job-Guru persönlich.«

»Ganz ehrlich«, sagte Ben, »egal wie es dazu gekommen ist, wir wissen alle, daß du diese Beförderung verdient hast.«

»Ich weiß nicht«, erwiderte Ober. »Immerhin bin ich noch kein Mitarbeiter des Obersten Gerichtshofs.«

»Das brauchst du auch gar nicht werden«, sagte Ben, »sondern werde bloß du selbst.«

»Und üb immer Treu und Redlichkeit!« deklamierten Eric und Nathan im Chor.

Eine halbe Stunde später klopfte eine ungemein gutaussehende Brünette in einem noblen, tiefschwarzen Hosenanzug Ober auf die Schulter. »Habt ihr was dagegen, wenn wir uns zu euch setzen?« fragte sie.

»Lila!« rief Ober. »Was machst du denn hier?« Er stand auf, um die Unbekannte zu umarmen, dann strahlte er seine Freunde an und erklärte: »Das ist Lila Jospin. Wir sind uns am College ziemlich nahegekommen.«

»Welch hübsche Einführung«, sagte Ben. »Sie sind offenbar eine Frau mit gutem Geschmack. Schön, Sie kennenzulernen.«

»Ganz meinerseits«, sagte Lila.

»Sieht so aus, als hättest du ein paar Freundinnen mitgebracht. Wie viele seid ihr denn?« Ober zog einen leeren Tisch heran, um mehr Platz zu schaffen.

»Wir sind zu viert«, erklärte Lisa, während ihre drei Freundinnen näher kamen.

»Phantastisch«, sagte Ober. »Absolut phantastisch.«

Am folgenden Dienstagmorgen kam Ben erst um halb acht Uhr ins Büro. »Du bist reichlich spät dran«, meinte Lisa, als er sich aufs Sofa fallen ließ.

»Ich bin müde«, sagte er.

»Wo warst du gestern abend? Hast du deine Sorgen im Bier ertränkt?«

»Gestern abend, muß ich dir sagen, war nicht eine Sorge zu erblicken. Die Nacht war voller Freude.«

»Du bist also in eine Kneipe gegangen, hast eine Frau aufgerissen und sie mit zu dir genommen. Na und? Hältst du dich jetzt etwa für Wilhelm den Eroberer?«

»Eigentlich sehe ich mich eher als Magellan. Er war so viel ansehnlicher und imposanter – ein echter Visionär. Wie ich lebte er als Mensch der Renaissance in einer Welt, die ihn nur selten verstand.«

»In Wirklichkeit war er ein frauenfeindlicher Barbar, der kaum begriff, was er entdeckt hatte. In dieser Beziehung ähnelt ihr euch tatsächlich.« Lisa lehnte sich zurück und verschränkte die Hände hinter dem Kopf. »Na, willst du mich nicht auch fragen, wie meine Verabredung gestern war?«

»*Du* bist mit jemandem ausgegangen?« Ben hob eine Augenbraue.

»Was ist denn daran so verwunderlich? Ich bin eine starke Frau mit eigenen Bedürfnissen.«

»Warum hast du mir nicht gesagt, daß du eine Verabredung hast?«

»Weil du mich damit aufgezogen hättest.«

»Aufziehen werde ich dich trotzdem. Nun erzähl mir mal, wer das arme Opfer war.«

»Er heißt Jonathan Kord und arbeitet im Büro von Senator Greiff.«

»Ach du lieber Himmel! Jonathan Kord? Den kenne ich! Eine Freundin von mir, Friede ihrer Asche, ist mal mit ihm ausgegangen.«

»Du kennst ihn nicht.« Lisa warf Ben eine Handvoll Büroklammern an den Kopf.

»Ist auch nicht nötig«, sagte Ben. »Wenn er Jonathan heißt, kann er ja bloß langweilig sein.«

»So ein Blödsinn. Jonathan ist ein toller Name. Seine Freunde nennen ihn alle Jon.«

»Aber sonst läuft er unter Jonathan, stimmt's?« Lisa schwieg. »Ich hab's gewußt!« verkündete Ben. »Er ist stinklangweilig.«

»Er hat durchaus nicht langweilig geschmeckt«, konterte Lisa.

»Halt, halt, halt.« Ben setzte sich kerzengerade auf. »Hast du gestern wirklich was losgemacht?«

»Schon möglich«, neckte ihn Lisa. »Aber selbst wenn's nicht so war, merke ich, daß du eifersüchtig bist.«

»Ich bin nicht eifersüchtig.«

»Warum nimmt dein Gesicht dann die Farbe unseres Sofas an?«

»Glaub mir, ich bin nicht eifersüchtig. Und jetzt sag mir endlich, was passiert ist.«

»Nicht viel. Wir sind zusammen essen gegangen, und dann haben wir einen Spaziergang ums Washington-Monument gemacht.«

»Große Güte.« Ben warf die Hände in die Luft. »Der Typ hat ja Katz und Maus mit dir gespielt. Zuerst lädt er dich zum Essen ein, und dann führt er dich rund um eine Riesenerektion? Welche Botschaft vermittelt das wohl?«

»Für mein Abendessen hab' ich selbst bezahlt, du Hengst. Und es war meine Idee, zum Monument zu gehen.«

»Na, das war wirklich 'ne tolle Verabredung.« Ben nickte anerkennend mit dem Kopf. »Ich bin beeindruckt.« Er kreuzte die Arme. »Also weiter.«

»Und dann hab' ich ihn nach Hause gebracht.«

»Und das war alles?« fragte Ben argwöhnisch. »Du bist mit ihm ausgegangen und hast ihn dann zu Hause abgeliefert?«

»Ich weiß nicht recht.« Lisa sah auf ihre Füße. »Ich glaube, ich hab' ihm Angst gemacht. Vielleicht war ich zu aggressiv.«

»Du? Aggressiv?«

»Nein, ich war ganz bestimmt zu aggressiv«, sagte Lisa, mit einem Mal ganz ernst. »Ich glaube, er war wirklich eingeschüchtert, als ich ihm erklärt hab', ich könnte ihm noch ein paar Sachen im Bett beibringen.«

»Das hast du gesagt?« platzte Ben heraus.

»Siehst du, ich hab' ja gewußt, daß ich zu aggressiv war.«

»Jetzt mach dir mal keine Vorwürfe, Lisa. Du warst nur dein ureigenstes Ich. Das kann man dir nicht vorhalten. Du bist eben eine aggressive Frau, und die meisten Männer fühlen sich durch aggressive Frauen eingeschüchtert. Du hast es ja in den Talk-Shows gesehen – der durchschnittliche Amerikaner wünscht sich eine umgängliche, schwächere Frau, weil man ihm beigebracht hat, sich von starken Frauen bedroht zu fühlen.«

»Freud sei's geklagt. Aber was bedeutet das für mich?«

»Du hast wesentlich weniger Auswahl, aber die Qualität der in Frage kommenden Männer ist um dreihundert Prozent besser als die des durchschnittlichen Versagers. Die Erbmasse, aus der du schöpfen kannst, besteht aus selbstbewußteren, kultivierteren, intelligenteren ...«

»... Männern wie dir«, schloß Lisa sarkastisch.

»Genau. Wir sind eine neue Männerrasse. Wir haben keine Angst, unsere Gefühle zu zeigen. Wir mögen starke Frauen, und wir genießen es, sexuell dominiert zu werden.«

»Ihr schämt euch nicht, am Ende der *Rocky*-Filme zu weinen«, fügte Lisa hinzu.

»Richtig«, sagte Ben. »Und wir lieben den Geruch von Dufttöpfen.«

»Tja, ich will dich nicht enttäuschen, aber was ist, wenn ich auf den sensiblen Typ gar nicht scharf bin? Wenn ich einen austrainierten, schlichten Macho will, der gut im Bett ist und dem es nichts ausmacht, wenn ich ihn mal nicht anrufe?«

»Du stehst auf Muskelmänner?«

»Zum Zeitvertreib, ja. Ich würde nie einen heiraten, aber es macht Spaß, sie anzumachen.«

Konsterniert kratzte sich Ben an der Stirn. »Wie kannst du bloß auf Muskelmänner stehen? Wie kannst du mit jemand ins Bett steigen, der dich bloß als sexuelle Beute sieht?«

»Ich will dir mal was sagen: Die Sache mit der sexuellen Beute ist keine Einbahnstraße, und wer fährt nicht gern einen Ferrari?«

Ben lachte. »Dann nehme ich alles zurück. Du bist viel zu aggressiv, um überhaupt einen Mann zu finden. Wahrscheinlich wirst du bis ans Ende deines Lebens einsam sein.« Er stand auf und wühlte in dem neuesten Papierstapel auf seinem Schreibtisch. »Was ist heute angesagt?«

»Ein ganzer Berg neuer Eingaben ist gerade reingekommen. Hollis meint, wir sollen sie wirklich rasch erledigen, weil er erwartet, daß wir das Votum für die Grinnell-Sache verfassen müssen.«

»Darüber haben sie doch noch nicht abgestimmt, oder?«

»Sieh mal auf deine Armbanduhr, du Trottel«, sagte Lisa. »Die Sitzung ist erst morgen. Hollis meint zwar, daß sie noch nicht dazu kommen werden, aber nächste Woche ist die Sache mit Sicherheit dran. Osterman spielt auf Zeit. Und die Mitarbeiter von Richter Veidt sagen, ihr Chef sei sich unschlüssig, weshalb Osterman ihn beackert, seit die Eingabe hereingekommen ist.«

»Was ist denn los mit Veidt? Meinst du, er hat 'ne Schwäche für Osterman?«

»Zweifelhaft«, meinte Lisa. »Veidt ist ein intellektuell unauffälliger Richter, der genau weiß, daß man ihn ausgewählt hat, weil er für alle Seiten akzeptabel war. Ich glaube, er denkt, es macht ihn etwas glaubwürdiger, wenn er sich an den Rockzipfel des Vorsitzenden hängt.«

»Schon möglich«, gab Ben zu, »aber mein Szenario ist wesentlich cooler. Kannst du dir das vorstellen? Zwei in eine schäbige Liebschaft verwickelte Oberste Richter? Wäre das nicht absolut phantastisch?«

»Auf jeden Fall wär's interessanter, als den ganzen Tag Eingaben durchzulesen.«

Nach einem raschen Mittagessen in der Kantine des Gerichtshofs machte sich Ben zu *Mailboxes & Things* an der Constitution Avenue auf. Wird Zeit, den Wintermantel aus dem Schrank zu holen, dachte er, während der eisige Novemberwind die letzten Blätter von den Bäumen riß. Ben hauchte in seine gewölbten Hände, um der nahen Ankunft des Winters zu trotzen. Innerhalb von zehn Minuten erreichte er den Laden, der rot, weiß und blau bemalt war – eine beliebte Farbkombination in der Bundeshauptstadt.

»Sie wünschen?« fragte ein Kassierer im Rollkragenpulli.

»Ich habe eine Mahnung für ein Postfach bekommen. Allerdings hab' ich mein Postfach nicht nur im voraus bezahlt, die Nummer auf der Rechnung war auch nicht meine.«

»Ach, dann haben wir bestimmt einen Fehler gemacht«, erwiderte der Mann. »Sagen Sie mir doch bitte Ihren Namen.«

»Mein Name ist Be...« Er schluckte, bis ihm der falsche Name einfiel, den er bei der Eröffnung des Postfachs angegeben hatte. »Mein Name ist Alvy Singer.«

»Singer, Singer ...« Der Mann blätterte in seinen Unterlagen. »Da ist sie ja.« Er zog die Karteikarte hervor. »Sie haben am achtundzwanzigsten September das Postfach mit der Nummer 1227 eröffnet und tatsächlich im voraus bezahlt. Am neunundzwanzigsten September haben Sie dann das Postfach Nummer 1327 eröffnet und um die Übersendung einer Rechnung gebeten. Außerdem steht hier, daß Sie zusätzlich fünfundzwanzig Dollar bezahlt haben, um für beide Fächer denselben Schlüssel benutzen zu können.«

»Natürlich! Wie dumm von mir.« Ben wischte sich den kalten Schweiß von der Stirn.

»Wollen Sie den ausstehenden Betrag heute bezahlen?«

»Klar. Das geht schon.« Ben holte sein Portemonnaie heraus und zahlte.

Als er in dem Raum mit den Postfächern stand, war Ben in voller Panik. Er sah sich um und stellte erleichtert fest, daß niemand ihn beobachtete. Rasch holte er den Schlüssel aus der Tasche und öffnete sein Postfach Nummer 1227. Leer. Direkt darunter befand sich Postfach Nummer 1327. Ben steckte seinen Schlüssel ins Schloß und öffnete das Fach. Drinnen lag ein einsamer brauner Umschlag. Er zog ihn heraus, verschloß das Fach und ging zu einer schmalen Ablage.

In dem Umschlag befand sich ein einzelnes Blatt, in Maschinenschrift beschrieben. *Lieber Ben*, las er. *Es tut mir leid, daß ich mich so lange nicht gemeldet habe, aber Du hast Dir wohl schon gedacht, daß ich ziemlich viel zu tun hatte. Ich brauche Dir wohl nicht zu sagen, daß alles ganz ausgezeichnet gelaufen ist. Nun weiß ich zwar, daß Du Dich darüber ärgerst, was geschehen ist, aber bitte unterlaß doch Deine Versuche, mich zu finden. Du vergeudest nur deine Zeit. Meine Blumen zu zerfet-*

zen war sinnlos, Dein Bestechungsversuch in meinem alten Apartmenthaus armselig, und was Deine Idee mit den Telefonrechnungen betrifft – glaubst Du wirklich, ich würde auf einem derart leicht nachprüfbaren Apparat wichtige Anrufe machen? Also wirklich. Da du Dich noch immer nicht bei der Polizei gemeldet hast, nehme ich an, daß Du begriffen hast, welche Folgen ein Geständnis für Deine Karriere hätte.

Ich möchte Dir nun einen Waffenstillstand vorschlagen. Wenn Du Interesse daran hast, triff mich bitte am Samstagabend um acht im Two Quail. *Auf Deinen Namen ist schon ein Tisch reserviert. Wenn Du Kontakt mit mir aufnehmen mußt, kannst Du gern unser gemeinsames Postfach Nr. 1327 benutzen. Alles Gute, Rick.*

Ben stopfte den Brief wieder in den Umschlag, verließ den Raum und ging eilig zurück zum Gerichtsgebäude. Verdammt, woher weiß er das alles? überlegte er. Er stürmte die Freitreppe hinauf, hielt dem Wachmann kurz seinen Ausweis vor die Nase und machte einen Umweg um den Metalldetektor. Kaum eine Minute später hastete er schon durchs Vorzimmer in sein Büro. Er schlug die Tür hinter sich zu und warf Lisa den Umschlag auf den Schreibtisch. »Du wirst es nicht für möglich halten«, sagte er.

»Wo hast du das denn her?« fragte Lisa, während sie den Brief überflog.

»Er hat direkt unter meinem Postfach ein zweites eröffnet – unter meinem falschen Namen«, berichtete Ben mit zitternder Stimme.

»Woher wußte er denn, daß du ein Postfach hast?« Lisa hob die Hand, um Ben an einer Antwort zu hindern. »Laß mich erst fertiglesen.« Kurze Zeit später sah sie auf. »Okay. Also, woher wußte er von deinem Postfach?«

»Woher kannte er meinen falschen Namen?« fragte Ben, der mitten im Zimmer stehengeblieben war. »Woher wußte er, was wir mit seinen Blumen angestellt haben? Woher wußte er von meinem Anruf bei der Telefongesellschaft? Und woher wußte er, daß wir versucht haben, seine alte Wohnung auszuspionieren? Er kennt sogar die Adresse meiner Eltern, verdammt noch mal! Er hat die Rechnung für sein Postfach zu meinen Eltern schicken lassen!«

»Beruhige dich doch mal einen Moment.« Lisa legte ihre Lesebrille auf den Tisch. »Wir müssen überlegen.«

»Wenn er sich an meine Familie ranmacht, bringe ich ihn um. Das schwöre ich dir. Ich bring' den Scheißkerl um.«

»Jetzt laß doch mal. Ich bin sicher, daß er dich damit nur einschüchtern wollte.«

»Na, das hat jedenfalls gewirkt.« Ben zog sein Jackett aus. »Offensichtlich hat er mich den gesamten letzten Monat beobachtet. Er weiß genauestens darüber Bescheid, was ich tue und wohin ich gehe. Er weiß, wo meine Eltern wohnen ...«

»Du mußt dich wirklich beruhigen. Laß mich mal einen Augenblick nachdenken.«

Schweigend ging Ben im Zimmer auf und ab.

»Mir ist schon klar, warum er weiß, daß wir uns in sein altes Apartmenthaus eingeschlichen haben«, sagte Lisa, »aber mir ist überhaupt nicht klar, wie er von der Sache mit den Telefonrechnungen gehört hat. Die zwei Mal, die du bei der Telefongesellschaft angerufen hast, warst du doch hier in unserem Büro, oder?« Als Ben nickte, fuhr sie fort: »Ich glaube kaum, daß er das Telefon hier angezapft hat. Schließlich sind wir hier am Obersten Gericht.«

»Das Telefon hat er bestimmt nicht angezapft – nicht bei dem Sicherheitssystem, daß wir hier haben«, stimmte Ben zu. »Aber woher weiß er, was wir mit den Blumen gemacht haben? Wir beide sind die einzigen, die davon wußten.«

Lisa war immer noch bei den Telefonrechnungen. »Wahrscheinlich hat er seine neue Adresse absichtlich nicht angegeben. Dann hat er einfach abgewartet, wie wir reagieren. Bestimmt hat ihm die Telefongesellschaft mitgeteilt, daß du die Duplikate angefordert hast.« Nachdenklich machte sie eine Pause. »Ich kann mir einfach nicht vorstellen, daß er im voraus gewußt hat, was wir tun.«

»Dieser Typ ist alles andere als ein Trottel«, sagte Ben, der einfach nicht ruhig stehenbleiben konnte.

»Glaubst du wirklich, er läßt dich von jemand beschatten?«

»Woher soll ich das wissen? Aber wie wäre er sonst auf meinen falschen Namen für das Postfach gekommen?«

»Wirst du ihn treffen?«

»Selbstverständlich. Der Kerl gehört mir. Ich werd' ihn ungespitzt in den Boden rammen.«

»Du hörst dich an wie jemand aus 'ner schlechten Fernsehserie«, sagte Lisa. »Ich glaube, du solltest dir erst mal ernsthaft einen Plan zurechtlegen.«

»Ganz richtig«, stimmte Ben zu. Er setzte sich an seinen Schreibtisch und nahm ein Blatt Papier. »Ich würde gern alle zu einem kleinen Brainstorming zusammenrufen. Könnten wir das in deiner Wohnung machen?«

»Warum denn bei mir?«

»Weil ich glaube, daß er in unserem Haus eventuell Wanzen plaziert hat.«

»Hör mal, du mußt dich wirklich beruhigen«, mahnte Lisa. »Wir sind hier doch nicht in Grishams *Firma*.«

»Dieser Typ schafft es, zu Charles Maxwell vorzudringen; er zieht einen der größten Insidercoups des Jahrzehnts durch, und du erzählst mir, er könnte unser blödes Haus mit seiner nicht vorhandenen Alarmanlage nicht mit Wanzen spicken?«

»Na schön«, lenkte Lisa ein, »wir treffen uns in meiner Wohnung.« Sie stand auf und lehnte sich an Bens Schreibtisch. »Willst du zwischendurch den neuesten Klatsch hören?«

»Ich bin nicht in der rechten Stimmung.«

»Okay. Gut. Dann erzähle ich dir auch nicht, daß Richter Blake zurücktritt.«

»Das ist doch nichts Neues«, erwiderte Ben. »Davon spricht man schon seit Jahren.«

»Aber jetzt ist es amtlich. Heute hat er Osterman verständigt.«

»Ernsthaft?« Ben legte seine Stirn in Falten.

»Großes Pfadfinderehrenwort.«

»Ist das sicher, oder hast du nur was gehört?«

»Ich will's mal so sagen – als du in der Mittagspause warst, kam Hollis hier rein und sagte mir, daß Blake soeben sein Rücktrittsgesuch eingereicht hat. Heute nachmittag ruft er den Präsidenten an, und innerhalb der kommenden zwei Wochen wird die Presse informiert. Ist dir diese Quelle vertrauenswürdig genug?«

»Wenn Hollis es gesagt hat, ist es wie das Evangelium.«

»Es ist bloß so, daß die meisten Richter es ihren Assistenten wohl noch nicht mitgeteilt haben, deshalb mußt du den Mund halten. Hollis meinte, es sei bloß zu unserer beider Information.«

»Was hat er sonst noch gesagt?« wollte Ben wissen.

»Daß die Entscheidung in der Grinnell-Sache nicht vor Ende der Woche fallen wird. Richter Veidt hat noch immer nichts von sich gegeben, und die Konservativen haben die Sache verzögert, damit sie ihn auf ihre Seite ziehen können.«

»Hochinteressant«, mußte Ben zugeben. »Sieht ganz so aus, als sei Hollis heute überaus gesprächig gewesen.«

»Du weißt ja, wie er ist«, sagte Lisa. »Manchmal sagt er kein Sterbenswörtchen, und dann kann er wieder mal nicht aufhören. Heute war bloß ein guter Tag.«

»Also werden wir diese Woche noch nicht an Grinnell arbeiten.«

»Darauf will ich ja hinaus.« Lisa klatschte mit der flachen Hand auf Bens Tischplatte. »Weil Blake zurücktritt, wird sein Pensum verringert. Deshalb muß er die Begründung von Pacheco gegen Rhode Island auch nicht mehr schreiben.«

»So daß sie uns zufällt?« fragte Ben. Lisa nickte. »Und warum sollen wir das tun? Es geht um einen anständigen Bankrott. Ein guter Fall also.«

»Es ist ein guter, aber kein großartiger Fall. Hollis hat mir folgendes erklärt: Wenn ein Richter zurücktritt, darf er sich bei den Entscheidungen das Beste aussuchen. Alle anderen halten sich zurück, damit er seine letzten großen Urteile verkünden kann.«

»Das bedeutet also, daß er in dieser Sitzungsperiode die besten Fälle bekommt?«

»Mehr oder weniger«, sagte Lisa. »Alle kann er nicht schaffen, aber er bekommt bestimmt einen anständigen Teil.«

»Wunderbar«, meinte Ben sarkastisch. »Hat Hollis gesagt, wann Blakes Büro uns die Unterlagen schickt?«

»Das Zentralbüro wird sie uns später am Nachmittag zustellen.«

Ben schaltete seinen Computer ein. »Und natürlich hat Hollis unser Votum zu Oshinsky noch immer nicht angeschaut.«

»Hat er doch.« Lisa reichte Ben einen Papierstoß.

»Und er ist immer noch nicht zufrieden«, sagte Ben angesichts der unübersehbaren roten Anmerkungen auf der ersten Seite der Akte. »Der wievielte Entwurf ist das eigentlich – der sechste?«

»Der siebte, wenn man unser erstes Konzept mitrechnet.«

»Mit dieser Begründung wird er nie zufrieden sein«, sagte Ben. »Ich glaube, wir sollten das einfach akzeptieren und woanders weitermachen.«

»Jetzt hör mal auf, dich zu beschweren«, sagte Lisa. »So schlimm ist es auch wieder nicht.«

»Willst du mich auf den Arm nehmen? Wir kreuzen jeden Morgen um Punkt sieben hier auf, arbeiten gleichzeitig an vier schwebenden Fällen und jetzt noch an einem fünften, den uns ein zurücktretender Richter gerade zugeschoben hat. Und dazu kommt noch ein sechster, sobald Veidt sich den Konservativen geschlagen gibt. Außerdem müssen wir noch ungefähr ein Dutzend Eingaben pro Woche durchackern. Wieviel sollen wir eigentlich noch arbeiten?«

»Keine Ahnung«, sagte Lisa. »Und dazu sind wir auch noch auf der Jagd nach einem psychotischen Genie, das versucht, unsere gesamte Rechtsprechung zu unterminieren.«

Es war halb zehn Uhr abends, als die beiden Lisas Apartmenthaus erreichten, das ein kurzes Stück von der Metrostation Tenleytown entfernt lag. Vor dem düsteren Ziegelbau warteten schon Ober und Nathan. »Warum habt ihr so lange gebraucht?« fragte Ober, während sie das Haus betraten. »Du hast doch gesagt, wir treffen uns um neun.«

»Tut mir leid«, erwiderte Ben scharf. »Wir haben uns nur den Arsch abgearbeitet, um beim Obersten Gericht den Verlauf der Geschichte zu ändern. Manche von uns haben eben nicht das Glück, mit Jobs gesegnet zu sein, bei denen man um fünf nach Hause gehen kann.«

»Hey, was ist euch denn über die Leber gelaufen«, sagte Nathan, während sie in den Aufzug stiegen. »Wir sind schließlich diejenigen, die euch helfen sollen.«

Sie stiegen im vierten Stock aus und gingen durch den Flur

zu Lisas Wohnung. »Tut mir leid«, sagte Ben zu Ober, während Lisa die Tür aufschloß. »Ich wollte dich nicht so anbellen.«

»Da sind wir«, verkündete Lisa. »Klein, aber mein.« In dem sparsam möblierten Zimmer standen ein abgewetztes braunes Ledersofa, ein Couchtisch und ein Schreibtisch, der im Grunde aus einer lackierten, auf zwei kleinen Aktenschränken liegenden Holzplatte bestand. Beide Tische bogen sich unter gewaltigen Papierbergen. An der dem Sofa gegenüberliegenden Wand hing ein riesiges Bild mit Poker spielenden Katzen, über dem Sofa selbst zwei auf schwarzen Samt gemalte Porträts: das eine zeigte die Mona Lisa, das andere einen Schlumpf nebst Blume.

»Hübsche Sachen«, meinte Ben, von der Wohnung seiner Kollegin sichtlich beeindruckt.

»Ich liebe Neo-Müll«, erklärte Lisa. »Je schrottiger, desto besser. Der Schlumpf ist das Prunkstück meiner Sammlung. Ich hab' ihn bei einem Volksfest gewonnen.«

»Das ist eigentlich 'ne ziemlich coole Wohnung«, kommentierte Ober.

»Du hörst dich überrascht an«, sagte Lisa. »Hast du erwartet, daß hier überall rosa und lila Seidenkissen rumliegen?«

»Ich weiß nicht recht«, erwiderte Ober. »Ich glaube, ich hab' Maxibinden und andere weibliche Hygieneartikel erwartet.«

»Erwartet oder erhofft?« fragte Nathan und setzte sich aufs Sofa.

Lisa warf ihre Aktentasche auf ihren Schreibtisch und ging zur Küche. »Will jemand was zu essen oder zu trinken?«

»Ich nehme ein Lammkotelett und ein Glas Weißwein mit Soda«, sagte Ober.

»Wo ist Eric?« Ben ließ sich neben Nathan aufs Sofa fallen.

»Er muß heute bis in die Nacht arbeiten«, antwortete Ober. »Es tut ihm leid, daß er nicht dabeisein kann.«

»Typisch«, kommentierte Ben.

»Alles in Ordnung?« fragte Nathan, der Ben die Zeitschriften auf dem Couchtisch durchblättern sah.

»Was?« fragte Ben. »Ja, sicher. Ich will bloß endlich zur Sache kommen.«

Lisa brachte einen Stuhl aus der Küche und setzte sich dem Sofa gegenüber. »Was ich nicht verstehe, ist, warum Rick dir den Brief in sein eigenes Postfach gelegt hat. Er hätte ihn doch einfach zur Post geben oder in *dein* Fach stecken können.«

»Darüber habe ich schon nachgedacht«, sagte Ben. »Ich glaube, Rick wollte sich bloß in Szene setzen. Durch diesen Gag hat er meinen neuen Plan erledigt und mir gleichzeitig die Botschaft gesandt, daß meine Heimlichtuerei ein Witz war.«

»Ich wiederum verstehe nicht, warum er dir einen Waffenstillstand anbietet«, sagte Ober. »Es ist doch klar, daß du keine Chance hast, ihn zu schnappen. In gewisser Weise bist du für ihn bloß lästig.« Er sah Ben an. »Nichts für ungut, hm?«

»Ich glaube, er ist scharf auf weitere Informationen.« Nathan setzte sich zwischen Ober und Ben.

»Ganz meine Meinung«, sagte Ben. »Ansonsten gibt's nicht den geringsten Grund, warum Rick mir einen Waffenstillstand anbieten sollte.«

»Glaubst du etwa, er will, daß du ihm noch ein Urteil verrätst?« fragte Lisa.

Ben blätterte noch immer in den Zeitschriften. »Das ist das einzige, was ich mir vorstellen kann.«

»Dann sollten wir wohl annehmen, daß er genau das ansprechen wird, wenn ihr euch am Samstag in dem Restaurant trefft«, erklärte Nathan.

»Willst du ihn tatsächlich treffen?« kam sofort Lisas Frage.

»Natürlich will ich das«, bestätigte Ben. »Glaubst du, ich laß ihn aus den Fingern? Noch diesen Samstag gehört er mir!«

»Und was schlägst du dafür vor?« wollte Lisa wissen.

»Ich weiß nicht. Ich hab' gehofft, da könntet ihr mir weiterhelfen. Bisher hab' ich mir vorgestellt, ihn im Restaurant auf Video aufzunehmen oder so was.«

»Ich hab's!« brüllte Ober. »Wie wär's, wenn einer von uns sich als Kellner verkleidet und sich irgendwie sein Weinglas schnappt? Das ist mit Sicherheit voller Fingerabdrücke.«

»Und was dann?« fragte Lisa. »Stecken wir es dann in Batmans Höhle in unsere Computer?«

»Wir können es über Nathan ans State Department schicken.«

»Ich schlage vor, heimlich Bilder von ihm zu machen, wenn er das Restaurant betritt«, sagte Nathan. »Dann wird's nicht lange dauern, bis wir ihn identifiziert haben.«

»Ich weiß schon, wo ihr euch auf die Lauer legen könnt.« Bens Stimme überschlug sich vor Erregung. »Direkt gegenüber ist ein anderes Lokal.«

»Wir können ein extra lichtstarkes Objektiv für die Kamera kaufen.« Ober stand auf.

»Und wir können uns coole Verkleidungen zulegen: am besten Trenchcoats, Schlapphüte und falsche Schnurrbärte«, sagte Lisa sarkastisch. »Jetzt beruhigt euch mal alle. Das Ganze wird überhaupt nichts nützen.«

»Ach nein?« fragte Ben. »Natürlich wirst du uns jetzt auch erklären, warum.«

»Was bringt es denn, wenn ihr ein paar Fotos von ihm habt? Ihr seid in absolut derselben Lage wie vorher. Denn selbst wenn ihr Ricks echten Namen herausbekommt, könnt ihr ihn nicht anzeigen – falls Ben nicht auch ins Loch kommen soll.«

Betretenes Schweigen machte sich breit. Nathan bemerkte: »Die Frau spricht die Wahrheit.«

»Wir müssen ihn irgendwie dazu bringen, dir ein Angebot für einen neuen Verrat zu machen«, schlug Lisa vor. »Wenn er das tut, können wir ihn wegen Beamtenbestechung anzeigen.«

»Ben ist doch gar kein Beamter«, warf Ober ein.

»Er ist Bundesangestellter«, sagte Lisa. »Wenn Rick ihn bestechen will, versucht er damit, sich in die Geschäfte der amerikanischen Regierung einzumischen. Das ist eine Straftat nach Bundesrecht, was ihn für ein paar Jahre hinter Gitter bringen wird.«

»Moment, Moment«, unterbrach Nathan sie. »Was hält Rick denn dann von einem Kuhhandel mit dem Richter ab? Wie die Sache liegt, kann er Ben problemlos auf dem Silbertablett servieren. Er muß nur auf den CMI-Fall verweisen und behaupten, der ehrenwerte Assistent am Obersten Gericht stecke hinter der ganzen Sache. Dann kommt Rick unbeschadet davon, und Ben wird verurteilt – nur wegen unseres großartigen Plans.«

»Das würde Rick nie tun«, widersprach Lisa. »Das CMI-Urteil ist wahrscheinlich das Beste, was ihm je zugestoßen ist. Bestimmt hat er ein paar Millionen Dollar bei dem Deal verdient.

Wenn er Ben anzeigt oder auch nur ansatzweise die Aufmerksamkeit auf CMI lenkt, hat Charles Maxwell sofort die Aufsichtsbehörden auf dem Hals, und zwar schärfer als jetzt schon. Meiner Meinung nach würde Rick ganz schnell begreifen, daß es besser für ihn wäre, wegen Bestechung in diesem zweiten Fall ein paar Jahre abzusitzen, als all sein Geld zu verlieren und gleichzeitig Maxwells Zorn zu riskieren. Schließlich geht's hier nicht um kleine Fische. Wenn's drauf ankommt, wird CMI ihn bei lebendigem Leib verschlingen.«

»Wirklich beeindruckend«, gab Nathan zu.

»Und du hast nicht geglaubt, wie clever sie ist.« Ben kreuzte die Arme und sah Ober an.

»Momentchen«, sagte Lisa. »Du hast mich nicht für clever gehalten?«

»Ich hab' ja nicht –«, setzte Ober an.

»Du?« Lisa erhob sich drohend von ihrem Stuhl. »Als wir letzte Woche Scrabble gespielt haben, hast du versucht, das Wort ›Boah‹ zu legen. Und du hältst *mich* für doof?«

»›Boah‹ ist ein Wort«, sagte Ober.

»Es ist kein Wort! Es ist ein Slangausdruck, den bestimmte Primaten im späten zwanzigsten Jahrhundert benutzen. Es ist Unsinn. Lärm. Blödheit. Aber es ist absolut kein Wort.«

»Es ist ein Wort«, beharrte Ober.

»Ihr könnt euch später streiten«, unterbrach Ben die beiden. »Jetzt will ich mich mit unserem Plan beschäftigen. Es sieht so aus, als sei es unsere größte Chance, ihn wegen Bestechung hinzuhängen. Das ist zwar nicht die perfekte Rache, aber es ist das beste, was wir hinbekommen. Also, wie kriegen wir ihn?«

»Du könntest ein Funkmikrophon tragen«, schlug Nathan vor. »Vielleicht kann ich von einem meiner Bekannten in der Sicherheitsabteilung eins bekommen.«

»Bestimmt?« fragte Ben.

»Wenn nicht, steckst du eben ein Diktiergerät ein«, sagte Lisa. »Hauptsache, wir haben ihn auf Band.«

»Ich glaube trotzdem, daß wir ein paar Bilder von ihm machen sollten«, meinte Ober.

»Du willst dich bloß verkleiden«, stichelte Lisa.

»Verkleiden will ich mich tatsächlich«, gab Ober zu. »Aber

ich denke auch, daß es klug wäre, einen konkreten Beleg von Ricks Aussehen zu bekommen.«

»Das ist eigentlich keine schlechte Idee«, gab Ben zu. »Irgendwann wird ihn ja doch die Polizei schnappen müssen. Da können wir ihr wenigstens zeigen, wie er aussieht.« Ben sah, daß Lisa die Nase rümpfte. »Was ist denn?«

»Hm?« machte sie. »Nichts, nichts.«

»Nun sag schon«, drängte Ben. »Den Blick kenne ich doch. Was macht dir Sorgen?«

»Also, ich werde den Gedanken nicht los ... Sollten wir damit nicht gleich zur Polizei gehen? Ich meine, wir übernehmen uns da gewaltig. Vielleicht ist es klüger, wenn wir um Hilfe bitten.«

»Abgelehnt«, entschied Ben. »Wenn ich das mache, kann ich meinem Job auf Wiedersehen sagen. Und wenn ich tatsächlich zur Polizei ginge, würde Rick das schon auf eine Meile Entfernung riechen.«

»Wie kommst du darauf?« fragte Lisa.

»Willst du dich über mich lustig machen? Den gesamten letzten Monat hat er jeden unserer Schritte überwacht. Außerdem ist es ja nicht so, daß wir irgend etwas Kompliziertes machen. Wir versuchen bloß, seine Stimme aufzunehmen. Wir haben ja nicht vor, in seinen verborgenen Schlupfwinkel auf einer Privatinsel einzudringen.«

Lisa sah Ober an. »Mach dir keine Sorgen, Rick hat in Wirklichkeit gar keine Privatinsel. Das ist nur eine Redensart.«

»Boah!« konterte Ober.

»Nun mal ernsthaft, Leute«, sagte Ben. »Wenn die Sache gefährlich wird, können wir Hilfe anfordern. Aber bis dahin will ich probieren, wie weit wir allein kommen.«

SECHSTES KAPITEL

Am folgenden Tag arbeiteten Benn und Lisa ohne Unterbrechung an vier verschiedenen Entscheidungen. Im Lauf ihrer dreimonatigen Zusammenarbeit hatten die beiden eine effiziente Methode entwickelt, ihre Voten zu verfassen. Ben, dem es leichter fiel, kreative Argumente auszubrüten, schrieb grundsätzlich den ersten Entwurf. Mit Hilfe kämpferischer Formulierungen und kompromißloser Beharrlichkeit stürmten seine Urteilsbegründungen immer geradlinig von der Einleitung zum Schluß. Lisa hingegen war die perfekte Analytikerin. Ben sprach von ihrem Röntgenblick: Sie war in der Lage, selbst in der einleuchtendsten Argumentation Schwachstellen zu finden. Wenn Ben also seinen Entwurf vollendet hatte, kam Lisas redaktionelle Begabung zum Zuge. Detailbesessen und mit überlegener Logik schrieb sie meist zwanzigseitige Kommentare zu Bens vierzig Seiten umfassendem Konzept. Wenn die beiden mit der Überarbeitung fertig waren, wurde der Schriftsatz Hollis vorgelegt.

Um sechs Uhr abends schaltete Ben seinen Computer aus und holte sein Jackett aus dem Garderobenschrank.

Lisa sah von ihrem Schreibtisch auf. »Wo willst du denn hin?«

»Ich habe eine Verabredung zum Abendessen, die ich unmöglich absagen kann. Erics Tante und Onkel haben uns schon mehrfach eingeladen, seit ich aus Europa zurück bin.«

»Aber ich hab' noch immer nichts von deinem Entwurf des Russell-Urteils gesehen.«

»Der ist so gut wie fertig. Bis morgen mittag bekommst du das fertige Papier.«

»Hoffentlich.«

»Bestimmt. Ich versprech's dir.« Ben war schon an der Tür, als er sein Telefon läuten hörte. Darauf vorbereitet, daß Eric sich womöglich wieder einmal verspäten würde, lief er zu seinem Schreibtisch zurück und hob ab. »Ben am Apparat.«

»Tag, Ben«, sagte Rick. »Wie geht's denn so?«

»Was willst du denn, verdammt noch mal?« fragte Ben, der die Stimme sofort erkannt hatte.

»Gar nichts. Ich wollte nur wissen, was du vorhast. Wie ich gehört hab', hast du heute eine wichtige Einladung.«

»Wir treffen uns doch am Samstag, oder?« fragte Ben. »Weil –«

Rick legte auf.

Ben warf den Hörer auf die Gabel.

»Was ist denn los? Wer war dran?«

»Rick.« Ben hastete zur Tür.

»Was hat er denn –« Bevor Lisa ihren Satz beenden konnte, war Ben schon fort.

Ben eilte die vierundvierzig Stufen der Freitreppe hinunter und wartete ungeduldig auf die Ankunft seiner Freunde. Fünf nach sechs kamen Eric und Ober in Erics Auto angefahren. Schweigend stieg Ben in den hellgrauen Honda.

»Heute hab' ich mir den besten Namen für ein mexikanisches Restaurant überlegt«, verkündete Ober aufgekratzt und drehte sich nach Ben um. »Ich werde es ›Tequila Mockingbird‹ nennen.«

Ben zeigte keine Regung.

»'tschuldigung, daß ich zu spät gekommen bin«, sagte Eric. »Ich mußte –«

»Wo ist Nathan?« unterbrach ihn Ben.

»Wir holen ihn zu Hause ab. Ich hab' mir gedacht, ihr drei wollt euch vor dem Abendessen rasch umziehen. Bei Tante Katie muß man schließlich keinen Anzug tragen.« Im Rückspiegel sah Eric, daß Ben die Stirn runzelte. »Was ist denn los?«

»Nichts«, sagte Ben. »Ich will nicht darüber sprechen.«

»Bist du –«

»Ich will nicht darüber sprechen«, wiederholte Ben.

Eric warf Ober einen Blick zu, zuckte die Achseln und fuhr weiter.

»Ihr kommt zu spät«, verkündete Nathan, sobald sich die Haustür öffnete. Ben trat ein und ging wortlos in die Küche.

»Was ist dem denn über die Leber gelaufen?« fragte Nathan.

»Er hat's uns nicht verraten«, sagte Eric. »Ich glaube, im Büro ist was schiefgelaufen.« Er setzte sich auf das kleine Sofa. »Wartest du schon lange?«

»Ich würde dir gerne mal was sagen: Es erstaunt mich immer noch, daß du grundsätzlich fünf Minuten zu spät kommst.« Nathan sah auf seine Armbanduhr. »Es ist schon so, daß ich meine Uhr nach deiner Verspätung stellen kann.«

Eric rieb sich seine ungewohnt glattrasierte Wange. »Ich komme gar nicht zu spät«, erklärte er. »Du bist durcheinander, weil du deine Uhr zehn Minuten vorgestellt hast.«

»Fang bloß nicht damit an«, protestierte Nathan. »Nach meiner Uhr bist du fünfzehn Minuten zu spät dran, aber das macht noch immer fünf Minuten Echtzeit.«

»Das werde ich nie kapieren«, sagte Ober. »Was soll es dir eigentlich bringen, wenn du weißt, daß deine Uhr immer zehn Minuten vorgeht?«

»Im Gegenteil, mein einfältiger Freund. Ich achte nicht auf die –«

»Wer hat meine Post geöffnet?« unterbrach ihn Ben, der in der Tür stand und einen Stapel Umschläge präsentierte.

»Sie war schon so im Briefkasten«, erklärte Nathan.

»War die Post von jemand anderem auch geöffnet?« fragte Ben.

»Nein, bloß deine. Glaubst du, es war Rick?«

Ben löste seine Krawatte und knöpfte den Kragen auf. »Was anderes kann ich mir nicht vorstellen. Heute hat er mich gerade in dem Moment angerufen, als ich aus der Tür wollte. Und er wußte von unserer Einladung heute abend.«

»Sind irgendwelche wichtigen Briefe dabei?«

»Nein. Bloß Rechnungen und Werbung.«

»Ich will ja nicht taktlos sein, aber wenn wir zu spät zum Essen kommen, wird meine Tante Katie uns gehörig die Leviten lesen«, mahnte Eric.

»Ich komme nicht mit«, erklärte Ben.

»Warum denn?« fragte Eric. »Bloß weil jemand deine Post geöffnet hat?«

»Nein, weil es mir wirklich Angst einjagt, daß Rick mir hinterherspioniert.« Ben legte seine Post auf die Küchentheke und goß sich ein Glas Wasser ein. »Vielleicht hat er vor, hier einzubrechen, wenn wir alle weg sind.«

»Wenn er einbrechen wollte, hätte er's doch schon gemacht, als er deine Post geöffnet hat«, erklärte Eric. »Laß ihn doch nicht dein ganzes Leben ruinieren. Er versucht bloß, dich verrückt zu machen.«

»Dann bin ich eben verrückt«, sagte Ben. »Geht jetzt ohne mich und entschuldigt mich bei Katie. Heute abend wäre sowieso nicht viel mit mir los.«

»Bist du sicher?« fragte Eric.

»Nun geht schon. Ich bin hier besser aufgehoben.«

Als den drei Freunden klar wurde, daß Ben seine Meinung nicht mehr ändern würde, gingen sie zur Tür. »Bis später also.«

Sobald die Tür sich hinter ihnen geschlossen hatte, nahm Ben sich wieder seine Post vor. Er blätterte die Umschläge durch, bis er den einzigen ohne Absender gefunden hatte, zog den Brief heraus und las noch einmal die sechs mit dickem schwarzen Filzstift geschriebenen Worte: *Traust du deinen Freunden? Gruß, Rick*. Ben starrte die knappe Botschaft an und fragte sich, ob es eine höhnische Warnung oder eine einfache Frage war. Dann zerknüllte er das Blatt in der Faust, voll Schuldgefühl und Bedauern, daß er seinen Mitbewohnern nichts davon erzählt hatte. Warum zum Teufel habe ich zugelassen, daß er mir so etwas antut? fragte er sich. Jetzt hat er mich sogar schon so weit, daß ich meine besten Freunde verdächtige.

Ben warf den Rest der Post wieder auf die Küchentheke, ging ins Wohnzimmer und lehnte sich an den großen Glastisch. Du darfst nicht einmal daran denken, daß einer von ihnen dabei sein könnte, redete Ben sich ein. Das ist ganz unmöglich. Denn wenn ich ihnen nicht mehr traue, auf wen kann ich mich dann überhaupt noch verlassen? Er starrte auf sein Spiegelbild in dem nicht mehr sauberen Glas des Tisches und ließ alle wichtigen Ereignisse noch einmal Revue passieren. Er dachte an alle Fakten, von denen Rick wußte, und an alle Personen, die dieselben Informationen besaßen. Schließlich kam er auf eine logische Erklärung dafür, wie Rick alles erfahren haben konnte. Wenn eine Wanze in unserem Haus ist, überlegte er, konnte er gehört haben, wie wir über die Einladung bei Tante Katie sprachen. Von den Blumen habe ich Nathan erzählt. Das kann er also auch gehört haben. Ja, mit einem gut versteckten Mikrophon hätte Rick alles hören können. Ben nickte seinem Spiegelbild zu. Das ist die einzige Erklärung. So hat er …

Unter dem Glastisch entdeckte Ben ein kleines, dunkles Objekt. Blitzschnell lag er auf den Knien, um es genauestens zu studieren. Es war bloß ein Klümpchen Schmutz von jemandes Schuhen. Unbeeindruckt hob Ben den Tisch an und suchte unter jedem seiner Beine nach Ricks Mikrophon. Dann untersuchte er jeden Stuhl. Er kippte die Sofas um, hob die Polster, drückte die Kissen zusammen, warf den Couchtisch um, ließ die Hände über die Rückseite jedes Bilderrahmens gleiten, überprüfte den Fernseher, drehte den Videorecorder um, untersuchte jede Videokassette, machte sich dann an den Garderobenschrank, durchsuchte alle Manteltaschen, klappte jeden Schirm auf, lugte in Baseballhandschuhe, spähte in Dosen mit Tennisbällen, suchte hinter der Kloschüssel, räumte den Kühlschrank aus, stöberte in allen Schränken, hob jedes Küchengerät an, leerte jede Schublade, sah sich jede Lampe an und nahm jedes Telefon auseinander. Als er fertig war, war das Erdgeschoß verwüstet. Gefunden hatte er nichts.

Reiß dich zusammen, sagte er zu sich selbst. Flipp jetzt bloß nicht aus. Nachdem er die Küche, die Toilette und das Wohnzimmer wieder in ihren ursprünglichen Zustand versetzt hatte, warf er sich auf das große Sofa. Auf dem Bauch liegend, ließ er seinen rechten Arm zu Boden sinken und zupfte am Teppichboden. Als er wieder zu Atem gekommen war, kam Ben zu einem Entschluß: Was immer auch geschieht, deinen Freunden mußt du vertrauen. Das ist die einzige Möglichkeit, normal zu bleiben. Du mußt deinen Freunden vertrauen.

Als Bens Mitbewohner wieder eintrafen, ging Nathan eilig auf die Toilette und Ober in die Küche, während Eric vor dem Fernseher aufs Sofa sank. Ben hatte das Schlagen der Haustür gehört und kam aus seinem Zimmer nach unten, wo Ober sich gerade an einem Becher Eiskrem zu schaffen machte. »Wie kannst du bloß noch hungrig sein?« fragte Ben. »Hast du nicht eben erst ein ganzes Menü bekommen?«

»Ich bin doch noch am Wachsen«, erklärte Ober.

Nathan kam ins Wohnzimmer. »Wie fühlst du dich?« fragte er Ben. »Machst du dir immer noch Sorgen wegen Rick?«

»Natürlich mache ich mir noch Sorgen. Aber ich hab' mich beruhigt. Ich mußte bloß eine Zeitlang allein sein.« Ben setzte sich neben Eric auf die Couch. »Wie war das Essen?«

»Du hast echt was versäumt«, erklärte Ober, der noch immer mit seinem Eis beschäftigt war. »Erics Tante ist schärfer denn je!«

»Könnten wir aufhören, über sie zu reden?« flehte Eric.

»Hör mal, wir verstehen schon, warum du glaubst, deinen Beschützerinstinkt spielen lassen zu müssen; aber du mußt den Tatsachen ins Auge sehen«, stellte Nathan fest. »Deine Tante ist absolut sexy.«

»Das versteh' ich nicht«, sagte Eric. »Sie ist doch nicht einmal besonders hübsch.«

»Du wirst es nie verstehen«, erklärte Nathan. »Es ist ihre Aura. Sie spricht uns an.«

»Hat sie immer noch das Bild von sich im Bikini auf dem Kühlschrank stehen?« erkundigte sich Ben.

Ober grinste. »Momentan nicht.« Er griff in seine Gesäßtasche, zog das Foto heraus und warf es Ben zu. »Ich hab' mir gedacht, du brauchst 'ne kleine Aufmunterung.«

»Habt ihr das Bild etwa von ihrem Kühlschrank geklaut?« Eric schielte Ben über die Schulter.

»Wir haben's nur geborgt«, erklärte Ober. »Wir werden es zurückgeben. Ich wollte Ben bloß demonstrieren, was er versäumt hat.«

»Hört mal, ihr Perverslinge«, sagte Eric. »Wir reden gerade über meine Tante.«

»Was würde eigentlich passieren, wenn du mit ihr schlafen würdest?« fragte Ober. »Wären eure Kinder Mutanten oder so was?«

»Wie nennt man noch mal durch Inzucht gezeugte Kinder?« fragte Nathan.

»Ich glaube, man nennt sie ›Obers‹«, sagte Eric.

»Das ist jetzt aber echt lustig«, erwiderte Ober. »Da brüllt der Saal vor Lachen.«

Getröstet durch das kameradschaftliche Geplänkel, war Ben nun noch mehr davon überzeugt, daß der Brief nur eines von Ricks Psychospielen war. Er gab das Foto an Nathan weiter und legte die Hand auf Erics Schulter. »Ich wollte dir eigentlich sagen, daß ich ein schönes Stück Tratsch für dich habe. Aber du mußt es geheimhalten, bis ich dir freie Bahn geben kann.«

»Schieß los«, sagte Eric, während Nathan das Bild seiner Tante bewunderte.

»Sagen wir mal nur soviel: Wenn du in den nächsten paar Tagen dein journalistisches Gespür beweisen mußt, erkundige dich doch einfach über ein betagtes Mitglied des Obersten Gerichtshofs.«

»Setzt Blake sich etwa endlich zur Ruhe?« fragte Eric.

»Von mir hast du kein Sterbenswörtchen gehört«, sagte Ben. »Ich meine bloß, daß du in dieser Richtung schnüffeln solltest, wenn du deinen Chefredakteur mit deiner Intuition beeindrukken willst.«

»Danke«, sagte Eric grinsend.

»Ist das illegal, was du ihm gerade erzählt hast?« Ober sah von seiner mittlerweile schmelzenden Eiskrem auf.

»Natürlich ist es nicht illegal«, erwiderte Ben. »Es ist bloß ein freundschaftlicher Rat.«

»Wenn es nämlich illegal war, wäre ich gezwungen, meiner Pflicht als Staatsbürger nachzukommen.« Als Ben den Kopf schüttelte, fügte Ober hinzu: »Das ist mein voller Ernst. Ich würde euch beide verhaften lassen.«

»Ober, wenn du mich ins Kittchen bringst, würde ich deine Chefin anrufen und ihr erzählen, daß du mir letzte Woche eine Fotokopie deines Penis gefaxt hast.«

»Na und?« meinte Ober.

»Und dann würde ich ihr sagen, daß du es warst, der im Juli bei der Grillparty eures Büros ihr Auto gestreift hat.«

»Na und?«

»Und dann würde ich bei allen Kreditkartenfirmen anrufen, die auf dein Geld warten, um ihnen deine echte Adresse *und* deine Telefonnummer im Büro zu geben.«

Ober schwieg einen Moment. »Na und?«

»Und dann würde ich Eric erzählen, daß du ständig seine Münzen klaust, um deine Wäsche zu waschen.«

»Was machst du?« fragte Eric.

»Ach, dieser Kerl ist wirklich so ein –«

»Da sind also alle meine Münzen geblieben!«

»Gute Nacht.« Ben erhob sich von der Couch. »Zeit, ins Bett zu gehen.«

Es war gerade halb sieben, als Ben am nächsten Morgen in die Küche kam, um zu frühstücken. »Morgen«, begrüßte er Nathan, der immer als erster aufstand.

Nathan schob seinen Teller mit Cornflakes beiseite, um die Zeitung auf dem Tisch zusammenzufalten. »Ich glaube, du solltest da mal einen Blick drauf werfen.«

»Was ist es denn?« Ben goß sich ein Glas Orangensaft ein. »Lies mal vor.«

»Ich glaube, du solltest es besser selbst lesen«, sagte Nathan.

Folgsam ergriff Ben die Zeitung. Unübersehbar verkündete die Schlagzeile: »Nach CMI-Urteil Untersuchung am Obersten Gerichtshof.« Hastig las Ben: »Nach Auskunft eines hochrangigen Mitarbeiters am Obersten Gerichtshof wurde eine offizielle Untersuchung eingeleitet, um Gerüchten entgegenzuwirken, bei dem kürzlich verkündeten Urteil in der Sache CMI sei es zu Unregelmäßigkeiten gekommen. Da Charles Maxwell im Hinblick auf die Gerichtsentscheidung Millionen aufs Spiel gesetzt hatte, spekulieren Kritiker von der Wall Street bis Washington über betrügerische Machenschaften. Als Folge hat am Gerichtshof eine ›dringliche und umfassende Untersuchung begonnen. Wie zu erfahren war, ›wird jeder, der das Ergebnis im voraus kannte, sei es als Mitarbeiter der Druckerei oder als Assistent der Richter, einer eingehenden Befragung unterzogen‹.«

Ben knirschte mit den Zähnen. »Das ist totaler Quatsch«, sagte er und warf die Zeitung auf den Tisch. »Es gibt gar keine Untersuchung. Die versuchen bloß, irgendwas anzuzetteln.«

»Hast du den Namen des Autors gesehen?«

Als Ben die Worte »Von Eric Stroman« las, wurde ihm flau im Magen. »Das kann doch nicht wahr sein.«

Nathan legte beruhigend eine Hand auf Bens Schulter.

»Dieser Scheißkerl!« brüllte Ben und riß die Zeitung in Stücke. Dann lief er aus dem Zimmer und stürmte die Treppe hinauf. »Eric! Wach auf, du Arschloch!«

»Reiß dich doch zusammen«, rief Nathan und folgte seinem Freund.

Ben stieß die Tür von Erics Zimmer auf. Das Bett war leer, und Nathan atmete erleichtert auf. »Wo ist er denn, verdammt noch mal?« tobte Ben.

Ein weißer Umschlag mit Bens Namen lag mitten auf Erics ungemachtem Bett. Als Ben den Umschlag aufriß, stolperte Ober ins Zimmer, nackt bis auf seine Boxershorts. »Was ist denn hier los?« fragte er und rieb sich die Augen.

»Frag besser nicht«, warnte Nathan ihn.

»Ich sag' dir schon, was los ist«, verkündete Ben, ohne auf die Karte in seiner Hand zu achten. »Dieses Arschloch hat auf Seite fünf seiner Zeitung einen Artikel über mögliche Unregelmäßigkeiten am Gerichtshof untergebracht. Darin teilt er fälschlich mit, daß eine Untersuchung eingeleitet wurde und daß man Mitarbeiter verdächtigt, Charles Maxwell vor der Urteilsverkündung einen Tip gegeben zu haben. Anders gesagt, er hat mich hingehängt. Wenn es bisher keine Untersuchung gab, so wird jetzt eine stattfinden. Und wenn es tatsächlich doch schon eine gab, hat er das Gericht bloß gezwungen, noch mehr Druck zu machen.«

»Unmöglich«, sagte Ober.

»Jetzt mach doch mal Pause«, mischte Nathan sich ein. »Was steht denn auf der Karte?«

»Lieber Ben«, las der vor. »Bestimmt wirst du jetzt toben. Ich hoffe aber, daß du mir eine Chance gibst, das Ganze zu erklären. Tut mir leid, daß ich heute so früh weggehen mußte; in der Redaktion war etwas zu erledigen. Dein Freund Eric.«

»Ach Gottchen«, sagte Ben und gab Nathan die Karte. »Ein ganzes Jahr lang ist er nie vor zwölf Uhr mittags aufgestanden, und heute mußte er ganz früh ins Büro? Er ist einfach vor mir davongelaufen.«

»Das klingt, als gäbe es eine Erklärung.« Nathan gab die Karte an Ober weiter.

»Was soll er denn schon sagen?« fragte Ben. »Was für eine

Erklärung kann es denn überhaupt für so was geben? Tut mir leid, wir hatten noch Platz frei, deshalb hab' ich beschlossen, dich in die Scheiße zu reiten?«

»Vielleicht brauchten sie was anstelle des Silbenrätsels?« schlug Ober vor.

»Ober, laß deine blöden Witze«, warnte Ben. »Für mich ist das eine absolut ernste Sache. Dieser Artikel kann zu meinem Rausschmiß führen.« Er lehnte sich an Erics Kommode und schwieg. Nathan und Ober betrachteten ihn wortlos. »Verdammt!« brüllte Ben schließlich und wischte einen Papierstapel von der Kommode. »Jetzt untersuchen sie die Sache ganz bestimmt. Sie können das da ja nicht einfach ignorieren.«

»Du mußt mit ihm reden«, sagte Nathan. »Ruf ihn doch an.«

Ben sah auf seine Uhr. »Ich bin sowieso schon spät dran. Ich muß jetzt los.« Er polterte die Treppe hinunter, riß seinen Mantel aus dem Garderobenschrank und stürmte aus dem Haus.

»Das wird unangenehm«, sagte Nathan, als die Haustür zuschlug.

»Hast du davon gewußt?« fragte Ober.

»Natürlich nicht.«

»Ich schon.« Ober setzte sich auf Erics Bett.

»Du hast es gewußt?« fragte Nathan. »Du hast's gewußt und ihn nicht davon abgebracht?«

»Das war absolut unmöglich«, erklärte Ober. »Du weißt doch, wie es ist, wenn Eric auf Reporter schaltet. Er will unbedingt den Pulitzer-Preis gewinnen.«

»Hast du ihm denn wenigstens Vorhaltungen gemacht?«

»Natürlich«, sagte Ober. »Er hat nicht zugehört. Außerdem war es schon zu spät. Er hat's mir erst gestern abend erzählt.«

»Mit der Freundschaft zwischen den beiden ist es vorbei, das sag' ich dir.« Nathan hob die auf dem Boden liegenden Papiere auf. »Und Ben ist nicht der Typ, den man gern als Feind haben möchte.«

»Er wird ihn umbringen«, sagte Ober.

»Mit Sicherheit. Das vergißt er ihm nie. Egal, wie lange er dazu braucht, er wird dafür sorgen, daß Eric sich hundeelend fühlt.«

»Vielleicht sollten wir einen Aushang machen: Mitbewohner gesucht«, sagte Ober.

»Eigentlich könntest du das ja heute im Büro machen, hm? Ungefähr so: Suchen gemäßigt schlampigen Mieter als Ersatz für einen verblichenen Mitbewohner. Muß bereit sein, mit einem Genie, einem Affen und einem Assistenten am Obersten Gerichtshof zusammenzuleben, der seit kurzem zur Gewalttätigkeit neigt.«

Während er aufs Gerichtsgebäude zuging, versuchte Ben mit aller Macht, sich zu beruhigen. Tief und langsam atmend stieg er die Freitreppe empor und betrat den Marmorbau. Mit zusammengebissenen Zähnen zeigte er seinen Ausweis vor und ging am Metalldetektor vorbei. Auf jede nur mögliche Weise bemüht, ruhig zu erscheinen, machte er besonders kleine Schritte, um sein Tempo zu drosseln. Erleichtert bemerkte er im Vorzimmer, daß die Sekretärin noch nicht eingetroffen war, dann betrat er sein Büro und schloß vorsichtig die Tür hinter sich.

»Du hast es wahrscheinlich schon gesehen, hm?« fragte Lisa. Die Zeitung lag aufgeschlagen auf ihrem Tisch.

»Ich will nicht darüber reden.« Ben ging wütend auf seinen eigenen Schreibtisch zu. »Jedenfalls kann er sich begraben lassen.«

»Hast du schon mit ihm gesprochen?«

»Er ist abgehauen, bevor ich aufgestanden bin. Hat schon jemand was gesagt?«

»Bisher noch nicht. Es ist allerdings erst sieben. Der Tag ist noch jung.«

»Großartig. Vielen Dank für diese konstruktive Bemerkung.«

»Hör mal, es ist doch bloß der *Washington Herald*. Jeder Mensch weiß, daß das ein rechtsgerichtetes, vollkommen absurdes Revolverblatt ist. Niemand nimmt es ernst.« Da Ben nicht reagierte, fügte sie hinzu: »Es ist noch nicht mal auf die Titelseite gekommen.«

»Phantastisch. Ich bin begeistert.«

»Weißt du, es könnte schlimmer sein. Wenigstens hat er nicht geschrieben, daß es einer der Assistenten war.«

»Na, dann kann ich ja laut hurra rufen.« Bens Stimme wurde lauter. »Schließlich ist alles in Ordnung. Ich muß mir keine Sorgen machen. Meiner Karriere geht es blendend. Danke, Fräulein Sonnenschein, für Ihre überaus wertvollen Hinweise.«

»Hör mal, auf deinen beschissenen Tonfall kann ich verzichten«, brüllte Lisa über den Tisch. »Ich wollte dir bloß helfen.«

»Tja, schade, daß ich nicht in der richtigen Stimmung bin.«

»Es geht nicht darum, ob du in der Stimmung bist oder nicht. Wenn du dich hängenlassen willst, bitte sehr. Aber laß es bloß nicht an mir aus.«

»Tut mir leid.« Ben lehnte sich zurück. »Ehrlich. Das Ganze macht mir einfach angst.«

»Sollte es auch. An deiner Stelle würde ich seinen Schädel an die Wand schlagen wollen.«

»Ich hab' keine Ahnung, was ich jetzt tun soll.«

»Tja, es ist mir zwar äußerst unangenehm, daß ich das sagen muß, aber momentan kannst du auch gar nicht viel tun. Hingegen müssen wir mit der Russell-Sache fertig werden, und ich hab' deinen Entwurf noch immer nicht gesehen.«

»Kannst du das nicht machen?«

»An so was solltest du noch nicht mal denken«, warnte Lisa ihn. »Ich bin mit dir befreundet, und ich bin für dich da, wenn du mit mir reden willst. Aber glaub bloß nicht, daß du deine Arbeit liegenlassen kannst, um dich den ganzen Tag hängenzulassen.«

»Jetzt mach schon. Für dich würde ich's auch tun.«

»Bist du total verrückt? Du schreibst Russell und Pacheco, ich redigiere Oshinsky und Lowell Corp. und Pacific Royal und Schopf. Und mit der Arbeit an Grinnell haben wir noch nicht mal angefangen, obwohl das Urteil Ende des Monats verkündet werden soll.«

»Also, was meinst du dann?«

»Ich meine, daß du nicht die Arbeit hinschmeißen und zum *Washington Herald* rennen solltest, um deinen Mitbewohner zur Rede zu stellen. Denn das hast du mit Sicherheit vor, seit du den verdammten Artikel gesehen hast.«

Ben unterdrückte ein Lächeln. »Das war nicht meine Absicht.«

»Ach, tatsächlich?«

»Ich wollte damit bis zur Mittagspause warten.«

Um halb zwölf läutete Bens Telefon. »Hallo, hier ist das Amtszimmer von Richter Hollis«, meldete er sich.

»Ben Addison? Hier spricht die Sicherheitsabteilung des Obersten Gerichtshofs. Wir müssen dringend mit Ihnen sprechen. Wir vermuten, daß Sie Informationen an die Öffentlichkeit weitergegeben haben.«

»W... Wie bitte?« stotterte Ben voller Panik.

»April, April!« verkündete Ober. »Das bin nur ich.«

»Mach das bloß nicht noch mal! Du hast mich zu Tode erschreckt.«

»Ach, nun mach mal halblang. Du brauchst dir doch gar keine Sorgen zu machen.«

»Was willst du?«

»Eric hat mich angerufen. Er sagte, er würde heute abend gern mit dir reden.«

»Um wieviel Uhr?«

»Um acht, wenn dir das recht ist.«

»In Ordnung. Ich erwarte ihn dann.«

»Wer war das?« wollte Lisa angesichts von Bens grimmiger Miene wissen.

»Bloß Ober.«

Eine halbe Stunde später kam ein zweiter Anruf. »Hallo, hier ist das Amtszimmer von Richter Hollis«, meldete sich Ben erneut.

»Spreche ich mit Ben Addison?« fragte eine unbekannte Stimme.

»Ja«, bestätigte Ben, verärgert, von seinem Entwurf abgelenkt zu werden.

»Tag, Mr. Addison. Ich bin Diana Martin von der *Washington Post*. Könnten Sie mir wohl ein paar Worte zu dem Artikel sagen, der heute morgen im *Herald* erschienen ist?«

»Hören Sie mal, wenn Sie eine Kollegin von Ober sind, sagen Sie ihm, er kann mich mal.«

»Mr. Addison, ich glaube, hier liegt eine Verwechslung vor. Wie schon gesagt, arbeite ich bei der *Washington Post*. Ich kann

Ihnen gern meinen Presseausweis faxen. Wenn Sie wollen, könnten wir uns vielleicht auch zum Mittagessen treffen, um ausführlicher über die Angelegenheit zu sprechen.«

Mit einem Ruck setzte Ben sich auf, wobei er die Kaffeetasse auf seinem Schreibtisch umstieß. »Was kann ich für Sie tun, Ms. Martin?« fragte er, während Lisa einen Stapel Servietten aus ihrer linken Schublade zog.

»Nun, wie schon gesagt, würde ich gern Ihre Meinung zu dem heute im *Herald* erschienenen Artikel erfahren.«

Ben hob diverse Papierstapel von der Tischplatte, damit Lisa den Kaffee aufwischen konnte. »Tut mir leid«, sagte Ben. »Ich habe keine Ahnung, wovon Sie sprechen.«

»Heute morgen stand im *Washington Herald* ein Artikel darüber, daß in Verbindung mit der vor kurzem verkündeten Entscheidung in der Sache CMI womöglich Vorabinformationen nach außen gedrungen sind. Ich wüßte gern, ob Sie mir dazu etwas sagen können. Wenn Sie wollen, werde ich Ihre Identität geheimhalten.«

Ben zog seine oberste Schublade auf und holte einen dünnen Papierstapel hervor. Sorgsam darauf bedacht, Lisa nicht beim Wischen zu stören, fand er rasch das Blatt, nach dem er suchte. Dann las er wörtlich vor, was dort unter dem Titel »Reaktion auf Presseanfragen« zu lesen war: »Ich freue mich über Ihr Interesse an dieser Angelegenheit, aber als Assistent am Obersten Gerichtshof der Vereinigten Staaten ist es mir nicht gestattet, der Presse gegenüber Aussagen zu machen.«

»Sie sagen also, daß eine Untersuchung stattfindet, daß Sie aber nicht darüber sprechen können?«

»Ms. Martin, ich habe nichts weiter dazu zu sagen.« Ben warf seine Vorlage beiseite. »Vielen Dank für Ihren Anruf.« Als er den Hörer auflegte, war Lisa gerade mit dem Aufwischen des Kaffees fertig. »Danke dir«, sagte er und rieb die letzte Feuchtigkeit von der Unterseite seines Bleistiftspitzers.

»Gern geschehen.« Lisa ging zu ihrem Tisch zurück. »War das wirklich jemand von der Presse?«

»Ich kann's kaum glauben«, meinte Ben. »Das war die *Washington Post*.«

»Was wollten die denn?«

»Sie haben mich nach dem Artikel gefragt. Ich hab' mir fast in die Hose gemacht.«

»Dafür hast du dich aber ganz souverän angehört«, sagte Lisa. »Jedenfalls hast du das Richtige getan. Dafür gibt es ja die Presseanweisung.«

»Als ich das Ding im August bekommen habe, hätte ich nie gedacht, daß ich es mal benützen muß.« Ben legte das Blatt wieder in die oberste Schublade. »Meinst du, daß sie was wissen?«

»Nein. Wahrscheinlich rufen sie bei jedem von uns an. Bestimmt wissen sie, daß man aus Leuten in unserer Position am leichtesten Informationen rauskitzeln kann.«

»Ich glaube wirklich, daß sie was wissen. Sie müssen einfach was wissen.«

»Sie wissen überhaupt nichts. Eigentlich überrascht es mich, daß wir nicht schon öfter Anrufe von der Presse bekommen haben. Ich hab' nämlich gehört, daß man sich vor jeder wichtigen Entscheidung bei uns meldet.«

»Aber dich haben sie nicht angerufen«, beharrte Ben. »Erklär mir das doch mal, du Optimis...« Mitten in seinen Satz hinein läutete Lisas Telefon.

Lisa grinste. »Hallo, hier ist das Amtszimmer von Richter Hollis.« Ben spitzte die Ohren. »Schon, aber ich hab' jetzt wirklich keine Zeit. Kann ich dich zurückrufen? Ja, jetzt ist es einfach ungünstig.«

»Wer war das?« fragte Ben, sobald Lisa aufgelegt hatte.

»Bloß eine alte Studienfreundin.« Lisa ging hinüber zu Bens Schreibtisch. »Hör mal, das braucht dich doch nicht so mitzunehmen. Ich bin sicher, daß die bloß ihre Liste abtelefonieren. Mein Anruf wird schon noch kommen.«

»Egal«, sagte Ben. »Ist ja auch keine große Sache. Schließlich sind sie von der Presse, und die ist dazu da, solche Sachen herauszukriegen. Es ist ihr Job, mein Leben zu ruinieren.«

»Ben, dein Leben ist doch noch keineswegs ruiniert.«

»Hör mal, auf die aufmunternden Sprüche kannst du verzichten. Ich weiß, in was ich da reingerutscht bin, und mir wird schon was einfallen, wie ich wieder rauskomme.«

»Es geht nicht darum, daß du dir was einfallen lassen mußt. Du bist doch gar nicht in der Klemme. Kein Mensch weiß, daß du es warst. Außerdem – wenn es zum Schlimmsten kommt, kannst du immer noch kellnern gehen.«

»Sehr lustig«, bemerkte Ben und ging zur Tür.

»Wo willst du hin?«

»Ich hab' eine saublöde Verabredung zum Mittagessen mit jemandem von der Kanzlei, wo ich vor zwei Jahren hospitiert habe.«

»Wollen die dir 'ne Stelle anbieten?«

»Wahrscheinlich.«

»Warum gehst du überhaupt hin?« fragte Lisa. »Wenn du Staatsanwalt werden willst, brauchst du kein Angebot von einer Kanzlei. Du solltest direkt zur Staatsanwaltschaft gehen.«

»Schön wär's. Aber die Staatsanwaltschaft wird mich nicht beim Abzahlen der ganzen Schulden unterstützen, die ich vom Studium her habe.«

»Du hast noch immer Schulden aus der Unizeit? Ich dachte, deine Eltern seien leitende Angestellte der wohlhabenden Sorte?«

»Meine Mutter hat zwar so eine Position, aber meine Familie hat trotzdem nicht so viel Geld. Außerdem wollte ich meine Ausbildung selbst bezahlen.«

»Ehrlich?«

»Das war schließlich meine Sache. Ich bin derjenige, der Jura studiert hat, und ich ziehe daraus den Nutzen. Warum sollten meine Eltern das bezahlen?«

»Wieviel Schulden hast du denn noch?«

»Aus dem Hauptstudium ungefähr zweiundneunzigtausend Dollar.« Lisa starrte ihn mit offenem Mund an. »Und da sind noch nicht die achttausend Dollar dabei, die ich in den letzten beiden Jahren abgestottert habe.«

»Hast du noch nie was von Finanzierungshilfen gehört?«

»Natürlich hab' ich das«, sagte Ben. »So hab' ich den Kredit ja überhaupt bekommen.«

»Mir ist immer noch nicht klar, warum du deine Eltern nicht –«

»Das ist eine lange Geschichte«, unterbrach Ben sie. »Einerseits konnten sie es sich nicht leisten, viel für mich zu tun, und andererseits wollte ich ihnen die Sache leichter machen. Das ist alles.« Er sah auf seine Armbanduhr. »Jetzt muß ich aber wirklich los. Ich komme sowieso zu spät.«

Vor dem Gerichtsgebäude sprang Ben in ein Taxi und ließ sich zu *Gray's* bringen, dem Ort für Washingtons wichtigste Geschäftsessen. Viele der folgenreichsten Besprechungen in der Hauptstadt fanden zwar noch immer in schummrigen Restaurants statt, in denen es nach Zigarren, Brandy und zu kurz gebratenen Steaks roch, doch *Gray's* zog jene Manager und Kongreßführer an, die beim Essen gesehen werden wollten. Freilich gab es auch vier Hinterzimmer für jene Gäste, die eine diskretere Atmosphäre schätzten. Im Speisesaal hingegen waren die übergroßen, auf geometrischen Stahlstützen ruhenden Glastische und die mit weißen Überzügen drapierten Stühle in einem großen Kreis arrangiert, um den Blick auf die Prominenz zu erleichtern. Mit seiner ganz in Schwarz und Weiß gehaltenen Ausstattung strahlte das Restaurant eine minimalistische Atmosphäre aus, die fast zu postmodern für das Stadtzentrum von Washington war.

Als Ben durch die Tür kam, zog er seinen Krawattenknoten zurecht und hielt nach Adrian Alcott Ausschau. Für die Anwerbung neuer Mitarbeiter zuständig, war Alcott einer der Partner von Wayne & Portnoy, einer der erfolgreichsten Kanzleien der Hauptstadt. Hier hatte Ben in den Sommerferien nach seinem Jurastudium gearbeitet. Als Praktikant war er vom Personalbüro zu Baseballspielen in Camden Yards, Konzerten im Kennedy Center und zu Mittag- wie Abendessen in den besten Etablissements an der K Street ausgeführt worden. Den Abschluß des Sommers hatte ein Segelausflug der gesamten Kanzlei gebildet – über vierhundert Menschen waren auf zwei Luxusjachten in See gestochen. Im Bewußtsein, daß es ihr gelungen war, die besten und hellsten Köpfe der herausragenden juristischen Fakultäten des Landes anzulocken, versuchte die Kanzlei alles, diese endgültig an sich zu binden. Für jene Praktikanten, die noch keine Entscheidung zwischen konkurrierenden Angeboten getroffen hatten, war der Abend auf See das überzeugendste Argument.

Alle achtzehn Praktikanten hatten nach ihrem Examen ein

Jahr als Gerichtsmitarbeiter absolviert. Die Kanzlei erwartete das von ihren zukünftigen Angestellten, da man wußte, daß sie sich in dieser Zeit unschätzbare Erfahrungen aneignen konnten, die ihnen nach dem Eintritt in die Kanzlei von Nutzen sein würden. Um sicher zu gehen, daß die Umworbenen Wayne & Portnoy während ihres Praxisjahres nicht vergaßen, rief man sie alle zwei Monate an, um sich nach ihrem beruflichen Wohlergehen zu erkundigen. Am Ende kehrten siebzehn der Praktikanten in die Kanzlei zurück; Ben ging zum Obersten Gerichtshof. Als man feststellte, daß der achtzehnte Kandidat dort als Mitarbeiter angenommen worden war, verdreifachte sich die Zahl der Anrufe, die nun von Einladungen zum Lunch begleitet waren. Für die führenden Kanzleien der Stadt waren ehemalige Assistenten am Obersten Gerichtshof wie menschliche Ehrenzeichen. Von Wayne & Portnoys hundertsiebenundfünfzig Anwälten hatten zehn diese Position innegehabt. An diesem Tag hoffte Adrian Alcott, die Zahl auf elf zu erhöhen.

»Hallo, Mr. Addison!« rief Alcott strahlend, als Ben auf seinen Tisch in einem der Hinterzimmer des Restaurants zuging. »Setzen Sie sich doch.« Alcotts große, hagere Gestalt wurde von einem dichten blonden Haarschopf gekrönt. Mit seinem gewinnenden Lächeln, das er bei jeder möglichen Gelegenheit zeigte, war er das Aushängeschild der Kanzlei, wenn es um neue Mitarbeiter ging. Er liebte Wayne & Portnoy, und sein liebenswürdiges, gewinnendes Wesen hatte über ein Viertel der Mitarbeiter davon überzeugt, daß dies auch ihre Meinung war. »Ben, das ist Christopher Nash. Er war vor vier Jahren Assistent von Richter Blake, und ich hab' gedacht, Sie würden gerne mal mit jemandem sprechen, der das Ganze schon durchgemacht hat.«

»Freut mich, Sie kennenzulernen.« Ben schüttelte Nash die Hand. Sein Gegenüber sah wie der Prototyp von Blakes Mitarbeitern aus: scheinheilig, bleich und wahrscheinlich Absolvent von Andover oder Exeter.

»Na, wie läuft's für Sie im Großen Haus?« fragte Nash. »Ist noch alles so, wie ich es hinterlassen habe?«

»Absolut«, erwiderte Ben, sogleich verärgert über Nashs Versuch, cool zu wirken.

»Sie haben sich ein tolles Jahr am Gerichtshof ausgesucht«,

meinte Nash. »Die CMI-Sache hat den ganzen Laden aufgescheucht.«

»Aufregend ist es auf jeden Fall«, erwiderte Ben.

»Und, was meinen Sie?« mischte sich Alcott ein. »Hat Maxwell was gewußt?«

»Ich hab' keine Ahnung.« Ben zwang sich zu einem Lächeln. »Von den wirklich wichtigen Sachen erfahren wir Mitarbeiter ja nicht viel.«

»Klar. Natürlich.« Alcott klappte seine Speisekarte auf. »Nun, was sollen wir essen? Der Barsch hier ist vorzüglich.«

Zu Ben gewandt, erklärte Nash: »Wissen Sie, der Gerichtshof ist zwar der aufregendste Arbeitsplatz der Welt, aber es gibt doch nichts Schöneres als ein kostenloses Mittagessen in einem teuren Restaurant. Wenn's ums Essen geht, bin ich wie ein Kind im Süßwarenladen.«

Ben, der Mühe hatte, der Unterhaltung zu folgen, malte sich diverse Möglichkeiten aus, dem Mittagessen zu entgehen. Wenn ich die Vorhänge in Flammen setze, könnte ich ihnen im Getümmel entkommen, dachte er und starrte auf die Speisekarte.

»Ich weiß nicht, ob Sie nicht schon davon gehört haben, aber wir werden bald bei Ihnen auftreten«, sagte Alcott. »Wir vertreten den Beklagten in der Angelegenheit Mirsky. Unser Plädoyer ist für Januar anberaumt.«

»Da müssen Sie ein gutes Wort für uns einlegen«, sekundierte Nash, und die beiden lachten.

Vielleicht könnte ich anfangen, mich am Mineralwasser zu verschlucken, dachte Ben. Das würde sie blitzschnell zum Verstummen bringen.

»Nun, und womit beschäftigt man sich zur Zeit?« fragte Alcott.

»Hey, so was dürfen Sie noch nicht mal in Gedanken fragen«, mischte sich Nash ein, während einer ihrer beiden Kellner als Amuse-gueule ein winziges Stück geräucherten Barsch auf seinen Teller legte. »Er darf überhaupt nichts sagen. Die Gerichtsangelegenheiten sind absolut vertraulich. Am Ende des Jahres muß man sogar alle Akten vernichten, die man noch hat.«

»Tatsächlich?« fragte Alcott.

»Mit Sicherheit. Der Laden ist perfekt abgeschottet.« Nash sah Ben an. »Wie geht es eigentlich Richter Blake? Ist er immer noch so verschroben wie früher?«

»So ist es«, sagte Ben. »Er ist und bleibt die kläglichste Gestalt am Gericht.«

»Ich hab' neulich mit ihm gesprochen. Ab und zu rufe ich an, um seinen derzeitigen Referenten, Arthur und Steve, ein paar Ratschläge zu geben. Sie scheinen ganz nett zu sein.«

»Sie sind sehr nett«, bestätigte Ben.

»Ich will ihnen bloß ein bißchen beistehen«, fügte Nash hinzu, während ein Kellner sein Wasserglas auffüllte. »Schließlich weiß ich aus eigener Erfahrung, wie chaotisch es da zugehen kann.«

»Rufen die meisten alten Mitarbeiter ihre Nachfolger an?« Ben nahm sich ein Brötchen.

»Manche«, sagte Nash. »Es kommt darauf an. Ich glaube, unter Blakes Referenten ist es die Regel, weil ein Jahr unter seiner Fuchtel so eine schauderhafte Erfahrung sein kann.«

»Er läßt sie schuften wie die Esel.«

»Typisch Blake. Ich glaube, alle seine ehemaligen Referenten schweißt einfach das Bewußtsein zusammen, irgendwann ein Jahr bei ihm durchgemacht zu haben. Und wie steht's bei Ihnen? Hat einer Ihrer Vorgänger angerufen?«

»Nein«, erklärte Ben geradeheraus. »Deshalb war ich auch neugierig.«

»Moment, lassen Sie mich mal nachdenken. Wer war zu meiner Zeit denn bei Hollis? Ach, jetzt fällt's mir ein, einer der beiden hieß Stu Bailey. Ein wirklich netter Kerl. Jetzt arbeitet er übrigens bei Winick and Trudeau.«

Alcott war sichtlich verärgert, daß der Name einer konkurrierenden Kanzlei gefallen war.

»Eigentlich überrascht es mich gar nicht, daß sich niemand bei Ihnen gemeldet hat«, fuhr Nash fort. »Hollis weiß seine Leute zu beschäftigen, aber im Grunde ist er doch ein großer Teddybär.«

»Stimmt das?« warf Alcott ein.

»Das ist keine schlechte Beschreibung«, gab Ben zu.

»Haben Sie schon näheren Kontakt mit Ostermans Assistenten gehabt?«

»Eigentlich nicht«, antwortete Ben. »Sie sind die einzigen von uns, die wirklich unter sich bleiben.«

»Unglaublich!« rief Nash und schlug auf den Tisch. »Es bleibt doch alles beim Alten.« Er neigte sich zu Ben und senkte die Stimme. »Zu meiner Zeit waren Ostermans Mitarbeiter die schlimmsten, verhaßtesten, konservativsten Spinner am ganzen Gerichtshof. Und ich hab' gerüchteweise gehört, daß sie alle zu einem kleinen Netzwerk gehören. Sie bleiben samt und sonders in Kontakt und veranstalten jedes Jahr ein geheimes Treffen.«

»Davon hab' ich noch nie gehört.« Ben mußte lächeln.

»Das ist kein Witz«, sagte Nash. »Soweit ich weiß, nennen sie sich ›Der Klüngel‹; und die ehemaligen Assistenten bringen ihren Nachfolgern bei, wie man Entscheidungen im eigenen Sinne beeinflußt. Ernsthaft«, fügte er hinzu, als er Bens zweifelnden Gesichtsausdruck bemerkte, »Sie wissen ja, wieviel Einfluß man haben kann, wenn man es darauf anlegt. Wenn man eine Urteilsbegründung verfaßt, kann man sie schließlich großteils nach eigenem Gutdünken strukturieren. Man kann bestimmte Punkte hervorheben, andere besonders zweideutig erscheinen lassen. Das ist eine subtile Form der Machtausübung, aber um Macht handelt es sich doch.«

»Schon, aber man kann absolut nichts machen, was der betreffende Richter nicht von Haus aus haben will.«

»Das ist ja das Erschreckende. Es hieß, daß Osterman über die ganzen Vorgänge Bescheid wußte und sich einfach nicht darum gekümmert hat. Er hat seine Mitarbeiter tun lassen, was sie wollten.«

»Hab' ich Ihnen nicht gesagt, daß dieser Knabe sich auskennt?« fragte Alcott und zeigte auf Nash.

»Jetzt sind Sie aber dran«, sagte Ben. »Wie steht's denn bei Wayne?«

»Phantastisch.« Alcott stützte beide Ellbogen auf den Tisch. »Wir haben soeben die National-Football-League-Properties als Klienten gewonnen. Wenn Sie also Karten für ein Spiel der Redskins brauchen, lassen Sie's mich wissen. Oder für irgendein anderes Spiel, wo und wann immer Sie wollen. Außerdem haben wir auch Evian gewonnen, weshalb sämtliche Wasserspender in der Kanzlei mit prickelnd frischem Mineral gefüllt sind.«

»Das ist großartig«, bemerkte Ben, weil ihm auffiel, daß Alcott sich in Erwartung seines Kommentars unterbrochen hatte.

»Und die gemeinnützige Abteilung übernimmt seit kurzem Sachen für den Kinderschutzbund.«

»Von dem gibt's allerdings keinen Bonus«, bemerkte Nash lachend.

Alcott warf ihm einen bösen Blick zu. »Aber wir werden zur Jahrestagung eingeladen, auf der gewöhnlich auch der Präsident spricht.«

»Das ist großartig«, wiederholte Ben. »Ich bin auf deren Adreßliste, weil ich an der Uni was für sie gemacht habe.«

»Wirklich?« fragte Alcott. »Dann müssen wir Sie da einbeziehen, hm? Wenn Sie mal Zeit haben, rufen Sie mich an, und ich vermittle Ihnen ein Treffen mit der Vorsitzenden. Sie ist eine wunderbare Frau. Sehr charismatisch.«

»Übrigens, haben Sie ihm schon von dem Gerichtshof-Bonus erzählt?« fragte Nash.

Alcott lächelte. »Ben, ich habe etwas wirklich Schönes für Sie. Vor einigen Tagen hat sich die für Neueinstellungen zuständige Arbeitsgruppe getroffen, um über die Gehaltsstruktur unserer neuen Mitarbeiter zu sprechen. Und da wir Leuten mit praktischer Erfahrung am Gericht schon immer einen Bonus geben, haben wir uns überlegt, wir sollten Kandidaten vom Obersten Gerichtshof einen weiteren Bonus anbieten. Zu der Summe, die ich Ihnen letzte Woche genannt habe, können Sie also weitere zehntausend Dollar addieren. Es geht zwar nur ums erste Jahr, aber wir meinen, das ist eine hübsche Dreingabe.«

Ben starrte auf seinen Teller und fragte sich, wie er eine mit achtunddreißigtausend Dollar pro Jahr dotierte Stelle als Staatsanwalt annehmen konnte, wenn ganze hunderttausend Dollar vor ihm saßen und ihm ein teures Mittagessen bezahlten.

»Nun, Sie müssen sich ja jetzt noch nicht entscheiden«, sagte Alcott. »Wir wissen schon, es ist ein schwieriger Entschluß. Und, um ganz ehrlich zu sein, wir wissen auch, daß Sie überall anheuern können, aber wir hätten Sie gern bei Wayne and Portnoy. Sie sind einen Sommer bei uns gewesen; Sie kennen unseren Stil. Wir haben ein gutes Betriebsklima. Wir geben alles, wenn das nötig ist, aber wir versuchen auch, alle Privilegien zu genießen, die unser Beruf uns bietet. Wenn Sie zu uns kommen, kann ich Ihnen fest zusagen, daß Sie mindestens zwanzig Prozent Ihrer Arbeitszeit auf gemeinnützige Fälle verwenden können. Sie werden also auch bei uns viel für die Allgemeinheit tun können. Wie dem auch sei, dies wird ja nicht das letzte Mal sein, daß wir uns in diesem Jahr unterhalten. Aber ich möchte Sie über Ihre Optionen auf dem laufenden halten.«

»Vielen Dank«, sagte Ben. »Sie machen es mir nicht gerade leicht, nein zu sagen.«

»Gut.« Alcott klappte seine Speisekarte zu. »Da das besprochen ist, wollen wir was wirklich Exquisites bestellen.«

Als Ben in sein Büro zurückkam, saß Lisa noch immer vor ihrem Computer. »Wie war das Essen?«

»Phantastisch.« Ben legte sich aufs Sofa und tätschelte seinen Bauch. »Ich hab' den besten Barsch meines Lebens gegessen. Er war mit Macadamia-Nüssen überbacken und mit einer absolut deliziösen Buttersoße mit Zitronenaroma überzogen. Überirdisch.«

»Dann will ich dich mal fragen, wie man sich fühlt, wenn man seine Seele für ein Stück Fisch und ein bißchen Designerbutter verkauft.«

»Komm mir bloß nicht so. Ich überlege mir wenigstens, ob ich einer Kanzlei beitreten soll. Du dagegen hast dich schon dazu entschieden, Ms. Faustus.«

»Ist ja auch richtig, so ein Ausverkauf. Schließlich muß ich an meinen Saab denken.«

»Deine arme Seele für ein Auto. Wie verdorben du doch bist.«

»Glaub mir, du wirst mir auf dem Fuße folgen. Garantiert!«

»Erstens werde ich dir bestimmt nicht auf dem Fuße folgen, weil ich nicht für alles Geld der Welt in Los Angeles wohnen möchte. Ich hab' gehört, daß an der Stadtgrenze Zahlstellen eingerichtet sind, an denen du nicht nur dein Kleingeld los wirst, sondern auch deine Integrität. Und zweitens ist da dies: Wenn ich doch in eine Kanzlei eintreten sollte, werde ich dafür zehntausend Dollar mehr bekommen als du.«

»Wirst du nicht«, protestierte Lisa.

»Werde ich doch.«

»Wirst du nicht.«

»Na schön.« Ben verschränkte die Hände hinter seinem Kopf. »Dann haben sie mir wohl gerade keine weiteren zehn Tausender versprochen, weil ich Assistent am Obersten Gerichtshof bin.«

»Soll das ein Witz sein? Du kriegst zehntausend Dollar mehr, bloß weil du hier arbeitest? Das ist absoluter Schwachsinn. Ich muß mit meiner Kanzlei telefonieren. Ich will mehr Geld. Und dafür mach' ich alles. Ich werde ihnen unerbittlich klarmachen, daß mir das Herz blutet, weil ich im Grunde doch die Menschheit retten will.«

Lachend sagte Ben: »Darf ich mal fragen, ob wir uns wirklich noch widerwärtiger benehmen könnten? Wart mal, sind für diese Woche irgendwelche Hinrichtungen angesetzt? Vielleicht können wir jemanden umbringen, bloß weil er arm ist.«

»Du hast wirklich die schlimmste liberale Schuldneurose, die mir je unter die Augen gekommen ist«, meinte Lisa. »Wir werden reich werden. Na und? Schließlich haben wir hart gearbeitet, um so weit zu kommen.«

»Ich weiß. Aber wir hatten so viele Vorteile …«

»… die andere Kinder nie genießen konnten. Ja, ja, ja.« Lisa fiedelte auf einer imaginären Geige. »Hör mal, ich weiß ja nicht, in welchem Nobelvorort du aufgewachsen bist, aber ich bin ein ganz normales Produkt der Mittelschicht. In schlechten Jahren gehörten wir zur unteren Mittelschicht. Ich bin auf die öffentliche Schule gegangen, und keiner hat mir die Kruste von meinem Butterbrot geschnitten. Welchen Horizont sollten meine Eltern schon haben – sie haben sich in Graceland kennengelernt und erzählen immer noch davon.«

»Weißt du, es gibt zwei Sorten Menschen auf dieser Welt.« Ben setzte sich auf. »Solche, die sich die Kruste vom Brot schneiden, und solche, die –«

Das Läuten von Lisas Telefon unterbrach Ben mitten im Satz. »Moment mal, ich glaube, das ist mein Zuhälter. Er ist dabei, meine gesamten intellektuellen Fähigkeiten meistbietend zu versteigern«, sagte Lisa und hob ab. »Hier ist das Amtszimmer von Richter Hollis.« Nach einer Sekunde grinste sie und formte mit dem Mund die Worte »Washington Post«. Dann zog sie ihr Presseblatt hervor. »Ich freue mich über Ihr Interesse an dieser Angelegenheit, aber als Assistentin am Obersten Gerichtshof der Vereinigten Staaten ist es mir nicht gestattet, der Presse gegenüber Aussagen zu machen.« Lisa legte auf und lehnte sich zurück. »Bist du jetzt endlich zufrieden? Ich werde genauso verdächtigt wie du.«

»Ja, aber du bist immer schon verdächtigt worden. Deine gesamte Familie ist ein Haufen finsterer Diebe.«

»Ich muß sagen, daß ich dir den Ausdruck ›Diebe‹ verüble. Wir ziehen den Ausdruck ›Schufte‹ vor.« Lisa ging zur Tür. »Ich werde Hollis jetzt unsere Begründung zu Oshinsky geben. Hoffentlich gibt er sie bis heute abend frei.«

»Viel Glück«, sagte Ben, als Lisa hinausging. Dann griff er zum Telefon und wählte die Nummer von Nathan.

»Verwaltungsbüro«, meldete sich Nathan.

»So meldet ihr euch am Telefon? Kein Wunder, daß die Regierung sich im bürokratischen Chaos befindet.«

»Kommst du gerade vom Mittagessen mit den jagdhungrigen Anwälten?«

»Erraten.«

»Ich hab' mir schon gedacht, daß es einen Grund für deine Aufregung gibt. Womit haben sie dich diesmal zu kaufen versucht?«

»Mit zusätzlichen Zehntausend.«

»Ernsthaft? War nur ein Witz. Mann, ich hab' eindeutig den falschen Beruf.«

»Nein, nein. Du bist viel besser dran. Herumzusitzen und über soziale Probleme nachzudenken ist wahrscheinlich der beste Weg, sie zu lösen. Und vergiß nicht, daß du mich beim SAT um hundert Punkte geschlagen hast, was, wie mir gerade einfällt, die Quadratwurzel aus Zehntausend ist.«

»Fahr doch zur Hölle, du kapitalistischer Tagedieb.«

»Hör mal, ich wollte dich fragen, ob du alle Sachen bekommen hast, die wir für Samstag brauchen.«

»Ich bin noch dran«, sagte Nathan. »Rick wird ganz schön dämlich aus der Wäsche schauen, wenn wir mit ihm fertig sind.«

»Dann ist also soweit alles in Ordnung«, sagte Ben. »Wir sollten uns morgen abend treffen, um das Ganze mal durchzugehen.«

»Einverstanden. Übrigens, mit Eric hast du wohl noch nicht gesprochen?«

»Nein. Wir treffen uns heute abend um acht, um Klartext zu reden.«

»Ben, tu mir einen Gefallen. Sei nachsichtig mit ihm.«

»Ist schon gut. Ich bin absolut ruhig.«

»Klar, aber hast du auch gehört, was ich gesagt habe? Sei nachsichtig mit ihm. Er ist immer noch dein Freund.«

»Ich muß jetzt aufhören.« Ben streckte sich. »Ich muß an meinen Urteilsbegründungen arbeiten.« Er legte auf, zog seinen Stuhl näher an den Schreibtisch, öffnete den braunen Ordner mit der Aufschrift »Urteil Russell« und holte seinen ersten Entwurf heraus. Während er auf die Seiten starrte, fragte er sich, ob Ostermans Mitarbeiter tatsächlich Entscheidungen in ihrem eigenen Sinne beeinflußten. Unmöglich, dachte er. Das klingt nach einem typischen Hauptstadtgerücht. Seine Überlegungen wurden durch das Läuten von Lisas Telefon unterbrochen. Ben griff über den Tisch und hob ab. »Hallo, hier ist das Amtszimmer von Richter Hollis.«

»Tag. Ich wollte eigentlich mit Lisa Schulman sprechen. Ist das die richtige Nummer?«

»Durchaus.« Ben zog das Telefon zu sich heran. »Sie ist bloß einen Moment weggegangen. Kann ich ihr etwas ausrichten?«

»Sagen Sie ihr bitte, daß Diana Martin von der *Washington Post* angerufen hat. Ich würde mich über einen Rückruf freuen.«

Verstört sagte Ben: »Ihre Nummer hat sie wohl?«

»Nein, nein. Sie kennt mich noch gar nicht. Ich sag' Sie Ihnen mal.«

Ben notierte die Nummer, legte auf und setzte sich zurück. Die folgende halbe Stunde starrte er auf die Seiten seiner Urteilsbegründung.

Um drei Uhr kam Lisa ins Büro zurück. »Wir sind fertig!« verkündete sie beim Eintreten und warf den braunen Ordner auf ihren Schreibtisch. »Er war begeistert! Oshinsky ist Geschichte!« Als sie Bens Gesicht sah, fragte sie: »Was ist denn los?«

»Ich hab' eine Nachricht für dich. Diana Martin von der *Washington Post* hat angerufen. Sie bittet um Rückruf.«

»Ben, ich kann dir das erkl...«

»Gib dir keine Mühe.« Ben warf den Zettel mit der Telefonnummer auf ihren Schreibtisch. »Ich glaub's doch nicht.«

»Ben, sei doch nicht so verdammt starrköpfig.«

»Und warum nicht? Alle meine Freunde haben sich exakt den heutigen Tag ausgesucht, um mich reinzureiten. Da darf ich doch wohl ein kleines bißchen starrköpfig sein. Eigentlich hab' ich sogar das Recht, heute ein ausgewachsenes Arschloch zu spielen.«

»Das tust du jedenfalls großartig. Und wenn ich dich mal was fragen dürfte: Warum nimmst du überhaupt meine Anrufe entgegen?«

»Glaub bloß nicht, du kannst den Spieß umdrehen.« Ben sprang auf. »Dein Telefon hat geläutet, ich hab' abgenommen. Punkt. Was ist deine Entschuldigung?«

Lisa sah zu Boden. »Ich hab' mir Sorgen gemacht, du würdest ausrasten, wenn ich keinen Anruf von der *Post* bekäme; deshalb hab' ich mich von einer Freundin anrufen lassen und so getan, als wäre es diese Journalistin. Es war bloß ein Versuch, dich aufzumuntern.«

Ben schwieg. »Das hast du wirklich für mich getan?«

»Ich hab's getan, weil ich Mitleid mit dir habe«, sagte Lisa lächelnd.

»Das ist keine schlechte Entschuldigung.«

»Komm schon, deshalb kannst du doch nicht wütend auf mich sein.«

»Diesmal hast du noch Glück gehabt.« Ben streckte Lisa drohend den Zeigefinger entgegen. »Aber wenn du das nächste Mal versuchst, nett zu mir zu sein, steig' ich dir wirklich aufs Dach.«

Um halb acht packte Ben seine Aktentasche und verließ das Büro. Während er die Treppe hinunterging, dachte er an die bevorstehende Auseinandersetzung mit Eric. Wenn er mir keine

Erklärung bietet, kann er sich begraben lassen, dachte Ben, als er seinen Ausweis durch das Lesegerät im Erdgeschoß zog. Nein, selbst wenn er eine Erklärung hat, kann er sich begraben lassen. Als er an den Marmorskulpturen der Großen Halle vorüberging, hörte er den Wachmann am Haupteingang etwas in sein Funkgerät murmeln. Dann stand der Mann auf, und Ben überlegte, was das bedeuten könnte. Langsam näherte er sich dem Ausgang. Der Wachmann sah auf seine Liste. Im letzten Augenblick beschloß Ben, umzukehren. Er ging den gleichen Weg zurück, öffnete mit seinem Ausweis die soeben passierte Tür und gelangte wieder in den Nordflügel des Gerichtsgebäudes. Seine Schritte wurden schneller, als er auf den unbewachten Seiteneingang des Flügels zuging. Er war nicht mehr weit von der Tür entfernt, als er Schritte hinter sich hallen hörte. Nur wer sich schuldig fühlt, läuft davon, kam ihm ein Spruch seines Kriminologieprofessors in den Sinn. Während er sich dem Ausgang näherte, holte er wieder seine Ausweiskarte hervor. Er zog sie durch das Gerät, das ihm den Ausgang öffnen sollte, und stellte überrascht fest, daß das übliche Klicken nicht zu hören war. Noch einmal versuchte er die Karte. Nichts.

»Ben, können wir Sie einen Augenblick sprechen?«

Er fuhr zusammen, wandte sich um und sah einen Mann in einem grauen Anzug auf sich zukommen.

»Haben Sie einen Augenblick Zeit?« fragte der Mann

»Äh, ist irgend etwas nicht in Ordnung?« stotterte Ben.

»Wenn Sie mir bitte einfach folgen würden.« Ben begleitete den Mann zurück zum Haupteingang. Während sie durch die Große Halle gingen, lockerte er seine Krawatte. Vorn angelangt, fuhren sie mit dem Aufzug ins Untergeschoß. Von den Angestellten als Disneyland bezeichnet, waren dort ein Imbiß, eine Cafeteria, ein Kino, ein Andenkenladen und eine Ausstellung zur Geschichte des Obersten Gerichtshofs untergebracht.

Als Ben an der monumentalen Statue von John Marshall vorbeikam, biß er die Zähne zusammen und versuchte sein Möglichstes, ruhig zu bleiben. Auf der Westseite des Gebäudes waren die einzigen Büros in diesem Geschoß, und dort saßen die Marshals, die für alle Sicherheitsbelange des Gerichtshofs zuständig waren. Hinter dem Haupteingang des Bereichs gelangten sie durch ein Labyrinth winziger, durch Trennwände abgeteilter Büros zur Tür eines ganz links hinten liegenden, großen Zimmers. Ben blieb hinter seinem Führer stehen. Vor ihm saß ein massiger Mann im blauen Nadelstreifenanzug an einem nachgemachten antiken Schreibtisch.

»Kommen Sie rein«, sagte der Mann. Sein rundes Gesicht wurde beherrscht von einer dicken, pockennarbigen Nase und einem graugescheckten Bart. Der Geruch des Büros ließ eine Vorliebe des Inhabers für Zigarren erkennen; als Dekoration des Schreibtischs diente eine umfangreiche Sammlung von Batterien. »Sei doch so nett und mach die Tür zu«, sagte der Mann und nickte Bens Begleiter zu. Die Tür schlug zu, worauf der Mann sich in seinen Ledersessel zurücklehnte. »Sie sind also Ben Addison«, begann er. »Setzen Sie sich bitte.«

»Was ist denn los?« fragte Ben nervös, während er sich auf einen der beiden Stühle vor dem Schreibtisch setzte. Bewußt atmete er langsam und gleichmäßig, um möglichst gleichgültig auszusehen.

»Genau das versuchen wir, herauszufinden«, sagte der Mann, während Bens Begleiter sich auf dem anderen Stuhl niederließ. »Falls Sie mich noch nicht kennen sollten, ich bin Carl Lungen, der Chief Marshal hier am Gerichtshof. Ich bin für die gesamte Sicherheit zuständig. Das ist Dennis Fisk, unser Deputy Marshal.« Er zeigte auf den Mann im grauen Anzug. »Wir haben Sie heute hierhergebeten, weil wir einige Fragen haben, auf die wir von Ihnen eine Antwort erhoffen. Es geht um einen Artikel in der heutigen Ausgabe des *Washington Herald*. Falls Sie ihn nicht kennen sollten: Darin wird die Möglichkeit angedeutet, daß das kürzlich verkündete Urteil in der Sache CMI vorab an Mr. Charles Maxwell gelangt ist. Können Sie mir soweit folgen?«

»Der Artikel ist mir bekannt«, sagte Ben, verärgert über Lungens herablassenden Tonfall.

»Gut«, sagte sein Gegenüber und ergriff eine Energizer-Batterie Jahrgang 1980. »Nun ist es so, Ben, daß diese Story auf Sicherheitsmängel an diesem unserem Gerichtshof anspielt. Wie Sie sich vorstellen können, gerät unsere Abteilung dadurch in ein schlechtes Licht. Glücklicherweise haben wir einen sehr guten Freund beim *Herald*, und nach einem Anruf bei diesem Freund haben wir erfahren, daß der Verfasser des Artikels ein neuer Mitarbeiter ist. Man hat mir ferner mitgeteilt, daß eben dieser Journalist mit einem unserer wissenschaftlichen Mitarbeiter zusammenwohnt. Dieser Mitarbeiter sind Sie. Sie können sich also mein Bedürfnis vorstellen, Sie einmal persönlich kennenzulernen.«

»Ich weiß, worauf Sie hinauswollen«, erwiderte Ben, »aber ich habe mit diesem Artikel nichts zu tun.«

»Sie wollen mir also sagen, daß Sie niemanden kennen, der gerichtsinterne Informationen weitergibt?«

»Niemand.«

»Warum hat Ihr Freund dann diesen Artikel geschrieben?«

»Ich weiß es nicht. Es ist sogar so, daß ich das gerade eben klären wollte, als Sie mich hier runtergeschleppt haben. Ich hab' von dieser Sache heute morgen um sieben zum ersten Mal gehört. Als ich meinen Mitbewohner daraufhin zur Rede stellen wollte, was er schon fort.«

»Ben, ich möchte meine Frage wiederholen. Kennen Sie jemanden, der interne Informationen dieses Gerichtshofs weitergibt?«

»Nein, tu' ich nicht. Ich schwöre, daß ich so etwas von niemandem weiß.«

Lungen stellte die Batterie wieder an ihren Platz, den Blick auf Ben geheftet. »Ich kann mir bloß vorstellen, daß Eric in seiner Redaktion Eindruck schinden wollte«, versuchte Ben schließlich eine Erklärung. »Er weiß ja, daß uns die Entscheidungen im voraus bekannt sind. Auf dieser Basis kann er schreiben, was er will. Sie kennen ja den *Herald*, der druckt einfach alles.« Seine Stimme gewann an Festigkeit. »Glauben Sie wirklich, man hätte die Story auf der fünften Seite gebracht, wenn Eric auch nur ein schlüssiges Indiz gehabt hätte? Das Ganze ist reine Vermutung. Sie haben's ja gelesen; es geht nur um die Möglichkeit, daß eine Indiskretion für Maxwells Glückstreffer verantwortlich sein könnte. Der Artikel hätte genausogut auf der Meinungsseite stehen können.«

»Ben, ist Ihnen bewußt, was passiert, wenn wir herausbekommen, daß Sie lügen?« Lungen legte seine Handflächen auf den Tisch. »Selbstverständlich würden Sie Ihre Stelle verlieren. Und wenn das geschieht, würde ich meinen, daß die Presse sich sofort darauf stürzt. Ob Sie dann verantwortlich waren oder nicht, man wird genau Sie für den Insider halten, der Maxwell die Sache gesteckt hat. Danach dürfte Ihre Karriere beendet sein, und Ihre einzige Berufsperspektive wäre die des Beraters der Fernsehproduktion, die der Welt Ihre Geschichte erzählt.«

»Warum arbeiten Sie denn nicht einfach mit uns zusammen?« warf Fisk mit ruhiger, besänftigender Stimme ein. Seine scharf geschnittenen Gesichtszüge wurden von einer ungesunden Färbung der Haut akzentuiert, seine knorrige Gestalt von dem schlecht sitzenden Anzug. »Wir können Ihnen helfen, wenn Sie's uns nur erlauben, wissen Sie?«

»Hören Sie, auf das Spielchen mit dem guten und dem bösen Bullen kann ich gern verzichten«, erwiderte Ben. Ein plötzlicher Adrenalinstoß hinderte seine Stimme daran, überzuschnappen. »Wenn ich Eric die Story gesteckt hätte, wäre ich doch ein totaler Idiot. Ich will Sie beide ja nicht beleidigen, aber man muß kein Genie sein, um herauszukriegen, daß Eric und ich zusammenwohnen. Ergibt es irgendeinen Sinn, daß ich meinen Mitbewohner auffordere, einen Artikel zu schreiben, der nicht nur meine gesamte Karriere gefährdet, sondern auch noch die Aufmerksamkeit auf mich lenkt?« Ben ließ die Logik des Arguments wirken, dann fügte er hinzu: »Der Artikel ist purer Blödsinn. Wahrscheinlich wollte Eric auf sich aufmerksam machen und –«

»Wir haben ja nicht behauptet, Sie hätten Eric aufgefordert, den Artikel zu schreiben«, unterbrach ihn Fisk. »Wir halten Sie bloß für denjenigen, der ihm die entsprechenden Informationen gegeben hat.«

»Ich hab' ihm kein Sterbenswörtchen gesagt. Glauben Sie mir, ich bin extrem vorsichtig mit allem, was ich vor anderen sage, besonders, wenn es sich um Eric handelt.«

»Aber daß Blake zurücktritt, haben Sie Eric doch gesagt, oder nicht?«

Ben biß sich in die Wange. Lungen hakte nach. »Machen Sie uns nichts vor, Ben. Unser Freund beim *Herald* sagt, daß sie morgen einen Artikel über Blakes geplanten Rücktritt bringen. Den wollte das Blatt nicht ohne einen konkreten Informanten akzeptieren, und Eric hat Ihren Namen genannt.«

Ben verschränkte die Arme, um selbstsicher zu wirken, und wußte im selben Moment, daß er die Kontrolle verlor. »Ich gebe zu, daß ich ihm was über Blake erzählt habe. Ich hab' ihm gesagt, wir würden die Mitteilung später in der Woche rausgeben. Aber ich habe ihm bestimmt nichts über –«

»Sie geben zu, daß Sie bewußt eine gerichtsinterne Information über Blake weitergegeben haben, und erwarten von uns, daß wir Ihnen im Fall Maxwell trotzdem Glauben schenken?« fragte Lungen.

»Sie wissen selbst, daß da ein Unterschied besteht. Die Sache mit Blake war hier allgemein bekannt, also kaum eine vertrauliche Information. Worauf Sie da mit Maxwell hinauswollen, liegt auf einer gänzlich anderen Ebene.«

»Und genau davon reden wir ja auch. Also dann, sollen wir wieder von vorn anfangen?«

Ben war entschlossen, sein Unbehagen nicht zu zeigen. »Hören Sie, ich schwöre, daß ich nichts über die Sache mit Maxwell weiß. Wenn es anders wäre, glauben Sie dann wirklich, daß ich hier hocken und mit Ihnen reden würde? Wenn ich Maxwell das Urteil zugespielt hätte, würde ich jetzt irgendwo in Griechenland am Strand liegen und meine zehn Millionen Dollar Anteil zählen.«

»Ben, ich will Ihnen mal sagen, was wir denken. Wir sind ebenfalls der Meinung, daß Sie Eric wahrscheinlich nichts gesagt haben. Das wäre idiotisch, und wir erwarten eigentlich mehr von Ihnen. Wahrscheinlich haben Sie selbst Maxwell auch keine Interna zugespielt. Wie Sie richtig sagen, bräuchten Sie dann nicht mehr hier zu arbeiten. Wir befürchten jedoch, Sie könnten von Ihrer Kollegin oder von einem anderen Mitarbeiter gehört haben, daß jemand anderer Informationen ausgeplaudert hat. Das hätten Sie beiläufig Eric gegenüber erwähnen können – vielleicht hat er auch ein Gespräch mitgehört –, und schon sitzen wir mitten in einem größeren Skandal. Im Augenblick sind Sie allerdings der einzige Anhaltspunkt, den wir haben.«

»Ich sag' Ihnen doch: Ich weiß wirklich von niemandem, mich eingeschlossen, der gerichtsinterne Informationen ausgeplaudert hätte.«

»Was ist mit Blakes Rücktritt?«

»Sie wissen genau, wovon ich rede – von substantiellen Informationen über Gerichtsentscheidungen. Als ich hier meine Arbeit begonnen habe, habe ich meinen Mitbewohnern erklärt, daß ich alle Entscheidungen schon im voraus erfahre. Das hat sie aber nie interessiert – nicht einmal Eric. Ich kann mir nur vorstellen, daß er diese Geschichte erfunden hat, um veröffentlicht zu werden. Erkundigen Sie sich doch bei Ihrem Freund beim *Herald*. Wie Sie selbst gesagt haben, wollte man den Artikel über Blakes Rücktritt nicht bringen, ohne den Informanten zu kennen. Wer also war der Informant für Erics Artikel über Maxwell?«

Lungen schwieg.

»Eric wollte ihn nicht nennen, stimmt's?« fuhr Ben fort. »Sie haben Ihren Freund doch bestimmt danach gefragt.«

»Nein«, erwiderte Lungen, ohne Ben anzusehen.

»Und Sie haben mich trotzdem in die Mangel genommen, um auf Nummer Sicher zu gehen?« fragte Ben kopfschüttelnd.

»Ben, beim *Herald* mag man den Informanten zwar nicht kennen, aber man ist mit Sicherheit der Ansicht, daß Eric einen hat. Wenn man diesen Artikel gedruckt hat, muß doch ein Körnchen Wahrheit dran sein.«

»Hat man Ihnen nicht beigebracht, nicht alles zu glauben, was man so liest?« fragte Ben.

»Lassen Sie die Klugscheißerei«, sagte Lungen. »Bis ich genau weiß, was passiert ist, ist der Fall für mich nicht abgeschlossen.«

»Schön, und bis Sie das genau wissen, bin ich von hier verschwunden.« Ben stand auf, um zu gehen.

»Das ist kein Spielchen«, warnte Lungen, der sich ebenfalls erhoben hatte. »Wenn Sie sich für so unschuldig halten –«

»Ich *bin* unschuldig.«

»Wären Sie bereit, einen Lügendetektortest zu machen, um das zu untermauern?«

Ben schwieg einen Augenblick. Er wußte, es gab nur eine

Antwort, die Lungen zufriedenstellen würde. In seinem selbstsichersten Tonfall erwiderte er dann: »Wenn es nötig ist.«

»Eines sollten Sie sich klarmachen«, mischte Fisk sich ein. »Selbst wenn wir Ihnen glauben, gibt es keinen Grund zu der Annahme, daß der Rest der Welt dasselbe tut. Unser Freund beim *Herald* hat erzählt, die Redaktion hätte von jedem größeren Blatt Anrufe wegen Erics Story erhalten. Es war ihnen gar nicht klar, in was sie sich da hineinmanövriert haben, als sie den Scheißartikel brachten.«

»Warum verlangen Sie keine Richtigstellung?« fragte Ben.

»Das haben wir heute morgen als erstes getan«, sagte Lungen. »Da der Artikel die Möglichkeit einer undichten Stelle aber nur andeutet, kann es der Zeitung ziemlich egal sein, was wir wollen.«

»Glauben Sie, daß andere Blätter die Sache aufgreifen werden?«

»Jetzt begreifen Sie endlich, was uns Sorgen macht«, sagte Lungen. »Soweit wir gehört haben, lassen die Presseleute so lange die Finger von der Sache, wie sie keinen Informanten haben. Nun muß es sich ja nicht um einen bedeutenden Informanten handeln. Es könnte ein Hausmeister sein, eine Sekretärin, ein wissenschaftlicher Mitarbeiter, irgend jemand. Sobald sie aber jemanden gefunden haben, werden sie den in der Luft zerreißen. Um ehrlich zu sein, es ist zwar durchaus möglich, daß sie den Informanten nie finden werden. Aber man kann ja nie wissen. Vielleicht ärgert sich eine Bedienung in der Cafeteria über ihr zu enges Haarnetz, und schon kommt sie in die Abendnachrichten, um der Welt zu erzählen, daß sie gehört hat, wie jemand mit jemand anderem gesprochen hat. In den nächsten paar Wochen wird in der Presse vielleicht nicht viel zu lesen sein, aber ich garantiere Ihnen, daß jeder Journalist der Stadt hier in der Hoffnung herumschnüffeln wird, die Sache zum Platzen bringen zu können. Und an Ihrer Stelle würde mir das Sorgen machen, denn dank Ihres Mitbewohners sind Sie das dankbarste Opfer in diesem Desaster.«

»Vielen Dank«, sagte Ben gequält, bemüht, seine Nervosität zu unterdrücken. »Kann ich jetzt gehen?«

»Das meine ich ernst.«

»Das ist mir klar.« Ben ging auf die Tür zu.

»Noch etwas, bevor Sie gehen«, sagte Fisk. »Wenn Sie Eric wegen seines Artikels zur Rede stellen sollten, würde ich mich freuen, wenn Sie morgen früh noch mal hier herunterkommen, falls sich was Neues ergeben hat.«

»Mal sehen.« Ben wich ihm aus und drückte sich aus der Tür.

Als Ben das Zimmer verlassen hatte, sah Lungen Fisk prüfend an. »Na, was denkst du?«

»Du kennst ja meine Meinung«, erwiderte Fisk. »Ich kann diese Typen auf den Tod nicht ausstehen. Die glauben alle, bloß weil man sie für den Obersten Gerichtshof ausgewählt hat, stinkt ihre Scheiße nicht mehr.«

»Das ist ja ungemein hilfreich«, kommentierte Lungen. »Und was hältst du nun von Ben?«

»Es war, wie ich's erwartet hatte. Er ist offenbar ein heller Knabe, und ich meine, er hat die Sache ganz plausibel erklärt. Er ist nicht so dumm, daß er diesem Eric beim Verfassen des Artikels geholfen hätte, aber das heißt noch lange nicht, daß Eric sich alles aus den Fingern gesogen hat. Warum? Was war dein Eindruck?«

»Ich weiß nicht. Ich hätte mir gewünscht, daß er ein bißchen nervöser wird.«

»Er war tatsächlich ziemlich beherrscht«, stimmte Fisk zu. »Also sagt er entweder die Wahrheit, oder er ist einer der besten Schauspieler, die ich je gesehen habe.«

»Ich glaube wirklich, daß der Artikel ihn genauso überrascht hat wie uns. Außerdem hat unser Freund beim *Herald* ja erzählt, sie hätten Eric wegen seiner Quelle wirklich in die Mangel genommen. Der Kerl hat noch nicht mal andeutungsweise einen Namen genannt.«

Fisk schwieg eine Zeitlang. »Ich mag diese Typen einfach nicht«, sagte er dann.

»Fisk, du magst niemand, der klüger ist als du.«

»Das war mein voller Ernst. Und ich sag' dir: Was immer auch geschieht, wir sollten diesen Typen sehr aufmerksam beobachten.«

SIEBTES KAPITEL

Als Ober nach Hause kam, sah er Nathan und Eric zu seiner Überraschung schweigend auf der großen blauen Couch sitzen. »Wo ist Ben?« fragte er mit einem Blick auf seine Armbanduhr. »Ich dachte, ihr wolltet euch um acht ans Leder?«

»Er muß im Büro hängengeblieben sein«, vermutete Nathan und betrachtete Ober erstaunt. »Warst du beim Friseur?«

»Ganz recht.« Ober fuhr sich mit den Fingern durch seinen blonden Haarschopf. »Ihr solltet da übrigens auch hin. Jemand in meinem Büro hat ihn mir empfohlen – er schneidet den ganzen Senatoren die Haare. Einmal hat er sogar Jimmy Carter unter der Schere gehabt. Er heißt Murray Simone, der King of Hair.« Er rieb sich den Hals, um letzte Haarreste zu entfernen. »Das mit dem ›King of Hair‹ stammt natürlich von mir.«

»Schon klar«, sagte Nathan, bereits verärgert über Obers Gerede. »Komm zum Punkt.«

»Ich betrete also die Residenz von Murray Simone, dem King of Hair, und verkünde, daß ich es oben lang und an den Seiten kurz haben will, und wie sehr ich es hasse, wenn man mir oben alles runterschert. Er aber studiert das Terrain, sieht in den Spiegel und erklärt mir: ›Ich werde Ihnen einen kurzen Haarschnitt verpassen, und zwar stilvoll!‹« Ober schüttete sich fast aus vor Lachen. »Ist das nicht irrsinnig komisch? ›Ein kurzer Haarschnitt, aber stilvoll.‹« Er strich sich übers Haar. »Also, was meint ihr? Hat Murray Simone, der King of Hair, mir Stil verpaßt? Ich finde schon.« Ober betrachtete sein Spiegelbild im Glas eines Bilderrahmens. »Jetzt hab' ich *Stil*!«

»Ober, vielleicht ist für so was jetzt nicht der richtige Zeitpunkt«, sagte Nathan mit einem Blick auf Eric.

»Kopf hoch«, sagte Ober zu Eric. »Dein Leben währt sowieso nur noch ein paar Stunden, da könntest du es auch genießen.«

»Kannst du einfach mal die Schnauze halten?« fragte Eric mit erhobener Stimme.

»Laß es bloß nicht an mir aus!« Ober hatte sich in der Mitte des Wohnzimmers postiert. »Schließlich war es nicht meine Wenigkeit, der seinen Freund ans Messer geliefert hat.«

»Du Arschloch«, brüllte Eric. »Von mir aus kannst du –«

»Ober, halt jetzt mal die Schnauze«, unterbrach ihn Nathan. »Und jetzt beruhigt ihr euch beide.«

»Aber denkt an meine Worte«, sagte Ober. »Murray Simone, der King of Hair. Und sagt ihm, daß ich euch geschickt habe.« Als er das Geräusch eines Schlüssels in der Haustür hörte, ließ er sich ebenfalls auf die blaue Couch fallen und verkündete mit einem düsteren Blick auf Eric: »Erste Runde. Ding, dong.«

Ben stürmte herein und sah Ober, Nathan und Eric auf der Couch sitzen. »Also? Was hast du mir zu sagen?« Ben verschränkte die Arme.

»Ben, ich weiß schon, daß du wütend bist«, sagte Eric. »Laß mich die Sache einfach mal erklären.«

»Nur zu. Darauf hab' ich ja gewartet.«

»Solange du so tobst, kann ich gar nichts erklären. Sonst bist du wütend auf mich, egal was ich auch sage.«

»Eric, selbst wenn ich in guter Stimmung wäre, würde ich anschließend toben.«

»Ich hab' dir ja gesagt, daß seine Meinung feststeht«, sagte Eric zu Nathan.

»Ben, gib ihm doch wenigstens eine Chance«, flehte Nathan.

»Du kriegst ja deine Chance.« Ben starrte weiterhin finster auf Eric hinunter. »Leg einfach los. Ich hab' den ganzen Tag darauf gewartet.« Als Eric schwieg, fügte er hinzu: »Los, sag's mir schon. Ich bin durchaus aufnahmebereit.«

»Na schön«, sagte Eric. »Ich will dir bloß sagen, daß ich nie auch nur daran gedacht habe, was auszuplaudern, als du mir die Sache mit Rick und Maxwell erzählt hast. Schließlich sind wir seit der dritten Klasse befreundet. Ich würde dich nie anzeigen oder irgendwas tun, was unserer Freundschaft schadet. Und ich würde mit Sicherheit nichts schreiben, was dich nach meiner Einschätzung in Probleme bringen könnte. Aber du mußt verstehen, in welcher Lage ich war. Ich bin jetzt fast fünf Monate beim *Herald* und hab' nichts anderes getan als die Kongreßakten ausgewertet. Die Redaktionsleitung wollte mich zur Rubrik ›Modernes Leben‹ abschieben, und als die Sache mit CMI aufgetaucht ist, konnte ich einfach nicht daran vorbei. Ich bin der letzte in der Hackordnung, weshalb ich irgend etwas liefern mußte. Also hab' ich ihnen das geliefert.«

»Und das ist alles?« fragte Ben, als Eric schwieg. »Das sind deine Gründe? Daß du eventuell beim ›Modernen Leben‹ gelandet wärst?« Bens Stimme wurde lauter. »Da erzählst du mir, daß es eine Erklärung für dein Verhalten gibt, und das ist das einzige, was dir einfällt? Eric, du bist schlicht und einfach ein Arschloch!«

»Mein Job war in Gefahr.«

»Und da hast du meinen Job aufs Spiel gesetzt, um deinen zu retten?« brüllte Ben. »Glaubst du tatsächlich, daß das die Lösung ist?«

»Du kapierst es einfach nicht. Ich hab' deinen Job doch gar nicht aufs Spiel gesetzt.«

»Tatsächlich?« meinte Ben ungläubig. »Ist dir nicht klar, was du –«

»Du weißt doch selbst, daß man dich nie kriegen wird«, sagte Eric. »Man wird Rick nie auf die Schliche kommen, und wir werden nichts verraten. Das Ganze kann dir also gar nicht schaden.«

»Na, dann ist heute ja wirklich ein Glückstag für mich«, verkündete Ben. »Danke, Eric! Weil sie Rick doch nie kriegen, bin ich aus dem Schneider. Hast du irgendeine Ahnung, warum ich zu spät gekommen bin? Der Grund ist, daß man mich in der letzten Stunde im Büro der Marshals in die Zange genommen hat. Und falls du gar keine Ahnung haben solltest: die Marshals sind für die gesamte Sicherheit am Gerichtshof zuständig. Sie haben mich zu sich zitiert und mich wegen meiner eventuellen Beteiligung an der CMI-Sache ausgequetscht wie eine Zitrone. Der Sicherheitschef hat sich nach meiner Beziehung zu dir erkundigt, weil sein Freund beim *Herald* ihm erzählt hat, daß wir zusammenwohnen. Wenn man herausbekommt, daß ich beteiligt war, wird man mich rausschmeißen, sagt er. Er will mich einen Lügendetektortest machen lassen, um meine Unschuld zu beweisen, und es wäre ihm nichts lieber, als mich der

Presse vorwerfen zu können, damit man mich in der Luft zerreißt.«

»Ach du Scheiße«, sagte Nathan.

»Ach du Scheiße bringt die Sache auf den Punkt.« Ben streckte Eric seinen Zeigefinger vors Gesicht. »Und weil du offenbar noch nicht mal eine Sekunde darüber nachgedacht hast, welche Folgen dein Artikel haben könnte, will ich dir noch sagen, daß jede Zeitung dieses Landes heute beim Gerichtshof angerufen hat, um sich nach seinem Wahrheitsgehalt zu erkundigen. Vorläufig zeigen sie mich zwar noch nicht an, aber sie sagen, es sei nur eine Frage der Zeit, bevor die Presse einen Informanten auftreibt. Und ich glaube nicht, daß es lange dauern wird, bis jemand darauf kommt, daß wir zusammenwohnen.«

»Ich hab' doch nur eine Hypothese aufgestellt«, sagte Eric.

»Nein. Du hast nur allen einen gewaltigen Floh ins Ohr gesetzt. Und da das Revolverblatt, für das du schreibst, sich einen Dreck um die Realität schert, haben sie den Mist gebracht. Der einzige, der dadurch angeschmiert ist, bin ich.«

»Aber ich hab' noch nicht mal eine Quelle angegeben«, verteidigte sich Eric.

»Darauf kommt es auch nicht an!« brüllte Ben. »Zieh doch endlich den Kopf aus dem Sand. Daß du keine Quelle genannt hast, bedeutet doch bloß, daß sie länger recherchieren müssen.«

»Hör mal, laß deinen Frust bloß nicht an mir aus.« Eric stand auf.

»An wem in aller Welt sollte ich ihn denn sonst auslassen?« Ben warf die Hände in die Luft.

»Jedenfalls bin ich nicht derjenige, der vertrauliche Fakten ausgeplaudert hat. Es ist mir ja sehr peinlich, deine Sandburg zu zertrampeln, aber dein Verhalten war tatsächlich gesetzeswidrig. Und das hab' ich schließlich nicht erfunden.«

Ben stieß Eric vor die Brust. »Du egoistischer Scheißkerl –«

Nathan sprang auf, wobei der Couchtisch umstürzte, und schob sich zwischen die beiden Freunde. »In eine Schlägerei wird das hier nicht ausarten. Beruhigt euch, alle beide.«

Die Fäuste geballt, trat Ben zurück. »Du bist wirklich das letzte«, sagte er zu Eric.

»Laß mich bloß in Frieden.« Erics Stimme überschlug sich.

»Du hast keine Ahnung, was ich durchgemacht hab'. Dir fällt immer alles in den Schoß. Du hast nicht den leisesten Schimmer, was es heißt, sich allein durchbeißen zu müssen. Mein Redakteur hat mich irrsinnig unter Druck gesetzt, meine Quelle zu nennen. Das hat mir überhaupt nichts ausgemacht. Ich hab' deinen Namen kein einziges Mal genannt! Nie!«

»Woher wußten die Marshals dann, daß ich die Quelle für deine Story über Blakes Rücktritt war?«

Eric schwieg.

»Was ist denn? Hast du darauf etwa keine Antwort?«

»Die Sache mit Blake war was anderes, und das weißt du auch«, schlug Eric zurück. »Was CMI betrifft, hab' ich kein Wort gesagt. Egal, was sie mir vorgehalten haben, ich hab' ihnen keine Quelle genannt. Mein Redakteur hat mir ins Gesicht gesagt, die Leute würden mich einen Schmierfinken nennen. Trotzdem hab' ich den Mund gehalten.«

»Na, dann bist du ja der beste Freund, den man sich wünschen kann. Vielleicht kannst du mir nächste Woche einen echten Gefallen tun und mir den Hals aufschlitzen. Das wär' die absolute Spitze.«

»Ich meine das ganz ernst«, sagte Eric. »Ich hab' mich heute kaum mehr retten können vor Anrufen. *Newsweek* hat sich gemeldet, *Time, USA Today*, die *New York Times*. Alles, was Rang und Namen hat. Und bei allen hätte ich deine Story unterbringen können. Reich und berühmt könnte ich damit werden. Ich könnte ein Buch über die ganze Sache schreiben. Ich könnte Filmverträge bekommen, eine regelmäßige Kolumne, die ganze Welt, wenn ich was rauslassen würde. Das weißt du ganz –«

Bevor Eric seinen Satz beenden konnte, stürzte Ben sich auf ihn, drängte ihn an die Wand und packte ihn am Hemd. »Sag noch ein einziges Wort, und ich mach dich fertig, das schwöre ich.«

»Ben, laß ihn los!« befahl Nathan, während er und Ober ihn von Eric wegrissen.

Eric zog sein Hemd glatt. »Weißt du, ich versteh' schon, daß du dich aufregst, aber das war wirklich guter Journalismus. Der Punkt ist ja der, daß ich einerseits deinen Arsch aus der Sache rausgehalten hab' und andererseits zum ersten Mal eine Story auf der fünften Seite unterbringen konnte.«

»Und wenn du deine Mutter umbringen würdest, kämst du auf die erste Seite«, brüllte Ben. »Heißt das, du solltest das auch tun? Es ist ja nicht so, als ob du diese Sache aufgedeckt hättest. Ohne mein dämliches Geschwätz hättest du keine Ahnung gehabt. Also spiel dich bloß nicht so auf, als würdest du mir einen Gefallen tun, wenn du die Filmrechte nicht verkaufst, verdammt noch mal!«

Eric atmete tief ein. »Ben, hast du auch nur die leiseste Ahnung, wie mir die Sache mit CMI auf der Seele gelegen hat? Seit dem Moment, in dem du mir gesagt hast, wie Maxwell an die Information gekommen ist, wollte ich was darüber schreiben. Aber ich hab' gewartet. Ich hab' gewartet, bis sich der Pulverdampf verzogen hatte, bis alle Zeitungen mit dem Theater um Maxwell und das Urteil fertig waren. Ich hab' gewartet, bis das ganze Getöse vorbei war. Und dann hab' ich bloß einen kleinen Artikel gebracht, der die ganze Sache zu erklären versuchte.«

»Ist dir wirklich nicht klar, was du da verzapfst?« fragte Ben kopfschüttelnd. »Willst du vielleicht sagen, ich sollte dir dafür danken, daß du ein Weilchen gewartet hast, bevor du mir das Messer in den Rücken gestoßen hast? Merkst du denn überhaupt nicht, wie abstrus deine Logik ist?«

»Ich weiß gar nicht, warum du so ausrastest. Man wird doch nie in der Lage sein, zu beweisen –«

»Darauf kommt es doch gar nicht an!« brüllte Ben. »Hör doch endlich auf, deine Handlungen zu rechtfertigen, und denk einen Moment nach! Du wußtest, was passieren würde. Du wußtest es, und es war dir scheißegal.«

»Ben, ich hab' nie gewollt, daß du Probleme bekommst. Was soll ich denn eigentlich noch sagen? Es tut mir leid. Es tut mir tausendmal leid. Was willst du noch, verdammt noch mal?«

»Ich will, daß du aus diesem Haus verschwindest.«

»Was?« fragte Eric.

»Ben, das kannst du doch nicht machen«, sagte Ober mit unsicherer Stimme.

Ben starrte Eric an. »Du hast mich ja gehört. Ich will deine

Visage hier nicht mehr sehen.« Eric schüttelte ungläubig den Kopf, während Ben fortfuhr: »Das ist kein Scherz, Eric. Das ist nicht irgendein blöder Streit wie früher an der Schule. Du hast in meinem Leben nichts mehr verloren. Ich hab' kein Vertrauen mehr in dich, ich mag dich nicht, und als Freund kann ich dich auch nicht mehr gebrauchen.«

»Was ist, wenn ich nicht ausziehe?«

»Dann tue ich es eben«, sagte Ben. »Unser Mietvertrag läuft noch bis zum Jahresende. Du hast also anderthalb Monate, um eine neue Wohnung zu finden. Wenn du's drauf ankommen lassen willst, können wir ja abstimmen. Und wenn niemand abstimmen will, werfen wir eine Münze. Auf jeden Fall bin ich nicht mehr bereit, weiter mit dir umzugehen.« Abrupt drehte Ben sich um und stürmte die Treppe hinauf in sein Zimmer.

»Eric, warte doch einfach, bis er sich beruhigt hat«, sagte Nathan.

»Ich will jetzt nicht mehr darüber reden.« Eric ging zur Haustür. »Falls jemand etwas von mir will, ich bin in der Redaktion.«

Die Tür schlug zu, und es war still im Zimmer. »Ich hab' wirklich den Eindruck, daß er es ernst meint«, sagte Nathan schließlich.

»Er kann ihn doch nicht aus dem Haus werfen«, erwiderte Ober. »Das können wir einfach nicht zulassen.«

»Was ist denn los mit dir?« fragte Nathan, von Obers Reaktion überrascht.

»Wir können es doch nicht zulassen, daß er uns auseinanderbringt. Als ich hier eingezogen bin, war es, um mit euch dreien zusammen zu sein.«

»Ober, jetzt beruhige dich doch.«

»Glaubst du, er wird Eric wirklich rausschmeißen?«

»Keine Ahnung«, sagte Nathan. »Aber als er auf Eric losgegangen ist, hab' ich gedacht, er bringt ihn um. Es ist ja auch nicht einfach, so was wegzustecken.«

»Du mußt mit ihm reden«, beharrte Ober. »Versprich mir, daß du mit ihm redest.« Nathan ging auf die Treppe zu. »Wo willst du hin?«

»Mit Ben reden.«

»Über Eric?«

»Nein, ich muß ihm dringend was über Murray Simone, den King of Hair, erzählen.«

»Was hat er gesagt?« fragte Lisa, sobald Ben am nächsten Morgen das Büro betrat.

»Es war eine totale Katastrophe.« Ben hängte seinen Mantel in den Garderobenschrank. »Er hatte keinerlei Entschuldigung.«

»Tatsächlich? Hatte er sich noch nicht mal eine ausgedacht?«

Ben griff sich die Kaffeetasse von Lisas Tisch und nahm einen Schluck. »Er hat versucht, mir zu erzählen, daß man ihn irgendwohin abschieben wollte, aber das war einfach erbärmlich.«

»Hast du ihm wenigstens eine in die Fresse gehauen?«

»Lisa, ich muß dir sagen, daß ich ein Mann der Worte bin, nicht einer der Gewalt.«

»Aber wolltest du ihm nicht den Kopf abreißen? Ihm die Zähne einschlagen? Ihm den –«

»Schon gut, schon gut«, sagte Ben und nestelte an seiner rotgoldenen Krawatte.

»Moment mal«, sagte Lisa. »Du hast ihn also tatsächlich geschlagen, stimmt's?«

»Ich hab' ihn nicht geschlagen.«

»Ben, lüg mich bloß nicht an ...«

»Ich hab' ihn lediglich gegen die Wand geworfen, ihn ein bißchen bedroht und ihm gesagt, er soll ausziehen.«

»Okay, Mr. Rambo!« sagte Lisa. »Jetzt die unappetitlichen Details, und zwar alle.«

»Da war gar nichts. Ich bin bloß eine Sekunde lang ausgerastet.«

»Ich glaub's einfach nicht. Ich kann mir überhaupt nicht vorstellen, daß du ausrastest.«

»Und warum nicht?«

»Weil du so ein Weichei bist.«

»Ach, und du bist so unheimlich taff, hm?«

»Glaub mir, ich trete schon mal jemand in den Hintern, wenn es nötig ist. Und irgendwann wird auch dein kleiner Hintern an die Reihe kommen.«

»Lisa, ich möchte deine sadomasochistischen Phantasien hier im Büro nicht hören. Das ist sexuelle Belästigung, und die ist ungesetzlich.« Bens Telefon läutete. »Hallo, hier ist das Amtszimmer von Richter Hollis«, meldete er sich.

»Ben, hast du einen Moment Zeit?«

»Mom? Ist alles in Ordnung?«

»Ja, alles ist wunderbar. Habt ihr heute eine Sitzung?«

»Nein, so was gibt's am Freitag nicht«, antwortete Ben nervös. »Warum? Ist irgendwas zu Hause passiert?«

»Ja – ich frage mich, ob du mir nicht etwas beichten willst.«

Entweder spricht sie über Erics Artikel, oder sie hat einen Brief von Rick bekommen, dachte Ben. Auf jeden Fall gab es Unannehmlichkeiten. Um nicht vorschnell etwas preiszugeben, sagte er: »Ich weiß überhaupt nicht, worauf du hinauswillst.«

»Benjamin, führ mich nicht an der Nase herum. Also, gibt es irgend etwas, was du mir erzählen wolltest?«

»Mom, ich habe keine Ahnung, wovon du sprichst.«

»Nun, dann kannst du mir vielleicht erklären, warum ich von Barbara aus zweiter Hand hören mußte, daß du eine sehr ernsthafte Beziehung hast?«

»Ach du lieber Himmel«, sagte Ben so laut, daß Lisa von ihrer Arbeit aufsah. »Mom, ich habe durchaus keine sehr ernsthafte Beziehung. Obers Mutter weiß gar nicht, wovon sie spricht.«

»Lüg mich nicht an, Benjamin.«

»Mom, ich schwöre dir, daß ich nicht lüge.«

»Wer war dann die Frau, von der deine Freunde letzte Woche bei Katie so geschwärmt haben?«

»Wahrscheinlich haben sie über meine Kollegin geredet.« Ben warf Lisa einen finsteren Blick zu.

»Du schläfst mit deiner Kollegin?«

»Ich schlafe mit gar niem ... Mom, ich schlafe nicht mit Lisa. Nathan und Ober haben Katie bloß auf den Arm genommen. Wir sitzen wirklich bloß im selben Büro.«

»Ober schien aber anzudeuten, daß es sich um mehr als bloße Kollegialität handelt.«

»Wann hast du denn mit Ober gesprochen?«

»Heute morgen. Du warst schon zur Arbeit gegangen. Um

wieviel Uhr mußt du da überhaupt antreten? Die müssen dich ja schinden wie einen Esel.«

»Hier ist der Oberste Gerichtshof. Wir neigen dazu, hart zu arbeiten«, sagte Ben. »Erzähl mir mal, was Ober von sich gegeben hat.«

»Das geht dich überhaupt nichts an. William und ich haben uns sehr gut unterhalten. Und jetzt erzähl mir, ob diese Kollegin aus Washington ist.«

»Nein. Sie kommt aus Los Angeles.«

»Ist sie gerade da?«

»Nein, sie ist gerade nicht da.« Ben warf Lisa einen Blick zu. »Sie nimmt ein Protokoll auf.«

»Hallo, Mrs. Addison!« rief Lisa.

»Ich hab' ja gewußt, daß sie da ist!« stellte Bens Mutter fest. »Gib sie mir mal.«

»Ich werde sie dir nicht geben, Mom. Schlag dir das aus dem Kopf.«

»Frag sie, ob sie zu Thanksgiving nach Hause fliegt.«

»Mom ...«

»Wenn es nicht anders geht, werde ich eben Ober nach ihrer Nummer fragen und sie selbst anrufen.«

Ben mußte lachen. »Lisa, meine Mutter will wissen, ob du zu Thanksgiving nach Hause fliegst«, sagte er, um anschließend mit den Lippen die Worte »Sag ja!« zu bilden.

»Nein, ich habe noch überhaupt nichts vor!« rief Lisa.

»Ausgezeichnet«, sagte Bens Mutter. »Sag ihr, wir laden sie für die Feiertage ein. Sie kann zusammen mit dir kommen.«

Ben sah Lisa an. »Meine Mutter läßt dir sagen, sie freut sich, daß du an Thanksgiving allein bist. Sie wünscht dir einen erbärmlichen Abend und hofft, daß man dir die Heizung abdreht und daß du einsam und ohne den Beistand von Freunden und Verwandten sterben mußt.«

»Benjamin!«

»Sie lädt dich zu Thanksgiving zu uns nach Hause ein.«

»Ich komme ausgesprochen gern«, erklärte Lisa und streckte Ben die Zunge heraus.

»Toll.« Ben wandte sich wieder dem Telefon zu. »Mom, du solltest vielleicht eine oder zwei Puten extra in den Ofen schieben. Ich weiß nicht, ob Ober es dir gesagt hat, aber Lisa frißt wie eine Kuh und ein Pferd und ein ganzer Bauernhof voller Rindviecher zusammen.«

»Wenn du mit ihr ausgehst, will ich sie kennenlernen«, sagte Bens Mutter.

»Schön, du hast gewonnen. Du hast uns erwischt. Wir gehen zusammen aus. Mom, das ist endlich die Richtige. Lisa und ich lieben uns, sie ist schwanger, und wir überlegen uns, das Baby Hercules zu nennen, um Tante Flo einen Gefallen zu tun.«

»Das finde ich überhaupt nicht lustig.«

»Hör mal, ich muß jetzt wirklich weitermachen.«

»Erzähl mir bloß noch eines: Was ist zwischen dir und Eric vorgefallen?«

»Mom, es ist gar nichts vorgefallen. Warum? Wer hat so was behauptet?«

»Ober.«

Ben schloß die Augen und sagte mit ruhiger Stimme: »Zwischen mir und Eric ist nichts vorgefallen. Wir hatten lediglich eine kleine Auseinandersetzung. Das ist alles. Heute abend werden wir die Sache wieder ins Lot bringen.«

»Bitte denk daran, was ich dir gesagt habe, als du zum College aufgebrochen bist: Es gibt nichts Besseres auf der Welt als Freunde aus der Jugendzeit.«

»Großartig, Mom. Vielen Dank, mir das zum achtundvierzigsten Mal mitzuteilen. Kann ich jetzt auflegen?«

»Lisa wird also an Thanksgiving bei uns sein?«

»Ja, Mom. Dank deiner Beharrlichkeit kommt sie.«

»Wie schön. Ich ruf' dich später noch mal an. Ich hab' dich lieb.«

»Ich dich auch. Grüß Dad von mir.« Ben legte auf und sah Lisa an. »Du hältst dich doch tatsächlich für clever, was? Tja, das war ein Irrtum, Schätzchen, weil du gerade den größten Fehler deines Lebens gemacht hast. Dank deiner grenzenlosen Weisheit hast du gerade eine Einladung in den siebzehnten Kreis der Hölle angenommen – zu einem Abendessen bei uns zu Hause.«

»Ich kann es kaum erwarten.«

»Moment mal.« Ben zog einen kleinen Notizblock aus seiner obersten Schublade. »Das muß ich aufschreiben.« Während er etwas aufs Papier kritzelte, verkündete er: »Am Freitag, dem einundzwanzigsten November, sagte Lisa Marie Schulman: ›Ich kann es kaum erwarten‹, als sie von ihrem bevorstehenden Leichenschmaus sprach.«

»Ich werd's genießen«, antwortete Lisa.

»Ich werd's genießen.« Ben notierte den Satz auf seinen Block. »Ich glaube, das hat auch Napoleon von sich gegeben, bevor er nach Waterloo aufbrach.«

»Ben, meine Eltern sind noch immer voller Begeisterung für die Lava-Lampe. Wieviel schlimmer können deine da wohl sein?«

»Ich würde sagen, bedeutend schlimmer. Phänomenal schlimmer. Vielleicht sogar katastrophal schlimmer.«

»Jetzt hör schon auf.«

»Lisa, ich übertreibe nicht. Meine Eltern sind Mutanten. Es sind irre, ausgeflippte Monster, die zur Welt kamen, um Angst und Schrecken unter den unschuldigen Erdenkindern zu verbreiten.«

»Na, ich kann's jedenfalls kaum erwarten, sie kennenzulernen. Sie scheinen wirklich nett zu sein.«

»Sie scheinen wirklich nett zu sein«, wiederholte Ben, während er seinen Notizblock traktierte. »Mensch, Mädchen, ich kann's kaum erwarten, bis dir diese Worte in den Ohren klingen.«

»Wie auch immer«, schloß Lisa und klappte einen der vielen braunen Ordner auf ihrem Schreibtisch auf. »Bist du eigentlich mit der Begründung für Russell fertig? Du hast sie mir schon vor zwei Tagen versprochen.«

»Treib mich nicht so an. Ich muß noch daran arbeiten.« Ben legte seinen Notizblock weg. »Übrigens, können wir heute abend wieder alle zu dir kommen? Ich will mein morgiges Treffen mit Rick noch einmal durchspielen.«

»Kein Problem. Ach, und Ben? Ich will dich ja nicht knechten, aber ich brauche die Urteilsbegründung wirklich.«

»Lisa, ich hab' dir doch schon gesagt, du kriegst sie. Was willst du denn noch?«

»Ich will, daß du sie fertigmachst. Ich glaube dir, daß du daran arbeitest, aber du sitzt jetzt schon über zwei Wochen an dem ersten Entwurf.«

»Nun, es tut mir leid, daß ich in dieser Woche viel zu tun hatte, aber mein Leben ist in letzter Zeit ein bißchen chaotisch.«

»Komm mir bloß nicht damit«, schimpfte Lisa. »Du weißt, daß ich volles Verständnis für alles habe, was du durchmachst. Ich will bloß sagen, daß du dich wirklich anstrengen mußt, auch mal über die Sache hinwegzusehen. Ob es dir paßt oder nicht, dieses Gericht ist wichtiger als alles, was in deinem Leben geschieht.«

Kochend vor Wut schlug Ben eine neue Seite seines Notizblocks auf. »Schön. Ich hab's kapiert. Und jetzt laß mich arbeiten.«

»Ben, hör auf. Was erwartest du eigentlich?«

»Wie wär's, wenn du ein bißchen mehr Verständnis zeigen würdest!« brüllte er. »Für dich ist es natürlich leicht, fleißig zu arbeiten, aber ich bin gerade dabei, einen Irren zu jagen. Jedesmal, wenn meine Mutter anruft, hab' ich Angst, daß er sich bei meiner Familie gemeldet hat. Außerdem hat mich ein guter Freund verraten, die Marshals sind hinter mir her – und die Woche ist noch nicht einmal vorbei.«

»Weißt du, ich würde mir wirklich wünschen, daß du die Dinge eine Sekunde aus einer anderen Perspektive als der deinen sehen könntest.«

»Und deine Perspektive ist da wohl die beste, hm?«

»Das meine ich ganz ernst«, sagte Lisa. »Hollis weiß, daß ich die Begründungen immer überarbeite, bevor er sie zu sehen bekommt, und deshalb hat er sich angewöhnt, mich danach zu fragen. Das hat er denn auch die ganze Woche lang getan, und ich hab' ständig Entschuldigungen erfunden. Am Dienstag hab' ich gesagt, wir arbeiten noch an ein paar Punkten. Am Mittwoch hab' ich gesagt, wir hätten sie noch immer nicht gelöst. Gestern bin ich ihm erfolgreich ausgewichen. Aber ich weiß nicht, was ich ihm heute sagen soll. Wir sitzen gemeinsam in der Tinte, und es macht mir nichts aus, zusammen mit dir auf die Schnauze zu fallen, aber das jetzt ist einfach unmöglich von dir. Bei Russell geht es um eine ganz banale Verfahrensfrage. Hollis hat uns genau erklärt, wie er die Sache sieht, und wir kommen einfach nicht weiter. Jetzt mach das einfach mal fertig und gib mir den Text. Selbst wenn du erst die Hälfte hast, kannst du's mir geben, ich schreibe den Rest dann selbst. Hauptsache, ich kann ihm bis heute abend irgend etwas in die Hand geben. Es tut mir leid, daß ich dich derart überfahren muß, aber im Moment ist das der einzige Weg, um von dir ernst genommen zu werden.«

Ben starrte auf seinen Notizblock. »Tut mir leid«, sagte er kühl. »Du hast vollkommen recht. Bis zur Mittagspause mach' ich's dir fertig.«

»Ben, ich –«

»Du brauchst nichts weiter zu sagen. Du hast recht. Wenn ich es nicht rechtzeitig schaffen konnte, hätte ich es dir übergeben sollen.«

»Genau das wollte ich auch sagen.«

»Bist du bereit für morgen?«

Rick stand vor dem Spiegel und schlang seine Krawatte zu einem perfekten Knoten. »Natürlich bin ich bereit. Die eigentliche Frage ist: Wird Ben bereit sein?«

»Du weißt ja, daß er hinter dir her ist.«

Unzufrieden mit der Länge seiner Krawatte, löste Rick den Knoten und begann von neuem. »Von mir aus kann er machen, was er will. Ich bin gänzlich unbesorgt.«

»Wie kannst du bloß so selbstsicher sein?«

Rick wandte sich vom Spiegel ab. »Weil ich über Ben Bescheid weiß. Nach der Katastrophe mit Eric wird er es schwer haben, mein Angebot abzulehnen.«

Um Viertel vor eins kehrte Lisa mit einer kleinen braunen Papiertüte ins Büro zurück, aus der sie zwei Becher Kaffee, ein Stück Gebäck und ein Schokoladencroissant zog. »Mittagspause. Greif zu«, sagte sie und reichte Ben das Croissant und einen der Becher.

Zwanzig Minuten später hatte Ben beides noch nicht angerührt. Eine weitere halbe Stunde später löste er endlich den Blick von seinem Monitor. »Da kommt erst einmal eine Urteilsbegründung des Obersten Gerichtshofs«, verkündete er, während der Laserdrucker zu summen begann.

»Toll«, sagte Lisa und ging zum Drucker. Als sie alle siebzehn Seiten eingesammelt hatte, kehrte sie an ihren Schreibtisch zurück und zückte ihren roten Filzstift. Während Ben von seinem Stuhl aus ihren Gesichtsausdruck beobachtete, las sie die Begründung, den Stift für Korrekturen bereit. Langsam und sorgfältig prüfte sie jede Seite, um sie umgedreht wieder abzulegen. Nach fünfzehn Minuten legte sie die letzte Seite auf den Stapel und sah auf.

»Na?« fragte Ben und zupfte an seinem Croissant. »Was meinst du?«

»Ben, das ist eine unglaubliche Leistung.« Lisa drehte den Stapel um und schob die Seiten zusammen. »Normalerweise muß ich deine Entwürfe von Anfang bis Ende zerlegen. Und jetzt hab' ich nur zweimal etwas angemerkt.«

»Dreimal, genauer gesagt.« Ben ging zu Lisas Schreibtisch, ergriff den schmalen Stapel Papier und suchte nach ihren Korrekturen.

»Es waren bloß grammatische Sachen.« Lisa lehnte sich zurück. »Ich staune. Dieser Entwurf sieht aus wie eine unserer dritten Überarbeitungen.«

»Diesmal hab' ich mich eben angestrengt.«

»Warum zum Teufel strengst du dich nicht immer so an? Du machst die Sache ja auch sonst ganz ausgezeichnet, aber das hier ist ein absolutes Endprodukt. Wahrscheinlich hast du uns einen kompletten Arbeitstag erspart.«

»Es war ein leichter Fall«, erwiderte Ben. »Ist also nicht der Rede wert. Unter Druck arbeite ich eben gut.«

»Ich sollte dir wohl öfter die Leviten lesen.« Lisa stand auf, nahm Ben die Seiten ab und legte sie in einen von Hollis' braunen Aktenordnern. »Ich werde das zu Hollis rübertragen, wie es ist. Wenn's gut geht, können wir es heute nachmittag abschließen.«

»Wunderbar«, sagte Ben und holte seinen schwarzen Mantel aus dem Garderobenschrank. »Ich muß noch in das Restaurant, bin aber in einer Stunde zurück.«

»Wegen morgen?«

»Richtig. Wie die Sache steht, will ich nichts dem Zufall überlassen.«

Um halb vier kam Lisa ins Büro zurück. »Geschafft. Wir sind fertig mit Russell«, verkündete sie und warf die siebzehn Seiten auf Bens Schreibtisch.

»Hat es ihm gefallen?«

»Ob es ihm gefallen hat? Laß es mich mal so ausdrücken: Einmal mußte er sich sogar den Speichel abwischen, der ihm von der Unterlippe tropfte.«

»Sei mal ernst.«

»Ganz ohne Spaß, Hollis war begeistert. Er hat gesagt, alles sei gut begründet und genauso aufgebaut, wie er es wollte. Besonders hat ihm der Schluß gefallen, wo du die Argumentation des Sondervotums einen Versuch nennst, ›den unergründlichen Ozean der Logik mit einem Fingerhut auszuschöpfen‹.«

»Das läßt er stehen? Ich war mir sicher, daß er das streichen würde. Sonst streicht er meine als Metaphern getarnten Attacken nämlich immer.«

»Aber diese hat ihm gefallen. Offenbar meint er, daß Osterman mit seinem Sondervotum nicht mehr weiß, was er tut.«

»Verdammt.« Ben schlug auf den Tisch. »Wenn ich gewußt hätte, daß er für Wortspiele offen ist, hätte ich mir ja noch was viel Besseres einfallen lassen. Eigentlich hatte ich sowieso vor, zu schreiben, das Sondervotum versuche, ›auf das Inferno des gesunden Menschenverstands zu pinkeln‹.«

»Ich glaube nicht, daß das so gut angekommen wäre«, meinte Lisa.

»Warum nicht? Glaubst du etwa nicht, daß er der Parallele zustimmen würde, die ich zwischen gesundem Menschenverstand und Feuer ziehe?«

»Ich glaube bloß nicht, daß Hollis als der erste Richter in die Geschichte eingehen will, der in einem seiner Voten das Wort ›pinkeln‹ verwendet.«

»Vielleicht hast du recht.« Ben blätterte in den siebzehn Seiten. »Also, was hat Hollis noch gesagt?«

»Eigentlich gar nichts. Er ist froh, daß wir mit Russell fertig sind, weil er meint, daß Grinnell fast sicher heute abend schon entschieden wird.«

»Woher weiß er denn, daß ihm die Urteilsbegründung zufällt?«

»Er hat schon mit Moloch und Kovacs gesprochen, und die beiden wollen die Finger davon lassen. Ob er zur Mehrheit oder zur Minderheit gehört, Hollis wird der dienstälteste Richter sein und damit die Begründung schreiben.«

»Ist schon raus, ob Veidt die Seite gewechselt hat?«

»Das werden wir morgen wissen. Hollis sagt, daß Veidt heute abend mit Osterman und Blake zum Essen geht.«

»Ah, da wird ein weiterer Fall am Obersten Gerichtshof auf der Grundlage dessen entschieden werden, wie intensiv ein Richter einem anderen ins Ohr flüstert.«

»Willkommen in Washington.«

»Ach, danke sehr«, sagte Ben. »Du bist politisch so unendlich abgebrüht. Jetzt weiß leider auch ich, wie diese Stadt funktioniert. Und ich war törichterweise immer der Ansicht, unser Land sei eine Demokratie.«

»Hör mal, als ich in meinem ersten Jurasemester war, hab' ich immer getönt, daß der Oberste Gerichtshof wirklich das wahre Recht darstellt und daß jeder Fall mit demselben Ergebnis enden würde, ganz gleich, wer gerade drinsitzt. Wenn also 1973 in Roe gegen Wade das Recht auf Abtreibung festgeschrieben wurde, dann sollte diese Entscheidung nicht umgestoßen werden, bloß weil ein paar konservative Richter neu auf der Bank sitzen. Aber mit der Zeit ist mir klar geworden, daß genau das den Reiz des Rechtswesens ausmacht. Wir entscheiden jeden Fall für sich. Kein Fall ist absolut identisch gestrickt, und jeder Richter zieht sämtliche Tatsachen in Betracht. Wenn wir jedesmal dasselbe Urteil haben wollten, bräuchten wir keine Richter – wir würden Roboter aufstellen, um die Tatsachen einzuspeisen, worauf sie immer dieselbe kalte, logische Entscheidung fällen würden. Aber wer will schon, daß ein Roboter über sein Leben bestimmt?«

»Das kommt darauf an, ob es konservative oder liberale Roboter sind.«

»Genau darauf will ich ja hinaus. Du solltest aufhören, alles in Schwarzweiß zu sehen. Keine zwei Menschen beurteilen irgend etwas absolut gleich. Deswegen ist die Sache ja so großartig. Wir liefern uns zwar den individuellen Wertvorstellungen bestimmter Menschen aus, aber im Gegenzug gewinnen wir ein individualisiertes Rechtssystem. Würdest du denn wirklich in einer Welt leben wollen, in der es keine Ostermans oder Veidts gäbe?«

»Im Grunde würde ich das durchaus«, sagte Ben. »Aber ich schätze, daß das auch den Zusammenbruch des gesamten Markts für Madras-Golfhosen bedeuten würde.«

»Ben, laß doch mal die Witze.«

»Ich weiß, ich weiß.« Ben zerbröselte die harten Überreste seines Croissants. »Aber das heißt noch nicht, daß ich mich nicht ärgern darf, wenn ein Verfahren auf der Basis von Kungeleien entschieden wird.«

»Ärgern solltest du dich durchaus. Mir geht es nur darum, daß diese menschliche Seite eines juristischen Verfahrens auch eine Menge Vorteile schafft, die uns unsere Demokratie so erhalten, wie wir sie kennen.«

»Das ist wirklich phänomenal, General Washington. Ich werde mir das jedesmal ins Gedächtnis rufen, wenn ich die Geschichte erzähle, wie Veidt sein Votum verhökert hat.«

ACHTES KAPITEL

Als Ben und Lisa am Abend zu Lisas Apartmenthaus kamen, warteten Ober und Nathan schon vor der Tür. »Wo zum Teufel wart ihr denn?« fragte Ober. Er lief auf der Stelle, um sich warm zu halten. »Wir erfrieren hier draußen.«

»Warum habt ihr denn nicht in der Halle gewartet?« fragte Lisa.

»Weil dieser Idiot von Portier uns nicht reinlassen wollte. Er sagte, wenn unser Gastgeber nicht da sei, müßten wir draußen warten.«

»Das kann doch nicht wahr sein.« Lisa stürmte durch die Tür und ging auf den freundlich lächelnden Portier zu. »Warum zum Teufel lassen Sie meine Freunde draußen warten?«

»Ma'am, der Gastgeber war nicht da.«

»Ich bin die Gastgeberin«, verkündete Lisa. »Und wenn ich mich fünf Minuten verspäte, will ich nicht, daß meine Freunde draußen in der Kälte warten müssen.«

»Ma'am, auch wenn Sie die Gastgeberin sind, haben wir eine Hausordnung, nach der Gäste nicht ohne das Einverständnis der Gastgeber eingelassen werden. Als Portier ist es meine Aufgabe, dafür zu sorgen, daß niemand in unserer Eingangshalle herumlungert.«

»Tatsächlich?«

»Ja, Ma'am, tatsächlich«, bellte der Portier. »Die Mietervereinigung hat mir die Vollmacht gegeben, Herumtreiber, Stadtstreicher und andere kriminelle Elemente aus diesem Anwesen zu entfernen.«

»Sind Sie da ganz sicher?« fragte Lisa.

»Oh je.« Ben hielt sich die Hand vor die Augen, nicht ohne durch die Finger zu schielen. »Das wird langsam ernst.«

»Jetzt will ich Ihnen mal ein paar Dinge klarmachen.« Lisa hielt dem Portier den ausgestreckten Zeigefinger vor die Nase. »Erstens ist mir völlig egal, wer Sie sind, aber sobald Sie meine Gäste in diesem Haus haben, werden die auch zu Ihren Gästen.

Und wenn Sie meinen, Sie hätten die Befugnis, Gäste in der Kälte stehenzulassen, ist bei Ihnen wohl 'ne Schraube locker. Wir sind hier zwar nicht in der Tundra, aber es ist draußen trotzdem kalt. Zweitens sind allgemeine Weisungen bezüglich unerwünschten Aufenthalts ungesetzlich, weil sie Schmalspurbullen wie Ihnen erlauben, nach Belieben Leute zu diskriminieren. Wenn Sie also keine wirklich plausiblen Gründe haben, meine Freunde zu verdächtigen, sollten Sie besser Ihren Mund halten. Und drittens: Wenn Sie meine Freunde Stadtstreicher oder Kriminelle nennen, schleppe ich Sie wegen Beleidigung vor den Kadi, bloß um Ihnen Scherereien zu machen. Ich werde den Prozeß zwar nicht gewinnen, aber es wird mir viel Freude bereiten, Ihre Zeit und Ihr Geld zu vergeuden, während Sie sich da rausreden. So. Und wenn Sie jetzt nicht noch was zu sagen haben, geh' ich nach oben. Haben Sie mich soweit verstanden?«

»Gewiß«, sagte der Portier eingeschüchtert, um sich sogleich an Nathan und Ober zu wenden. »Bitte entschuldigen Sie das Mißverständnis.«

»Ich nehme Ihre Entschuldigung an«, sagte Ober, während die Freunde im Aufzug verschwanden.

»War das wirklich nötig?« fragte Ben.

»Es war phantastisch!« rief Ober.

»Er widert mich an«, sagte Lisa. »Kaum gibt man Typen wie ihm ein winziges bißchen Autorität, halten sie sich schon für Diktatoren.«

»Schon, aber ich glaube, er hat aus Angst in die Hose gemacht«, meinte Ben.

»Die Klarheit deiner Argumentation hat mich beeindruckt«, sagte Nathan, der Lisa erneut mit Hochachtung betrachtete.

»Danke schön«, sagte Lisa, während sich die Aufzugtür öffnete.

Lisa betrat als erste ihre Wohnung, schaltete das Licht an und legte ihre Aktentasche auf den Schreibtisch. »Was ist denn das für ein Geruch?« wollte Ben wissen, als er ins Wohnzimmer kam.

Ober sog die Luft ein. »Es riecht so ... feminin«, stellte er fest.

»Das ist ein Duft-Potpourri«, erklärte Lisa. »Ich hab' es gerade eben aufgestellt. Magst du's?«

»Ich bin begeistert«, sagte Ober.

»Ich glaube, an eine Wohnung, die nicht nach Schweißfüßen riecht, seid ihr einfach nicht gewöhnt.« Lisa ging zur Schlafzimmertür. »Bin gleich zurück.« Ein paar Minuten später kam sie in Jogginghosen und ihrem Lieblings-T-Shirt mit dem Stanford-Wappen zurück. »Können wir anfangen?« fragte sie und setzte sich neben Ben aufs Sofa.

»Wir haben folgende Situation.« Ben öffnete seine Aktentasche, um einen gelben Notizblock und einen Kugelschreiber herauszuholen. »Morgen werde ich mich also mit Rick treffen. Der einzige Grund, der mir für dieses Treffen einfällt, ist, daß Rick noch etwas von mir will. Und das einzige, was er wollen kann, sind Informationen.«

»Sicher kannst du dir da aber nicht sein«, wandte Lisa ein.

»Es ist der einzig logische Grund. Ich meine, er wird mit mir ja wohl nicht über Politik reden wollen.«

»Vielleicht will er dir bloß unter die Nase reiben, was für ein Riesenarschloch du das letzte Mal gewesen bist«, warf Ober ein.

»Das kann ich mir nicht vorstellen.« Ben warf Ober einen finsteren Blick zu.

»Aber warum sollte er weitere Informationen haben wollen, wenn er doch schon mit der CMI-Sache Millionen gescheffelt hat?« überlegte Nathan. Er setzte sich auf einen Stuhl und legte einen kleinen blauen Matchsack auf den Boden.

»Wir haben ja keine Ahnung, wieviel er an CMI verdient hat. Es können zehn Millionen sein oder bloß zehntausend Dollar. Das Problem ist, daß wir keine Hintergrundinformationen über ihn haben. Wenn er nicht schon reich gewesen ist, hat er wahrscheinlich keine große Summe in CMI-Aktien investieren können, bevor der Kurs explodiert ist. Vielleicht ist sein einziger Gewinn nur eine Prämie gewesen, die Maxwell ihm gezahlt hat.«

»Aber auch das ist bestimmt eine hübsche Summe«, sagte Nathan.

»Wahrscheinlich schon«, gab Ben zu, »aber ich würde die Macht der Gier nicht unterschätzen. Wenn Rick bei seinem ersten Fischzug eine Million eingesteckt hat, bin ich sicher, daß er beim nächsten zehn Millionen machen will. Wie dem auch sei: Wir wissen zwar nicht, ob er mich nach weiteren Informationen anzapfen will, aber wenn er's tut, ist es meiner Meinung nach das Beste, Lisas Plan zu folgen und zu versuchen, alles mitzuschneiden.«

»Wenn er so eine Forderung stellt, wird er dir bestimmt was für deine Informationen anbieten. Es ist ja klar, daß er dich kein zweites Mal übertölpeln kann.«

»Das kann man nie wissen«, warf Ober ein. »Ben kann ziemlich naiv sein, wenn es darauf ankommt.«

Ohne auf seinen Freund zu achten, sagte Ben: »Und wenn er mir Geld anbietet, haben wir das auf Band. Dann können wir wenigstens beweisen, daß er versucht hat, einen Regierungsangestellten zu bestechen.«

»Eins verstehe ich noch nicht«, hakte Nathan ein. »Wenn du Rick auf Tonband hast, wie willst du das dann gegen ihn verwenden? Sobald du das Ding der Polizei übergibst, gibst du ja deine Verstrickung ebenso preis.«

»Das ist mir schon klar«, sagte Ben. »Aber im Moment macht es mir mehr Sorgen, daß er mir meine Verstrickung in die Sache wie ein Damoklesschwert übers Bett hängen kann. Wenn ich aber was gegen ihn in der Hand habe, kann er sein Wissen nicht mehr gegen mich verwenden. Es ist zwar nicht das Optimale, aber wir werden zumindest auf der gleichen Ebene stehen. Sonst bekomme ich nie Ruhe vor ihm.«

»Hast du das Aufnahmegerät?« fragte Lisa Nathan.

Nathan hob den kleinen blauen Matchsack auf den Schoß und öffnete den Reißverschluß. »Da haben wir unser drahtloses Mikrophon. Übrigens, nur damit ihr's wißt – es ist Handwerkszeug wie dieses, was aus den Vereinigten Staaten die einzige noch bestehende Supermacht unserer Zeit macht.«

»Ausgezeichnet, Colonel«, sagte Ben. »Von wem hast du die Sachen?«

»Von einem Freund, der unten in der Sicherheitsabteilung arbeitet. Ich hab' gehofft, er könnte uns was wirklich Tolles beschaffen, aber das war das beste, was er besorgen konnte. Ohne Genehmigung verläßt die beste Ausrüstung nie den Panzerschrank.«

»Haben die auch diese in Manschettenknöpfe eingebauten Mikrophone?« wollte Ober wissen.

»Die sind phantastisch«, bestätigte Nathan. »Außerdem hatte ich auf die Giftpfeile gehofft, die man aus Armbanduhren abschießt. Aber das war das beste, was er für uns loseisen konnte.« Nathan stand auf und zog verschiedene Kabel aus dem Matchsack. »Steh auf und zieh dein Hemd aus«, forderte er Ben auf.

»Puuuuuuuh!« heulte Lisa, während Ben sein Bürohemd aufknöpfte.

»Wart's ab, bis du seinen Luxuskörper siehst«, sagte Ober. »Der gute Mann hat keinerlei Brusthaar.«

»Hey, wenigstens hab' ich nicht die Insel Capri auf meiner Brust.« Ben reckte seinen nackten Oberkörper ins Wohnzimmer. »Obers einzige Behaarung ist nämlich eine große Insel mitten auf der Brust.«

»Falsch«, sagte Ober.

»Zieh dein Hemd aus«, forderte Ben ihn auf.

»Das ist nicht notwendig«, sagte Ober grinsend. »Aber du kannst mir glauben, es entspricht nicht ganz dem Umriß von Capri.«

»Mal sehen, wie das funktioniert.« Nathan versuchte, die Kabel zu entwirren.

»Ich geb's nicht gern zu«, sagte Lisa, »aber deine Figur ist wirklich sexy.« Ben versuchte, ein Erröten zu unterdrücken. »Ganz ehrlich«, fuhr Lisa fort. »Ich hätte es nicht erwartet, aber du hast eine tolle Brust.« Sie sah zu Ober hinüber. »Ich hab' tatsächlich den Eindruck, das mich das anmacht.«

»Tja, ich hab' eben so eine Wirkung auf die Menschheit«, erwiderte Ober.

»Na also«, sagte Nathan und sah Ben an. »Warum wirst du denn rot?«

»Zeig mir einfach, wie das Ding da funktioniert«, lenkte Ben ab.

»Okay. Du nimmst dieses Klettband und legst es um deine Brust. Die Mikrophone sind an diesen Stellen eingebaut.« Nathan zeigte auf zwei winzige Erhebungen auf dem breiten Band. »Das ist die Energiequelle.« Er tippte auf eine größere Verdikkung am hinteren Ende. »Sie sollte für mindestens acht Stunden reichen. Ich hab' die Batterie neu eingelegt, also ist das bestimmt kein Problem.« Als letztes zog Nathan einen großen schwarzen Kasten aus dem Matchsack. »Das ist der Empfänger. Er hat einen Kassettenrecorder eingebaut, so daß wir das gesamte Gespräch mitschneiden können.«

»Ist das Ding eingeschaltet?«

»Moment.« Nathan zog eine Antenne aus der Kiste und drehte an ein paar Knöpfen. »Geh mal ins nächste Zimmer und sag etwas.«

Ben verschwand in Lisas Schlafzimmer, während die anderen drei schweigend auf den schwarzen Kasten starrten. Plötzlich erscholl Bens Stimme: »Ich bin jetzt in Lisas Schlafzimmer. Die Satinbettwäsche überrascht mich nicht, aber ich bin schockiert, ein Porträt meiner Wenigkeit auf dem Nachttisch zu finden.«

»Laß bloß mein Bett in Frieden!« brüllte Lisa.

»Und halt ... Was ist denn das? Da sind ja Spuren von Lippenstift auf meinem Gesicht. Ach, Lisa, es ist so unendlich traurig.«

»Raus aus meinem Schlafzimmer!«

»Moment, ist das die Schublade mit Unterwäsche? Ja, ich glaube, sie ist es, Jungs!«

Lisa sprang auf, doch Ben kam schon um die Ecke ins Wohnzimmer. Nathan drückte die Rücklauftaste, wartete einen Augenblick und schaltete dann auf »Play«. »... Schlafzimmer. Die Satinbettwäsche überrascht mich nicht, aber ...«

»Es funktioniert«, stellte Nathan fest.

Ben nahm den Mikrophongürtel ab und schlüpfte wieder in sein Hemd. »Ich muß also bloß mit normaler Lautstärke reden, dann müßte alles rüberkommen?«

»Richtig.«

»Vielleicht solltest du das Ding in deine Unterhose stopfen, falls Rick darauf kommt, dich abzutasten«, schlug Ober vor.

»Ich weiß nicht, ob das wirklich eine gute Idee ist«, meinte Nathan. »Wenn du das tust, verlieren wir viel Übertragungsqualität.« Er schaltete den Empfänger aus. »Jetzt muß ich dir leider noch sagen, daß der Apparat nur eine Reichweite von ungefähr hundert Metern hat.«

»Das macht nichts.« Ben knöpfte sein Hemd zu. »Wir treffen uns im *Two Quail*, einem Edel-Restaurant in der Massachusetts Avenue. Ich bin heute zum Mittagessen hingegangen, um mir alles anzusehen. Es ist ein kleiner Laden mit nur einem Fenster zur Straße. Aber auf der gegenüberliegenden Straßenseite ist ein thailändisches Lokal, in dem ihr Stellung beziehen könnt.«

»Ich weiß, welches du meinst«, sagte Nathan. »Das *Bangkok Orchid.*«

»Genau«, bestätigte Ben. »Ich denke, du und Ober, ihr solltet gegen sieben da aufkreuzen. Ich selbst treffe Rick um acht. Die beiden Lokale liegen sich direkt gegenüber, also sind wir bestimmt in Reichweite.«

»Ist es möglich, daß irgendwas den Empfang stören könnte?« fragte Lisa. »Kurzwellensender? Satellitenschüsseln? Irgend so was?«

»Soweit mein Kollege gesagt hat, müßte alles gut funktionieren«, erklärte Nathan. »Es ist zwar nicht die absolut beste Ausrüstung, aber sie ist zuverlässig.«

»Wißt ihr, was wir noch brauchen?« fragte Ober aufgeregt. »Wir sollten uns ein Kennwort ausdenken. Wenn doch irgendwas schiefläuft, wird das unser Signal sein, daß du Hilfe brauchst.«

»Keine schlechte Idee.« Ben setzte sich wieder aufs Sofa.

»Wie wäre es mit: ›Was ist denn passiert, Heather?‹«, schlug Ober vor.

»Quatsch«, sagte Ben. »Es muß etwas sein, was ich leicht ins Gespräch einflechten kann, und außerdem darf es nicht so aussehen, als ob ich in Panik gerate.«

»Wie wär's dann mit: ›Zerrbild der Gerechtigkeit‹?«, fragte Nathan.

»Oder vielleicht mit: ›Käsefondue‹?«, sekundierte Ober.

»Wie zum Teufel soll ich so was einflechten?« fragte Ben. »Leg mich bitte nicht um, sondern bring mir ein Käsefondue?«

»›Verbrechen gegen die Menschlichkeit‹«, sagte Nathan.

»›Teufelshunde‹«, schlug Ober vor.

»Wie wär's, wenn ich einfach brülle: ›Zu Hilfe, einfallslose Freunde! Zu Hilfe!‹«

»Warum benutzt du nicht einfach das Wort ›Bingo‹?« schlug Lisa vor. »Das kann man leicht in einen Satz einbauen, und im Kino funktioniert es immer.«

»So ein Blödsinn«, protestierte Ober. »Sag mir einen Film, in dem Bingo als Kennwort vorkommt.«

»Da gibt's 'ne ganze Menge.«

»Dann sag doch einen«, beharrte Ober.

»Es ist ja ganz egal, ob es im Film funktioniert«, unterbrach Ben die beiden. »Bingo ist unser Kennwort. Wenn ich ›Bingo‹ sage, kommt ihr angerannt.«

»Das wär's also, wenn er einen Bestechungsversuch macht«, sagte Lisa. »Jetzt müssen wir uns nur noch überlegen, wie wir ihn fotografieren, damit man ihn identifizieren kann.«

»Dafür hab' ich das hier mitgebracht.« Nathan zog ein Teleobjektiv aus seinem Matchsack. »Es paßt auf meine Kamera und sollte uns so viele Bilder liefern, wie wir von diesem Arschloch haben wollen.«

»Wir brauchen aber detaillierte Bilder«, sagte Lisa.

»Glaub mir, das Ding hier wird uns die Mitesser auf seiner Nase präsentieren. Es hat sogar einen eingebauten Infrarotfilter.« Zu Ben gewandt, fuhr er fort: »Ich muß bloß wissen, wen ich aufnehmen soll. Schließlich hab' ich Rick noch nie gesehen.«

»Darum hab' ich mich heute schon gekümmert«, erklärte Ben. »Im *Two Quail* gibt's einen Tisch, der direkt vor dem Fenster zur Straße steht. Rick und ich werden an eben diesem Tisch sitzen. Du mußt also lediglich den Typen fotografieren, mit dem ich zusammensitze.«

»Und wenn man euch da gar nicht hinsetzt?«

»Wird man schon. Ich habe dem Oberkellner einen Hunderter gegeben, um sicherzustellen, daß man uns genau diesen Tisch reserviert.«

»Du hast noch mal hundert Dollar auf den Kopf gehauen?« fragte Ober.

»Als ich hinkam, war schon ein Tisch auf meinen Namen reserviert«, erwiderte Ben. »Ich hatte ganz schön Angst.«

»Wird schon schiefgehen«, beruhigte Nathan ihn und packte die Apparatur wieder weg.

»Mir fällt gerade was ein«, sagte Lisa unvermittelt. »Was ist, wenn Rick gar keine weiteren Informationen haben will?«

Ben zuckte die Achseln. »Dann werden wir uns wohl einfach mit unseren Fotos zufrieden geben müssen. Wenn wir ihn dann erfolgreich identifizieren, können wir ihm auf die Zehen treten, wenn er beschließt, was gegen mich zu unternehmen. Und außerdem können wir ihn mit dem Kerl in Verbindung bringen, der sein nächster Charles Maxwell sein wird.«

»Was das betrifft«, fragte Nathan, »hast du irgendeine Ahnung, nach welchem Fall er fragen könnte?«

»Ich habe auch schon darüber nachgedacht«, mischte sich Lisa ein. »Bei American Steel geht es um eine Menge Geld. Da sind mindestens ein paar Millionen Dollar drin.«

»Nie im Leben«, widersprach Ben. »Wenn ihr mich fragt, kommt nur ein einziger Fall in Frage: Grinnell.«

»Meinst du?« fragte Lisa.

»Absolut. Der Fall ist eine potentielle Goldmine.«

»Wie wär's, wenn ihr eure unwissenden Zuhörer einweiht?« erkundigte sich Nathan.

»Howard Grinnell und eine Gruppe anderer Investoren besitzen ein riesige alte Kirche im Geschäftszentrum von Manhattan. Vor ungefähr drei Jahren haben sie beschlossen, das Ding abzureißen, um ein neues Restaurant samt Einkaufszentrum an die Stelle zu setzen – also genau das, was New York unbedingt noch braucht. Als sie bei der Stadtverwaltung den Abriß beantragt haben, ist das bekanntgeworden, und die Historische Gesellschaft wie auch ein paar religiöse Organisationen haben erklärt, die Kirche habe historischen Wert und dürfe auf keinen Fall zerstört werden. Nachdem alle Beteiligten intensiv ihre Fäden gezogen hatten, wurde die Kirche offiziell unter Denkmalschutz gestellt, was heißt, daß sie nun unter dem Schutz der Stadtverwaltung steht. Als nächstes haben Grinnell und seine Kompagnons die Stadt New York verklagt. Sie meinen, wenn sie wegen der veränderten Planung nicht auf ihrem Grundstück bauen dürften, komme das einer Enteignung gleich.«

»Nach der entsprechenden Klausel in der Verfassung«, warf Lisa ein, »kann der Staat sich kein Land aneignen, ohne den Eigentümer entsprechend zu entschädigen. In diesem Fall handelt es sich um den Wert eines Grundstücks, auf dem ein Wolkenkratzer stehen könnte.«

»Aber wenn ich richtig verstanden habe, ging es um eine Änderung des Bebauungsplans«, sagte Nathan. »Wie kann so was denn einer Enteignung gleichkommen?«

»Darum geht es ja gerade«, erklärte Ben. »Die Aufstellung eines Bebauungsplans wird nicht als Enteignung angesehen, wenn es darum geht, ein wichtiges Interesse der Gemeinde zu fördern. Zum Beispiel kann eine Stadt ein Viertel als reines Wohngebiet ausweisen, um Spekulanten abzuhalten und damit etwas für das Wohl ihrer Bürger zu tun. So ein Bebauungsplan ist durchaus rechtens. Hier geht es jedoch um die Frage, ob die Erhaltung eines historischen Bauwerks im Interesse der Gemeinde ist.«

»Natürlich ist sie das«, erklärte Lisa. »So ein Bauwerk ist schließlich ein Teil der Stadt. Es dient dazu, ihre historischen Wurzeln zu bewahren, und außerdem fördert es den Tourismus.«

»Das ist die eine Sichtweise«, meinte Ben und wandte sich wieder Nathan zu. »Lisa und ich sind da nicht derselben Meinung. Ich meine, daß es eindeutig einer Enteignung gleichkommt. Schaut euch doch mal die Fakten an: Ein Konsortium bezahlt viele Millionen Dollar für ein Grundstück, das man zu diesem Zeitpunkt gewinnbringend bebauen darf. Auf diesen Sachverhalt hätte Verlaß sein müssen. Nun denkt Lisa, die Stadtverwaltung könnte einfach hergehen und sagen: ›Tut uns leid, wir haben es uns anders überlegt. Ihr dürft hier nichts bauen, und außerdem dürft ihr noch nicht mal was mit der Kirche machen, weil sie unter Denkmalschutz steht.‹ Das ist doch total verrückt. Die Bürokraten sind einfach hereingetanzt und haben den Besitzern das Grundstück weggenommen. Grinnell und seine Partner besitzen jetzt eine muffige alte Kirche, die im Grunde wertlos ist.«

»Sie ist nicht wertlos. Schließlich ist sie ein Denkmal.«

»Lisa, es kommt doch niemand nach New York, um sich diese heruntergekommene Kirche anzusehen. Es geht ja nicht um Disney World. Die Besitzer können noch nicht mal Eintrittsgebühren verlangen. Das Ding liegt ihnen nur auf der Tasche.«

»Wenn es so wichtig ist, das Anwesen zu schützen, warum zahlt die Stadt Grinnell dann nicht einfach aus?« fragte Nathan. »Warum soll ein Privatmann für ein historisches Gebäude aufkommen müssen, das alle anderen kostenlos benutzen?«

»Ganz richtig«, stimmte Ben ihm zu. »Ich hab' ja gesagt, du hättest Jura studieren sollen.«

»Immerhin besitzt dieser Privatmann jetzt ein Baudenkmal«, beharrte Lisa.

»Phantastisch«, meinte Ben. »Was kriegen sie denn dafür, daß sie das stolz vor sich hertragen können? Wenn sie kein Geld damit verdienen können, haben sie fünfzig Millionen Dollar in eine unverkäufliche Briefmarkensammlung gesteckt.«

»Was ist da schlecht dran?« fragte Lisa. »Wir können doch nicht einfach unsere ganze Geschichte mit dem Bulldozer platt machen, um noch mehr Einkaufszentren hinzuklotzen.«

»Hör mal, ich will hier nicht wie Onkel Dagobert klingen, aber unsere Geschichte zahlt schließlich keine Rechnungen. Grinnells Konsortium hat Dutzende Millionen Dollar investiert, weil es sich auf den städtischen Bebauungsplan verlassen hat. Wenn die Stadt ihre Meinung ändert, so sollte sie auch denjenigen entschädigen, den sie damit aufs Kreuz legt. Punkt.«

»Ben, willst du damit vielleicht sagen, daß wir –«

»Gut, gut, wir haben schon verstanden«, unterbrach Nathan Lisa. »Mir ist schon klar, daß ihr die ganze Nacht weitermachen könntet, aber einige von uns müssen morgen ins Büro.«

»Außerdem entscheiden wir ohnehin nichts«, sagte Ben. »Hollis und seine Kollegen werden uns sagen, was wir schreiben sollen, und das ist's dann schon.«

»Genau.« Nathan zog den Reißverschluß seines Matchsacks zu. »Dann wollen wir mal Schluß machen. Müssen wir noch über irgend etwas reden?«

»Ich glaube, das wär's so ungefähr«, meinte Ben. »Hoffen wir, daß morgen alles gutgeht.«

»Und wenn nicht, dann hoffe ich nur, daß du nicht durchdrehst und dich in die kranke und verzerrte Abart deiner selbst verwandelst«, erklärte Ober.

»Was soll denn das wieder heißen?« wollte Lisa wissen.

»Ach Gott«, stöhnte Ben, »bloß nicht die Batman-Theorie.«

»Was?« fragte Lisa.

»Ich weiß nicht, ob dich die Erklärung nicht zu stark erschüttert würde«, sagte Ober.

»Ich lasse es mal darauf ankommen.«

Ober klatschte begeistert in die Hände. »Diese Theorie basiert auf der Vorstellung, daß dein ganzes Leben an einem einzigen schlechten Tag auseinanderfallen kann.«

»Und was hat das mit Batman zu tun?« fragte Lisa skeptisch.

»Erinnere dich mal, warum Bruce Wayne zu Batman wurde: Man hat vor seinen Augen seine Eltern erschossen. An diesem Tag ging sein ganzes Leben in die Brüche, und er mußte sich verwandeln, um nicht wahnsinnig zu werden. Mit Robin ist es dasselbe – seine Eltern sind auf dem Trapez ums Leben gekommen. Und dann die Schurken: Der Joker ist in ein Säurefaß gefallen und wurde von den Leuten im Stich gelassen, denen er vertraute. Two-Face wurde von einer Säureampulle getroffen. Und was die Filme betrifft, so hat man Catwoman aus einem Fenster gestoßen, während der Riddler seinen Job verloren hat. Es bedarf also nur eines einzigen schlechten Tags, um ins Reich zwanghafter Wahnvorstellungen zu stolpern.«

»Das ist eine wunderbare Theorie, die aber einen Fehler hat«, bemerkte Ben.

»Und der wäre?«

»Daß es diese Leute gar nicht gibt! Es sind Comic-Figuren!« brüllte Ben so laut, daß Nathan und Lisa einen Lachanfall bekamen.

»Ja und?« meinte Ober.

»Und deshalb mache ich mir keine Sorgen, daß ich mir bald ein Batmobil besorgen oder der neueste Schurke von Gotham City werden muß. Aus irgendeinem komischen Grund glaube ich nicht, daß deine Theorie aufs wirkliche Leben anwendbar ist.«

»Das sagst du heute«, erwiderte Ober, »aber du hast keine Ahnung, was dich morgen erwartet.«

»Mag sein«, sagte Ben. »Das weiß ich vielleicht nicht. Aber ich bin ziemlich sicher, daß es kein schwarzer Umhang mit Fledermausohren sein wird.«

Als Ben, Nathan und Ober nach Hause kamen, saß Eric am Eßzimmertisch und schrieb. »Wo wart ihr eigentlich?« fragte er und legte seinen Stift zur Seite. »Ich hab' mir schon Sorgen gemacht.«

»Wir waren –«

»Nirgends«, warf Ben ein.

»Kannst du das bitte lassen, Ben?« bat Eric.

»Nein. Ich kann es nicht lassen«, sagte Ben und ging in die Küche, um sich etwas zu trinken zu holen. »Du hast die ganze Sache angezettelt, und jetzt mußt du damit umgehen.«

»Ich hab' mich doch entschuldigt. Was verlangst du denn noch von mir, verdammt noch mal?«

»Was ich verlange?« Ben ließ sich ein Glas kaltes Wasser einlaufen. »Na ja: Ich verlange Vertrauen. Ich verlange Respekt ...«

»Vergiß es«, meinte Nathan und setzte sich neben Eric. »Zeit, ins Bett zu gehen.«

»Ach, und Ober«, sagte Ben, »es paßt mir nicht, daß du meiner Mutter von der Sache zwischen Eric und mir erzählt hast. Das geht sie nichts an.«

Ober hatte sich aufs Sofa gesetzt und blätterte in einer Zeitschrift. »Ich hab' ja nur gesagt, es sei eine kleine Meinungsverschiedenheit.«

»Und warum mußtest du meiner Mutter davon erzählen?« fragte Ben. »War das wirklich nötig?«

»Du weißt doch, wie sie ist«, verteidigte sich Ober. »Sie hat mich gelöchert, was eigentlich los ist, und zwar erbarmungslos. Als hätte sie gerochen, daß irgend etwas nicht in Ordnung ist. Aber mehr habe ich wirklich nicht gesagt, das schwöre ich.«

»Bist du sicher?«

»Absolut. Danach war ich standhaft.«

»Warum hat sie mir dann erzählt, du hättest ihr das Gerücht bestätigt, daß ich mit meiner Kollegin schlafe?«

Ein breites Grinsen trat auf Obers Gesicht. »Das habe ich ihr bloß zum Spaß erzählt.«

»Danke schön«, sagte Ben sarkastisch. »Wegen deiner Blödheit haben meine Eltern Lisa zu Thanksgiving eingeladen.«

»Sie kommt an Thanksgiving zu euch?« Ober lachte. »Da wird man sie ja bei lebendigem Leib verspeisen! Leute, das ist stark. Oder nicht?«

»Vielleicht solltest du Lisa raten, eine kugelsichere Weste zu tragen«, schlug Eric vor.

Ben warf ihm einen finsteren Blick zu, um sich wieder Ober zuzuwenden. »Warte nur, bis ich *deine* Mutter mal am Telefon habe.« Er hob den blauen Matchsack neben Nathans Füßen auf und ging zur Treppe. »Vielleicht solltest du schon mal die Zwangsjacke aus der Reinigung holen. Könnte ja sein, daß du sie dann nötig hast.«

NEUNTES KAPITEL

Es war gegen Mittag am nächsten Tag, als Lisa ins Büro zurückkam und verkündete: »Sie haben es schon wieder verschoben.«

»Was?« Ben hob den Kopf von einer der über zwei Dutzend Eingaben, die sich auf seinem Schreibtisch stapelten. »Es ist doch Samstag, und kein einziger Richter ist im Haus.«

»Osterman hat Joel gerade von zu Hause aus angerufen. Sie haben immer noch nicht abgestimmt.«

»Unglaublich«, sagte Ben. »Und aus welchem Grund? Wollen sie Grinnell zur langatmigsten Entscheidung aller Zeiten machen?«

»Immerhin haben sie sich Dienstag als letzten Termin gesetzt.«

»Sie haben die Sitzung von Mittwoch auf Dienstag verlegt?«

»Nur für die nächste Woche«, sagte Lisa. »Sie wollten sicherstellen, daß alle den Tag vor Thanksgiving freihaben, und deshalb soll es bis dahin entschieden sein.«

»Nett von ihnen«, gab Ben zu.

»Sie haben durchaus ihre guten Tage.« Lisa setzte sich aufs Sofa, zog die Schuhe aus und sah auf ihre Armbanduhr. »Nur noch acht Stunden bis zum großen Treffen. Bekommst du allmählich Angst?«

»Auf jeden Fall bin ich ziemlich nervös.«

»Wenigstens brauchst du dir jetzt keine Sorgen zu machen, daß er es schaffen könnte, dir das Grinnell-Urteil aus der Nase zu ziehen.«

»Ich hab' meine Lektion gelernt, danke«, sagte Ben säuerlich.

»Nimm's doch nicht gleich persönlich.«

»Wie soll ich so was denn *nicht* persönlich nehmen?«

»Ich sage ja nicht, daß du damit rausplatzen würdest«, beschwichtigte ihn Lisa, »aber dein Gesichtsausdruck könnte was verraten, wenn er dich nach dem Ergebnis fragt.«

»Meine Liebe, wenn jemand ein Pokerface wie das meine

sein eigen nennt, macht er sich keine Sorgen, unabsichtlich etwas zu verraten.«

»Dein bescheidener Verstand läßt dich tatsächlich annehmen, daß du ein großartiges Pokerface besitzt?«

»Ich *weiß*, daß ich eins habe.« Ben demonstrierte ihr ein eiskaltes Starren.

»Das soll dein Pokerface sein? Du siehst aus, als hättest du Verstopfung.«

»Ich sehe grimmig aus.« Ben schaffte es nur mit Mühe, seine Miene unverändert zu lassen. »Ich bin ein Wolf auf der Jagd. Geschmeidig schleicht er durch die Büsche.«

»Du träumst. Wenn mich jemand so anschauen würde, hätte ich den Eindruck, daß er unter starken Medikamenten steht.«

Ben gab seine Pose auf und wackelte mit dem Zeigefinger. »Du solltest die Macht eines von Medikamenten verursachten Starrens nicht unterschätzen. Schließlich haben wir so den kalten Krieg gewonnen.«

»Was du nicht sagst.«

»Ernsthaft«, sagte Ben. »Auch die Kampagne zur Wiederwahl Reagans hat sich vollständig auf ein solches Starren verlassen.«

»Ich hör' dir gar nicht zu.«

»Wenn du dich so verhalten willst, muß ich dir mitteilen, daß Ignoranz furchtbare psychische Konsequenzen hat. Sie schädigt dich auf ganz unvorstellbare Weise.«

»Schon gut«, sagte Lisa. »Ich liebe die Gefahr.«

Um halb acht Uhr abends packte Ben seine Aktentasche und holte seinen Mantel aus dem Schrank. »Alles klar?« fragte Lisa.

»Ich glaube schon.« Ben legte den Mantel auf seinen Schreibtisch und betastete seine Brust, um zum fünften Mal zu überprüfen, ob der Mikrophongürtel richtig saß. »Ist schon in Ordnung.« Er griff wieder nach seinem Mantel. »Falls Nathan seine Sache gut macht, dürfte alles glatt gehen. Morgen haben wir einen Bestechungsversuch auf Band und erkennungsdienstlich verwertbare Fotos in der Hand.«

»Ruf mich an, wenn alles vorbei ist. Viel Glück.« Lisa beugte sich zu Ben und gab ihm einen Kuß auf die Wange.

Ben grinste. »Wie sehr mußtest du dich beherrschen, deine Zunge zurückzuhalten?«

»Ich habe es fast nicht geschafft.« Als Ben zur Tür ging, fügte Lisa hinzu: »Sieh bloß zu, daß Rick dir einen Vorschlag macht. Sonst haben wir nachher nichts als Bilder von zwei Männern beim Abendessen.«

»Wird erledigt.«

Ben ging die Massachusetts Avenue entlang, zunehmend von seiner Nervosität überwältigt. Auf der Suche nach eventuellen Verfolgern sah er alle zwei Minuten über seine Schulter. Der Novemberabend war kalt – eiskalt für Washington –, und Ben klappte seinen Mantelkragen hoch. Ich bin doch aus Boston, dachte er. So ein Wetter sollte mir eigentlich nichts ausmachen. Einen halben Block von dem thailändischen Restaurant entfernt sah er sich noch einmal um. Nichts. Den Kopf gesenkt, begann er zu sprechen. »Breaker eins-neun, Breaker eins-neun, könnt ihr mich hören? Hier spricht Obers Vater, Robert Oberman. Ich wüßte gern, ob mein Sohn noch immer schwach im Kopf ist. Könnt ihr mich hören?« Am *Two Quail* angekommen, stellte er fest, daß der Tisch am Fenster wirklich nicht besetzt war. Wieder sah er kurz über seine Schulter. Nichts. Ein letzter Blick ins Fenster des *Bangkok Orchid* ließ ihn die verkleideten Gestalten von Nathan und Ober entdecken. Die beiden Freunde trugen Sweatshirts mit dem Aufdruck Washington, D. C. und passende Baseballmützen aus dem Smithsonian. Nathan hob leicht, aber unmißverständlich den Daumen, um Ben wissen zu lassen, daß der Empfänger funktionierte.

Ben ging die Stufen zum Eingang des *Two Quail* empor und fragte sich, wann Rick wohl auftauchen würde. Bestimmt kommt er zu spät, überlegte er.

Von außen war das in einem alten Ziegelbau untergebrachte Restaurant durchaus unauffällig. Sein einziges Kennzeichen war ein winziges, in Orange und Rot gehaltenes Schild über dem Eingang. Dieser äußerliche Mangel wurde durch die feudale Einrichtung mehr als wett gemacht. Ausschließlich mit antiken Möbeln ausgestattet, erinnerte das *Two Quail* an ein privates, ausschließlich aus Eßzimmern bestehendes Domizil. Um den gemütlichen Eindruck zu verstärken, waren die Tische mit ungewöhnlichen Sitzmöbeln bestückt: Art-déco-Sofas, antike Ohrensessel und stilvoll gepolsterte Bänke. Am Eingang des Restaurants wurde Ben von dem in schwarze Schurwollhosen und einen passenden Rollkragenpullover aus feinstem Kaschmir gekleideten Oberkellner empfangen. »Guten Abend, mein Name ist Ben Addison. Ich bin hier mit einem Freund verabredet.«

Der Oberkellner sah auf seine Liste. »Ja, Mr. Addison, auf Ihren Namen sind für acht Uhr zwei Plätze reserviert. Wollen Sie gleich Platz nehmen oder lieber hier auf Ihren Bekannten warten?«

»Wenn's geht, würde ich mich lieber gleich an den Tisch setzen.«

»Sehr gern. Hier entlang, bitte.« Der Oberkellner führte Ben zu dem reservierten Tisch und reichte ihm eine Speisekarte. »Ich wünsche guten Appetit.«

»Ich bin drin«, flüsterte Ben in sein Hemd. »Könnt ihr mich noch hören?« Durchs Fenster konnte Ben seine beiden Freunde im gegenüberliegenden Lokal deutlich nicken sehen.

»Was sagt er denn?« wollte Ober wissen.

»Wart doch mal einen Moment.« Nathan konzentrierte sich auf die aus dem winzigen Ohrhörer dringende Stimme. »Er fragt, ob wir ihn hören können.« Nathan nickte mit dem Kopf, zwang sich zu einem Lächeln und sagte zu Ober: »Jetzt können wir nur noch warten.«

Um Viertel nach acht war Rick noch immer nicht gekommen. Wo zum Teufel bleibt er? fragte sich Ben und nahm eine dünne Brotstange aus dem Korb in der Tischmitte. Vielleicht kommt er überhaupt nicht. Vielleicht hat er unseren Plan schlichtweg durchschaut. Nein, das ist unmöglich. Er wird schon kommen. Schließlich hat der verdammte Betrüger Blut geleckt. Er kommt ganz bestimmt.

»Darf ich Ihnen schon etwas zu trinken bringen?« fragte der Kellner.

»Was?« Ben schreckte aus seinen Gedanken hoch.

»Wünschen Sie etwas zu trinken, während Sie warten?«

Ben sah vor sich auf den Tisch und bemerkte, daß er die Brotstange in winzige Stückchen zerbröselt hatte. »Nein. Nein, danke.«

»Er sieht besorgt aus.« Ober betrachtete Ben durch das Teleobjektiv von Nathans Kamera.

»Kein Wunder«, sagte Nathan. »Rick ist schon fünfzehn Minuten zu spät.«

»Glaubst du, daß er noch auftaucht?«

»Woher soll ich das wissen? Ich kenne den Kerl doch gar nicht.«

Fünf Minuten später trat der Kellner wieder an Bens Tisch. »Sind Sie Mr. Addison?«

»Ja«, erwiderte Ben. Wortlos reichte der Kellner ihm ein zusammengelegtes Blatt Papier. Ben faltete es auseinander, eine handgeschriebene Nachricht: »Ben, könnten wir die Party nicht woanders hin verlegen? Die Touristen auf der anderen Straßenseite beunruhigen mich allmählich. Folge dem Kellner zum Hinterausgang; um den Rest werde ich mich kümmern. Natürlich verstehe ich, wenn du nicht kommen willst, aber das wäre dann auch schon das Ende unseres Dialogs. Rick.«

Als Ben aufsah, sagte der Kellner: »Bitte folgen Sie mir, Sir.«

Während Ben mit dem Kellner zum Hinterausgang ging, sagte er im Plauderton: »Na, jetzt hab' ich mich doch wahrhaftig auf ein schönes, angenehmes Abendessen gefreut. Und plötzlich, Bingo, schickt man mir einen Zettel und zitiert mich nach draußen. Das Leben ist doch voller Überraschungen.«

»Heiliger Strohsack, er hat Probleme.« Nathan fuhr hastig in seinen Mantel.

»Was hat er denn gesagt?« Ober folgte Nathans Beispiel.

»Nimm die Kamera«, herrschte Nathan ihn an. Die beiden Freunde stürzten aus der Tür und rannten über die Straße. Am Eingang des *Two Quail* trat ihnen der Oberkellner in den Weg. »Sie wünschen?«

»Wo ist der Gast, der an dem Tisch da drüben saß?« fragte Nathan und zeigte aufs Fenster.

»Ich nehme an, er ist zur Toilette gegangen«, erwiderte der Oberkellner.

Nathan drängte sich an ihm vorbei und rannte durch das Restaurant. »Wo sind die Toiletten?« brüllte er, als er mit einem Hilfskellner zusammenprallte.

»Da drüben.« Der Mann zeigte auf den rückwärtigen Teil des Restaurants.

Nathan stürzte in die Herrentoilette und riß die Türen der Kabinen auf. Beide waren leer. »Scheiße«, zischte Nathan. Am Ausgang der Toilette stieß er mit Ober zusammen. »Da ist er nicht.« Nathan sah prüfend den engen Flur hinunter und entdeckte an seinem Ende einen Notausgang. Die beiden liefen den Gang hinunter, stießen die Tür auf und standen auf der Gasse hinter dem Restaurant. Ein paar Häuser weiter sahen sie eine schwarze Limousine davonfahren. »Schnell, gib mir die Kamera«, sagte Nathan. Ober tat es sofort, und Nathan drückte viermal in kurzer Folge auf den Auslöser, während der Wagen rasch kleiner wurde. »Verdammt!« brüllte er, als die Limousine um eine Ecke verschwand.

»Hast du das Nummernschild erkennen können?« fragte Ober.

»Nein, aber es müßte auf dem Bild sein. Hoffentlich können wir es anständig vergrößern.« Nathan holte den Empfänger aus seinem Matchsack, setzte sich den Ohrhörer wieder ein und schaltete ein.

»Ich glaube nicht, daß es noch funktioniert«, sagte Ober.

Überrascht, Obers Bemerkung in beiden Ohren zu hören, sah Nathan auf. Ober hob gerade Bens auf dem Pflaster liegenden Mikrophongürtel auf.

»Verdammt!« Nathan nahm den Ohrhörer wieder heraus.

»Glaubst du, daß ihm was zustoßen könnte?« fragte Ober.

»Bestimmt nicht«, erwiderte Nathan ohne große Überzeugung. »Ich bin sicher, daß er da heil wieder rauskommt.« Als er sich vergewissert hatte, daß der Wagen verschwunden war, drehte er sich um und rief: »Lisa, hast du's geschafft?«

»Ich hab' sie!« verkündete Lisa und erschien unter dem Dekkel des dunkelgrünen Müllcontainers am Ausgang des Restaurants. Als Nathan und Ober vor ihr standen, reichte sie ihnen ihre eigene Kamera und sprang aus dem Container. »Ich hab' alles! Den Fahrer, Rick, das Nummernschild – was immer ihr wollt.«

»Wenn wir bloß die Tonaufnahme hätten«, brummte Nathan, während er den Film in Lisas Kamera zurückspulte.

»Mach dir deshalb keine Sorgen«, sagte Lisa. »Wenigstens werden wir jetzt in der Lage sein, ihn zu identifizieren.«

»Was für ein Glück, daß du dich in dem Müllcontainer versteckt hast«, meinte Ober.

»Es war Bens Idee«, erklärte Lisa. »Er hat schon geahnt, daß Rick euch sofort entdecken würde.« Sie bürstete ein paar Abfallreste von ihren Jeans. »Mir wär's bloß lieber gewesen, wenn es nicht gerade mich getroffen hätte, in dem stinkenden Rattenloch da zu hocken.«

»Rick wäre mit Sicherheit nicht aufgekreuzt, wenn er nicht gesehen hätte, wo Ober und ich sind«, sagte Nathan, als die drei die Gasse hinuntergingen. »Und du bist sicher, daß du gute Aufnahmen von Rick hinbekommen hast?« Er hob die beiden Kameras.

»Absolut«, sagte Lisa. »Die Fenster waren getönt, aber Ben hat Rick dazu gebracht, seines herunterzulassen, bevor er eingestiegen ist.«

»Wenn wir schon davon sprechen«, hakte Nathan nach, »können wir uns eigentlich sicher sein, daß ihm nichts passiert? Sonst würde ich nämlich lieber die Polizei anrufen.«

»Das solltest du vorläufig noch nicht tun«, riet Lisa, während sie auf die Hauptstraße einbogen. »Bis jetzt können wir immer noch davon ausgehen, daß Rick nur hinter Informationen her ist.«

»Lange nicht gesehen«, sagte Ben. Er saß neben Rick auf dem Rücksitz der Limousine. »Wahrscheinlich warst du in letzter Zeit ziemlich beschäftigt.«

»Das kannst du laut sagen.« Rick strich seinen beigen Kaschmirmantel auf seinen teuren braunen Tweedhosen glatt.

»Außerdem sieht es so aus, als wärst du auf der sozialen Leiter ein ganzes Stück höher geklettert. Ich bin wirklich beeindruckt. Eine ganze Limousine nur für mich.«

»Ja, wir dachten, du verdienst nur das Beste.«

»Weißt du, eigentlich sollte ich mich noch bei deinem Fahrer bedanken.« Ben klopfte an die Glasscheibe, die sie vom Vordersitz trennte. »Er hat mich wirklich kunstgerecht gefilzt, bevor ich eingestiegen bin.«

»Es war meine Idee, dich zu filzen«, gestand Rick. »Um ehrlich zu sein, war er der Überzeugung, daß du nie darauf kommen würdest, dir ein drahtloses Mikrophon zu besorgen.«

»Das hat er über mich gesagt?« Ben klopfte lauter an die Scheibe. Als der Fahrer über seine Schulter blickte, hob Ben den Mittelfinger. Dann wandte er sich wieder an Rick. »Tut mir leid. Wo waren wir stehengeblieben?«

»Du bist ein bißchen nervöser, als ich dich in Erinnerung hatte.« Rick fuhr sich mit der Hand über sein perfekt gekämmtes blondes Haar.

»Ach, du weiß ja, was ein Job am Obersten Gerichtshof einem so antut«, sagte Ben. »Nein, jetzt hab' ich ganz vergessen, daß du da ja gar nicht gearbeitet hast. Entschuldigung.«

»Ben, mir ist durchaus bewußt, wie wütend du bist. Ich verstehe auch –«

»Nein, tust du nicht. Falls dich nicht schon mal jemand, dem du vertraut hast, wegen ein paar schneller Dollars gnadenlos reingelegt hat.«

»Sei nicht so überheblich«, schnauzte Rick. »Du hast keine Ahnung von meinem Leben. Es tut mir leid, daß ich dir das antun mußte, aber zu diesem Zeitpunkt war ich mir noch nicht sicher, ob ich dir vertrauen kann.«

»Also deshalb machen wir gerade diese kleine Spazierfahrt? Weil du mir jetzt vertrauen kannst?«

»Das hab' ich nicht gesagt. Ich war nur der Meinung, daß du eine Erklärung verdient hast.«

»Also, wie lautet deine Erklärung? Du bist mit der von mir erschlichenen Information zu Maxwell gegangen und hast damit ein paar Millionen Dollar verdient. Was gibt es da noch mehr zu sagen?«

»Bist du dir über das, was ich tue, tatsächlich so sicher?«

»Ziemlich«, erwiderte Ben. »Bei unserem letzten Treffen hast du vier Dollar fünfundneunzig in einer Discount-Pizzeria hingelegt. Jetzt fahren wir in einer Limousine durch die Gegend, und du bist ausstaffiert wie für eine Filmpremiere. Zieht man ferner in Betracht, daß Maxwell eine der risikoreichsten Wetten in der Börsengeschichte eingegangen ist, dürften wir wohl das ganze Bild vor uns haben. Oder hab' ich vielleicht unrecht?«

»Warum bist du so besessen von Recht und Unrecht?« fragte Rick. »Das ist nämlich dein Problem, weißt du. Wenn es nach dir geht, müßte die Antwort immer schwarz oder weiß sein. Das Leben besteht jedoch aus Grauschattierungen, mein Freund –«

Ben schnitt ihm das Wort ab. »Also, warum wolltest du dich mit mir treffen?«

»Erst einmal, um mit einem alten Freund zu plaudern. Ich weiß, daß du's in letzter Zeit nicht ganz leicht hattest, und wollte mich vergewissern, daß es dir trotzdem gut geht.«

»Was willst du damit sagen?« fragte Ben, um festzustellen, was Rick eigentlich wußte.

»Zum einen benutzt einer deiner Mitbewohner dich, um seine journalistische Karriere zu befördern, zum anderen wirst du von den Marshals befragt; und dann geht auch noch dein Plan baden, mich auf Tonband aufzunehmen. Alles in allem würde ich sagen, du hast eine ziemlich furchtbare Woche hinter dir. Oder hab' ich vielleicht unrecht?«

»Es war hektisch, aber zu händeln.«

»Na, das ist eine wirklich optimistische Sicht der Dinge«, sagte Rick mit einem leichten Grinsen. »Nun will ich dich mal was fragen, Ben. Haben deine Nachforschungen über mich schon irgendwas ergeben? Wie ich dir schon geschrieben habe, war die Idee mit den Telefonrechnungen ziemlich clever, die Aktion in meinem alten Apartmenthaus dagegen peinlich. Von einem Menschen deines Intellekts hätte ich einen durchdachten Plan erwartet.«

»Also wenn ich nicht die in meine Manschettenknöpfe eingebauten Funkmikrophone hätte, müßte ich zustimmen, daß es mir miserabel geht. Aber da ich die Dinger habe, bin ich eigentlich recht zufrieden.«

»Das könnte dir so passen«, sagte Rick mit gezwungenem Lachen.

Als Reaktion auf Ricks sichtliches Unbehagen zog Ben ein Taschentuch aus seiner Anzugtasche und reichte es ihm. »Willst du dir nicht die Stirn abwischen? Du siehst furchtbar unprofessionell aus.«

»Du fühlst dich richtig großartig, wenn du dich auf der Siegerseite wähnst, hm? Aber wenn du auch nur die leiseste Andeutung eines Funkgeräts bei dir hättest, wüßte ich davon. Ich hab' viel zu viel in mein Vorhaben investiert, um es durch einen dummen Fehler aufs Spiel zu setzen.« Angesichts der dünnen Schweißschicht, die nun Bens Stirn bedeckte, gab Rick ihm das Taschentuch zurück. »Mikrophone in den Manschettenknöpfen – für wen hältst du dich eigentlich? Für James Bond?«

»Rick, wenn du schon so gut informiert bist, sag mir doch, warum du es riskieren mußt, mit mir zusammen geschnappt zu werden.«

»Wie schon gesagt, ich sorge mich nur um einen alten Freund. Und jetzt erzähl doch mal, was am Gericht so passiert.«

»Alles ist wunderbar. Seit Beginn der Sitzungsperiode hab' ich schon über dreißig Urteilsbegründungen geschrieben. Mindestens zwölf von ihnen hätten dir mehr als eine Million Dollar einbringen können.« Mit sicherem Blick sah Ben Rick in die Augen. »Verkauf mich nicht für dumm, sondern sag mir, was du von mir willst.«

»Ach, du hättest es gern schneller und schlichter?« erwiderte Rick. »Ich weiß, daß deine Lage nicht gerade beneidenswert ist. Zu Anfang dieses Jahres warst du auf dem besten Weg zu Ruhm und Ehre. Aber durch diese Katastrophe mit Eric hast du deine gesamte Karriere aufs Spiel gesetzt. Wenn die Presse dich mit Eric in Verbindung bringt, zerreißt man dich in der Luft. Und ganz egal, was die Kanzleien hier in der Stadt dir geboten haben – wenn du verdächtigt wirst, Informationen weitergegeben zu haben, wird keine einzige Kanzlei des Landes dich mehr anrühren. Das wiederum bedeutet, daß die nächsten paar Wochen für dich einigermaßen anstrengend sein werden.«

»Soll das eine Drohung sein?«

»Keineswegs. Eigentlich bin ich hier, um einen Waffenstillstand vorzuschlagen. Du weißt, was ich brauche. Ich bin ziemlich sicher, das ist dir schon immer klar gewesen. Im Gegenzug werde ich für eine anständige Belohnung sorgen.«

»Du mußt schon entschuldigen, aber mein Jargon ist nicht mehr auf dem letzten Stand. Was bedeutet ›anständig‹ denn heutzutage?«

»Drei Millionen Dollar«, antwortete Rick knapp. »Ich nehme an, das ist genug, um deine Ängste bezüglich deiner finanziellen Zukunft samt und sonders zu begraben.«

»Hast du dir aus deinen schwer verdienten Dollars vielleicht einen Joint gedreht? Warum zum Teufel sollte ich denn von dir Geld annehmen? Wie die Sache läuft, geht es mir gar nicht so schlecht. Die Presse hat ein wenig Verdacht geschöpft, verhält sich aber ruhig. Wenn ich nun jetzt Geld annehme, bin ich mit Sicherheit geliefert. Denn wenn ein Assistent am Gericht mit drei Millionen Dollar in der Tasche auftaucht, wird sicher jemand Lunte riechen.«

»Ben, du bist ohnehin geliefert. Im Augenblick hast du vielleicht noch keine Probleme mit der Presse, aber es ist bloß eine Frage der Zeit, bis man dich mit Eric in Verbindung bringt. Und wenn das eintritt, bist du hoffentlich gut darauf vorbereitet. Nimm das Geld – dann wirst du wenigstens das Desaster überleben, zu dem dein Leben werden wird.«

»Du hast schon recht: Wenn die Presse uns in Zusammenhang bringt, bin ich erledigt. Aber dazu muß es ja nicht kommen. Wenn allerdings mein Bankkonto auf einen Schlag um drei Millionen schwerer ist, werde ich mit Sicherheit ein paar erstaunte Blicke ernten. Worauf ich meine Schuld genausogut gleich zugeben kann.«

»Jetzt verlierst du dich aber in Spitzfindigkeiten. Glaubst du wirklich, ich bin so einfältig, einfach mit einem Sack voll Geld vor deiner Haustür aufzutauchen? Deine drei Millionen Dollar werden auf ein Konto gehen, das niemand außer uns beiden je finden wird.«

»Natürlich – das berühmte Schweizer Nummernkonto. Wie dumm von mir.«

»Ben, das ist kein Spiel. Es ist die pure Wirklichkeit. Wenn du deine Existenz auf die entfernte Möglichkeit der Unfähigkeit der Presse verwetten willst, kannst du das von mir aus gern tun. Aber ich weiß, daß du pragmatischer veranlagt bist. Wenn du das Geld nicht nimmst, riskierst du, alles zu verlieren. Ich hoffe, du wählst eine bessere Zukunft als diese.«

»Wenn ich dir helfe, woher weiß ich dann, daß du mich nicht erpressen wirst?«

Rick warf einen kühlen Blick auf seinen Gast. »Du weißt es nicht. Aber Erpressung löst keines unserer Probleme. Sollte ich deine Beteiligung an dieser Sache aufdecken, würde ich mich selbst in Gefahr bringen. Du weißt ja: Wenn die Wahrheit herauskommt, richtet sich das dickste Vergrößerungsglas der Welt auf uns beide. Es ist zwar leicht, einen einzelnen Mitarbeiter am Obersten Gerichtshof hereinzulegen, aber der Aufsichtsbehörde und den gnadenlos attackierenden Medien etwas vorzumachen dürfte schon weniger leicht sein.«

»Und wenn ich mich weigere?«

»Dann werde ich jemand anderen finden, der ja sagt. Du kannst mir glauben, daß das nicht so schwer ist.«

»Hast du eine bestimmte Entscheidung im Hinterkopf?«

»Grinnell gegen New York wäre eine Möglichkeit. Aber es gibt auch andere.«

»Und wann willst du die Information haben?«

»Spiel sie mir mindestens drei Wochen vor dem Tag zu, an dem das Urteil verkündet wird. Je früher, desto besser.«

Ben zupfte an einem Loch im Lederpolster. »Wie fühlt man sich eigentlich, wenn man weiß, daß man zur Hölle fahren wird?«

»Halt mir bloß keine Moralpredigt«, sagte Rick. »Es ist leicht, ehrlich zu sein, wenn man oben sitzt. Versuch doch mal, das Rennen von hinten anzugehen.«

»Du brichst mir das Herz.«

»Das meine ich ernst. An deiner Stelle würde ich mich weniger mit Ethik befassen und mir statt dessen mehr Sorgen über meine Zukunft machen. Der Bedarf an arbeitslosen juristischen Genies ist nicht gerade überwältigend.«

»Eine letzte Frage«, sagte Ben. »Wie hast du die ganzen Informationen über mich bekommen?«

»Berufsgeheimnis. Du weißt doch – kein Zauberer verrät gern seine Tricks.«

»Das ist wirklich gut. Du bist unheimlich originell. Also, worüber müssen wir noch reden?«

»Ich glaube, das wär's.«

»Eins solltest du noch wissen«, sagte Ben. »Seit sie meinen Sicherheitsstatus herabgestuft haben, haben die Marshals ein ziemlich wachsames Auge auf mich.«

»Ich glaube nicht, daß das irgendwelche Folgen für uns haben muß«, erwiderte Rick. »Falls du mich zukünftig erreichen willst, kannst du das über unser Postfach tun.«

»Übrigens, die Sache mit dem Postfach war ein ziemlich guter Einfall. Ich war beeindruckt.«

»War nicht so schwierig«, erwiderte Rick sarkastisch. Er drückte den Sprechknopf an der Tür und sagte zum Fahrer: »Sobald Sie irgendwo anhalten können, würde ich unseren Gast gern absetzen.«

»Noch etwas«, sagte Rick, als der Fahrer an den Straßenrand lenkte. »Nimm doch bitte deine Kontaktlinsen heraus.«

»Was?«

»Du hast mich schon verstanden. Nimm deine Kontaktlinsen heraus. Es ist mir lieber, wenn du dich nicht an unser Nummernschild erinnerst.«

»Die Dinger kosten hundert Dollar«, protestierte Ben, während er seine linke Linse entfernte.

»Ich will sie ja nicht behalten«, sagte Rick. »Du sollst sie bloß nicht in den Augen haben.«

Als er sah, daß Ben beide Linsen in der Hand hielt, öffnete Rick die Tür, um ihn hinauszulassen. »Danke fürs Abendessen«, sagte Ben sarkastisch. Rick zog die Tür zu, und die Limousine entfernte sich mit hoher Geschwindigkeit. Ben kniff die Augen zusammen und versuchte vergeblich, das Nummernschild zu lesen. »Arschloch.«

»Wo bleibt er nur, verdammt noch mal?« fragte Nathan.

»Er ist bestimmt nicht in Gefahr.« Ober beugte sich vor, um in den Kühlschrank zu sehen. »Er und Rick fahren einfach ein wenig spazieren.«

»Wie kannst du bloß so ruhig sein?«

»Bin ich gar nicht.« Ober nahm sich eine Dose Limonade.

»Aber was soll ich deiner Meinung nach tun? Er kommt, wenn er kommt.« Er riß den Verschluß auf. »Du glaubst doch nicht, daß Rick ihn gekidnappt und von einer Mole geworfen hat, oder?«

»Natürlich nicht.« Nathan ging zum Spülbecken. »Rick ist kein kleiner Ganove. Hätte er Ben als Zeuge loswerden wollen, dann hätte er ihm gleich nach der Urteilsverkündung eine Kugel in den Kopf gejagt. Rick ist scharf auf weitere Informationen.« Er wusch sich die Hände, drehte das Wasser ab und sah auf. »Ober, hast du zu Lisa eigentlich Vertrauen?«

»Was meinst du damit?«

»Im Ernst.« Nathan trocknete sich am Geschirrhandtuch die Hände ab. »Hast du Vertrauen zu Lisa?«

»Natürlich hab' ich das.« Ober setzte sich an den Küchentisch. »Sie bringt mich zur Verzweiflung, aber Vertrauen in sie hab' ich auf jeden Fall. Warum? Was brütest du da aus?«

»Ich glaube, daß irgend jemand Rick einen Tip gegeben hat. Man kann doch nicht einfach aus lauter Dusel unseren ganzen Plan erraten. Selbst wenn er uns beide entdeckt hat, woher wußte er dann was von dem Mikrophon? Wie ich die Sache sehe, hat Rick uns entweder alle mit Wanzen gespickt, oder es gibt einen Insider, der ihm andauernd verrät, was wir vorhaben.«

»Das kann nicht sein. Vielleicht ist ihm einfach klargeworden, daß Ben ein gleichwertiger Gegner ist. In diesem Fall wäre er bloß vorsichtig gewesen.«

»Schon möglich«, gab Nathan zu.

»Wie kommst du überhaupt auf Lisa?« wollte Ober wissen.

»Weil mit Ausnahme von Ben selbst nur wir drei den Plan kannten. Wenn also jemand was ausgeplaudert hat, kommen bloß du, ich und Lisa in Frage.«

»Ich bin es jedenfalls nicht gewesen«, wehrte Ober ab.

»Das hab' ich ja auch nicht gesagt. Ich hab' von Lisa gesprochen.«

»Glaubst du, sie würde wirklich so was tun?«

»Woher soll ich das wissen?« fragte Nathan. »Aber findest du es nicht seltsam, daß sie nach Hause gehen wollte, statt hierherzukommen und mit uns zu warten?«

»Sie wollte sich duschen. Sie hat gestunken.«

»Duschen hätte sie auch hier können. Außerdem – was wissen wir eigentlich schon über sie?«

»Wir wissen, daß Ben seit vier Monaten mit ihr zusammenarbeitet und noch kein schlechtes Wort über sie gesagt hat.«

»Das liegt bloß daran, daß er scharf auf sie ist. Sex kommt dem rationalen Denken immer in die Quere. Immer.«

»Ich weiß nicht.« Ober schüttelte den Kopf. »Ich kann mir eigentlich nicht vorstellen, daß Lisa an der Sache beteiligt ist.«

Unvermittelt flog die Haustür auf, und Ben trat ins Wohnzimmer, wo er mit Fragen bombardiert wurde: »Was ist passiert?« »Wo hat er dich hingebracht?« »Ist alles in Ordnung?«

»Mir geht's gut«, erklärte Ben, die Hände fest aufeinander gelegt. »Ich brauche bloß mal meine Salzlösung.« Er ging zur Badezimmertür. »Der große Boß hat mich meine Kontaktlinsen rausnehmen lassen, damit ich sein Nummernschild nicht erkennen kann.«

»Das macht nichts. Wir haben nämlich alles«, erklärte Nathan, während Ben sich die Linsen wieder einsetzte. »Wir haben ein paar Fotos von der Limousine, und Lisa hat alles andere erwischt.«

»Wo ist sie überhaupt?« Ben blinzelte. Dicke Tropfen Salzlösung rannen über seine Wangen.

»Sie ist nach Hause gegangen, um zu duschen«, berichtete Ober.

»Hat sie Rick gesehen, als er das Fenster geöffnet hat?«

»Das hat sie jedenfalls behauptet. Sie hat einen ganzen Film verschossen.«

»Habt ihr ihn schon abgegeben? Sind wenigstens manche der Bilder auch wirklich scharf? Die können wir dann wahrscheinlich vergrößern.«

»Schon erledigt«, sagte Nathan. »Wir haben die beiden Filme zu dem Laden an der Ecke gebracht. Sie waren gerade am Schließen, deshalb werden die Bilder nicht vor morgen früh fertig. Sobald wir sie abgeholt haben, nehme ich sie mit ins Büro. Dann wissen wir im Handumdrehen, wer Rick wirklich ist.«

»Und, was hat er gesagt?« drängte Ober. »Was ist passiert?«

»Das meiste habt ihr ja gesehen.« Ben kämpfte noch immer

mit seinen Kontaktlinsen. »Wie wir erwartet hatten, wußte er so gut wie alles. Als ich am Tisch saß, ließ er mir einen Zettel zustecken: Ich sollte ihn draußen treffen, weil er nicht von euch beiden fotografiert werden wollte. Ich hab' mir beinah in die Hose gemacht vor Angst.«

»Dann hat er also gewußt, daß wir da waren«, stellte Nathan fest. »Hast du den Zettel aufgehoben? Vielleicht können wir ihn auf Fingerabdrücke untersuchen oder seine Handschrift analysieren lassen.«

»Vergiß es. Der Fahrer hat ihn mir weggenommen, bevor er mich nach dem Mikrophon gefilzt hat.«

»Ich hab' dir ja gesagt –«, wollte Ober loslegen.

»Ich will's nicht hören«, erklärte Ben wütend.

»Setz dich doch«, schlug Nathan vor.

»Geht nicht.« Ben lehnte sich an den Küchentisch. »Ich bin zu aufgeregt.« Er fuhr sich mit den Händen durchs Haar. »Ich kann's noch immer nicht glauben. Jetzt haben wir keinen Mitschnitt. Wenn wir ihm eine Gebrauchsanweisung überreicht hätten, hätte er uns kaum blöder drankriegen können.«

»Was hat er noch gesagt?«

»Er will das Grinnell-Urteil, und er sagt, er zahlt mir drei Millionen Dollar, wenn ich's ihm gebe.«

»Drei Millionen?« fragte Ober ungläubig.

»Hast du abgelehnt?« wollte Nathan wissen.

»Natürlich nicht. Ich hab' mich genau so verhalten, wie wir besprochen hatten. Also hab' ich gesagt, ich würde mir die Sache überlegen.«

»Wann habt ihr das denn abgemacht?« fragte Ober. »Das weiß ich noch gar nicht.«

»Gestern abend«, sagte Ben. »Du warst hier unten und hast dich mit Eric unterhalten.«

»Wieso habt ihr mich denn nicht dazugeholt?«

»Ich hab's doch gerade gesagt – du hast mit Eric geredet«, wiederholte Ben. »Tut mir leid.«

»Was Eric betrifft –«, begann Ober.

»Ober, ich weiß, daß dich die Geschichte ziemlich getroffen hat, aber ich will wirklich nicht darüber reden«, unterbrach ihn Ben. »Die Sache ist gegessen, also hör auf.«

»Meinst du, Rick glaubt wirklich, daß du Interesse hast?« fragte Nathan.

»Absolut. Er hat gesagt, wenn man mich mit Eric in Verbindung bringt, bin ich erledigt. Ich sei also ein Trottel, wenn ich das Geld nicht nähme.«

Nathan schwieg einen Augenblick. »Nicht ganz falsch«, sagte er dann.

»Ich weiß.« Ben drückte sich von der Tischplatte ab und ging zum Telefon. »Das einzige, was mich sonst noch fertiggemacht hat, war, wieviel er über mich wußte. Er wußte alles. Er wußte von Eric und von den Marshals. Sogar über mein Treffen mit den Leuten von Wayne and Portnoy hat er was gesagt.« Ben hob den Hörer ab.

»Wen rufst du an?« fragte Nathan mißtrauisch.

»Lisa. Ich will ihr erzählen, was passiert ist.« Als Ben den seltsamen Gesichtsausdruck seiner beiden Freunde bemerkte, fügte er fragend hinzu: »Warum? Was ist denn los?«

Nathan schwieg.

»Er meint, daß es vielleicht Lisa ist, die Rick Informationen zuspielt«, erklärte Ober.

»Das kann doch nicht dein Ernst sein.« Ben legte den Hörer wieder auf. »Das glaubst du doch nicht wirklich, oder?«

»Auf jeden Fall ist es eine Möglichkeit«, erwiderte Nathan. »Wie willst du sonst erklären, daß Rick über alles Bescheid wußte?«

»Das war ja nicht so schwer herauszukriegen«, überlegte Ben. »Er kannte Erics Namen, also ist ihm wahrscheinlich sein Artikel in der Zeitung aufgefallen ...«

»Und woher kannte er unseren gesamten Plan?«

»Wahrscheinlich hat er euch einfach im Restaurant sitzen sehen.«

»Das hab' ich auch gesagt«, warf Ober ein.

»Aber was ist mit dem Rest? Mit den Marshals? Den Leuten von der Kanzlei? Und dem Mikrophon?« beharrte Nathan. »Jetzt komm schon, Ben, das kannst du doch nicht einfach ignorieren.«

»Ich ignoriere es ja gar nicht«, protestierte Ben. »Glaub mir, ich hab' darüber von Anfang an nachgedacht. Aber ich bin einfach nicht der Meinung, daß es Lisa sein kann. Das würde sie mir niemals antun.«

»Du kennst sie doch kaum. Du hast keine Ahnung, was sie tun und was sie nicht tun würde.«

»Wir sind wirklich befreundet«, sagte Ben. »Ich garantiere dir, daß sie so was nicht machen würde. Außerdem – bloß weil Rick unwahrscheinlich trickreich ist, heißt das noch lange nicht, daß jemand aus meinem engen Freundeskreis dafür verantwortlich sein muß.«

»Eric ist seit zwanzig Jahren eng mit dir befreundet und hatte kein Problem, dich zu verkaufen. Wie kannst du da behaupten, daß Lisa nicht dasselbe tun könnte?«

»Weil Lisa menschlich mehr zu bieten hat als Eric. Ich weiß schon, daß sie euch reichlich großmäulig vorkommt, aber sie besitzt Ehrlichkeit. Glaub mir, sie würde es nie tun.«

»Ben, das ist einfach banal.« Nathan stand auf. »Wenn du denkst, sie würde dich nie ans Messer liefern, liegst du einfach falsch. Jeder Mensch hat seinen Preis, und sie ist da keine Ausnahme. Wenn du mal dein Hirn benutzen würdest, wäre dir schon klar, wie recht ich habe.«

»Nein. Absolut unmöglich.« Ben schüttelte den Kopf. »Wenn Lisa was ausgeplaudert hätte, wäre Rick noch besser informiert, als er augenscheinlich ist. Er wußte wirklich von vielen Dingen, die geschehen sind, aber nur sehr allgemein. Über Einzelheiten wußte er eigentlich kaum etwas.«

»Das kannst du doch gar nicht mit Sicherheit sagen.«

»Doch«, erwiderte Ben. »Ich hab' ihm unseren Köder hingehalten, und er hat angebissen.«

»Er ist auf den Sicherheitsstatus reingefallen?« fragte Nathan.

»Und wie.«

»Das ist interessant«, gab Nathan zu.

»Was für ein Sicherheitsstatus«, fragte Ober verwirrt. »Wovon redet ihr da eigentlich?«

»Gestern abend haben wir die Gesprächsstrategie festgelegt«, erklärte Ben. »Nathan und ich haben beschlossen, ich sollte etwas erwähnen, das in Wirklichkeit gar nicht passiert ist. Wenn Rick so tun würde, als wüßte er davon, könnten wir daraus schließen, daß vieles auch nur Bluff sein kann. Also hab' ich behauptet, daß die Marshals meinen Sicherheitsstatus herabgestuft hätten, was gar nicht der Fall ist. Und Rick hat reagiert, als hätte er schon davon gehört.«

»Ein geschickter Schachzug«, meinte Ober beeindruckt.

»Kann man wohl sagen«, bestätigte Ben. »Trotzdem wüßte ich gern, woher Rick seine paar Informationen denn nun hat.«

»Ich glaube, er hat hier Wanzen eingeschmuggelt«, erklärte Ober.

»Und ich meine noch immer, es könnte Lisa sein«, beharrte Nathan.

»Jetzt reicht's mir aber.« Ben ging zur Treppe. »Ich hab' schon genug Sorgen. Da will ich nicht auch noch damit anfangen müssen, meine besten Freunde zu verdächtigen.«

Als Ben in sein Zimmer kam, schloß er die Tür, griff zum Telefon und wählte die Nummer von Lisas Wohnung.

»Ben?« meldete sie sich aufgeregt.

»Ganz ruhig. Mir geht's gut.« Ben spähte unter seinen Tisch, ob dort irgend etwas Mikrophonähnliches zu sehen wäre.

»Was ist passiert? Ist alles in Ordnung? Hat er dir ein Angebot gemacht?«

»Auf jeden Fall ist er scharf auf Informationen.« Ben erklärte ausführlich, was in den vergangenen Stunden geschehen war. »Jetzt haben wir eigentlich nur die Bilder, die du und Nathan aufgenommen haben«, schloß er. »Hoffentlich bringen die was.«

»Wann sind sie fertig?«

»Morgen früh.« Ben war inzwischen bei der Überprüfung seiner Andenkensammlung angelangt. »Nathan hat sie bei einem Laden hier an der Ecke abgegeben. Wenn da allerdings nichts drauf ist, sind wir wieder am Anfang.«

»Es wird schon was drauf sein«, beruhigte Lisa ihn. »Sobald Nathan Ricks Visage und das Autokennzeichen durch die entsprechenden Kanäle im State Department geschleust hat, haben wir alles, was wir brauchen.«

»Hoffentlich.«

»Also bist du jetzt ganz ruhig? Bist du nicht mehr total durcheinander?«

»Ich bin ganz ruhig.« Ben kroch auf den Boden, um unter

seinem Bett nachzuschauen. »Übrigens, Lisa, vielen Dank, daß du dich in den Müllcontainer gehockt hast. Ohne dich wären wir jetzt aufgeschmissen.«

»Jetzt übertreib' mal nicht. Dafür bin ich ja da.«

»Ich weiß, aber bedanken wollte ich mich trotzdem.«

»Jederzeit«, sagte Lisa und legte auf.

Wenig später trat Nathan in Bens Zimmer. Ben saß zusammengesunken auf seinem Stuhl und starrte die Wand an. »Wie geht's dir?« erkundigte sich Nathan.

»Gut. Ich versuche bloß, mir das Ganze noch mal klarzumachen.«

»Irgendwelche Ideen?«

Ben schüttelte langsam den Kopf. »Eigentlich nicht.«

»Im Grunde brauchst du dich mit dieser Scheiße nicht länger zu beschäftigen.« Nathan setzte sich auf Bens Bett. »Warum steigst du nicht einfach aus? Das einzige, was dann Schaden genommen hätte, wäre dein Stolz.«

»Um Stolz geht es hier nicht.« Ben hatte sich noch immer nicht aufgerichtet. »Rick wird bis in alle Ewigkeit über Informationen verfügen, mit denen er meiner Karriere schaden kann. Wenn ich einfach davonlaufe, kann ich nie sicher sein, daß er sie mir nicht wieder unter die Nase hält. Aber wenn wir was gegen ihn in der Tasche haben, können wir wenigstens was gegen irgendwelche Erpressungsversuche unternehmen, die ihm in Zukunft einfallen könnten.« Ben zog die oberste Schreibtischschublade auf und holte einen Bleistift heraus. »Außerdem will ich ihm das Handwerk legen.«

»Ich will ja nicht den Pessimisten spielen, aber hast du schon darüber nachgedacht, dich zu stellen und die ganze Sache der Polizei zu erklären? Es ist ja schließlich nicht so, daß du absichtlich was ausgeplaudert hast. Rick hat dich hereingelegt.«

»Natürlich hab' ich mir das überlegt«, erwiderte Ben. »Aber es kommt nicht darauf an, *wie* Rick die Informationen von mir bekommen hat. Wenn man herauskriegt, daß ich vorzeitig ein Urteil verraten habe, muß man mich beim Gerichtshof rauswerfen.«

»Schon, aber es ist ja nicht so, daß du ins Gefängnis müßtest – du hattest ja keinerlei kriminelle Absichten.«

»Wenn der Oberste Gerichtshof einen Assistenten feuert, kommt das in jede Zeitung unseres schönen Landes. Die Medien verbreiten Skandale am Gerichtshof schneller, als bei uns zu Haus der Nachtisch auf dem Tisch steht. Und wenn das geschieht, ist meine gesamte Karriere im Eimer. Ich würde meine Zulassung verlieren und könnte nie wieder als Anwalt arbeiten.«

»Ich hab' den Eindruck, du machst dir bloß Sorgen, dein Image als Überflieger zu verlieren.«

»Da hast du vielleicht sogar recht. Aber ich hab' mir den Arsch abgearbeitet, um dahin zu kommen, wo ich jetzt bin. Und das will ich auf keinen Fall einfach alles verlieren, indem ich ein Geständnis ablege. Nichts für ungut, aber das klingt mir nicht nach der optimalen Lösung.«

»Ich gehe nur allen Alternativen nach, die dir offenstehen«, sagte Nathan. »Du weißt, ich bin auf deiner Seite – egal, was du beschließt zu tun.«

Am nächsten Morgen klopfte Ben in aller Frühe an Nathans Zimmertür. »Hast du den Abholschein für die Fotos? Ich will sie gleich holen gehen.«

»Wart einen Augenblick.« Nathan hockte sich hin, um seine Tennisschuhe zuzubinden. »Ich komme mit.«

Nathan band die Schnürsenkel wieder auf, um sie erneut zuzubinden. »Jetzt mach schon«, drängte Ben. »Wie oft hast du sie jetzt schon zugebunden? Viermal? Fünfmal? Sechsmal? Das ist doch krankhaft, weißt du das?«

»Ich liebe einfach die perfekte Schleife.« Nathan war immer noch beschäftigt. »Du mußt schon verzeihen, daß ich ein Perfektionist bin.«

»Du bist kein Perfektionist, sondern das ideale Modell für den nächsten Kalender für Zwangsneurotiker.«

»So, fertig.«

»Das ist jetzt aber wirklich eine hübsche Schleife.« Ben starrte auf die Schuhe seines Freundes. »Überaus gelungen.«

»Purer Neid«, konterte Nathan, während sie zur Garderobe

hinuntergingen. »Übrigens, meine Mutter plagt mich schon die ganze Woche. Kommst du am Abend vor Thanksgiving zu uns zum Abendessen?«

»Wer ist denn alles da?« Ben knöpfte seinen Mantel zu.

»Meine Eltern, wir vier, und Lisa, wenn sie tatsächlich mitkommt.«

»Was meinst du mit ›wir vier‹? Mit Eric setze ich mich nicht an einen Tisch.«

»Ach, komm.« Nathan öffnete die Haustür. »Das ist jetzt aber wirklich kindisch.«

»Keineswegs. Ich möchte mich bloß bei euch wohl fühlen. Wenn Eric da ist, ist das nicht der Fall. So einfach ist das.«

»Was soll ich deiner Meinung nach denn tun? Soll ich ihm sagen, daß er nicht kommen darf? Soll ich alle einladen und ihn ausschließen? Außerdem – wenn er nicht eingeladen ist, geben unsere Mütter mit Sicherheit keine Ruhe. Dann wollen sie die ganze Geschichte wissen, vom Anfang bis zum Ende.«

Sie schwiegen, bis sie zur nächsten Straßenecke kamen. Schließlich sagte Ben: »Gut. Er kann kommen.«

»Danke.« Nathan atmete erleichtert auf. »Ich freue mich, daß deine nachsichtige Seite gewonnen hat.«

»Glaub bloß nicht, daß das was mit Nachsicht oder Vergebung zu tun hat. Ich habe lediglich meinen Haß auf Eric gegen die Folgen mütterlicher Nachforschungen abgewogen. Das Ergebnis war eindeutig. Gegen Mütter kommt man nicht an.«

Drei Querstraßen weiter erreichten Ben und Nathan einen Laden mit der Aufschrift »Rob's Camera and Video«. Während sie auf die Eingangstür zugingen, sagte Ben: »Wir müssen die Fotos wahrscheinlich vergrößern lassen.«

»Das dürfte kein Problem sein. So was können sie innerhalb einer Stunde. Ich mache mir eher Sorgen, daß das Nummernschild nicht viel bringen wird.«

»Bestimmt bringt es was. Selbst wenn es uns nur zu einer Autovermietung führt, haben wir schon einen Anhaltspunkt.« Ben hielt Nathan die Tür auf und folgte ihm hinein.

Nathan zog die beiden Abholscheine aus der Tasche und gab sie einer der beiden Verkäuferinnen, die hinter der Ladentheke standen. »Wir wollen Bilder abholen.«

Während eines der Mädchen mit den Scheinen zu den Fächern ging, sah ihre Kollegin Ben neugierig an. »Sind Sie vielleicht an der Maryland gewesen? Sie kommen mir nämlich bekannt vor.«

»Tut mir leid, bin ich nicht«, antwortete Ben. »Aber mein Freund. Er hat dort ein Diplom im Schuhebinden erworben.« Er zeigte auf Nathans Füße. »Haben Sie schon mal so was Pedantisches gesehen?«

Die Verkäuferin beugte sich über die Theke. »Das ist tatsächlich eine hübsche Schleife.«

»Tut mir leid«, sagte ihre Kollegin, während sie in ihren Umschlägen wühlte. »Wann sollten Ihre Bilder fertig sein?«

»Uns wurde gesagt, wir könnten sie heute morgen abholen«, erklärte Nathan. »Sie waren unter dem Namen Oberman. Zwei Filme.«

Die Verkäuferin schüttelte den Kopf. »Hier kann ich sie nicht finden. Warten Sie mal einen Augenblick.« Sie blätterte in einem kleinen Ordner. »Ach, da hab' ich's ja. Ihr Freund hat sie schon vor einer Stunde abgeholt.«

Ben lief es kalt den Rücken hinunter. »Welcher Freund?«

»Ach, an den kann ich mich erinnern. Ich hab' ihn bedient«, sagte die andere Verkäuferin. »Er meinte, wenn Sie kämen, sollten wir Ihnen sagen, daß er die Fotos schon abgeholt hat.«

»Es war doch nicht etwa ein großer Typ mit blondem Haar und Schlafaugen?« wollte Ben wissen.

»Doch, natürlich. Er war wirklich nett.«

»Scheiße!« Ben schlug mit der Faust auf die Glastheke.

»Reiß dich zusammen«, sagte Nathan. Er sah die fassungslosen Verkäuferinnen an. »Das war nicht unser Freund. Sie haben unsere Bilder an jemanden ausgehändigt, der sie nicht hätte sehen sollen.«

»Das tut mir wirklich leid. Ich hatte ja keine –«

»Ist schon gut«, sagte Nathan.

»Was soll das heißen: ›Ist schon gut‹?« schnauzte Ben. Er starrte die Verkäuferinnen an. »Haben Sie eigentlich keine Vorschriften, wem Sie Filme aushändigen dürfen? Wollen Sie nicht grundsätzlich den Abholschein sehen?«

»Er wußte ja den Namen – und er hat gesagt, er sei ein Freund von Ihnen ...«

»Bewahren Sie vielleicht die Negative auf?« fuhr Ben sie an. »Oder irgendwas anderes, falls jemand einfach Bilder klaut?«

»Nein. Die Negative gehen sofort an den Kunden zurück.«

»Das kann doch wohl nicht wahr sein.« Ben drehte sich um und ging zur Tür.

»Haben Sie hier vielleicht Überwachungskameras?« fragte Nathan. »Vielleicht gibt's ein Bild von unserem Freund?«

»Nein, tut mir leid«, antwortete die Verkäuferin. »Die Kameras wurden gestohlen, als man uns letzten März ausgeraubt hat.«

»Unglaublich«, kommentierte Ben, als er den Laden verließ.

Nathan winkte den Mädchen zu. »Vielen Dank!« Er mußte sich beeilen, um Ben einzuholen. »Tut mir wirklich leid«, erklärte er. »Ich hätte die Fotos da nicht über Nacht lassen sollen.«

»Es ist nicht dein Fehler. Ich hätte das einfach ahnen müssen. Es war einfach dumm von mir. Ich hätte ja auch gleich ganz früh hier sein können.«

»Wie konnte er das nur wissen? Glaubst du, jemand ist uns gefolgt, als wir gestern vom Restaurant weggegangen sind?« Nathan hatte Mühe, mit seinem Freund Schritt zu halten. »Hast du Lisa erzählt, wo die Fotos waren?«

Ben schwieg.

»Du hast es ihr gesagt, oder?«

Wieder Schweigen.

»Antworte mir«, verlangte Nathan. »Hast du Lisa von den Fotos erzählt?«

Ben blieb abrupt stehen, warf die Arme in die Luft und brüllte: »Ja! Ich hab's ihr erzählt! Was erwartest du denn von mir, verdammt noch mal? Ich hab' ihr erzählt, sie seien in einem Fotoladen an der Ecke!«

»Und warum hast du das gemacht? Ich hab' dir doch –«

»Ich hab's ihr erzählt, weil ich ihr vertraue. Und wenn ich mit ihr rede, mache ich mir keine Gedanken darüber, was ich sagen darf und was nicht. Wir sind befreundet. Und ganz egal, was du mir erzählst – solange du keinen Beweis hast, daß Lisa

Dreck am Stecken hat, werde ich deinen Vermutungen nicht einmal ansatzweise Glauben schenken.«

»Auf welche Beweise wartest du denn noch? Selbst wenn sie dir ein Messer in den Rücken stößt, wirst du behaupten, sie wär's nicht gewesen, weil du es nicht mit eigenen Augen gesehen hast.«

»Es bringt Lisa doch gar nichts, wenn sie Rick was erzählt. Wenn sie hinter Geld her wäre, könnte sie Rick die Urteile selbst zuspielen.«

»So, meinst du?« erwiderte Nathan. »Wie wär's denn mit dem folgenden Szenario: Rick und Lisa stecken unter einer Decke, wobei Lisa Rick die Urteile zuspielt. Das einzige Problem ist, daß es keinen Sündenbock gibt, falls die Existenz einer undichten Stelle bekannt wird. Auftritt eines benebelten Gerichtsmitarbeiters namens Benjamin Addison. Man muß bloß genügend Informationen über ihn sammeln, und wenn irgend etwas schief läuft, hat man sofort einen Prügelknaben. Dazu braucht man nur laufend Hinweise auf deine Beteiligung sammeln.«

Fast einen Häuserblock weit blieb Ben wortlos. Schließlich sagte er: »Ich bin nicht deiner Meinung, aber ich verstehe, was du sagen willst. Wenn wir nach Thanksgiving zurückkommen, will ich gern weiter darüber reden, aber bis dahin will ich meinen Besuch zu Hause genießen. Schließlich kommt Lisa mit, und ich weigere mich entschieden, sie das ganze Wochenende über zu verdächtigen.«

»Vielleicht solltest du sie dann besser gar nicht erst mitnehmen«, gab Nathan zu bedenken.

»Schlag dir das aus dem Kopf. Sie hat ihr Ticket, und sie kommt mit. Ende der Diskussion.«

»Es ist ja dein Leben«, erwiderte Nathan.

ZEHNTES KAPITEL

Grinnell ist entschieden«, verkündete Ben, der mit einem Stapel Bücher ins Büro kam.

»Woher willst du das wissen?« Lisa sah von ihren Unterlagen auf. »Die Sitzung ist doch noch nicht beendet.«

»Ist sie schon.« Ben ließ die Bücher auf Lisas Schreibtisch fallen. »Osterman hat gerade seine Assistenten angerufen, um ihnen mitzuteilen, daß sie das Mehrheitsvotum schreiben werden. Veidt ist am Ende doch zu den Kräften des Bösen übergelaufen.«

»Wer sagt das?«

»Ich hab' gerade einen von Blakes Mitarbeitern im Aufzug getroffen. Sein hämisches Grinsen war unübersehbar. Mieser Denkmalschutzgeier ...«

»Das ist ja nicht zu fassen.« Lisa griff nach ihrem Telefon. »Wo ist Hollis? Warum hat uns niemand was gesagt?«

»Ich glaube nicht, daß jetzt ein guter Moment ist, ihn anzurufen. Er ist wahrscheinlich sauer.«

»Ist es sicher, daß wir das Sondervotum schreiben?« Lisa legte den Hörer wieder auf.

»Ich nehme an. Sicher bin ich natürlich nicht.«

»Warum ärgerst du dich eigentlich so?« fragte Lisa. »Ich dachte, du bist auch dafür, es als Enteignung zu beurteilen?«

»Bin ich auch«, sagte Ben. »Es paßt mir bloß nicht, die Vampire gewinnen zu sehen. Hier hat man einfach mit gezinkten Karten gespielt.«

»Weißt du, wie das Ergebnis ausgefallen ist?«

»Fünf gegen vier. Offenbar hat Osterman Veidt davon überzeugt, daß Grinnell und seine Partner einen unzumutbaren Nachteil erleiden würden, wenn die New Yorker die Kirche mit Hilfe des neuen Bebauungsplans schützen dürften.«

»Also basiert Ostermans Argumentation auf Unzumutbarkeit? Bist du sicher, daß es nicht um die Rechtmäßigkeit des Bebauungsplans geht?«

Ben schüttelte den Kopf. »Wenn sie den Bebauungsplan direkt attackiert hätten, wären nie die nötigen Stimmen zusammengekommen. Blakes Mitarbeiter hat erzählt, daß sie Veidt nur so auf ihre Seite ziehen konnten. In Ostermans Begründung wird also stehen, daß die gesamte Stadt von der Existenz historischer Bauten profitiert. Die Erhaltung dieser Bauten sei deshalb eine Bürde, die von der Stadt und nicht von Einzelpersonen getragen werden müßte.«

»Das heißt, wenn die New Yorker Stadtverwaltung die Kirche schützen will, muß sie Grinnell und Co den vormaligen Wert des Grundstücks bezahlen.«

»Genau«, sagte Ben. »Grinnell hat sich gerade eine goldene Nase verdient, ohne etwas davon zu wissen. Er wird den gesamten Profit eines Einkaufszentrums einstecken, das er nie bauen muß. Das sollte der Stadt eine Lehre sein, sich zukünftig nicht mehr in Privatangelegenheiten einzumischen.«

»Wie kannst du so was nur für richtig halten? Grinnell hat die Sache doch offensichtlich so geplant. Sicher hat er schon beim Kauf des Anwesens einen Verfassungsanwalt herangezogen. Er wußte, daß die Stadt rebellieren würde, wenn er den Abriß einer Kirche ankündigt, um ein Einkaufszentrum hinzuklotzen. Und je mehr er seine Pläne aufblies, desto mehr konnte er abkassieren, wenn der Gerichtshof sich auf seine Seite stellte.«

»Jetzt mach aber mal Pause«, sagte Ben. »Der Fall hat drei Jahre gebraucht, bis er hier angekommen ist. Du glaubst doch nicht wirklich, daß der ganze Vorgang eine reine juristische Spekulation war?«

»Ich glaube nicht, daß es nur darum ging, aber daß Howard Grinnell ein Arschloch ist, wirst du mir nicht nehmen. Du hast ja seine Akte gelesen – er ist ein eiskalter, gieriger Immobilienhai, der schon bei der Geburt 'nen Silberstab im Hintern stecken hatte.«

»Das stand in den Akten? Das hab' ich aber nie gesehen.«

»Du weißt schon, was ich meine. Ich kann es einfach nicht begreifen, daß Veidt so zu Kreuze gekrochen ist.« Lisa blätterte ihren Notizblock um. »Wir müssen ein wirklich vernichtendes Sondervotum schreiben. Ich will dieses Urteil so stark wie möglich eingrenzen.«

»Mach dir da keine Sorgen. Veidts mangelnder Enthusiasmus wird die Urteilsbegründung auf die besonderen Umstände festlegen. Und wenn wir uns damit beschäftigt haben, wird das Urteil so aussehen, als käme es von einem Verkehrsgericht.«

Lisa legte ihren Bleistift auf den Tisch und holte tief Luft. Die halbherzige Zustimmung eines Richters ermöglichte zwar einen Sieg wie in diesem Fall, sie führte gewöhnlich aber auch zu einer halbherzigen Begründung. Und wenn man die Geschichte befragte, so hatten solche Urteile selten einen starken Präzedenzcharakter.

»Außerdem«, fuhr Ben fort, »wird dieses Urteil in einem Jahr ohnehin wieder umgestoßen werden. Wenn Blake zurücktritt, werden wir mit Sicherheit einen liberalen Richter für ihn bekommen.«

»Schon klar«, gab Lisa zu. »Es ärgert mich bloß, daß Grinnell die Millionen nach Hause schleppen kann.« Sie sah auf. »Hast du dir eigentlich schon überlegt, was Rick damit zu tun haben könnte?«

»Ich bin noch nicht darauf gekommen, aber ich vermute mal, daß er, sobald er das Urteil kennt, versuchen wird, einen Anteil an Grinnells Projekt zu kaufen.«

»Hast du schon beschlossen, ob du's ihm erzählen wirst? Oder gibt es einen neuen Plan, ihn auf Tonband aufzunehmen?«

»Ich weiß noch nicht«, erklärte Ben. »Jetzt muß ich erst mal Thanksgiving bei meinen Eltern überleben.«

»Wo bleibt bloß Ober?« fragte Ben Nathan. Die beiden Freunde standen neben ihren gepackten Reisetaschen im Wohnzimmer.

»Wahrscheinlich hat er sich auf dem Heimweg verlaufen«, meinte Nathan. »Die Einfältigen geraten ja leicht in Verwirrung.«

»Kümmern wir uns doch einfach nicht um ihn.« Lisa kam aus der Küche, eine Dose Cola in der Hand. »Vielleicht haben wir Glück, und er verpaßt den Abflug.«

»Glaub mir, das sollten wir bestimmt nicht zulassen«, warnte Ben. »Wenn er den Flug verpaßt, wird uns seine Mutter das ganze Wochenende in den Ohren liegen.« Er imitierte eine kreischende Frauenstimme: »Ihr habt mein Baby vergessen! Wo ist mein Baby!«

»Er ist ein Einzelkind«, erklärte Nathan. »Seine Mutter ist eine Spur besessen.«

»Du meinst *besitzergreifend*«, korrigierte Ben.

»Ach ja, ich meine besitzergreifend. Wie dumm von mir«, beendete Nathan den Dauerwitz aus der Schulzeit der vier Freunde.

»Bringt mich weg von hier!« brüllte Ober, kaum daß er die Haustür aufgestoßen hatte.

»Wo warst du denn, verdammt noch mal?« fragte Ben.

»Wahrscheinlich ein Notfall im Büro«, sagte Nathan sarkastisch. »Ein Überfall gewalttätiger Befürworter der Orangensaftsubvention, auf den man unbedingt sofort reagieren mußte.«

»Ich wußte gar nicht, daß du mit uns fliegst.« Ober deutete auf Lisa.

»Sogar kostenlos«, sagte Ben. »Meine Eltern bezahlen das Ticket.«

»Das kann doch wohl nicht wahr sein!« protestierte Ober. »Wenn ich gewußt hätte, daß ein Freiflug drin ist, hätte ich deiner Mutter erzählt, daß *ich* mit dir ins Bett steige.«

»Vielen Dank«, sagte Ben. »Können wir dann endlich los?«

Ober holte die Reisetasche aus seinem Zimmer. »Wo ist Eric?« fragte er bei seiner Rückkehr ins Wohnzimmer.

»Eric!« rief Nathan nach oben. »Wir fahren!«

Eric kam mit einer dunkelblauen Tasche die Treppe herunter und schloß sich der Gruppe an, ohne ein Wort zu sagen. Alle kletterten in Nathans Volvo und machten sich auf den Weg zum Flughafen.

»Unser Gepäck wird noch verlorengehen«, beschwerte sich Lisa, als der Gepäckträger ihre Sachen auf einen Karren geladen hatte, um sie zum Transportband zu bringen.

»Wie kommst du darauf?« fragte Ben.

»Ich hab' leider gesehen, was für ein Trinkgeld unser Onkel Dagobert hier hat springen lassen.« Lisa zeigte auf Ober.

»Wieviel war es denn?« Nathan vergewisserte sich, daß seine Reisetasche auch tatsächlich auf dem Transportband landete.

»Ein Dollar«, erklärte Ober.

»Du hast ihm einen Dollar für fünf Gepäckstücke gegeben?« fragte Ben.

»Lebwohl, o Tasche, denn die Zeit mit dir war schön!« rief Lisa ihrem Gepäck hinterher.

»Was ist an einem Dollar denn verkehrt?« wollte Eric wissen.

»Bei einer Tasche gar nichts«, erklärte Ben. »Aber wenn es sich um fünf Gepäckstücke von fünf verschiedenen Leuten handelt, bedeutet ein derartig generöses Trinkgeld: ›Schmeiß diese Sachen in den Orkus. Ich brauch' sie nicht mehr.‹«

»Immer mit der Ruhe«, sagte Eric, während die fünf den Terminal betraten. Zu Ober gewandt, fügte er hinzu: »Es wird schon nichts passieren.«

Es waren nur noch zwei Tage bis Thanksgiving, und der Washington National Airport wimmelte von Menschen. Die fünf Freunde kämpften sich durch die aufgeregte Menge, um durch die Sperre zu ihrem Flugsteig zu gelangen.

Ober musterte die Läden und Imbißstände, die sich in der Abflughalle ausbreiteten. »Bin gleich zurück«, verkündete er und stürzte hektisch davon.

»Lotterielose«, erklärte Ben Lisa.

Am Flugsteig angekommen, stellte sich die kleine Gruppe ans Ende einer langen, gewundenen Schlange. Schließlich erschien auch Ober, schnaufend und mit rotem Gesicht. »Laß mich mal raten«, sagte Ben. »Du hast gewonnen.«

»Zuerst hab' ich ein Los gekauft und verloren«, berichtete Ober. »Dann hab' ich noch eins gekauft – wieder eine Niete. Und dann hab' ich das dritte Los gekauft …«

»Und wieder verloren«, sekundierte Nathan.

» … und verloren«, bestätigte Ober. »Aber dann hab' ich das vierte, das magische, das wundersame Los gekauft …«

»Und tatsächlich gewonnen.«

»… und ich hab' gewonnen!« brüllte Ober, während sich alle Passagiere nach ihm umdrehten. »Ich hab' auf einen Schlag zwanzig Dollar gewonnen!«

»Er leidet unter einer minimalen Störung seines chemischen Gleichgewichts«, erklärte Ben den Zuschauern. »Ein paar Pillen, schon geht's ihm wieder besser.«

»Du hast zwanzig Dollar gewonnen?« fragte Nathan. »Was hast du uns gekauft?«

»Einen Dreck hab' ich euch gekauft«, erwiderte Ober. »Wenn ihr euch über die Lotterie lustig machen wollt, werdet ihr auch nicht von ihren Früchten profitieren.«

»Du hast zwanzig Dollar gewonnen und deinen Freunden nichts mitgebracht?« fragte Ben. »Dabei bin ich am Verhungern.«

»Ich auch«, sagte Eric. »Ich werd' mir ein Stück Pizza holen. Will noch jemand eins?«

»Ich nehme ein Stück«, erklärte Ober.

»Ich bin dabei«, sagte Nathan.

»Ich ebenso«, sagte Lisa.

»Ben, willst du auch ein Stück?« fragte Eric.

»Nein.« Ben sah weg. »Danke.«

Als Eric die Schlange verlassen hatte, tippte Ober Ben auf die Schulter. »Sei doch nicht so verbohrt. Er versucht schließlich sein Bestes, die Sache wiedergutzumachen.«

»Zu dumm«, erwiderte Ben, »daß ich dafür jetzt gar nicht so empfänglich bin.«

»Reiß dich doch einfach mal zusammen«, flehte Nathan. »Wenigstens dieses Wochenende.«

»Mach dir keine Sorgen«, sagte Ben. »Es wird schon gehen.«

»Bist du aufgeregt?« fragte Ben, als das Flugzeug in Boston landete.

»Ein bißchen.« Lisa rieb sich die Handflächen an ihren Jeans trocken.

»Das ist auch angebracht«, kommentierte Ober, »weil Sheila Addison dich bei lebendigem Leib fressen wird.«

»Hast du den Knoblauch und den Holzpflock auch nicht vergessen?« fragte Nathan.

»Wenn du jemals den Eindruck haben solltest, daß das Gespräch stockt, sieh ihr einfach direkt in die Augen und sag: ›Bist du meine Mami?‹ In einer Notsituation ist so was immer hilfreich«, erklärte Ben.

»Es wird bestimmt klappen«, sagte Lisa.

Ben schüttelte den Kopf. »Denk immer dran – du wolltest mitkommen. Ich hab' versucht, dir das auszureden. Es ist also alles deine eigene Schuld.«

»Ich werd' schon damit fertig, glaube ich«, beharrte Lisa.

Als das Flugzeug angedockt hatte, füllte sich der enge Mittelgang sofort mit Menschen. Auch Ben stand auf, konnte in seiner Reihe aber nicht ganz aufrecht stehen. Er legte den Kopf nach rechts, verschränkte die Arme und wartete ungeduldig. Direkt hinter ihm war Eric in derselben Lage. »Macht dir das eigentlich großen Spaß?« fragte Eric mit einem angestrengten Lachen.

»Im Gegenteil; es ist mir widerwärtig«, sagte Ben.

»Hör mal, können wir nicht einfach so tun, als sei gar nichts geschehen?« schlug Eric vor. »Dann hätten wir ein angenehmeres Wochenende.«

»Nein, Eric, wir können nicht so tun, als sei nichts geschehen«, knurrte Ben. »So sehr du es auch ungeschehen machen willst, es wird noch lange zwischen uns sein.«

»Warum denn? Warum können wir nicht einfach von vorn anfangen? Es tut mir doch schon leid. Es tut mir leid, daß es geschehen ist.«

»Du hörst dich so an, als sei es ganz von selbst passiert. Aber falls es dir noch nicht klargeworden ist: Du bist dafür verantwortlich. Du hast es getan. Verstehst du?«

»Na und? Ich hab's getan, und ich werd' damit leben. Warum kannst du das nicht auch?«

Da die anderen Passagiere allmählich herüberblickten, senkte Ben die Stimme. »Weil ich dich nicht mehr leiden kann. Krieg das endlich in deinen verdammten Schädel und laß mich in Frieden.«

Als die Schlange sich allmählich zum Ausgang bewegte, schob sich Ben zwischen Lisa und Nathan.

»Was war das eigentlich?« fragte Nathan.

»Nichts«, sagte Ben.

»Hast du noch irgendwas vergessen, was du mir über deine Eltern erzählen wolltest?« erkundigte sich Lisa.

»Nur noch eins.« Ben holte tief Luft und mußte in Gedanken an das vor ihnen liegende Wochenende grinsen. »Faß während des Essens bloß nicht den Teller meines Vaters an. Er achtet sehr auf sein Revier.«

»Sei doch mal ernsthaft, Ben.«

»Du bist jetzt ganz auf dich allein gestellt, meine Liebe. Bleib einfach die ganze Zeit schön geduckt.«

Auf dem Weg durch den Terminal ließ Lisa ihren Blick über die Menge schweifen, um vielleicht Bens Eltern zu entdecken. Plötzlich hörten sie einen lauten Schrei: »Juuuhuuu! Benjamin! Nathan!«

»Mein, Gott, das ist Obers Mom«, flüsterte Ben Lisa zu und nickte in Richtung eines aschblonden Haarschopfs, der in der Menge auf und nieder hüpfte. Daneben ruderten zwei Hände hektisch in der Luft. »Paß bloß auf«, fügte er hinzu. »Und glaub ihr nicht jedes Wort.«

Die fünf Freunde drängten sich durch die Menge, bis Obers Mutter ihren Sohn in die Arme schließen konnte. Barbara Oberman, gekleidet in ein überlanges lila Sweatshirt und schwarze Leggings, konnte kaum an sich halten. »William! Ich hab' dich so unsäglich vermißt!« Sie drückte Ober mit aller Kraft an sich. »Nathan!« rief sie schließlich und ging auf die anderen zu. »Eric! Ben!« Herzlich umarmte sie jeden der Freunde. »Und das muß Lisa sein.« Obers Mutter bot ihr die Hand. »Sie sollten wissen, daß Sie die erste Freundin sind, die Ben nach Hause bringt, seit dieser – wie hieß sie noch – Lindsay sowieso.«

»Lindsay Lucas«, trompetete Ober. »Die Irre aus Long Island.«

»Was ist aus der eigentlich geworden?« fragte Nathan.

»Als letztes hab' ich gehört, daß sie bei einen furchtbaren Lawinenunglück verletzt wurde«, sagte Ober.

Mit hochrotem Gesicht unterbrach ihn Ben: »Mrs. Oberman, wissen Sie, wo mein Vater ist?«

»Er und deine Mutter müssen heute länger arbeiten«, erklärte Obers Mutter. »Ich setze dich zu Hause ab. Nathan, Eric, ich hab' euren Eltern gesagt, daß ich euch auch mitnehmen kann.« Die fünf Freunde holten ihr Gepäck und folgten Obers Mutter zum Parkplatz, wo sie ihre Taschen in den eiförmigen, kirschroten Kleinbus luden.

In West Newton verließ der Wagen den Massachusetts Turnpike und gelangte in einen der wohlhabenderen Vororte der Stadt. Reichlich ausgestattet mit bewaffneten Streifen, war die Gemeinde fest entschlossen, um jeden Preis eine sichere, saubere Wohngegend zu bleiben. Auf der Fahrt durch die gewundenen Straßen deutete Ben nach draußen: »Links siehst du das Domizil von Dr. MacKenzie – von den hiesigen MacKenzies. Es ist natürlich das größte Haus von Newton.«

»Er ist der beste plastische Chirurg weit und breit«, erklärte Obers Mutter.

»Die Gegend hier ist einfach unglaublich.« Lisa sah andächtig aus dem Fenster. »Nun seh' ich endlich mal einen richtig schönen Vorort und erkenne – er fährt Volvo.«

Nachdem sie Eric und Nathan abgesetzt hatte, fuhr Barbara Obermans Taxi an Bens Elternhaus vor.

»Also, wie ist die Zimmereinteilung heute nacht?« Ober zog die Schiebetür auf.

»Sehr lustig«, kommentierte Ben, während er und Lisa aus dem Kleinbus stiegen. »Danke fürs Mitnehmen, Mrs. Oberman.«

»Gern geschehen. Grüß deine Mutter von mir.«

»Natürlich«, sagte Ben. »Ach, übrigens, Sie sollten auf Ihren Sohn achtgeben, während er bei Ihnen ist. Er hat so viel zu tun gehabt, daß er kaum zum Essen gekommen ist.«

»Ich hab' ja gewußt, daß du abgenommen hast!« rief Obers Mutter, während Ober finster aus dem Fenster blickte.

»Das war jetzt aber echt gemein«, sagte Lisa.

»Er hat's verdient.« Ben ging in Richtung Haustür.

Lisa betrachtete das bescheidene, im Kolonialstil erbaute Haus. »Sehr hübsch.«

Noch bevor sie die Stufen zur Haustür erreicht hatten, erschien Bens Mutter. »Benjamin!« Sie öffnete die Arme, um ihren Sohn ausgiebig an sich zu drücken. »Du siehst großartig aus«, sagte sie dann. »Ein bißchen mager, aber sonst ganz großartig. Und Sie sind Lisa.« Sie reichte ihr die Hand.

»Schön, Sie kennenzulernen, und vielen Dank für die Einladung«, sagte Lisa.

»Falls du nicht schon selbst darauf gekommen bist, das ist

meine Mutter«, erklärte Ben. »Sie ist das bösartige Monster, von dem ich dir erzählt hab'.«

»Benimm dich nicht so rüpelhaft«, sagte Bens Mutter. »Schließlich versuche ich, einen guten Eindruck zu machen.« Fraglos schlug Ben nach seiner Mutter: Er hatte ihren festen Blick ebenso geerbt wie ihre spöttischen Augenbrauen und das leichte Naserümpfen, wenn sie lachte. Selbst die Eigenheiten der beiden schienen sich zu entsprechen. Auf jede bissige Bemerkung Bens hatte seine Mutter eine noch heftigere Entgegnung parat.

Ben griff wieder nach seiner vollgepackten Nylontasche, um Lisa und seiner Mutter ins Haus zu folgen. Als sie ins Wohnzimmer traten, rief Mrs. Addison: »Michael! Sie sind da!« Aus der Küche erschien Bens Vater, gekleidet in Jeans und ein verblichenes T-Shirt mit dem Wappen der Universität von Michigan.

»Freut mich, Sie kennenzulernen, Mr. Addison. Ich bin Lisa.«

Bens Vater ergriff Lisas Hand. »Nennen Sie mich doch bitte Michael. Mr. Addison ist mein langweiliger alter Herr.« Sein Haar war länger, als Lisa erwartet hatte.

Muß wohl noch aus der guten alten Hippie-Zeit stammen, dachte sie.

»Bring doch mal Lisas Gepäck nach oben«, forderte Bens Mutter ihren Sohn auf. »Ich war nicht sicher, wie ihr es mit der Zimmerverteilung machen wollt, deshalb –«

»Mom, wir sind noch kein einziges Mal miteinander ausgegangen«, sagte Ben.

»Na, dann entschuldige bitte, alter Hagestolz.« Sie wandte sich an Lisa. »Da behauptet er, ihr beide wärt noch nicht miteinander ausgegangen, aber er hat noch keine Frau mit nach Hause gebracht seit dieser Lindsay – wie war doch ihr Name?«

»Lindsay Lucas?« erwiderten Ben und Lisa im Chor.

Bens Mutter lächelte. »Ich sehe, ihr habt schon darüber gesprochen.«

»Ich verweigere mich weiteren Erklärungen.« Ben packte Lisas Tasche und ging zur Treppe. »Bin gleich zurück.« Zuerst ging Ben in sein altes Zimmer, um die Gerüche seiner Kindheit einzusaugen. Es war ein gutes, vertrautes, sicheres Gefühl, wieder daheim zu sein. Und wie bei jedem Besuch staunte er über die Illusion, daß alles um ihn herum kleiner geworden war – sein altes Bett, sein alter Schreibtisch, das Einstein-Poster an der Wand. Nach einem kurzen Blick ins Badezimmer stellte er Lisas Tasche ins Gästezimmer und ging hinunter in die Küche.

»Uiiiiii«, stöhnte Lisa, als er durch die Tür trat. »Du warst aber wirklich süß!«

»Das kann doch nicht wahr sein«, sagte Ben. »Sind das schon die Babyfotos? Wie lange hast du dafür gebraucht – zwei Minuten? Das ist ein neuer Rekord, Mom.«

»Laß sie in Ruhe«, protestierte Lisa, noch immer ins Familienalbum versunken.

»Wir sollten mal ein paar von unseren alten Filmen anschauen«, schlug Bens Vater vor.

»Schlag dir das bloß aus dem Kopf, Dad«, warnte Ben. »Familienfilme haben eine Wartefrist von mindestens einer Nacht.«

»Erzählen Sie mir doch noch ein bißchen, wie Ben als kleiner Junge war«, sagte Lisa.

»Erzähl ihr doch davon, wie ich Jimmy Eisenberg angezündet habe.«

»Pssst«, machte Bens Mutter, um sich wieder Lisa zuzuwenden. »Er war so intelligent. Schon mit zwei Jahren hat er lesen gelernt. Und als er vier war, hat er bereits Michaels Artikel verschlungen.«

»Er hat einen Schreibfehler in einem meiner Manuskripte gefunden«, bestätigte Bens Vater stolz. »Erzähl Lisa doch, wie du ihn einmal auf dem Dach entdeckt hast ...«

»Na, das war eine schöne Sache«, erklärte Bens Mutter. »Als Ben fünf Jahre alt war, konnte ich ihn einmal ganz spät abends nirgendwo finden. Ich war außer mir –«

»Mom, *du* warst außer dir?« mischte sich Ben ein.

»Ich war außer mir und hab' überall nach ihm gesucht. Ich hab' mir schon die Haare ausgerissen. Plötzlich höre ich ein Geräusch auf dem Dach. Ich bin zu Tode erschrocken, kann ich Ihnen sagen. Ich renne also auf den Dachboden, öffne die Luke zum Dach, und da sitzt Benjamin in seinem kleinen Schlafanzug mit einem Seil in der Hand. Ich brülle: ›Benjamin, was stellst du dir eigentlich vor, da rauszukriechen?‹ Und er antwortet mir: ›Mommy, ich hab' doch bloß versucht, den Mond mit meinem Lasso einzufangen.‹«

»Uiiiiii«, machte Lisa wieder. »Schon immer der kleine Überflieger.«

»Schön, schön – die Vorstellung ist beendet.« Ben ging zur Küchentür. »Gute Nacht.«

»Benjamin, komm sofort zurück«, befahl seine Mutter.

Lisa sah vom Familienalbum auf. »Ist der Kleine da dein Bruder?«

»Ja.« Auf Bens Gesicht erschien ein Lächeln; dann sah er seine Eltern an.

Verwirrt verstummte Lisa.

»Das ist Daniel. Er ist mit zwölf gestorben«, sagte Bens Vater. »Er hatte Leukämie.«

»Das tut mir leid«, sagte Lisa. »Das konnte ich nicht wissen.«

»Jetzt weißt du's.« Ben stand hinter Lisa und legte ihr die Hände auf die Schultern, um sie aufzumuntern. »Mach dir keine Sorgen. Es ist schon gut.«

»Er war ein wundervoller junger Mann«, erklärte Bens Mutter stolz. »Ihr beide hättet euch bestimmt gut verstanden.«

»Danke.« Lisa war sich nicht sicher, was sie sonst sagen sollte.

»Vielleicht sollten wir jetzt ins Bett gehen.« Ben sah auf seine Armbanduhr. »Es ist bald Mitternacht.«

»Das ist eine gute Idee.« Bens Mutter legte die Fotoalben zu einem geraden Stapel zusammen. »Was habt ihr morgen eigentlich vor?«

»Ich schätze, wir werden tagsüber in die Stadt fahren. Lisa war noch nie in Boston. Und zum Abendessen sind wir bei Nathan eingeladen.«

»Richtig.« Bens Mutter stand vom Küchentisch auf. »Joan hat's mir schon gesagt. Aber paß auf, daß wir euch wenigstens für ein paar Stunden zu Gesicht bekommen.«

»Bestimmt, Mom. Mach dir keine Sorgen.«

»Nochmals vielen Dank für die Einladung«, sagte Lisa, bevor sie mit Ben die Küche verließ.

Keiner der beiden sagte ein Wort, bis sie im Obergeschoß angekommen waren. »Tut mir leid, daß ich mit deinem Bruder angefangen habe«, sagte Lisa schließlich, als sie das Gästezimmer betraten.

»Ist schon in Ordnung«, sagte Ben freundlich. »Es ist schon eine Weile her, und wir können damit inzwischen umgehen.«

»Es muß ein furchtbarer Verlust gewesen sein.«

Ben setzte sich auf den weißen Schleiflacktisch in der Ecke des Zimmers. »Es war wirklich schlimm. Als er zehn war, hat man bei ihm Diabetes festgestellt. Das hat natürlich zu Komplikationen geführt, als die Leukämie auftrat. Er war eine medizinische Katastrophe.«

»Wie alt warst du bei seinem Tod?«

»Vierzehn.« Ben stellte seine Füße auf den Stuhl vor dem Tisch. »Es war die schlimmste Zeit meines Lebens. Ich konnte monatelang kaum schlafen, mußte dann mit einem Freund meines Vaters sprechen, der Familienpsychologe ist. Meine Mutter war vollkommen erledigt. Wenn mein Vater nicht gewesen wäre, säßen wir heute wahrscheinlich alle in der Klapsmühle. Er hat damals wirklich alles zusammengehalten.«

»Deine Eltern sind toll.« Lisa hatte sich aufs Bett gesetzt.

»Stimmt«, gab Ben zu.

»Mich wundert bloß, daß du dich so positiv entwickelt hast. So ein Versuch, den Lieblingssatelliten unseres Planeten mit dem Lasso zu fangen, kann einen schon ein wenig verrückt machen.«

»Ha, ha. Du bist wirklich stark.«

Lisa schleuderte ihre Tennisschuhe von sich. »Jetzt erzähl mir doch mal, was im Flugzeug zwischen dir und Eric vorgefallen ist. Er hat auf der ganzen Fahrt hierher kein Wort gesagt.«

»Nichts weiter. Ich will mit diesem Scheißdreck einfach nichts mehr zu tun haben.«

»Gut«, kommentierte Lisa. »Ich hab' mir schon Sorgen gemacht, du würdest ihm mit der Zeit tatsächlich vergeben.«

»Unmöglich«, erklärte Ben. »Ich liebe meine Freunde. Ich würde alles für sie tun. Auch für dich. Aber das Leben ist zu kurz, um die Zeit mit irgendwelchen Arschlöchern zu vergeuden.«

»Ich glaube, es geht gar nicht darum, ob er ein Arschloch ist oder nicht. Was er getan hat, muß dein Vertrauen in ihn zerstört haben. Und was mich betrifft, ist das das Schlimmste, was man einem Freund antun kann.«

»Glaub mir, das brauchst du mir nicht zu erzählen. In Anbetracht von Rick und Eric ist Vertrauen die Problemtugend des Jahres.«

Als Ben am folgenden Tag gegen Mittag in die Küche kam, waren Lisa und seine Mutter ins Gespräch vertieft. »Schau, schau, wer sich endlich entschlossen hat, zu uns zu stoßen«, sagte Bens Mutter. Sie war dabei, Gemüse für das Festmahl des nächsten Tages zu schneiden. Ohne sich von Bens frisch geduschtem und glattrasiertem Äußeren täuschen zu lassen, bemerkte sie die Müdigkeit in den Augen ihres Sohnes. »Wann seid ihr gestern nacht ins Bett gegangen?«

»So gegen vier«, sagte Lisa.

Bens Mutter ließ ihr Messer aufs Schneidbrett fallen und sah sie ungläubig an.

»Mom, beruhige dich.« Ben rollte die Augen. »Wir haben uns bloß unterhalten. Ist das in Ordnung?«

»Das geht mich gar nichts an«, erwiderte seine Mutter. »Ich hab' ja auch kein Sterbenswörtchen gesagt.«

»War auch nicht nötig.« Ben wandte sich an Lisa. »Wie kommt es bloß, daß du so wach bist?«

»Ich kann nicht lange schlafen«, erklärte Lisa. »Ich bin schon seit sieben auf.«

Genüßlich gähnend streckte sich Ben zur Decke. »Du spinnst. Schlaf ist die Quelle des Lebens.«

In seinen Satz hinein läutete das Telefon. Bens Mutter unterbrach wieder das Gemüseschneiden, um den Hörer abzunehmen. »Hallo?« Nach einer kurzen Pause fuhr sie fort. »Ja, er steht direkt neben mir. Einen Moment, bitte.« Sie sah Ben an. »Es ist für dich. Jemand namens Rick.«

Bens Gesicht wurde aschfahl. Überrascht von der Reaktion ihres Sohnes, reichte seine Mutter ihm den Hörer. Ben dehnte das Kabel so stark, bis er fast im Nebenzimmer stand. »Hallo?«

»Tag, Ben«, sagte Rick. »Wie geht's zu Hause?«

Ben zog noch stärker an dem Kabel, um im Eßzimmer verschwinden zu können. »Was willst du?«

»Gar nichts«, antwortete Rick. »Ich wollte bloß hören, ob bei euch alles in Ordnung ist. Und ich wollte dir und deiner Familie ein wunderschönes Thanksgiving wünschen. Ist das nicht erlaubt?«

»Nein, das ist nicht erlaubt.« Ben bemühte sich, seine Stimme zu dämpfen. »Ich lege jetzt auf. Wenn du mit mir reden willst, ruf mich an, wenn ich wieder in Washington bin. Ansonsten – laß meine Familie in Ruhe.«

»Ben, ich wollte dir und deiner Familie wirklich bloß ein schönes Thanksgiv...«

Ben drückte den Hörer auf die Gabel, zwang sich zu einem Lächeln und ging wieder in die Küche.

»Ist alles in Ordnung?« fragte seine Mutter besorgt. »Wer war das denn? Wer ist dieser Rick?«

»Nur ein Kollege am Gerichtshof«, erklärte Ben. »Wir hatten eine Auseinandersetzung wegen eines bestimmten Verfahrens, und er wollte darüber reden. Es ist nicht weiter wichtig.«

»Benjamin, lüg mich nicht an.«

»Mom, ich lüge nicht!« sagte Ben nachdrücklich. »Es war ein Widerling aus dem Gericht, mit dem ich nie derselben Meinung bin. Es ist schon gut. Wir werden die Sache bald bereinigen.«

Bevor seine Mutter ein weiteres Wort sagen konnte, war Ben im Flur verschwunden. »Komm schon, Lisa!« rief er von der Haustür aus.

Schweigend stieg Ben ins Auto seiner Mutter, die Lippen wütend aufeinandergepreßt. Er ließ den Wagen schon aus der Einfahrt rollen, als Lisa die Tür aufriß und hineinsprang.

»Brauchst gar nicht anzuhalten«, sagte sie, während Ben auf die Straße zurücksetzte. »Bin schon da.« Da keine Antwort folgte, fragte sie: »Was hat er denn gesagt?«

»Nichts. Er hat mir nur ans Bein gepinkelt.«

»Das hab' ich mir schon gedacht. Und jetzt erzähl mir, was er gesagt hat.«

»Ich will wirklich nicht darüber sprechen«, erklärte Ben. »Heute will ich nur den Tag genießen.«

»Jetzt sag mir doch wenigstens –«

»Bitte«, flehte Ben. »Laß es uns doch einfach vergessen.«

Lisa schwieg, bis sie auf den Massachusetts Turnpike einbogen. »Erzählst du mir wenigstens, wohin wir fahren?«

Ben atmete tief ein. »Zuerst geht's nach Beacon Hill, wo du nicht nur einige der bemerkenswertesten Gebäude unserer schönen Stadt bewundern, sondern auch Vito's umgedrehte Pizza kosten wirst.«

»Vito's umgedrehte was?«

»Wir werden in einem Lokal namens *Vito's* speisen, wo man zwei aufeinanderliegende Pizzascheiben serviert. Und jetzt hör auf, mir die Vorfreude zu verderben.« Mit gesetzter Erzählerstimme fuhr Ben fort: »Danach werden wir durch die Boston Commons zur Stadtmitte spazieren.«

»Kommen wir auch an der Bar vorbei, die man immer im Vorspann von *Cheers* sieht?«

»Nein, da kommen wir nicht vorbei. Wir folgen auch nicht dem Freedom Trail. Statt dessen wirst du die Stadt aus einheimischer Perspektive sehen. Das bedeutet natürlich, daß du die U.S.S. Constitution, besagte Bar, die Faneuil Hall und all den anderen touristischen Blödsinn verpassen wirst, den die Menschheit so gern abfotografiert, aber dafür wirst du wirklich was über die Stadt erfahren.«

»Ich fühl' mich jetzt schon ungemein gebildet.«

»Und wenn du Glück hast, zeige ich dir auch noch meinen Lieblingsplatz.«

»Wir gehen in die Bibliothek?«

»Ich kann jederzeit anhalten«, warnte Ben.

»Ich werde brav sein. Versprochen.« Lisa zog einen imaginären Reißverschluß über ihre Lippen.

Um halb fünf Uhr nachmittags lenkte Ben den Wagen auf einen kleinen, ungeteerten Parkplatz am Memorial Drive. Sonst war kein Wagen zu sehen. Lisa sah sich argwöhnisch um. »Wenn das der alte Standort für deine fahrbare Liebeshöhle ist, wird mir gleich übel.«

»Davon kann keine Rede sein.« Ben stellte den Motor ab. »Ich hab' dir doch gesagt, daß ich dich zu meinem Lieblingsplatz bringen werde. War irgendeine meiner bisherigen Ankündigungen gelogen?«

»Auf dem Copley Square war kein einziges Skateboard zu sehen.«

»Das liegt an der Kälte«, erklärte Ben. »Aber abgesehen davon.«

»Die Straßenkünstler auf dem Harvard Square waren beschissen.«

»Die besten kommen erst abends. Abgesehen davon.«

Lisa dachte eine Zeitlang nach. »Nein, sonst war noch nichts gelogen.«

»Dann folge mir«, befahl Ben und stieg aus dem Auto. Gegen den kalten, vom Fluß heraufziehenden Wind ging er auf einen schmalen, neben dem Parkplatz verlaufenden Radweg zu. Der Blick jenseits des betonierten Wegs wurde von einem morschen, über und über mit Graffiti bedeckten Holzzaun versperrt. Dann endete der Zaun, und Lisa sah, daß sie auf den Charles River zugingen. Der Betonpfad wurde zu einem holzbelegten Gehweg, der zu einem mittelgroßen Bootshaus am Flußufer führte. »Das Ding hat früher der Boston University gehört«, erklärte Ben. »Hier war die ganze Ausrüstung für die Rudermannschaft untergebracht. Alle Unis haben so ein Bootshaus am Fluß: Harvard, das MIT, das Boston College, die Northeastern. Als die Boston University genug Geld aufgetrieben hatte, hat sie diese bescheidene Hütte gegen ein piekfeines Zentrum näher am Campus eingetauscht.« Er ging zum Rand des Stegs und zeigte nach rechts. »Von hier aus werden wir sehen, wie der Sonnenuntergang die Stadt in seinen warmen Schimmer taucht. Und deshalb ist dies der schönste Platz der Stadt. Womit die Führung beendet wäre. Da-dah!« Ben drehte sich um und machte eine Verbeugung.

Lisa setzte sich und ließ ihre Füße vom Rand des Stegs baumeln. »Du hattest recht. Es ist phantastisch hier.«

»Erics großer Bruder hat die Stelle entdeckt und sie uns dann gezeigt.« Ben ließ sich neben Lisa nieder. »Hier hab' ich meinen Aufsatz geschrieben, um auf die Columbia zu kommen, und später den Aufsatz, der mich nach Yale gebracht hat.«

»Wir hätten das Grinnell-Votum mitbringen sollen.«

»In ungefähr zwanzig Minuten können wir den Sonnenuntergang genießen.« Ben blickte auf seine Uhr.

»Hier wird es viel zu früh dunkel. Es ist doch erst halb fünf.«

»Wart erst mal bis zur Sonnenwende. Dann ist es um Viertel nach vier schon pechschwarz draußen. Da wir den frühesten Sonnenuntergang des Landes unser eigen nennen, haben wir auch die höchste winterliche Selbstmordrate.«

»Na, darauf könnt ihr wirklich stolz sein.« Schweigend warteten die beiden darauf, daß die Sonne auf Bostons grauen Horizont niedersank. Als Lisa bemerkte, daß Ben sie anstarrte, hob sie eine Augenbraue. »Du überlegst dir doch, ob du mich küssen sollst, oder?«

»Das hättest du wohl gern.« Ben wich zurück.

»Ach, komm«, sagte Lisa. »Ich sehe doch den zuckersüßen Blick in deinen Augen.«

»Lisa, mir ist durchaus bewußt, daß ich dich zu einem magischen Ort geführt habe. Aber nicht alle Phantasien werden hier Wirklichkeit.«

»Erzähl mir bloß keinen Blödsinn.« Lisa hielt Ben den ausgestreckten Zeigefinger vor die Nase. »Du hast denselben Blick wie in der Nacht, als wir mit diesem Todesurteil beschäftigt waren.«

»Den furchtbar müden Blick, der meine Erschöpfung fälschlicherweise als Leidenschaft interpretieren läßt? Da dürftest du wohl recht haben – genau so hab' ich mich damals auch gefühlt.«

»Vergiß es«, sagte Lisa kopfschüttelnd. »Du hast recht. Genießen wir einfach den Sonnenuntergang.«

Ben stützte sich auf seine Ellbogen und starrte in den rotgoldenen Schimmer, der die Spitze des State House färbte. Nach einigen Minuten fragte er: »Glaubst du wirklich, daß wir ihn festnageln können?«

»Ich weiß nicht.« Lisa zuckte die Achseln. »Ich hoffe es wenigstens. Allerdings scheint er immer sehr gut über uns informiert zu sein. Warum?«

»Vergiß die Frage.« Ben setzte sich auf und rieb sich die Hände, um Staub und Steinchen loszuwerden. »Reden wir einfach nicht weiter darüber.«

»Jetzt hör mal, Ben – willst du immer so reagieren, wenn du unsicher bist? Sag mir doch einfach, was du gerade denkst. Ich weiß ja, daß dir die ganze Sache unwahrscheinlich Angst macht.«

Ben schwieg.

»Was ja auch durchaus verständlich ist.«

»Was soll ich denn sagen?« erwiderte Ben schließlich. »Natürlich hab' ich Angst. Meine gesamte Karriere steht auf dem Spiel. Und wenn ich mich endlich mal beruhigt habe, ruft dieser Scheißkerl bei meinen Eltern an, bloß um mich mürbe zu machen! Schön, und was willst du noch hören? Daß ich deswegen Alpträume habe? Daß ich es nicht aus dem Kopf bekommen kann? Daß ich meine, irgendwo hineingeraten zu sein, wohin ich überhaupt nicht gehöre? In Washington ist das eine Sache, aber hier zu Hause ist das anders.«

»Was ist denn hier so anders?«

»Meine Eltern sind hier. Das ist alles. Punkt. Ich will nicht, daß sie da hineingezogen werden.«

»Deshalb hat Rick ja auch angerufen«, mutmaßte Lisa. »Er wußte, daß dich das auf die Palme bringen würde.«

»Ach, wirklich?« meinte Ben sarkastisch. »Und ich hab' tatsächlich geglaubt, er wollte eine echte Freundschaft zwischen uns beiden aufbauen. Nach dieser netten Spazierfahrt in seiner Limousine haben wir schließlich tonnenweise Erinnerungen, über die wir fröhlich lachen können.«

Lisa erwiderte nichts.

»Tut mir leid.« Ben tat einen tiefen Atemzug. »Können wir bitte von vorn anfangen?«

»Absolut.« Ein leichtes Lächeln trat auf ihr Gesicht. »Also erzähl mir mal, was Rick gesagt hat.«

»Er hat gesagt, er wollte mir bloß ein schönes Thanksgiving wünschen. Ich bin sicher, daß das seine Art ist, mir zu sagen: ›Vergiß nicht, worüber wir bei unserer Rundfahrt gesprochen haben.‹«

»Wir sollten ihn wirklich finden und ihm den Kürbis auspressen.« Lisa ließ ihre Beine baumeln.

»Du hast ja so unendlich recht«, sagte Ben und lehnte sich wieder zurück.

»Du weißt ja, wann immer du darüber reden willst, bin ich ganz Ohr.«

»Nett von dir«, sagte Ben lächelnd. »Können wir jetzt einfach den Sonnenuntergang genießen?«

»Seid ihr fertig zum Essen?« fragte Bens Mutter am folgenden Abend um Punkt sieben Uhr.

»Was ist denn mit Dad?« Ben holte einen Krug mit kaltem Wasser und zwei Flaschen Limonade aus dem Kühlschrank.

»Er hat gerade angerufen. Jemand hat seine Hinterreifen aufgeschnitten, deshalb sitzt er noch in der Redaktion fest.«

»Ist ihm auch nichts passiert?« fragte Lisa.

»Soll ich ihn vielleicht abholen?« schlug Ben vor.

»Ist schon in Ordnung«, erklärte Bens Mutter. »Er hat gesagt, der Pannendienst müßte bald kommen.«

Ben und Lisa nahmen Platz, während Bens Mutter eine Riesenschüssel Salat auftischte. »Gebt mir eure Teller.«

Ohne Vorwarnung flog die Tür auf, und Bens Vater trat ins Zimmer. »Guten Abend, allesamt«, verkündete er und gab jedem einen Kuß, bevor er sich ans Kopfende des Tisches setzte. »Gutes Timing, oder?«

»Das ging aber schnell«, bemerkte Bens Mutter.

»Ihr werdet kaum glauben, was passiert ist.« Bens Vater zog sich seine Krawatte vom Hals. »Gleich nachdem ich die Pannenhilfe angerufen hatte, bin ich rausgegangen, um den ersten Reifen zu wechseln. Ich dachte, das würde mir Zeit sparen, wenn die guten Leute endlich kämen. Jedenfalls bin ich gerade dabei, meinen Ersatzreifen zu montieren, als jemand neben mir hält und bemerkt, daß auch mein zweiter Hinterreifen platt ist. Er bietet mir seinen eigenen Ersatzreifen an und hilft mir sogar dabei, ihn festzuschrauben. Und als ich ihm am Ende angeboten habe, ihm was dafür zu bezahlen, hat er gesagt, er könnte kein Geld dafür nehmen – schließlich sei heute Thanksgiving und so weiter.«

»Wie hat er denn ausgesehen?« Ben hoffte, daß seine Frage beiläufig klang.

»Blondes Haar, ziemlich geschniegelt. Nicht besonders auffällig.«

Lisa und Ben wechselten einen Blick.

»Hat er sonst noch was gesagt?« Ben versuchte, ruhig zu bleiben.

»Nein.« Bens Vater schaufelte einen Berg Salat auf seinen Teller. »Ach, doch: Er kannte mich aus meiner Kolumne. Und du wirst es nicht glauben, aber er wußte, daß du am Obersten Gerichtshof arbeitest. Er hat sich an den Artikel erinnert, den Cary über dich geschrieben hat – damals, als sie dich gerade angenommen hatten.«

Bens Gabel glitt aus seiner schweißnassen Hand und fiel klappernd auf den Teller.

»Geht's dir nicht gut?« fragte seine Mutter.

Ben wischte sich die Hände an den Hosen ab, griff wieder nach seiner Gabel und riß sich rasch zusammen. »Doch, doch. Ich hab' bloß den ganzen Tag noch nichts gegessen.«

Erstaunt über die Ruhe, mit der Bens Vater auf den Vorfall reagierte, fragte Lisa: »Werden Ihnen oft die Reifen aufgeschlitzt?«

»Immer mal wieder. Immer wenn ich einen Kommentar über die in der Stadtverwaltung grassierende Korruption schreibe, schlitzt man mir die Reifen auf und wirft Steine in meine Fenster. So ist nun mal das Leben eines Kolumnisten. Zu viele Feinde.«

»Also war das jetzt wahrscheinlich keine große Sache«, sagte Lisa in der Hoffnung, daß Ben zuhörte.

»Für mich nicht«, stellte Bens Vater stolz fest.

Weil sie keiner Rede über das Leben eines Kolumnisten lauschen wollte, fragte Bens Mutter: »War in der Redaktion sonst noch was Besonderes?«

»Eigentlich nicht. Keine besonderen Nachrichten. In der City ist jemand angeschossen worden. Und morgen erscheint ein neuer Bericht über Korruption bei der Polizei. Außerdem hat sich mein Sohn verlobt. Abgesehen davon war es ein ruhiger Tag.«

»Was?« Ben wurde schlagartig aus seinen Gedanken gerissen.

»Du hast wohl heute noch nicht Zeitung gelesen?« Bens Vater griff in seine Aktentasche. »Es steht auf Seite siebenundzwanzig.« Er reichte Ben den entsprechenden Teil der Zeitung.

Ben blätterte sich zum Lokalteil durch. An der Spitze der ersten Kolumne war ein großes Bild von Lisa zu sehen. Darunter stand: »Margaret und Shep Schulman aus Los Angeles beehren sich, die Verlobung ihrer Tochter Lisa Marie mit Benjamin Addison, Sohn von Sheila und Michael Addison aus Newton, bekanntzugeben. Die Hochzeit ist für den kommenden März vorgesehen.«

»Was soll denn das, verdammt noch mal?« brüllte Ben.

»Zeig mal.« Lisa riß ihm die Zeitung weg. »Wer hat sich das wieder ausgedacht?«

»Hirnrissige Freunde«, flüsterte Ben.

»Soll das bedeuten, daß du doch nicht heiratest?« fragte Michael Addison.

»Na, das ist aber lustig«, sagte Bens Mutter, als Lisa ihr die Zeitung weiterreichte. »Wer war das? Ober? Nathan?«

»Wer sonst?« meinte Lisa.

Ben achtete kaum auf die Bemerkungen seiner Eltern. Er konnte Rick einfach nicht aus seinen Gedanken verbannen. »Ben, ist etwas nicht in Ordnung?« fragte sein Vater besorgt.

»Nein, mir geht's gut.« Ben sah seinen Vater an und deutete auf die Zeitung. »Die Sache tut mir leid. Ich hatte nicht das Geringste damit zu tun.«

»Ach, macht doch nichts. Wir mögen es, wenn man uns mal so richtig demütigt. Jede anständige Zeitung möchte ab und an zum Opfer eines hirnlosen Spaßvogels werden.«

»Du hast doch deshalb keine Probleme gekriegt, oder?«

»Natürlich nicht. Aber den ganzen Tag über haben mich Kollegen gefragt, warum ich ihnen nichts von eurer Verlobung erzählt hätte.« Bens Vater nahm die letzte Gabel Salat. »Übrigens, der Präsident hat jetzt offenbar seine Liste der möglichen Kandidaten für Blakes Platz auf der Richterbank fertig.«

»Wer kommt denn in Frage?« Ben versuchte krampfhaft, nicht mehr an Rick zu denken. »Kuttler. Redlich. Und wer sonst?«

»Es geht das Gerücht, daß auch dein alter Freund, Richter Stanley, dabei ist.«

»Der bekommt den Posten nie.« Ben winkte ab. »Das ist bloß der Köder, den er den Liberalen hinwirft. Ich wette hundert Dollar, daß Stanley keine Chance hat.«

»Habt ihr am Gerichtshof irgendwas gehört?« fragte Bens Vater.

»Das läuft eigentlich an uns vorbei«, erklärte Ben. »Manche Richter werden vom Büro des Präsidenten um Empfehlungen gebeten, aber das geschieht nur aus Höflichkeit. Sonst hören wir dasselbe wie ihr.«

»Also, hör mal«, protestierte Bens Vater. »Du arbeitest doch da. Da mußt du auch was hören. Nur dieses eine Mal – schieb deinem Dad doch ein paar Informationen rüber.«

»Ich hab' doch schon gesagt, daß ich nichts weiß«, beharrte Ben. »Und bringt mich bitte nicht in so eine Lage. Selbst wenn ich etwas wüßte, könnte ich's dir nicht erzählen.«

»Immer mit der Ruhe«, beschwichtigte ihn sein Vater. »Ich hab' doch bloß Spaß gemacht.«

»Es war wirklich bloß ein Scherz«, sekundierte Lisa.

»Großartig.« Ben stocherte in seinem Salat. »Es war bloß ein Scherz. Ich hab's kapiert. Ha, ha.«

»Ist im Büro auch alles in Ordnung?« fragte Bens Mutter.

»Alles ist bestens«, sagte Ben. »Alles ist wunderbar.«

»Und was ist mit der Kanzlei, die dich unbedingt einstellen wollte? Ist sie noch interessiert?«

»Mom, alles ist in bester Ordnung. Zielstrebig marschiere ich auf der Überholspur der Juristenwelt. Nichts kann mich aufhalten. Könnten wir jetzt vielleicht das Thema wechseln?«

»Nein. Warum sagst du mir nichts? Was verschweigt er mir denn?« Bens Mutter wandte sich an Lisa. »Sie können es mir sicher sagen.«

»Mom, laß Lisa in Ruhe«, befahl Ben.

»Ben, es gibt überhaupt keinen Grund, laut zu werden«, warf sein Vater ein.

»Doch, wenn sie sich in anderer Leute Angelegenheiten einmischt«, sagte Ben erbost. »Wie schon gesagt: Schluß damit.«

»Diesen Ton will ich bei Tisch nicht haben«, erklärte Bens Mutter. »Entweder du entschuldigst dich, oder du verläßt das Zimmer.«

»Ich soll das Zimmer verlassen?« Ben stieß ein gezwungenes Lachen aus. »Und wenn ich mich weigere? Willst du mich bestrafen? Mir den Hosenboden versohlen? Vielleicht könntest du mir Fernsehverbot erteilen. Oder ich muß dieses Jahr auf meine Geburtstagsparty verzichten.«

»Benjamin, ich würde es begrüßen, wenn du jetzt gehen würdest«, sagte sein Vater mit leiser Stimme.

Ben stand auf und stürmte die Treppe hinauf. »Ich bin in meinem Zimmer.«

Um acht Uhr läutete die Türglocke. »Ich geh' schon.« Bens Vater schob seinen Stuhl zurück und ging zur Tür. »Hallo, Jungs!« hörte man ihn rufen. »Kommt rein – wir sind gerade beim Nachtisch.«

»Liegt da etwa Idiotie in der Luft?« bemerkte Lisa schnüffelnd, als Ober und Nathan an den Tisch traten.

»Guten Abend, Jungs«, sagte Bens Mutter.

»'n Abend, Mrs. Addison.« Ober war krampfhaft bemüht, ein Grinsen zu unterdrücken. »Ich hoffe, Sie alle genießen ein wunderschönes Festmahl.«

»Bisher schon«, bemerkte Lisa.

»Was bringt euch beide heute zu uns?« fragte Bens Mutter.

»Wir wollten bloß mal guten Tag sagen. Es ist schon so lange her, daß wir Sie beide das letzte Mal gesehen haben«, erklärte Ober. »Außerdem wollten wir Ihnen natürlich zur Verlobung Ihres Sohnes gratulieren.«

»Genau.« Nathan klopfte Lisa auf den Rücken. »Dies ist ein großer Tag für euch. Wir wünschen euch beiden alles Gute.«

»Sehr lustig«, zischte Lisa.

»Ach, komm schon«, sagte Nathan. »Sag bloß, daß du's nicht lustig gefunden hast – das große Bild von dir, der falsche Lebenslauf: es war einfach genial.«

»Und es hat uns fast hundert Dollar gekostet«, fügte Ober hinzu.

»Lustig war es schon«, gab Lisa zu. »Ich hoffe bloß, ihr glaubt nicht etwa, daß es keine Folgen haben wird.«

»Nimm es wie ein Mann.« Ober quetschte sich neben Lisa,

so daß die beiden nun gemeinsam auf einem Stuhl saßen. »Übrigens, wo ist der Bräutigam?«

»Er sitzt oben in seinem Zimmer und schmollt«, erklärte Bens Mutter.

Zehn Minuten später traten Ober, Nathan und Lisa in Bens Zimmer. »Na, sieht ja so aus, als sei meine Strafe aufgehoben.« Ben saß auf seinem Bett. »Ich darf wieder Besuch empfangen.«

»Jetzt hör doch auf.« Lisa setzte sich neben ihn. »Sie wollen bloß wissen, was dir Kummer macht.«

»Und wenn ich ihnen nichts darüber sagen will, dann sag' ich nichts darüber«, fuhr Ben sie an.

»Hör mal, reg dich bloß nicht auf, weil deine Eltern dich noch immer wie einen Zwölfjährigen behandeln«, sagte Lisa. »So ist das nun mal mit Eltern. Es ist ihr Job. Sie merken offenbar, wenn etwas nicht in Ordnung ist. Außerdem benimmst du dich auch wie ein Zwölfjähriger.«

»Glaubst du, daß Rick der Typ war, der sich an meinen Vater rangemacht hat?« Ben erklärte Ober und Nathan, was vorgefallen war.

»Ich weiß nicht, wer es war, aber es sieht so aus, als wäre es mehr als bloßer Zufall gewesen«, antwortete Lisa.

»Warum macht er nur so was, verdammt noch mal?« überlegte Ben.

»Wie wär's, wenn wir einfach nicht mehr darüber reden«, schlug Nathan vor. »Wir können momentan nichts unternehmen, und es bringt auch nichts, dir zuzuschauen, wie du langsam den Verstand verlierst. Wenn wir zurück sind, setzen wir uns zusammen und entwerfen eine neue Strategie.«

»Aber was ist, wenn –«, begann Ben.

»Sag's nicht«, unterbrach ihn Nathan. »Wechseln wir einfach das Thema und reden über was anderes.«

»Ich hab' ein neues Thema«, verkündete Ober. Er blätterte in dem sieben Jahre alten Einstein-Kalender, der noch immer an der Wand hing. »Reden wir darüber, warum morgen so ein besonderer Tag ist.«

Ben dachte einen Augenblick nach, dann sagte er: »Manchmal bist du wirklich verdammt armselig.«

»Wieso?« Lisa sah Nathan an.

»Morgen jährt sich zum wiederholten Mal der Tag, an dem Ober seine Jungfräulichkeit verlor«, erklärte Nathan.

»Und ich war der erste von uns, dem diese Ehre zuteil wurde«, fügte Ober stolz hinzu, »was unseren Griesgram hier auf ewig ärgern wird.«

»Ben war drauf und dran, es mit Lindsay Lucas zu machen«, erklärte Nathan, »aber weil Ober der erste sein wollte, schlief er mit Shelly Levine, der Bumsmaschine.«

»Du hast bloß deshalb mit ihr geschlafen, um Ben zu schlagen?« fragte Lisa.

»Es war nicht bloß, um ihn zu schlagen«, verteidigte sich Ober. »Ich wollte sie auch besser kennenlernen.«

»Er hat es bloß getan, um mich zu schlagen«, erklärte Ben.

»Und seither ist er sauer«, verkündete Ober.

»Ihr seid wirklich ekelhaft«, sagte Lisa. »Ein Wettkampf um das erste Mal!«

»Der einzige Wettkampf hat in Obers Kopf stattgefunden«, sagte Ben.

»Jedenfalls hab' ich die Goldmedaille geholt«, beharrte Ober. »Aber mach dir keine Sorgen. Silber ist auch ganz schön.«

»Und in welcher Klasse war das?« wollte Lisa wissen.

»In der elften«, antworteten die drei Freunde im Chor.

»Gar nicht schlecht. Und wie steht's mit dir, Nathan? Wann hast du die große Tat vollbracht?«

»Das ist eine ziemlich persönliche Frage«, erklärte Nathan. »Wann war es denn bei dir?«

»Ich hab's in der zehnten Klasse getan, und zwar mit Chris Weiss im Schlafzimmer seiner Eltern. Sie waren übers Wochenende weggefahren.«

»Sehr gut! Früh übt sich!« lobte Ober.

»Also, wann war es?« fragte Lisa Nathan.

»In der zwölften Klasse –«, begann Nathan.

»Es war *nach* der Zwölften«, korrigierte Ben.

»Es war im Sommer zwischen der zwölften Klasse und dem College«, beharrte Nathan. »Rein technisch gesehen ist das immer noch die Zwölfte, auch wenn es aus heutiger Perspektive anders aussehen mag. Ich und Eleanor Sussman lagen in einem kleinen Hotelzimmer an der Küste von New Jersey – meine Eltern haben da ein Ferienhaus.«

»Sehr geschmackvoll«, kommentierte Lisa. »Wo hast du's getan?« fragte sie Ben.

»Da ich von diesem Trio am meisten Stil besitze, hab' ich meine Freundin zum Bootshaus der Boston University gebracht. Wir haben die Schlafsäcke ausgebreitet und sind wirklich stilvoll zur Sache gegangen – unter den Sternen und mit Blick über die ganze Stadt.«

»Und wie war's bei dir?« wollte Lisa von Ober wissen.

»Ich und die Bumsmaschine sind nach einer harten Kneipentour zu ihr nach Haus gewankt und haben es in ihrem eigenen, geschmackvoll eingerichteten Zimmer getrieben.«

»Während ihre Eltern im Nebenzimmer waren«, fügte Ben hinzu.

»Waren sie nicht«, sagte Lisa.

»Sie haben absolut nichts gehört.« Ober ließ sich mit gekreuzten Beinen auf dem Boden nieder.

»Warum läßt du dir von Ober nicht die Affäre erzählen, die er mit seiner Chefin hatte«, schlug Nathan vor.

»Genau.« Ben begann zu lachen. »Das ist eine echt –«

»Es war keine Affäre«, unterbrach ihn Ober, »es war ein furchterregender Verführungsversuch.«

»Es war eine Affäre, und du warst ein Feigling«, behauptete Nathan.

»Erzählt doch mal«, verlangte Lisa.

»Es geschah während Obers kurzer Vorstellung als Werbeassistent«, begann Ben.

»Ich hab' in einer Agentur gearbeitet, die sich auf die Computerindustrie spezialisierte«, warf Ober ein.

»Und Obers Chefin«, fuhr Ben mit tiefer, sinnlicher Stimme fort, »nun, sagen wir einfach, sie spezialisierte sich auf die Liebe.«

»Jetzt komm doch einfach zum Punkt«, flehte Ober. »Sie hat sich an mich rangemacht, und ich hab' mich geweigert. Ende der Geschichte.«

»Nein, nein, nein«, protestierte Nathan. »Sie hat sich an dich rangemacht, und du bist umgekippt.«

»Was bist du?« fragte Lisa lachend.

»Sie hat ihn in ihr Büro bestellt, und als er reinkam, trug sie nichts als BH, Slip und schwarze Strapse«, erklärte Ben. »Ober hat sie bloß einmal angeschaut und ist in Ohnmacht gefallen.«

»Ich hatte mich schon den ganzen Tag lang schlecht gefühlt«, erläuterte Ober trocken. »Ich bin zu schnell aufgestanden, und als ich in ihr Büro kam, war mir schwindlig.«

»Will heißen, du warst eingeschüchtert«, bemerkte Nathan.

»Was hat sie denn gemacht, als du umgekippt bist?« fragte Lisa.

»Keine Ahnung«, sagte Ober. »Als ich aufwachte, war sie jedenfalls dabei, mir mit einem Aktenordner Frischluft zuzufächeln.«

»Aber sie hatte immer noch nichts an«, fügte Ben hinzu. »Selbstredend war sie zu diesem Zeitpunkt reichlich abgekühlt. In Ohnmacht zu fallen ist der beste Liebestöter aller Zeiten.«

»Können wir jetzt von was anderem reden?« schlug Ober vor.

»Ach, Liebste«, sagte Nathan zu Ben. »Ich stehe so auf deine Unterwä...« Er schloß die Augen und ließ sich zu Boden fallen.

»Rein, raus, ohnmächtig, Maus«, sagte Ben.

»Das wär's. Ich verschwinde«, erklärte Ober. »Wenn ich's drauf angelegt hätte, mich verarschen zu lassen, hätte ich auch zu Hause bleiben können.«

»Kannst du mich unterwegs absetzen?« fragte Nathan, während Ober zur Tür stürmte.

Wortlos verließ Ober das Zimmer. »Ich werde dieses Schweigen als Zustimmung interpretieren.« Nathan winkte Ben und Lisa zum Abschied zu. »Bis später dann.«

»Bis später.«

Als Nathan verschwunden war, stieß Lisa Ben vor die Brust. »Was bist du für ein Ekel«, sagte sie.

»Was?«

»Da, wo du mich gestern hingeführt hast – am Bootshaus. Du hast versucht, mich zu verführen.«

»Jetzt mach mal halblang«, protestierte Ben. »Ich hatte nichts Derartiges im Sinn.«

Lisa kniff die Augen zusammen und machte sich mit leiser Stimme daran, Ben so gut wie möglich nachzuahmen. »Tja, hier hab' ich meinen Essay für die Columbia geschrieben und auch den für Yale, und hier hab' ich zum ersten Mal –« Mit etwas tieferer Stimmlage unterbrach sie sich. »Nein, du Trottel, erzähl ihr bloß nicht davon – wenn sie das rauskriegt, steigt sie nie mit dir ins Bett.«

»Wirklich erstaunlich.« Ben lachte. »Du hast meinen Denkprozeß perfekt wiederholt.«

»Es war vielleicht nicht ganz perfekt, aber doch nahe dran.«

»Glaubst du das wirklich?«

»Hab' ich unrecht?«

»Glaubst du das wirklich?«

»Antworte mir auf meine Frage«, sagte Lisa hartnäckig. »Sag mir, ob ich unrecht habe.«

Eine tiefe Röte schoß in Bens Gesicht. »Ich will nicht sagen, daß du vollständig recht hast, aber so ganz daneben liegst du nicht.«

»Ich hab's gewußt! Du bist so berechenbar.«

»Was soll das wieder heißen? Ich bin nicht berechenbar.«

»Soll das ein Witz sein? Du bist so berechenbar, daß ich meine Uhr nach deiner –«

Bevor Lisa ihren Satz beenden konnte, beugte sich Ben vor und zog sie in einen tiefen, langen Kuß.

Als er sie wieder losließ, wich Lisa erstaunt ein Stück zurück. »Ein Kuß von Mr. Addison – ich bin beeindruckt. Ich hab' nicht gedacht, daß du so was drauf hast.«

»Willst du endlich still sein?« Ben küßte sie wieder, und während er sie in seine Arme nahm, drückte sie ihn aufs Bett, hockte sich auf ihn und begann, ungestüm sein Hemd aufzuknöpfen.

»Und eines will ich dir noch sagen«, rief Ober, während er wieder ins Zimmer stürmte. »Mensch! Mich laust der Affe!«

»Nicht zu fassen«, kommentierte Nathan.

»Stört es euch?« fragte Lisa. »Wir versuchen gerade, etwas in Stimmung zu kommen.«

»Oh, das werdet ihr euch *nie* verzeihen«, warnte Ober und zog mit breitem Grinsen die Tür wieder zu.

»Was wirst du bloß Lindsay Lucas erzählen?« rief Nathan von draußen.

Bens Kopf fiel aufs Bett zurück. »Verdammt«, sagte er.

»Vergiß es einfach.« Lisa beugte sich vor und küßte seinen Hals.

ELFTES KAPITEL

Na?« fragte Ben.

»Was?« erwiderte Lisa, die neben ihm lag.

»Was denkst du?«

»Worüber?« Lisa lächelte.

»Über die Tatsache, daß deine Kleider meinen Fußboden schmücken. Was sonst?«

»Es war schön«, erklärte Lisa. »Es war gut.«

Ben setzte sich auf und schüttelte den Kopf. »Probier bloß nicht, dieses Spielchen mit mir zu spielen. Mit deinen vagen Adjektiven wirst du mich nur auf die Palme bringen.«

»Was soll ich denn sagen? Es war phänomenal. Absolute Weltklasse. Du warst ein Künstler – ich war deine Leinwand.«

»Du gehst mir auf den Nerv, weißt du das?«

»Komisch«, sagte Lisa mit leichtem Grinsen. »Vor einer halben Stunde hast du dich darüber nicht beschwert.«

»So toll war es gar nicht.«

»Wie du meinst.« Lisa betrachtete die auf dem Boden verstreuten Kleider, dann zeigte sie auf eine Ecke des Zimmers. »Übrigens, sind das vielleicht die Boxershorts, die dir schon immer Glück gebracht haben?«

»Glück war da nicht beteiligt.«

»Ach, hab' ich dich etwa gekränkt?« Lisa strich mit den Fingern über Bens Kehle.

»Es war einfach dumm.« Ben wich zurück und lehnte sich an den Bettrahmen. »Diese Genugtuung hätte ich dir nicht gönnen sollen. Jetzt wirst du bloß dauernd Sex-Witze reißen.«

»Natürlich werd' ich solche Witze reißen«, erwiderte Lisa. »So bin ich einfach. Hast du dir vielleicht vorgestellt, daß wir ab jetzt zusammen *ausgehen*? Daß wir die Turteltäubchen des Gerichtshofs werden? Das war pure Genußsucht. Ich hab' darauf gewartet, über dich herfallen zu können, seit ich dich das erstemal gesehen hab'.«

»Das sagst du bloß so.«

Lisa packte ihn am Hinterkopf und zog ihn zu sich. »Nein, das war blanker Ernst.«

»Aber jetzt ist das Geheimnis ja gelüftet.«

»Hör mal, wann immer du es wiederholen willst – ich bin bereit. Es war phantastisch.«

»Nein, darauf kann ich verzichten. Das war's.« Ben entzog sich ihrem Griff. »Jetzt werden wir uns im Büro nur noch verkrampft gegenübertreten. Und jedesmal, wenn ich dich sehe, werde ich mir vorstellen, wie du nackt aussiehst.«

»Na und? Ich bin erwachsen. Mit so was kann ich umgehen. Außerdem – wenn du denkst, du kannst dich weigern, wenn ich wieder Lust drauf habe, dann weißt du nicht, was du redest.«

»Du hast die Grenzen meiner Willenskraft noch nicht erfahren. Glaub mir, das war ein Einzelfall.«

»Wie du meinst, Liebling.« Lisa drehte sich auf die Seite und zog die Bettdecke zum Kinn.

Am frühen Sonntagmorgen brachten die Addisons Ben und Lisa zum Flughafen. Ben lud das Gepäck aus dem Kofferraum, während Lisa Bens Mutter umarmte. »Nochmals vielen Dank für alles.«

»Schön, daß Sie kommen konnten«, erwiderte Bens Mutter. »Ich hab' mich sehr gefreut, Sie endlich kennenzulernen.«

»Bis zum nächsten Mal, Mom.« Auch Ben umarmte seine Mutter. Als er Tränen in ihre Augen schießen sah, fügte er hinzu: »Wein doch nicht. Wir sehen uns ja bald wieder.«

»Schon gut.« Seine Mutter biß die Zähne zusammen. »Kommt gut nach Hause.«

Ben und Lisa checkten ihre Taschen ein und gingen zu ihrem Flugsteig. »Hast du schon was von Ober oder Nathan gehört?« fragte Lisa.

»Nichts. Kein Anruf, und auch sonst nichts. Bestimmt haben sie sich wieder irgend etwas ausgedacht.«

Als sie am Flugsteig ankamen, warteten Nathan, Ober und Eric schon. Zögernd ging Ben auf seine Freunde zu. »Wie war euer Wochenende?«

»Schön«, antwortete Nathan.

»Phantastisch«, sagte Eric.

»Super«, schloß sich Ober an. »Und deines?«

»Auch schön«, erwiderte Ben argwöhnisch. Er sah sich um, fixierte Ober und Nathan und erklärte schließlich: »Okay, also raus damit. Sagt, was ihr wollt, aber sagt es endlich. Die Spannung bringt mich um.«

»Was sollen wir denn sagen?« fragte Ober harmlos.

»Ich weiß gar nicht, wovon du redest«, erklärte Nathan mit todernster Miene.

»Kommt mir bloß nicht so«, sagte Ben. »Na los, was habt ihr vor? Wird von irgendwoher jemand auftauchen und uns mit Reis bewerfen? Oder kommt vielleicht eine Blaskapelle vorbeimarschiert? Was ist los?«

»Gar nichts ist los«, sagte Nathan.

»Warum flippt er denn so aus?« fragte Ober.

»Ich hab' keine Ahnung«, sagte Nathan. »Scheint mir ein klassischer Fall von Paranoia zu sein.«

Nachdem sie Lisa an ihrem Apartmenthaus abgesetzt hatten, fuhren die vier Freunde nach Hause. Ober war als erster an der Tür, zog den Stapel Umschläge aus dem Briefkasten, schleppte sein Gepäck in den Flur und warf die Post auf den Eßtisch. Eric stellte seine Tasche an der Garderobe ab, um gleich wieder zur Tür zu gehen. »Bis später. Ich muß noch in die Redaktion.«

Sobald die Tür zugefallen war, packte Ober Ben bei den Schultern. »Na, wie war sie? Ich wette, sie ist absolut tierisch im Bett.«

»Du hast doch gedacht, sie sei lesbisch«, erwiderte Ben.

»Das hab' ich nie gesagt«, verteidigte sich Ober. »Ich hab' gesagt, sie ist bisexuell.«

»Klar hast du's gesagt.«

Nathan ließ sich auf die kleine Couch fallen. »Ich kann es immer noch nicht glauben, daß du mit ihr ins Bett gegangen bist. Was hast du dir eigentlich dabei gedacht?«

»Was soll denn das jetzt heißen?« fragte Ben.

»Ich dachte, wir seien uns einig gewesen, daß wir nach Thanksgiving herausfinden wollten, ob wir Lisa trauen können.«

Ben stand mitten im Zimmer, noch immer im Mantel. »Fang bloß nicht wieder damit an«, sagte er. »Ich vertraue ihr.«

»Ben – versteh das bitte nicht falsch, aber ich hoffe, du läßt dich von einem scharfen Wochenende nicht zu falschen Schlüssen verleiten.«

»Nichts für ungut, aber ich will das durchaus falsch verstehen. An diesem Wochenende habe ich eine Menge über Lisa erfahren, und es ist absolut unmöglich, daß sie mit Rick gegen mich arbeitet.«

»Woher willst du das denn wissen?« attackierte ihn Nathan. »Auf welche neuen Erkenntnisse kannst du dieses Urteil stützen? Oder meinst du vielleicht, du kennst sie irgendwie besser, bloß weil du mit ihr geschlafen hast?«

»Es geht nicht bloß darum. Ich hab' sie auch als Mensch besser kennengelernt.«

»Ben, der einzige Unterschied zwischen heute und vor einer Woche ist der, daß du jetzt weißt, wie sie nackt aussieht.«

»Das stimmt einfach nicht. Du warst doch gar nicht dabei; wir haben die paar Tage –«

»Jetzt hör doch endlich auf, von diesem Wochenende zu reden, und sperr die Ohren auf. Für einen intelligenten Menschen verhältst du dich extrem einfältig. Wenn meine Theorie stimmt, tut Lisa genau das, was sie tun sollte. Denk mal darüber nach! Jetzt hat sie dich von zwei Seiten im Griff!«

Es wurde plötzlich still im Zimmer. Ben ging zum Tisch und sah den Stapel Umschläge durch. Stumm sortierte er seine eigene Post aus, bis er schließlich sagte: »Wenigstens kümmert sich Lisa um meine Probleme.«

»Was willst du damit sagen?« fragte Nathan.

»Ganz einfach: Sie hat das gesamte Wochenende damit verbracht, mit mir über diesen ganzen Mist mit Rick zu reden. Was euch betrifft, so habt ihr eure Energie für blöde Späße vergeudet.«

»Das ist jetzt aber wirklich unter der Gürtellinie«, protestierte Nathan. »Du weißt, wieviel Zeit wir alle für die Sache geopfert haben. Ober und ich haben unseren Job riskiert, um Rick festzunageln. Und was die Verlobungsanzeige betrifft, so ist uns eben nichts Besseres eingefallen, um dich aufzuheitern. Außerdem hat Lisa sich nur deswegen so ausführlich mit dir unterhalten, um herauszukriegen, was du weißt.«

»Du weißt ja nicht, was du redest.« Ben ging zur Treppe.

»Werd bloß nicht wild und lauf einfach weg. Komm wieder her und stell dich der Sache.«

Ohne auf seinen Freund zu reagieren, ging Ben in sein Zimmer.

»Du hättest wissen sollen, daß er in die Defensive geht«, sagte Ober, als Ben verschwunden war.

»Natürlich hab' ich das gewußt«, erwiderte Nathan. »Aber scheiß drauf. Ich sperre bloß die Augen für ihn auf.«

»Ich weiß schon, was du tust. Aber vielleicht hättest du sensibler vorgehen sollen.«

»Ausgerechnet du verlangst von mir, sensibler zu sein?« Nathan lachte.

»Das meine ich ernst. Ben hat wirklich Angst wegen der ganzen Sache.«

»Natürlich hat er Angst. Ich hab's ja schon vor Thanksgiving gesagt – Sex kommt dem rationalen Denken immer in die Quere. Aber es ist an der Zeit, daß Ben aufwacht. Er hat seinen Spaß gehabt, aber jetzt muß er der Realität ins Auge sehen: Wir können Lisa nicht vertrauen.«

Rick sprach in sein Handy, während er am Flughafen auf sein Gepäck wartete. »Na, wie war die Reise?«

»Mußtest du uns unbedingt nach Boston folgen?«

»Natürlich«, antwortete Rick. »Ich mußte ja ein Auge auf mein Goldstück haben.«

»Ich hoffe, daß das Ergebnis dich befriedigt. Du hast ihn total durcheinandergebracht.«

»Die Sache mit seinem Vater hat ihn wirklich durchdrehen lassen, oder?«

»Das ist das Understatement des Jahres. Jetzt weiß er nicht mehr, wem er trauen kann.«

»Hat er dich in Verdacht?«

»Ich glaube nicht, aber es ist wesentlich schwieriger geworden, mit ihm umzugehen. Er hat den ganzen Rückflug über kaum etwas gesagt.«

Rick grinste und legte das Handy ans andere Ohr. »Das passiert eben, wenn man merkt, daß man verliert. Man läßt es an den Menschen aus, die einem am nächsten stehen.«

Als Ben in sein Zimmer kam, warf er die Post auf seinen Schreibtisch und ließ sich auf den Stuhl sinken. Es kann doch unmöglich Lisa sein, redete er sich ein, während er mit den Daumen nervös auf die Tischplatte trommelte. Bleib bei den Fakten. Kann sie nach allem, was du über sie weißt, womöglich eine Art Doppelspiel treiben? Nein. Das ist unmöglich. Ganz ausgeschlossen.

Während er die Einzelheiten noch einmal Revue passieren lies, sortierte er den Stapel Umschläge nach drei Kategorien – Rechnungen, Werbung und Privatpost. Anhand eines an Benjamin N. Addison adressierten Zeitschriftenangebots stellte er fest, daß *Newsweek* seine Daten verkauft hatte. Ein Brief an Benjamin L. Addison wies darauf hin, daß die *Legal Times* auf leichte Weise etwas Geld verdient hatte. Ben runzelte die Stirn, als er den Namen Benjamin C. Addison las, verärgert, daß auch seine Kreditkartengesellschaft der Versuchung erlegen war, obwohl er es ihr eindeutig untersagt hatte. Ben hatte sich gerade entschlossen, die Firma anzurufen, als ihm der zuoberst liegende Brief auf dem Stapel Privatpost ins Auge fiel. Er griff nach dem weißen Umschlag und stellte erstaunt fest, daß dieser weder Absender noch Briefmarke aufwies und daher auch nicht abgestempelt war.

Ben fuhr mit dem Daumen an der versiegelten Lasche entlang, öffnete den Umschlag und zog den kurzen, mit Maschine geschriebenen Brief heraus. *Lieber Ben! Ich hoffe, du hattest ein angenehmes Wochenende. Bestimmt werde ich alles darüber erfahren. Freundliche Grüße, Rick.*

Bens Herz schlug merklich schneller, als er die Notiz noch einmal durchlas. Er stieß sich vom Schreibtisch ab, verließ das Zimmer und stürzte die Treppe hinunter. Als er ins Wohnzimmer kam, sah er Nathan den Telefonhörer auflegen. »Wer war das?« fragte er.

»Meine Mutter«, erklärte Nathan. »Ich wollte ihr bloß sagen, daß wir gut nach Hause gekommen sind.«

»Das ist separat zugestellt worden, während wir weg waren.« Ben gab Nathan den Brief. »Auf dem Umschlag war keine Briefmarke.« Während Nathan die Notiz überflog, kam Ober aus dem Badezimmer.

»Was ist denn los?« wollte er wissen.

Schweigend reichte Nathan den Brief weiter.

»Kann ich mal draußen mit euch reden?« fragte Ben und winkte Nathan und Ober zur Haustür. Vor dem Haus stiegen die drei Freunde in Nathans Wagen.

»Wann hast du den Brief entdeckt?« Nathan schlug die Wagentür zu.

»Gerade eben«, antwortete Ben nervös. »Was hältst du denn von dem zweiten Satz, wo es heißt, er würde alles über das Wochenende erfahren?«

»Du weißt ja schon, was ich denke«, antwortete Nathan. »Wenn das keine Anspielung auf Lisa ist, fress' ich 'nen Besen.«

»Ich weiß. Ich weiß«, sagte Ben. »Aber wenn er mit Lisa unter einer Decke steckt, würde er dann wirklich ihre Tarnung preisgeben?«

»Ich glaube, im Augenblick spielt Rick einfach mit uns«, fuhr Nathan fort. »Wenn er insgeheim mit Lisa zusammenarbeitet, genießt er das Spielchen. Und wenn es nicht so ist, macht er uns damit nervös, daß er so tut. Auf jeden Fall spielt er mit der Angst davor und macht uns systematisch verrückt. Offenbar weiß er, wieviel Lisa dir bedeutet.«

»Scheiße.« Ben sackte auf dem Sitz in sich zusammen.

»Darf ich mal was fragen?« meldete sich Ober vom Rücksitz. Ohne auf die Erlaubnis zu warten, fuhr er fort. »Warum sitzen wir eigentlich im Auto?«

Nathan schüttelte den Kopf. »Hör mal, du Pflaume, wenn Rick in der Nähe war, um höchstpersönlich einen Brief einzustecken, und wenn er wußte, daß wir nicht zu Hause waren, liegt es nahe, daß er sich bei uns ein bißchen umgesehen hat.«

»Meinst du, er hat bei uns eingebrochen?«

»Warum denn nicht?« meinte Ben. »Er wußte, daß er nach allen Informationen suchen konnte, die wir über ihn haben. Er konnte das Haus in aller Ruhe mit Wanzen spicken. Im Grunde konnte er machen, was er wollte. Was mich betrifft, werde ich da drin kein Sterbenswörtchen mehr von mir geben.«

»Und was hast du jetzt vor?« erkundigte sich Nathan.

»Ich glaube, jetzt müssen wir es endlich schaffen, Ricks Identität festzustellen. Wenn wir ein Foto von ihm bekommen und es im State Department überprüfen lassen könnten, wären wir wesentlich näher dran, ihn einzukassieren.«

»Über unseren kleinen Fototermin wußte er offensichtlich auch Bescheid«, sagte Nathan.

»Genau«, bestätigte Ben. »An seiner Stelle würde ich also kein weiteres Treffen riskieren, bevor wir ihm die Entscheidung zukommen lassen. Das heißt, wir müssen einen ausgefalleneren Weg gehen, um ihn aufzuspüren.« Ben setzte sich auf. »Alles, was wir wirklich über ihn wissen, ist folgendes: Er ist achtundzwanzig bis achtunddreißig Jahre alt, er ist clever, und er weiß, was er tut. Außerdem muß Rick – falls das überhaupt sein echter Name ist – meiner Meinung nach Anwalt sein. Er kennt sich in juristischen Dingen viel zu gut aus, um als Laie durchzugehen.«

»Wird man eigentlich fotografiert, wenn man das Anwaltsexamen ablegt?« fragte Nathan.

»Genau in dieser Richtung denke ich auch«, sagte Ben. »Wenn wir alle Informationen auswerten, die wir über ihn besitzen, sollten wir auch auf eine Gelegenheit kommen, bei der er fotografiert worden ist. Und wenn wir dieses Bild auftreiben, sollten wir ihn auch identifizieren können.«

»Was ist denn mit dem Anwaltsexamen?«

»In manchen Bundesstaaten wird man nicht fotografiert«, erklärte Ben. »Und ich bin nicht sicher, ob die Anwaltsvereinigung solche Informationen überhaupt freigibt.«

»Wie steht's denn mit dem Foto im Führerschein?« schlug Ober vor.

»Das wäre eine viel zu weite Kategorie«, sagte Ben. »Selbst wenn wir wüßten, aus welchem Staat er kommt, müßten wir zu viele Leute überprüfen.« Es wurde allmählich kühl in dem Wagen, und die drei Freunde rieben sich die Hände, um warm zu bleiben. »Ich hab' mir folgendes gedacht: Wenn Rick Anwalt ist, hat er natürlich Jura studiert. Also müßte sein Bild in den letzten fünfzehn Jahren im Jahrbuch irgendeiner juristischen Fakultät auftauchen. Da insgesamt über hundert Unis solche Fakultäten haben, wäre die Suche im Prinzip zu aufwendig, aber ich denke, wir können uns auf die zehn oder zwölf besten

Hochschulen beschränken: Yale, Harvard, Stanford, Columbia und so weiter. Rick ist ein echter Snob – ich möchte wetten, daß er auf einer Eliteuni war.«

»Das sind aber immer noch 'ne Menge Fotos«, sagte Ober.

»Eigentlich nicht«, widersprach Ben. »Wenn wir die zwölf besten Fakultäten nehmen und uns auf die in Frage kommenden Jahre beschränken, macht das hundertachtzig Jahrbücher. Da wir mit durchschnittlich vierhundert Studenten pro Jahrgang rechnen können, ist das Ganze nicht so schlimm.«

»Das sind zweiundsiebzigtausend Bilder.« Nathan schlug mit den Handgelenken gegen das Lenkrad.

»In Wirklichkeit ist es nur die gute Hälfte«, sagte Ben. »Um die Frauen brauchen wir uns ja nicht zu kümmern.«

»Was soll eigentlich der Quatsch mit ›wir‹?« fragte Ober. »Du bist doch der einzige, der ihn erkennen kann.«

»Dann werde ich mir eben eine Menge Fotos anschauen. Oder habt ihr eine bessere Idee? Wenn ich sein Bild entdecke, haben wir alles, was wir brauchen.«

»Kannst du die alten Jahrbücher denn überhaupt alle bekommen?« fragte Nathan.

»Natürlich. Wenn ich bei einer Uni anrufe und sage, ein Richter am Obersten Gericht hätte gern ein paar Jahrbücher, sind die bis zum Wochenende da. Aus der Sicht einer juristischen Fakultät sind Bundesrichter Götter, die auf Erden wandeln.«

»Dann klingt das wirklich wie die bestmögliche Lösung.« Nathan beugte sich übers Lenkrad. »Und jetzt sag mir, was du von der Sache mit Lisa hältst.«

Ben starrte auf den Brief in seinen Händen. »Ich glaube nach wie vor nicht, daß du recht hast, aber momentan will ich kein Risiko eingehen. Ich vertraue ihr, aber ich kann damit leben, daß sie nichts von meinem Plan erfährt.«

»Das ist alles, worauf ich hinauswill«, sagte Nathan. »Je weniger Leute beteiligt sind, desto besser.«

Am frühen Montagmorgen kam Ben in seinem blauen Lieblingsanzug, einem frisch gestärkten Hemd und seinem schwarzen Wollmantel zum Gerichtsgebäude. Obwohl er nicht so ausgeruht war, wie er gehofft hatte, war er erleichtert, die Feiertage überstanden zu haben. Sobald er jedoch eine Ecke des imposanten Marmorbaus erblickte, kehrte auch seine Nervosität zurück. Ben ging zu seinem Büro, hielt aber vor der Tür inne. Okay, sagte er zu sich selbst, geh die Sache einfach cool an. Es hat sich nichts geändert; ihr beide seid noch immer Freunde, aber von deinen Plänen bezüglich Rick darfst du ihr nichts erzählen. Besorgt, daß sein Gesicht seine Zwangslage verraten könnte, schloß er die Augen und stellte sich Lisa nackt vor. Gut, ich bin ganz ruhig, dachte er, als er die Tür öffnete. Ich bin ein wahrer Fels. Unerschütterlich. Er trat ein und war nicht überrascht, daß Lisa schon da war.

»Was soll das blöde Grinsen?« fragte Lisa, als Ben sich aufs Sofa setzte.

»Kann ich nicht schlicht und einfach froh sein, wieder an die Arbeit gehen zu können? Ist das so verwerflich?«

»Mir kannst du keinen Bären aufbinden«, sagte Lisa. »Den Blick hab' ich doch schon einmal gesehen. Du denkst noch an Thanksgiving, oder?«

»Lisa, obwohl du gerne glauben möchtest, daß du dich im Zentrum meines Universums befindest, muß ich dieser Ansicht leider widersprechen. Außerdem war das ein Blick voll friedfertiger Ruhe. Ein Blick, der sagt: Schön, wieder hier zu sein.«

»Davon kann gar keine Rede sein. Dein Blick spricht höchstens von Verstopfung und zu vielen Pillen.«

»Verstopfung. Sex mit dir. Was soll's«, erwiderte Ben.

»Das war aber wirklich nett«, sagte Lisa. »Schlicht, aber wirksam.« Sie lehnte sich zurück. »Übrigens, seit wann bist du denn so gelassen bezüglich unserer kleinen Affäre? Ich dachte, du wolltest nicht darüber reden?«

»Ich bin im Grunde darüber weg«, stellte Ben fest. »Solange es sich nicht störend auswirkt, hab' ich damit keine Probleme.«

»Wenn du keine hast, hab' ich auch keine«, sagte Lisa. »Dann erzähl mir jetzt mal, was gerade läuft. Hast du dir schon überlegt, was du mit Rick machst?«

»Nein, eigentlich nicht.« Ben ging zu seinem Schreibtisch. »Ich hab' mehr über Grinnell nachgedacht als darüber.«

»Gut.« Lisa nahm einen Notizblock und folgte Ben zu seinem Tisch. »Weil ich mir sämtliche Perspektiven überlegt habe, aus denen man das Sondervotum angehen kann.« Sie legte den eng beschriebenen Block vor Ben. »Weil Veidt Osterman und Freunden nicht vollständig folgen wird, können wir ihre Entscheidung wohl wirklich auf die konkreten Fakten eingrenzen. Sie werden sagen, daß Grinnell einen unverhältnismäßig hohen Schaden erleidet; wir hingegen können feststellen, daß das nur auf seltene Fälle zutrifft, in denen es um bestimmte historische Bauten geht. Auf diese Weise werden wir –«

»Hey, hey, hey«, machte Ben, um Lisa zu beruhigen. »Jetzt mach erst mal 'ne Pause. Zuerst will ich wissen, wann Hollis den Schriftsatz haben will.«

»Ich hab' eine Notiz bekommen, nach der er unseren ersten Entwurf innerhalb der nächsten zehn Tage auf dem Tisch haben will. Die gesamte Sache soll vor Weihnachten fertig sein. Schließlich ist vorgesehen, das Urteil noch vor Neujahr zu verkünden.«

»Dann haben wir drei Wochen«, sagte Ben, »wenn wir wie üblich die eine Woche einkalkulieren, in der er das Votum bei den anderen Richtern herumreicht.«

»Schön. Dann fangen wir mal an.«

»Was mich betrifft, so habe ich tatsächlich vor, anzufangen.« Ben griff nach seinem eigenen Notizblock. »Aber wenn *du* ab heute für die ersten Entwürfe zuständig sein willst, bitte sehr.«

»Jetzt werde bloß nicht sarkastisch. Tut mir leid, wenn ich deine intellektuelle Reviergrenze überschritten habe, nur weil ich ein paar Vorschläge machen wollte.«

»Ich will bloß folgendes sagen: Seit wir hier sitzen, bin ich derjenige, der den Angriff formuliert. Dann bist du an der Reihe, um zu kritisieren und zu flicken. Und vorläufig bin ich noch nicht soweit, den Angriff auf Grinnell zu schreiben. Bevor ich überhaupt irgend etwas zu Papier bringe, muß ich mindestens zwei Tage in der Bibliothek hocken und Hintergrundmaterial für diesen Fall zusammentragen. Tut mir leid, wenn du schon darauf brennst, dir das Ganze aus dem Hirn zu quetschen, aber ein gutes Votum kommt so einfach nicht zustande. Es geht ja nicht um einen Besinnungsaufsatz.«

»Du brauchst deswegen keinen Streit vom Zaun zu brechen. Also, können wir jetzt über das Votum sprechen?«

»Hallo? Hast du mir zugehört?« fragte Ben. »Ich hab' doch gerade eben gesagt, daß ich das jetzt nicht tun will.«

»Schön, aber ich will es.«

»Warum? Bisher sind wir doch noch nie so vorgegangen. Warum bist du plötzlich so besessen von der Sache? Es ist doch bloß ein Votum wie jedes andere.«

»Ja, aber es ist unser erstes Votum, bei dem du denkst, daß die Gegenseite recht hat.«

»Ach, darum geht es also?« Ben hob die Augenbrauen. »Glaubst du tatsächlich, ich würde unser Sondervotum schwächen, bloß um einen persönlichen Sieg davonzutragen?«

»Das hab' ich nicht gesagt.«

»Du brauchst es auch gar nicht zu sagen. Ich seh's ja an deinem Gesicht. Du glaubst also wirklich, daß ich so was machen würde, oder?«

»Du hast keine Ahnung, was ich denke.« Lisa ging zu ihrem Schreibtisch zurück. »Es ist nur so, daß dieses Votum mir besonders wichtig ist, und deshalb möchte ich viel Sorgfalt darauf verwenden.«

»Lüg mich nicht an, sonst –«

»Hör bloß auf, mir zu drohen, Ben!« Lisa warf ihren Block auf den Tisch. »Wenn du bei dieser Sache den Kontrollfreak rauskehren willst, bitte sehr. Ich habe nichts dagegen.«

Einige Tage später ging Ben bei *Mailboxes & Things* vorbei, um sein Postfach zu überprüfen. Erleichtert stellte er fest, daß Ricks Telefonrechnungen endlich eingetroffen waren. Als er den Umschlag umdrehte, um ihn zu öffnen, sah er eine kurze Notiz auf der Rückseite: »Hoffentlich nützt dir das was. Rick.«

»Verdammt«, murmelte Ben vor sich hin. Er riß den Umschlag auf und zog die Kopien von Ricks Rechnungen heraus. Nachdem er sie durchgesehen hatte, steckte er sie wieder in den Umschlag und ging zum Gericht zurück. Erleichtert, sein Büro leer vorzufinden, nahm er den Hörer ab und wählte Nathans Nummer.

»Verwaltungsbüro«, meldete sich Nathan.

»Ich hab' gerade Ricks Telefonrechnungen abgeholt.«

»Hat ja lange genug gedauert, bis sie angekommen sind. Und, was steht drauf? Irgendwas Nützliches?«

»Natürlich nicht.« Ben blätterte den kleinen Stapel noch einmal durch. »Es ist genau, wie wir dachten. Für alle seine anderen Anrufe muß er ein Handy benutzt haben, denn die einzigen Anrufe von diesem Apparat sind an unsere Nummer zu Hause, an meine Nebenstelle hier und an die Auskunft gegangen.«

»Er ist eben gut organisiert«, kommentierte Nathan.

»Aber ehrlich.« Ben warf die Rechnungen auf seinen Tisch. »Ich mach' mir wirklich Sorgen, daß wir ihn nie finden werden.«

»Sag das nicht. Er ist clever, aber so clever kann er auch nicht sein.«

»Das hab' ich auch gedacht. Aber jetzt denke ich, er könnte doch so clever sein.«

»Jetzt mach dich mal nicht selbst verrückt. Die Jahrbücher hast du doch angefordert, oder?«

»Gestern schon. Sie werden spätestens in der kommenden Woche eintreffen, und dann –« Unvermittelt trat Lisa ins Zimmer. Rasch ergriff Ben die Telefonrechnungen und ließ sie in seiner Schublade verschwinden. »Ja, da hast du völlig recht«, fuhr er fort. »Ober regt sich jedesmal mächtig auf, wenn wir seinen Geburtstag vergessen.«

»Ist Lisa gerade hereingekommen?« fragte Nathan.

»Aber ja. Auf jeden Fall«, rief Ben. »Und genau deshalb sollten wir so tun, als hätten wir ihn auch dieses Jahr vergessen.«

»Sag ihr kein einziges Wort.«

Ben sah zu Lisa hinüber. »Nathan läßt dich grüßen.«

»Gleichfalls«, erwiderte Lisa.

»Sie grüßt dich auch«, gab Ben weiter. »Jetzt muß ich aber wirklich auflegen. Richter und Gerechtigkeit rufen.« Er legte auf und fragte Lisa: »Gibt's was Neues?«

»Eigentlich nicht. Seid ihr dabei, Obers Geburtstag zu planen?«

»Ja. Er flippt aus, wenn wir ihn vergessen, deshalb werden wir alle so tun, als hätten wir's tatsächlich getan. Dann laden wir ihn zum Abendessen ein oder so was.«

»Gratulier ihm in meinem Namen, ja?«

»Mach' ich.« Ben spielte mit ein paar Büroklammern.

»Übrigens, hast du schon von der Nominierung gehört?« Lisa trat zu Bens Schreibtisch und setzte sich auf die Ecke. »Es geht das Gerücht, daß Kuttler der Auserwählte des Präsidenten sein wird.«

»Wer sagt das?«

»Joel, und der hat's direkt von Osterman. Offenbar hat der Präsident Osterman aus Höflichkeit angerufen. Morgen wird die Sache publik gemacht.«

»Wenn das stimmt, ist es einfach traurig. Kuttler ist eindeutig eine schlechte Wahl.«

»Warum? Bloß weil er kein juristisches Genie ist wie du?«

»Er muß kein juristisches Genie sein, aber ich würde doch erwarten, daß er über dem Durchschnitt liegt.«

»Na, hör mal. Er ist doch kein Trottel.«

»Natürlich ist er kein Trottel. Aber er ist auch nichts Besonderes. Er ist okay. Reiner Durchschnitt. Ein Mop. Ein Sieb –«

»Ich hab's verstanden.«

»Du weißt schon, was ich meine. Er ist bestimmt intelligent, aber ich meine, daß die Richter an diesem Gerichtshof die absolut besten ihres Metiers sein sollten. Sie sollten die schärfsten juristischen Köpfe ihrer Zeit sein.«

»Willkommen in der Wirklichkeit, denn der politische Prozeß will's nun mal anders haben. Wenn keine Aussicht besteht, daß der Senat dich bestätigt, ist es ganz egal, wie gut du beim Intelligenztest abgeschnitten hast.« Lisa rutschte von der Schreibtischecke und ging zu ihrem Platz zurück. »Was ist eigentlich mit dir los? Ständig beschwerst du dich.«

»Heute ist eben nicht mein Tag.«

»Na, dann laß das bloß nicht an mir aus«, sagte Lisa. »Mein Fehler ist es nämlich nicht.«

Früh am nächsten Morgen kam Ben die Treppe herunter, um zu frühstücken. Kaum hatte er die Küche betreten, als Nathan ihn fragte: »Hast du schon die Zeitung gesehen?«

»Nein.« Ben schüttete Cornflakes in eine Schüssel. »Was ist passiert? Hat Eric wieder was über mich geschrieben?«

»Fast.« Nathan reichte Ben die Titelseite mit der Schlagzeile: »Kuttler macht das Rennen: Vom Präsidenten für den Obersten Gerichtshof nominiert.« Als Autor war Eric angegeben.

»Woher hat er das denn wieder?« überlegte Ben.

»Das war nicht so schwierig«, meinte Nathan leichthin. »Die Story steht in jeder Zeitung. Offenbar ist die Information gestern abend durchgesickert.«

Als Ben in der *Washington Post* eine ähnliche Schlagzeile sah, atmete er erleichtert auf.

»Was mich beeindruckt, ist, daß sie Eric so einen wichtigen Artikel schreiben lassen«, sagte Nathan.

»Es geht um den Obersten Gerichtshof. Und der ist nun mal seine Spezialität.«

»Jetzt gib ihm doch wieder mal 'ne Chance. Er hat sich den ganzen letzten Monat auf Distanz gehalten.«

»Nathan, für mich ist das kein Spaß. Ich gebe ihm keine Chance, und auch mein Ultimatum bleibt bestehen. Wenn Eric bis Neujahr nicht auszieht, tue ich es. So oder so, einer von uns beiden muß hier raus.«

»Und wer wird seinen Anteil an der Miete zahlen?«

»Entweder wir finden einen neuen Mitbewohner, oder ich zahle den Anteil selbst.«

»Du würdest tatsächlich die doppelte Miete zahlen, bloß damit du ihn nicht mehr sehen mußt? Bist du sicher, daß das die beste Lösung ist?«

»Was erwartest du denn von mir? Soll ich ihn ans Herz drücken und erklären, alles sei vergeben und vergessen? Kommt nicht in Frage. Wenn es sich um einen kleinen Streit zwischen Freunden handeln würde, wäre das eine ganz andere Sache, aber Eric ist weit darüber hinausgegangen. Er –«

»Hör mal, auf deinen Vortrag kann ich verzichten«, unterbrach ihn Nathan. »Ich steh' auf deiner Seite. Und was Ober betrifft, so geht im die Sache wirklich an die Nieren, aber er ist auch auf deiner Seite. Wenn du Eric also aus dem Haus haben willst, ist das deine Entscheidung. Ich möchte bloß, daß du alle Alternativen in Betracht ziehst.« Nathan blätterte in seiner Zeitung. »Hast du dir eigentlich schon mal überlegt, wie Eric reagieren könnte, wenn du ihn tatsächlich zum Auszug zwingst?«

»Was soll denn das wieder heißen?« fragte Ben ungläubig.

»Damit will ich bloß folgendes sagen: Wenn du *mich* rausschmeißen würdest, wäre ich ziemlich sauer auf dich. Vielleicht würde ich sogar aus Rache noch einen Artikel über dich verfassen.«

»Das würde ich ihm nicht raten«, erklärte Ben wütend. »Ich würde ihm den Kopf abreißen. Und dann würde ich –«

»Beruhige dich«, sagte Nathan. »Er hat ja noch gar nichts geschrieben. Es war rein hypothetisch.«

Ben nahm einen Schluck Orangensaft. »Du glaubst doch nicht wirklich, daß er so was tun würde, oder?«

»Wenn er es einmal getan hat ...«

»Willst du etwa sagen, daß ich mich mit ihm versöhnen soll, damit er mir nicht noch mehr schadet? Hast du denn endgültig den Verstand verloren?«

»Ich habe überhaupt nicht gesagt, daß du dich mit ihm versöhnen sollst. Ich meine bloß, du solltest dir den Rücken freihalten.«

Auf dem Weg durchs Vorzimmer winkte Ben der Sekretärin zu. »Tag, Ben.« Nancy strahlte ihn an. Sie arbeitete seit nahezu zwanzig Jahren für Hollis. Schon in seiner Zeit als Richter im Bezirk D. C. war sie an seiner Seite gewesen und hatte daher zu den fünf Menschen gehört, die am Tag seiner Nominierung zum Obersten Bundesrichter in seinem Büro gewesen waren. Die unscheinbare Frau mit angegrautem braunen Haar würde wahrscheinlich für Hollis arbeiten, bis er seinen Abschied nahm. Für sie gab es keinen aufregenderen Job auf dieser Welt.

Nancy nahm einen großen Umschlag von der Ecke ihres Schreibtischs und reichte ihn Ben. »Das hier ist gerade eben für dich angekommen. Mit Eilkurier – muß was Wichtiges sein.«

»Danke«, sagte Ben und ging in sein Büro. Noch bevor er seinen Mantel auszog, riß er den Umschlag auf, um die neueste Ausgabe des *Washington Herald* vorzufinden. Erics Name war rot umrandet, daneben stand die handschriftliche Botschaft: *Traust du ihm noch?*

So ein Arschloch, dachte Ben. Reibt mir immer unter die Nase, daß er noch da ist. Als Ben die Zeitung in den Papierkorb warf, sah er einen rosa Notizzettel in Lisas Handschrift auf seinem Bildschirm kleben: *Ruf bei den Marshals an. Lisa.* Er riß den Zettel ab, zerknüllte ihn und warf ihn der Zeitung hinterher. Dann sah er kurz auf die Telefonliste und wählte eine Nummer. »Hallo, hier spricht Ben Addison im Amtszimmer von Richter Hollis.«

Sekunden später hatte man ihn schon mit Carl Lungen, dem Chief Marshal, verbunden. »Tag, Ben. Wie geht's?« erkundigte sich Lungen.

»Ganz gut.« Ben versuchte krampfhaft, die Ruhe zu bewahren. »Gibt's bei Ihnen was Neues?«

»Eigentlich nicht. Ich hab' nur gerade gesehen, daß Ihr Mitbewohner wieder zugeschlagen hat, und da mußte ich daran denken, daß wir uns schon lange nicht mehr unterhalten haben.«

»Hören Sie, Sie wissen doch, daß ich mit dieser Sache nicht das mindeste zu tun hatte«, fuhr Ben Lungen mit erhobener Stimme an. »In sämtlichen Zeitungen des Landes steht heute absolut dasselbe.«

»Ich hab' gar nicht gesagt, daß Sie etwas damit zu tun hatten«, sagte Lungen. »Ich hab' bloß an Sie denken müssen. Als wir uns neulich unterhalten haben, hatten Sie ja versprochen, Sie würden zu uns runterkommen, nachdem Sie Eric zur Rede gestellt haben.«

»Davon kann keine Rede sein. Fisk hat mich damals gebeten, zu kommen, und ich hab' gesagt, ich würde es mir überlegen. Nun will ich zwar nicht unhöflich sein, aber ist da noch irgend etwas anderes, worüber Sie mit mir sprechen wollen? Ich bin nämlich wirklich sehr beschäftigt.«

»Wir haben uns eigentlich nur gefragt, wie sich die Sache mit Eric entwickelt hat.«

Ben sah Lisa ins Zimmer kommen. »Eric und ich reden nicht mehr miteinander. Er hatte keine Entschuldigung für sein Vorgehen, und deshalb hab' ich ihm gesagt, er soll mir den Buckel runterrutschen. Er hat lediglich gesagt, daß er seiner Karriere auf die Sprünge helfen wollte. Weitere Fragen?«

»Sonst gab es keine Gründe für seinen Artikel?« fragte Lungen.

Ben schrieb das Wort «Marshals« auf einen Zettel und gab

ihn Lisa. »Wenn es tatsächlich welche gab, hat er sie mir nicht verraten. Sonst noch was?«

»Eine letzte Sache«, sagte Lungen. »Wir würden gern auf Ihr Angebot zurückkommen und den Lügendetektortest machen.«

Ben erstarrte. »Ich sehe keinerlei Gründe, warum –«

»Es ist eine reine Vorsichtsmaßnahme. Wie Sie wissen, versuchen wir, diese Untersuchung diskret durchzuführen, weshalb wir auch die Richter noch nicht informiert haben. Wenn Sie sich allerdings weigern sollten –«

»Ich mache den Test.«

»Ausgezeichnet. Wir haben ihn für den Dreiundzwanzigsten eingeplant. Ist Ihnen das recht?«

»Klar«, antwortete Ben. »Das wird sicher passen.«

»Schön, dann sehen wir Sie in zwei Wochen hier bei uns. Grüßen Sie Richter Hollis von mir.«

Ben legte den Hörer auf und starrte auf seinen Schreibtisch.

»Was ist denn los?« fragte Lisa. »Was wollten die von dir?«

»Sie haben Erics Artikel über die Nominierung Kuttlers gelesen, und jetzt wollen sie, daß ich mich einem Lügendetektortest unterziehe.«

»So ein Blödsinn.« Lisa warf Ben den zusammengeknüllten Zettel zu. »Das hat doch in allen Zeitungen gestanden. Heute wird die Sache verkündet. Das Weiße Haus hat sie gestern abend selbst durchsickern lassen, damit es zwei Tage lang auf der ersten Seite steht.«

»Erzähl das mal den Marshals.«

»Sie können dich doch gar nicht zwingen, den Test zu machen«, argumentierte Lisa. »Das wäre eine Verletzung deiner Privatsphäre.«

»Nun, sie haben den Test für den Dreiundzwanzigsten angesetzt, und ich werde ihn auch machen.«

»Warum denn?«

»Weil ich ihn machen muß.« Ben schob einen Papierstapel auf seinem Tisch herum. »Wenn ich mich weigere, werden sie alles, was sie wissen, an Hollis weitergeben, und dann bin ich hier mit Sicherheit erledigt. Und selbst wenn die Sache mit Hollis bloß ein Bluff ist, würden sie mich dann noch mehr verdächtigen als bisher.«

»Ich kann dir sagen, wann sie dich wirklich verdächtigen: wenn du bei diesem Test durchfällst.«

»Ich werde aber nicht durchfallen«, beharrte Ben. »Diese Tests sind nicht unschlagbar. Deshalb werden sie vor Gericht ja auch nicht zugelassen. Sie sind nicht wirklich sicher. Wie die Sache liegt, hab' ich vielleicht ein paar Fehler gemacht, aber keine meiner Handlungen war vorsätzlich gegen den Gerichtshof gerichtet. Wenn ich einen kühlen Kopf bewahre, kann ich den Test bestimmt bestehen.«

»Wenn du meinst«, sagte Lisa kopfschüttelnd. »Ich glaube aber trotzdem –«

»Weißt du was? Ich will jetzt einfach nicht mehr darüber reden.«

»Aber –«

»Ich hab' mich doch klar ausgedrückt«, stellte Ben fest, ohne seine Kollegin anzusehen. »Ich werde schon damit fertig werden.«

Als Ben am Abend nach Hause ging, blies ihm der erste Schnee des Jahres ins Gesicht. An der Haustür strich er sich die Eiskrümel von den Wimpern, suchte nach seinem Schlüssel und öffnete die Tür.

»Leg deine Sachen einfach hin, wir gehen heute aus!« rief Ober, der gerade seinen Mantel anzog. Da Ben nicht reagierte, hielt er inne und sah ihm prüfend ins Gesicht. »Was ist denn mit dir los? Du siehst entsetzlich aus.«

»Danke.« Ben ließ seine Aktentasche fallen und seinen Mantel zu Boden gleiten.

»Ein harter Arbeitstag?«

»Ein furchtbarer Tag.« Ben löste seine Krawatte und knöpfte sich den Kragen auf. »Unser letztes Votum ist immer noch nicht fertig. Die Marshals zwingen mich dazu, einen Lügendetektortest zu machen. Von Rick gibt's keine Spur, und Lisa kann ich auch nicht vertrauen. Mein Leben ist ein einziges Chaos.«

»Sie zwingen dich zu einem Lügendetektortest?« fragte Nathan ungläubig. »Das können sie doch gar nicht machen.«

»Ich weiß, aber wenn ich mich weigere, sprechen sie mit Hollis.«

»Nichts für ungut, aber kommst du jetzt mit oder nicht?« erkundigte sich Ober. »Nathan ist heute befördert worden, und wir blasen hier Trübsal.«

»Du hast den neuen Posten tatsächlich bekommen?« fragte Ben. Nathan strahlte, und Ben umarmte ihn. »Gratuliere!«

»Du stehst vor dem jüngsten Mitglied des politischen Planungsstabes unseres Außenministers«, verkündete Ober. »Was immer das sein soll.«

»Von jetzt an kann ich die Nase in sämtliche strategischen Angelegenheiten stecken, die bei uns durchkommen«, erklärte Nathan.

»Das ist unglaublich!« sagte Ben. »Ich wußte, daß du es schaffen würdest. Hoffentlich bekommst du ein größeres Büro.«

»Größeres Büro, größerer Computer, etwas höheres Gehalt.«

»Was willst du mehr? Aber jetzt komm' ich mir wirklich wie ein Trottel vor – da hab' ich euch was vorgeheult, und du warst drauf und dran, mir so was Tolles zu erzählen.«

»Ist schon in Ordnung«, erwiderte Nathan.

»Schluß jetzt mit eurem Freundschaftsgedusel«, mischte sich Ober ein. »Verschwinden wir zum Feiern!«

Ben lief in sein Zimmer, um Jeans und ein dunkelbraunes Sporthemd anzuziehen. »Wo gehen wir denn hin?« fragte er, als er wieder auf der Treppe erschien.

»Rat mal«, sagte Ober.

»Das darf doch nicht wahr sein.«

»Hör mal, ich bin befördert worden«, sagte Nathan. »Jetzt komm schon, um acht wird zugemacht.«

Am Nationalen Luft- und Raumfahrtmuseum angekommen, traten die drei Freunde durch die großen Glastüren in die Eingangshalle. Bald standen sie unter den Meilensteinen der Luftfahrt und reckten den Kopf in die Höhe. Zu der Sammlung aerodynamischer Wunder, die vom Dach hingen, gehörte das originale Fluggerät der Brüder Wright, die »Spirit of St. Louis« und Nathans Lieblingsstück: »Glamorous Glennis«, das erste Flugzeug, das die Schallmauer durchbrochen hatte.

»Wie oft sind die Brüder Wright damals damit aufgestiegen?« Ben war dabei, eine kurze Erläuterung über den ersten Flug der beiden Pioniere durchzulesen.

»Vier Mal«, erwiderte Nathan.

»Und an welchem Tag.«

»Am siebzehnten Dezember 1903.«

»Wer ist als erster geflogen?«

»Orville ist als erster geflogen, und zwar zwölf Sekunden«, sagte Nathan, den Kopf noch immer im Nacken. »Aber Wilbur war mit neunundfünfzig Sekunden am längsten in der Luft.«

»Ich hab' noch immer nicht kapiert, warum dich dieses Zeug so fasziniert«, meinte Ben, als sie vor einer Nachbildung des ersten Sputnik standen. »Du hast keinerlei naturwissenschaftlichen Hintergrund, dein Vater ist nicht beim Militär, dein –«

»Kann man nicht einfach der Faszination der Technik erliegen?« erwiderte Nathan. »Falls dein Juristenhirn solche Gedanken überhaupt verstehen kann. Schließlich stehen wir inmitten der größten Leistung der Naturwissenschaft: der Fähigkeit, die Grenzen unserer Existenz zu überschreiten.«

Ober trat zu einem Stück authentischen Mondgesteins, das die Mannschaft der »Apollo 17« zur Erde gebracht hatte, und strich über das mattgraue Objekt. »Dieser Stein ist eine Fälschung. Er ist gar nicht vom Mond.«

»Und worauf stützt sich diese Hypothese?« wollte Nathan wissen. »Auf dein breites Wissen interplanetarer Geologie?«

»Er fühlt sich nicht echt an«, erklärte Ober, »sondern wie eine totale Fälschung.« Er wandte sich an eine Gruppe zufällig vorbeigehender Touristen und verkündete mit lauter Stimme: »Dieser Stein ist eine Fälschung! Man will uns belügen!«

Nathan hielt ihm mit der Hand den Mund zu. »Das ist doch der Gipfel der Peinlichkeit. Wie alt bist du eigentlich – zehn?«

»Er ist zwölf«, kommentierte Ben. Doch als er selbst an dem kleinen Brocken rieb, meinte er: »Er fühlt sich wirklich nicht echt an. Wie Plastik oder irgendein anderer Kunststoff.«

»Hab' ich's nicht gesagt?« triumphierte Ober.

»Es ist ein echter Mondstein«, erklärte Nathan mit Nachdruck. »Lest mal das Schild da. Die Mannschaft von ›Apollo 17‹ hat ihn mitgebracht. Er ist fast vier Milliarden Jahre alt.«

»Vielleicht war der echte Stein radioaktiv, und als er ein Rudel Touristen umgebracht hat, haben sie ihn durch diesen abgeschliffenen Schrott ersetzt«, sagte Ober.

»Ich weigere mich, weiter darüber zu diskutieren«, erklärte Nathan. »Der einzige Grund für seine Glätte ist der, daß Millionen Touristen wie du das Bedürfnis haben, ihn anzufassen.«

Ober berührte den Stein ein letztes Mal. »Es ist so offensichtlich, daß er unecht ist. Ich will mein Geld zurück.«

»Willst du weg hier?« fragte Nathan. »Ist es das, was du mir sagen willst?«

»Ich bin am Verhungern«, erklärte Ober. »Ich will bloß was zu essen.«

Die Freunde gingen zum Ostflügel des Gebäudes, zur Cafeteria mit dem passenden Namen »The Flight Line«. Nachdem sie ihre Tabletts mit Sandwiches und in Folie eingewickeltem Kuchen beladen hatten, setzten sie sich an einen der leeren Tische. »Jetzt erzähl mal von dem Lügendetektor. Wann bist du dran?« erkundigte sich Nathan.

»In zwei Wochen.«

»Und was ist, wenn du versagst?«

»Keine Ahnung.« Ben wickelte sein Roastbeef-Sandwich aus. »Das wäre höchstwahrscheinlich nicht besonders gut, aber sie haben nicht gesagt, was dann passiert. Ich glaube zwar nicht, daß sie mich einfach feuern werden, aber helfen wird es mir auch nicht gerade. Meine größte Sorge ist, daß sie sich an Hollis wenden. Wenn der etwas erfährt, wird er mir nie wieder sein Vertrauen schenken.«

»Ich verstehe gar nicht, warum sie dich ausgerechnet heute angerufen haben. War es wegen Erics Artikel?«

»Selbstverständlich. Sie haben gesagt, er hätte sie daran erinnert, daß wir uns lange nicht unterhalten haben.«

»Eric hast du davon natürlich nichts erzählt.«

»Das wäre ja das letzte. Womöglich würde er darüber einen weiteren Artikel schreiben. Ich muß jetzt unbedingt herausbekommen, wie ich diesen Test überstehen kann.«

»Ben, ich weiß, daß ich dich das schon gefragt habe, aber bist du sicher, daß Eric ausziehen soll?« fragte Ober mit ungewöhnlich ernster Stimme.

»Du kennst meine Gefühle«, erwiderte Ben knapp. »Lassen wir's dabei bewenden.«

»Aber was ist, wenn er –«

»Der Test ist nicht unschlagbar«, unterbrach Nathan Ober mit einem scharfen Seitenblick. »Da bin ich sicher. Ich hab' im Fernsehen einen Bericht über bestimmte Drogen gelesen, die man beim Militär Soldaten verabreicht, damit sie solche Tests überstehen. Das Zeug wirkt sich irgendwie beruhigend auf die Herzfrequenz aus.«

»Ich hab' gehört, man kann die Maschine wirklich überlisten, wenn man bloß ruhig bleibt und sich konzentriert«, erklärte Ben. »Normale Kriminelle geraten meist in Panik –«

»... aber Edelgangster wie du haben sich normalerweise in der Gewalt, ja?« fragte Nathan bissig.

»Sehr komisch«, sagte Ben. »Du bist ein echter Spaßvogel.«

»Vielleicht kannst du über das State Department an diese Mittel vom Militär rankommen«, schlug Ober Nathan vor. »Jetzt, wo du so groß herausgekommen bist, müßtest du eigentlich alles in die Finger kriegen.«

»Ich kann's auf jeden Fall versuchen«, sagte Nathan. »Fragen kostet nichts.« Er biß in seinen Hamburger. »Und, hat Lisa was dazu gesagt?«

»Könntest du wohl mit Lisa aufhören?« flehte Ben. »Seit wir von unserer Reise zurück sind, komme ich einfach nicht mehr mit ihr zurecht. Sie braucht mich bloß irgendwas zu fragen, und schon bin ich total verkrampft.«

»Ich hab' dir ja gleich gesagt, daß es keine gute Idee sein würde, mit ihr zu schlafen«, erklärte Nathan kopfschüttelnd.

»Mit dieser Bettgeschichte hat das überhaupt nichts zu tun. Damit kommen wir beide wunderbar zurecht. Ich fühle mich bloß wie ein Arschloch, weil ich sie anlüge. Vielleicht kannst du das nicht verstehen, aber Lisa ist für mich wirklich eine gute Freundin. Ich weiß, daß du ihr nicht vertraust, aber ich muß aus vollem Herzen sagen, daß ich's tue.«

»Dann zieh die Konsequenzen und erzähl ihr alles, was du willst«, sagte Nathan. »Schlaf jede Nacht mit ihr. Reit dich nur tiefer rein. Du bist erwachsen; es ist deine Wahl. Ich will bloß, daß du der Realität ins Auge siehst.«

»Hör mal, ich beschwere mich ja gar nicht. Ich sage nur, daß es unangenehm ist, jemandem ins Gesicht zu lügen.«

»Na, dann solltest du schleunigst daran arbeiten. Schließlich wartet in zwei Wochen der Lügendetektor auf dich.«

Durch die spärlichen Schneeflocken, die auf der Windschutzscheibe des Wagens schmolzen, beobachtete Rick aufmerksam den Eingang des Luft- und Raumfahrtmuseums. »Warum brauchen sie denn so lange?«

»Ich bin sicher, daß sie sich nur ein bißchen umschauen. Jetzt komm mal auf die eigentliche Frage zurück: Bist du sicher, daß du die Entscheidung rechtzeitig bekommst?«

»Mach dir da keine Sorgen.« Rick stellte das Gebläse an. »Wir kriegen sie schon. Schließlich hab' ich meine Quelle, und die –«

»Ich würde mir wünschen, daß du dich darauf nicht mehr so verläßt. Daß jemand sehr eng mit Ben verbunden ist, bedeutet noch überhaupt nichts. Wir brauchen –«

»Glaub mir, ich weiß genau, was wir brauchen. Und wenn wir die Entscheidung nicht auf diesem Weg bekommen, können wir sie immer noch von Ben erfahren. Ich muß ihn irgendwann in der nächsten Woche treffen – ich warte nur noch darauf, daß er mich kontaktiert.«

»Wie kommst du darauf, daß er bereit ist, sich mit dir zu treffen?«

Rick beobachtete, wie Ober, Nathan und Ben das Museum verließen. Er grinste. »Ich kenne Ben. Wenn man ihm die Gelegenheit bietet, mich aufs Kreuz zu legen, kann er einfach nicht widerstehen. Seine Karriere ist ihm viel zu wichtig, als daß er mich einfach darauf herumtrampeln lassen würde. Außerdem – selbst wenn er mich nicht festnageln kann, wie viele Menschen schaffen es, einen Finderlohn von drei Millionen Dollar auszuschlagen?«

ZWÖLFTES KAPITEL

Am folgenden Tag gegen Mittag wartete Ben, in der Ecke seines Büros an einen Aktenschrank gelehnt, darauf, daß der Drucker seinen ersten Entwurf des Sondervotums in der Sache Grinnell fertigstellte. Er brannte darauf, Lisa den Schriftsatz zu zeigen, denn er war überzeugt, daß sie ihn beeindruckend finden mußte. Warte nur, bis sie ihn sieht, dachte er, als die erste Seite aus dem Drucker lief. Dieser Entwurf ist so stark, daß sie begeistert sein wird. Zuerst, so malte Ben sich aus, wird sie sich ausgiebig entschuldigen. Sie bittet mich, ihr zu verzeihen, und schwört, meine Fähigkeiten nie wieder in Zweifel zu ziehen. Bestimmt sagt sie: Im Schreiben bist du mir einfach überlegen. Und dann reißt sie sich die Kleider vom Leib und legt sich nackt auf meinen Schreibtisch.

Während Ben in sich hineinlächelte, platzte Lisa ins Zimmer. Sie trug zwei mittelgroße Kartons, die sie auf dem Sofa abstellte. »Wo warst du denn?« fragte sie. »Du hast Blakes Jubiläumsparty verpaßt.«

»Na und?« Ben zog ein weiteres Blatt aus dem Laserdrucker. »Es ist mir völlig egal, daß er jetzt zehn Jahre am Gerichtshof ist. Außerdem wollte ich wirklich mit Grinnell fertig werden. Ich war fast am Ende und wollte den genialen Wendungen, die mir in meinen Computer flossen, nicht unvermittelt Einhalt gebieten.« Während Lisa zu ihrem Tisch ging, redete er weiter. »Was hat Blake überhaupt geboten? Hat er allen die Hände geschüttelt und für die freundliche Unterstützung gedankt?«

»Mehr oder weniger. Aber es war wirklich nett. Alle Richter waren da, und auch alle unsere Kollegen und die anderen Mitarbeiter. Es hat nur eine halbe Stunde gedauert, aber es war nett.« Lisa setzte ihre Lesebrille auf. »Außerdem hast du die unvermeidliche Auseinandersetzung zwischen Osterman und Kovacs versäumt.«

»Sind sie wirklich aufeinander losgegangen?« fragte Ben, neugierig auf den kolportierten Haß, der zwischen dem erzkonservativen Osterman und dem gemäßigt liberalen Kovacs schwelte.

»Es ist nichts passiert, aber sie sind die beiden einzigen Richter, die nie miteinander reden. Und Joel hat mir erzählt, als Kovacs hier angetreten ist, hat Osterman ihn mit den Worten begrüßt: ›Sie wissen hoffentlich, daß Sie eine Menge Lektüre vor sich haben.‹«

»Na hör mal.«

»Das ist kein Witz«, sagte Lisa. »Es war offensichtlich als Anspielung auf Kovacs' Intelligenz gemeint.«

»Und was hat er geantwortet?«

»Keine Ahnung. Mehr hat Joel nicht gewußt.«

»Es ist einfach albern«, meinte Ben. »Manche dieser Richter sind fast siebzig und benehmen sich immer noch kindisch. Wie Kleinkinder im Sandkasten.«

»So ist es eben.« Lisa lehnte sich zurück. »Die alten Richter schikanieren die neuen. Es ist wie eine geriatrische Studentenverbindung. Der jüngste Richter bekommt das schlechteste Büro, den schlechtesten Platz auf dem Podium, die schlechteste Saalreihe für seine Angehörigen. Selbst wenn sie sich zur Sitzung treffen, ist es der Richter mit dem niedersten Rang, der ans Telefon gehen muß, wenn es läutet, und der die Tür öffnet, wenn jemand klopft.«

»Das stimmt doch alles nicht, oder?«

»Das stimmt sehr wohl. Du brauchst nur in unseren Buchladen im Untergeschoß zu pilgern. Das steht alles in den Büchern über den Gerichtshof.«

»Ich kann's mir gar nicht vorstellen – Richter, die sich gegenseitig das Leben schwermachen.« Mit tiefer Stimme imitierte Ben Richter Osterman und bellte: »He, Kovacs, vor der Anhörung morgen muß in meinem Amtszimmer säuberlich geputzt und Staub gewischt werden! Und wenn Sie das nicht fertigkriegen, können Sie sich das Sondervotum zu Mirsky an den Hut stecken! Haben Sie mich verstanden?«

»Jawoll, Herr Osterman, jawoll!« erwiderte Lisa.

»Wie haben Sie mich genannt?« brüllte Ben.

»Jawoll, Herr Vorsitzender Richter Osterman, jawoll!« kreischte Lisa.

Ben zog ein neues Blatt aus dem Drucker. »Ist doch vorstellbar, nicht?«

»Sag mal, bist du mit Grinnell wirklich fertig?«

»Hier ist das Votum«, verkündete Ben, als das letzte Blatt aus dem Drucker kam. Er warf das dreißigseitige Schriftstück auf Lisas Schreibtisch. »Frisch aus der Presse.«

»Übrigens, die Pakete da sind für dich gekommen.« Lisa zeigte aufs Sofa. »Am Empfang stehen noch sieben weitere, aber die konnte ich natürlich nicht alle schleppen.«

Ben holte seinen Schlüsselbund aus der Hosentasche, schlitzte eines der Pakete auf und sah ein Jahrbuch der juristischen Fakultät der Columbia University. Ohne ein Wort zu sagen, klappte er den Karton wieder zu und ging zu seinem Tisch zurück.

Im Verlauf der folgenden halben Stunde beobachtete Ben Lisa bei der Lektüre seines Entwurfs und hoffte, in ihrer Miene einen Hinweis auf ihre Meinung zu entdecken. Sie muß blind sein, wenn sie es nicht gut findet, überlegte er. Als sie das letzte Blatt umdrehte, fragte er gespannt: »Na? Was meinst du?«

»Es ist ein ausgezeichnetes Votum.« Lisa legte ihre Lesebrille auf den Tisch. »Ich bin wirklich beeindruckt. Der vierte Teil ist phänomenal. Auf die logischen Konsequenzen der Mehrheitsmeinung hinzuweisen ist eindeutig die beste Methode, sie in Stücke zu reißen. Blake wird toben, wenn er das liest.«

»Ich hatte also recht.«

»Ja, ja. Du hattest recht. Ich werde deine Fähigkeiten nie wieder anzweifeln, Meister aller wissenschaftlichen Mitarbeiter.« Lisa zeigte auf die Pakete auf dem Sofa. »Und, was hast du da bekommen?«

»Nichts Besonderes.«

»Sag mir einfach, was es ist«, verlangte Lisa und ging zum Sofa.

Ben sprang von seinem Stuhl, um sie aufzuhalten. »Das ist privat«, sagte er und hielt den geöffneten Karton zu. »Nichts für ungut, aber ich möchte nicht darüber reden.«

»Was ist denn drin? Ein abgehackter Kopf? Pornoartikel? Was ist das große Geheimnis?«

»Finger weg!« Ben schob Lisas Hände vom Deckel des Kartons.

Überrascht von Bens heftigem Widerstand trat Lisa ein Stück zurück.

»Tut mir leid«, sagte Ben. »Ich will nur nicht, daß du das anfaßt.«

»Wenn du mir nicht vertraust, sag's mir einfach ins Gesicht.«

»Lisa, darum geht es gar nicht, ich will bloß –«

»Hör auf, mich zu verarschen. Das beleidigt meine Intelligenz genauso wie deine. Es hat doch offensichtlich was mit Rick zu tun. Was könnte sonst so wichtig sein?«

»Es hat nichts mit Rick zu tun.«

»Dann zeig mir, was in der Schachtel ist.«

»Lisa, das geht nicht. Ich –«

»Seit wir aus Boston zurück sind, schleichst du um mich herum. Ich weiß, daß es nicht die Bettgeschichte ist – da hab' ich eine höhere Meinung von dir. Aber es ist klar, daß du irgend etwas vor mir verbirgst.«

»Was sollte das denn sein?« fragte Ben unschuldig.

»Es ist die Art und Weise, wie du dich benimmst. Du bist einfach ... anders. Ich kann es nicht erklären. Als würdest du dich in dein Schneckenhaus zurückziehen. Und dann, als ich dich letzte Woche beim Telefonieren gestört hab', hast du mir erklärt, ihr würdet was für Obers Geburtstag planen. Als ich Ober kennenlernte, hat er mir erzählt, er sei im Sommer geboren. Er hat sich beschwert, so ein Geburtstagstermin sei das letzte, weil alle ihn ständig vergessen und man nie Geschenke bekommt. Und Ben, falls es dir nicht aufgefallen ist: Wir haben jetzt Dezember.« Lisa starrte ihren Kollegen schweigend an.

»Es ist nicht so, daß ich dir nicht vertrauen würde.«

»Dann sag mir endlich, was in dem Paket da ist.«

»Was?«

»Du hast mich wunderbar verstanden. Wenn du mir nur ein bißchen vertraust, sag mir, was da drin ist.«

»Es sind bloß alte Jahrbücher.« Zögernd klappte Ben den Karton auf und hielt eines in die Höhe. »Ich hab' gehofft, irgendwo Ricks Foto zu finden und ihn so identifizieren zu können.«

Lisa sah aus, als könnte sie jeden Moment explodieren. Ihr Gesicht war krebsrot vor Wut, ihr Fuß klopfte auf den Boden. Sie holte ihr Portemonnaie aus der Schublade, lief zur Garderobe, packte ihren Mantel und riß die Tür auf.

»Lisa, ich wollte doch nicht –«

Sie stürmte aus dem Zimmer und schlug krachend die Tür hinter sich zu.

Um acht Uhr abends trommelte Ben mit der Faust an die Haustür der Wohngemeinschaft. »Jetzt macht schon auf!« brüllte er. Beladen mit vier Kartons voller Jahrbücher, war er nahe daran, den Halt zu verlieren. »Beeilt euch!«

»Warte!« rief Nathan und lief in den Hausflur. »Ich komme!«

Als er die Tür aufmachte, taumelte Ben ins Haus und ließ die Pakete auf die Couch fallen. »Im Taxi sind noch mehr. Kannst du mir tragen helfen?«

Trotz der Kälte lief Nathan ohne Jacke zu dem Wagen, der vor ihrem Haus wartete. Er hievte drei von fünf Kartons aus dem Kofferraum und lief ins Haus zurück, gefolgt von Ben. »Das sind wohl die Jahrbücher«, schnaufte er, als sie wieder im Wohnzimmer standen.

»Jedenfalls die meisten.« Ben zog seinen Mantel aus. »Es fehlen noch die aus Harvard und Michigan.«

»In den Nachrichten hab' ich was über Blakes Jubiläumsparty gesehen. Warst du auch da?«

»Nein, hab' ich verpaßt«, sagte Ben. »Ich war ausreichend damit beschäftigt, Lisas beharrlichen Fragen auszuweichen. Sie war fuchsteufelswild, weil sie gemerkt hat, daß ich ihr nichts mehr über Rick erzähle.«

»Und wie ist sie darauf gekommen?«

»Sie ist eben clever«, erklärte Ben. »Ich arbeite mit brillanten, zu intelligenten Schlüssen fähigen Menschen zusammen, nicht mit solchen Holzköpfen wie im State Department. Als sie die Jahrbücher sah, hat sie begriffen, daß was ohne sie läuft, und da ist sie ein bißchen zornig geworden.«

»Du hast ihr also von den Jahrbüchern erzählt?«

»Es ging nicht anders. Ich dachte, es sei die einzige Möglichkeit, ihr mein Vertrauen zu beweisen.«

»Und das hat nicht geklappt?«

»Soll das ein Witz sein? Jetzt hat sie ja einen eindeutigen Beweis, daß ich was vor ihr geheimgehalten habe.«

»Und jetzt kennt die einzige Person, der wir nicht vertrauen, nicht nur unseren neuesten Plan, sondern ist auch noch irrsinnig wütend auf dich?«

»So ungefähr«, bestätigte Ben. »Kein schlechter Arbeitstag, oder? Vielleicht werde ich morgen mal ein paar Spiegel zerschlagen, um festzustellen, ob es überhaupt noch schlimmer werden kann.«

Ober erschien in der Tür. »Ich hab' die absolut beste Idee für ein neues Restaurant!« verkündete er. »Besser als ›Tequila Mockingbird‹.«

»Sieht aus, als müßtest du nicht bis morgen warten«, meinte Nathan.

»Also, hier ist meine Idee.« Ober warf sein Jackett auf den Eßtisch. »Es wird die erste nichtjüdische Delikatessen-Bude der Welt sein.« Mit wild fuchtelnden Armen fuhr er fort. »Es gibt viel zu viele jüdische Delis, und alle servieren dasselbe. Aber es gibt Millionen Menschen, die keine Lust auf das übliche Roggenbrot mit Pastrami oder Roastbeef haben. Deshalb werde ich ›Christ, That's A Good Sandwich‹ aufmachen, das erste nichtjüdische Deli der Welt. Jedes Sandwich wird mit Weißbrot gemacht, und der Kunde hat immer die Auswahl zwischen Mayo und Käse. Das wird eine wahre Goldmine!« Ober rieb sich die Hände. »Wenn ihr wollt, könnt ihr die ersten Teilhaber werden.« Schließlich fiel ihm Bens bedrückte Miene auf. »Was ist denn los mit dir?«

»Lisa hat herausbekommen, daß wir unseren nächsten Schritt gegen Rick ohne sie planen, und jetzt denkt sie, wir vertrauen ihr nicht mehr.«

»Da hat sie recht«, sagte Ober. »Tun wir ja auch nicht.«

»Außerdem spricht sie nicht mehr mit Ben«, warf Nathan ein. »Sie haßt ihn und wünscht, er würde verschwinden.«

»Ach, laß dich von so was nicht runterziehen.« Ober setzte sich neben Ben. »Mich hassen viele Frauen. So schlimm ist das gar nicht.«

»Wieso bist du eigentlich so guter Laune?« Ben starrte seinen Freund an. »Ich hab' dich nicht so exaltiert erlebt, seit du damals die ganze Dose Vitamine auf einmal gefuttert hast.«

»Ich bin bloß glücklich.« Ober legte den Arm um Ben. »Ich habe gute Freunde, ein schönes Heim, einen angenehmen Job ...« Er sah die Kartons, die das kleine Sofa bedeckten. »Sind das die Jahrbücher?«

»Das sind sie«, bestätigte Nathan. »Der sprichwörtliche Tropfen, der Lisas Faß zum Überlaufen gebracht hat.«

»Ich würde mir wirklich keine Sorgen wegen ihr machen«, beruhigte Ober Ben. »Ihr seid doch befreundet. Da versöhnt ihr euch bestimmt bald wieder.«

»Bestimmt«, pflichtete ihm Nathan bei. »Denk doch nur an dich und Eric. Eure Beziehung verbessert sich ja geradezu sprunghaft.«

Eine Stunde später wurde eine große Tomaten- und Knoblauchpizza geliefert. Jeder der drei Freunde nahm sich ein Stück, um sich anschließend den im ganzen Wohnzimmer verstreuten Jahrbüchern zuzuwenden.

Ober hatte graue Jogginghosen und ein schwarzgestreiftes T-Shirt angezogen und saß mit hochgestellten Füßen auf dem Sofa. »Mir ist eigentlich gar nicht klar, warum wir das machen müssen«, stöhnte er, ein altes Jahrbuch der Stanford University vor sich. »Ich hab' doch keine Ahnung, wie Rick aussieht. Schließlich hab' ich ihn noch nie gesehen.«

»Jetzt blättere einfach weiter«, sagte Ben. »Ich hab' dir ja gesagt, wie er aussieht. Er hat einen wirklich schmalen Kopf und deutlich sichtbare Tränensäcke unter den Augen.«

»Das trifft auf die Hälfte der Leute hier drin zu«, klagte Ober. »Ich will dir ja nicht nahetreten, aber Anwälte sind nicht gerade die physischen Schmuckstücke der Gesellschaft.«

»Du suchst nach Rick, weil ich deine Hilfe brauche«, erklärte Ben. »Wenn du jemanden siehst, auf den die Beschreibung paßt, streichst du einfach seinen Namen an. Dann ist es weniger wahrscheinlich, daß ich die entsprechenden Typen übersehe, wenn ich das Buch selbst anschaue.«

»Aber anschauen mußt du es doch.«

»Jetzt halt die Klappe und such weiter«, fuhr ihn Nathan an.

»Allmählich fangen diese Leute an, samt und sonders gleich auszusehen«, erklärte Ober zwei Stunden später. »Jeder Jahrgang ist identisch: ein langweiliger Typ, ein häßlicher Typ, ein häßliches Mädchen, ein langweiliger Typ, ein häßliches Mädchen, ein langweiliges Mädchen.«

»Hübsch sind sie tatsächlich nicht«, stimmte Nathan ihm zu.

»Ich finde, wir sollten einen Wettbewerb starten«, schlug Ober vor. »Wer das häßlichste Foto findet, gewinnt.«

»Und was gewinnt man?« fragte Ben.

»Egal.« Nathan setzte sich auf seinem Sofa auf. »Ich hab' schon gewonnen. Schaut euch bloß diesen Freak hier an.«

Nathan reichte das Buch an Ober weiter und zeigte auf ein Foto aus Bens Zeit an der juristischen Fakultät von Yale. »Schau dich bloß an«, sagte Ober. »Womit hast du an dem Morgen dein Haar gekämmt? Mit einem Rechen?«

»Haarmäßig betrachtet, war es bestimmt nicht mein bester Tag«, gab Ben mit einem Blick auf sein Foto zu.

»Aber ehrlich«, bestätigte Ober. »Sieht aus, als hättest du mit einer kleinen Schachtel auf dem Kopf geschlafen. Das ist ja ein nahezu perfektes Viereck.«

»Wir sollten versuchen, Lisas Bild zu finden.« Nathan ging zu dem Stapel aus Stanford. »Sie ist doch im selben Jahr fertig geworden wie du, oder?« Er blätterte das entsprechende Jahrbuch durch. »Ich finde sie nicht«, sagte er nach einer Weile. »Offensichtlich ist sie kamerascheu.«

»Wirklich?« fragte Ben mißtrauisch.

»Sieh doch selbst.« Nathan gab Ben das Buch. »Sie ist nirgendwo zu sehen.«

Ben ging die mit »S« beginnenden Nachnamen durch. Da er tatsächlich kein Bild fand, blätterte er zum Ende des entsprechenden Kapitels und entdeckte Lisas Namen auf einer mit »Nicht abgebildet« überschriebenen Liste. »Weißt du, was mir gerade eingefallen ist?« sagte er schließlich. »Was wäre, wenn –«

Bevor Ben seinen Gedankengang zu Ende bringen konnte, kam Eric durch die Tür und schüttelte sich den Schnee aus den Haaren. »Es ist bald Mitternacht«, kommentierte Ober mit einem Blick auf seine Armbanduhr. »Das ist ja ein wirklich früher Feierabend, selbst für dich.«

»Was macht ihr denn da?« fragte Eric angesichts der überall verstreuten Jahrbücher.

»Wenn es dir nichts ausmacht: das hier ist rein privat«, erklärte Ben.

»Wie schön, daß wir uns mal wieder sehen«, entgegnete Eric. »Übrigens, ich wollte mit dir über deine Nachricht sprechen.«

»Da gibt es gar nichts zu besprechen. Sag mir einfach, wie du dich entschieden hast. Ich werde nicht darüber streiten.«

»Aber was ist mit –«

»Ich will jetzt nicht darüber reden. Falls du dich also nicht entschieden hast, könntest du uns entschuldigen? Ich hab' hier was Privates zu besprechen.«

»Können wir morgen darüber reden?« Eric kratzte an seinem unrasierten Kinn.

»Nein, ich hab' dir doch schon gesagt –«

»Ben, wenn du von mir erwartest, daß ich ausziehe, könntest du wenigstens eine halbe Stunde für mich übrig haben. Also, können wir morgen bitte darüber reden?«

»Schön«, willigte Ben ein und nahm ein Stück Pizzarand von seinem Teller. »Also bis morgen.«

Während Eric die Treppe hinaufging, fragte Nathan: »Worum geht es denn?«

»Ich hab' ihm einen Zettel hingelegt, daß ich so bald wie möglich eine Entscheidung von ihm erwarte. Wenn er nach Neujahr nicht auszieht, tue ich es. Ich muß es wissen, um mich rechtzeitig nach einer neuen Wohnung umsehen zu können.«

»Ben, bitte tu's nicht«, flehte Ober. »Ihr könnt euch doch wieder vertragen.«

»Nein, können wir nicht«, stellte Ben kühl fest. »Davon sind wir meilenweit entfernt. Ich weiß, daß dich die Vorstellung bedrückt, aber wir können nicht alle den Rest unseres Lebens gute Freunde sein.«

»Sag bloß nicht so was«, fuhr Ober ihn wütend an. »Du mußt einfach nur –«

»Ich muß überhaupt nichts. Wie Eric sich auch entscheidet, ich halte mich daran. Momentan ist mir das wirklich egal.«

»Es ist dir egal?« fragte Ober. »Wie kannst du bloß so beschränkt sein?«

»*Ich* bin beschränkt?« erwiderte Ben. »Das sagt mir jemand, der ein nichtjüdisches Deli aufmachen will, der glaubt, Mussolini sei ein Nachtisch *und* der behauptet, es sei ein Schwerverbrechen, daß das Luft- und Raumfahrtmuseum keine Bombenattrappen verkauft! So jemand sagt mir, *ich* sei beschränkt?«

Ober zuckte zusammen, als habe man ihm einen Tiefschlag versetzt, und schwieg.

Nathan sah Ben an. »War das wirklich notwendig?«

»Ich bin nicht blöd«, sagte Ober mit bebender Stimme. »Vielleicht bin ich nicht so toll wie Superman Ben Addison, aber ein Idiot bin ich nicht.«

»Tut mir leid«, erwiderte Ben betreten. »Ich hab' bloß versucht –«

»Du hast bloß versucht, dich wieder aufzubauen«, unterbrach ihn Ober mit Tränen in den Augen. »Du hast getan, was du immer tust – auf Ober rumhacken, damit alle wieder guter Laune sind. Das ist die beste Methode, um mit Problemen fertig zu werden. Jawohl, das beste, was mir einfällt. Vergiß einfach, daß immer ich der Idiot dabei bin. Mach einfach weiter das, was du am besten kannst.«

Von Obers Gefühlsausbruch verblüfft, wußte Ben nicht, was er sagen sollte. In all den Jahren, die sie sich kannten, und nach all dem Spott, den Ober über sich hatte ergehen lassen, war dies das erste Mal, daß Ben seinen Freund so aufgewühlt sah.

»Jetzt beruhige dich mal ...«, begann Ben.

»Ich will mich aber nicht beruhigen.« Ober wischte sich die Tränen von den Wangen. »Was euch betrifft, so findet ihr das vielleicht irrsinnig lustig, aber ich hab' es satt, den Hofnarren zu spielen. Ich bin kein Versager.« Obers Gesicht wurde puterrot. »Ich bin kein Versager, und ich weigere mich, wie einer behandelt zu werden.«

»Es hält dich ja auch niemand für einen Versager«, besänftigte Nathan seinen Freund. »Und jetzt atme mal tief durch und beruhige dich.«

Ober wandte sich ab. »Es tut mir wirklich leid«, sagte Ben. »Ich hätte es auf keinen Fall an dir auslassen dürfen.«

»Ja, da hast du recht«, erwiderte Ober.

»Ich wußte ja, daß du wegen Erics Auszug ziemlich genervt bist, und da hätte ich dich nicht so aufziehen sollen.«

»Ich werde schon darüber wegkommen.«

Ben starrte Ober schweigend an und fragte sich, warum ein ruhiges Gespräch sich in ein derartiges Desaster verwandelt hatte. Er wußte, daß Ober wegen der Ereignisse um Eric bedrückt war, aber ihm war klargeworden, daß er an eine tiefer liegende Schicht von Obers Selbstgefühl gerührt hatte. »Du weißt doch, daß ich dich nicht für einen Versager halte.«

»Ja, das weiß ich«, sagte Ober, »und es tut mir leid, daß ich so ausgeflippt bin. Es ist bloß so, daß es mich wirklich getroffen hat.« Er setzte sich auf die Couch, holte tief Luft und starrte auf den Boden. »Es geht nicht mal darum, daß Eric ausziehen soll. Es geht um uns vier. Wenn wir weiterhin alle zusammensein wollen, müßt ihr beide euch zusammenraufen.«

»Ehrlich gesagt, glaube ich nicht, daß das noch möglich ist.« Ben setzte sich neben Ober. »Darauf mußt du gefaßt sein.«

»Kannst du nicht einfach –«

»Ober, ich bemühe mich ja schon.«

»Nein, tust du nicht.«

»Wir wollen jetzt doch nicht wieder von vorn anfangen«, sagte Ben. »Die Sache liegt jetzt in Erics Hand. Warten wir einfach ab, was geschieht.«

»Schön – wir warten.« Ober erhob sich. »Aber wenn du unsere Freundschaft ruinierst, solltest du wissen, daß ich dir das nicht verzeihen werde.« Ohne ein weiteres Wort ging er nach oben.

Als Ober verschwunden war, setzte Nathan sich neben Ben auf die Couch. »Du mußt wirklich vorsichtig mit ihm umgehen«, sagte er.

»Ich wußte ja, daß er genervt ist, aber ich hätte nicht gedacht, daß es so schlimm ist. Als er angefangen hat, zu weinen, hab' ich gedacht, ich breche selbst zusammen. Ich hab' mich gefühlt, als hätte mir jemand in den Bauch getreten.«

»Heißt das, daß du deine Meinung bezüglich Eric vielleicht änderst?«

»Ober zuliebe würde ich das gern, aber du weißt, daß es unmöglich ist. Momentan ist meine Hauptsorge, Rick festzunageln und mich aus diesem ganzen Schlamassel rauszuziehen.«

»Das ist ja auch in Ordnung«, erwiderte Nathan. »Aber kannst du uns allen einen Gefallen tun? Vergiß dabei deine Freunde nicht.«

Früh am nächsten Morgen fuhr Ben mit der U-Bahn zur Union Station, um *Mailboxes & Things* aufzusuchen. Während er auf den Laden zuging, überlegte er, ob die Sache mit Eric wohl glattgehen würde. Es ist die einzige Möglichkeit, beruhigte er sich, und die beste Lösung. Ich muß einfach abwarten, was geschieht.

Als Ben an seinem Ziel ankam, zog er einen unverschlossenen Umschlag aus seiner Hosentasche, holte einen maschinengeschriebenen Brief heraus und las ihn zum vierten Mal durch. *Lieber Rick! Da es nur noch drei Wochen bis zur Urteilsverkündung sind, dürfte es an der Zeit sein, daß wir zusammenkommen. Wie in Deinem Wagen besprochen, habe ich das von Dir Gewünschte, und Du hast, was ich will. Bestimme bitte so rasch wie möglich Zeit und Ort eines Zusammentreffens.*

Ben steckte den Brief in seinen Umschlag zurück und legte den in das leere Postfach. Er überlegte, ob Rick ihm glauben würde, daß er an dem Geld interessiert war. Ben verschloß das Fach und ging in den Eingangsbereich des Geschäfts. Vielleicht sollten wir den Laden hier observieren, dachte er. Schließlich muß Rick hierherkommen, um den Brief abzuholen – falls er nicht einen Dritten schickt. Gedankenverloren drückte er die Tür auf und stieß mit einem hereinkommenden Kunden zusammen.

»Entschuldigung«, sagte der, »es war mein Fehler.«

Ben fuhr zusammen, als er die Stimme erkannte. Als er aufsah, stand Rick vor ihm.

»Schau doch nicht so überrascht«, sagte Rick. »Du siehst dann wirklich wie ein Kleinkind aus.« Als er weiterging, drehte Ben sich um und folgte ihm.

»Du bist mir hierher gefolgt, oder?« fragte Ben.

Ohne auf die Frage einzugehen, zog Rick seinen eigenen Schlüssel aus der Tasche und öffnete das Postfach. Er holte Bens

Brief heraus, riß ihn auf und las ihn durch. »Einverstanden«, sagte er dann. »Also, wo wollen wir uns treffen?«

»Ich hab' dich was gefragt. Bist du mir hierher gefolgt?«

»Warum bist du denn so aufgeregt?« Ein spöttisches Lächeln huschte über Ricks Gesicht.

»Weil du mich ankotzt. Und glaub bloß nicht, daß ich die Sache mit Thanksgiving vergessen habe. Ich weiß, daß du die Sache mit meinem Vater angezettelt hast. Wenn du dich noch ein einziges Mal an meine Familie heranmachst –«

»Könntest du bitte deine Drohungen lassen?« Rick wies Ben mit einem lässigen Handwedeln von sich. »Du bist ja schlimmer als die Typen in meinem Büro.« Ben sah über Ricks Schulter und bemerkte die anderen Kunden, die langsam den Raum füllten. Rick folgte seinem Blick und wandte sich um. »Jetzt würdest du gern losschreien, was? Da hast du mich endlich im hellen Tageslicht vor dir, und weit und breit ist keine Kamera zu sehen. Wenn du wirklich clever wärst, hättest du einen deiner Freunde beauftragt, dir hierher zu folgen.«

»Vielleicht hab' ich das ja getan.«

»Nicht im Traum hast du daran gedacht«, erwiderte Rick amüsiert. »Sieh den Dingen ins Gesicht – solange du nicht in der Lage bist, mich zu identifizieren, brauchst du mich. Und jetzt, was unsere Zusammenkunft betrifft: Ich würde sie gern am Flughafen arrangieren. Komm nächste Woche Samstag um fünf Uhr zum Washington National. Geh zu einem der weißen Informationstelefone, da erwartet dich eine Nachricht.«

»Ich will mich aber nicht im Flughafen treffen«, sagte Ben in der Hoffnung, Zeit zu gewinnen. »Da sind zu viele Menschen. Laß uns einen anderen Treffpunkt wählen.«

»Entweder du kommst zum Flughafen, oder es passiert gar nichts«, fuhr Rick ihn an. »Und wenn ich an deiner Stelle wäre, würde ich aufhören, Schwierigkeiten zu machen. Nach dem Test am Lügendetektor wirst du ohnehin einen neuen Job brauchen.« Rick schob den Brief in die Innentasche seines Kamelhaarmantels, drehte sich um und ging zur Tür. »Dann bis nächste Woche.«

Ben folgte ihm hinaus und sah hektisch auf dem Parkplatz umher, um wenigstens einen Blick auf Ricks Nummernschild werfen zu können. »Verdammt«, flüsterte er, als er Rick ein vorbeifahrendes Taxi heranwinken sah. Wild mit den Händen fuchtelnd, versuchte er, ein anderes Taxi anzuhalten. »Taxi!« brüllte er erfolglos. Ricks Wagen wurde allmählich kleiner, und Ben hatte Mühe, ihn im Blick zu behalten. Als das Taxi schließlich nach links abbog, wurde ihm klar, daß Rick endgültig entkommen war.

Als Ben abends die Straße zu seinem Haus entlangging, verfluchte er sich noch immer, weil er Ricks Verhalten nicht vorausgesehen hatte. Er überlegte, was jetzt noch möglich war, während ihm klar wurde, daß ihm nur noch eine Woche blieb, um einen Plan zu entwickeln. Vor der Haustür angekommen, versuchte er zu erraten, wo Rick ihn in dem belebten Flughafengebäude wohl am ehesten treffen wollte. Ben schloß die Tür auf und stellte fest, daß im Wohnzimmer und in der Küche niemand zu finden war. Er zog seinen Mantel aus, hängte ihn in den Garderobenschrank und ging nach oben. Als er im Obergeschoß ankam, hörte er im oberen Bad Wasser laufen. Ohne sich darum zu kümmern, wer außer ihm noch zu Hause war, dachte er angestrengt darüber nach, wie Rick von dem Lügendetektortest erfahren haben konnte. Seine Überlegungen fanden ein jähes Ende, als er seine Zimmertür öffnete und Eric in seiner obersten Schreibtischschublade wühlen sah.

»Sag mal, was machst du da?«

»Meine Güte!« erwiderte Eric. »Hast du mich erschreckt.«

»Wie wär's, wenn du meine Frage beantwortest. Was wühlst du in meinen Schubladen herum, verdammt noch mal?«

»Ich hab' bloß einen Hefter gesucht«, sagte Eric. »Ich wollte ein paar Flugblätter in den Cafés hier in der Gegend auslegen. Schließlich muß ich eine neue Wohnung suchen. Willst du meine Flugblätter vielleicht auch noch sehen?«

Ben zog eine Schreibtischschublade auf, holte einen Hefter heraus und hielt ihn Eric unter die Nase.

Eric nahm den Hefter und ging zur Tür. »Vielen Dank für deine Hilfsbereitschaft.«

Rick durchquerte die Eingangshalle des Washington Hilton und sah auf seine Armbanduhr. Er trat in den Aufzug, rückte seine Krawatte zurecht und steckte die Hände in die Taschen seines braunen Tweedanzugs. Als er im zehnten Stock angekommen war, hatte er sich um exakt fünfzehn Minuten verspätet. Er ging durch den Flur des Hotels, bis er seinen vor Zimmer 1027 wartenden Besucher erblickte.

»Du hast dich verspätet.«

»Tut mir leid. Ich wollte bloß sicher gehen, daß keiner deiner Freunde mir auflauert«, erklärte Rick, während er die Zimmertür aufschloß. »Ich bin nämlich sehr beliebt, weißt du.« Er trat ein und wartete, bis sein Besucher ihm gefolgt war. Als beide sich im Zimmer befanden, schloß Rick die Tür. »Stell' dich da hin.«

»Was?«

»Bloß eine kleine Vorsichtsmaßnahme.« Rick holte einen flachen schwarzen Metalldetektor aus seiner Aktentasche und fuhr damit über die Kleidung seines Gastes. »Das verstehst du doch sicher.« Als er sich vergewissert hatte, daß kein Aufnahmegerät zu finden war, trat er ins Wohnzimmer der Suite, wo er sich auf einem der beiden identischen Sofas niederließ. Er winkte seinem Gast, sich ebenfalls zu setzen, und kam sofort zum Punkt. »Ich will ja nicht hetzen, aber hast du das Urteil?«

»Ich habe es. Hast du das Geld?«

»Das meiste«, sagte Rick.

»Was meinst du mit ›das meiste‹? Wieviel ist das?«

»Bislang ist genau eine Million auf dem Konto. Du kannst natürlich anrufen, um es dir bestätigen zu lassen.«

»Und was ist mit den restlichen fünfhunderttausend?«

»Die werde ich nach unserem nächsten Treffen einzahlen – falls du mich weiterhin über Ben auf dem laufenden hältst.«

»Das war nicht abgemacht.«

»Doch«, sagte Rick sachlich. »Als ich dich das erste Mal kontaktiert habe, hab' ich dir gesagt, ein Teil der Abmachung ist, daß du mir Ben vom Hals hältst. Und die beste Methode dafür ist, daß du mich über seine Pläne informierst. Denn einfach ausgedrückt – wenn ich ihm sage, daß ich seine Hilfe gar nicht nötig habe, wird er toben. Und dann wird er alles versuchen, herauszukriegen, wie ich ohne ihn an die Entscheidung gekommen bin.«

»Also soll ich ihn noch einen Monat im Auge behalten?«

»Glaub mir, es ist nicht schlimmer als das, was du bisher getan hast.«

»Vielen Dank für die moralische Unterstützung.«

»Also, abgemacht?« fragte Rick.

»Noch nicht. Zum einen will ich das Geld innerhalb der nächsten zwei Wochen. Und ich werde dir zwar berichten, was Ben vorhat, aber da wird kein Dauerjob draus. Sobald das Urteil verkündet ist, bist du auf dich allein gestellt.«

Rick legte die Beine übereinander und lehnte sich zurück. »Klingt gut.«

»Zum zweiten solltest du wissen, daß ich nicht einfach nur die billigere Alternative bin. Wenn du dich auf Ben verlassen hättest, hättest du nicht nur mehr Geld ausgeben müssen, um an das Urteil zu kommen, du müßtest dir auch bei jedem Treffen Gedanken wegen seiner Tricks machen. Schließlich ist er nur deshalb in Kontakt mit dir geblieben, um dich identifizieren zu können. Und es wäre bloß eine Frage der Zeit gewesen, bis er Erfolg gehabt hätte.«

»Glaub mir, Ben war meilenweit davon entfernt, irgendwas herauszufinden.«

»Das bezweifle ich. Schließlich hab' ich deine Miene gesehen, als ich dir von seinem Plan mit den Jahrbüchern erzählt habe.«

»Glaub, was du willst«, erklärte Rick. »Aber du solltest wissen, daß ich mich bloß an dich gewandt habe, weil Ben zu wankelmütig wurde. Wenn es darauf angekommen wäre, hätte er mir das Urteil wahrscheinlich nicht verraten.«

»Da könntest du recht haben.« Ricks Gast zog das Grinnell-Votum aus einer Papiertüte. »Zum Glück für dich ...«

Als das dreißig Seiten starke Schriftstück auf dem gläsernen Couchtisch landete, beugte Rick sich vor und ergriff den Stapel. Dann blätterte er das Urteil rasch durch. »Unglaublich. Der Gerichtshof hat tatsächlich entschieden, daß das Vorgehen einer Enteignung gleichkommt. Ich hätte nicht gedacht, daß Richter Veidt dem zustimmt.« Als er auf der letzten Seite angekommen war, fügte er hinzu: »Zu schade für Grinnell, daß er nicht weiß, auf was für einer Goldmine er sitzt. Sonst wäre er nicht so begeistert über seine neuen Teilhaber.«

»Also, wann wollen wir uns das nächste Mal treffen?«

Rick ließ den Schriftsatz in seiner Aktentasche verschwinden. »Ich melde mich.« Er erhob sich, ging zur Tür und öffnete sie. Als er mit seinem Gast im Flur stand, sagte Rick: »Wenn es dir nichts ausmacht, nehme ich den Aufzug am anderen Ende des Gebäudes.«

»Wie du willst.«

Rick war den Flur schon ein Stück hinuntergegangen, als er sich noch einmal umdrehte. »Glückwunsch übrigens. Du bist jetzt Millionär.«

DREIZEHNTES KAPITEL

Washington National Airport, Konferenzzentrum. Was kann ich für Sie tun?« fragte eine Frauenstimme.

»Ja, ich hab' da ein Problem, bei dem Sie mir vielleicht helfen können«, erklärte Ben in seinem charmantesten Tonfall. »Ich soll am kommenden Samstag an einer Besprechung in einem der Konferenzräume des Flughafens teilnehmen, aber ich hab' meinen Terminkalender verloren und deshalb keine Ahnung, wo die Besprechung stattfindet.«

»Tut mir leid, aber für die Belegung der Konferenzräume sind die Fluggesellschaften zuständig. Wissen Sie, um welche Gesellschaft es sich handelt?«

»Wie gesagt, ich hab' keine Ahnung. Das stand alles in meinem Terminkalender.«

»Wie steht es mit dem Namen der Firma? Vielleicht kann ich den finden.«

»Die Firma ist ganz neu«, erklärte Ben und hoffte, seine Gesprächspartnerin davon überzeugen zu können, daß sie seine einzige Hoffnung war. »Sie wird gerade erst gegründet, deshalb läuft alles unter dem Namen des Geschäftsführers – an den ich mich um nichts auf der Welt erinnern kann. Glauben Sie mir, ich hab' schon alles versucht.«

»Tut mir leid, aber dann glaube ich nicht, daß ich etwas für Sie tun kann.«

»Bitte legen Sie nicht auf«, flehte Ben. »Sie müssen mir einfach helfen. Wenn ich zu diesem Vorstellungsgespräch nicht erscheine, bin ich erledigt. Gibt es nicht irgendwo einen Belegungsplan? Alles, was Sie haben, könnte mir schlicht und ergreifend das Leben retten.«

»Tut mir leid«, wiederholte die Stimme am anderen Ende. »Ich bin nicht berechtigt, solche Informationen weiterzugeben.«

»Bitte!« Ben versuchte, noch sympathischer zu klingen. »Ich bin bestimmt kein Verrückter. Ich kann Ihnen meinen Namen, meine Adresse und meine Telefonnummer geben. Ich geb' Ihnen sogar die Nummer meiner Mutter, dann können Sie sie anrufen und fragen, ob ich ein guter Junge bin. Ich will bloß nicht, daß mir wegen so einer blöden Sache dieser Job verlorengeht.«

»Also ...«

»Bitte. Wenn Sie mir helfen, werde ich ewig in Ihrer Schuld stehen. Ich schicke Ihnen Blumen. Und Pralinen. Eine speziell für Sie verpackte Räucherwurst von Hickory Farms. Alles.«

»Was ich für Sie tun kann, ist folgendes«, sagte seine Gesprächspartnerin schließlich. »Ich kann Ihnen eine Aufstellung der Firmen geben, die vom Flughafen selbst betriebene Konferenzräume gebucht haben. Das sind zwar nur sechs, aber vielleicht finden Sie Ihre Firma darunter. Wenn nicht, müssen Sie bei sämtlichen Fluggesellschaften anrufen und um die entsprechenden Informationen betteln.«

»Sie sind phantastisch«, rief Ben. »Wie kann ich Ihnen danken? Nennen Sie mir Ihren Wunsch. Diamanten? Perlen?«

»Wie wär's, wenn Sie mich einfach in Ruhe lassen.«

»Einverstanden.«

»Dies sind die Firmen, die gebucht haben«, sagte Bens Gesprächspartnerin. »Texaco hat einen Raum. Und Brennan, Leit and Zareh haben einen weiteren.«

»Ist das nicht eine Anwaltskanzlei?« fragte Ben, während er einen Stern neben den Namen der Firma malte.

»Da bin ich nicht sicher.«

»Wie steht es mit weiteren Firmen?«

»Das ist alles. Die anderen vier Räume sind noch frei.«

»Oh je«, sagte Ben. »Dann werd' ich wohl weiter betteln müssen. Trotzdem vielen Dank für Ihre große Hilfe.«

»Gern geschehen.« Die Stimme am anderen Ende klang sichtlich erleichtert.

Nach vierzehn weiteren Telefongesprächen besaß Ben eine Liste mit vierunddreißig Namen, unter denen Konferenzzimmer reserviert worden waren. In zweiundzwanzig Fällen handelte es sich um größere Firmen, dazu kamen acht Privatpersonen, drei Anwaltskanzleien und ein Kongreßabgeordneter namens Cohen aus Philadelphia. Ben rief in seinem Computer die Lexis-

Datenbank auf, klinkte sich in die Suchmaschine für Periodika ein und gab den Namen »Stewart Moore« ein. Moore gehörte zu den acht Privatpersonen, die eine Reservierung für Samstag vorgenommen hatten. Noch während der Computer über viertausend Zeitungen und Zeitschriften durchging, erkannte Ben, daß die Suche vergeblich war. Rick ist zu clever, um seinen eigenen Namen anzugeben, dachte er, als er auf den Monitor starrte.

Nach einiger Zeit erschienen die Worte »26 Einträge gefunden« auf dem Monitor. Als Ben den ersten Eintrag anklickte, erschien ein aus dem *Wall Street Journal* stammender Artikel über den Präsidenten einer Chicagoer Bank, der kürzlich die Kreditabteilung seiner Firma restrukturiert hatte. Ben erfuhr, daß Mr. Moore fünfundfünfzig war, und wußte sofort, daß es sich nicht um Rick handeln konnte. Er klickte gerade den zweiten Namen an, als Lisa ins Zimmer trat. »Wie geht's?« fragte er und sah auf.

Lisa schwieg.

»Hallo! Erde an Lisa! Wie geht's? Was läuft so? Warum antwortest du nicht?«

Wieder Schweigen.

»Ach, komm schon, Lisa. Sei doch nicht mehr sauer. Ich hab' mich jetzt bestimmt schon ein Dutzend Mal entschuldigt.«

»Dann kann ich dir ja ein für allemal vergeben«, erwiderte Lisa kühl.

»Sei ernst, bitte.«

»Du willst also die Wahrheit hören? Ich bin ziemlich wütend, daß du mir nicht mehr vertraust.«

»Wovon redest du da?« protestierte Ben. »Ich vertraue dir doch.«

»Ben, versetzt dich mal an meine Stelle: Die letzten drei Monate haben wir so gut wie jede Minute darüber geredet, wie wir Rick festnageln könnten. Und jetzt ist absolut nichts mehr aus dir herauszukriegen. Was soll ich daraus schließen, verdammt noch mal?«

»Du kannst daraus schließen, was du willst. Aber die Wahrheit ist, daß es gar nichts zu erzählen gibt. Ich hab' seit Wochen nichts mehr von Rick gehört, und bis sich das ändert, gibt es nichts zu besprechen.«

»Du lügst.«

»Was willst du damit sagen?«

»Ich bin doch kein Idiot. Ich weiß, wenn du mich anlügst, und ich weiß auch, was du denkst. Aber wenn du tatsächlich glaubst, daß ich diejenige bin, die Rick Informationen zuspielt, hast du nicht mehr alle Tassen im Schrank. So etwas würde ich nie tun.«

»Ich glaub' doch gar nicht, daß –«

»Tu mir einen Gefallen.« Lisa trat näher und setzte sich auf die Ecke von Bens Schreibtisch. »Schau mir in die Augen und sag mir, daß du mir vertraust.«

»Aber du wirst mir doch nicht glauben.«

»Wenn du die Wahrheit sagst, *werde* ich dir glauben.«

»Lisa, ich schwöre, daß ich dir vertraue.« Ben sah seiner Kollegin direkt in die Augen. »Wenn ich dir etwas zu erzählen hätte, würde ich es tun.«

»Eine letzte Frage. Woran hast du gearbeitet, als ich hereingekommen bin?«

»Was?«

»An deinem Computer.« Lisa zeigte auf den Bildschirm. »Woran hast du gearbeitet?«

»Ich hab' on line das *Wall Street Journal* gelesen. Ist das in Ordnung?«

»Und wieso beschäftigst du dich mit einer Zeitung, die schon eine Woche alt ist?« fragte Lisa.

Ben blickte auf die rechte obere Ecke seines Bildschirms und sah, daß der Artikel das Datum der letzten Woche trug.

»Ist ganz schön beschissen, bei einer Lüge ertappt zu werden, was?« attackierte Lisa. »Bestimmt wünschst du dir jetzt sehnlichst, du könntest deine Worte zurücknehmen.«

»Das darf doch nicht wahr sein«, sagte Ben. »Du hast mir gar nicht zugehört. Statt dessen hast du dich nur deshalb auf meinen Tisch gesetzt, um herauszubekommen, was ich lese.«

»Ganz recht.« Lisa sprang von seinem Schreibtisch. »Und jetzt habe ich endlich eine Antwort.«

»Aber –«

»Gib dir keine Mühe. Du würdest bloß deine Zeit und meine Intelligenz vergeuden. Und wenn du Rick sehen solltest, erzähl ihm, er soll dir kräftig in den Arsch treten.«

Eine Stunde später waren Ben und Lisa schweigend damit beschäftigt, die dritte Version von Ostermans Grinnell-Votum zu lesen, als Bens Telefon sie hochschreckte. »Hallo?« meldete sich Ben. »Hier ist das Amtszimmer von Richter Hollis.«

»Hallo, Ben. Wie geht's dir heute?«

Ben erkannte Ricks Stimme und schloß die Faust um den Telefonhörer. »Was willst du?«

»Ich wollte mit dir über unser Treffen am Samstag sprechen«, sagte Rick.

»Dann ist es ja gut, daß du anrufst. Die Sache mit dem Flughafen gefällt mir nämlich gar nicht. Ich will –«

»Es ist mir absolut egal, was du willst«, unterbrach Rick ihn. »Ich wollte dir bloß sagen, daß unser Treffen ausfällt. Ich hab' keinen Bedarf mehr für das, was du anzubieten hast.«

»Aber ich dachte –«

»Wie die meisten deiner Theorien war auch diese falsch«, erklärte Rick in selbstgefälligem Ton. »Dann sieh mal schön deine kleinen Jahrbücher durch, und viel Glück bei deinem Lügendetektortest. Ich glaube nicht, daß wir noch einmal miteinander sprechen werden – obwohl ich das Ergebnis ganz bestimmt erfahren werde.«

»Warte, ich –« Bevor Ben die Worte herausgebracht hatte, war die Leitung schon tot.

»Wer war das?« fragte Lisa, als sie die Panik in Bens Gesicht sah.

Ben schwieg. Er stieß sich von seinem Schreibtisch ab, stürmte zur Tür, riß seinen Mantel aus dem Garderobenschrank und verließ das Büro. Er nahm die große Freitreppe und ging auf die nächste Telefonzelle an der First Street zu. Ben nahm den Hörer ab, warf ein paar Münzen ein und wählte Nathans Büronummer.

»Andrew Lukens. Wie kann ich Ihnen helfen?«

»Entschuldigen Sie.« Ben erkannte weder die Stimme noch den Namen. »Ich wollte mit Nathan sprechen.«

»Nathan ist in ein anderes Büro umgezogen. Kann ich an seiner Stelle etwas für Sie tun?«

»Ich bin sein Mitbewohner, Ben. Können Sie mir seine neue Durchwahl sagen?«

»Ach, Ben.« Andrews Stimme nahm einen freundlicheren Ton an. »Ich hab' schon viel von Ihnen gehört. Wie steht's am Obersten Gerichtshof? Habt ihr heute schon irgendein Gesetz verändert?«

»Nein, heute nicht«, erklärte Ben. »Gesetze ändern wir nur mittwochs. Montags versuchen wir bloß, mit unseren Mitbewohnern zu sprechen.«

»Ja, Nathan hat schon gesagt, daß Sie eine sarkastische Ader haben.« Andrew machte keine Anstalten, Bens Anruf weiterzuleiten. »Übrigens, das hab' ich schon Nathan fragen wollen – was ist aus der Geschichte geworden, die ihr mit eurem anderen Mitbewohner vorhattet?«

»Was meinen Sie?«

»Na, Sie wissen schon, die Sache, für die Sie die Mikrophone und Kameras gebraucht haben. Nathan sagte, ihr würdet versuchen, euren Freund in flagranti zu ertappen.«

»Ach ja.« Ben wurde schlagartig klar, wie Nathan die Sachen beim State Department losgeeist hatte. »Es ist phantastisch gelaufen. Ich muß Nathan daran erinnern, daß er Ihnen ein paar von den Fotos mitbringt. Sie sind ein bißchen unscharf, aber ziemlich lustig.«

»Ach, wenn die Fotos nichts taugen, sagen Sie ihm doch, er soll die Kassette bringen. Ich bin sicher, daß die Aktentaschenmikros jedes Stöhnen aufgefangen haben.«

Ben zuckte zusammen. »Wie funktionieren die Dinger eigentlich, Andrew?«

»Genau wie die drahtlosen. Der einzige Unterschied ist der, daß sie in der Aktentasche eingebaut sind. Wir verwenden sie, wenn ein Agent vermutet, daß die normalen Mikrophone entdeckt werden könnten. Von allen unseren Sachen sind sie das, was dem Zeug in einem James-Bond-Film am nächsten kommt. Die Tasche ist zwar nur ein Prototyp, aber Nathan war überzeugt, daß sie für euren Plan das einzig Richtige sei.«

»Ja, das Ding war tatsächlich phantastisch.« Auf Bens Stirn

breitete sich kalter Schweiß aus. »Wie haben alles gehört, was wir hören wollten.«

»Also, dann stell' ich jetzt mal zu Nathan durch«, sagte Andrew.

»Wissen Sie«, erwiderte Ben hastig, »jetzt ist mir die Zeit davongelaufen. Ich versuche es später noch mal.«

»Soll ich ihm sagen, daß Sie angerufen haben?«

»Nein, nein«, wehrte Ben ab. »Ich hab' den Tag über zuviel zu tun. Ich treffe ihn ja jedenfalls zu Hause.«

Ben hängte den Hörer ein und legte seinen Kopf an die Wand der Telefonzelle. Er schloß die Augen und suchte fieberhaft nach einer vernünftigen Erklärung. Als ihm keine einfiel, wurde sein Atem heftiger. Die Augen noch immer geschlossen, schlug er seinen Kopf gegen den Metallrahmen der Zelle. »Das ist doch nicht zu fassen!« brüllte er los, dann nahm er den Hörer wieder ab und suchte in seinen Taschen nach weiteren Münzen. Als er das Geld gerade einwerfen wollte, hielt er inne. »Verdammt!« schrie er und schmetterte den Hörer auf die Gabel. Er rieb sich die Stirn und hörte seinen Gesprächen mit Rick und Andrew noch einmal hinterher. Nichts schien einen Sinn zu ergeben.

Zehn Minuten später trat Ben aus der Telefonzelle heraus und ging zurück zum Gerichtsgebäude. Als Lisa die Bürotür zuschlagen hörte, fuhr sie herum. Ben warf seinen Mantel in den Garderobenschrank und baute sich direkt vor ihrem Tisch auf.

»Was ist denn?« fragte sie. »Was hab' ich jetzt wieder getan?«

»Hör mal, ich werde dir jetzt was erzählen, aber das tu ich bloß, weil ich deine Hilfe brauche«, erklärte Ben. »Vor einer Woche hat Rick Kontakt mit mir aufgenommen –«

»Das wußte ich«, unterbrach ihn Lisa. »Ich wußte –«

»Lisa, gib mir bitte eine Chance, das Ganze zu erklären«, flehte Ben. »Bei diesem Gespräch hat er mich nach der Grinnell-Entscheidung gefragt. Im Gegenzug wollte er mir drei Millionen Dollar geben. Natürlich hätte ich ihm das Urteil nie verraten, aber ich hoffte, ihn endlich identifizieren zu können, wenn wir uns zur Übergabe treffen. Das war für den kommenden Samstag geplant, und zwar im Flughafen – also wahrscheinlich in einem der Konferenzräume.«

»Und jetzt brauchst du meine Hilfe, um einen Plan zu entwickeln?«

»Ich hatte schon einen. Ich hab' mich erkundigt, welche der Räume für Samstag reserviert sind. Als ich eine Liste zusammen hatte, hab' ich damit angefangen, sämtliche Namen zu überprüfen, die ich nicht kannte. Deshalb hab' ich vorhin auch diese alte Zeitung gelesen. Ich dachte, wenn ich vorher wüßte, in welchem Raum Rick und ich uns treffen würden, könnte ich dort im voraus vielleicht ein Mikrophon installieren oder irgend so etwas. Jedenfalls war ich mir zum ersten Mal sicher, Rick wirklich festnageln zu können, als er mich wieder mit einem Anruf überrascht hat.«

»Das war also Rick, vorhin?«

»Richtig. Und er hat gesagt, ich könnte die Sache vergessen, weil unser Treffen nämlich ausfällt. Dann hat er noch gesagt, er bräuchte meine Hilfe nicht mehr, und das war's auch schon. Offenbar hat er das Grinnell-Urteil von jemand anderem bekommen.«

»Wenn du denkst, daß er's von mir hat, bist du auf dem Holzweg.«

»Ehrlich gesagt, ich war tatsächlich der Meinung, daß du es sein mußt«, sagte Ben. »Ich war überzeugt, du wärst die einzige, die außer mir noch Zugang zu diesem Urteil hat.«

»Ben, ich schwöre –«

»Laß mich zu Ende reden. Nachdem Rick aufgelegt hatte, bin ich in eine Telefonzelle gegangen, um Nathan anzurufen. Gemeldet hat sich aber einer seiner Kollegen, der mich gefragt hat, wie das Aktentaschenmikrophon funktioniert hat.«

»Welches Aktentaschenmikrophon?«

»Genau«, sagte Ben.

»Und nur weil Nathan dir irgend so ein Gerät nicht gegeben hat, hältst du ihn jetzt für denjenigen, der Rick über alles informiert?«

»Was soll ich denn sonst glauben? Es war ja nicht irgendein Gerät – wenn ich so ein Mikro gehabt hätte, wäre Rick damals in seinem Wagen nicht so einfach davongekommen. Dann hätte ich alles beweisen können: Ricks Angebot, sein Geständnis des ersten Betrugs mit der CMI – einfach alles, was ich brauche, um meinen Kopf aus der Schlinge zu ziehen. Trotzdem hat Nathan es irgendwie geschafft, das Wunderding aus seinem kleinen Zauberkasten herauszuhalten. Bist du da nicht auch der Meinung, daß das verdächtig ist?«

»Ich weiß nicht.«

»Ich hab' versucht, auf eine vernünftige Erklärung zu kommen, aber kann mir beim besten Willen nicht vorstellen, warum Nathan kein Sterbenswörtchen über die Tasche gesagt hat.«

»Aber wenn Nathan mit Rick zusammenarbeiten würde, hätte Rick ja von dem Mikrophon gewußt, weshalb es keine echte Bedrohung für ihn gewesen wäre.«

»Daran hab' ich auch gedacht.« Ben ging zum Aktenschrank. »Aber ich kriege die Idee nicht aus dem Kopf, daß Rick es *nicht* geschafft hätte, mir die Tasche vor dem Einsteigen abzunehmen. Wenn er mir nicht erlaubt hätte, sie zu behalten, wäre ich einfach nicht eingestiegen. Ich hätte gesagt, daß ich sie nicht einfach in der Einfahrt liegen lassen kann, weil sie wichtige Gerichtsdokumente enthält. Und zu dem Zeitpunkt mußte Rick mich einfach in sein Auto lotsen.«

»Keine schlechte Theorie«, gab Lisa zu.

»Jetzt muß ich also herausbekommen, ob es wirklich Nathan ist.« Ben lehnte sich gegen den Schrank.

»Ben, ich will dich mal was fragen. Vor einer Viertelstunde hast du noch gedacht, ich würde dem Teufel deine Seele verkaufen, und jetzt spazierst du einfach hier herein und schüttest mir dein Herz aus. Wieso dieser Umschwung?«

»Lisa, die blanke Wahrheit ist, daß ich absolut nichts mehr zu verlieren habe. Rick hat mich aufgegeben; vermutlich hat er das Grinnell-Urteil schon in den Händen; ich werde mich nicht mehr mit ihm treffen und habe daher auch keine Hoffnung mehr, ihn identifizieren zu können. Selbst wenn du mit Rick zusammenarbeiten solltest, könntest du ihm nichts Neues sagen. Ich weiß weder ein noch aus. Ich hab' keinen Verdächtigen, keine Indizien, und in zwei Tagen wartet der Lügendetektor auf mich. Und was noch wichtiger ist – ich hab' sonst niemanden mehr, dem ich vertrauen kann.«

»Und was ist mit Ober?«

»Glaub mir, er war der erste, an den ich gedacht habe. Aber mir ist klargeworden, daß er wirklich nicht in der Lage ist, mir zu helfen. Ober ist ein netter Kerl, und ich mag ihn wie einen Bruder, aber er hat nicht mehr Durchblick als ein neugeborenes Kaninchen. Ich brauche jemanden mit Verstand, um herauszubekommen, was ich jetzt tun soll.«

»Wenn Nathan tatsächlich in der Sache drinhängt, wie hat er das Urteil dann überhaupt bekommen?«

»Was weiß ich – er hätte irgendeinen Super-Computer im State Department benutzen können, um sich in unser System hier einzuklinken. Genauso einfach hätte er das Ding aber auch aus meiner Aktentasche klauen können. Er mußte es nur mitten in der Nacht herausnehmen, kopieren und wieder zurücklegen, bevor ich aufwache.«

»Hast du denn kein Schloß an deiner Tasche? Besonders nach der Sache mit Eric?«

»Natürlich hab' ich ein Schloß. Aber Nathan kennt die Kombination – er hat die Tasche damals für sein Vorstellungsgespräch im State Department ausgeliehen.«

»Ich will dir ja nicht zu nahe treten, aber deine Auswahl an Freunden ist übler als die von Julius Cäsar.«

»Danke für die aufmunternden Worte.« Ben ging an seinen Schreibtisch zurück. »Also, hilfst du mir?«

»Das kommt darauf an«, sagte Lisa. »Vertraust du mir?«

»Momentan vertraue ich selbst meiner Mutter nicht mehr. Als ich das letzte Mal zu Hause war, hat sie schon ein wenig hinterhältig ausgesehen.«

»Tun dir deine Anschuldigungen denn wenigstens leid?«

»Mehr, als du je erfahren wirst.« Ben riß die Ecken vom Manuskript des Osterman-Votums. »Also, kannst du mir bitte helfen?«

»Natürlich.« Lisa nahm ihm den Schriftsatz aus der Hand, legte seine Hände flach auf die Tischplatte und bedeckte sie mit ihren. »Was du auch denken magst, es liegt mir wirklich viel daran, was mit dir geschieht. Wenn man dich hier rausschmeißt, hab' ich nämlich die doppelte Arbeit.«

»Sehr lustig«, kommentierte Ben trocken. »Ich platze gleich vor Lachen.«

»Du kannst dich hinter so vielen sarkastischen Bemerkungen verstecken, wie du willst, aber ich weiß, daß du meine Hilfe wirklich schätzt.«

»Natürlich tue ich das. Mein Leben ist ein Chaos, meine Karriere nähert sich dem Schmelzpunkt, und meine Freunde benehmen sich wie Mitglieder des Fan-Clubs von Benedict Arnold. Wie die Dinge liegen, kann ich mich gleich von George McGovern über die richtige Taktik beraten lassen. Was bleibt mir denn sonst übrig, verdammt noch mal?«

»Ich hoffe nur, dir wird allmählich klar, daß du noch ein paar echte Freunde hast, die sich um dich kümmern.«

»Ich danke dir, Lisa Marie. Ich schätze deine Hilfe wirklich. Und das meine ich ernst.«

»Ist schon okay«, sagte sie. »Aber glaub bloß nicht, daß ich dir verzeihe. Du mußt erst noch über zwanzig weiteren Kohlebecken geröstet werden, bevor ich die Gemeinheit vergesse, die du mir angetan hast.«

»Abgemacht. Die Kohlen darfst du selbst aussuchen.«

Lisa setzte sich aufs Sofa. »Also, fassen wir diesen Scheißkerl oder nicht?«

Mit einem leichten Lächeln griff Ben sich einen Notizblock. »Ich glaube, unsere einzige Möglichkeit ist, eine Liste der Leute zusammenzustellen, die Rick bei Grinnell und Co anbohren könnte.«

»Darum kann ich mich kümmern«, sagte Lisa. »Ich bin ziemlich sicher, daß unser Zentralbüro eine Aufstellung sämtlicher Eigentümer hat. Damit hätten wir eine Liste möglicher Verkäufer. Und wenn wir die im Auge behalten, merken wir, wenn Rick zuschlägt.«

»Wir müssen noch nicht einmal ein Auge auf sie haben.« Ben löschte die auf seinem Bildschirm sichtbaren Daten, um einen neuen Suchbefehl einzugeben. »Lexis hat eine eigene Datenbank mit solchen Urkunden. Alle Immobiliengeschäfte und Besitzübertragungen müssen den entsprechenden Behörden gemeldet werden. Wenn wir die Namen der Verkäufer haben, sollten wir in der Lage sein, sie direkt von hier aus überwachen zu können.«

»Ausgezeichnet.« Lisa ging zur Tür. »Ich besorge die Namen.«

»Übrigens, ich vertraue dir!« rief Ben ihr hinterher.

»Ich weiß«, rief sie zurück.

Noch während die Tür zuschlug, zog sich Ben näher an seinen Schreibtisch und wählte die Nummer der Telefongesellschaft. »Hallo, ich würde Sie gern um einen Gefallen bitten. Meine Frau hat versehentlich unsere gesamten Telefonrechnungen weggeworfen. Wir brauchen sie aber für unsere Steuererklärung, und ich habe gehofft, daß wir vielleicht Kopien bekommen können.«

»Das dürfte kein Problem sein«, erklärte die Telefonistin. »Ich benötige nur Ihren Namen und Ihre Telefonnummer.«

»Das Telefon ist unter dem Namen meiner Frau angemeldet: Lisa Schulman.« Ben nannte Lisas Nummer und fügte hinzu: »Es wäre übrigens schön, wenn Sie die Rechnungen direkt an meinen Steuerberater schicken könnten, weil er sie so bald wie möglich haben muß.«

»Wir sind nicht berechtigt –«

»Es ist mein Telefon«, erklärte Ben. »Es läuft nur auf den Namen meiner Frau. Wenn es Ihnen lieber ist, kann ich gern mit einem Ihrer Vorgesetzten sprechen.«

»Na ja, eigentlich müßte es gehen. Ich schreibe es mir mal auf. Sagen Sie mir die Adresse, bitte?«

Ben nannte die Anschrift von Obers Büro. »Vielen Dank für Ihre Hilfe. Ich bin Ihnen wirklich sehr verbunden.«

Am späten Nachmittag starrte Ben noch immer wie gebannt auf seinen Bildschirm.

»Hör mal, du wirst noch erblinden, wenn du da weiter so reinglotzt«, warnte Lisa.

»Ach, wär' das schön.«

»Jetzt mach dir mal keine Sorgen. Du hast schließlich den Namen jedes Teilhabers eingegeben. Wenn irgend jemand seinen Anteil verkauft, wirst du die Veränderung bemerken.«

»Nicht unbedingt.« Ben wandte sich von seinem Computer ab. »Du hast die Urkunden ja gesehen. Grinnell ist im Besitz von vier beschränkt haftenden Teilhaberschaften, die wiederum im Besitz von acht weiteren Teilhaberschaften sind. Und die sind im Besitz von sechzehn Teilhaberschaften –«

»Wir haben jeden Namen herausgezogen, den wir finden konnten. Und wenn wir irgend jemand nicht gefunden haben, wie stehen dann deiner Meinung nach die Chancen, daß Rick ihn finden konnte?«

Ben warf Lisa seinen Soll-das-ein-Witz-sein-Blick zu.

»Na schön«, gab Lisa zu, »Rick könnte wahrscheinlich alles herausfinden. Aber das heißt noch lange nicht, daß wir nicht auf der richtigen Spur sind.«

»Ich bin ja auch der Meinung, daß wir auf der richtigen Spur sind«, sagte Ben. »Mir kommt es nur so vor, als sei das Ganze ein sehr passiver Plan. Wir sitzen einfach hier und warten.«

»Das ist eben alles, was wir momentan tun können. Wenn du so nervös bist, warum fängst du nicht an, dir die Jahrbücher aus Harvard und Michigan anzusehen?«

»Wieso? Die sind doch noch gar nicht angekommen.«

»Natürlich sind sie das. Ich hab' dir doch vorhin schon gesagt, daß am Empfang zwei Pakete auf dich warten.«

»Hast du nicht.« Ben stand auf.

»Hab' ich mit Sicherheit. Als ich mit den Besitzurkunden zurückgekommen bin, hab' ich dir gesagt, daß zwei Pakete da sind. Wahrscheinlich warst du zu tief in deinen Bildschirm gekrochen.«

Ben ging zum Garderobenschrank und holte seinen Mantel heraus. »Statt die Jahrbücher zu Nathan mit nach Hause zu nehmen, werde ich sie lieber hier lassen. Ich schaue sie mir morgen an.«

»Und wohin gehst du jetzt?« fragte Lisa mit einem Blick auf ihre Armbanduhr. Es war noch nicht einmal auf fünf.

»Ich will mit Ober reden, bevor Nathan nach Hause kommt. Kannst du dir was einfallen lassen, falls Hollis anruft?«

»Mach dir keine Sorgen. Darum kümmere ich mich schon.«

Als Ben durch die Tür trat, sagte ihm die brütende Stille, daß sonst niemand zu Hause war. Er zog seinen Mantel aus, warf ihn aufs Sofa, untersuchte die Küche und sah im unteren Badezimmer nach. Dann öffnete er die Tür zum Keller. »Ist da jemand?« rief er hinunter. Als er ins Obergeschoß kam, sah er in Erics und Obers Zimmer ebenso wie in sein eigenes. Nachdem er auch das obere Bad und sämtliche Wandschränke im Flur untersucht hatte, öffnete Ben die Tür zu Nathans Zimmer. Ohne das Licht anzuschalten, schob er die Türen von Nathans Kleiderschrank auseinander und steckte seinen Kopf hinein. Endlich davon überzeugt, daß er tatsächlich allein war, trat er zu Nathans Schreibtisch, den Blick auf den kleinen Stapel sorgsam aufeinander geschichteter Papiere geheftet. Bemüht, kein Geräusch zu machen, sah Ben den Stapel durch. Eine Einkaufsliste, eine Liste mit Dingen, die zu erledigen waren, eine Geburtstagsliste, eine Liste mit interessanten Filmen. Nichts von Bedeutung. Nachdem er den Stapel in seinen ursprünglichen Zustand zurückversetzt hatte, hielt Ben den Atem an und zog vorsichtig die mittlere Schreibtischschublade auf. Er hob den Einsatz heraus, der den vielen Kugelschreibern, Bleistiften und Radiergummis ihren Platz zuwies, und suchte langsam und systematisch nach irgendeinem Hinweis, der ihn auf Ricks Spur führen konnte. Dann schloß er die Schublade wieder, ging zu Nathans Nachttisch und griff nach dem Adreßbuch, um jeden Eintrag zu studieren und nachzugrübeln, wer sich hinter den Namen verbergen könnte.

»Was machst du da mit meinem Adreßbuch, verdammt noch mal?«

Erschrocken ließ Ben das Buch fallen, hob den Kopf und sah zu seinem Erstaunen Ober lachend in der Tür stehen. »Laß das!« brüllte Ben, hob das Adreßbuch wieder auf und legte es an seinen Platz zurück.

»Du hättest dich mal sehen sollen. Du warst –«

»Ist jemand bei dir?« fragte Ben und stürzte aus Nathans Zimmer.

»Nein. Warum? Was ist denn los?«

»Hör mal, ich werde dir jetzt was erzählen, aber du mußt schwören, daß du niemandem auch nur ein Wort davon verrätst.«

»Ich schwöre.« Ober zog sich seine Krawatte vom Hals.

»Das ist kein Witz«, warnte Ben ihn. »Kein Wort zu irgendeiner Menschenseele. Nicht zu Nathan, nicht zu deinen Eltern –«

»Ich schwöre«, wiederholte Ober, während sie die Treppe zum Wohnzimmer hinuntergingen. »Jetzt leg schon los.«

Nachdem er seinem Freund die ganze Geschichte berichtet hatte, sagte Ben: »Also – was meinst du dazu?«

»Das ist doch ganz unmöglich.« Ober machte große Augen. »Erwartest du tatsächlich, ich würde glauben, daß Nathan in der Sache drinhängt?«

»Was soll ich denn sonst annehmen?«

»Unmöglich.« Ober sank auf einen der Stühle am Küchentisch. »Jetzt bist du total ausgerastet. Ich meine, wenn du von Eric geredet hättest, würde ich es ja verstehen. Den hab' ich letzte Woche sogar in deinem Zimmer im Papierkorb wühlen sehen.«

»Hast du ihn gefragt, was er da eigentlich tut?«

»Er sagte, jemand hätte ihm den Anzeigenteil weggenommen, und er wollte sehen, ob du es warst.«

»Nein, ich war's nicht. Du hättest ihn zu Nathan schicken sollen – er ist derjenige von uns, dem nicht zu trauen ist.«

»Es ist absolut unmöglich, daß Nathan so etwas tut«, beharrte Ober. »Ich glaube das noch nicht mal ansatzweise.«

»Ich schon«, sagte Ben. »Und momentan ist das das einzige, worauf es ankommt. Lisa und ich versuchen –«

»Wie kommst du plötzlich darauf, Lisa alles anzuvertrauen?« unterbrach Ober ihn. »Du stellst mich zwar immer als beschränkt hin, aber du mußt ein kompletter Idiot sein, wenn du ihr wieder was erzählst.«

»Hör mal, ich vertraue ihr in keiner Weise.« Ben ging zum Spülbecken, drehte den Hahn auf und spritzte sich Wasser ins Gesicht. »Sobald sie das Büro verlassen hatte, hab' ich damit angefangen, auch über sie Erkundigungen einzuziehen.«

»Warum hast du ihr dann überhaupt etwas erzählt?«

»Ganz einfach: Erstens kann sie mir nicht wirklich schaden; und zweitens wirst du es zwar nie verstehen, aber sie hilft mir dabei, besser nachzudenken.«

»Das verstehe ich tatsächlich nicht.«

»Ich kann es wirklich nicht erklären, aber wenn ich die Dinge mit ihr zusammen durchgehe, habe ich die besten Ideen.«

»Es tut mir wirklich leid, daß ausgerechnet ich dich mit der Nase darauf stoßen muß, aber hier geht es nicht um irgendein Urteil, an dem ihr beide arbeitet. Es geht um dein Leben, mein Lieber.«

»Tatsächlich?« fragte Ben sarkastisch. »Und ich dachte, wir spielen nur eine Runde ›Mensch ärgere dich nicht‹. Verdammt.«

»Was du dir jetzt zusammenreimst, ist wirklich jenseits von Gut und Böse«, sagte Ober kopfschüttelnd.

»Schön, ich werde deine Ratschläge in Erwägung ziehen. Aber abgesehen davon: Hilfst du mir nun oder nicht?«

»Es überrascht mich, daß du mir vertraust. Schließlich könnte ich ja auch Dreck am Stecken haben.«

»Nimm's nicht persönlich, aber ich hab' darüber nachgedacht.«

»Danke«, sagte Ober. »So ein Vertrauensbeweis ist wirklich eine schöne Sache.«

»Jetzt sei mal nicht beleidigt. Ich weihe dich ja in alles ein, oder?«

»Ich verstehe bloß nicht, warum.«

»Weil du mir einen Gefallen tun sollst«, erklärte Ben. »Ich hab' Lisas Telefonrechnungen an deine Büroadresse schicken lassen. Soweit ich weiß, ist es die einzige Adresse, zu der weder Nathan noch Rick oder Lisa Zugang haben. Gib mir sofort Bescheid, wenn die Rechnungen ankommen, damit ich sie überprüfen kann.«

»Natürlich«, sagte Ober. »Trotzdem eine letzte Frage: Wenn unser Haus mit Wanzen gespickt sein sollte, warum erzählst du mir das dann alles?«

»Nichts von dem, was Rick mithören könnte, kann er gegen mich verwenden«, erklärte Ben. »Lisas Rechnungen sind bereits unterwegs, und wenn er mit Nathan unter einer Decke steckt, weiß er sowieso schon –« Als Ben das Geräusch eines Schlüssel im Schloß der Haustür hörte, brach er seinen Satz ab. »Sag bloß kein Sterbenswörtchen«, flüsterte er warnend über seine Schulter, während Ober ihm ins Wohnzimmer folgte. »Denk an dein Versprechen.«

Die Tür ging auf, und Nathan kam herein. »Mein Freund, du wirst begeistert von mir sein«, verkündete er, während er seinen Mantel aufhängte. Dann legte er seine Aktentasche auf den Couchtisch und setzte sich neben Ober. »Dank deines treuen Freundes wirst du jetzt in der Lage sein, den bedrohlichen Lügendetektortest der Marshals zu überstehen.«

»Und wie?« fragte Ben.

»Nun, sagen wir einfach, daß ich heute einige Telefongespräche geführt und dabei alles erfahren habe, was wir zu einem erfolgreichen Bestehen des Tests benötigen.« Nathan klappte seine Aktentasche auf und holte ein einzelnes Blatt Papier hervor. »Ich hab' mit ein paar Technikern in der Sicherheitsabteilung gesprochen und mir alles erklären lassen. Zuerst einmal hast du recht, daß der Test vor Gericht nicht zugelassen ist.«

»Ja, ja«, sagte Ben unwillig. »Da war schon immer so.«

»Was ist denn los mit dir?«

Ober sah Ben an. »Nichts, nichts«, sagte Ben. »Ich bin nervös. Was hast du noch erfahren?«

»Der Test funktioniert folgendermaßen«, erklärte Nathan mit einem Blick auf sein Papier. »Wenn du hereinkommst, ist es so, daß sie das Gerät fast immer in der Mitte des Zimmers aufgebaut haben. Sie versuchen, es möglichst eindrucksvoll aussehen zu lassen – angeblich gestehen die meisten Leute nur, weil sie so viel Angst vor dem Ding haben. Dann stellen sie dir mindestens eine Stunde lang Fragen, bevor du überhaupt an das Gerät angeschlossen wirst und man es einschaltet. Im allgemeinen ist das der Punkt, an dem die meisten Leute zusammenbrechen.« Nathan sah auf. »Man hat mir gesagt, daß schon der Schatten des Geräts ausreicht, um einen durchschnittlichen Kriminellen einzuschüchtern.«

»Hey, Ben liegt weit über dem Durchschnitt«, warf Ober ein. »Er befindet sich mindestens im obersten Zehntel aller Kriminellen.«

Ohne auf ihn zu achten, fuhr Nathan fort: »Das Gerät selbst mißt vier Faktoren: die Herzströme, die Atemfrequenz, den Blutdruck und die galvanische Reaktion der Haut, also ihre elektrische Leitfähigkeit. Lügen wirkt sich normalerweise auf die Absonderung von Schweiß aus, weshalb das Gerät feststellt, wie stark man schwitzt. Nicht daß du damit irgendwelche Probleme hättest, Ben.«

»Erzähl mir doch endlich, wie ich den Test überstehen soll«, drängte Ben ungeduldig.

»Immer mit der Ruhe. Nach der sechzigminütigen Befragung schließt man dich also an das Gerät an, wobei der Normalzustand der erwähnten Faktoren abgelesen wird. An dieser Stelle versuchen weniger gebildete Menschen immer, das Gerät zu täuschen: Sie atmen rascher, benehmen sich hektisch und tun überhaupt alles, um das Gerät davon zu überzeugen, daß ihr Puls schneller geht, als es in Wirklichkeit der Fall ist. Aber die Knaben in unserer Sicherheitsabteilung sagen, daß ein erfahrener Bediener das leicht erkennt und ausgleicht.

Nach dieser Anfangsphase holt man einen Satz Spielkarten heraus und stellt dir einige Fragen dazu. Das geschieht nur, um dich davon zu überzeugen, daß das Gerät auch funktioniert. Danach kommen drei Fragen, auf die du immer mit Nein antworten sollst, selbst wenn die Antwort eigentlich positiv sein sollte. Dabei stellt man fest, wie du dich beim Lügen verhältst. Man fragt etwa, ob du über einundzwanzig bist, ob du rauchst und ob du jemals etwas getan hast, dessen du dich schämst. Und dann stellen sie dir endlich maximal drei Fragen zu der Sache, die du verbrochen haben sollst.«

»Und das ist alles?« fragte Ben skeptisch.

»Das ist alles.«

»Aber wie steht es mit dem Verfahren, das man in Filmen sieht?« erkundigte sich Ober. »Da wird der Verdächtige doch mit Dutzenden von Fragen bombardiert, während die Nadel wie wild übers Papier kratzt.«

»So was kommt im wirklichen Leben nicht vor«, erklärte Nathan. »Da kann das Ding pro Sitzung lediglich den Wahrheitsgehalt von drei Aussagen überprüfen.«

»Und wie soll mir das jetzt helfen?« wollte Ben wissen.

»Schön, daß du nachfragst.« Nathan griff wieder in seine Aktentasche, holte ein kleines braunes Fläschchen hervor und warf es Ben zu. »Das sind die besagten Pillen, die man beim Militär verwendet, um den Test auszutricksen.«

Ben studierte das Etikett. »Prynadolol?«

»Es funktioniert«, sagte Nathan. »Du nimmst eine Pille, sobald du morgens aufwachst, und wenn dein Test nach drei Uhr nachmittags stattfindet, solltest du um die Mittagszeit eine weitere Pille schlucken.«

»Wie hast du das Zeug denn bekommen?« Ben zog die Kappe ab und entdeckte fünf Tabletten.

»Ich hab' den Leuten erzählt, mein kleiner Bruder müßte für einen Regierungsjob hier in Washington einen Lügendetektortest machen. Als sie das hörten, haben sie mir die Pillen einfach angeboten.«

»Und wie wirken sie?«

»Sie sollen deine Herzfrequenz und deinen Blutdruck senken«, erklärte Nathan. »Von ärztlicher Seite werden sie normalerweise Leuten mit immer wiederkehrenden Herzanfällen verschrieben, während Politiker sie gegen ihr Lampenfieber benutzen. Beim Militär hat man jedoch erkannt, daß sie noch ganz anderen Zwecken dienen können.«

»Ist das Zeug noch im Experimentalstadium oder ist es schon offiziell zugelassen?«

»Wenn es zugelassen wäre, hätte jedermann Zugang dazu«, sagte Nathan.

»Also ist es noch im Teststadium.«

»Es ist schon in Ordnung«, behauptete Nathan. »Glaubst du wirklich, sie würden mir was geben, was vielleicht gefährlich sein könnte?«

»Ich finde, es wäre echt cool, wenn es gefährlich wäre«, stellte Ober fest. »Dann würde sich an deiner Stirn ein zusätzliches Nasenloch bilden, und wir könnten die Regierung auf diverse Milliarden Dollar Entschädigung verklagen.«

»Vielleicht würde es auch dazu führen, daß mir endlich ein Gehirn wächst«, bemerkte Ben. Er sah Nathan an. »Und jetzt sag mir mal, wie mir das Zeug beim Bestehen des Tests helfen soll.«

»Es gibt keine Garantie, daß du ihn bestehst«, sagte Nathan. »Deine Chancen steigen zwar beträchtlich, aber das Ganze hängt immer noch in erster Linie von dir selbst ab. Während du dort bist, mußt du so ruhig wie möglich sein. Zappel bloß nicht herum und werde nicht nervös. Unsere Techniker behaupten, ein guter Lügner sollte keine Probleme haben, ein Trottel hingegen wird wahrscheinlich durchdrehen und trotz der Pillen durchfallen.«

»O Mann, du bist erledigt«, sagte Ober zu Ben.

Ben steckte das Fläschchen in die Hosentasche und stand auf. »Ich koche ein paar Nudeln«, sagte er kühl. »Will sonst noch jemand welche?«

»Ist wirklich gern geschehen.« Nathan zog ein Gesicht.

»Ich werde mich bei dir bedanken, wenn ich den Test überstanden habe«, erklärte Ben und ging zur Küchentür.

»Was soll das denn heißen, verdammt noch mal? Was ist überhaupt mit dir los?«

»Ich will nur auf Nummer Sicher gehen, daß ich dir wegen des Zeugs da vertrauen kann.« Ben drehte sich um und sah Nathan ins Gesicht. »Es sind doch keine Placebos, oder?«

»Wie bitte?«

»Ben, beschuldige ihn doch nicht –«, mischte sich Ober ein.

»Das interessiert mich jetzt.« Nathan stand auf. »Wessen sollst du mich nicht beschuldigen?«

»Also, heute hat Rick mich angerufen und mir erklärt, daß er meine Hilfe nicht mehr braucht. Offenbar hat er von jemand anders das Gerichtsurteil erfahren.«

»Und du glaubst, ich bin derjenige, der es ihm zugespielt hat?« fragte Nathan wütend. »Hast du eigentlich schon an deine kleine Freundin Lisa gedacht, oder fließt alles Blut, das früher mal in deinem Hirn war, noch immer nur durch deinen Schwanz?«

»Ursprünglich hab' ich auch gedacht, daß es Lisa war«, konterte Ben. »Aber als ich dich anrief, um mit dir darüber zu reden, hatte ich ein hochinteressantes Gespräch mit einem deiner Kollegen namens Andrew. Er erzählte mir alles über das Aktentaschenmikrophon, das wir bei unserem ersten Treffen mit Rick zur Verfügung gehabt hätten. Ich hab' von ihm erfahren, wie wunderbar das Ding funktioniert, wie toll es ist, und daß es alles aufnimmt. Du kannst dir also mein Erstaunen vorstellen, als mir klar wurde, daß ich kein einziges Wort über dieses Wunder der Technik je gehört hatte.«

»Und jetzt glaubst du tatsächlich, daß ich derjenige bin, der mit Rick unter einer Decke steckt?« fragte Nathan lachend.

»Das ist kein Witz«, erwiderte Ben. »Sieh einfach nur die Fakten.«

»Aber deine Fakten sagen überhaupt nichts aus!« brüllte Nathan los. »Abgesehen davon – hast du überhaupt daran gedacht, mich zu fragen, warum wir dieses Mikrophon nicht eingesetzt haben?«

»Ich nehme an, dafür gibt's eine vollkommen logische Erklärung.«

»Natürlich gibt es die. Dieses Mikrophon ist ein Prototyp, und unabhängig davon, was Andrew verkündet, funktioniert es einfach beschissen. Das Leder dämpft den Ton, und man versteht überhaupt nichts. Der einzige Grund, weshalb es bei uns rumliegt, ist der, daß alle es für eine tolle Idee halten. Ich dagegen war einfach der Meinung, daß wir ein Gerät verwenden sollten, das tatsächlich funktioniert – so verrückt bin ich eben.«

»Und das soll ich dir glauben?«

»Glaub, was du willst«, sagte Nathan, »aber das ist die Wahrheit.«

»Nathan, ich will dir mal was sagen.« Ben hatte seinen Zeigefinger wie eine Waffe auf ihn gerichtet. »Ich kenne dich. Ich kenne dich wahrscheinlich besser als mich selbst. Und wenn du auch nur die Chance, nur die *Möglichkeit* hättest, eine Aktentasche mit einem verborgenen Mikrophon einzusetzen, würdest du dir das Ding sofort schnappen und es uns unter die Nase halten, selbst wenn es nicht funktioniert.«

»Und wie kommst du darauf?«

»Weil ich weiß, wie gern du dich aufspielst. Und weil ich weiß, daß du dich wie ein Pfau aufplusterst, wenn du was hast, was sonst keiner hat. Du wärst mit größtem Vergnügen mit diesem Aktentaschenmikrophon bei Lisa reinstolziert, um dich wie Mr. Q in den James-Bond-Filmen zu gebärden. Selbst wenn es dir nicht gelungen wäre, das Ding anzustellen, hättest du es mitgebracht, bloß um uns zu zeigen, was du alles zu bieten hast. Denk doch mal nach. Jeder von uns hätte liebend gern mit so was angegeben. Und jetzt soll ich dir glauben, daß du es nicht nur nicht mitbringen wolltest, sondern sogar gedacht hast, es sei nicht mal erwähnenswert? Bitte, Nathan. Du bist viel zu ehrgeizig, und dein Ego ist viel zu gewaltig, als daß ich glauben könnte, du hättest es verschweigen können.«

»Bist du fertig?« fragte Nathan ruhig, die Arme vor der Brust verschränkt.

»Ich denke schon.«

»Dann kannst du mich mal am Arsch lecken, du paranoider kleiner Scheißkerl! Ich hab' gerackert wie ein Tier, um dir das

Zeug zu besorgen! Ich hab' meinen Job aufs Spiel gesetzt, indem ich bei der Arbeit alle angelogen habe, und ich hab' mich verrückt damit gemacht, darüber nachzudenken, wie ich dich von diesem Alptraum befreien kann. Aber wenn du jetzt die Stirn hast, mich zu verdächtigen, bevor du überhaupt mit mir gesprochen hast – dann kannst du allein in dein Verderben rennen. Ich weiß, daß du in einer schlimmen Lage bist, aber ich hab' Angenehmeres zu tun, als mich von dir beleidigen zu lassen.«

»Hör mal –«

»Nein, jetzt hörst du mir mal zu! Das Ganze hat dich total um den Verstand gebracht. Und die Tatsache, daß du mich verdächtigst und nicht Lisa, weist darauf hin, daß du nicht nur den Verstand verloren hast, sondern kurz vor der Einlieferung ins Irrenhaus stehst. Wenn du irgendwann wieder zu dir kommst, hast du hoffentlich den Anstand, dich zu entschuldigen.« Nathan wandte sich ab und verließ das Wohnzimmer. Als er an der Treppe stand, drehte er sich noch einmal um und fügte hinzu: »Und wenn Rick und Lisa dein Leben ruinieren, sollte dir ab jetzt klar sein, daß du allein damit fertig werden mußt.«

Als Nathan verschwunden war, brachte Ben kein Wort heraus.

»Du hättest ihn nicht so angreifen sollen«, sagte Ober. »Das war total falsch.«

»Was hätte ich denn tun sollen? Egal, wie ich es angestellt hätte, mir war schon vorher klar, daß wir zu diesem Ergebnis kommen würden.«

»Trotzdem gibt's bessere Methoden, einen Streit anzuzetteln. Manches von dem Zeug, das du gesagt hast, ist wirklich unverzeihlich.«

»Ich will nichts mehr darüber hören«, sagte Ben. »Wenn Nathan an meiner Stelle wäre, hätte er sich ebenso verhalten.«

»Weißt du, mit Eric ist es nach der Sache mit seinem Artikel genauso gewesen. Und genau wie zu Nathan hast du auch ihm gesagt, er soll dich am Arsch lecken.« Ober stand vom Sofa auf und ging zur Treppe. »Ziemlich gespenstisch, oder?«

»Und, wirst du die Pillen nehmen?« fragte Lisa am folgenden Morgen zwischen zwei Schluck Kaffee.

»Natürlich.« Ben war dabei, in einem Jahrbuch aus Michigan zu blättern. »Welche Wahl habe ich denn?«

»Du kannst beschließen, sie nicht zu nehmen.«

»Und ich kann auch beschließen, bei dem Test durchzufallen«, sagte Ben. »Selbst wenn sie keine Wirkung haben, schadet es nicht, wenn ich sie nehme. Es ist ja nicht so, daß es sich um Zyankali-Pillen handelt.«

»Woher weißt du denn, was da drin ist? Das Zeug kann alles mögliche enthalten: Zyankali, ein Aufputschmittel, ein Wahrheitsserum –«

»Das reicht«, unterbrach Ben sie. »Ich werde das Risiko eingehen, danke.«

»Ich meine das ernst«, erklärte Lisa. »Wer weiß, was Nathan dir gegeben hat?«

»Du glaubst doch selbst nicht, was du da sagst. Du bist bloß wütend, weil ich dir erzählt habe, daß er derjenige war, der dich verdächtigt hat.«

»Natürlich bin ich wütend. Zur Hölle mit ihm.«

»Jetzt komm schon – sei lieb.«

»Lieb?« fragte Lisa. »Ausgerechnet du verlangst von mir, ich soll lieb sein? Du bist doch derjenige, der sich gestern abend mit seinen besten Freunden zerstritten hat.«

»Vielen Dank, daß du mir das unter die Nase reibst. Es waren gerade zwei volle Minuten vergangen, in denen ich nicht daran gedacht habe.«

»Ich wundere mich, daß sie dich da überhaupt noch wohnen lassen. Wenn ich an ihrer Stelle wäre, hätte ich dich längst rausgeschmissen.«

»Beim Frühstück heute morgen herrschte tatsächlich nicht gerade Friede, Freude, Eierkuchen. Eric, Nathan, Ober und ich saßen zusammen am Tisch, und keiner hat mit irgend jemandem auch nur ein Wort gewechselt. Wenn einer die Milch oder die Papierservietten haben wollte, hat er einfach darauf gezeigt. Es war wie in einer Familie von Taubstummen.«

»Wenn du willst, kannst du eine Zeitlang bei mir wohnen«, bot Lisa an.

»Vielen Dank, aber wenn ich zu Hause bin, hab' ich die Dinge dort besser im Blick.«

Lisa nahm einen Schluck Kaffee. »Hast du jemals daran gedacht, daß du unrecht haben könntest? Daß deine Freunde in Wirklichkeit gar nicht gegen dich sind?«

»Natürlich hab' ich das.« Ben sah von seinem Jahrbuch auf. »Weshalb hätte ich sonst heute nacht kein Auge zubekommen?«

»Und?«

»Und ich habe immer wieder dieselbe Vorstellung: Was wäre, wenn ich unrecht hätte? Aber sobald ich mir die Frage stelle, bin ich wieder genau da, wo ich angefangen habe.«

Lisa nickte und deutete auf Bens Lektüre. »Sieht irgend jemand bekannt aus?«

»Sie sehen insofern bekannt aus, als jeder wie ein langweiliger Anwalt aussieht. Aber abgesehen davon erinnert mich keiner an Rick.« Ben schlug das Jahrbuch zu. »Es ist hoffnungslos – er ist verschwunden, und ich tappe total im dunkeln.«

»Hör mal, du solltest nicht ausschließlich auf die Jahrbücher setzen. Wenn du ihn findest, gut. Wenn nicht, nageln wir ihn fest, wenn jemand bei Grinnell sich entschließt, seinen Anteil zu verkaufen. Außerdem sollte die Suche nach Rick momentan für dich an zweiter Stelle stehen. Wenn du bei diesem Lügendetektortest durchfällst, hast du ein viel größeres Problem.«

»Ich werde ihn bestehen.«

»Plötzlich so selbstsicher?«

»Ja, schließlich versagt der durchschnittliche Kandidat nur, weil er Angst vor dem Ding hat.«

»Und du bist selbstredend wesentlich besser als der durchschnittliche Kandidat«, sagte Lisa.

»Das bin ich. Ich mache mir aus Angst vielleicht in die Hosen, aber das heißt noch lange nicht, daß ich mich von einem blödsinnigen Apparat einschüchtern lasse. Wenn diese Geräte so toll wären, wären sie vor Gericht ja zugelassen. Und wenn das nicht so ist, sind sie offenbar zu schlagen. Außerdem liegt es in der Natur eines Anwalts, Dinge zu vertreten, an die man nicht unbedingt glaubt.«

»Aber du bist kein Anwalt. Du bist ein simpler Assistent.«

»Hab' ich das Anwaltsexamen bestanden oder nicht?« fragte Ben. »Also bin ich ein Anwalt.«

»Du hast einfach nur eine Heidenangst. Und wenn das der Fall ist, fängst du immer an, dich wie ein aufgeblasener Esel zu benehmen – als wäre das eine vernünftige Verteidigungsstrategie.«

»Okay, mag sein. Aber ich weiß immer noch, daß ich nichts Falsches getan habe. Rick hat mich bei dem ersten Urteil ausgetrickst. Ich hab' es ihm nicht mit der Absicht verraten, Geld damit zu machen. Ich war nicht mehr als eine Schachfigur. Ein Trottel. Ein Bauer. Selbst in meinen wüstesten Träumen hab' ich mir nicht ausgemalt, daß Rick mit dieser Information Schindluder treiben könnte. Ich war der Meinung, ein absolut vertrauliches Gespräch zu führen. Wenn also jemand das Opfer ist, dann ich.«

»Das war eine wirklich schöne Rede«, sagte Lisa applaudierend. »Du solltest sie dir irgendwo aufschreiben.«

»Und weshalb?«

»Weil – wenn du bei dem Test morgen durchfällst, wirst du sie dringend für das erste Plädoyer bei der Anhörung über deine Entlassung benötigen.«

Nach der Arbeit gingen Lisa und Ben vom Gericht aus die First Street entlang und bogen dann an der C Street nach rechts ab. Als sie am Bürogebäude des Senats vorbeikamen, sahen sie eine Gruppe junger Angestellter herausströmen, ausnahmslos im hellbraunen Mantel und mit lederner Aktentasche in der Hand. Ben zählte die Monate bis zum Frühling. Es hatte zwar seit einer Woche nicht mehr geschneit, doch der verbliebene Matsch bedeckte – geschwärzt von Autoabgasen und sonstiger Luftverschmutzung – Capitol Hill wie eine schmutziges Winterlaken. Zehn Minuten später erreichten die beiden Kollegen *Sol & Evvy's Drugstore*, die älteste Apotheke der Stadt. »Bist du sicher, daß sie hier so ein Ding haben?« fragte Ben, während er die Tür öffnete, von der schon der weiße Lack abblätterte.

»Bestimmt«, sagte Lisa und trat ein.

Die Wände des kleinen, vollgestopften Verkaufsraums waren mit ausgeblichenen Landkarten und Jahrzehnte alten Anzeigen geschmückt. »Hier riecht es wie bei meiner Großmutter«, sagte Ben.

»Dies ist ein historischer Ort«, verkündete Lisa auf dem Weg zur Theke. »Zeig ein bißchen Ehrerbietung.«

»Glaub mir, ich liebe solche Orte. Wo sonst findet man Verfallsdaten, die mit dem eigenen Geburtsjahr übereinstimmen?«

»Schau dir bloß mal diese Landkarten an.« Lisa deutete auf die Wände. »Ich glaube, daß auf keiner einzigen Alaska oder Hawaii als Bundesstaaten eingezeichnet sind.«

»Kann schon sein. Die neben dem Eingang hatte noch nicht mal Louisiana drauf. Ach, unsere guten, alten dreizehn Staaten.«

Als Ben und Lisa die Theke erreichten, erhob sich der Apotheker dahinter von seinem verrosteten Klappstuhl. »Was für Beschwerden haben Sie?«

»Bloß sie hier.« Ben zeigte auf Lisa.

»Wir kommen schon zurecht, danke.« Lisa deutete auf das vor der Theke stehende Blutdruckmeßgerät. »Da ist es. Ich hab' dir ja gesagt, daß sie eins haben.«

»Glaubst du wirklich, daß es funktioniert?« Ben reichte Lisa Mantel und Jackett.

»Woher soll ich das wissen?«

»Muß ich mich dafür ausziehen?« Ben rollte seinen Ärmel hoch.

»Lies einfach die verdammte Gebrauchsanweisung.«

Nach einem Blick auf das entsprechende Schild fischte Ben fünfundzwanzig Cent aus der Hosentasche, rollte seinen Ärmel wieder nach unten, legte den Arm in den Bügel und warf die Münze ein.

»Geht das wirklich durchs Hemd durch?« fragte Lisa.

»Laut Gebrauchsanweisung, ja.« Unvermittelt schloß sich der Bügel um Bens Arm. Tief atmend und schweigend wartete Ben, bis er sich wieder lockerte. Dann erschien eine Reihe roter Zahlen auf dem Bildschirm: 122 zu 84.

»Scheiße«, sagte Ben.

»Wie hoch ist er normalerweise?«

»Hundertfünfundzwanzig zu fünfundachtzig. Die verdammten Pillen haben fast keine Wirkung. Mein Puls ist ebenso unverändert wie mein Blutdruck. Ich bin erledigt.«

»Jetzt laß mal. Außerdem hast du sie erst vor zwei Stunden genommen. Vielleicht hat ihre Wirkung einfach noch nicht eingesetzt.«

Ben zog sein Jackett und seinen Mantel wieder an und griff nach seiner Aktentasche. »Vielleicht. Aber aus irgendeinem Grund bezweifle ich das.«

»Jetzt laß dich dadurch bloß nicht aus der Ruhe bringen«, mahnte Lisa, als sie die Apotheke verließen. »Wenn du den Test bestehen willst, mußt du dich darauf konzentrieren, ganz ruhig zu sein.«

VIERZEHNTES KAPITEL

Es war zehn Uhr am Mittwochmorgen. Ben streckte sich auf dem dunkelroten Sofa des Büros aus. Mit geschlossenen Augen streichelte er seine Lieblingskrawatte mit Pünktchenmuster. »Wie fühlst du dich?« flüsterte Lisa.

»Ganz gut.« Ben setzte sich auf und tat einen langen, tiefen Atemzug. Dann sah er auf seine Uhr. »Ich glaube, es ist Zeit.«

»Bleib einfach ganz ruhig. Denk an lange Waldspaziergänge, ans Tauchen – an alles, was dich beruhigen kann.«

»Ich bin konzentriert.« Ben stand auf. »Ich bin ein Bild der Ruhe. Ich bin Zen in Person.«

»Viel Glück«, rief Lisa ihm hinterher, als er aus der Tür ging.

Um den am wenigsten benutzten Weg ins Untergeschoß zu nehmen, ging Ben zur marmornen Wendeltreppe. Langsam stieg er in den Bauch des Gebäudes hinab und zählte jeden seiner Schritte, um sich von seinem Ziel abzulenken. Im Untergeschoß angekommen, ging er geradewegs zum Sicherheitsbüro und erklärte der Empfangsdame, er habe einen Termin bei Carl Lungen.

»Sie können gleich reingehen. Er erwartet sie.«

Als Ben Lungens Büro betrat, schlug ihm Zigarrengestank entgegen. »Schön, Sie zu sehen, Ben.« Lungen lehnte sich in seinem Ledersessel zurück. »Setzen Sie sich doch.«

»Ich dachte, wir wären in einem rauchfreien Gebäude«, sagte Ben, ohne Lungen in die Augen zu sehen. »Es handelt sich um ein historisches Bauwerk, wissen Sie.«

»Na, Sie wissen ja, wie es ist.« Lungen rieb sich den Bart und zeigte auf den Stuhl vor seinem Tisch. »Setzen Sie sich.«

»Nehmen Sie's mir nicht krumm, aber können wir die Sache hinter uns bringen?« fragte Ben. »Ich habe viel zu tun. Außerdem läßt Zigarrenrauch meinen Blutdruck steigen.«

Lungen stand auf und ging zur Tür. Ben folgte ihm zurück zum Empfangstisch. »Ich bin im Vernehmungszimmer, falls mich jemand brauchen sollte«, erklärte Lungen. Dann führte er

Ben in den zentralen Bereich des Geschosses zurück, ging auf eine als Lagerraum gekennzeichnete Tür zu, zog einen Schlüsselbund aus seiner Hosentasche und schloß auf.

Der große, fensterlose, muffige Raum war ungefähr fünfzehn Meter lang und breit. An den Wänden stapelten sich überzählige Schreibtische, Stühle, Aktenschränke und andere Büromöbel. Neonröhren erleuchteten die staubige Luft. »Ich schätze, das ist die meiste Zeit des Jahres ein Lagerraum, der nur dann zum Vernehmungszimmer wird, wenn Sie jemand einschüchtern müssen«, bemerkte Ben.

»Genau«, bestätigte Lungen. »Sie haben uns erwischt.«

In der Mitte des Zimmers standen ein Holztisch und drei Holzstühle. Auf dem Tisch stand der Lügendetektor, der Ben an den Laserdrucker in seinem Büro erinnerte, nur daß er mehr Kabel hatte. Dennis Fisk war damit beschäftigt, den Kabelsalat zu entwirren. Er beachtete die Neuankömmlinge erst, als sie näher traten.

»Bist du fertig?« fragte Lungen.

»Fast.« Fisk sah Ben mit einem schiefen Grinsen an. »Setzen Sie sich.«

Ben tat es, schlug die Beine übereinander und schwieg.

»Na, dann erzählen Sie uns doch mal, was es Neues bei Ihnen gibt«, forderte Lungen ihn auf. »Wie geht es Ihrem Freund Eric?«

»Keine Ahnung«, erwiderte Ben. »Ich hab' schon wochenlang nicht mehr mit ihm gesprochen.«

»Das ist aber traurig.« Lungen ließ sich auf einen der beiden Stühle hinter dem Tisch nieder und beugte sich vor, so daß seine Ellbogen auf seinen Knien ruhten. »Aber ihr beide wohnt doch noch zusammen, oder?«

»Nicht mehr lange. Er zieht zum Jahresanfang aus.«

»Ich schätze, er nimmt sich eine größere Wohnung, wo er jetzt doch einer der Stars bei seiner Zeitung ist. Ich hab' gesehen, daß er sämtliche Artikel über uns verfaßt.«

»Er zieht aus, weil ich ihn dazu gezwungen habe.« Ben hatte Mühe, seine Haltung zu bewahren.

»Ich weiß schon, was Sie meinen«, erklärte Fisk, der noch immer an den Kabeln nestelte. »An Ihrer Stelle würde ich fuchsteufelswild sein, wenn mein Freund was über meine Verstrikkung in die CMI-Sache geschrieben hätte.«

»Hören Sie mal, halten Sie bloß Ihren Kollegen im Zaum«, sagte Ben zu Lungen. »Wenn er eine derartige Anschuldigung machen will, sollte er Beweise vorlegen. Sonst brenne ich geradezu darauf, Ihr Büro wegen Belästigung am Arbeitsplatz und Verleumdung zu verklagen.«

»Fisk hat ja gar nichts sagen wollen«, wehrte Lungen ab. »Wir sind bloß alle ein bißchen nervös.«

»Ich habe es Ihnen bereits gesagt, und ich sag' es Ihnen heute wieder, daß ich genauso über das Fiasko mit CMI überrascht war wie Sie.«

»Aber daß Sie Eric über Blakes Rücktritt informiert haben, geben Sie doch weiterhin zu?« fragte Lungen.

»Ganz gewiß«, erwiderte Ben mit gleichmäßiger, ruhiger Stimme. »Und soweit mir bekannt ist, war da nichts Illegales dran. Ich habe bloß versucht, meinem Freund zu helfen.«

»Also ist Eric wieder Ihr Freund?« warf Fisk ein.

»Nein, keineswegs. Die Sache mit Blake war gelaufen, bevor Eric den Artikel über CMI geschrieben hatte. Falls Sie Probleme mit zeitlichen Abläufen haben sollten, es bedeutet, daß sie *vor* dem Zeitpunkt lag, an dem ich wütend auf ihn wurde.« Mit leichtem Lächeln sah Ben, wie Fisks Unterkiefer sich verschob. »Nun weiß ich zwar, daß Sie mich jetzt eine Stunde lang mit Fragen einschüchtern sollen, aber können wir die Sache vielleicht schneller hinter uns bringen?«

»Schließ ihn an«, wies Lungen Fisk an.

Fisk rollte Bens Ärmel hoch und legte ein Klettband um seinen Arm.

»Ich dachte, man bräuchte einen Experten, um den Test zu überwachen«, bemerkte Ben.

»Ich bin entsprechend ausgebildet«, fuhr Fisk ihn an.

»Ach, dann weiß ich, daß ich in guten Händen bin«, erklärte Ben sarkastisch. »Ihr Spitzname ist ja in aller Munde: Dennis der Unbestechliche ...«

»Halten Sie den Mund.«

Nachdem er den Rest der Kabel angeschlossen hatte, setzte Fisk sich auf den leeren Stuhl an der anderen Seite des Tisches.

»Machen Sie jetzt zehn tiefe Atemzüge«, wies er Ben an, »und bleiben Sie beim zehnten so ruhig wie möglich. Dann zeichnen wir das Normalniveau Ihrer Körperreaktionen auf.«

Folgsam atmete Ben zehnmal tief ein. Als er Lungen ein beschriebenes Blatt Papier aus dem Jackett ziehen sah, versuchte er ruhig zu bleiben. Er schloß die Augen, verscheuchte das Bild und dachte an Drachenfliegen in Südfrankreich.

Als er hörte, wie das Gerät ein elektronisches Summen und Piepsen von sich gab, öffnete Ben die Augen und blickte geradeaus. Aus dem Augenwinkel sah er, daß Lungen etwas auf sein Papier notierte.

Fisk zog eine der Tischschubladen auf und holte einen Satz Spielkarten hervor. »Schauen Sie zu mir«, wies er Ben an.

Wie berechenbar, dachte Ben, während er darum kämpfte, die Lage unter Kontrolle zu behalten.

»Es geht folgendermaßen«, erklärte Fisk. »Ich halte eine Karte hoch, und Sie sagen mir, welche es ist. Wenn Sie die Wahrheit sagen, sehen Sie den kleinen Stift am Gerät stillstehen. Wenn Sie lügen, zeigt der Stift einen kleinen Ausschlag.«

»Sind Sie auch bestimmt dazu ausgebildet, den Unterschied zu erkennen?«

»Wirklich lustig, Sie Klugscheißer. Aber wir werden ja sehen, wer von uns beiden zuletzt lacht.«

»Beruhige dich doch«, sagte Rick, sein Handy zwischen Schulter und Kinn geklemmt.

»Das ist mein voller Ernst – ich will mein Geld.«

»Ich hab' dir doch gesagt, du bekommst den Rest, sobald ich sicher sein kann, daß Ben mir nicht mehr im Nacken sitzt.«

»Wie frei willst du deinen Nacken eigentlich noch bekommen? Ich hab' dir alles gesagt, was er weiß, alles, was er tut, alles, was er denkt –«

»Und wenn meine Transaktion abgeschlossen ist, bekommst du auch dein Geld.«

»Mir ist schleierhaft, wieso du solche Angst vor Ben hast. Für einen Alleswisser bist du manchmal ein echter Feigling.«

»Mit Angst hat das überhaupt nichts zu tun«, erwiderte Rick und legte das Handy ans andere Ohr, »sondern mit Realismus.

Ben ist zu einfallsreich, um nicht mehr überwacht werden zu müssen.«

»Von mir aus kannst du's nennen, wie du willst. Aber das kann ich dir sagen: Wenn deine Transaktion abgeschlossen ist, heißt das noch lange nicht, daß Ben die Fährte aufgeben wird. Wenn nötig, wird er dich bis in alle Ewigkeit verfolgen. So dickköpfig ist er nämlich.«

»Da hast du sicher recht«, stimmte Rick zu. »Aber wenn Ben mich schon in Washington nicht finden kann, wie kommst du dann darauf, daß er mehr Erfolg haben wird, wenn die Jagd globale Züge annimmt?«

Lisa saß an ihrem Schreibtisch, starrte auf die übergroße Wanduhr, die über dem Sofa hing, und fragte sich, warum Ben so lange brauchte. Zwei Tassen Kaffee hatte sie schon getrunken; jetzt war sie bei ihrer ersten Tasse Tee. Das Telefon läutete. Sie stürzte sich auf den Hörer und hatte ihn abgehoben, noch bevor das erste Läuten ausgeklungen war. »Lisa am Apparat«, meldete sie sich und lauschte einen Augenblick. »Nein, natürlich habe ich es nicht vergessen. Ich werde es dir sobald wie möglich geben.« Mit einem Blick auf die Uhr fuhr sie fort: »Ben müßte jeden Augenblick zurück sein. Ich werde dafür sorgen, daß er –«

Die Bürotür flog auf und Ben trat ein. Er sah erschöpft aus, und sein Gesicht war noch bleicher als sonst in diesen Wintertagen. Den Blick zu Boden gerichtet, ging er direkt an Lisa vorbei und sank aufs Sofa.

»Er ist gerade hereingekommen. Ich melde mich wieder«, sagte Lisa, legte den Hörer auf und sprang auf. »Na, wie ist es gelaufen?«

»Ich hab' versagt«, erklärte Ben.

»Du hast versagt? Willst du mich auf den Arm nehmen?«

»Genau das!« Ben sprang vom Sofa auf und warf die Arme in die Luft. »Ich hab' mit Bravour bestanden!«

»Das ist ja super!« schrie Lisa und umarmte ihn.

»Na, na, na. Ich glaube, du erregst mich. Meine Hose dehnt sich.«

Lachend wich Lisa zurück. »Jetzt erzähl mir endlich, was passiert ist. Was haben sie gesagt? Haben sie getobt?«

»Sie hatten Schaum vor dem Mund. Fisk hat dermaßen an seinen Nägeln geknabbert, daß ich dachte, er würde sie bis zum Knöchel durchkauen.«

»Wie bist du durchgekommen? Was hast du gesagt?«

»Zuerst haben sie mir eine Menge Spielkarten gezeigt«, begann Ben. »Wenn die Karte ein Pik-As war und ich das auch sagte, ist das Gerät einfach weitergelaufen. Wenn ich aber gelogen hab' und sagte, es sei ein König, ist auch nichts anderes geschehen. Lungen und Fisk sind total ausgerastet. Sie konnten es einfach nicht glauben. Also haben sie mir die Kabel wieder abgenommen und noch mal von vorn angefangen. Sie haben mir zehn Minuten lang Fragen gestellt, ohne daß das Gerät lief, und dann haben sie mich wieder angeschlossen. Als wir dann wieder zu den Spielkarten gekommen sind, ist das Gerät ausgeflippt, wenn ich gelogen habe. Wahrscheinlich war ich zu aufgeregt, weil ich das Ding beim ersten Mal ausgetrickst hatte.«

»Du mußt vor Angst gestorben sein.« Lisa setzte sich aufs Sofa.

»Bin ich auch.« Ben konnte einfach nicht stillstehen. »Ich dachte, ich mach' mir in die Hose. Als Fisk die Karten weglegte, hab' ich die Augen geschlossen und einfach an jugendfreie Filme gedacht. Ich weiß nicht, warum, aber dann kam allmählich die Ruhe wieder, die ich anfangs gehabt hatte.«

»Glaubst du, es waren die Pillen?«

»Schon möglich. Ehrlich gesagt, hab' ich auch genau daran gedacht, als ich die Augen zumachte – ich hab' mir vorgestellt, daß die Pillen wirken, und mich dann an den Tag erinnert, an dem mein Bruder begraben wurde. Mit diesen Gedanken im Kopf hat mein Körper praktisch abgeschaltet.«

»Das klingt ja furchtbar.«

»Es war auch nicht gerade angenehm«, gab Ben zu, »aber es hat mich vollkommen beruhigt. Wenn ich irgendwas richtig einordnen will, muß ich bloß an den Tod denken. Daneben verblaßt einfach alles.«

»Wenn das funktioniert ...« Lisa stützte sich auf die Sofalehne. »Und, was haben die Marshals dich gefragt?«

»Ich muß zugeben, daß Nathan total richtig lag. Zuerst haben sie gefragt, ob ich über einundzwanzig bin, und ich mußte mit Nein antworten. Als das Gerät nicht auffällig reagierte, wußte ich, daß ich von da an ein Heimspiel hatte.«

»Haben die Marshals irgendwas gesagt?«

»Ehrlich gesagt, hab' ich alles versucht, um sie nicht anzuschauen. Ich hatte Angst, zu begeistert über ihre Enttäuschung zu sein und beim letzten Teil zu versagen.«

»Was war die nächste Frage?«

»Nach der Sache mit meinem Alter haben sie gefragt, ob ich rauche. Als ich Nein sagte, hat das Gerät wieder nichts getan. Dann haben sie gefragt, ob ich jemals etwas getan hätte, dessen ich mich schäme. Da hab' ich einfach daran gedacht, wie ich mit dir ins Bett gestiegen bin. Das Gerät war so ruhig, daß ich dachte, sie hätten es abgeschaltet.«

»Sehr lustig.«

»Und schließlich haben sie gefragt, ob ich im voraus irgend etwas über die Informationen wußte, die Eric zugespielt wurden, oder ob ich irgend etwas über Erics Artikel wußte – ehrlich gesagt, bin ich nicht ganz sicher, wie die Frage genau lautete. Wie auch immer, ich hab' versucht, sie einfach auszublenden. Als alles ruhig war, habe ich einfach mit Nein geantwortet. Und als das Gerät nach der dritten Frage immer noch nicht ausgeflippt ist, hab' ich die Marshals endlich angesehen. Ich konnte geradezu spüren, wie Fisks kleines Spatzenhirn vor Wut kochte. Dann hab' ich gefragt, ob alles in Ordnung sei, und Lungen sagte, die Sache sei beendet. Er hat sich für mein Entgegenkommen bedankt und sich für die Unannehmlichkeiten entschuldigt.«

»Glaubst du, sie wußten, daß du lügst?«

»Moment mal.« Ben ging zur Tür und zog sie auf. »Vielleicht kannst du das ein bißchen lauter sagen. Ich glaube, es haben noch nicht alle Leute in Maryland dich hören können.«

»Du weißt schon, was ich meine.«

Ben ließ die Tür wieder zufallen. »Ich will's mal so sagen: Ich glaube nicht im mindesten, daß sie davon überzeugt sind, ich sei vollkommen unschuldig. Aber bevor sie keinen Beweis in Händen haben, können sie eigentlich nichts machen.« Er ging zu seinem Schreibtisch. »Übrigens, mit wem hast du gesprochen, als ich hereinkam?«

»Wie bitte?«

»Als ich hereinkam, hast du doch mit jemandem telefoniert. Du sagtest: ›Er ist gerade reingekommen‹, und dann hast du aufgelegt. Mit wem hast du gesprochen?«

»Ach, das war Nancy im Zimmer von Hollis. Hollis hat seine endgültige Fassung des Grinnell-Votums geschickt, und wir beide sollen sie noch einmal durchlesen. Er braucht den definitiven Ausdruck bis Freitag, weil er ihn bis zum Wochenende ans Zentralbüro schicken will, damit sie kommenden Montag das Urteil verkünden können.«

»Und das ist alles, was sie sagte?«

»Ganz recht.« Lisa bemerkte Bens skeptische Miene. »Mach mich bloß nicht schwach«, warnte sie ihn.

»Wieso?«

»Ich weiß schon, was du denkst.« Lisa stand vom Sofa auf. »Tut mir leid, dich zu enttäuschen, aber ich habe nicht mit Rick gesprochen.«

»Wer hat das denn behauptet?«

»Glaub mir, ich kenne deinen schiefen Blick. Egal, welch großartige Dinge du da unten bei den Marshals geleistet hast – was mich betrifft, so weiß ich ganz genau, wenn du lügst.«

»Du brauchst dir keine Sorgen zu machen. Ich bin nicht mißtrauisch. Wenn du sagst, es war Nancy, dann war es Nancy.«

»Und es *war* Nancy.«

»Dann glaube ich dir.«

»Sie war es wirklich!«

»Ich sagte doch, daß ich dir glaube.«

»Ben, ich –«

»Hör mal, wenn ich wirklich der Ansicht wäre, daß du lügst, würde ich so tun, als müßte ich zum Klo; und dann würde ich zu Nancy gehen und sie fragen, ob sie dich angerufen hat. Ich vertraue dir, Lisa. Wenn du sagst, daß sie es war, dann war sie's auch.«

Am späten Freitagnachmittag starrte Ben bereits seit drei Stunden unablässig auf seinen Bildschirm. »Es ist mir schleierhaft, wieso er sich noch nicht gerührt hat«, sagte er und rieb sich die blutunterlaufenen Augen. »Er kann doch nur dann Geld machen, wenn er einen Anteil kauft.«

Lisa war dabei, zum achten Mal seit Mittwoch die endgültige Fassung des Grinnell-Votums durchzulesen. »Vielleicht hat Rick das Urteil überhaupt nicht bekommen. Es kann ja auch um eine ganz andere Entscheidung gegangen sein.«

»Nie im Leben«, meinte Ben. »Es war mit Sicherheit Grinnell. Das spüre ich.«

»Ach, tatsächlich?« meinte Lisa, ohne von ihrem Schriftsatz aufzusehen. »Und angenommen, daß deine übernatürlichen Fähigkeiten dich da nicht auf den Holzweg führen, warum bist du dir eigentlich so sicher, daß Ricks Geschäftspartner den Verkauf seines Anteils überhaupt anzeigt? Vielleicht übergibt er ihm einfach die Urkunde und macht sich aus dem Staub.«

»Der Verkäufer könnte sich so verhalten, aber nicht Rick. Schließlich ist es in Ricks ureigenstem Interesse, den Verkauf zu dokumentieren, denn sonst wäre der Käufer eventuell in der Lage, das Geschäft zu leugnen. Indem er sich als Käufer offenbart, stellt Rick seine Transaktion sicher, und er ist zu clever, das zu übersehen.«

Fasziniert von der Logik in Bens Hypothese, legte Lisa das Votum beiseite und wandte sich ihrem eigenen Computer zu. Sie hatte ebenfalls die Lexis-Datenbank aufgerufen. Während die beiden Kollegen gebannt vor den Grundbucheinträgen saßen, zerstörte das Läuten von Bens Telefon die Stille.

»Hallo, hier ist das Amtszimmer von Richter Hollis«, meldete sich Ben.

»Tag, spricht da Ben Addison? Derselbe Ben Addison, der vor zwei Jahren im Sommer bei Wayne and Portnoy hospitiert hat?«

Augenrollend erkannte Ben die Stimme von Adrian Alcott. Er zwang sich zu einem jovialen Ton. »Wie geht's denn so, Adrian? Schön, wieder mal Ihre Stimme zu hören.«

»Ganz meinerseits«, erwiderte Alcott. »Wir haben uns schon lange nicht mehr unterhalten. Wie steht's denn am Gerichtshof?«

»Arbeit, Arbeit, Arbeit«, sagte Ben, verärgert, von seinem Bildschirm abgelenkt zu werden.

»Ich weiß schon. Ich hab' gehört, zum Jahresende hin wird es wirklich unerträglich.«

»Absolut. Man versucht, so viele Entscheidungen wie möglich zu verkünden, damit alle die Feiertage genießen können.«

»Verstehe, verstehe. Selbst hier versuchen wir –«

»Ben, sieh dir das an!« rief Lisa und zeigte auf ihren Bildschirm.

Ohne auf Alcotts Geplauder zu achten, wandte sich Ben wieder seinem Monitor zu und versuchte angestrengt, den Grund für Lisas Aufregung festzustellen.

»Nun, haben Sie schon entschieden, wie Ihre Laufbahn sich im nächsten Jahr entwickeln soll?« fragte Alcott. Als er keine Antwort erhielt, fügte er hinzu: »Ben, sind Sie noch dran?«

»Ja, ja. Natürlich.« Ben ließ die Liste der über hundert identifizierbaren Teilhaber über den Schirm rollen. »Tut mir leid, ich hab' den letzten Satz nicht ganz verstanden.«

»Ich wollte bloß fragten, ob Sie sich schon entschieden haben, welche Richtung Ihre Laufbahn im nächsten Jahr nehmen soll«, wiederholte Alcott.

»Noch nicht. Ich hatte zuviel zu tun, um an die nächste Woche zu denken – vom nächsten Jahr ganz zu schweigen.«

»Geh an den Anfang der Liste!« rief Lisa.

»Das verstehe ich vollkommen«, meinte Alcott. »Mir ist bloß daran gelegen, daß Sie uns im Hinterkopf behalten.«

Ben ließ das alphabetische Register vorbeilaufen und suchte nach der neuesten Ergänzung. Als ihm der letzte Eintrag endlich ins Auge sprang, wurde ihm flau im Magen. Er wollte seinen Augen nicht trauen, doch da stand es ganz oben auf seinem Bildschirm: Addison & Co. »Hören Sie, Adrian, ich muß jetzt auflegen.«

»Ist irgend etwas nicht in Ordnung?« wollte Alcott wissen, doch bevor er weiterfragen konnte, hatte Ben schon aufgelegt.

»Das darf doch nicht wahr sein.« Ben riß nervös an seinen Haaren. »Das ist doch ganz unmöglich. Ich bin total erledigt.«

»Sag doch nicht so was.« Lisa kam zu ihm, um ihn zu beruhigen. »Es ist doch nicht so, daß –«

»Lisa, wenn am Montag das Urteil verkündet wird, wird eine unter *meinem* Namen laufende Firma Millionen an einer Entscheidung verdienen, an der *ich* mitgearbeitet habe. Und du glaubst nicht, ich sollte mir deswegen Sorgen machen?«

»Ben, man kann doch gar keine Verbindung zwischen dir und dieser Firma herstellen. Du hast sie nicht angemeldet; du hast absolut nichts damit zu tun. Außerdem – wer außer uns sieht schon in diese Datenbank, um die neuesten Veränderungen an der Zusammensetzung des Grinnell-Konsortiums zu prüfen?«

Bens Telefon läutete. Er erstarrte und sah Lisa an. Wieder schrillte das Läuten durchs Zimmer.

»Das sind die Marshals«, sagte Ben. »Sie wissen es schon.« Er stürzte zum Garderobenschrank und riß seinen Mantel heraus.

»Wo willst du denn hin?« fragte Lisa.

»Ich muß hier raus.« Ben packte seine Aktentasche und lief zur Tür. »Tausch deinen Ausweis mit mir.«

»Was?«

»Ich sagte, du sollst deinen Ausweis mit mir tauschen.« Ben warf Lisa seinen Gerichtsausweis zu. »Beeil dich!«

Lisa lief zu ihrem Tisch zurück, holte ihre Karte aus der Schublade und gab sie Ben. Kaum hatte er sie in den Händen, war er auch schon verschwunden.

»Ruf mich an, wenn du nach Hause kommst«, rief Lisa ihm hinterher, während immer noch das Telefon schrillte.

Schweißgebadet lief Ben in vollem Tempo die große Treppe hinunter. Als er im Erdgeschoß angekommen war, verlangsamte er seine Schritte und bemühte sich, unauffällig weiterzugehen. Um den Haupteingang zu vermeiden, blieb er im Nordflügel des Gebäudes und lief auf dessen einzige unbewachte Tür zu. Während er sich ihr näherte, glaubte er, einen Verfolger zu hören. Er wandte sich um, sah niemanden und beschleunigte seine Schritte trotzdem. Mit wild schlagendem Herzen erreichte er schließlich das Lesegerät, das ihm den Ausgang öffnen sollte. Er holte Lisas Ausweiskarte aus der Tasche, hielt den Atem an und zog sie durch den Leseschlitz. Nichts. Mit zitternden Händen wiederholte er die Bewegung. Endlich ein Klicken. Er stürzte los und drückte die Seitentür des Gebäudes auf. Im Freien angelangt, atmete er endlich aus und ließ seine Aktentasche zu Boden fallen, erleichtert, den beißend kalten Wind im Gesicht zu spüren. Vornübergeneigt, die Hände auf den Knien, nahm sich Ben eine Minute Zeit, um sich wieder zu sammeln. Er fuhr sich mit den Fingern durchs Haar, schloß die Augen und versuchte, nachzudenken. Dann hob er eine Handvoll Schnee auf, rieb sich damit die Stirn ein und steckte den Rest in den Mund. Schließlich ging er die Maryland Avenue entlang, trat ein paar Häuserblocks weiter in eine Telefonzelle und wählte Lisas Nebenstelle.

»Hallo, hier ist das Amtszimmer –«

»Lisa, ich bin's.«

»Was war denn mit dir los?«

»Tut mir leid. Ich mußte einfach raus. Mir war hundeelend.«

»Wofür hast du denn meinen Ausweis gebraucht, verdammt noch mal?«

»Ich dachte, die Marshals würden meinen sperren, damit ich das Gebäude nicht verlassen kann. So haben sie mich schon das letzte Mal gekriegt.«

»Und jetzt sitze ich hier fest?«

»Nein.« Ben sah über seine Schulter. »Du kannst ja meinen Ausweis benutzen. Wenn er nicht funktioniert, bedeutet das, daß die Marshals über die Sache mit Grinnell Bescheid wissen. Wenn nicht, haben sie noch keine Ahnung.«

»Aber das beantwortet meine Frage nicht. Wenn sie mich einsperren, wie soll ich dann hier rauskommen?«

»Geh einfach zum Haupteingang und sag, du hättest deinen Ausweis verlegt. Dann überprüft man bloß deinen Namen und läßt dich so raus. Hast du inzwischen rausgekriegt, von wem Rick den Anteil gekauft hat?«

»Ich bin die Liste durchgegangen, die wir letzte Woche ausgedruckt haben, und da fehlte nur ein Name. Addison and Company hat eine Firma mit dem Namen Micron Group ersetzt.«

»Und was ist diese Micron Group?«

»Ich hab' Lexis überprüft, aber ohne Ergebnis. Ich konnte bloß feststellen, daß es sich um eine Teilhaberschaft mit beschränkter Haftung handelt, die vor ungefähr fünf Jahren in Delaware gegründet wurde. Die ursprünglichen Dokumente lauteten auf einen Murray Feinman, aber als ich unter diesem Namen nachgeprüft habe, war der einzige Bericht über ihn sein

Nachruf. Er ist letztes Jahr im Alter von vierundachtzig Jahren gestorben. Micron wurde also wahrscheinlich nur gegründet, um vor seinem Tod irgendwelche Gelder zu investieren, und ich hab' keine Ahnung, wer jetzt der Chef der Firma ist.«

»Sonst hast du nichts gefunden?«

»Was willst du denn noch, verdammt noch mal? Schließlich hab' ich nichts als Lexis, und das heißt, daß ich auf Periodika und öffentliche Urkunden beschränkt bin. Ich war schon erstaunt, daß ich überhaupt soviel gefunden habe.«

»Tut mir leid. Ich bin einfach am Ende«, erklärte Ben, während eine kleine Touristengruppe samt Führer an ihm vorbeiging. Er wartete, bis der letzte Tourist verschwunden war, bevor er weitersprach. »Glaubst du, wir können Rick aufspüren, wenn wir uns näher mit Addison and Company befassen?«

»Keine Ahnung. Ich hab' den Namen überprüft, aber so eine Firma ist nirgends eingetragen. Ich schätze, sie ist entweder in einem anderen Land angemeldet, oder Addison and Company ist der Ableger einer anderen Firma, deren Namen wir nicht kennen. Offenbar hat Rick den Namen nur benutzt, um deine Nerven zu ruinieren.«

»Ich glaube, da ist mehr dran. Wenn er mich ins Rampenlicht schiebt, bedeutet das, daß keiner mehr auf ihn achten wird.«

»Schon möglich. Aber was willst du jetzt machen?«

»Ich werde erst mal hier warten, bis du mit der Arbeit fertig bist. Dann weiß ich, ob die Marshals tatsächlich hinter mir her sind.«

»Du willst zwei geschlagene Stunden warten?«

»Vergiß die zwei Stunden. Hau einfach jetzt sofort ab. Hollis ist es egal. Das Grinnell-Votum ist in Ordnung; gib es einfach Nancy. Und sonst haben wir sowieso nichts zu tun.«

»Dann liegen also nicht ungefähr fünfzig Eingaben hier, die wir dringend durchsehen müssen?«

»Jetzt komm schon, Lisa, heute ist Freitag. Verschwinde einfach.«

»Gut, gut«, willigte Lisa ein. »Sag mir, wo du bist.«

»Ich stehe in der Telefonzelle Ecke Maryland und D Street.«

»Alles klar. Dann bis in zehn Minuten.«

Als Lisa an der Straßenkreuzung eintraf, stellte sie besorgt fest, daß Ben nicht zu entdecken war. Sie blickte sich um und sah ein paar Dutzend Menschen über die frisch geräumten Gehsteige stapfen, doch keiner von ihnen sah ihm ähnlich. Dann entdeckte sie die Telefonzelle an der Ecke, ging darauf zu und bemerkte erstaunt, daß zwischen Hörer und Gabel ein Zettel steckte. Sie hob den Hörer ab und faltete den Zettel auseinander, der eine Nachricht in Bens Handschrift enthielt: »Wink das schwarz-beige Taxi auf der anderen Straßenseite heran.«

Lisa zerknüllte den Zettel und warf einen Blick über ihre Schulter, um festzustellen, ob ihr jemand gefolgt war. Dann überquerte sie die Straße und sah den schwarz-beigen Wagen. »Taxi!« rief sie. Als der Fahrer ihr zunickte, öffnete sie die Hintertür und stieg ein. Bevor sie ein Wort herausbringen konnte, raste der Wagen schon die Maryland Avenue entlang. »Entschuldigung, aber wissen Sie überhaupt, wohin ich will?« fragte Lisa.

»Na, hat es irgendein Problem gegeben?« Bens Kopf erschien über der Lehne des Beifahrersitzes.

Lisa zuckte zusammen. »Herrgott noch mal, du hast mich zu Tode erschreckt!« brüllte sie. »Wieso hast du dich denn am Boden versteckt, verdammt noch mal?«

»Ich wußte ja nicht, ob jemand dir folgen würde oder ob du überhaupt allein rauskommen würdest.«

»Also, du brauchst dir keine Sorgen zu machen. Dein Ausweis hat problemlos funktioniert. Ich glaube, die Marshals haben keine Ahnung.«

»Vielleicht wußten sie auch, daß ich schon abgehauen bin.«

»Ben, du mußt dich jetzt einfach beruhigen. Niemand außer uns ist darauf gekommen, diese Datenbank zu beobachten. Die Marshals wissen nicht das Geringste. Du hast doch selbst gesagt, sie seien Idioten.«

»Ja, schon.« Ben starrte an Lisa vorbei durchs Rückfenster.

Lisa drehte den Kopf herum. »Jetzt hör schon auf. Niemand verfolgt uns.«

»Ich kann immer noch nicht glauben, was da vor sich geht«, sagte Ben kopfschüttelnd. »Mein Leben ist ruiniert.«

»Wir sollten jetzt nicht weiterreden.« Lisa deutete mit dem Kinn auf den Taxifahrer. »Warten wir einfach, bis wir zu Hause sind.«

Eine Viertelstunde später hielt der Wagen vor dem Haus der vier Freunde. »Siehst du, jetzt bist du problemlos zu Hause gelandet«, sagte Lisa, als Ben seinen Schlüssel in die Tür steckte. »Wenn die Marshals wirklich hinter dir her wären, hätten sie sich an uns rangemacht, sobald wir aus dem Taxi gestiegen wären.«

Als Ben die Tür öffnete, sah er zu seinem Erstaunen Ober im Wohnzimmer vor dem Fernseher sitzen. »Hey, warum bist du denn so früh zu Hause?« fragte Ober. »Ah, ist schon klar«, fügte er hinzu, als er Lisa hinter Ben ins Zimmer kommen sah. »Was gibt's Neues, schöne Frau?«

»Nichts Besonderes.« Lisa zog ihren Mantel aus. »Und bei dir?«

»Auch nichts«, antwortete Ober.

»Was tust du hier überhaupt?« fragte Ben seinen Mitbewohner. »Müßtest du nicht im Büro sein?«

»Bin ich doch.« Ober schaltete den Fernseher aus. »Ich mach' bloß eine lange Mittagspause.«

»Es ist schon fast halb vier«, sagte Ben.

»Tatsächlich?« Ober schaltete den Fernseher wieder ein. »Dann hab' ich noch mindestens eine halbe Stunde, bevor ich mich wieder zeigen muß.«

»Ist dir eigentlich klar, daß du nicht mit unseren Steuergeldern dafür bezahlt wirst, hier herumzuhocken?« Lisa setzte sich auf die Couch. »Geh sofort wieder an die Arbeit.«

»Hey, euer Gehalt wird schließlich auch durch *meine* Steuergelder finanziert«, protestierte Ober. »Oder vielleicht nicht?«

»Ist ja egal.« Ben ließ sich neben Ober auf die Couch fallen.

»Was ist denn passiert?« fragte Ober, ohne den Blick vom Bildschirm zu wenden.

Nachdem er die ganze Geschichte erklärt hatte, schloß Ben: »Sobald das Urteil am Montag verkündet wird, werden Grinnell und Freunde Millionen scheffeln, während jeder mit dem Finger auf mich zeigt.«

»Ist ja auch richtig so«, stellte Ober fest. »Du bist schließlich der Präsident von Addison and Company.«

»Das ist jetzt nicht der richtige Zeitpunkt für blöde Witze«, sagte Ben.

»Dann kann ich dich vielleicht um einen Gefallen bitten?« fragte Ober. »Wenn Montag dein letzter Tag am Gerichtshof ist, kann ich dann mitkommen, um der Urteilsverkündung beizuwohnen?«

»Willst du wirklich kommen?« fragte Ben.

»Klar. Wenn du zukünftig nicht mehr da bist, dürfte das ja das letzte Mal sein, daß ich hinter die Kulissen schauen kann.«

»Es gibt keine Kulissen«, sagte Lisa. »Die Richter sitzen hinter einer Bank.«

»Dann eben hinter die Bank«, berichtigte sich Ober. »Also, nimmst du mich mit?«

»Klar.« Ben zuckte die Achseln. »Warum nicht?« Er wandte sich an Lisa. »Übrigens, mir scheint, daß der Kauf durch Addison and Company deine Frage beantwortet hat, ob Rick sich an Grinnell beteiligt oder nicht.«

»Ich verstehe es einfach nicht«, sagte Lisa. »Wie konnte Nathan dir das bloß antun?«

»Ihr habt überhaupt keinen Beweis, daß er es wirklich war«, mischte Ober sich wütend ein.

»Ach ja?« fragte Lisa. »Warum haben wir dann nie was von diesem Aktentaschenmikrophon gesehen?«

»Frag jemand anders«, erwiderte Ober. »Aber wenn ihr über Nathan reden wollt, tut das woanders. Ich will den Scheißdreck nicht mehr hören.«

»Da geht es dir wohl wie dem kleinen Äffchen, das nichts Böses hören will«, stichelte Lisa. »Wenn wir nur Nathan und Eric dazu gebracht hätten, die Rolle der anderen beiden Affen zu übernehmen, die nichts Böses sagen oder drucken!«

»Hör mal, du häßliche kleine Motte, du kannst –«

»Hört sofort auf!« ging Ben dazwischen. »Ich hab' jetzt keine Zeit, den Friedensrichter zu spielen. Spart euch das für ein andermal auf.«

»Wie kannst du ihr das bloß durchgehen lassen?« protestierte Ober. »Diese Leute sind immer noch deine Freunde.«

»Mir etwas durchgehen lassen?« Lisa zeigte auf sich selbst. »Und was ist mit dir?«

»Es ist mir ganz egal, ob es Nathan war oder nicht«, erklärte Ben. »Oder einer von euch beiden. Eigentlich ist es mir momentan sogar egal, ob es meine eigene verdammte Mutter war. Das Fazit lautet lediglich, daß am Montag alles vorbei ist.«

Ober zog sein Jackett von der Couch. »Ben, wir reden später darüber, wenn sie weg ist. Ich muß jetzt wirklich wieder ins Büro.«

»Na endlich«, rief Lisa, als Ober die Tür hinter sich zuschlug. »Hör mal, ich sollte eigentlich auch los. Reden wir später noch mal darüber?«

»Klar«, sagte Ben. »Laß mich jetzt einfach allein. Ist schon in Ordnung.«

»Komm schon, Ben, gib bloß nicht mir die Schuld. Du weißt ja, daß wir mit diesen Eingaben fertig werden müssen. Und so wird wenigstens einer von uns beiden daran arbeiten.«

»Ja, du hast schon recht. Es wird mir guttun, eine Weile allein zu sein. Dann muß ich meinen Kummer wenigstens nicht mit jemand anderem teilen.«

»Jetzt hör mal auf«, protestierte Lisa. »Du weißt doch, wie sehr ich –«

»War bloß ein Scherz«, unterbrach Ben sie. »Geh schon. Wir reden später darüber.«

Um die Eingangshalle des Washington Hilton zu umgehen, steckte Rick seine kodierte Karte in das computergesteuerte Schloß des Seiteneingangs, der zum Parkplatz führte. Mit eiligen, selbstbewußten Schritten ging er auf die Aufzüge zu. Im zehnten Stock stieg er aus, wandte sich gleich nach rechts und erreichte Zimmer 1014. Wieder steckte er seine Karte ins Türschloß, drehte den Knopf und trat ein.

»Wo bist du denn gewesen, verdammt noch mal? Ich warte seit einer halben Stunde.«

»Wo ich gewesen bin, geht dich gar nichts an.« Ein leichtes Lächeln huschte über Ricks Gesicht.

»Du hast also einen Haufen Geld gemacht. Phantastisch.«

»Es war tatsächlich ein phantastisches Geschäft.« Rick machte es sich auf einem der kanariengelben Sofas gemütlich und legte die Füße auf den Couchtisch. Die Suite war luxuriös: drei Zimmer, Ölgemälde an der Wand, ein dicker beiger Teppichboden und eine gut bestückte Bar. »Wußtest du, daß Präsident Reagan in diesem Hotel angeschossen wurde?«

»Nein, bisher nicht. Aber bestimmt wird mir diese Information eines Tages sehr nützlich sein.«

»Es stimmt«, sagte Rick. »Der Volksmund spricht noch immer vom Hinkley Hilton.«

»Ist ja toll. Ich bin begeistert.«

»Was ist dir denn über die Leber gelaufen?«

»Hör mal, ich hab' jetzt keine Zeit für so was. Ich muß wieder an die Arbeit. Ist das Geld inzwischen auf dem Konto oder nicht?«

»Die letzten fünfhunderttausend werden heute mit Geschäftsschluß eingetroffen sein.« Rick griff in die Tasche seines Jacketts, fischte einen Zettel heraus und warf ihn auf den Couchtisch. »Da ist die Kontonummer. Ich hoffe, du genießt deinen Profit.«

»Darauf kannst du dich verlassen.«

»Wenn ich mir vorstelle«, sagte Rick, »daß all dies geschehen ist, weil du deinen Freund nicht leiden kannst ...«

»Das hast du total falsch verstanden. Bloß weil ich ein Urteil aus Bens Aktentasche genommen habe, heißt das noch lange nicht, daß ich ihn nicht leiden kann. Ich hab' bloß eine lukrative Chance gesehen, die ich einfach nicht auslassen konnte.«

»Klar, klar. Sonst bist du das Musterbeispiel eines Freundes. Das ist ja auch der eigentliche Grund, warum du mir die Sache mit dem Lügendetektor und den Jahrbüchern und –«

»Ach ja, das wollte ich dich sowieso noch fragen: Wieso hat Ben dich in den Jahrbüchern eigentlich nicht finden können? Das hab' ich nämlich wirklich für einen todsicheren Plan gehalten.«

»Dann bist du genauso ein Trottel wie er«, spottete Rick. »Der Fehlschluß an der Sache mit den Jahrbüchern liegt in der Annahme, ich sei auf eine Eliteuni gegangen. Weil ihr intellektuell derart versnobt seid, kommt ihr einfach nicht auf die Möglichkeit, daß es auch außerhalb dieser Unis intelligente Menschen gibt.«

»Stimmt. Da hab' ich mich täuschen lassen.« Ricks Gesprächspartner schlug sich aufs Knie, um im nächsten Moment aufzustehen. »Na ja, manchmal greift man eben daneben.«

»Wobei du diesmal eher in die Vollen gegriffen hast.«

»Da hast du recht.«

»Es war mir ein Vergnügen, mit dir Geschäfte zu machen.« Rick streckte seine Hand aus.

»Ganz meinerseits«, erklärte Eric, während er auf den Flur trat. »Vielleicht treffe ich dich ja mal irgendwo am Strand.«

FÜNFZEHNTES KAPITEL

Am Montagmorgen machten Lisa und Ben sich um halb zehn bereit, in den Gerichtssaal hinunterzugehen, um der Urteilsverkündung beizuwohnen. »Ich glaube immer noch, daß du dich stellen solltest«, sagte Lisa, während sie ihre beige und schwarz gestreifte Kostümjacke anzog.

»Auf keinen Fall.« Ben zog den Knoten seiner blau-goldenen Krawatte enger.

»Warum nicht? Ich bin sicher, daß sie dich mit Samthandschuhen anfassen.«

»Darauf kommt es nicht an. Was mich betrifft, ist das einfach keine vernünftige Alternative. Selbst wenn ich nicht hinter Gitter komme, müssen sie mich hier rausschmeißen. Und wenn das geschieht, kannst du mir glauben, daß ich mich mit Zähnen und Klauen dagegen wehre. Ich lehne es glattweg ab, mich denen freiwillig auf einem silbernen Tablett zu servieren.«

»Es ist dein Leben. Ich bin nur der Meinung, daß du einen entscheidenden Fehler machst.«

Ein leichtes Klopfen an der Tür unterbrach die Auseinandersetzung.

»Nur herein«, rief Ben.

Die Tür ging auf, und Nancy trat ein. »Ben, dein Besuch ist da.«

Hinter Nancy tauchte Ober auf und kam mit ausgestreckten Armen ins Zimmer. »Schau, schau! Dies also ist der Ort, an dem die wirklich großen Jungs spielen, was?« Er strich mit den Händen über alle Gegenstände, an denen er vorbeikam: über die Bücher auf Lisas Schreibtisch, ihren Monitor, Bens Bleistiftspitzer und sein Telefon.

Ben deutete aufs Sofa. »Es war wahrscheinlich nicht ganz einfach, hier hereinzukommen.«

»Ganz im Gegenteil.« Ober zog seinen Mantel aus und warf ihn aufs Sofa. »Es war ein Kinderspiel. Der Wachmann unten hat erklärt, der Gerichtssaal sei heute schon voll. Da hab' ich ihm gesagt, ich hätte einen Termin bei Ben Addison. Na, ich kann euch sagen, der Mann hat seine Liste konsultiert, und – zack – war ich schon drin, und zwar als erster in der Schlange. Dann hat man mich durch den Metalldetektor geschleust, worauf der letzte Wachmann mich hierhergeführt hat.« Ober sah sich um. »Das Zimmer ist wirklich hübsch eingerichtet. Erinnert irgendwie ans Weiße Haus – alles ist alt und seriös.«

»Wir sind im Obersten Gerichtshof«, bemerkte Lisa. »Vielleicht hast du schon mal davon gehört.«

»Hat irgend jemand was gesagt?« Ober sah Ben an. »Ich dachte, ich hätte 'ne Spinatwachtel flöten hören, aber das muß wohl pure Einbildung gewesen sein.«

»Ober, du hast mir doch was versprochen«, ermahnte Ben ihn.

»Schön, schön, ich will ein lieber Junge sein.« Ober setzte sich aufs Sofa. »Wie geht's dir heute, Lisa?«

»Ich wünsch' dir 'nen Furunkel ans Hirn.«

»Ach, vielen Dank. Den letzten hab' ich eben erst entfernen lassen.« Ober faßte sich ans Haar. »Das ist ein tolles Sofa«, bemerkte er dann, während er auf den gefederten Polstern herumhüpfte. »Und ihr habt's wirklich ruhig hier. Habt ihr also schon mal ... ihr wißt schon ... spät abends, wenn die Putzfrau schon gegangen war ...?«

»Könntest du bitte etwas Anstand zeigen«, flehte Ben.

»Darf ich dich mal was fragen?« sagte Lisa zu Ober. »Wie kannst du bloß so verdammt vergnügt sein, wenn dir klar sein muß, daß dein Freund vor Angst fast stirbt?«

»Auf solche Bemerkungen kann ich verzichten«, wehrte sich Ober. »Du hilfst Ben auf deine Weise, und ich helfe ihm auf meine.«

»Jetzt hört doch endlich auf.« Ben ging zur Tür. »Gehen wir hinunter.«

In der Großen Halle wand sich die langsam kleiner werdende Menge durch zwei Metalldetektoren, während Ben, Lisa und Ober direkt in den Gerichtssaal gingen. »Er gehört zu uns«, erklärte Ben einem Wachmann, der Ober mißtrauisch musterte.

»Das ist ja phantastisch«, sagte Ober, als er den mit Zuschauern, Reportern und Gerichtsangestellten gefüllten Saal betrat.

»Wenn man Pomp schätzt, dann haben wir was zu bieten«, bemerkte Ben, während sie zu einem abgeteilten Bereich auf der rechten Seite des Saales gingen.

»Sind alle Leute vor uns wissenschaftliche Mitarbeiter?« fragte Ober, dem aufgefallen war, daß alle ungefähr sein Alter hatten.

Ben nickte. »Nur Assistenten und deren Freunde dürfen sich hier niederlassen.«

Die restlichen Zuschauer wurden in den Saal geführt. »Ben, ich muß zugeben, daß der Gerichtshof noch genauso aussieht wie damals, als ich hier gearbeitet habe«, sagte Ober plötzlich.

Der Mann vor ihm drehte sich um. »Bei wem waren Sie denn?«

»Bei Osterman«, antwortete Ober.

»Bei dem bin ich gerade!« Obers neuer Freund war sichtlich begeistert. Er gab ihm die Hand. »Ich bin Joel.«

»Schön, dich kennenzulernen, Joel«, verkündete Ober mit tiefer Stimme.

»Was läuft denn da?« fragte Lisa.

»Nichts«, erwiderte Ben amüsiert. »Laß ihn mal.«

»Hey, wenn er dich in gute Laune versetzt, dann habe ich auch gute Laune«, erklärte Lisa.

»Na, was halten Sie denn von unserem Boß?« wollte Joel von Ober wissen.

»Er ist wirklich immer nett zu mir gewesen.«

»Tatsächlich?« mischte Ben sich ein. »Osterman ist nämlich normalerweise als das größte Arschloch am Gerichtshof verschrien.«

»Das hab' ich ja gemeint«, erklärte Ober. »Er war so nett, wie so ein Arschloch es nur sein kann.«

»Dein Freund hat gar nicht hier gearbeitet, oder?« sagte Joel zu Ben. Die Antwort war ein Grinsen. »Leck mich, Addison. Du hältst dich tatsächlich für witzig, oder?«

»Nein, Joel«, erwiderte Ben. »Ich *weiß*, daß ich witzig bin.«

»Er ist wirklich sehr witzig«, bestätigte Ober.

Ein Summton unterbrach alle Gespräche im Saal. »Ist das der Zeitpunkt, an dem ich schweigen soll?« flüsterte Ober.

»Psssst«, machte Ben.

Der Gerichtsdiener ließ seinen Hammer ertönen, worauf sich alle Anwesenden erhoben. »Der ehrenwerte Vorsitzende und die Mitglieder des Obersten Gerichtshofs der Vereinigten Staaten!« verkündete der Gerichtsdiener. Unmittelbar darauf traten die neun Richter durch den burgunderroten Samtvorhang und begaben sich auf ihre Plätze.

»Echt cool«, flüsterte Ober.

Während die Richter sich niederließen, rief der Gerichtsdiener: »Hört! Hört! Hört! Wer ein Anliegen vor den ehrenwerten Obersten Gerichtshof der Vereinigten Staaten zu bringen hat, wird aufgefordert, herbeizutreten und aufzumerken, denn der Gerichtshof läßt sich nun zur Sitzung nieder. Gott schütze die Vereinigten Staaten und dieses ehrenwerte Gericht!« Wieder ertönte der Hammer, und alle Anwesenden nahmen Platz.

Vom zentralen Sessel der Richterbank ergriff der Vorsitzende Richter Osterman das Wort. »Unsere heutige Tagesordnung ist umfangreicher als gewöhnlich. Wir werden folgende Urteile verkünden: Doniger gegen Lubetsky, Anderson gegen die Vereinigten Staaten, Maryland gegen Schopf, Galani gegen Zimmerman, und Grinnell and Associates gegen New York. Richter Blake wird die ersten drei Urteile verlesen, Richter Veidt die übrigen.«

»Mach's dir gemütlich«, flüsterte Ben. »Blake wird sich wie gewohnt viel Zeit lassen.«

»Vielen Dank, Herr Vorsitzender«, sagte Blake mit seinem typischen Südstaatenakzent. Dann machte er sich mit qualvoller Gemächlichkeit daran, die erwähnten Entscheidungen des Gerichtshofs von seinem Blatt abzulesen.

»Wie entscheidet man denn, wer spricht?« fragte Ober.

»Das kommt darauf an«, flüsterte Ben. »In diesem Fall hat Blake die ersten drei Voten verfaßt, während Veidt bestimmt wurde, weil seine Stimme bei den letzten beiden Urteilen von entscheidender Bedeutung war.«

Als Blake geendet hatte, ergriff Ostermann wieder das Wort. »Vielen Dank, Richter Blake. Richter Veidt …«

Veidt zog sein Mikrophon näher an seinen Mund heran und verkündete das erste der beiden Urteile. Veidt war ein kleiner Mann mit pechschwarz gefärbtem Haar und hageren Zügen. Er war für seine Arbeiten über den juristischen Alltag in den Vereinigten Staaten bekannt, was ihm einen guten Ruf unter Rechtswissenschaftlern eingetragen hatte, aus Sicht der Medien jedoch völlig uninteressant war. Obwohl Ben gehört hatte, daß Veidt eines der sympathischeren Mitglieder des Gerichtshofs sei, schien er in diesem Augenblick nur Haß für ihn empfinden zu können.

»Wie geht's dir denn?« fragte Lisa, der Bens fahles Gesicht aufgefallen war.

»Ganz gut«, flüsterte Ben zurück.

Die Hand noch immer am Mikrophon, räusperte Veidt sich, um das zweite Urteil zu verkünden. »In der Angelegenheit Grinnell and Associates gegen New York sind auch wir der Ansicht, daß die von den Klägern zu tragende Belastung erheblich ist. Jedoch darf nicht unterschätzt werden, welche Bedeutung der Erhaltung der historischen Wahrzeichen unseres Landes zukommt. Dieser historische Wert der Liegenschaft, verbunden mit den begrenzten Erwartungen der Kläger zur Zeit ihres Erwerbs, hat uns zu dem Schluß geführt, daß die von der Stadt New York erlassene Verordnung zum Schutz historischer Gebäude keine Enteignung der Kläger darstellt. Wir weisen daher die Klage ab und heben das Urteil der Berufungsinstanz auf.«

Als der Gerichtsdiener seinen Hammer ertönen ließ, um die Sitzung zu schließen, strömten die Zuschauer aus dem Saal, während Ben sich in seinen Stuhl zurücklehnte. Er strahlte vor Erleichterung.

»Gratuliere!« Lisa umarmte ihren Kollegen.

»Das kapiere ich nicht«, sagte Ober verwirrt. »Ich dachte, du hättest gesagt, Grinnell –«

»Nicht hier«, unterbrach ihn Ben, hob die Hand und wies auf seine Kollegen, die gerade ihre Plätze verließen. Er erhob sich. »Laß uns von hier verschwinden.«

»Moment mal«, protestierte Ober. »Was läuft hier eigentlich, verdammt noch mal?«

»Halt den Mund und geh los«, sagte Lisa und schob Ober vor sich her.

Die drei Freunde drängten sich durch die Menge, die sich noch in der Großen Halle staute, und gingen auf die Treppe im

Nordflügel des Gebäudes zu. Während sie zu Bens und Lisas Büro emporstiegen, bemühte sich Ober immer noch, den Sinn der letzten fünf Minuten zu erraten. »Moment mal«, sagte er schließlich und blieb mitten auf der Treppe stehen.

»Nun warte doch ab.« Ben ging einfach weiter. »Gleich werde ich's dir ja erklären.«

Als sie das Büro erreicht hatten, wartete Ober gerade noch, bis die Tür hinter ihm zuschlug. »Und jetzt erzählt mir auf der Stelle, was da drunten gerade passiert ist.«

Bens Telefon läutete. »Ich hab's gewußt«, sagte Ben zu Lisa. »Ich hab' dir ja gesagt, es würde keine zehn Minuten dauern.«

»Du hattest recht«, stimmte Lisa zu, während Ober noch verwirrter dreinblickte. »Ich dachte, er würde bestimmt erst versuchen, seinen Anteil wieder loszuschlagen.«

»Hallo«, meldete sich Ben, »hier ist das Amtszimmer von Richter Hollis.«

»Du bist erledigt, Ben.«

»Ach, Rick, wie geht's denn? Hier läuft alles ganz prima.«

»Reiß so viele Witze, wie du willst«, erwiderte Rick, »aber jetzt bist du wirklich –«

»Ich will dir mal was sagen, du Scheißkerl«, unterbrach Ben ihn. »*Du* bist derjenige, der die ganze Sache angezettelt hat. *Du* hast dich an *mich* herangemacht. Du hast gelogen, um mein Vertrauen zu erschleichen, und du hast mich bei der ersten Gelegenheit, die du hattest, hereingelegt. Wenn du auch nur eine Sekunde lang geglaubt hast, ich würde dir das nicht mit gleicher Münze heimzahlen, dann hast du keine Ahnung von mir. Du hast gedacht, du wärst so verdammt clever, daß du mit diesen elitären Dummköpfen herumspielen könntest. Und jetzt hab' ich eine Neuigkeit für dich, mein Lieber: Da hat dich doch mal jemand ausgetrickst! Ich bin nämlich gar kein verwöhntes, naives Reiche-Leute-Kind! Mir hat man durchaus keinen Silberlöffel in die Wiege gelegt! Statt dessen bin ich mit 'nem Eisenfuß geboren, und mit dem trete ich dir jetzt kräftig in deinen gar nicht elitären Hintern! In Zukunft solltest du dir deine Gegner etwas klüger aussuchen. Und jetzt muß ich mit meinen Freunden feiern. Also genieß deinen beschissenen Anteil und mach dir endlich klar, daß wir dich geschlagen haben.« Ben schmetterte den Hörer auf die Gabel, holte Atem und sah seine Freunde an.

»Wow«, machte Lisa. »Warum sagst du nicht einfach, was dir auf der Seele liegt? Das wird dir guttun.«

»Rick war – wie soll ich sagen – betroffen, aber sonst durchaus aufmerksam.« Ben kämpfte noch immer mit seinem Atem. »Er läßt euch übrigens alle herzlich grüßen.«

»Sag mir jetzt endlich, was hier vor sich geht.« Ober schüttelte Ben an den Schultern. »Ich dachte, du hättest gesagt, Grinnell gewinnt.«

Ben setzte sich auf seinen Stuhl. »So *war* es auch.«

»Willst du damit sagen, du wußtest, daß das Urteil umgekehrt lauten würde?«

»Natürlich wußte ich das. Lisa und ich haben schließlich die Begründung geschrieben.«

»Aber ich dachte, ihr hättet das Sondervotum verfaßt.« Ober kratzte sich am Kopf. »Ich bin total durcheinander.«

»Es ist folgendermaßen gelaufen«, begann Ben. »Als die Richter das erste Mal abgestimmt haben, war das Ergebnis vier zu vier. Richter Veidt hatte sich noch nicht entschieden. Daraufhin hat Osterman Veidt davon überzeugt, ein Urteil zu Gunsten von Grinnell werde in seiner schriftlichen Form kaum negative Konsequenzen für zukünftige staatliche Eingriffe haben. Zu diesem Zeitpunkt stellte sich Veidt also auf die Seite von Osterman, der damit genug Stimmen hatte, um die Mehrheit zu bilden. Da Hollis zur Minderheit gehörte, haben Lisa und ich begonnen, das Sondervotum zu verfassen.«

»Zu diesem Zeitpunkt war Grinnell also auf der Siegerstraße.« Ober lehnte sich gegen die Ecke von Bens Schreibtisch.

»Richtig«, bestätigte Ben. »Nun ist es aber so, daß die fertigen Urteilsbegründungen vorab an sämtliche Richter verteilt werden, damit sie genau sehen können, wofür sie sich eigentlich entschieden haben.«

»Und da ist Veidt umgefallen«, schloß Ober.

»Richtig«, bestätigte Ben.

»Mein Gott, ich glaube, er kapiert tatsächlich etwas.« Lisa klopfte Ober lobend auf den Rücken.

Ben konnte sich ein Grinsen nicht verkneifen. »Als Veidt

Ostermans Schriftsatz sah, ist ihm klargeworden, daß die Entscheidung einen weiteren Eingriff darstellte, als das in seinem Sinne war. Osterman hatte im Grunde ein wütendes Pamphlet gegen jede Einmischung von staatlicher Seite formuliert. Also hat Veidt ihm erklärt, er werde abspringen, wenn das Ganze nicht umfassend redigiert würde. Und schließlich hat er sogar erkannt, daß es gar keine Möglichkeit gab, nur einen kleinen Schritt zu tun. Weshalb er zu uns übergelaufen ist. Mit Hilfe dieser zusätzlichen Stimme ist unsere abweichende Meinung dann zur Mehrheitsmeinung geworden.«

»Das passiert ziemlich häufig«, mischte sich Lisa ein. »Bei der mündlichen Abstimmung sagen die Richter das eine, doch wenn es darum geht, es zu Papier zu bringen, stimmen sie nicht mehr zu und wechseln zur Gegenpartei über.«

»Moment mal – was bedeutet das für Rick?«

Ben legte seine Füße auf den Schreibtisch. »Sagen wir's mal so: Er hat soeben eine Menge Geld für ein höchst fragwürdiges Anwesen ausgegeben.«

»Ist das Ding denn wertlos?«

»Wertlos ist es nicht, aber der einzige Grund, der den Preis derartig in die Höhe getrieben hat, war die Aussicht, daß die Eigentümer dort ein riesiges, profitables Einkaufszentrum hinklotzen könnten. Und wie du meiner Unterhaltung mit Mr. Widerlich entnehmen konntest, ist diese Aussicht absolut im Orkus.«

»Eines verstehe ich noch immer nicht«, sagte Ober. »Wie hat Rick denn das falsche Urteil bekommen?«

»Eric hat es aus meiner Aktentasche genommen«, sagte Ben.

»Eric?«

»Derselbe«, bestätigte Lisa.

»Das kann doch nicht wahr sein«, stöhnte Ober konsterniert. »Weil du wußtest, daß dir das Dokument gestohlen wird, hast du die falsche Fassung in deine Aktentasche gesteckt?«

»Genau«, bestätigte Ben, während jemand an der Tür klopfte. »Ich hab' sie einfach in der ursprünglichen Form des Sondervotums gelassen.«

»Herein!« rief Lisa.

Nancy kam ins Zimmer. »Hier ist jemand, der behauptet, er

hätte eine Verabredung mit euch.« Sie trat zur Seite und ließ Eric herein.

Ben stand auf. »Ja, den kenne ich«, sagte er zu Nancy. »Vielen Dank für die Begleitung.«

Als Nancy das Zimmer verlassen hatte, sah Eric Ben durchdringend an. »Ich hab' gerade gehört, daß Grinnell verloren hat.«

»Ist das nicht unglaublich?« rief Ben und stürmte auf ihn zu.

»Ich gratuliere!« Eric umarmte ihn.

»Ich dir auch«, sagte Ben. »Ohne dich hätten wir es nicht geschafft.«

Eric umarmte jetzt auch Lisa. »Vielen Dank für deine Hilfe.«

»Hast du unten irgendwelche Probleme gehabt, hereinzukommen?« fragte Ben.

»Überhaupt nicht«, berichtete Eric. »Ich hab' mich als Nathan ausgegeben, genau wie du's mir gesagt hast.«

»Moment, Moment!« Obers Blick schoß wirr zwischen allen Anwesenden umher. »Was ist hier eigentlich los, verdammt noch mal? Gestern habt ihr euch noch bis aufs Blut gehaßt, und heute veranstaltet ihr ein Love-in?«

»Setz dich, Sherlock.« Ben deutete aufs Sofa. »Jetzt kommt der wirklich interessante Teil.«

Ober sah Eric an. »Du bist also –«

»Hör einfach mal nur zu«, unterbrach Ben ihn und ließ sich auf der Ecke von Lisas Schreibtisch nieder. »Du wirst dich erinnern, daß Rick und ich vorhatten, uns zu treffen, damit ich ihm das Grinnell-Urteil übergeben könnte. Nun machte Rick sich aber offenbar Sorgen, ich könnte ihm eine Falle stellen, was ich ja auch vorhatte. Deshalb hat er sich nach anderen Möglichkeiten umgesehen, an das Dokument zu kommen.«

»Und da er wußte, daß Ben und ich verkracht waren, hat er sich an mich herangemacht.« Eric setzte sich neben Ober. »Er hat wohl angenommen, daß jemand, der so was wie den CMI-Artikel schreiben konnte, um sich in Szene zu setzen, für eineinhalb Millionen Dollar bestimmt auch ein paar Dokumente beseite schaffen würde.«

»Er hat dir eineinhalb Millionen Dollar angeboten?« fragte Ober ungläubig. »Damit hätte er zu mir kommen sollen.«

»Sehr lustig«, kommentierte Eric. »Jedenfalls sitze ich ein paar

Tage vor Thanksgiving an meinem Schreibtisch, als Rick mich anruft. Er sagte, er wolle mit mir über unseren gemeinsamen Freund Ben sprechen, und hat mir vorgeschlagen, ihn in einem bestimmten Hotel zu treffen. Als ich hinkomme, bietet er mir eineinhalb Millionen, wenn ich Ben im Auge behalte und mir irgendwie das Urteil unter den Nagel reißen kann.«

»Das gibt's doch nicht!« Ober war vollkommen entgeistert. »Und, wie hast du reagiert?«

»Mir ist schleierhaft, wieso du ihm damals nicht gleich gesagt hast, er soll dir den Buckel runterrutschen«, warf Lisa ein.

»Unmöglich«, sagte Ben. »Eric ist viel zu opportunistisch, um so etwas zu tun.« Er wandte sich zu Ober. »An dem besagten Abend hat Eric mir einen Zettel unter der Zimmertür durchgeschoben, auf dem die ganze Geschichte stand. Außerdem hat er sich für das, was zwischen uns vorgefallen war, entschuldigt und erklärt, er wollte die Sache wiedergutmachen. Wir hatten so viel Angst, das Haus und all unsere Telefone könnten überwacht werden, daß wir von da an nur noch schriftlich kommuniziert haben, bis schließlich dieser Plan entstanden ist.«

»Nach so einer Nachricht hab' ich auch gesucht, als du mich dabei erwischt hast, wie ich in Bens Papierkorb wühlte«, erklärte Eric dem staunenden Ober.

»Also hast du von Anfang an gewußt, daß du Rick das falsche Urteil geben würdest?« fragte Ober.

»Klar«, antwortete Eric.

»Und Rick hat dir vertraut, weil er glaubte, du hast einen Riesenhaß auf Ben.«

»Genau.«

»Und ihr drei habt alles gewußt?«

»Ja.«

»Und jetzt habt ihr Rick glatt aufs Kreuz gelegt, weil er auf das falsche Urteil gesetzt hat?«

»Erraten.«

»Das ist der größte Anschlag aller Zeiten!« brüllte Ober und warf die Arme in die Luft. »Ihr seid wahre Genies!«

»Wir versuchen unser Bestes«, kommentierte Lisa.

Ober sprang vom Sofa auf. »Das müssen wir feiern! Das ist das Allergrößte!«

»Also bist du nicht sauer, daß wir dich nicht eingeweiht haben?« fragte Eric, obwohl er die Antwort schon wußte.

»Ja, richtig.« Ober beruhigte sich. »Warum habt ihr mich nicht eingeweiht?«

»Das war zu deiner eigenen Sicherheit«, erklärte Ben.

»Nein, das war nicht der Grund«, sagte Ober.

»Er hat dir nichts gesagt, weil du ein Holzkopf bist, der nicht schauspielern kann und damit den ganzen Plan ruiniert hätte«, ergänzte Lisa.

»Jetzt mach mal halblang«, sagte Ober. »Ich bin ein großartiger Schauspieler.«

»Bist du auch«, bestätigte Ben. »Aber es stand zuviel auf dem Spiel, um Blödsinn zu machen. Die letzten vier Wochen mußten Eric und ich so tun, als wären wir noch immer bis aufs Blut verfeindet. Da konnten wir es nicht riskieren, jeden einzuweihen.«

»Hat Nathan es gewußt?« fragte Ober.

»Nein«, antwortete Ben mit einem Seitenblick auf Lisa.

»Das kannst du laut sagen«, bestätigte sie, um Ober zu erklären: »Das war meine Idee. Ich bin diejenige, die gesagt hat, wir sollten Nathan nicht vertrauen. So, jetzt weißt du's also. Bist du nun zufrieden?«

Ben sah Ober an. »Glaub mir, ich hab' darauf gebrannt, ihm alles zu erzählen. Aber am Ende hatte ich doch das Gefühl, je weniger Leute davon wüßten, desto besser. Und als wir die Sache mit dem Aktentaschenmikrophon erfahren haben – da war's aus. Wir waren davon überzeugt, daß Rick auch mit Nathan Kontakt aufgenommen hatte.«

»Also habt ihr ihn wirklich verdächtigt«, stellte Ober fest.

»Durchaus. Besonders als Eric mir berichtet hat, Rick hätte irgendwie von der Sache mit den Jahrbüchern erfahren, obwohl er selbst ihm nie davon erzählt hatte. Da hab' ich wirklich Angst bekommen. Ich glaubte, Rick würde Eric benutzen, um an das Urteil zu kommen, und Nathan, um mir hinterherzuspionieren.«

»Aber wieso hätte Rick das nicht von Eric erfahren können?« Ober setzte sich auf Bens Bürostuhl. »Warum sollte er gleich zwei Freunde bestechen?«

»Weil ich zu diesem Zeitpunkt offiziell nicht mehr mit Eric

geredet habe«, erklärte Ben. »Und Nathan war die Person, mit der ich die meiste Zeit zusammen war.«

»Wir wissen ja noch immer nicht, ob Nathan unschuldig ist«, argumentierte Lisa.

»Oh, Mann«, sagte Ober zu Ben. »Der wird ganz schön sauer sein, weil du ihm nichts erzählt hast. Und wenn du das noch in Verbindung bringst mit allem, was du ihm letzte Woche an den Kopf geworfen hast – dann hast du Glück, wenn er dir überhaupt jemals verzeiht.«

Ben schob die Hände in die Hosentaschen. »Danke, daß du mich daran erinnerst.«

»Jetzt mach dir deshalb keine Sorgen.« Eric winkte ab. »Um Nathan kannst du dich später kümmern. Jetzt sollten wir feiern. Schließlich haben wir einen großen Sieg errungen.«

»Aber ehrlich.« Ober zog Bens Schreibtischschubladen auf. »Ich muß einfach einen Job hier in diesem Laden bekommen. Heute ist der aufregendste Tag meines Lebens. Wo kann ich mir Bewerbungsformulare besorgen?«

»Die Messingpolierer haben eine eigene Gewerkschaft«, sagte Lisa trocken. »Ich glaube, um die wirst du nicht herumkommen.«

Ohne auf ihre Bemerkung zu achten, fragte Ober Eric: »Sag mal, wie war es eigentlich, den Doppelagenten zu spielen? Dein Leben zu riskieren, hinter jeder Ecke die Gefahr lauern zu sehen, und dich dennoch weiter vorzukämpfen, weil du wußtest, daß ... Moment mal«, unterbrach er sich unvermittelt, »was ist eigentlich mit dem ganzen Geld passiert, das du bekommen hast?«

»Es liegt auf irgendeiner Schweizer Bank und sollte an mich ausgezahlt werden, sobald das Urteil verkündet ist. Ich hab' gleich danach angerufen, hatte aber immer noch kein Verfügungsrecht über das Konto. Wir werden das Geld also nie zu Gesicht bekommen, schätze ich.«

»Ist dir eigentlich klar, was wir mit eineinhalb Millionen Dollar alles hätten machen können?« stöhnte Ober. »Wir hätten ein kleines Land aufkaufen können. Die Herren von Guam werden! Oder das größte belegte Baguette der Welt als Denkmal für die Sandwich-Götter errichten!«

»Verdammt«, bemerkte Eric sarkastisch, »an das Sandwich-Denkmal hab' ich einfach nicht gedacht. Aber vielleicht kann ich das Geld ja doch noch loseisen.« Er wandte sich an Ben. »Sag mal, ich wundere mich, daß du noch nichts von Rick gehört hast. Ich hätte gedacht, daß er bestimmt –«

»Er hat schon angerufen«, sagte Ben.

»Tatsächlich? Wann denn?«

»Ungefähr eine Minute, nachdem wir wieder hier oben waren. Er war total fertig.«

»Das hättest du hören sollen«, ergänzte Ober. »Ben hat ihn geradezu zerlegt! Wenn wir bloß ein Bildtelefon gehabt hätten, um seinen Gesichtsausdruck zu sehen.«

»Ich weiß nicht, ob es klug war, ihn so fertigzumachen.« Lisa setzte sich auf ihren Stuhl.

»Ehrlich gesagt«, stellte Ben fest, »ist mir das momentan scheißegal. Ich bin nur froh, daß ich mein Leben wieder habe.«

»Wie du meinst«, sagte Lisa. »Ich würde dir trotzdem raten, dir den Rücken freizuhalten. Rick wird nämlich nicht einfach so verschwinden.«

Eric sah auf seine Armbanduhr. »Ich will natürlich haarklein wissen, was du zu ihm gesagt hast, aber jetzt muß ich wirklich wieder in die Redaktion. Machen wir später weiter?«

»Klar«, sagte Ben grinsend. »Aber glaub bloß nicht, daß ich nicht mehr sauer wegen des Artikels bin, nur weil du mir jetzt aus dem Dreck geholfen hast.«

»Ja, ja, das wirst du mir nie verzeihen.« Eric ging zur Tür. »Nicht, daß ich's nicht schon tausendmal gehört hätte.«

»Moment mal«, sagte Ober zu Eric. »Bist du mit dem Auto gekommen?«

»Ja, warum?«

»Weil du mich dann am Büro abliefern mußt.« Ober griff nach seinem Mantel und folgte Eric zur Tür. »Übrigens, Ben, vielen Dank, daß ich dich heute besuchen durfte. Es war nicht so aufregend, wie du gesagt hast, aber trotzdem gar nicht übel.«

»Bis später dann«, rief Ben.

Als sich die Tür hinter den beiden geschlossen hatte, sah Lisa ihren Kollegen an. »Na, wie fühlst du dich? Wieder obenauf, was?«

»Ich fühle mich unbeschreiblich!« Ben schlug auf seinen Tisch. »Du hättest Rick am Telefon hören sollen. Er war derart am Boden ...«

»Ich bin immer noch der Meinung, du hättest ihn nicht so –«

»Lisa, ich will's einfach nicht hören. Schließlich will ich mir meine gute Stimmung nicht verderben lassen. Ich fühle mich riesig. Ich fühle mich allmächtig. Ich fühle mich, als könnte ich eine kleine Armee von Rebellen auf der Suche nach dem perfekten Grillplatz anführen.«

»Der kleine Ego-Zuwachs steht dir, daß muß ich schon zugeben. So selig hab' ich dich nicht mehr gesehen, seit ich dir erlaubt hab', mich ins Bett zu zerren.«

»Komisch«, erwiderte Ben, »denn soweit ich mich erinnere, warst du diejenige, die gezerrt hat. Oder war's vielleicht ein Betteln?«

»Richtig, ich hab' ja ganz vergessen, daß dein Hauptfach im College die Geschichte des Revisionismus war. Daran hätte ich natürlich denken sollen.«

»Glaub mir, die Fakten haben sich nicht verändert.« Ben schlenderte zum Sofa. »Du warst diejenige, die darum gebettelt hat. Da gibt's sogar noch ein Zitat, an das ich mich erinnere: ›Ich hab' darauf gewartet, über dich herzufallen, seit ich dich das erste Mal gesehen habe.‹ Klingelt's vielleicht irgendwo?«

»Ach, du meine Güte«, stöhnte Lisa. »Das hab' ich doch nur erfunden, damit du dich besser fühlst. Es war eine glatte Lüge, und das weißt du auch.«

»Dann will ich dich mal was fragen: Wenn du so unschlüssig warst, ob du mit mir ins Bett gehen sollst oder nicht, wieso hast du damals eigentlich keine Unterwäsche getragen?«

Lisas Gesicht lief rot an. »Ich hab' dir doch schon gesagt, daß ich zuwenig Slips mitgenommen hatte. Das war der einzige Grund.«

»Klar«, erwiderte Ben amüsiert, »und wenn ich ein Vollidiot wäre, würde ich das vielleicht sogar glauben.«

»Dann ist ja gut, daß du bloß ein Halbidiot bist.«

»Ha, ha. Und was hast du damals noch gesagt? Daß du bereit bist, wann immer ich es wiederholen möchte?« Ben streckte sich auf dem Sofa aus. »Ich *bin* bereit«, verkündete er.

Lisa trat zu ihm. »Das meinst du ernst, oder?«

»Durchaus.«

»Trägst du etwa deine speziellen Boxershorts?«

»Natürlich. Heute war ein großer Tag für mich.« Während Lisa sich aufs Sofa setzte, fuhr Ben fort. »Du willst es doch – es steht dir ins Gesicht geschrieben.«

»Wirklich?« Sie brachte ihr Gesicht nah an das seine.

»Unübersehbar. Übrigens hast du ja gehört, was ich gesagt habe: Ich bin bereit.«

»Sagen wir lieber: Du träumst.« Lisa entzog sich ihm lachend. »Glaubst du wirklich, daß du bloß wegen deines Sieges im Kampf der Machos mich ins Bett lotsen kannst?«

»Eigentlich ja«, erklärte Ben.

»Dann mußt du unter dem Einfluß halluzinogener Drogen stehen.« Lisa ging zu ihrem Schreibtisch zurück. »Ein Wunder hast du heute vielleicht schon vollbracht, aber das heißt noch lange nicht, daß gleich zwei daraus werden.«

Ben setzte sich auf und rückte seine Krawatte zurecht. »Heißt das, daß wir es jetzt nicht auf unserem Sofa treiben?«

»Das war einfach unglaublich«, sagte Ober, als er mit Eric aus dem Aufzug in die Große Halle trat. »Ich kann's noch immer nicht fassen, daß ihr das geschafft habt.«

»Es war Bens Verdienst«, erklärte Eric. »Als ich ihm von Ricks Anruf erzählt hab', hatte er den ganzen Plan in ein paar Stunden fix und fertig.«

»Der Junge ist nicht dumm.«

»Mir ist bloß wichtig, daß er nicht mehr wütend auf mich ist. Er kann wirklich gemein werden, wenn er sich an jemandem rächen will.«

»Glaubst du, Nathan wird ihm verzeihen?«

»Absolut keine Chance«, stellte Eric nüchtern fest, während die beiden Freunde an einem Wachmann vorbei durch den Haupteingang das Gerichtsgebäude verließen.

»Bist du sicher, daß er's ist?« fragte Lungen, der die beiden beobachtete.

»Soll das ein Witz sein?« fragte Fisk. »Natürlich ist er's.

Mein Freund hat ihn mir ja gezeigt, als ich das letzte Mal beim *Herald* war.«

»Und er hat sich nicht unter dem Namen Eric Stroman eingetragen?« fragte Lungen den am Haupteingang sitzenden Wachmann.

»Nein.« Der Wachmann blätterte die Seiten seines Ordners durch. Als er gefunden hatte, was er suchte, zeigte er auf die Besucherliste. »Da, er hat behauptet, sein Name sei Nathan Hollister.«

»Das ist der andere Mitbewohner«, sagte Fisk. »Ben hat uns von Anfang an was vorgemacht. Ich hab' dir ja gesagt, er ist ein Lügner.«

»Du mußt deinen Freund beim *Herald* anrufen«, sagte Lungen. »Wenn Eric und Ben wieder miteinander reden, will ich wissen, warum.«

Während er nach Hause ging, dachte Ben mit Schrecken an die unausweichliche Konfrontation mit Nathan. Vielleicht kommt er erst später nach Hause, überlegte er, als er langsam den nie geräumten, vereisten Weg zur Haustür entlangging. Wie soll ich ihm die ganze Sache nur erklären, grübelte er und schloß auf.

»Du hast also alles geplant und alle, außer mir und Ober, eingeweiht?« fragte Nathan, noch bevor Ben die Tür hinter sich geschlossen hatte.

»Du hast die gute Nachricht wohl schon gehört«, erwiderte Ben.

»Ich will dir eine einzige Frage stellen.« Nathan baute sich mitten im Wohnzimmer vor Ben auf. »Warum hast du Lisa mehr vertraut als mir?«

Ben wich Nathan aus und ging zur Küche. Er hoffte, die Situation irgendwie entschärfen zu können. »Ich hab' Lisa gar nicht mehr vertraut als dir. Schließlich hab' ich ihr erst vor drei Tagen von meinem Plan erzählt, als Rick endlich sein Geld bei Grinnell investiert hatte. Als feststand, daß Rick auf das falsche Urteil setzte, wußte ich, daß Lisa unschuldig war. Hätte sie mit Rick unter einer Decke gesteckt, hätte sie ihm ja gesagt, daß er das falsche Dokument in Händen hatte.«

»Deshalb hättest du ihr noch lange nicht alles erzählen müssen.«

»Doch«, sagte Ben. »Sonst hätte sie ständig davon geredet, daß Rick auf die falsche Entscheidung gesetzt hat. Und das war etwas, das niemand austrompeten sollte.«

»Sehr gut. Danke.« Nathan ging zur Treppe. »Das war alles, was ich wissen wollte.«

»Moment mal.« Ben trat wieder ins Wohnzimmer. »Wo willst du hin?«

Nathan antwortete nicht. Als er verschwunden war, sah Ben Ober an. »Was hat er denn von mir erwartet?«

»Ach, komm schon«, sagte Ober, »du bist schließlich erwachsen. Du weißt schon, was du angerichtet hast. Hast du wirklich gedacht, er würde dir um den Hals fallen und sich mit dir versöhnen?«

»Gut, gut, aber was soll das Schweigen?«

»Es wird nicht lange dauern«, erklärte Ober. »Mach dir keine Sorgen. Mit der Zeit wird er bestimmt einlenken. Schließlich ist er immer noch dein Freund.«

»Aber das ist so eine unreife Art und Weise, mit so etwas –«

»Sieh es mal aus diesem Blickwinkel: Wenigstens fordert er dich nicht auf, auszuziehen, damit er sich einen neuen Mitbewohner suchen kann.«

»Wirklich ungemein komisch«, sagte Ben sarkastisch. »Ich hoffe bloß, daß er rechtzeitig vor Neujahr ans Einlenken denkt.«

»Wieso? Hast du tatsächlich mal frei, um die Feiertage genießen zu können?«

»Nun, wir müssen zwar noch stapelweise Eingaben abarbeiten, aber die Richter sind in den nächsten paar Wochen auf Urlaub. Im Prinzip haben wir bis zur zweiten Januarwoche geschlossen.«

»Und mußt du trotzdem jeden Tag ins Büro gehen?«

»Was soll die Frage? Die Gerechtigkeit schläft nie. Sie macht noch nicht einmal ein Nickerchen. Und wenn sie tatsächlich mal einschlummern sollte, kannst du darauf wetten, daß sie nicht vom Stuhl kippt –«

»Hab' schon verstanden.« Ober stand auf. »Sag mir bloß, wann du frei hast, damit ich weiß, was wir planen können.«

»Wahrscheinlich werde ich am ersten Weihnachtstag frei nehmen und an Neujahr, aber das ist alles.«

»Dann werden wir wohl in der Gegend bleiben müssen.« Ober ging in die Küche, um das Abendessen vorzubereiten.

»Mir ist egal, wo wir feiern.« Ben folgte ihm. »Ich wünsche mir bloß, daß das nächste Jahr weniger anstrengend wird.«

Ober riß ein Streichholz an, drehte das Gas auf und zündete den Herd an. »Verlaß dich nicht darauf.«

SECHZEHNTES KAPITEL

Zwei Wochen später war Ben um halb acht Uhr morgens damit beschäftigt, an seinem Schreibtisch Zeitung zu lesen. Mit Jeans und einem alten Rollkragenpulli bekleidet, war er äußerst angetan davon, daß die Abwesenheit der Richter auch wieder eine legere Kleiderordnung für alle Mitarbeiter am Gerichtshof zuließ. Als er zur Meinungsseite kam, beugte er sich vor, um die Ansichten der führenden Kolumnisten Washingtons genauer zu studieren. Er sah auf, als Lisa das Büro betrat.

»Alles Gute zum neuen Jahr«, sagte sie. Lisa hatte die letzte Woche in Kalifornien verbracht, um über Weihnachten und Neujahr bei ihrer Familie zu sein. Sie trug einen tiefschwarzen Pullover und ausgeblichene Jeans, doch das erste, was Ben an seiner Kollegin auffiel, war ihre tiefe Bräune.

»Du siehst toll aus«, erklärte er, als er sie auf die Wange küßte.

»Danke. Und du siehst bleich aus.« Lisa klappte ihre Aktentasche auf und ließ einen fünfzehn Zentimeter dicken Papierstapel auf ihren Tisch fallen.

»Hast du das tatsächlich alles durchgeackert?« fragte Ben erstaunt.

»Was soll ich sagen? So gut bin ich eben.« Lisa begann, den Stapel zu sortieren, als sie eine Notiz auf der Ecke ihres Tischs bemerkte. »Worum geht's denn da?«

»Ums Mittagessen«, erklärte Ben. »Da unsere Zeit hier zur Hälfte um ist, fängt man an, private Treffen mit den Richtern zu organisieren, damit wir sie besser kennenlernen.«

»Das ist aber wirklich nett«, sagte Lisa.

»Auf jeden Fall dürfte es interessant sein. Abgesehen von Hollis hab' ich wohl noch zu keinem mehr als ein paar Worte gesagt.«

»Wir setzen uns also gemütlich zusammen, und der Gerichtshof zahlt die Zeche? Kein schlechtes Geschäft.« Lisa lehnte sich zurück und sah Ben kritisch an. »Übrigens, wenn wir schon von Geschäften sprechen: Mir geht die Sache mit Grinnell einfach nicht aus dem Kopf.«

»Was gibt's denn dazu noch zu sagen? Es war ein phantastischer Plan.«

»Nein, war es nicht«, erwiderte Lisa kühl. »Es war einfach blöd. Je länger ich darüber nachdenke, desto mehr wird mir klar, daß es das Dümmste war, was du tun konntest.«

Ben setzte sich auf. »Was ist denn mit dir los?«

»Mit mir ist gar nichts los.« Lisa wühlte in ihren Akten. »Ich meine bloß, daß dieser Plan blöd war.«

»Wieso eigentlich?« wollte Ben verärgert wissen.

»Weil du damit bloß erreicht hast, daß Rick wütend auf dich ist. Denn wenn man alles in Betracht zieht, hat der Plan nichts anderes erreicht.«

»Das ist nicht wahr.«

»Tatsächlich?« fragte Lisa kampfeslustig. »Dann sag mir doch, was dabei sonst noch herausgekommen ist.«

»Die Sache hat mir Rick vom Hals geschafft.«

Lisa hielt im Sortieren ihrer Akten inne. »Ich will dich mal was fragen. Als du dir die ganze Sache ausgedacht hast, was war da eigentlich dein Ziel?«

»Was mein Ziel war?«

»Ja, dein Ziel«, wiederholte Lisa. »Was wolltest du erreichen?«

»Es gab eigentlich kein Ziel«, erläuterte Ben. »Rick hat Eric kontaktiert, und dann hat Eric mir davon erzählt. Und von da an hab' ich die Sache so geplant, daß Rick nicht gewinnen konnte.«

»Aber was war dein wichtigster Gedanke? Was ist dir durch den Kopf gegangen?«

»Mir sind massenhaft Dinge durch den Kopf gegangen. Erregung, Angst, Unruhe, Wut, Rache ...«

»Genau«, unterbrach Lisa ihn und hob den Zeigefinger. »Rache.«

»Was ist denn falsch daran? Nach allem, was Rick mit mir gemacht hat, war ich einfach wütend.«

»Dazu hast du ja auch jedes Recht«, sagte Lisa. »Aber du warst von Anfang an so von Rachsucht besessen, daß du nicht mehr darüber nachgedacht hast, wie du dich wirklich aus diesem Schlamassel ziehen kannst.«

»Das meinst du doch nicht ernst«, protestierte Ben. »Da herauszukommen war meine Hauptsorge.«

»Warum hast du dann nicht versucht, Rick verhaften zu lassen? Wenn du wußtest, wo Eric sich mit ihm treffen wollte, hättest du den Ort doch von der Polizei überwachen lassen können?«

»Wir wußten nicht im voraus, wo sie sich treffen würden«, erklärte Ben. »Rick hat Eric immer erst kurz vorher angerufen. Eric wartete in der Lobby eines Hotels und erhielt dort einen Anruf, in ein anderes Hotel zu kommen. Es war unmöglich, Rick festzunageln. Außerdem hätte ich auch dann nicht zur Polizei gehen können, wenn ich gewollt hätte – ich wäre im selben Moment festgenommen worden.«

»Siehst du, das ist ja dein zentraler Denkfehler. Du kannst sehr wohl zur Polizei gehen, du willst es nur nicht.«

»Da hast du verdammt recht. Ich will dir ja nicht zu nahe treten, aber was mich betrifft, so mag ich meinen Job.«

»Vergiß den Job doch mal. Dein Leben ist viel wichtiger.«

»Lisa, ich weiß überhaupt nicht, warum du so aufdrehst. Die letzten drei Wochen waren absolut ruhig. Ich habe keine Sorgen mehr. Mir hängt nicht länger ein Damoklesschwert über dem Kopf. Rick ist verschwunden –«

»Rick ist nicht verschwunden!« Lisa hob die Stimme. »Wann geht das endlich in dein Köpfchen? Rick mag sich ärgern, bankrott sein oder toben, aber verschwunden ist er bestimmt nicht! Und wenn du *mich* um ein paar Millionen Dollar ärmer gemacht hättest, könntest du Gift darauf nehmen, daß ich vom ersten Augenblick an meine Rache planen würde.«

»Warum regst du dich eigentlich so auf?«

»Ich will dich bloß mit der Nase darauf stoßen, was in Wirklichkeit passiert ist. Du bist noch nicht in Sicherheit.«

»Und was soll ich deiner Meinung nach tun? Zu Hollis laufen und ihn um Hilfe bitten?«

»Ich weiß nicht, ob Hollis der Richtige ist, aber die Richtung stimmt. Sonst kommst du nämlich nie aus dem Schlamassel heraus. Schließlich hat dieser Typ deinem Vater schon die Reifen aufgeschlitzt – willst du da wirklich auf seinen nächsten Schritt warten?«

Schweigend nahm Ben seinen Taschenrechner und begann, nervös darauf herumzutippen.

»Du weißt genau, daß ich recht habe«, fuhr Lisa fort. »Während dieses ganzen Desasters hast du eigentlich nie darüber nachgedacht, wie du da herauskommst – du warst bloß besessen von der Tatsache, daß Rick dich hereingelegt hat.«

»Stimmt doch gar nicht.« Ben spielte immer noch mit seinem Rechner.

»Und ob das stimmt.« Lisa nahm ihm den Rechner aus der Hand und warf ihn in den Papierkorb neben seinem Tisch. »Die Tatsache, daß er dich geschlagen hat, ist dir geradezu verhaßt gewesen. Und außerdem warst du versessen auf Rache. Aber ich will dir mal was sagen: Sich zu rächen ist kinderleicht. Und Rick aufs Kreuz zu legen war das reinste Zuckerschlecken. Das Problem ist, ihn zu erwischen; und um das zu tun, wirst du noch manches Opfer bringen müssen. Deshalb wirst du ein einziges Mal im Leben zugeben müssen, daß du das nicht allein kannst.«

»Das mag schon sein, aber wenn *wir* –«

»Nein, *wir* bringen's auch nicht fertig«, schnitt Lisa ihm das Wort ab. »Wir können überhaupt nichts tun. Nimm's mir nicht übel, aber ich und all deine Freunde samt ihren kleinen Spionagetricks haben keinerlei Möglichkeit, vorherzusehen, aus welcher Richtung Rick das nächste Mal auftaucht. Egal, wie clever wir sind, *so* clever sind wir nicht. Und bis du bereit bist, das zuzugeben, wirst du nie aus der Sache herauskommen.«

Ben starrte schweigend auf seinen Tisch. »Du bist also der Meinung, daß ich mich stellen soll.«

»Ja«, sagte Lisa. »Die ganze letzte Woche habe ich über jede Möglichkeit nachgedacht. Egal, was auch geschehen mag, irgendwie wird alles doch ans Tageslicht kommen. Und diese simple Wahrheit müssen wir einfach akzeptieren.«

»Falls wir nicht doch was gegen Rick in die Hand bekommen.«

»Darauf kommt es doch gar nicht an! Rick ist es ganz egal, ob wir der Polizei erzählen, daß er hinter der Sache steckt. Sie kann ihn doch nicht finden. Wen sie allerdings immer finden kann, bist du. Und solange Rick frei herumläuft, sitzt dir das immer im Nacken.«

»Aber was ist, wenn wir Rick selbst aufspüren?«

»Das ist doch auch egal«, sagte Lisa ungeduldig. »Selbst wenn wir Rick allein schnappen könnten, müßten wir ihn doch irgendwann der Polizei übergeben. Es ist ja nicht so, daß wir ihn auf immer und ewig in irgendeinem Keller einsperren könnten. Und sobald wir ihn der Polizei übergeben, kannst du sicher sein, daß er alles auf dich schieben wird.«

»Dann bin ich in jedem Fall erledigt.«

»Und darauf will ich hinaus«, erklärte Lisa. »Deshalb kannst du auch gleich zur Polizei gehen und damit vielleicht dem zuvorkommen, was Rick gegen dich plant.«

»Vielleicht machen sie mir die Sache leichter, wenn ich aus freien Stücken auf sie zugehe.«

»Schon möglich. Und wenn wir ihnen einen anständigen Plan präsentieren, lassen sie dich vielleicht sogar laufen, damit sie Rick auf frischer Tat ertappen können.«

Ben schwieg, während er Lisas Vorschlag überdachte. Schließlich sagte er: »Wenn ich das tue, kann ich meinen Job hier an den Nagel hängen.«

»Vielleicht auch nicht«, wandte Lisa ein. »Womöglich erhältst du sogar die Tapferkeitsmedaille.«

»Weißt du was? Wir hören jetzt mal auf damit, okay?« Ben drehte Lisa den Rücken zu.

»Was ist denn? Hab' ich was Falsches gesagt?«

»Nein«, antwortete Ben, ohne sich wieder umzudrehen.

»Bist du wütend auf mich?«

»Nein, bin ich nicht. Ich bin wütend auf mich selbst. Ich hätte die Sache schon vor Wochen zu Ende bringen sollen.«

»Das kannst du jetzt leicht sagen. Damals war die Lage anders.«

»Klar, klar«, meinte Ben sarkastisch.

Lisa ging zu ihrem Tisch zurück. »Also, was wirst du tun?«

»Ich weiß noch nicht«, sagte Ben. »Laß mich erst mal nachdenken.«

Um Viertel vor acht verließ Ben das Gerichtsgebäude, um zur Union Station zu gehen. Er fuhr mit der Rolltreppe in die schwach beleuchtete, überheizte und mit Plakaten vollgeklebte Halle und sah sich sofort von seinesgleichen umgeben – von strebsamen Hauptstadtbewohnern, die, im Gegensatz zu ihm, Geschäftskleidung trugen. Ben begann die blauen Nadelstreifenanzüge, braunen Ledermappen und noblen schwarzen Halbschuhe in seiner näheren Umgebung zu zählen. Die Mehrzahl derer, die alle drei Merkmale vereinten, litt unter Haarausfall, und nur einer hatte seit dem Verlassen seines Büros die Krawatte gelockert. Ben fühlte sich plötzlich wie eingesperrt und ging zum hinteren Ende des Bahnsteigs. Was tue ich mir bloß an, verdammt noch mal? fragte er sich, während er seine unbekannten Brüder anstarrte. Als der silberfarbene Zug einfuhr, stieg Ben eilig ein und fand einen leeren Platz. Zwei Minuten später stoppte der Zug abrupt.

»Wir bedauern die Unannehmlichkeit, aber im Bahnhof vor uns steht noch ein Zug«, verkündete eine heisere Stimme über die Lautsprecher. »Wir werden in wenigen Minuten weiterfahren.«

Die Menge gab ein kollektives Stöhnen von sich, und Ben lehnte sich zurück.

»*Jeden* Tag«, seufzte der Fahrgast neben Ben. »Können die das denn nie hinkriegen? Ist ja nicht so, daß das die erste Rushhour aller Zeiten wäre.«

»Genau«, murmelte Ben und warf dem jungen Mann einen Blick zu. Er konnte kaum älter als sechzehn sein, obwohl er schon Anzug und Krawatte trug.

»Warum ist es bloß jeden Tag dasselbe?« wiederholte der Junge. »Warum richtet man das nicht besser ein?«

»Keine Ahnung«, sagte Ben. »Und ich bin viel zu müde, um darüber nachzudenken.«

»Reden Sie mir bloß nicht von Müdigkeit«, erklärte der Junge mit einem leichten Massachusetts-Akzent. »Laufen Sie erst mal zwanzigmal am Tag vom Senat zum Repräsentantenhaus, dann können wir uns wieder unterhalten.«

»Sie arbeiten als Bürobote?«

Der Junge schlug stolz seinen Mantel auf, um Ben die eingeschweißte Ausweiskarte zu zeigen, die ihm um den Hals hing. »Ich bezeichne mich lieber als Pagen. Und falls Sie sich dafür interessieren, wie die Senatoren ihren Kaffee trinken, das weiß ich alles auswendig.«

»Ist wohl ein Job, bei dem viel auf einem rumgetrampelt wird, oder?«

»Sagt man. Aber ich bleibe da nicht lange.«

»Und warum nicht?« fragte Ben lächelnd.

»Weil ich meine Sache gut mache. Ich löse die Probleme.« Der Junge deutete in Richtung des ersten Wagens. »Das ist ja bei den Leuten faul, die diese Fahrpläne machen. Keiner von ihnen kann Probleme lösen. Sie sind gelangweilt, ideenlos, reagieren bloß noch. Deshalb sitzen wir jetzt auch hier fest. Keiner packt die Probleme wirklich an.«

»Und was ist Ihre Lösung?«

»Es geht nicht so sehr um eine Lösung als um den richtigen Ansatz. Ich stelle mir die Sache so vor: Wenn man ein Problem wirklich angehen will, muß man direkt zu seinem Kern vorstoßen. Aber das macht in dieser Stadt keiner. Man tanzt bloß abwehrend um alles herum.«

»Und das ist Ihr großer Plan?«

»Ich hab' nie behauptet, daß ich die Nahverkehrsprobleme lösen könnte«, erklärte der Junge ärgerlich. »Ich hab' Ihnen bloß meinen Ansatz erläutert.«

»Haben Sie eigentlich vor, Jura zu studieren?« fragte Ben.

»Woher wissen Sie das?«

»Weil ich Anwälte schon aus einer Meile Entfernung riechen kann. Sie haben einen ganz bestimmten Duft.«

»Machen Sie sich bloß nicht über Sachen lustig, von denen Sie nichts verstehen«, erwiderte der Junge. »Nur wenn man Anwalt ist, wird man heutzutage noch ernst genommen. Ohne ein Juradiplom hört niemand auch nur im geringsten auf das, was ich sage, aber wenn ich Anwalt bin, wird man mir echte Verantwortung geben.«

»Glauben Sie?«

»Das weiß ich«, sagte der Junge überzeugt, während der Zug sich wieder in Bewegung setzte. »Gute Einfälle können einen nur bis zu einer gewissen Grenze bringen. Um wirklich gute Arbeit zu bekommen, muß man glaubwürdig sein. Wenn Sie also in Ihrem Job ersticken, sollten Sie mal darüber nachdenken. Jura kann jeder studieren. Und dann steht einem die Zukunft offen.«

»Vielen Dank für den Ratschlag«, sagte Ben, als der Zug in den nächsten Bahnhof einlief. »Ich werde darüber nachdenken.«

»Hoffentlich«, sagte der Junge. »Es könnte Ihr Leben verändern.« Er stand auf und ging zur Tür. »Also, hier muß ich aussteigen. Schönen Abend noch.«

»Gleichfalls«, rief Ben ihm hinterher. Sekunden später schlossen sich die Türen, und der Zug fuhr wieder an.

Als Ben nach Hause kam, waren Eric und Ober in der Küche schon beim Abspülen. »Na endlich«, sagte Ober, sobald er Ben erblickte.

»Sag's ihm bloß nicht«, warnte Eric und fuhr mit dem Geschirrhandtuch über die Außenseite der großen Spaghettischüssel. »Es wird ihm nicht gefallen.«

»Ganz im Gegenteil.« Ober hob seine schaumbedeckten Hände. »Es wird ihm sehr gefallen.« Während Ben seinen Mantel weghängte, rief Ober durchs Zimmer: »Wir haben uns eine ganz neue Methode ausgedacht, um die Rechtsprechung zu reformieren.«

»Großartig«, erklärte Ben, als er wieder in die Küche kam.

»Was ist denn mit dir los?« fragte Eric, als er Bens Gesicht sah. »Du siehst ja furchtbar aus.«

»Danke.«

»War im Büro was nicht in Ordnung?« fragte Eric.

»Doch, alles war großartig.« Ben holte eine Schüssel mit den Resten eines chinesischen Rindfleischgerichts aus dem Kühlschrank. »Jeder Tag ist ein reines Vergnügen.«

»Du hast doch nichts von Rick gehört, oder?«

»Noch nicht.« Ben fischte eine Gabel aus der Geschirrschublade.

»Vergiß das Arschloch doch. Der ist verschwunden.« Ober spülte schwungvoll einen Plastikbecher aus. »Jetzt hör mal zu. Wir schlagen folgendes vor: Wenn wir die Rechtsprechung effizienter gestalten wollen, wäre es dann nicht toll, wenn alles – jeder Prozeß, jeder Antrag, jede Anhörung – durch Armdrücken entschieden würde?«

»Denk wenigstens mal eine Sekunde darüber nach«, warf Eric ein. »Leg die Sache nicht zu schnell ad acta.«

»Und überleg dir die Konsequenzen«, fuhr Ober fort. »Die Kanzleien wären besetzt mit riesigen Muskelmännern, die man in den besten Kraftstudios rekrutiert hat.«

»Es wäre eine Rückkehr zum Darwinismus«, sagte Eric. »Der Stärkste überlebt! Sofortige Gerechtigkeit!«

»Einspruch, euer Ehren. Eins, zwei, drei – Einspruch abgewiesen.« Ober demonstrierte, wie er von einem imaginären Gegner geschlagen wurde.

»Na?« fragte Eric, als Ben sich an den Küchentisch setzte. »Was denkst du? Ziemlich gute Idee, was?«

Ben starrte in seine Schüssel. »Meinst du, ich soll zur Polizei gehen?«

»Was?« fragte Eric.

»Du hast schon richtig gehört. Meinst du, ich soll zur Polizei gehen?«

»Warum solltest du das?«

»Damit ich endlich aus der Sache herauskomme.«

»Du würdest damit aber gar nicht herauskommen«, konterte Eric. »Du würdest dich nur noch tiefer hineinreiten. Sobald du irgend jemandem was sagst, fliegst du.«

»Ja, und? Ist mein Job die ganzen Kopfschmerzen denn wert?«

Eric warf sein Geschirrhandtuch auf die Theke und trat zu ihm. »Bist du nicht mehr ganz bei Trost?« fragte er. »Du hast den besten Job, den ein Jurist auf diesem Planeten haben kann. Warum solltest du ihn in Gefahr bringen?«

»Was meinst du?« Ben sah Ober an.

»Wenn du's tatsächlich ernst meinst, stimme ich Eric zu. Warum solltest du jetzt alles aufs Spiel setzen? Rick ist geschlagen. Er ist über alle Berge. Weshalb sollst du dir da noch Sorgen machen?«

»Und was ist, wenn er wieder auftaucht?« fragte Ben. »Was mache ich dann?«

»Keine Ahnung«, sagte Ober. »Aber wenn du dein Leben ruinieren willst, würde ich an deiner Stelle wenigstens warten, bis Rick sich tatsächlich wieder zeigt. Sonst wirfst du alles grundlos weg.«

»Vielleicht.« Ben stocherte in seinem Rindfleisch. »Obwohl ich mir da nicht sicher bin.«

Als Ben später im Bett lag, konnte er lange nicht einschlafen. Seine Füße waren kalt, und er suchte unaufhörlich nach einer bequemen Schlafposition. Auf dem Rücken liegend, dachte er an weite grüne Wiesen; dann drehte er sich auf die Seite und stellte sich das Spiel blauer Meereswogen vor; schließlich landete er auf dem Bauch und erging sich in Sexphantasien mit einem langbeinigen Mädchen mit roten Haaren. Doch am Ende wurde aus der Wiese immer der Oberste Gerichtshof, die Wellen brachen sich zu laut und die Rothaarige verwandelte sich in Rick. Seine Augen hatten sich schon lange an die Dunkelheit des Zimmers gewöhnt, so daß er schließlich aufstand, zu seinem Schreibtisch ging und sich setzte. Auf einem seiner Regalbretter sah er die teure symbolische Metallwaage, die seine Mutter ihm geschenkt hatte, als er seine erste Stelle antrat. Er nahm die Waage vom Regal und lächelte.

Mit Zeige- und Mittelfinger tippte er abwechselnd auf jede Waagschale und hoffte, die eintönige Bewegung würde ihn schläfrig machen. Fünf Minuten später war er noch immer hellwach. Auf der Suche nach einer neuen Ablenkung zog er die oberste Schublade auf und holte Radiergummis, Büroklammern, Textmarker und andere Schreibutensilien hervor. Er legte einen Klammerentferner auf die linke Schale der Waage und sah, wie die Gerechtigkeit sich nach links neigte. Dann fügte er eine Büroklammer hinzu und erklärte: »Das ist alles Gute auf der Welt.« Es folgte ein Textmarker mit der Bedeutung: »Das ist alles Lichte und Helle.« Grinsend legte er ein Fläschchen Tipp-Ex dazu und flüsterte: »Das ist meine Ehrlichkeit.« Langsam folgten Bleistifte, weitere Büroklammern, Gummibänder und ein Radiergummi: seine Intelligenz, seine Integrität, sein Glück und seine Zukunft. Schließlich nahm er sein Portemonnaie von der Schreibtischecke und hielt es über die immer noch leere rechte Waagschale. »Und das ist der Oberste Gerichtshof.« Als das Portemonnaie auf die Schale schlug, flogen die Schreibutensilien in hohem Bogen durch die Luft.

»Bist du sicher?« fragte Lisa am nächsten Morgen überrascht.

»Nicht ganz«, antwortete Ben. »Aber zu neunzig Prozent. Sag mir, was deiner Meinung nach der nächste Schritt sein sollte.«

»Das kommt darauf an, wem du vertraust.« Lisa schlürfte ihren Kaffee. »Zu Hollis könntest du wahrscheinlich gehen.«

»Daran hab' ich auch schon gedacht.« Ben saß vor einer Tasse Tee, die seine Nerven beruhigen sollte. »Aber ich glaube nicht, daß er der Richtige ist. Vielleicht kann er allerhand glätten, wenn er mit mir zur Polizei geht, aber er wäre bestimmt nicht in der Lage, mir dabei zu helfen, Rick zu finden.«

»Das stimmt. Hollis mag ein phantastischer Richter sein, aber er wird sich auf jeden Fall dagegen sperren, daß wir unsere Stellung hier am Gerichtshof dazu benutzen, Rick in eine Falle zu locken.«

Ben wickelte die Schnur des Teebeutels um einen Bleistift, um den Beutel auszupressen. »Wer bleibt dann noch übrig?«

»Zu Lungen und Fisk würde ich jedenfalls nicht gehen. Die helfen dir nie.«

»Das ist gar keine Frage. Die würden mich einkassieren, sobald ich den Mund aufmache.«

»Was ist, wenn du sie einfach übergehst? Sprich doch mit ihrem Chef.«

»Das ist mir heute nacht auch eingefallen. Ich brauche jemand mit Autorität, der nicht nach einer Beförderung giert. So jemand wird mehr daran interessiert sein, Rick das Handwerk zu legen, als mich einfach anzuzeigen.«

»Dann mußt du auf jeden Fall zum Chef der Marshals gehen.«

»Das wäre also klar.«

Lisa lehnte sich zurück. »Ich kann immer noch nicht glauben, daß du dich stellen willst!«

»Was soll denn das wieder heißen? Du hast die ganze Sache doch aufs Tapet gebracht.«

»Ich weiß schon. Ich finde es nur unglaublich, daß du's tatsächlich tust. Was hat dir den entscheidenden Stoß versetzt?«

»Der nächste Chef der Washingtoner U-Bahn.«

»Was?«

»Nichts. Vergiß es«, sagte Ben. »Als es ans Eingemachte ging, habe ich mir gedacht, daß deine Argumente gestern wirklich stimmten. In den letzten Monaten hatte ich das Ganze einfach nicht mehr in der Hand.«

»Also, wann machst du's?«

»Ich dachte, in der Mittagspause. Ich muß nur noch den Namen des obersten Marshals herausbekommen.«

»Hast du dir schon überlegt, wie du an ihn herankommst?«

»Ich werde seiner Sekretärin sagen, ich müßte persönlich eine wichtige Nachricht von Richter Hollis überbringen. Sobald ich in seinem Büro bin, kann ich ihm die ganze Geschichte erklären und ihn fragen, ob er uns hilft, Rick festzusetzen.« Als Lisa zustimmend nickte, fuhr er fort. »Das heißt, daß wir jetzt nur noch eine Sache klären müssen.«

»Und die wäre?«

»Wir müssen uns etwas einfallen lassen, wie wir Rick überhaupt an die Angel bekommen.«

Um zwölf Uhr mittags griff Ben nach seinem Mantel und der Aktentasche und ging zur Tür.

»Das wäre es also?« fragte Lisa.

»Schon möglich«, sagte Ben. »Wenn er uns den Plan abkauft, gewinnen wir Zeit, aber wenn man mich festnimmt –«

»Ich bin sicher, daß sie uns den Plan abkaufen«, unterbrach Lisa ihn. »Es ist für sie die beste Alternative.«

»Vielleicht sollte ich zuerst meine Eltern anrufen«, überlegte Ben. »Dann wundern sie sich nicht, wenn sie ihren Sohn heute abend in den Nachrichten sehen.«

»Du wirst gar nicht in den Nachrichten zu sehen sein. Die Marshals werden den Plan geradezu phantastisch finden.« Lisa sah, wie Ben die Stirn in Falten legte. »Aber wirst du auch mit der Sache zurechtkommen?«

»Ich glaube schon. Schließlich haben wir es uns gerade ausgedacht. Ich sollte mir also nicht so viele Sorgen machen.«

»Du machst dir aber Sorgen.«

»Natürlich tue ich das«, sagte Ben. »Schließlich geht es um mein Leben. In der nächsten Stunde werde ich es nehmen und denen vor die Füße werfen. Aus irgendeinem Grund ist mir dabei nicht ganz geheuer.«

»Soll ich vielleicht mitkommen?«

Ben überlegte. »Nein.«

»Ich komme mit.« Lisa öffnete den Garderobenschrank.

»Nein, es geht schon«, beharrte Ben mit unsicherer Stimme. »Es gibt ja keinen Grund, dich da hineinzuziehen.«

»Bist du sicher, daß du es schaffst?« fragte Lisa, den Mantel schon in der Hand.

»Bestimmt«, erklärte Ben entschieden. »Du mußt nicht mitkommen.«

»Sei vorsichtig.«

»Bin ich.« Ben merkte, daß der Handgriff seiner Aktentasche feucht von Schweiß war. »Und du, verpaß mich nicht in den Nachrichten heute abend. Ich bin der mit den Fußeisen.«

»Jetzt hör doch auf. Es wird schon klappen.«

»Vielen Dank fürs Lügen«, sagte Ben. »Und danke für all deine Hilfe.«

»Gern geschehen«, sagte Lisa, während Ben zur Tür hinausging.

Während Ben mit der U-Bahn zur Pentagon City in Virginia fuhr, zuckte sein Magen vor Nervosität und Erwartung. Monatelang hatte er alles in seiner Macht Stehende getan, um diesen Augenblick zu vermeiden, und nun fuhr er bewußt auf ihn zu. Als der Zug Arlington erreichte, fragte sich Ben, ob sein neuester Plan tatsächlich die beste Antwort auf seine Probleme war. Doch dann schob er jede Unentschiedenheit eisern von sich weg und sagte sich mit Nachdruck, daß er das Richtige tat. Schließlich gab es im Grunde auch gar keinen anderen Ausweg.

Ben stieg aus dem Zug und stand vor dem Bürokomplex von Pentagon City. Nachdem er sich beim Empfang erkundigt hatte, machte er sich auf den Weg zur Zentrale des U.S. Marshals Service. In einem neuen, zwölfstöckigen Bürogebäude untergebracht, liefen hier die Fäden für die fünfundneunzig vom Präsidenten ernannten Marshals zusammen. Verantwortlich für den Schutz der richterlichen Gewalt des Bundes, garantierten sie die Sicherheit der Bundesrichter wie auch der vom Bund präsentierten Zeugen. Hatten Carl Lungen und Dennis Fisk die Mitglieder des Obersten Gerichtshofs während ihres Aufenthalts in der Hauptstadt zu beschützen, so beauftragte die Zentrale einzelne Marshals zum Schutz jener Richter, die diesen Bereich verließen.

Ben atmete tief ein und zog die Glastüren des Gebäudes auf. Als er eintrat, hielt ihn ein Wachmann an. »Sie wünschen?«

»Ich habe einen Termin. Ben Addison.«

»Bei wem?« fragte der Wachmann mißtrauisch.

»Direktor Alex DeRosa.«

Der Wachmann sah auf seine Liste, wandte sich zu seinem Tisch um und hob den Telefonhörer ab. »Hier ist ein Ben Addison, der mit Mr. DeRosa sprechen will«, sagte er. »Okay, ich schicke ihn rauf.« Der Wachmann sah Ben an. »Es ist im zwölften Stock. Sie können's nicht verfehlen.«

Minuten später trat Ben im zwölften Stock aus dem Aufzug.

Eine Empfangsdame saß vor einem verglasten Eingang, der zu einer Flucht von Büros führte. »Sie wünschen?«

»Ich habe einen Termin bei Direktor DeRosa. Mein Name ist Ben Addison.«

»Richtig; er hat mir gesagt, Sie sollen die Nachricht von Richter Hollis bei mir abgeben.«

»Tut mir leid, aber das geht nicht. Ich habe die Anweisung, die Nachricht persönlich zu überbringen.«

»Dann überbringen Sie sie einfach mir. Direktor DeRosa ist heute sehr beschäftigt.«

»Jetzt will ich Ihnen mal etwas erklären«, erwiderte Ben, dessen Aufregung sich in Ärger verwandelte. »Richter Mason Hollis ist auch sehr beschäftigt. Er hat drei persönliche Hilfskräfte und zwei wissenschaftliche Mitarbeiter. Ganz zu schweigen von den dreihundert weiteren Angestellten am Obersten Gerichtshof, die ebenfalls seiner direkten Weisung unterstehen. Jede dieser Personen hätte eine Nachricht tippen und hierherschicken können. Aber Richter Hollis hat entschieden, daß ich sie mündlich überbringen soll. Und wenn ein Richter am Obersten Gerichtshof etwas so Wichtiges mitzuteilen hat, daß er es nicht einmal schriftlich niederlegen will, meinen Sie dann wirklich, daß ich Ihnen das so einfach sagen kann?«

Ben starrte die Frau an, bis sie den Hörer ihres Telefons abhob. »Hier wartet ein Mr. Ben Addison auf Sie. Richter Hollis hat gebeten, daß seine Nachricht persönlich überbracht wird.« Die Empfangsdame schwieg. »Ja. Er ist ganz sicher.« Sie lauschte eine weitere Minute schweigend in den Hörer, dann legte sie auf und drückte einen kleinen Knopf, der die Sicherung der Glastüren ausschaltete. »Sie können hineingehen, Mr. Addison. Er sitzt ganz hinten rechts.«

Ben ging den Flur entlang und versuchte, so ruhig wie nur möglich zu erscheinen. Noch während er die Hand zur Klinke führte, flog die Tür auf, und der oberste Marshal stand im Eingang seines Zimmers. »Das muß jetzt aber wirklich was verdammt Wichtiges sein«, sagte er. Klein und untersetzt, war Alex DeRosa für seinen messerscharfen Verstand ebenso bekannt wie für seinen Mangel an Geduld. Die Ärmel hochgerollt, so daß seine dicken, haarigen Unterarme zum Vorschein kamen, zeigte er auf den Stuhl, der vor seinem Schreibtisch stand. »Hinsetzen.«

Militärische Ehrenzeichen dekorierten das Büro: gerahmte Orden, Bänder und Belobigungen; dazu kamen Diplome von der Marineakademie und der juristischen Fakultät der Columbia University. An der rechten Wand hingen Fotos, die DeRosa mit den letzten beiden Präsidenten zeigten.

»Also heraus mit dieser irrsinnig geheimen Nachricht«, bellte DeRosa und setzte sich hinter seinen Tisch.

»Die Sache ist von großer Wichtigkeit, aber sie hat nichts mit Richter Hollis zu –«, begann Ben.

»Ja, was zum Teufel –?« DeRosa sprang auf. »Machen Sie, daß Sie hier verschwinden! Ich werde Richter Hollis persönlich anrufen und dafür sorgen, daß Sie –«

Auch Ben erhob sich, während sein Gegenüber den Tisch umrundete. »Keiner weiß es, aber ein Mitarbeiter am Gerichtshof hat geheime Vorgänge verraten!« platzte er heraus. »Charles Maxwell kannte das Urteil über die CMI-Fusion, bevor es verkündet wurde!«

DeRosa hielt in der Bewegung inne und kniff die Augen zusammen. »Hinsetzen.« Ben gehorchte. »Und jetzt von Anfang an. Wer ist dieser Mitarbeiter?«

Ben schwieg einen Moment. »Ich.«

»Ich höre«, sagte DeRosa.

»Ein paar Wochen nach Beginn der Sitzungsperiode hat ein Mann namens Rick Fagen bei uns angerufen. Er hat behauptet, er sei einer von Hollis' ehemaligen Mitarbeitern und wolle uns beim Start behilflich sein. Viele der alten Mitarbeiter tun das. Es ist ziemlich schwer am Anfang, und –«

»Ich weiß schon, wie das läuft«, unterbrach ihn DeRosa.

»Jedenfalls hab' ich ihm die Sache abgekauft, und als ich mich eines Tages mit ihm getroffen habe, hat er mich nach dem Urteil in der CMI-Angelegenheit gefragt. Ich habe ihm gesagt, ich könnte ihm nichts erzählen, aber er hat versprochen, es geheimzuhalten. Er kannte den Ehrenkodex, den wir unterschrieben haben, und er hatte uns schon einen ganzen Monat bei unserer Arbeit geholfen.« Da Ben die wachsende Ungeduld seines Gegenübers spürte, fuhr er rasch fort. »Also habe ich ihm nebenbei den Ausgang des Verfahrens mitgeteilt. Ein paar Tage später hat Maxwell auf einen Sieg vor Gericht gesetzt. Als ich versuchte, Rick zu finden, war er verschwunden. Sein Telefon war abgemeldet, seine Wohnung leer. Und als ich mich bemühte, ihn auf anderen Wegen aufzuspüren, mußte ich feststellen, daß Rick Fagen nie Mitarbeiter am Gericht gewesen ist. Und jetzt hat er die letzten vier Monate über versucht, eine weitere Entscheidung aus mir herauszubekommen.«

DeRosa stand noch immer neben seinem Tisch und kratzte sich am Kinn. »Haben Sie ihm noch was verraten?«

»Letzten Monat hab' ich ihm absichtlich das falsche Ergebnis in der Sache Grinnell zugespielt. Aber nur, um ihm eins auszuwischen.«

DeRosa mußte lächeln.

»Damit habe ich ihn mir eine Zeitlang vom Hals gehalten. Aber ich bin sicher, daß er sich wieder bei mir melden wird.«

Schweigend überdachte DeRosa die Lage, in die Ben geraten war. Schließlich sagte er: »Sie haben also die vornehmste Regel unseres höchsten Gerichts verletzt, und jetzt soll ich Ihnen den

Kopf aus der Schlinge ziehen? Sagen Sie mir einen guten Grund, wieso ich Sie nicht festnehmen lassen soll, um Sie wegen eines Eingriffs in ein schwebendes Verfahren anzuzeigen?«

Ben sah ihm direkt in die Augen. »Ich kann Ihnen helfen, Rick zu fassen.«

DeRosa ging zu seinem Sessel und setzte sich. »Reden Sie weiter.«

Zwei Stunden später war Ben wieder im Gericht. »Was ist passiert? Hast du's gemacht? Wie ist es gelaufen?« fragte Lisa, bevor Ben überhaupt im Zimmer stand.

»Ich hab's getan. Ich habe ihnen alles gebeichtet.«

Während Ben sich auf seinen Stuhl fallen ließ, setzte Lisa sich auf die Ecke seines Schreibtischs. »Was haben sie gesagt? Jetzt mach schon!«

»Beruhige dich, ich sage dir ja alles«, antwortete Ben ruhig.

»Sag mir bloß nicht, ich soll mich beruhigen. Ich will jetzt endlich wissen, was passiert ist.«

»Ich glaube, es hat geklappt. Er wollte –«

»Wer ist *er*? DeRosa?«

»Ja, er ist der Boß da. Er wollte jedes Detail hören, und damit meine ich wirklich jedes. Wie ich den Lügendetektor geschlagen habe, wie Rick Kontakt mit Eric aufgenommen hat und wie er auf Grinnell reagiert hat. Ich brauchte über eine Stunde, um ihm alles zu erzählen. Und dann hab' ich ihm unseren Plan erklärt.«

»Hat er ihm gefallen? War er beeindruckt?«

»Ich glaube nicht, daß er überhaupt zu beeindrucken ist. Er ist einer von diesen eiskalten ehemaligen Militärs. Was ich ihm auch gesagt habe, er hat keine Reaktion erkennen lassen.«

»Jedenfalls will er offensichtlich, daß du ihm hilfst, Rick aufzuspüren. Wenn nicht, hätte er dich erst gar nicht wieder gehen lassen.«

»Das hoffe ich auch. Aber er hat bloß gesagt, daß er darüber nachdenken will.«

»Er beißt auf jeden Fall an«, sagte Lisa. »Wenn er dir nicht trauen würde, hättest du sein Büro in Handschellen verlassen.«

»Weißt du, woran ich gedacht habe?« fragte Ben. »Was ist,

wenn Rick mich heute beschattet hat? Was ist, wenn er gesehen hat, wie ich in die Zentrale der Marshals ging?«

»Das kann ich mir nicht vorstellen«, sagte Lisa. »Das war ja eigentlich der Grund, die Initiative zu ergreifen. Rick ist zu sehr damit beschäftigt, irgendwas zu planen, um Zeit damit vergeuden zu können, dich zu beobachten.«

»Ich hoffe, du hast recht.«

»Und, hat DeRosa gesagt, wann er sich wieder meldet?«

»Er hat gesagt, er würde mich kontaktieren, und er hat mir eingeschärft, niemand anderem von der Sache zu berichten. Er wußte, daß die Medien einen Sturm entfachen würden, wenn sie Wind davon bekämen.«

»Das wäre es also. Vorläufig bist du in Sicherheit.«

»Vorläufig«, wiederholte Ben.

»Jetzt mach dir keine Sorgen. Du hast das Klügste getan, was du tun konntest – du hast endlich den Verstand über deine Gefühle gestellt. Das war der erste Schritt in der richtigen Richtung.«

Einige Tage später quetschte Ben sich auf dem Weg ins Stadtzentrum in einen überfüllten U-Bahn-Waggon. Er erreichte den Bahnhof immer um exakt sechs Uhr fünfundvierzig und erkannte allmählich schon viele der ebenso früh aufstehenden Pendler. Obwohl sie jeden Tag ganze fünfzehn Minuten nebeneinander verbrachten, sprachen nur wenige miteinander. Wie auch an diesem Morgen waren die meisten in Gedanken bei dem vor ihnen liegenden Arbeitstag. Ben hingegen dachte an die Marshals. Warum haben sie bloß nicht angerufen, verdammt noch mal? überlegte er.

Als eine Handvoll Fahrgäste den Zug in Farragut North verließ, entdeckte Ben einen leeren Platz und setzte sich. Er starrte auf die Aktentasche auf seinem Schoß. Vielleicht beißen sie doch nicht an, ging es ihm durch den Kopf. Der Zug erreichte Metro Center, und Dutzende von Menschen schoben sich durch den Waggon. Die vor Ben stehende Frau griff in ihre Manteltasche und reichte ihm einen Briefumschlag. »Haben Sie den fallen lassen?« fragte sie.

»Ich glaube nicht.« Ben musterte den unbeschriebenen weißen Umschlag.

Die Frau starrte ihn hartnäckig an. »Ich hab' doch gesehen, wie Sie ihn fallen lassen haben.« Plötzlich äußerst freundlich wiederholte sie: »Sind Sie sicher, daß er Ihnen nicht gehört?«

»Nein, Sie haben recht.« Ben nahm den Umschlag und steckte ihn in seine Aktentasche. »Er muß mir aus dem Mantel gefallen sein. Vielen Dank.« Als der Zug wieder losfuhr, blickte Ben auf. Die Frau war verschwunden.

Als die Metro in die Union Station einfuhr, stieg Ben ruhig aus dem Waggon und ging auf die Rolltreppe zu. Obwohl er darauf brannte, den Umschlag zu öffnen, wußte er, daß er ihn besser nicht in der Öffentlichkeit lesen sollte. Langsam schob er sich durch die Menschenmasse, die durch den Bahnhof strömte, bis er das Schild über der Männertoilette entdeckte. Bevor er die Tür öffnete, warf er hastig einen Blick über seine Schulter. Niemand war ihm gefolgt. Dann sah er prüfend unter jede der fünf Kabinentüren. Auch hier war niemand. Ben ging in die Eckkabine, verriegelte die Tür und riß den Umschlag auf. Sich mühsam beherrschend, nicht gleich das Ende zu lesen, begann er am Anfang.

Unser wichtigstes Ziel ist, Rick zu finden. Allerdings hängt unsere Vereinbarung voll und ganz von Ihrem Versprechen ab, uns bei der Suche zu helfen. Wir garantieren Ihren Schutz nur so lange, wie Sie uns helfen, *alle* Personen aufzuspüren, die mit Rick zusammenarbeiten.

Beiliegend finden Sie eine Liste der Verdächtigen. Sie dürfen keiner der aufgeführten Personen von unserer Vereinbarung erzählen. Wir glauben, daß dies notwendig ist, um die Festnahme sämtlicher Beteiligter zu garantieren. *Wenn Sie diese Einschränkung mißachten, ist unsere Vereinbarung null und nichtig.*

Sollte Rick Sie um ein neues Urteil angehen, müssen Sie ihn bis zum Sonntag vor der Verkündung hinhalten. Erst dann dürfen Sie ihm das Urteil aushändigen.

Sollten Sie sich entscheiden, diese Vereinbarung anzunehmen, werden Sie von uns überwacht werden. Solange Rick sich wie vorgesehen verhält, sehen wir keinen Grund zur Sorge.

Vom jetzigen Zeitpunkt an wird unsere Kommunikation sich auf die Kontaktaufnahme von unserer Seite aus beschränken. Sollte es Probleme geben, rufen Sie die kostenfreie Nummer am Ende dieses Briefs an. Durch diesen Anruf benachrichtigen Sie unsere in Ihrer Nähe befindlichen Beamten davon, daß Sie sofort Hilfe benötigen. *Diese Nummer darf nur in Notfällen benutzt werden.*

Ihre rückhaltlose Zusammenarbeit wird Ihre Zukunft garantieren. Ich hoffe, daß wir unser nächstes Gespräch unter angenehmeren Umständen führen können.

Ben drehte die Seite um, um sich die Liste der Verdächtigen anzuschauen. Plötzlich flog die Tür zur Toilette auf. Durch die Ritze zwischen der Türangel seiner Kabine und der Wand sah Ben eine Gestalt auf sich zustürmen. Brüllend schlug der Mann auf Bens Kabine ein: »Raus da, verdammt noch mal! Ich weiß schon, wer du bist!«

Panisch zerknüllte Ben den Brief und stopfte ihn vorne in seinen Hosenbund.

»Raus da, verdammt noch mal!« wiederholte der Mann. »Ich weiß schon, daß du mir nachspionierst!«

Ben bemerkte, daß die Stimme des Mannes leicht verschliffen klang. »Wer sind Sie?« fragte er.

»Du weißt ganz genau, wer ich bin!«

Ben trat mit seiner Aktentasche in der Hand aus der Kabine. Vor ihm stand ein schäbig gekleideter Stadtstreicher mit langem, schmutzigem Bart. Er war dabei, gegen die nächste Kabine zu hämmern. »Ich weiß, daß du da drin bist!«

Ben ging auf den Mann zu.

»Gib mir 'nen Dollar!« Der Mann hielt Ben seine flache Hand unter die Nase.

Erleichtert, daß es sich weder um einen Marshal noch um eine Bedrohung handelte, klappte Ben seine Aktentasche auf und zog sein übliches Truthahn-Sandwich hervor. »Das ist zwar kein Dollar, aber –«

»Danke.« Der Mann packte das Sandwich. »Du bist 'n guter Mensch.«

Nachdem er durch die Sperren geeilt war, vermied Ben den Aufzug und lief statt dessen die Treppe zum Obergeschoß empor. Als er sein Büro erreichte, warf er die Aktentasche aufs Sofa, griff in seine Unterhose und zog den Brief heraus. Er glättete ihn, um ihn Lisa zu geben.

»Hoffentlich verlangst du nicht von mir, daß ich das anfasse«, sagte Lisa von ihrem Schreibtisch aus.

»Das hat mir jemand in der U-Bahn gegeben.« Bens Stimme raste vor Erregung. »Die Marshals haben angebissen!«

Lisa überflog DeRosas Botschaft, um sofort das Blatt umzudrehen und die Liste der Verdächtigen zu studieren. Auf ihr fanden sich die Namen von Lungen und Fisk, Nancy, einigen Assistenten und einer Anzahl anderer Angestellter am Obersten Gericht. Die ersten drei Namen auf der Liste waren die von Nathan, Ober und Eric. »Glaubst du, der Brief ist echt?« fragte Lisa, während sie zu Ben aufblickte.

»Was soll das heißen? Natürlich ist er echt.«

»Ich frage bloß, weil alles so geheimnisvoll gehalten ist. Schließlich ist der Brief weder an dich gerichtet noch von irgend jemand unterschrieben. Womöglich stammt er sogar von Rick.«

»Er ist auf keinen Fall von Rick.« Ben riß ihr den Brief wieder aus den Händen. »Er ist von den Marshals.«

»Hey, wenn du zufrieden bist, bin ich es auch«, sagte Lisa.

»Ja, ich bin zufrieden«, sagte Ben. »Völlig zufrieden.«

»Was hältst du von ihrer Liste?«

»Ich weiß nicht.« Ben las die Namen der Verdächtigen noch einmal durch. »Aber ich glaube nicht, daß meine Mitbewohner die Leute sind, über die wir uns den Kopf zerbrechen sollten.«

»Da bin ich mir nicht sicher«, sagte Lisa. »Wer sonst könnte Rick denn von unserem Plan mit den Jahrbüchern erzählt haben?«

»Wer weiß? Vielleicht die Leute in der Poststelle. Sie haben die Pakete schließlich entgegengenommen. Jedermann hätte sie untersuchen können, bevor wir sie abgeholt haben.«

»Vielleicht. Aber du wirst deinen Freunden doch nichts erzählen, oder?«

»Auf keinen Fall. Du hast den Brief ja gelesen. Ohne meine rückhaltlose Zusammenarbeit gibt es keine Vereinbarung.

Wenn alles vorbei ist, werden meine Freunde sauer sein, weil sie nicht beteiligt waren, aber was sie nicht wissen, kann ihnen auch nicht schaden.«

»Genau«, bestätigte Lisa. »Das ist –«

Bens Telefon läutete. »Moment mal«, sagte Ben und nahm den Hörer ab. »Hier ist das Amtszimmer von Richter Hollis. Was kann ich für Sie tun?«

»Tag, ich suche einen Alvy Singer.«

»Am Apparat«, sagte Ben zögernd, als ihm der falsche Name einfiel, unter dem sein Postfach registriert war.

»Tag, Alvy. Hier spricht Scott von *Mailboxes and Things*. Ich wollte Ihnen sagen, daß Ihre Zahlung für Ihr zweites Postfach wieder aussteht. Wir brauchen das Geld so schnell wie möglich, sonst müssen wir eine Inkasso-Firma beauftragen.«

Ben begriff, daß Scott über das von Rick eröffnete Fach sprach. »Das tut mir wirklich leid«, sagte er. »Es ist mir einfach entfallen. Wann muß ich die Zahlung denn leisten?«

»Hier steht, daß das Geld bis zum Monatsende fällig ist«, erklärte Scott. »Und wenn ich Ihnen einen Rat geben darf, würde ich nicht zu lange warten. Wenn die Chefin ihr Geld nicht bekommt, konfisziert sie die Post, die für Sie reinkommt. Das ist zwar nicht meine Idee, aber so läuft es hier.«

»Sie wissen, daß das ungesetzlich ist«, sagte Ben sachlich.

»Da kommt es nicht drauf an – so macht sie's eben. Ich soll Ihnen sogar sagen, daß Sie Ihr Päckchen erst bekommen, wenn Sie die Rechnung bezahlt haben.«

»Welches Päckchen?«

»Ach, tut mir leid – ich hab' gedacht, Sie wüßten es schon. Wir haben hier ein Päckchen für Sie. Deshalb sollte ich Sie wohl auch anrufen.«

»Könnten Sie mal nach dem Poststempel sehen?« fragte Ben nervös. »Ich will wissen, ob es was Wichtiges ist.«

»Klar. Moment mal.«

Ben sah Lisa an. »Das wirst du nie im Leben glauben.«

»Alvy, sind Sie noch dran?« meldete sich Scott.

»Bin ich«, sagte Ben.

»Es ist vor ein paar Tagen abgestempelt, aber es ist wahrscheinlich erst gestern reingekommen.«

»Vielen Dank«, sagte Ben. »Ich komme spätestens heute nachmittag vorbei, um meine Schulden zu bezahlen.«

»Alles klar. Ihr Päckchen wartet an der Theke auf Sie.«

Ben legte auf und ging sofort zur Tür.

»Was ist denn los?« wollte Lisa wissen. »Wo willst du hin?«

»In meinem Postfach liegt ein Päckchen.«

»Na und? Das heißt doch gar nichts.«

»Natürlich heißt das was«, sagte Ben. »Schließlich ist Rick der einzige, der das Fach benutzt.«

»Ist doch egal. Die Marshals überwachen es.«

»Das weiß ich nicht.« Ben hatte schon die Hand auf dem Türknauf. »Der Poststempel ist schon ein paar Tage alt, und die Marshals haben vielleicht erst heute alles in Gang gesetzt.«

»Ich bin sicher, daß sie –«

»Ich bin mir über gar nichts mehr sicher«, unterbrach Ben sie, während er die Tür öffnete. »Wenn Rick uns einen Schritt voraus ist, sind wir in echten Schwierigkeiten.«

Zwanzig Minuten später kam Ben mit einem kleinen braunen Umschlag in der Hand zurück. Bevor er ein Wort sagen konnte, bemerkte er Lisas verstörten Gesichtsausdruck. »Was ist denn los?«

»Dennis Fisk von den Marshals unten war gerade hier. Er will mit dir sprechen, sobald du zurück bist.«

»Hat er noch etwas gesagt?« Ben warf den Umschlag auf seinen Schreibtisch.

»Er hat mich gefragt, warum Eric in unserem Büro war, nachdem das Grinnell-Urteil verkündet wurde.«

»Das darf ja nicht wahr sein.« Ben hob den Telefonhörer ab. »Heute geht wirklich alles schief.« Wütend wählte er eine Nummer und wartete auf die Antwort der Sekretärin. »Tag, hier spricht Ben Addison. Verbinden Sie mich bitte mit Carl Lungen.«

Sekunden später meldete sich Lungen. »Tag, Ben. Wir haben uns ja lange nicht gesprochen. Wie waren die Feiertage?«

»Ich will Ihnen mal was sagen«, erklärte Ben erregt. »Wenn Sie mich wegen irgendwas verdächtigen, erwarte ich von Ihnen soviel Anstand, daß Sie es mir ins Gesicht sagen. Schicken Sie bloß nicht Fisk hier rauf, um mich einzuschüchtern. Ich hab' Ihren verdammten Lügendetektortest bestanden und jede Ihrer Fragen beantwortet.«

»Warum atmen Sie nicht erst mal tief durch und beruhigen sich«, schlug Lungen vor.

»Ich will mich nicht beruhigen. Ich will wissen, was das Ganze soll.«

»Fisk hat gar nicht versucht, Sie einzuschüchtern. Er hat Ihnen bloß eine Nachricht überbracht.«

»Ich habe Voice Mail. Die Funktionsweise eines Telefons ist Ihnen wohl bekannt.«

»Hören Sie, Ben, wir haben uns Ihnen gegenüber mehr als fair verhalten, seit diese ganze Sache angefangen hat.«

»Welche *Sache*?« unterbrach Ben ihn. »Sie reden immer über irgendeine *Sache*, ohne mir jemals genau sagen zu können, worum es sich bei dieser mysteriösen *Sache* handelt.«

»Ich will es mal so formulieren«, erwiderte Lungen. »Vor drei Wochen haben Sie uns geschworen, Sie und Eric würden nicht mehr miteinander reden. Ein paar Tage später war Eric nicht nur im Gericht, sondern auch in Ihrem Büro. Und nicht nur das, er hat sogar einen anderen Namen benutzt, um hier hereinzukommen. Muß ich Ihnen erst sagen, was ich darüber denke, oder wollen Sie mir endlich die Wahrheit sagen?«

»Jetzt haben Sie mich«, sagte Ben. »Sie haben alles rausbekommen. Eric und ich sind wieder Freunde. Alarmieren Sie das Militär.«

»Das ist nicht zum Spaßen –«

»Sie haben verdammt recht, daß das nicht zum Spaßen ist«, schnitt Ben ihm das Wort ab. »Schließlich ist es mein Leben, mit dem Sie da spielen. Offensichtlich haben Sie sich die letzten beiden Wochen das Hirn zermartert, um mein Verbrechen aufzuklären. Nur muß ich Ihnen leider sagen, daß es nicht ungesetzlich ist, sich mit seinem Mitbewohner wieder zu versöhnen. Bevor Sie also irgendwas beweisen können, wäre es mir lieb, wenn Sie mich in Ruhe ließen, verdammt noch mal.«

»Erklären Sie mir, warum Eric an diesem Tag hier war.«

»Er ist der fürs Gericht zuständige Reporter! Was meinen Sie wohl, was er hier getan hat?«

»Warum hat er einen falschen Namen benutzt?«

»Ich hab' ihm erklärt, wenn ihr da unten rausfindet, daß wir uns versöhnt haben, würdet ihr uns aufs Dach steigen. Und welche Überraschung – ich hatte recht.«

»Das erklärt immer noch nicht –«

»Hören Sie, von meiner Seite ist das Gespräch beendet. Ich kann sagen, was ich will, Sie werden mich doch weiterhin verdächtigen. Ich habe aber nichts Falsches getan und auch nichts zu verbergen. Wenn Sie mir nicht glauben, tut es mir leid. Aber wenn Sie es darauf anlegen, sich in mein Leben einzumischen, sollten Sie tunlichst Beweise beibringen oder mich in Ruhe lassen. Denn wenn das nicht aufhört, dann schwöre ich Ihnen, daß ich Ihrem Büro einen Prozeß wegen Belästigung am Arbeitsplatz an den Hals hänge, bevor Sie auch nur ›vorzeitige Entlassung und adieu, liebe Pension‹ sagen können. So. Und wenn Sie jetzt nichts dagegen haben, mache ich mich wieder an die Arbeit. Ich hoffe, nicht allzubald wieder von Ihnen zu hören.« Bevor Lungen etwas erwidern konnte, hatte Ben den Hörer auf die Gabel geworfen. Als er sah, daß Lisa ihn anstarrte, fragte er: »Was ist?«

»Nichts. Ich bewundere bloß deine diplomatischen Fähigkeiten. Du bist immer so ruhig und ausgeglichen, verlierst einfach nie die Geduld.«

»Was hätte ich denn tun sollen, verdammt noch mal?«

»Immer mit der Ruhe«, sagte Lisa. »Vergiß die Marshals doch einfach. Sie haben gegen dich nichts in der Hand.«

»Natürlich nicht. Wenn es anders wäre, säße ich ja nicht mehr hier.« Ben griff nach dem braunen Umschlag und warf ihn Lisa zu. »Und jetzt zurück zur eigentlichen Krise.«

Lisa leerte den Inhalt des Umschlags auf ihren Tisch. Zum Vorschein kamen ein winziges Tonband und ein kleiner Stoß Fotokopien. Sie nahm die Kopien und überflog das erste Blatt, das an die erste Seite eines Sparbuchs erinnerte. Der einzige Eintrag lautete auf hundertfünfzigtausend Dollar, am unteren Ende standen in kleinen Lettern die Worte »Stadt Bern«.

»Soviel ich erkennen kann, ist das ein Schweizer Sparbuch«, erklärte Ben.

»Gehört es Rick?«

»In Wahrheit schon. Aber sieh dir mal die letzte Seite an.«

Lisa zog das letzte Blatt des Stapels hervor. Als Kontoinhaber war Ben Addison eingetragen.

»Ich weiß schon«, sagte Ben, als er den Schrecken in Lisas Gesicht sah. »Er hat alle wichtigen Informationen wie den Namen der Bank und die Kontonummer ausgestrichen, aber dafür gesorgt, daß wir meinen Namen entdecken.«

»Der siebzehnte November?« Lisa betrachtete das Datum der ersten und einzigen Einzahlung. »Was ist denn da passiert?«

»Das wollte ich gerade nachprüfen.« Ben griff nach seinem Tischkalender und blätterte zum November zurück. »Genau, wie ich dachte. Das ist der Tag, an dem das CMI-Urteil verkündet wurde.«

»Hast du irgendeine Ahnung, was auf der Kassette ist?« Lisa ließ die Kopien sinken.

»Nein.« Ben zog eine Schublade auf und holte sein Diktiergerät hervor. »Aber ich möchte wetten, daß es sich nicht um *James Taylors Greatest Hits* handelt.« Ben legte das Band in den kleinen Recorder.

»Was ist eigentlich mit der CMI-Fusion? Ist die nicht nächste Woche fällig?«

»Wahrscheinlich wird es noch ein paar Wochen dauern. Blake und Osterman haben darum gebeten, mehr Zeit für ihre Voten zu bekommen. Du weißt ja, wie es ist – Fusionen führen immer zu Verwirrung. Es dauert ewig, den ganzen Kartellquatsch durchzuackern.«

»Und wer gewinnt?«

»Es war eigentlich ziemlich aufregend. Als es bei der Sitzung zu einer Abstimmung kam, stand es fünf zu vier gegen CMI. In letzter Minute ...«

»Scheiße«, sagte Ben und hielt das Tonband an. »Er hat unser ganzes Gespräch mitgeschnitten.«

»War das der Tag, an dem du ihm das Urteil verraten hast?«

»Nein, damals haben wir bloß Kochrezepte ausgetauscht. Natürlich war das der Tag.«

»Jetzt mach doch –«

»Verdammt!« Ben schlug mit der Faust auf den Schreibtisch. »Wie konnte ich bloß so blöd sein?«

»Hör mal, du konntest es ja unmöglich ahnen«, beschwichtigte ihn Lisa. »Du hast doch geglaubt, Rick sei dein Freund.«

»Aber wenn ich nie etwas gesagt hätte –«

»Dann würdest du wahrscheinlich nicht in diesem Schlamassel stecken. Da hast du durchaus recht. Das haben wir allerdings schon mal durchgekaut. Der Punkt ist, daß du jetzt zum ersten Mal in einer Position bist, dich da herauszumanövrieren.«

»Ich weiß noch nicht mal, ob das überhaupt noch geht. Was ist, wenn die Marshals nicht alles rechtzeitig in die Wege geleitet haben?«

»Bestimmt haben sie das«, sagte Lisa. »Ich bin sicher, daß sie sich schon an die Arbeit gemacht haben, kaum daß du DeRosas Büro verlassen hattest.«

»Hoffentlich.« Ben starrte auf das Diktiergerät. Dann sah er Lisa an. »Es ist schon bewundernswert, wir Rick alles geplant hat. Bis jetzt stand nur mein Job hier auf dem Spiel, und Rick konnte nicht mehr beweisen, als daß ich den Ehrenkodex verletzt habe. Aber indem er das Tonband mit dem Sparbuch kombiniert hat, ist eine ganz neue Realität entstanden: Jetzt sieht es so aus, als sei ich für meine Informationen bezahlt worden. Er hat sogar einen Beweis dafür. Und das ist mehr als die Verletzung von Richtlinien. Als Staatsbediensteter Bestechungsgelder anzunehmen ist ein Straftatbestand.«

»Ich würde mir deswegen keine Sorgen machen.« Lisa trat an Bens Schreibtisch, klappte sein Diktiergerät auf und zog das Tonband heraus. »Wir schicken das hier an DeRosa, um auf Nummer Sicher zu gehen.«

»Meinst du, DeRosa könnte glauben, daß das alles wirklich stimmt?« fragte Ben. »Daß er das Zeug da sieht und denkt, ich hab' mich wirklich bestechen lassen?«

»Jetzt nicht mehr.« Lisa ließ die Kassette in einen Umschlag fallen. »Weil du zu ihm gegangen bist und ihm alles gebeichtet hast, bist du dieser Vermutung zuvorgekommen. Ihm das zu schicken, untermauert nur eure Vereinbarung.« Während Ben eine kurze Notiz an den obersten Marshal schrieb, fragte Lisa: »Meinst du, DeRosa hört uns jetzt gerade zu?«

»Niemals«, erklärte Ben. »Er würde uns nur überwachen

lassen, wenn er der Meinung wäre, daß ich lüge. Und wenn er das tatsächlich glauben würde, dürfte ich auf keinen Fall mehr hier arbeiten. Einen weiteren Skandal können sie sich nämlich nicht leisten. Also ist hier der einzige Ort, an dem wir uns tatsächlich sicher fühlen können.«

Lisa ging zu ihrem Tisch, nahm die Kopien der Sparbuchseiten und gab sie Ben, der sie in den Umschlag steckte. »Also, was machen wir jetzt?« fragte sie.

»Wir sitzen hier herum und hoffen, daß Rick anruft.«

»Ach, er wird bestimmt anrufen«, sagte Lisa. »Denk an meine Worte. Er wird sich vergewissern, daß du sein Päckchen mit den belastenden Indizien erhalten hast, und dann wird er dich erpressen. Ich schätze, er wird dir damit drohen, das Tonband und das Sparbuch herumzuschicken, wenn du ihm kein neues Urteil verrätst.«

»Ich hätte nie gedacht, daß ich mal so etwas sagen würde, aber ich hoffe, er tut genau das.«

Es war halb sieben, als Ben wieder ins Büro kam. »Hat jemand für mich angerufen?«

»Noch nicht«, sagte Lisa. »Wie hältst du dich?«

»Nicht schlecht, glaube ich«, erklärte Ben. »Ich bin nervös, aber sonst geht's mir gar nicht so übel. Übrigens, falls du dich dafür interessieren solltest – ich hab' im Strafgesetzbuch nachgeschlagen und festgestellt, daß die Annahme von Bestechungsgeldern mit fünf bis fünfzehn Jahre Haft bestraft wird.«

»Toll«, sagte Lisa trocken. »Das ist mal wieder eine überaus wichtige –«

Bens Telefon läutete. Als er nicht abhob, sagte Lisa: »Worauf wartest du? Mach schon!«

»Soll ich –«

»Nimm ab!«

Zögernd griff Ben nach dem Hörer. »Hallo, Ben Addison am Apparat.«

»Tag, Ben. Hier spricht Adrian Alcott.«

»Das ist nicht Rick, oder?« fragte Lisa.

»Schön wär's«, flüsterte Ben, während er die Sprechmuschel zuhielt.

»Na, wie steht's im guten alten Gerichtshof?« fragte Alcott.

»Ganz gut. Wir haben irre viel zu tun.«

»Das kann ich mir schon vorstellen. Ich wollte bloß mal nachfragen, ob auch alles in Ordnung ist. Als wir das letzte Mal telefonierten, hat man uns plötzlich unterbrochen.«

»Ja, tut mir leid«, erwiderte Ben. »Wir mußten Hollis persönlich etwas überbringen, deshalb mußte ich plötzlich gehen.«

»Sie brauchen sich überhaupt nicht zu entschuldigen«, sagte Alcott. »Wer ist denn wichtiger, ich oder ein Richter am Obersten Gerichtshof?« Als Ben nicht reagierte, fuhr er fort. »Übrigens rufe ich an, um Ihnen zu sagen, daß wir in drei Wochen bei euch sind. Wir vertreten den Beklagten in der Angelegenheit Mirsky.«

»Sehr schön.« Ben gab sich alle Mühe, überrascht zu wirken, obwohl Alcott ihm die Neuigkeit bereits dreimal erzählt hatte.

»Sieht übrigens so aus, als hätten wir eine ganz schöne Nuß zu knacken«, fuhr Alcott fort. »Nach Ostermans Sieg in der Cooper-Sache hat bei euch keiner mehr Glück mit dem Sechsten Zusatzartikel gehabt.«

»Kein Kommentar«, erwiderte Ben kühl. »Sie wissen, daß ich über schwebende Verfahren nicht reden darf.«

»Ach ja, stimmt. Tut mir leid. Ich wollte Ihnen bestimmt nicht –«

»Sie brauchen sich nicht zu entschuldigen. Das gehört zu den Vorteilen, wenn man hier arbeitet.«

»Nun, ich hoffe, daß Sie uns einmal demonstrieren lassen, welche Vorteile es hat, bei uns zu arbeiten«, sagte Alcott voll Stolz auf den gelungenen Übergang. »Wir sind zwar nicht der Oberste Gerichtshof, aber uns geht es auch nicht schlecht. Da fällt mir übrigens der zweite Grund meines Anrufs ein: Ich würde Sie gern mal wieder zum Essen einladen. Schließlich haben wir uns schon ziemlich lange nicht gesehen.«

»Mit dem größten Vergnügen. Aber kann ich Sie vielleicht in ein oder zwei Wochen zurückrufen? Ich hab' gerade so viel Arbeit auf dem Tisch, daß ich wahrscheinlich ein schrecklicher Gast wäre.«

»Natürlich«, sagte Alcott. »Tun Sie nur, was Sie tun müssen. Ich melde mich in den nächsten paar Wochen wieder.«

»Das wäre wirklich besser.« Ben warf den Umriß einer Pistole aufs Papier, die auf den Kopf einer männlichen Gestalt im Anzug gerichtet war. »Dann wird es hier hoffentlich ruhiger zugehen.«

Als Ben auflegte, fragte Lisa: »Wayne and Portnoy?«

»Ganz recht.«

»Laß mich mal raten – sie hoffen, dir ihren Kopf noch weiter in den Hintern stecken zu können, und sie wollen dir noch mal zehn Riesen mehr bieten?«

»Sie wollen mich bloß zum Essen einladen.« Ben fügte seiner Zeichnung einen weiteren Revolver hinzu.

»Kopf hoch«, sagte Lisa. »Du solltest froh und glücklich sein, daß solche tollen Kanzleien noch Interesse an dir haben. Es gibt Schlimmeres im Leben.«

»Wie beispielsweise einen Irren, der dabei ist, der ganzen Welt deine größte Dummheit auf die Nase zu binden?«

»Genau. Da ist ein Irrer von der Personalabteilung schon viel besser. Übrigens, wirst du deinen Mitbewohnern von der Kassette erzählen, die Rick dir geschickt hat?«

»Wahrscheinlich nicht«, erwiderte Ben. »Sonst muß ich den ganzen Abend so tun, als sei ich völlig durcheinander.«

»Und das bist du gar nicht?«

»Ich bemühe mich wenigstens darum.« Ben fügte seinem Selbstporträt einen weiteren Revolver hinzu. »Hoffentlich läuft alles wie geplant.«

Während Ben auf das Haus zuging, wurde er sich der Stille bewußt, die der Winter in die Stadt brachte. Es war kalt und klar; kein Schnee lag auf den Wegen, und man sah alle Sterne. Tief sog Ben die frische Luft ein, als er vor der Haustür stand. Jetzt ist es bald vorbei, dachte er. Er steckte seinen Schlüssel ins Schloß und drehte den Türknauf.

»Wo warst du denn, verdammt noch mal?« rief Nathan. »Lisa hat uns gesagt, du wärst vor fast einer Stunde losgegangen.«

»Wir stecken tief in der Scheiße«, mischte sich Ober von der großen Couch her ein.

»Das Ding hier liefert mich ans Messer«, brüllte Nathan und

wedelte mit einem Blatt Papier vor Bens Gesicht herum. »Ich bin erledigt.«

»Was ist denn los?« Ben ließ seine Aktentasche auf den Boden fallen.

»Lies das.« Nathan gab Ben das Blatt.

»Sehr geehrter Mr. Bachman«, las Ben. »Seit Oktober letzten Jahres hat Nathan Hollister unrechtmäßig folgende Gegenstände zu privaten Zwecken benutzt ...« Ben überflog die Liste mit dem Teleobjektiv, dem Funkmikrophon und sogar dem Prynadolol für den Lügendetektortest, um rasch zum letzten Abschnitt des Briefs zu gelangen. »Ich bin zwar nicht bereit, meine Identität zu offenbaren, Sie können diese Fakten jedoch anhand der Aufzeichnungen Ihrer Sicherheitsabteilung verifizieren. Es gibt keinerlei Gründe, warum ein Mitglied des politischen Planungsstabes Zugang zu solchen Dingen haben sollte. Ich hoffe, Sie werden dieser Angelegenheit nachgehen. Eine Kopie dieses Briefes geht gleichzeitig an Ihre Vorgesetzten wie auch an den Außenminister.«

»Scheiße.« Ben sah seinen Freund an. »Ist dieser Bachman dein Chef?«

»Er ist der Justitiar«, sagte Nathan. »Wenn Rick diesen Brief also tatsächlich abgeschickt hat, wurde er sofort nach dem Öffnen in Bachmans Korrespondenzbuch eingetragen. Jetzt mußt du nur noch wissen, daß Bachman schon bei den Anhörungen vor seiner Ernennung ein Desaster erlebt hat, und er hat furchtbare Angst davor, daß irgend etwas so aussehen könnte, als würde er einen Skandal vertuschen. Rick hat wirklich seine Hausaufgaben gemacht.«

»Wann hast du den Brief bekommen?« fragte Ben.

»Er war heute in der Post«, sagte Nathan anklagend. »Einer für mich, einer für Ober und einer für Eric.«

»Verdammt.« Ben drückte Nathan den Brief wieder in die Hand.

»Sobald ich den Brief gelesen hatte, hab' ich versucht, dich anzurufen«, sagte Ober und hielt sein Blatt in die Höhe. »Als ich gehört hab', daß du schon weg bist, habe ich Nathan und Eric angerufen und ihnen gesagt, sie sollen so schnell wie möglich nach Hause kommen.«

»Hat Rick sonst noch was geschickt?« fragte Ben, zutiefst erschrocken darüber, daß seine Freunde nicht nur tief in die Angelegenheit verstrickt, sondern in ernsten Schwierigkeiten waren.

»Nichts«, erwiderte Nathan. »Keine Anweisungen, keine Erklärung. Bloß die Briefe. Es ist nicht klar, ob er ihn Bachman schon geschickt hat oder nicht.«

»Was steht in deinem?« wollte Ben von Ober wissen.

»Ich bin erledigt.« Ober gab Ben das Blatt Papier. »Meiner ist an meine Vorgesetzte gerichtet. Er teilt ihr mit, daß die an Senator Stevens adressierte Todesdrohung von mir selbst stammte. Und er erklärt, daß mein einziges Motiv war, mir eine Beförderung zu verschaffen.«

»Die hast du ja auch bekommen«, sagte Nathan aufgebracht. Er starrte Ben an. »Du solltest dringend etwas unternehmen, weil die Sache soeben außer Kontrolle geraten ist.«

»Was soll ich deiner Meinung nach denn tun?« fragte Ben. Das Zimmer schien sich um ihn zu drehen. »Ich habe selbst einen Brief bekommen – mit einem Tonband und der Kopie eines Sparbuchs.« Er setzte sich auf das Sofa und wischte sich mit dem Ärmel den Schweiß von der Stirn. »Immerhin gibt es keinen Grund zu der Annahme, daß sonst noch jemand Kopien der Briefe bekommen hat. Was steht eigentlich in Erics?«

»Erics Brief war an die *New York Times* gerichtet«, berichtete Nathan, »aber ich bin sicher, daß Rick vorhat, ihn an alle wichtigen Zeitungen zu schicken.«

»Und was steht drin?« Ben stützte den Kopf in die Hände.

»Die ganze Geschichte vom Anfang bis zum Ende. Es geht darum, wie du das CMI-Urteil verraten hast, und du wirst als Erics Informant für seinen ersten Artikel genannt. Soweit ich sagen kann, hat der Brief für Eric eigentlich keine allzu negativen Folgen –«

»Außer daß rauskommt, daß er seinen Chef über seinen wahren Kenntnisstand angelogen hat«, unterbrach Ben ihn. »Weiß Eric überhaupt schon davon?«

»Er war dienstlich unterwegs, als ich angerufen habe«, erklärte Ober. »Aber er wird bald auftauchen.«

Nathan ließ Ben eine Minute, um die Neuigkeiten zu verarbeiten, dann sagte er: »Das bedeutet wohl, daß du endlich zur Polizei gehen mußt, oder?«

»Was?« Ben sah seinen Freund an.

»Du wirst dich jetzt doch stellen?«

»Nein«, antwortete Ben kühl. »Das werde ich nicht.«

»Ben, sei mir nicht böse, aber was bleibt dir denn sonst noch übrig?«

»Wir können auf Ricks nächsten Schachzug warten. Ich bin sicher, daß er die Briefe noch nicht abgeschickt hat. Wenn er die Absicht hätte, uns allesamt um unseren Job zu bringen, hätte er das schon vor Monaten tun können.«

»Für wen hältst du dich eigentlich?« protestierte Nathan. »Jetzt spielst du nicht mehr nur mit deinem Leben, sondern auch mit meinem – und mit Obers und Erics.«

»Aber wenn ich zur Polizei gehe, kann Rick die Briefe trotzdem abschicken«, argumentierte Ben. »Und das bedeutet, daß ihr da drinsteckt, egal was ich tue.«

»Nicht, wenn du der Polizei erklärst, daß du allein verantwortlich bist. Wenn du dich kooperativ zeigst, haben wir eine größere Chance, unseren Kopf aus der Schlinge zu ziehen.«

Bevor Ben etwas erwidern konnte, ging die Haustür auf und Eric kam herein. Erstaunt sah er sich um. »Was ist denn los? Ist jemand gestorben?«

»Wir haben heute Post bekommen«, sagte Nathan, während er und Ober Eric die Briefe überreichten.

Eric las alle drei Schreiben durch. »Und was sollen wir jetzt tun?«

»*Wir* müssen gar nichts tun«, erklärte Nathan. »Jetzt ist Ben an der Reihe.«

»Er meint, ich soll mich stellen und die gerechte Strafe auf mich nehmen«, sagte Ben.

»Auf keinen Fall«, erwiderte Eric. »Dann sitzt du sofort auf der Straße.«

»Das ist noch nicht das Schlimmste«, ergänzte Ben. »Wenn das mit dem Sparbuch bekannt wird, wander' ich ins Gefängnis.«

»Wenn das so ist, mußt du endlich versuchen, Rick festzunageln.« Eric zog endlich seinen Mantel aus.

»Spiel hier bloß nicht den Coolen«, sagte Nathan verärgert. »Du hast am wenigsten zu verlieren.«

»Wie kommst du darauf?«

»Wenn dein Brief ankommt, wird man es dir wahrscheinlich als Verdienst anrechnen, daß du die Sache publik gemacht hast«, erläuterte Nathan. »Und das heißt, es ist eindeutig in deinem Interesse, Ben weiter anzustacheln.«

»Das meinst du doch nicht ernst«, sagte Eric kopfschüttelnd. »Glaubst du wirklich, daß ich so ein mieser Kerl bin?«

»Es wäre nicht das erste Mal, daß dein Egoismus deine Urteilsfähigkeit behindert.«

»Ach, leck mich doch«, schnauzte Eric zurück.

Ben sah Ober an. »Du bist die ganze Zeit schon viel zu still. Was geht dir im Kopf herum?«

»Ich glaube, ich stehe eher auf Nathans Seite«, antwortete Ober. »Tut mir leid.«

»Das ist doch vollkommen verrückt –«, legte Eric los.

»Es ist Blödsinn, wenn wir uns jetzt streiten«, unterbrach Ben ihn in der Hoffnung, das Gespräch beenden zu können. »Ich kann ohnehin nichts unternehmen, bevor ich was von Rick höre.«

»Aber –«

»Tut mir leid, aber das ist meine Entscheidung«, sagte Ben. »Ich kann euch bloß bitten, mir zu vertrauen. Ich würde nie etwas tun, was euch in Gefahr bringt.«

»Hast du etwa schon einen Plan laufen?« fragte Nathan argwöhnisch. »Wenn das nämlich so was wird wie die Grinnell-Sache –«

»Es gibt keinen Plan«, unterbrach Ben ihn. »Ich habe auch keinen. Aber ihr sollt wissen, daß ich nichts tun würde, was euch schadet. Das schwöre ich.«

»Schön.« Nathan riß seinen Mantel aus dem Schrank und ging zur Haustür.

»Wo willst du hin?« fragte Ben.

»Raus. Ich hab' Hunger.«

Als die Tür zugefallen war, sah Ober Ben an. »Du bist dir doch selbst nicht im klaren, was richtig ist. Du solltest mit ihm reden, wenn er zurückkommt.«

»Aber wenn du mit ihm redest, paß gut darauf auf, was du sagst«, warnte Eric.

»Was soll denn das wieder heißen?« fragte Ober.

»Das heißt, wenn ich an Bens Stelle wäre, würde ich niemandem vertrauen.«

»Verdächtigst du Nathan denn immer noch?«

»Keineswegs«, erwiderte Eric. »Ich finde bloß, ein wirklicher Freund hätte ein wenig mehr Unterstützung angeboten.«

»Manchmal bist du ein richtiges Arschloch.« Ober stand vom Sofa auf. »Gerade du solltest nie darüber reden, was ein *wirklicher Freund* tun würde.« Bevor Eric etwas erwidern konnte, war Ober schon auf der Treppe verschwunden.

»Laß ihn.« Ben holte seinen Mantel aus dem Schrank.

»Und wo willst *du* jetzt hin?« fragte Eric.

»Ich brauch' ein bißchen frische Luft.« Ben schloß die Haustür hinter sich.

Während er langsam an den Häusern entlangging, warf Ben wiederholt einen Blick über seine Schulter und musterte jeden ausführlich, der ihm entgegenkam. Er überlegte, wo DeRosas Leute sich versteckten, falls sie überhaupt schon Stellung bezogen hatten. Als er die Einkaufsgegend des Viertels erreichte, verschwand er im *Jumbo's*, wo man um diese Zeit am besten essen konnte. Er setzte sich an die Theke und bestellte eines der Tagesgerichte, dann stand er wieder auf und ging zu dem Münzfernsprecher an der Rückwand des Lokals. Ben warf die Münzen ein und wählte Lisas Nummer. »Komm, sei zu Hause. Zu Hause, zu Hause, zu Hause.«

Während das Telefon klingelte, dachte Ben an alles, was er Lisa sagen wollte: wieviel Angst er wegen Ricks Briefen hatte; wie schlecht es ihm ging, weil er seine Freunde angelogen hatte, und wie sehr er sich um ihre Sicherheit sorgte; wie sehr er es nötig hatte, mit jemand zu reden, dem er vertrauen konnte. Doch als sich der Anrufbeantworter einschaltete, war Ben klar, daß Lisa nicht zu Hause war. Er war allein.

Während er angestrengt die Gäste des Lokals musterte, legte Ben den Hörer auf. Er griff in seine Hosentasche und zog die Telefonnummer heraus, die auf DeRosas Brief gestanden hatte. Vielleicht sollte ich anrufen, dachte er, und nahm den Hörer wieder ab. Nein, bisher ist noch nichts geschehen. Der Plan müßte immer noch funktionieren. Er legte wieder auf. Wahrscheinlich wird Rick alles genau so tun, wie wir erwartet haben. Aufgewühlt, aber wachsam ging Ben zurück zur Theke. Aber wenn noch irgend etwas schiefläuft, sagte er sich, dann schlage ich endgültig Alarm.

SIEBZEHNTES KAPITEL

Ich halt's einfach nicht mehr aus.« Ben stand im Büro und starrte in den Spiegel des Gardenrobenschranks, während er über den tiefen Schnitt tastete, den er sich beim Rasieren zugezogen hatte. »Warum hat er noch nicht angerufen?«

»Es ist doch erst eine Woche vergangen«, sagte Lisa.

»Die längste Woche meines Lebens«, sagte Ben. Die Schnittwunde begann wieder zu bluten. »Ich hätte erwartet, daß er uns allmählich sagt, was er will.«

»Vielleicht versucht er bloß, dich zu zermürben.«

»Das versucht er mit Sicherheit. Und je länger er wartet, desto nervöser werde ich.«

»Daß Rick nicht angerufen hat, wundert mich nicht – ich staune darüber, daß du nichts von DeRosa gehört hast.«

»Laß mich bloß damit in Frieden. Der Kerl verspricht mir, mich auf dem laufenden zu halten, und dann schickt er keine einzige Nachricht. So wie es aussieht, überwachen mich die Marshals vielleicht gar nicht.«

»Fühlst du dich denn nicht beobachtet?«

»Überhaupt nicht. Und das bedeutet, daß sie entweder unglaublich gut sind oder mich belogen haben.«

»Du mußt allmählich los.« Lisa sah auf die Uhr. »Sonst verpaßt du noch deine erste Einladung zum Lunch.«

»Ein Glück für ihn, daß ich überhaupt hingehe.«

»Ach, komm«, sagte Lisa, »schließlich wirst du gleich mit dem Obersten Richter der Vereinigten Staaten zu Mittag essen. Tu bloß nicht so, als ob du nicht aufgeregt wärst.«

»Ja, du hast recht«, erwiderte Ben. »Ich bin sehr aufgeregt. Wer würde es denn nicht genießen, eine Stunde lang intellektuell zerlegt zu werden?«

»Jetzt vergiß mal, was seine Assistenten von ihm sagen. Deren Rückgrat ist so schwach, daß sie kaum aufrecht stehen können.«

»Nun muß ich dir sagen, daß ich dagegen sehr aufrecht stehe«, verkündete Ben stolz und wölbte die Brust. »Super-aufrecht.«

»Du bist eine einzige Erektion«, bestätigte Lisa, während Ben zur Tür ging. Als sein Telefon läutete, blieb er stehen und sah Lisa an. »Laß es doch läuten«, sagte sie. »Genieß dein Mittagessen.« Als sie sah, daß er sich umdrehte und aufs Telefon zuging, fügte sie hinzu: »Ganz ruhig. Er ist es doch nicht.«

»Hallo, hier ist das Amtszimmer von Richter Hollis«, meldete sich Ben.

»Tag, Ben«, sagte Rick. »Wie steht's im Großen Haus?«

Ben schloß die Augen. »Sag mir, was du willst.«

»Was ich will?« fragte Rick. »Wer sagt denn, daß ich überhaupt was will? Ich rufe bloß an, um mal wieder guten Tag zu sagen.«

»Komm schon, Rick, ich hab' wirklich keine Zeit für so was. Worum geht es diesmal?«

»Was ist denn los? Du klingst gar nicht so selbstbewußt wie bei unserer letzten Unterhaltung.«

»Mir geht's gut«, sagte Ben mit zusammengebissenen Zähnen.

»Ich nehme an, daß ihr meine Briefe bekommen habt?«

»Ja, wir haben die verdammten Briefe bekommen. Also, was willst du?«

»Dann also zum Geschäftlichen.« Rick räusperte sich. »Ich brauche das Urteil zu American Steel, und zwar noch heute abend.«

»Aber es wird schon am Montag verkündet«, sagte Ben in panischer Angst.

»Ich weiß, wann es verkündet wird. Und ich wünsche, daß du es mir persönlich übergibst.«

»Darüber muß ich nachdenken«, sagte Ben.

»Du hast eine halbe Stunde.«

»Ich bin in einer halben Stunde gar nicht hier. Ich bin mit Osterman beim Mittagessen.«

»Dann rufe ich dich Punkt zwei Uhr wieder an«, sagte Rick. »Dann will ich eine Antwort. Nach meiner letzten Post ist dir bestimmt klar, was die Konsequenzen sind.«

»Moment mal«, sagte Ben. »Was ist mit –»

»Sonst gibt es nichts mehr zu besprechen«, unterbrach Rick ihn. »Wiederhören.«

»Was hat er gesagt?« fragte Lisa, als Ben aufgelegt hatte.

»Ich muß los.« Ben sah auf seine Armbanduhr. »Osterman wartet schon auf mich.«

»Sag doch, was passiert ist«, drängte Lisa ihn.

Ohne auf sie zu achten, verließ Ben das Büro und lief die Treppe zu Ostermans im Erdgeschoß gelegenen Büro hinunter.

»Sie haben sich um zwei Minuten verspätet«, stellte die Sekretärin fest. »Machen Sie sich darauf gefaßt, daß er's erwähnt.«

»Toll.« Ben betrat Ostermans Büro, das größte des Gerichtshofs. Jenseits eines Meers aus burgunderrotem Teppichboden saß Osterman an seinem Tisch, einer perfekten Replik des von John Jay, dem ersten Vorsitzenden, benutzten Möbelstücks. Auf dem Tisch standen in einem reich verzierten Goldrahmen die Worte, die Oliver Wendell Holmes 1913 über das Gericht gesagt hatte: »Wir haben es ganz ruhig hier, aber es ist die Ruhe im Auge eines Sturms ...« Nicht in der Stimmung, die Aktualität des Zitats anzuerkennen, stellte Ben sich vor den Schreibtisch und wartete darauf, daß der Vorsitzende Richter von seinem Aktenstapel aufsah.

Nachdem er fast eine Minute gewartet hatte, räusperte Ben sich.

Osterman hob ruckartig den Kopf. »Sie haben sich verspätet. Also warten Sie mal noch einen Augenblick.« Samuel Osterman war kleinwüchsig und hager. Er hatte schütteres, zurückgekämmtes schwarzes Haar und trug eine Brille mit dicken Gläsern. Mit seinen neunundfünfzig Jahren war er einer der jüngsten Vorsitzenden in der Geschichte des Gerichts, aber sein schlechter Geschmack bei der Auswahl seiner Brillen und seine Frisur ließen ihn erheblich älter aussehen. Während er wieder zu Ben hochschaute, sagte er: »Anstatt uns dem Wetter draußen auszuliefern, habe ich uns etwas bringen lassen.« Er deutete auf den antiken Tisch an der rechten Wand. »Ich dachte, wir essen hier oben.«

»Wunderbar«, erwiderte Ben.

»Setzen Sie sich, bitte.«

»Danke.« Ben ließ sich auf den Ledersessel vor Ostermans Tisch nieder.

»Columbia, dann Jura an der Yale, und schließlich einige Zeit bei Richter Stanley«, rief sich Osterman die Fakten aus dem Gedächtnis. »Und, wie war die Zeit bei uns bisher?«

»Sehr angenehm«, sagte Ben.

»Nervös wegen irgendwas?« Osterman zeigte auf Bens Fuß, der auf den Teppichboden klopfte.

»Nein.« Ben hörte augenblicklich damit auf. »Bloß eine schlechte Angewohnheit. Wie war Ihr Urlaub?«

»Erfreulich. Und Ihrer?«

»Sehr schön«, antwortete Ben trocken.

»Sagen Sie, sind irgendwelche neuen Eingaben angenommen worden, die Ihnen interessant erscheinen?«

»Tatsächlich ist da eine, die sich gegen die neuen Agrarsubventionen des Präsidenten wendet. Sie sieht vielversprechend aus.«

»Die Farmer sind Reaktionäre nach Jeffersonschem Muster, die noch nie einen einzigen fortschrittlichen Gedanken gefaßt haben«, sagte Osterman.

»So kann man es auch sehen.« Ben war von Ostermans Reaktion überrascht. »Aber meinen Sie nicht –»

»Ben, Sie sollten nie etwas *meinen*. In unserem Beruf geht es nicht um *Meinungen*. Wenn Sie etwas in Ihrer Zeit hier am Gerichtshof lernen, sollte es das sein, daß das Leben eine Tragödie für die ist, die *meinen*, und eine Komödie für jene, die *denken*.«

»Und es ist ein Musical für die, die singen«, schlug Ben vor. Als er sah, daß Ostermans Augenbrauen sich unter den Rand seiner Brille senkten, fügte er rasch hinzu: »Natürlich weiß ich, was Sie sagen wollen.«

Bevor Osterman etwas erwidern konnte, ging die Tür auf, und die Sekretärin trat ein. »Zeit zum Mittagessen.«

Eine Stunde später kam Ben in sein Büro zurück. »Na endlich«, sagte Lisa. »Jetzt sag schon – was hat Rick erzählt? Was wollte er? Wie war dein Mittagessen?«

»Um die leichteste Frage zuerst zu beantworten, würde ich

sagen, daß das Mittagessen eine totale Katastrophe war.« Ben sank aufs Sofa. »Du weißt doch, daß alle sagen, die Brillengläser von Osterman erinnerten an eine Colaflasche? Das stimmt gar nicht. Was er da vor dem Gesicht hat, sieht aus wie das Sicherheitsglas eines Bankschalters.«

»Jetzt vergiß ihn mal.« Lisa hatte sich eine riesige Schüssel Salat von einem der Imbißstände geholt. »Was war mit Rick?«

»Ach, ja, unser Arschloch Nummer zwei. Er will American Steel.«

»Aber das Urteil wird am Montag verkündet«, sagte Lisa. »Und heute ist schon Freitag.«

»Das hat wohl seine Gründe.« Ben sackte auf dem Sofa in sich zusammen. »Ich bin sicher, Rick will um jeden Preis vermeiden, daß wir uns was gegen ihn ausdenken.«

»Glaubst du, alles ist vorbereitet?« fragte Lisa, den Mund voller Grünzeug.

Ben schwieg einen Augenblick. »Ich habe keine Ahnung.«

»Was soll das heißen, du hast keine Ahnung?«

»Ich habe einfach keine Ahnung.« Ben hob die Stimme. »Ich habe keine Ahnung, wo die Marshals sind; ich habe keine Ahnung, ob sie was richtig machen; ich weiß noch nicht mal, ob sie überhaupt noch auf meiner Seite stehen. Vielleicht arbeiten sie sogar mit Rick zusammen.«

»Das ist doch Unsinn!«

»Wieso Unsinn?« fragte Ben abwehrend. »Man hat mir versprochen, Kontakt mit mir aufzunehmen, aber sie haben sich seit einer Woche nicht gemeldet. Rick verlangt ein nagelneues Urteil, das er zwei Tage früher haben will, als wir es ihm geben dürfen. Er ist im Besitz von Informationen, die dazu führen können, daß meine Freunde ihre Jobs verlieren und wir alle im Gefängnis landen. Ich werde meine Zulassung als Anwalt verlieren, und alles, wofür wir gerackert haben, wird verloren sein. Wenn unser Plan nicht perfekt funktioniert, wird genau das passieren. Wie kannst du da von Unsinn reden?«

»Es kann ja immer noch alles klappen.«

»Es ist im Grunde schon versaut. Indem er meine Freunde mit hineingezogen hat, ist das Ganze schon eine einzige Katastrophe.«

»Ich will mich jetzt nicht streiten. Es kann noch immer klappen. Also, was hat Rick sonst noch gesagt?«

Ben sah auf seine Uhr. »Er dürfte sich jeden Augenblick wieder melden. Dann muß ich ihm sagen, ob ich ihm das Urteil gebe oder nicht.«

»Will er es unbedingt noch heute abend?«

»Hörte sich so an.«

»Versuch doch, ihn bis Sonntag hinzuhalten. Dann können wir Kontakt mit –« Es klopfte an der Tür.

»Herein«, rief Ben, und Nancy erschien im Zimmer.

»Na, wie geht's euch beiden heute?« Nancy trug einen kleinen Stapel Bücher und Papiere. »Du siehst vielleicht müde aus«, sagte sie zu Ben, während sie Lisa einen dünnen braunen Aktendeckel überreichte.

»Sind das die Korrekturen des Sondervotums zur Sprache in der Werbung?« Lisa wischte sich mit einer Serviette die Salatsoße von den Händen, bevor sie die Akte vom Tisch nahm.

»Erraten.« Nancy ging an den beiden Schreibtischen vorbei zur Rückwand des Büros, um das gerahmte Bild der Richter gerade zu rücken. Dann sah sie Ben an, der noch immer auf dem Sofa lag. »Hast du auch genug geschlafen?«

»Ach ja. Letzte Nacht war's eine ganze Stunde.«

»Du solltest dir wirklich mal einen Tag frei nehmen«, sagte Nancy. »Jedes Jahr muß ich zusehen, wie die Mitarbeiter sich hier umbringen. Das ist die Sache einfach nicht wert.«

»Ich weiß schon ...«, begann Ben, als sein Telefon zu läuten begann. Er sprang hoch und legte die Hand auf den Hörer.

»Vielen Dank für die Sachen. Ich gebe dir die neue Fassung noch vor Dienstschluß«, sagte Lisa zu Nancy.

»Laßt euch Zeit. Er braucht sie erst am Montag.« Nancy lehnte sich an Lisas Tisch. »Na, habt ihr am Wochenende irgendwas Interessantes vor, oder wollt ihr arbeiten?«

Überzeugt, daß Nancy das Büro nicht so bald verlassen würde, hob Ben zögernd den Hörer ab. »Hier ist das Amtszimmer von Richter Hollis«, sagte er, »Ben am Apparat.«

»Bist du bereit, mir zu geben, was ich will?« fragte Rick.

»Hey, wie geht's denn so?« Ben bemühte sich, so fröhlich wie möglich zu klingen.

»Das ist kein Spaß.«

»Mir geht's blendend.« Ben zwang sich zu einem Lachen. »Ich hab' gerade ein paar Kollegen bei mir.«

»Wie lautet deine Antwort?« fragte Rick.

Ben drehte Lisa und Nancy seinen Rücken zu. »Ich brauche mehr Zeit.«

»Das ist nicht mehr Grinnell. Und du brauchst nicht mehr Zeit.«

»Doch«, beharrte Ben. »Es ist noch nicht fertig.«

»Hör auf, mich zu verarschen«, warnte Rick. »Ich weiß, daß das Urteil fertig ist.«

»Aber ich schwöre –«, setzte Ben an.

Rick legte auf.

»Hallo? Bist du noch dran?« Ben drehte sich um und sah Lisa und Nancy ins Gesicht, die ihn anstarrten.

»Alles in Ordnung?« fragte Nancy.

»Ja, klar«, sagte Ben leichthin. »Wir sind unterbrochen worden.«

»Mach dir keine Sorgen«, sagte Nancy. »Man wird dich schon zurückrufen.« Sie ging zur Tür. »Lisa, das stimmt schon mit den Korrekturen. Ich weiß ganz sicher, daß Hollis sie erst Montag ansehen wird.«

»Danke«, sagte Lisa, während Nancy das Zimmer verließ. Sobald sich die Tür geschlossen hatte, sah sie Ben an. »Was hat er gesagt?«

»Der Scheißkerl hat einfach aufgelegt!« erwiderte Ben. »Er hat nach dem Urteil gefragt, ich hab' versucht, ihn hinzuhalten, und er hat aufgelegt. Nicht zu glauben.« Ben und Lisa warteten darauf, daß das Telefon noch einmal klingeln würde. Als eine ganze Minute verstrichen war, sagte Ben: »Er ruft nicht mehr zurück. Was ist nur los, verdammt noch mal?«

»Er versucht, dich einzuschüchtern.«

»Das funktioniert auch«, sagte Ben. »Was soll ich nur tun?«

»Beruhige dich. Er ruft bestimmt noch einmal an.«

»Er ruft nicht mehr zurück. Was ist nur los, verdammt noch mal?

Er versucht, dich einzuschüchtern.

Das funktioniert auch. Was soll ich nur tun?

Beruhige dich. Er ruft bestimmt noch einmal an.«

Strahlend stolzierte Fisk durch Lungens Büro, ganz aufgeregt, daß das Mikrophon endlich funktionierte. »Ich weiß nicht, was sie vorhaben, aber es ist mehr als klar, daß dieser Knabe Dreck am Stecken hat.«

Lungen hatte den Blick auf den kleinen dunkelgrauen Lautsprecher auf seinem Tisch geheftet. »Ich weiß nicht«, sagte er. »Wer immer dieser Rick ist, Ben hat unglaublich Angst vor ihm. Es klingt, als würde er erpreßt.«

»Erpreßt oder nicht, er hat gegen das Gesetz verstoßen.«

»Das wissen wir doch gar nicht«, wandte Lungen ein. »Ich glaube, die Hälfte der Geschichte fehlt uns noch.«

»Soll das ein Witz sein?« Fisk blieb stehen. »In den ersten fünf Minuten, in denen dieses Ding läuft, hören wir sie darüber reden, daß jemandem ein Urteil zugespielt werden soll.«

»Wir sollten keine verfrühten Schlüsse ziehen.«

»Wieso verfrüht? Die Sache ist doch glasklar. Egal, wie die beiden da hineingeraten sind, sie planen einen Rechtsbruch.«

»Wir haben das Mikrophon doch erst gestern abend angebracht. Dann haben wir bis zur Mittagspause daran gearbeitet, es endlich zum Funktionieren zu bringen, und jetzt haben wir gerade mal ein fünf Minuten langes Gespräch gehört. Ich will ja nur sagen, daß wir uns ein wenig mehr Zeit lassen sollten. Ich will alle Fakten auf dem Tisch haben, bevor wir da mir rauchenden Colts reinmarschieren.«

»Glaub mir, die Fakten bekommen wir schon.« Fisk drehte den Lautsprecher auf. »So wie die beiden reden, sucht Richter Hollis nächste Woche nach neuen Assistenten.«

»Das wär's.« Rick klappte wütend sein Handy zu. »Ich hab' genug von dieser Scheiße.« Er öffnete die Beifahrertür und stieg aus dem Wagen.

Aus der Fahrertür stieg Richard Claremont, Vizepräsident der Finanzabteilung von American Steel. »Wie hat er denn reagiert?« fragte er.

Rick schlug die Tür zu. Von seinem Standort aus hatte er das Gerichtsgebäude voll im Blick. »Er hat versucht, mich hinzuhalten.« Unbeeindruckt von dem eisigen Wind, der die First Street entlangfegte, knöpfte Rick nicht einmal seinen Mantel zu. »Er klang nervös, aber er hat eindeutig versucht, mich hinzuhalten.«

»Er hat ja auch gute Gründe, nervös zu sein. Nach allem, was Sie gesagt haben, sieht es doch so aus, als sei sein Leben ruiniert.«

»Allerdings will ich nicht, daß er Angst bekommt«, erklärte Rick, während die beiden auf das Gerichtsgebäude zugingen. »Wenn er Angst hat, geht er vielleicht zur Polizei. Aber wenn er noch daran glaubt, er könnte mich erwischen, haben wir eine bessere Chance, das Urteil zu bekommen.«

»Also glauben Sie, daß er sich noch immer stellen könnte?« fragte Claremont.

»Eigentlich nicht.« Rick sah einer Busladung dick eingemummter Touristen dabei zu, wie sie das höchste Gericht des Landes fotografierten. »Ben sorgt sich zu sehr um seinen Lebenslauf, um so etwas zu tun. Das ist auch der Grund, warum ich ihn überhaupt ausgewählt habe. Er hat viel zu verlieren.«

»Warum sind Sie dann nicht auf Lisa gekommen? Nach dem, was Sie an Unterlagen über sie besitzen, kommt sie aus ähnlichen Verhältnissen.«

»Ben ist die wesentlich bessere Wahl. Lisa ist die klügere der beiden. Sie hätte mir das erste Urteil nie verraten. Ben ist mehr darauf bedacht, anderen zu gefallen. Ich wußte, daß er anbeißen würde.«

»Wenn Sie das sagen ... Obwohl es sich anhört, als wären seine Handlungen nicht so einfach vorauszusehen, wie Sie gehofft haben.«

»Er hat seine lichten Momente«, sagte Rick. »Aber diese Woche hat ihn wirklich zermürbt. Er ist erschöpft.« Rick griff in seine Tasche und holte sein Handy heraus. »Außerdem wird ihm allmählich klar, daß dies kein Spiel mehr ist.«

Selbst zweidimensional siehst du gut aus, dachte Ober, als er die neueste Fotokopie seines Gesichts bewunderte. Er saß an seinem aus Steuergeldern finanzierten Schreibtisch, zog die untere linke Schublade heraus und angelte sich einen dicken Aktenordner, in dem sich bereits dreihundertsechsundzwanzig ähnliche Kopien befanden. Jeden Tag legte Ober sein Gesicht auf die Kopiermaschine und posierte für das schnellste Porträt der Welt, weil er ein Fotoalbum schaffen wollte, wie es sonst niemand hatte. Nachdem er sein neuestes Blatt mit dem Datum versehen hatte, legte er es zu den anderen. Als er den Ordner wieder in seine Schublade legte, sah er Marcia Sturgis, die Personalchefin von Senator Stevens, in seiner Zimmertür stehen.

»Ober, können Sie in mein Büro kommen?« fragte Marcia schroff. Sie war eine Veteranin auf Capitol Hill, hatte bald nach dem Studium als Empfangsdame von Senator Edward Kennedy angefangen und dann beinahe zwanzig Jahre damit verbracht, die bürokratische Karriereleiter emporzuklimmen. Ihrer Ansicht nach hatte sich das jahrelange Ackern im Verborgenen durchaus gelohnt – sie war momentan die wichtigste Mitarbeiterin von Senator Stevens. Innerhalb eines Arbeitstags, der um sechs Uhr morgens begann und erst um elf Uhr abends zu Ende ging, kontrollierte Marcia einen Großteil dessen, was der Senator sah und hörte. Sie nahm an Ausschußsitzungen teil, organisierte die parlamentarischen Auftritte des Senators und redigierte seine Reden und Pressemitteilungen. Außerdem traf sie die wichtigsten Entscheidungen, wenn es um die Zusammensetzung seines Mitarbeiterstabs ging.

Während Ober Marcia zu ihrem Büro folgte, versuchte er zu erraten, was er diesmal falsch gemacht hatte. Seit seiner Beförderung zum Verwaltungsassistenten waren Besuche in Marcias Büro alles andere als eine Seltenheit. In einem Fall hatte sein Antwortbrief auf die Beschwerde eines erzürnten Wählers einfach die Worte »Immer mit der Ruhe!« enthalten, in einem anderen hatte er in einem Brief an einen anderen Senator den Namen von Mrs. Stevens falsch geschrieben. Außerdem hatte Marcia ihn dabei erwischt, wie er die Mitarbeiter republikanischer Senatoren mit nicht ganz ernst gemeinten Anrufen bombardierte, in denen er ihnen riet, doch besser aufzugeben.

Ober trat in Marcias Büro und bemerkte sofort den steif dasitzenden Fremden auf einem der Stühle vor ihrem Schreibtisch. Als er den ernsten Gesichtsausdruck des Mannes bemerkte, wußte er, daß es diesmal nicht um den Kaffee gehen würde, den er auf Marcias Computer verschüttet hatte.

»Setzen Sie sich.« Marcia deutete auf den leeren Stuhl neben dem Fremden. »Das ist Victor Langdon vom FBI.«

»Nett, Sie kennenzulernen.« Ober streckte seine Hand aus.

»Können wir zur Sache kommen?« fragte Langdon, ohne auf die Geste zu achten.

Marcia richtete den Blick auf Ober. »Ich möchte Ihnen von einem anonymen Fax berichten, das ich vor ein paar Stunden bekommen habe«, begann sie. »Darin wird behauptet, die Todesdrohung, der Sie vor einigen Monaten nachgegangen sind, sei von Ihnen selbst verfaßt worden. Das Fax beschuldigt Sie auch, Senator Stevens diese Drohung geschickt zu haben, um Ihre Karriere voranzutreiben. Angesichts der Tatsache, daß Ihre Beförderung tatsächlich mit Ihrem Verhalten bei diesem Vorgang zu tun hatte, haben wir uns gefragt, was Sie selbst dazu zu sagen haben.«

»Ich weiß gar nicht, wovon Sie reden.« Ober schlug die Beine übereinander und versuchte, nicht sofort in Panik zu geraten.

»Das Spielchen wollen wir erst gar nicht anfangen«, erklärte Langdon und hielt Ober einen Finger unter die Nase.

»Ober, lügen Sie uns jetzt nicht an«, sagte Marcia beschwörend, die Hände auf dem Tisch zu Fäusten geballt. »Das ist eine todernste Sache.«

Ober stellte die Beine wieder nebeneinander. »Es ist nicht so, wie es aussieht ...«, stotterte er.

»Leugnen Sie?« Langdon packte Obers Armlehne.

»Wenn Sie den Brief nicht geschrieben haben und wissen, wer es war, sagen Sie es uns doch«, sagte Marcia.

Ober lehnte sich zur Seite, um Langdon auszuweichen. »Es war gar keine echte Todesdrohung. Der Senator war nie in Gefahr.«

»Das habe ich dem FBI schon gesagt«, erklärte Marcia. »Und jetzt sagen Sie einfach, von wem der Brief stammt.«

Ober schwieg, während er fieberhaft überlegte, wie er Ben aus der Sache heraushalten konnte.

»Wenn Sie uns nicht sagen, wer den Brief geschrieben hat,

bin ich gezwungen, Sie um Ihre Kündigung zu bitten«, sagte Marcia.

»Ein Mordkomplott bedeutet für Sie lebenslänglich«, sekundierte Langdon.

Ober schob seine Hand weg. »Es war doch kein Mordkomplott.«

»Dann sagen Sie uns, wie die Sache abgelaufen ist«, forderte Langdon. »Wer hat den Brief geschrieben?«

Wieder schwieg Ober.

»Ober, machen Sie es sich doch nicht so schwer.« Marcia beugte sich vor.

»Das wär's dann wohl.« Langdon erhob sich. »Es ist klar, daß wir hier nicht weiterkommen. Ich nehme ihn zum Verhör mit.«

Marcia sprang von ihrem Stuhl auf. »Nein, das tun Sie nicht. Sie haben mir zugesagt, daß ich die Entscheidungen treffen kann. Schließlich ist deutlich geworden, daß der Senator nie in Gefahr war.«

»Warum schützen Sie diesen Knaben?« fragte Langdon.

»Ich schütze ihn nicht. Ich will bloß nicht –

»Ich hab' ihn geschrieben«, unterbrach Ober sie flüsternd. Er hatte den Kopf gesenkt.

»Was?« sagte Marcia.

»Ich hab' ihn geschrieben«, wiederholte er, die Augen auf den Boden geheftet. »Ich hab' den Brief geschrieben.«

»Das haben Sie getan?« fragte Marcia.

»Ich hab's ja gewußt.« Langdon setzte sich wieder.

»Und warum ist Ihnen so was eingefallen?« fragte Marcia.

»Ich kann es nicht erklären«, erwiderte Ober, ohne aufzusehen. »Ich hab' den Brief geschrieben. Jawohl. Das ist alles, was ich sagen will.«

Langdon nahm seinen Notizblock von Marcias Schreibtisch und begann, sich Notizen zu machen. »War die Drohung ernst gemeint?« fragte er.

»Nein. Überhaupt nicht. Der Senator ist immer freundlich zu mir gewesen.«

»Also war es wegen der Beförderung?« wollte Marcia wissen. »Stimmt das, was in dem Fax steht?«

»Es stimmt nicht hundertprozentig, aber es könnte genausogut stimmen«, erklärte Ober. »Ich hab' den Brief geschrieben, und er hat mir zu der Beförderung verholfen.« Schweigen erfüllte das Zimmer, Marcia und Langdon starrten Ober an. Als er den Kopf hob, um die beiden anzusehen, traten ihm Tränen in die Augen. »Was soll ich denn noch sagen? Ich hab' den Brief geschrieben.«

Langdon sagte zu Marcia: »Wenn Sie wollen, kann ich ihn mitnehmen, um ihn –«

»Lassen Sie ihn in Ruhe«, herrschte Marcia ihn an. »Wir werden die Sache diskret behandeln. Und ich erwarte von Ihnen, daß Sie Ihre Zusage halten – ich will kein Sterbenswörtchen darüber in der Presse lesen.«

»Sie wollen vor der Wahl auf Nummer Sicher gehen, nicht wahr?«

»Was glauben Sie!« Auch Marcia setzte sich wieder. Sie machte sich eilig ein paar Notizen, dann sah sie wieder Ober an. »Wenn Sie Ihre Kündigung einreichen, verzichten wir auf eine Anzeige.«

»Und was ist, wenn ich meinen Job behalten will?« Obers Gesicht war kalkweiß.

»Das steht nicht mehr zur Debatte. Sie sind gefeuert. Wenn Sie zuerst Ihre Kündigung einreichen, kann ich uns beiden eine Menge Kopfschmerzen ersparen. Wenn nicht, müssen wir Ihnen in aller Form kündigen, was bedeutet, daß die ganze Sache in Ihre Personalakte aufgenommen wird.«

»Aber –«

»So sieht es aus.« Marcia schrieb wieder etwas auf ihren Block.

Ober erkannte, daß er keine Wahl hatte. »Ich kündige.«

»Schön.« Marcia legte ihren Kugelschreiber weg. »Sie haben zehn Minuten, um Ihr Büro zu räumen. Lassen Sie Ihren Senatsausweis gleich hier.«

Während Ober zu seinem Büro zurücktrottete, kreisten seine Gedanken ständig um die Folgen, die die vergangene halbe Stunde für ihn haben würde. Nach zwei Jahren in Washington hatte er nicht das Geringste vorzuweisen – sein erster beruflicher Erfolg war verflogen. Die kurzlebige Beförderung hatte ihm eine leise Ahnung davon gegeben, was es bedeutete, zu den Siegern zu zählen, doch jetzt spürte er, daß er wieder auf die Verliererbahn rutschte. Er konnte sich nie wieder in diesem Büro sehen lassen, und wenn er einem seiner Kollegen auf der Straße begegnete, mußte er ihn über den Grund seiner Kündigung belügen. Auch seinen Eltern und Verwandten mußte er eine erfundene Rechtfertigung dafür präsentieren, daß er nicht mehr im Senat arbeitete. Und da muß ich mir wirklich etwas Überzeugendes einfallen lassen, überlegte er, als er sein Büro betrat. Meine Mutter wird mich umbringen.

Mit zitternden Händen sammelte Ober seine persönlichen Habseligkeiten ein. Als er sein Universitätszeugnis von der Wand nahm, hatte er Angst, er könnte es fallen lassen. Obwohl er angewiesen worden war, keine Akten aus seinem Büro mitzunehmen, öffnete Ober seine Schreibtischschublade und holte den einzigen Aktenordner heraus, der wirklich ihm gehörte. Er blätterte die dreihundertsiebenundzwanzig Fotokopien von sich selbst durch und dachte an den Tag, an dem er zum ersten Mal ins Büro von Senator Stevens gekommen war und sich ins Kopierzimmer geschlichen hatte, um das erste Porträt zu machen. Er erinnerte sich an seine Erregung, als er das Fotoalbum begonnen hatte, und daran, daß er es vor seinen Mitbewohnern geheimhalten wollte, bis es fertig war. Ich glaube, jetzt ist es endgültig fertig, dachte er, als er auf den Papierstapel in seinen Händen starrte. Ganz und gar fertig. Jetzt kann ich es endlich Eric und Nathan und Ben zeigen. Ben. Ben. Ben. Inmitten des Schweigens um ihn herum stieg Wut in Ober hoch. Er warf den Ordner an die Wand, so daß die dreihundertsiebenundzwanzig Seiten durch die Luft segelten. Was ist nur los mit mir? fragte er sich, während er auf seinem Stuhl zusammensank. Und dann, inmitten der Überreste des Papiersturms, die den Boden seines ehemaligen Büros bedeckten, brach Ober in Tränen aus.

Das darf nicht wahr sein, dachte Ben, als er vom U-Bahnhof nach Hause lief. Vielleicht hat Eric etwas falsch verstanden. Als er um die Straßenecke bog, trat er auf eine Eisplatte, rutschte aus und fiel mit der rechten Hüfte auf das glatte Pflaster. Ohne auf die Schmerzen zu achten, kam er taumelnd wieder auf die Füße, um eilig weiterzurennen. Er riß die Haustür auf, stürmte hinein und sah Ober auf dem Sofa sitzen. Noch immer in seinem dunkelblauen Anzug, die Krawatte gelockert, starrte Ober auf den Fernseher, ohne Bens Auftauchen wahrzunehmen.

»Ich bin los, sobald ich es gehört hab'«, sagte Ben und ließ seinen Mantel auf den Boden fallen. »Wie geht's dir denn? Ist alles in Ordnung?« Er schwieg einen Moment, doch da er keine Antwort erhielt, versuchte er es von neuem. »Komm schon, Ober, sprich mit mir. Ich bin da, um dir zu helfen.«

»Es gibt ja nichts zu sagen.« Obers Stimme war ruhig, aber mutlos. »Ich hab' dir geholfen, meine Chefin hat es herausbekommen, und man hat mich gefeuert.«

Ben ging zur Couch, um sich neben seinen Freund zu setzen. »Ober, du weißt ja, daß ich das nie –«

»Ich weiß schon, daß du das nie wolltest.« Traurig ließ Ober die Schultern sinken.

»Ich schwöre dir, ich dachte, Rick blufft nur. Ich hätte nie gedacht, daß er es tatsächlich tun würde, und ich dachte –«

»Es ist egal, was du gedacht hast«, unterbrach Ober ihn mit einer Stimme, die kaum mehr war als ein Flüstern. »Ich habe meinen Job verloren. Das ist alles, worauf es wirklich ankommt.«

Ben starrte auf Erics Gemälde, unfähig, seinem Freund ins Gesicht zu sehen. Er schwieg, während er nach dem perfekten Grund, der perfekten Erklärung, der perfekten Entschuldigung suchte. In einer Debatte war Ben um Worte nie verlegen. Doch wenn es um eine Entschuldigung ging, war er mehr als unbeholfen. Schließlich kam er auf: »Es tut mir leid.«

Ober schossen Tränen in die Augen, und er bedeckte das Gesicht mit seinen Händen.

»Es tut mir so leid.« Ben legte eine Hand auf Obers Schulter. »Ich kann mich gar nicht genug für das entschuldigen, was da geschehen ist.«

»Mein ganzes Leben ist ruiniert ...«

»Nicht doch«, protestierte Ben und versuchte krampfhaft, Obers Aufmerksamkeit zu gewinnen. »Du wirst eine neue Stelle finden. Eine bessere.«

»Nein, werde ich nicht«, schluchzte Ober. »Ich hab' fünf

Monate gebraucht, um an diese Stelle zu kommen. Wie soll ich da eine neue finden?«

»Wir helfen dir dabei«, erklärte Ben. »Es ist wirklich nicht so schlimm, wie du denkst. Wenn wir zusammenhalten, können wir –«

»Das ist ja nicht wahr«, unterbrach Ober ihn und wischte sich die Augen trocken. »Du weißt genau, daß ich nicht bin wie ihr. Ich hab' die Uni nicht mit Auszeichnung beendet. Ich bin kein Genie. Ich bin ein Versager.«

»Fang bloß nicht damit an. Du bist genauso klug wie wir alle.«

»Nein, bin ich nicht«, erwiderte Ober mit belegter Stimme. »Du hast es selbst gesagt, und es stimmt: Ich bin es nicht.«

»Doch, du bist es.«

»Nein. Das ist der sechste Job, von dem man mich gefeuert hat. Ich werde Monate brauchen, um einen neuen zu finden, und der wird schlechter sein als der letzte. Mein Leben ist genau wie unsere Spiele-Firma – eine große Pleite.«

»Ober, sei doch nicht so hart gegen dich.« Ben hatte noch immer seine Hand auf Obers Schulter. »Das Leben dreht sich nicht um die Ergebnisse von Intelligenztests und um Notendurchschnitte. Wenn du dich auf die Hinterbeine stellst, wird dein Scharfblick dich genauso weit bringen. Und wenn du etwas hast, dann den.«

»Ich hab' noch nicht mal den.« Ober entzog sich Ben. »Ich bin nicht clever; ich bin nicht wendig; ich kann unter Druck nicht gut arbeiten. Warum kann ich mich denn deiner Meinung nach an keiner Stelle halten? Wo ich jetzt war, hab' ich schon monatelang versagt – man hätte mich sowieso bald rausgeschmissen. Die ganze Sache mit Rick hat den Vorgang nur beschleunigt.«

»Das stimmt doch gar nicht.«

»Woher weißt du denn, daß das nicht stimmt?« Wieder füllten Obers Augen sich mit Tränen. »Du warst ja nicht dabei. Du hast mich nie bei der Arbeit gesehen. Die Hälfte der Zeit wußte selbst ich nicht, was ich da eigentlich gemacht habe.«

»Du warst Verwaltungsassistent«, unterbrach Ben ihn. »Das war ein guter Job.«

»Es war ein unterdurchschnittlicher Job.« Ober wischte sich mit dem Handrücken die Tränen vom Gesicht. »Und der einzige Grund, warum ich ihn hatte, war der, daß ich einer von mir selbst verfaßten Todesdrohung nachgegangen bin. Wenn das nicht gewesen wäre, würde ich immer noch am Telefon sitzen.« Er holte Atem und sah Ben in die Augen. »Warum mußte das bloß passieren?«

Überrascht von Obers emotionalem Zusammenbruch, erkannte Ben seinen Freund kaum mehr wieder. Doch als Ober immer verzweifelter wurde, reagierte Ben ganz instinktiv. »Es war alles mein Fehler«, sagte er und umarmte ihn.

»Ich will ja nur, daß es wieder so wird wie damals, als wir hier eingezogen sind.« Ober verbarg sein Gesicht an Bens Schulter. »Bloß wir vier. Kein Streit. Keine Meinungsverschiedenheiten.«

»Es wird auch wieder so«, sagte Ben. »Das verspreche ich dir.«

»Nein, es wird nicht wieder so«, erwiderte Ober. »Nie wieder. Es ist vorbei. Wir sind am Ende.«

»Das stimmt doch gar nicht. Wir sind noch immer Freunde. Wir werden das schon überstehen.«

»Nein, das werden wir nicht!« schluchzte Ober. »Nathan und du, ihr redet kaum noch miteinander. Eric und Nathan reden nie miteinander. Heute ist der schlimmste Tag meines Lebens, und die beiden sind viel zu sehr mit ihrer verdammten Arbeit beschäftigt, um zu mir nach Haus zu kommen. Das ist doch keine Freundschaft. Das ist ein Witz.«

»Wir sind nicht am Ende«, beharrte Ben. »Rick wird es schon nicht –«

»Jetzt ist es doch egal, was Rick tut«, heulte Ober. »Es ist passiert. Nathan wird dir nie verzeihen, daß ich wegen dir rausgeflogen bin. Und solange Nathan wütend auf dich ist, wird Eric wütend auf ihn sein. Das kannst du auch nicht ändern.«

Schweigend starrte Ben seinen Freund an. Er wußte, daß Ober recht hatte. »Und was ist mit dir?« fragte er schließlich. »Wirst du mir verzeihen?«

Ober wischte sich die Augen. »Ich weiß nicht.«

»Aber –«

»Bitte sag nichts mehr«, unterbrach Ober ihn. »Ich will nichts mehr hören.«

Bevor Ben etwas erwidern konnte, läutete das Telefon. Ben warf einen Blick darauf, dann sah er wieder Ober an.

»Nimm ab«, sagte Ober. »Ich weiß doch, daß du abnehmen willst.«

»Darum geht es gar nicht. Es ist bloß –«

»Nimm ab«, beharrte Ober.

Ben griff nach dem Hörer. »Hallo.«

»Na, haben Sie noch Interesse an Wayne and Portnoy?« fragte Alcott gutgelaunt.

»Adrian?« sagte Ben ärgerlich.

»Natürlich. Sie haben mir doch gesagt, ich soll Sie wegen unserer Verabredung zum Mittagessen anrufen. Und da hab' ich mir gedacht –«

»Adrian, warum rufen Sie mich zu Hause an?« Ben stand vom Sofa auf. Das Telefon fiel krachend auf den Boden.

»Tut mir leid«, sagte Alcott. »Die Sekretärin am Gericht hat gesagt, Sie seien schon ins Wochenende entschwunden, und ich wollte was für Montag vereinbaren.«

»Ich will Ihnen mal was sagen.« Bens Hand krampfte sich um den Hörer. »Rufen Sie mich nie mehr zu Hause an. Wenn ich nicht im Büro bin, will ich von Ihnen nicht belästigt werden. Das heißt, im Grunde will ich von Ihnen auch im Büro nicht mehr belästigt werden. Ich weiß alles über Ihre Kanzlei, und ein weiteres Mittagessen wird mich auch nicht überzeugen.«

»Es tut –«, stotterte Alcott.

»Ich will's nicht hören«, unterbrach Ben ihn. »Wenn ich mit Ihnen zu Mittag essen will, hören Sie von mir. Ansonsten lassen Sie mich in Ruhe. Ich hab' zu tun.« Ohne auf Alcotts Reaktion zu warten, warf Ben den Hörer auf die Gabel.

»Wer war das?« fragte Ober.

»Niemand«, sagte Ben. »Es war ein –« Wieder läutete das Telefon. Ben hob ab. »Adrian, ich weiß schon, daß es Ihnen leid tut, aber ich will jetzt einfach nichts mehr hören.«

»Hier spricht nicht Adrian, und leid tut's mir auch nicht.«

»Rick?« fragte Ben, obwohl er die Stimme schon erkannt hatte.

»Sieht ganz so aus, als hättest du einen turbulenten Abend«, sagte Rick. »Ober wird gefeuert; er ist am Rande eines Nervenzusammenbruchs; du brüllst den einzigen Menschen zusammen, der dich noch einstellen will. Ganz ehrlich – wenn ich an deiner Stelle wäre, würde ich niemanden anschreien, der mir einen Job anbietet.«

Ben sah Ober an. »Rick hat die ganze Zeit schon zugehört. Hier sind überall Wanzen.« Er wandte sich wieder dem Telefon zu. »Was willst du, Rick?«

»Du weißt schon, was ich will. Die einzige Frage ist, ob du es mir auch lieferst.«

Ben setzte sich aufs kleine Sofa. »Was denkst du dir eigentlich?«

»Ich denke, daß Ober dir das Herz bricht. Also schätze ich, du denkst darüber nach, zur Polizei zu gehen. Und ich will dich wissen lassen, daß du noch immer aus der ganzen Sache rauskommen kannst, wenn du mir das Urteil gibst.«

»Danke für den Tip«, sagte Ben. »Ich werde darüber nachdenken.«

»Wenn die Sache mit dem Urteil klappt, hörst du nie wieder von mir. Verfahren beendet. Du behältst deinen Job, Nathan seinen, und ich bekomme, was ich will. Alle Parteien sind zufrieden.« Ohne Ben Gelegenheit zu einer Antwort zu geben, fuhr Rick fort: »Wenn du daran interessiert bist, geh Sonntagmittag um zwölf ins Museum für Amerikanische Geschichte. Am Informationstisch findest du ein Besuchertelefon. Warte dort, und ich hinterlasse ein Botschaft, wo du mich treffen kannst. Wenn du nicht kommen solltest, werden dein Sparbuch und Nathans Brief mit Boten an eure Vorgesetzten versandt.«

»Ich werde da sein«, sagte Ben kühl und legte ohne ein weiteres Wort auf.

»Was hat er gesagt?« wollte Ober wissen.

»Wie ich diesen Dreckskerl hasse«, entfuhr es Ben. »Er ist so verdammt selbstgefällig.«

»Erzähl mir einfach, was er gesagt hat.«

»Nicht hier.« Ben sah sich im Zimmer um. »Kein weiteres Wort in diesem Haus.« Er stand auf. »Laß uns von hier verschwinden.«

»Abgelehnt«, erwiderte Ober. »Ich habe diesen Blödsinn satt. Du bist ab jetzt auf dich allein gestellt.«

»Ich will nur zu Lisa. Dort können wir miteinander reden, ohne daß uns jemand zuhört.«

»Es ist mir ganz egal, wo du jetzt hingehst. Mir reicht's.«

»Ist wieder alles in Ordnung mit dir?« Ben hob seinen Mantel vom Boden auf.

»Versetz dich mal in meine Lage«, sagte Ober. »Ich brauche bloß ein bißchen Schlaf.«

Da er wußte, daß es nichts mehr zu sagen gab, knöpfte Ben seinen Mantel zu, nahm seine Aktentasche und ging los. Im selben Moment flog die Tür auf, und Nathan stürmte herein. »Wohin willst du, verdammt noch mal?«

»Raus«, fuhr Ben ihn an, verärgert über den anklagenden Tonfall.

»Moment mal«, sagte Nathan. Dann wandte er sich an Ober. »Hat man dich wirklich rausgeworfen?« Als Ober nickte, drehte Nathan sich wieder zu Ben. »Du gehst jetzt nirgendwo hin.«

»Tatsächlich?« fragte Ben. »Dann paß mal auf.« In der nächsten Sekunde war er aus der Tür.

Ben lief den Häuserblock entlang, auf der Suche nach einem Telefon. Als er einige Straßen weiter eines fand, zog er einen Zettel aus seiner Innentasche, riß den Hörer von der Gabel und tippte DeRosas Notnummer ein. »Jetzt nehmt schon ab«, murmelte er, bevor der Anruf überhaupt durchgekommen war.

Während er noch ungeduldig darauf wartete, daß jemand abhob, meldete sich plötzlich eine automatische Ansage. »Kein Anschluß unter dieser Nummer. Bitte überprüfen Sie die gewählte Nummer und wählen Sie noch einmal.« Sofort legte er auf und wählte noch einmal, wobei er sorgfältig darauf achtete, daß jede Ziffer stimmte. Wieder hörte er nur: »Kein Anschluß unter dieser Nummer. Bitte überprüfen Sie die gewählte Nummer und wählen Sie noch einmal.«

»Nicht auch noch das.« Die Augen geschlossen, die Hände um die Aufhängung des Apparats verkrampft, versuchte er eine rationale Erklärung dafür zu finden, daß die Nummer nicht mehr existierte. Es gab keine. »Verdammte Scheiße!« schrie er und schlug mit seiner Faust auf das Telefon ein. Mit jagendem Herzen drehte er sich um und brüllte: »Seid ihr überhaupt da? Was geht da vor, verdammt noch mal?«

Ben wartete schweigend, auf irgendeine Reaktion hoffend, ohne sie wirklich zu erwarten. Nichts. Er ließ den Blick über seine Umgebung gleiten, musterte jeden Baum, jeden Strauch, jedes Versteck in Sichtweite. Noch immer nichts. Er war allein. Als er das erleuchtete Schild auf dem Dach eines sich nähernden smaragdgrünen Taxis sah, sprang er vor den Wagen, der mit quietschenden Bremsen stoppte.

»Was ist denn mit Ihnen los? Sind Sie verrückt oder was?« brüllte der Fahrer, als Ben die Tür aufriß.

»Kennen Sie irgendwelche billigen Motels?« fragte Ben beim Einsteigen.

»Ein paar«, erwiderte der Fahrer entnervt.

»Bringen Sie mich zu einem«, befahl Ben.

Folgsam steuerte der Fahrer seinen Wagen Richtung Connecticut Avenue. »Ist was nicht in Ordnung?« fragte er.

Ben starrte aus dem Rückfenster, um festzustellen, ob ihm jemand folgte. »Nein, nein«, antwortete er. »Alles ist wunderbar.«

Zehn Minuten später hielt das Taxi vor dem Monument Inn, einem nüchtern aussehenden, einstöckigen Gebäude, dessen Neonschild freie Zimmer signalisierte. Ben bezahlte den Taxifahrer, trat ein und ging zur Rezeption. »Ich brauche ein Zimmer.«

Lisa packte drei in Kürze anstehende Urteilsbegründungen in ihre Aktentasche, um sich auf ein arbeitsintensives Wochenende vorzubereiten. Sie hatte sich damit abgefunden, daß die Wochenenden während ihres Jahres am Gerichtshof nie anders aussehen würden. Es folgten drei Disketten, schriftliche Kommentare von Hollis und ein Dutzend fotokopierte Voten von bereits abgeschlossenen Verfahren, die Lisa für verwendungsfähig hielt. Sie schloß die Tasche zu und verdrehte das kleine Kombinationsschloß neben dem Tragegriff. Als sie gerade ihren Mantel holen wollte, klingelte das Telefon.

Da sie befürchtete, es könnte Hollis mit einer neuen Aufgabe oder einer weiteren Korrektur sein, hob Lisa den Hörer nicht sofort ab. Wie immer siegte jedoch schließlich ihre Neugier. »Hallo. Lisa am Apparat.«

»Lisa, du mußt so schnell wie möglich zu mir kommen«, verlangte Ben.

»Was? Wo bist du denn?«

»Ich bin im Monument Inn. Das ist in der Upton, nicht weit von der Metro Van Ness. Ich hab' Zimmer sechzehn.«

»Was ist mit Ober? Kommt er mit allem zurecht?«

»Das erzähl' ich dir später. Und jetzt komm bitte her. Ich weiß nicht mehr, was ich tun soll.«

Vierzig Minuten später hörte Ben ein Klopfen an der Tür. »Wer ist da?« fragte er argwöhnisch.

»Mach die Tür auf«, verlangte Lisa.

Er sah durchs Guckloch und ließ sie ins Zimmer.

»Was ist denn passiert?« fragte sie, schon während sie eintrat.

Ben spähte den Flur hinunter, um sicher zu gehen, daß Lisa allein war, dann schlug er die Tür wieder zu und verriegelte sie.

Lisa verzog angeekelt das Gesicht. »Hübsch hier«, sagte sie angesichts der von der Wand hängenden Tapete. »Warum haben wir uns nicht einfach in einer öffentlichen Toilette getroffen? Das wäre es sauberer *und* sicherer.«

»Rick hat unser Haus mit Wanzen gespickt.« Ben sah wieder durch den Türspion. »Und es würde mich nicht wundern, wenn das auch auf deine Wohnung zuträfe. Also hab' ich mir gedacht, wir brauchen einen neutralen Ort, um uns zu unterhalten.«

»Also, dann sag mir mal, was passiert ist.« Lisa setzte sich auf eines der beiden Betten.

Ben drehte sich um und lehnte sich gegen die Tür. »Sie sind nicht da«, sagte er. »Sie sind verschwunden. Ich glaube, sie stehen nicht mehr auf meiner Seite. Das ist die einzige Erklärung dafür, daß –»

»Langsam, langsam, eins nach dem anderen. Wer ist nicht da?«

Ben ging zum anderen Bett und setzte sich Lisa gegenüber. »Die Marshals. DeRosa. Sie sind nicht da. Nachdem ich mit Ober gesprochen hatte, wollte ich Alarm schlagen, und –«

»Du hast die Nummer in eurem Haus gewählt? Bist du verrückt? Wahrscheinlich hat Rick gehört, wie –«

»Ich bin zu einem Münztelefon gelaufen«, unterbrach Ben sie. »Die Nummer funktioniert nicht mehr.«

»Soll das ein Witz sein? DeRosa hat doch geschrieben, er –«

»Ich weiß, was er geschrieben hat. Aber es war eindeutig eine Lüge. Ich glaube, er hat von Anfang an mit Rick zusammengearbeitet. Denk doch mal nach: DeRosa wollte Lungen und Fisk nicht wissen lassen, was vor sich geht, obwohl sie die fürs Gericht zuständigen Marshals sind. Er wollte auch nicht, daß ich irgend jemand anders erzähle, was ich getan habe. Er hat nie eine beeidigte Erklärung von mir verlangt. Dann hat er mir auch noch geschrieben, ich soll Rick wieder ein Urteil zuspielen. Ich glaube, Rick ist schon vor uns auf DeRosa gekommen.«

»Ich weiß nicht.« Lisa griff sich eines der Kissen, die auf dem Bett lagen. »Glaubst du wirklich, Rick könnte zum Chef des Marshals Service vordringen?«

»Wie bitte?« fragte Ben gereizt. »Ich bin doch selbst einfach bei ihm reinspaziert. Denkst du nicht, daß Rick dasselbe tun könnte?«

Lisa nickte. »Doch. Aber das heißt noch lange nicht, daß die beiden auch zusammenarbeiten.«

»Na schön. Aber wo stehe ich jetzt?«

»Da bleiben nicht viele Alternativen. An deiner Stelle würde ich morgen versuchen, DeRosa zu erreichen. Schließlich kann der Plan noch immer gültig sein, und seine Sekretärin hat sich einfach bei der Telefonnummer vertippt.«

»Und was ist, wenn ich ihn morgen auch nicht erreichen kann?«

»Dann würde ich mir überlegen, auszusteigen. Geh zur Presse, geh zu Hollis, geh zu irgend jemand, der dir zuhört, aber mach die Geschichte publik.«

»Genau das hab' ich mir die letzte Stunde auch überlegt. Wenn DeRosa und Rick gemeinsam gegen mich arbeiten, bin ich erledigt.«

»Dann hättest du ja deine Lösung.« Lisa warf das Kissen beiseite. »Wenn du DeRosa erreichst, gut. Aber wenn er zur anderen Seite übergelaufen ist, gehst du zur Presse. Auf jeden Fall bist du bis Sonntag aus der Sache heraus.«

»Toll«, sagte Ben sarkastisch. »Jetzt muß ich mir bloß noch ausdenken, was ich meinen Freunden erzähle.«

»Eric, ich bin's.« Ben saß noch immer auf dem Bett seines Motelzimmers.

»Wo bist du überhaupt?« fragte Eric. »Nathan sagte –«

»Ich bin bei Lisa«, log Ben. »Ich hab' mich nicht mehr wohl gefühlt bei dem Gedanken, noch was bei uns zu Hause zu sagen.«

»Kommst du heute noch zurück?«

»Nein. Ich schlafe hier.«

»Das ist wahrscheinlich keine schlechte Idee«, sagte Eric. »Und jetzt erzähl mir mal, was los ist. Ich hab' gehört, Rick hat wieder angerufen.«

»Vergiß jetzt mal Rick. Ich will mich mit euch treffen, um über die ganze Geschichte zu reden.«

»Sag mir den Treffpunkt. Ich komme.«

»Ich will euch alle da haben«, sagte Ben. »Dich, Nathan und Ober.«

»Schön. Wo und wann?«

»Morgen abend um acht. Wir treffen uns an dem Ort, an dem wir unseren ersten Abend in Washington gefeiert haben.«

»Also am –«

»Sag's nicht«, unterbrach Ben ihn. »Das Telefon ist nicht sicher.«

»Stimmt. Ober hat's mir schon gesagt.«

»Genau. Wie geht es ihm?«

»Er ist total durcheinander. So hab' ich ihn noch nie erlebt. Nathan und ich haben fast zwei Stunden mit ihm geredet, und er heult sich noch immer die Seele aus dem Leib.«

»Hat er seinen Eltern schon was gesagt?«

»Er hat furchtbare Angst davor, sie anzurufen. Du kennst ja seine Mutter. Sobald sie hört, was passiert ist, sitzt sie ihm im Nacken.«

»Ich weiß. Darüber hab' ich auch schon nachgedacht. Ehrlich gesagt, ich glaube, davor hat er am meisten Angst.«

»Ich glaube eigentlich nicht, daß er vor irgend etwas wirklich Angst hat«, erwiderte Eric. »Ich bin noch nicht mal sicher, ob er wegen seines Jobs so fertig ist. Am meisten scheint ihn zu bedrücken, daß wir vier nicht mehr miteinander auskommen.«

»Das hat er mir auch schon gesagt.«

»Das liegt einfach daran, daß er so ein Gruppenmensch ist«, erklärte Eric. »Er ist wie ein Baby. Wenn alle glücklich und zufrieden sind, ist er es auch. Aber wenn alle traurig sind, geht es ihm miserabel.«

»Sprich weiter mit ihm. Ich bin sicher, daß er es übersteht.«

»Das glaube ich auch. Es ist bloß, daß –«

»Ben, bist du das?« erklang Nathans wütende Stimme im Telefonhörer. »Wo bist du die letzten drei Stunden gewesen, verdammt noch mal? Komm sofort –«

»Sag mir bloß nicht, was ich tun soll«, fuhr Ben ihn an. »Wenn du ausfällig werden willst, kannst du mich morgen treffen. Eric weiß, wo.« Ben legte auf.

Am frühen Samstagmorgen setzte sich Ben im Bett auf. Er konnte nicht mehr schlafen. Auf dem zweiten Bett lag Lisa, die keine derartigen Probleme hatte. Ben sah auf seine Uhr und stellte fest, daß es erst sieben war. Nachdem er so lange unter der Dusche gestanden hatte wie noch nie in seinem Leben, schaltete er den Fernseher ein, stellte den Ton ab und hoffte, daß ihn die Zeichentrickfilme ablenken würden. Als das nicht funktionierte, schaltete er wieder aus, um sich erneut ins Bett zu legen. Eine geschlagene Stunde lang starrte Ben an die weiße Stuckdecke.

Um neun Uhr nahm er das Telefon mit ins Bad. Er setzte sich auf den Toilettendeckel, rief die Auskunft an und ließ sich die Nummer des Marshals Service geben. Als er erneut gewählt hatte, fragte er nach Direktor DeRosa.

Nach wenigen Sekunden meldete sich eine Frauenstimme. »Büro Direktor DeRosa. Was kann ich für Sie tun?«

»Ist der Direktor heute im Büro?« fragte Ben in seinem liebenswürdigsten Tonfall.

»Leider nicht. Kann ich Ihnen vielleicht weiterhelfen?«

»Ich glaube schon.« Ben erkannte die Stimme von DeRosas Empfangsdame. »Mein Name ist Ben Addison. Vor ein paar Wochen habe ich persönlich eine Nachricht von Richter Hollis bei Ihnen abgeliefert. Jetzt soll ich eine weitere Nachricht überbringen, und deshalb wäre es schön, wenn ich von Ihnen erfahren könnte, wie ich Direktor DeRosa erreichen kann.« Ben machte eine effektvolle Pause. »Es ist dringend.«

»Warten Sie einen Augenblick«, sagte die Empfangsdame. »Ich kann versuchen, Sie zu seiner Privatnummer durchzustellen.«

Ben betete, daß DeRosa alles erklären würde: Daß die Telefonnummer falsch geschrieben worden und daß alles noch in bester Ordnung war.

»Mr. Addison?«

»Ja, bitte?« sagte Ben.

»Es tut mir leid, aber der Direktor will Ihren Anruf nicht entgegennehmen. Ich habe soeben mit ihm gesprochen, und er sagt, er habe keine Ahnung, wovon Sie reden. Er weiß nicht einmal, wer Sie sind.«

»Natürlich weiß er, wer ich bin. Das wissen *Sie* ja auch. Schließlich war ich vor zwei Wochen bei Ihnen –«

»Tut mir leid, Mr. Addison. Ich habe persönlich mit ihm gesprochen, und das waren seine Worte.«

»Wovon reden Sie da? Wie heißen Sie überhaupt?« fragte Ben.

»Guten Tag, Mr. Addison.« Bens Gesprächspartnerin legte auf.

Während Ben den Hörer sinken ließ, wurde ihm klar, was das bedeutete. Das wär's dann wohl, dachte er. Ich bin erledigt. Er starrte auf den Linoleumboden und überlegte, was er als nächstes tun sollte. Seine Gedanken wurden unterbrochen, als die Tür des Badezimmers aufflog. Ben hob den Kopf und sah Lisa, die offensichtlich gelauscht hatte.

»Was haben sie gesagt?« fragte sie.

»DeRosa können wir vergessen«, antwortete Ben mit unsicherer Stimme. »Er behauptet, mich nicht zu kennen.«

»Das wär's also – es ist aus.« Lisa lehnte sich gegen den Türrahmen. »Gehst du zur Presse?«

»Ich weiß nicht, aber mit irgend jemand muß ich sprechen.«

»Dann solltest du mit Hollis reden.«

»Vielleicht.« Ben dachte fieberhaft über alle möglichen Konsequenzen nach. »Außerdem glaube ich, ich sollte meine Geschichte schriftlich niederlegen. Egal, was dann passiert, es ist wenigstens alles dokumentiert.«

»Darüber würde ich mir jetzt keine großen Sorgen machen«, erwiderte Lisa. »Bevor du vor die Welt trittst, mußt du erst einmal mit deinen Freunden klarkommen.«

Es war halb acht Uhr abends, als Ben sich trotz des eisigen Januarwetters auf eine der wenigen Bänke setzte, die das Jefferson Memorial umstanden. Er war übernervös und verlagerte wiederholt sein Gewicht, um eine bequemere Haltung zu finden. Mit leerem Blick starrte er auf den Fußpfad, der am Fluß entlang auf das Denkmal zulief. Seine Augen tanzten umher und nahmen alles auf, ohne sich auf etwas zu konzentrieren. Eine Viertelstunde später war er soweit, daß er alle dreißig Sekunden auf seine Armbanduhr sah, voller Ungeduld, weil seine Freunde ausblieben. Allmählich war er davon überzeugt, daß sie nicht mehr kommen würden.

»Weshalb mußten wir uns eigentlich hier treffen, verdammt noch mal?« erklang plötzlich eine Stimme von der Westseite des Denkmals her. »Es ist eisig kalt.« Während Eric und Nathan näher kamen, starrte Eric auf die gewaltige Bronzefigur des dritten Präsidenten der USA. »Ich will mal sagen, so ein Treffen – in dunkler Nacht an einem der bekanntesten Denkmäler der Welt ... Also, ich fühle mich wie in einem Spionagethriller.«

»Schön, daß es wenigstens dir Spaß macht«, sagte Nathan gereizt.

»Hör mal, ich weiß schon, daß du sauer bist«, sagte Ben. »Wir sind alle ziemlich mitgenommen. Schließlich war es eine schlimme Woche. Aber jetzt wollen wir noch mal von vorn anfangen und –«

»Tut mir leid, aber ich bin nicht in der richtigen Stimmung für Nettigkeiten«, unterbrach Nathan ihn.

»Jetzt gib ihm doch wenigstens eine Chance, du Eisklotz«,

mischte sich Eric ein. »Er hat dich hierhergebeten, um mit dir zu reden. Da könntest du wenigstens zuhören.«

»Ich bin hierhergekommen, um eine einzige Sache zu erfahren.« Nathan verschränkte die Arme. »Wirst du dich stellen?«

Ben überging die Frage. »Wo ist Ober?«

»Er hat gesagt, er kommt nach«, erklärte Eric. »Als wir losgefahren sind, hat er gerade mit seiner Mutter telefoniert.«

»Ich weiß gar nicht, was du von mir willst.« Ober kämpfte mit den Tränen.

»Was ist denn das für eine Frage?« erwiderte Barbara Oberman. »Ich will, daß du diese Stelle wiederbekommst.«

»Mom, ich kann sie nicht wiederbekommen. Sie haben mich rausgeworfen. Meine Arbeit hat ihnen nicht gefallen, und sie haben mich gefeuert.«

»Hör auf. Geh einfach noch mal hin und sag ihnen, daß du dich ändern wirst. Sag, daß sie dir ein geringeres Gehalt geben sollen und daß du doppelt so lange arbeiten wirst. Es ist ganz egal, wie du es anstellst, aber sieh zu, daß sie dich wieder nehmen.«

»Warum ist diese Stelle denn so wichtig?«

»Warum sie so wichtig ist? Jetzt mach dir mal folgendes klar, William: Du brauchst diese Stelle. Es war die einzige, wo man dich je befördert hat. Das einzige Büro, wo man dich respektiert hat, statt dich innerhalb der ersten sechs Monate zu feuern. Vier Jahre lang hast du bei allem, was du versucht hast, versagt; und jetzt hast du auch noch diese Stelle verloren.«

»Ich finde einen neuen Job«, sagte Ober. »Ben und Nathan haben versprochen, daß sie mir bei der Suche helfen.«

»Vergiß Ben und Nathan. Ständig bist du auf sie fixiert. Ich will nichts mehr von ihnen hören. Für Ben und Nathan ist es leicht, eine Stelle zu finden. Sie sind die Lieblinge aller Arbeitgeber, und sie waren die Lieblinge ihrer Professoren, die Lieblinge des Schuldirektors, die Lieblinge ihrer Kindergärtnerinnen. Sie haben wirklich keine Probleme, eine Stelle zu finden. Aber *du* – du wirst es sehr viel schwerer haben.«

»Aber sie haben gesagt –«

»Mir ist egal, was sie gesagt haben. Sie sind nicht du. Wie kommst du darauf, daß sie so scharf darauf sind, dir bei der Jobsuche zu helfen?«

»Sie sind meine Freunde.«

»Und wenn schon! Sie haben doch gar keine Ahnung, was es bedeutet, eine Stelle zu suchen. So was ist ihnen doch vollkommen fremd. Eine Stelle zu suchen bedeutet viele Stunden Beinarbeit. Denk doch daran, wie schwer es war, die Stelle bei Senator Stevens zu finden.«

»Schon, aber –»

»Aber gar nichts. Du hast es mir doch selbst vor ein paar Monaten gesagt: Deine drei Freunde sind immer in ihren Büros – sie haben gar nicht die Zeit, dir einen Job zu besorgen.«

»Schon, aber Ben hat mir auch geholfen, den letzten Job zu finden. Vielleicht kann er –«

»Er kann überhaupt nichts für dich tun. Du mußt lernen, deine Dinge selbst zu machen. Diese Leute sind vielleicht deine Freunde, aber sie sind nicht wie du. Wenn es darum geht, eine Stelle zu finden, mußt du das wie alles auf der Welt schlucken und selbst angehen. Und jetzt leg den Hörer auf und denk über meine Worte nach. Ich will nichts mehr von dir hören, bis du diese Stelle wiederhast.«

»Ich hab' dich was gefragt.« Nathans Atem hing in der kalten Luft. »Stellst du dich oder nicht?«

»Darauf komme ich schon noch«, sagte Ben und zeigte auf die leeren Plätze auf seiner Bank. »Wie wär's, wenn ihr euch erst mal niederlaßt.«

»Ich stehe lieber«, sagte Nathan, während Eric sich setzte.

»Schön, dann stehst du eben.« Ben spähte über seine Schulter.

»Warum bist du denn so nervös?« fragte Nathan.

»Was glaubst du denn?«

»Könnt ihr beide nicht aufhören?« mischte sich Eric ein. »Hört doch auf, euch zu streiten, und beruhigt euch einen Moment.« Er deutete auf Ben. »Los.«

»Danke.« Ben senkte seine Stimme. »Am Telefon wollte ich es nicht sagen, aber morgen früh werde ich mich stellen. Da diese Entscheidung aber uns alle betrifft, wollte ich sie zuerst mit euch besprechen.«

»Was mich betrifft, gibt es nichts zu besprechen«, sagte Nathan. »Ich habe meine Entscheidung getroffen, als ich von der Sache mit Ober hörte.«

»Gut für dich«, stellte Ben fest. »Eric, hast du was beizutragen?«

»Es ist deine Sache. Ich hoffe nur, daß du mit den Konsequenzen fertig wirst.«

»Ich weiß nicht, welche Alternative ich noch haben sollte«, sagte Ben. »Was mit Ober geschehen ist, tut mir wahnsinnig leid. Es ist meine Schuld, daß man ihn rausgeworfen hat, und euch beide hab' ich auch in Gefahr gebracht. Jetzt muß ich Schluß machen.«

»Das ist wirklich edel von dir«, sagte Nathan. »Aber ich warne dich: Tu es wirklich gleich morgen.«

»Oder was?« fragte Ben abwehrend. »Sonst tust du's für mich?«

»Damit hast verdammt recht, daß ich es sonst tue«, fuhr Nathan ihn wütend an. »Und dabei werde ich nicht das leiseste Schuldgefühl verspüren. Du hast sogar Glück, daß mein Chef am Wochenende nicht arbeitet, sonst hätte ich dich schon heute angezeigt.«

»Warum beruhigst du dich nicht mal eine Minute?« fragte Eric.

»Und warum hältst du nicht einfach mal den Mund?« sagte Nathan. »Egal, wie sehr du dich für Ben ins Zeug legst, er wird dir doch nicht vollständig verzeihen.«

»Was ist denn los mit dir?« fragte Ben.

»Was mit mir los ist?« Nathan zwang sich zu einem kurzen Lachen. »Mal sehen: Ein Freund von mir wurde gestern gefeuert; es war alles dein Fehler; mein Job ist in Gefahr; und ich vertraue weder dir noch Eric. Abgesehen davon geht's mir blendend.«

»Hör mal, du kannst –«

»Nein, jetzt hörst du mir einmal zu!« brüllte Nathan in den Wind. »Du mußt jetzt endlich den Komplex ablegen, daß du ein Überflieger bist. Ein einziges Mal in deinem perfekten Leben hast du Mist gebaut. Du hast alles gründlich in den Sand gesetzt. Du bist gescheitert. Du hast einen Riesenfehler gemacht, und jetzt mußt du dafür die Verantwortung übernehmen. Wenn nur du in Gefahr wärst, würde ich ja sagen, daß du tun kannst, was du willst. Aber wenn du denkst, ich sehe tatenlos zu, während *meine* Karriere auf dem Spiel steht und du deine aussichtslose Jagd auf Rick fortsetzt, dann täuschst du dich. Sieh den Tatsachen ins Gesicht, Ben – man hat dich ausgetrickst. Du hast verloren. Gib auf.«

»Halt bloß den Mund, verdammt noch mal!« Ben sprang auf und packte Nathan an der Jacke.

Sofort brachte Eric die beiden auseinander. »Moment mal, Ben. Beruhige dich.«

Während Eric versuchte, Ben zurückzuhalten, brüllte der Nathan an: »Wenn du mal eine Sekunde dein gottverdammtes Mundwerk hältst, würdest du vielleicht merken, daß ich nicht hierhergekommen bin, um neue Pläne gegen Rick auszubrüten. Ich bin hier, um mit meinen Freunden zu reden.«

Als Ober ins Wohnzimmer kam, legte er einen Stapel Bücher auf den Couchtisch: vier Jahrbücher der High-School und ein übervolles Album. Als erstes nahm Ober das Jahrbuch aus der neunten Klasse, suchte die Porträts seiner Freunde und lächelte über Nathans Krauskopf. Als er zu Bens Bild kam, mußte er laut lachen. Mindestens vier Jahre waren vergangen, seit er das Buch zuletzt aufgeschlagen hatte, um den zerzausten, von seiner Zahnspange entstellten Häßling namens Ben Addison zu betrachten. Bei Erics Bild erinnerte Ober sich daran, wie gern er bei ihm übernachtet hatte, vor allem, weil Erics Bruder die größte Sammlung pornographischer Spielkarten weit und breit besaß.

Auch als er das Jahrbuch der zehnten Klasse aufschlug, blätterte Ober sofort zu den Porträtseiten. Dabei fiel ihm ein, daß sie in dem Jahr ihren Führerschein gemacht hatten. Eric war nicht nur dabei der erste gewesen, er hatte auch den ersten Zusammenstoß – mit Nathans Mutter, die gerade aus ihrer Einfahrt bog. Dann kam das Jahrbuch der elften Klasse, und Ober erinnerte sich an die erste College-Party an der Boston University. Er lachte, als ihm einfiel, wie Ben den ganzen Abend damit verbracht hatte, die Damen zu überzeugen, er sei »Ben Addison, Professor für Liebe«.

Schließlich schlug Ober sein persönliches Album auf. Stolz hatte er darin die Leistungen seiner Freunde dokumentiert. Da war ein Foto aus dem *Boston Globe*, das Nathan neben dem Außenminister zeigte, und ein Artikel über Bens Anstellung am Obersten Gericht. Da war die erste Story, die Eric für die Schülerzeitung geschrieben hatte, und seine ersten Artikel für *Washington Life* und den *Washington Herald*. Da waren das erste Silbenrätsel aus dem *Herald* und Erics Artikel über die undichte Stelle am Gerichtshof. Sogar Bens und Lisas Verlobungsanzeige hatte Ober aufgehoben. Sie sind alle berühmt, dachte er, als er das Album wieder zuklappte. Es sind lauter Superstars.

»Führ dich bloß nicht so auf, als seist du das Opfer hier.« Nathan zog seine Jacke zurecht. »Das ist das letzte, was du –«

»Ich habe nie gesagt, daß ich das Opfer bin«, protestierte Ben, während Eric ihn genau beobachtete. »Ich weiß, daß ich das alles ziemlich verbockt habe. Ich gebe zu, es war mein Fehler, daß Ober seinen Job verloren hat. Was soll ich denn noch sagen?«

»Das ist dein Problem«, sagte Nathan leise und langsam. »Du glaubst, du seist bloß dafür verantwortlich, daß man Ober rausgeworfen hat. Aber du mußt erkennen, daß du noch für ganz andere Sachen die Verantwortung trägst. Es ist deine Schuld, daß das Ganze angefangen hat, Ben. Und was noch wichtiger ist, es ist deine Schuld, daß es noch immer weitergeht.«

»Meinst du, das weiß ich nicht?« Bens Stimme schnappte über. »Es bringt mich um, daß –«

»Ach, jetzt fühlst du dich plötzlich schuldig?«

»Ich fühle mich schuldig, seit ich das erste Mal mit Rick zusammengekommen bin. Was willst du noch von mir? Diese Sache nagt schon seit Monaten an mir!«

»Ist ja auch richtig so«, sagte Nathan. »Und ich hoffe –«

»Wir haben schon verstanden«, mischte sich Eric ein. »Kannst du dich jetzt ein wenig beruhigen?«

»Nein, das kann ich nicht«, erklärte Nathan. »Ich will, daß ihm wirklich klar wird, wie ich über das Ganze denke.«

»Ich weiß ja, was du denkst –«, setzte Ben an.

»Nein, das weißt du nicht.« Nathans Stimme wurde lauter. »Sonst würden wir uns jetzt nicht streiten. Seit dem Tag, an dem wir diese Briefe von Rick bekommen haben, wußtest du, das so etwas passieren könnte. Und in diesem Augenblick hättest du die Anständigkeit besitzen müssen, dich zu stellen – wenn nicht um deinetwillen, dann wegen uns. Daß du es so weit hast kommen lassen, sagt mir nur eines ...«

»... daß ich ein mieser Kerl bin, der es nicht wert ist, daß man ihm verzeiht?« sagte Ben.

»Nein.« Nathan hatte sich wieder gefaßt. »Daß ich nichts mehr mit dir zu tun haben will. Nie mehr.« In Bens und Erics Schweigen hinein fuhr er fort. »Wir sind jetzt nicht mehr in der Schule. Und wir können nicht immer auf deiner Seite stehen. Glaub bloß nicht, das hätte damit zu tun, daß ich selbstsüchtig bin. Aber du hast Ober für deinen Fehler büßen lassen, und das ist etwas, was ich dir nie verzeihen kann. Er ist dein Freund, und du wärst ihm mehr schuldig gewesen als das.«

»Ich weiß«, sagte Ben verzweifelt, »und ich werde mich um ihn kümmern.«

»Hoffentlich. Das ist wichtiger als irgendein blöder Ausrutscher bei Sachen wie CMI oder Grinnell oder –«

»Kannst du vielleicht ein bißchen leiser reden?« unterbrach Ben ihn.

»Was ist denn? Hast du noch immer Angst, daß Rick uns belauscht? Daß er unsere Gespräche auf Tonband aufnimmt?«

»Halt den Mund«, sagte Ben.

Nathan lief zum Rand des Denkmals. »Hey, Rick!« brüllte er. »Hörst du mich? Ich hoffe sehr, daß du mich hörst ...«

»Halt den Mund, verdammt noch mal!« schrie Ben.

» ... weil das meine letzte Warnung ist! Laß mich in Ruhe! Wenn du gewußt hast, daß Ben Angst davor hat, zur Polizei zu gehen, solltest du auch wissen, daß das auf mich nicht zutrifft!«

»Nathan, hör auf!« brüllte Eric. »Wir haben's schon kapiert.«

Nathan ging auf Ben zu und hielt ihm den ausgestreckten Zeigefinger vors Gesicht. »Das war ernst gemeint vorhin. Mir ist ganz egal, was du unternimmst, ich gehe am Montagmorgen zu meinem Chef.«

»Tu das.« Ben starrte beharrlich auf das Standbild von Thomas Jefferson.

»Erspar mir deinen Ärger«, sagte Nathan. »Mein Fehler war das alles nicht.« Er wischte sich mit dem Ärmel seiner Jacke den Schweiß von der Stirn. »Eric, können wir gehen?«

»Ich fahre mit Ben zurück.«

»Er hat kein Auto«, sagte Nathan.

»Dann nehmen wir ein Taxi.«

»Wie du willst.« Nathan ging die Treppe hinunter zum Parkplatz.

Als Nathan seinen Wagen in der Einfahrt abstellte, fuhr auch Bens und Erics Taxi vor. »Das war ja ungemein sinnvoll«, sagte Nathan, während die drei auf die Haustür zugingen.

Ohne auf seinen Kommentar zu achten, schloß Ben auf und trat ins Haus.

»Du solltest Ober erzählen, was wir besprochen haben«, schlug Eric vor.

»Ich weiß«, sagte Ben. »Aber hier im Haus will ich nicht reden.« Er sah die Jahrbücher auf dem Couchtisch liegen. »Was hat er denn damit heute abend gemacht?«

»Wahrscheinlich in alten Zeiten geschwelgt«, antwortete Nathan.

»Dich hab' ich nicht gefragt«, sagte Ben. Auf dem Bücherstapel fiel ihm ein einzelnes Blatt Papier ins Auge. Er nahm es in die Hand und las für sich: »Lieber Ben, lieber Nathan, lieber Eric. Es tut mir so leid. Ich kann euch unmöglich erklären, was ich vorhabe, aber ich habe keine andere Wahl. Wahrscheinlich denkt ihr, daß es bloß eine weitere blöde Ober-Idee ist, aber versteht bitte, daß ich sonst niemals glücklich sein kann. Seit ich zurückdenken kann, habt ihr mich mitgeschleppt, und ich habe euch nur behindert. Sagt meiner Mutter, ich kann auf sie verzichten, und sagt Rick, ich hoffe, er krepiert. Und sagt meiner Chefin, daß ich nie versucht habe, mir eine Beförderung zu erschleichen – es ist mir wirklich wichtig, daß sie das erfährt. Wenn ich euch um einen letzten Gefallen bitten darf: Geht vorsichtig miteinander um. Ich werde euch mehr vermissen, als ihr je ahnen könnt. Ihr seid meine besten Freunde, und ich liebe euch. Ober.«

»O mein Gott.« Ben rannte auf die Treppe zu. »Ober!« schrie er.

Instinktiv folgen Nathan und Eric ihm.

»Ober, bist du da drin?« schrie Ben, während er gegen die verschlossene Tür von Obers Zimmer trommelte. Dann drehte er sich um. »Ich glaube, ich hab' einen Abschiedsbrief gefunden!«

»Ober! Mach auf!« brüllte jetzt auch Nathan und schlug auf die Tür ein.

»Brich sie auf«, schrie Ben hysterisch.

»Weg da.« Nathan trat einige Schritte zurück, dann warf er sich mit seinem ganzen Gewicht gegen die Tür.

»Noch mal!«

Wieder warf Nathan sich gegen die Tür.

»Eintreten!« brüllte Eric. »Schnell!«

Nathan rammte seinen Fuß gegen das Holz, so daß der Rahmen zitterte. Beim zweiten Stoß flog die Tür auf, und die drei stürzten ins Zimmer.

Ober hing an der Tür des Kleiderschranks, einen Gürtel straff um den Hals. »O mein Gott!« sagte Eric. »O mein Gott! O mein Gott!«

»Hilf uns, ihn abzunehmen«, rief Nathan, während er und Ben Ober an den Beinen packten, um ihn anzuheben. »Los, Eric, mach die Tür auf.«

Eric brach in ein lautes Schluchzen aus. Tränenüberströmt stand er mit zitternden Händen da, ohne Nathans Aufforderung zu hören. Das einzige, was er sah, war Ober. »Er ist tot!«

»Mach die verdammte Tür auf!« brüllte Nathan.

Eric zog die Tür des Kleiderschranks auf, so daß Obers Körper nach vorne sackte und zu Boden glitt. Sofort drehte Nathan ihn auf den Rücken und begann mit einer Herzmassage.

»Mach schon!« sagte Ben, während Nathan Obers Nase zuhielt, tief einatmete und versuchte, seinem Freund wieder Leben einzuhauchen.

»Seht euch doch seine Augen an!« schrie Eric, entnervt von Obers starrem Blick. »Er ist tot.«

Nathan schloß Obers Augen und sah Ben an. »Schaff bloß Eric hier raus.«

»Eric, geh nach unten«, sagte Ben. »Ruf einen Rettungswagen.«

Während Eric aus dem Zimmer lief, drückte Nathan kraftvoll auf Obers Brustbein, legte den Kopf auf seine Brust und horchte auf den Herzschlag.

»Da ist kein Puls!« sagte Ben, der Obers Handgelenk hielt.

»Er ist ganz weiß.« Nathan starrte auf Obers bleiche Haut.

»Versuch's weiter«, befahl Ben. »Mach's noch einmal!«

Vergeblich blies Nathan Luft in Obers Lungen und begann wieder mit der Herzmassage.

»Hör nicht auf!« schrie Ben, als er Nathans resignierten Blick sah. »Noch mal!«

Wieder versuchte Nathan, seinen Freund ins Leben zurückzuholen. Mit aller Macht drückte er auf Obers Brustbein und versuchte alles, um ihm irgendein Lebenszeichen zu entlocken. Dann lauschte er angestrengt auf den Herzschlag. Schließlich gab er auf. »Vergiß es. Es ist vorbei.«

»Laß mich es versuchen.« Ben schob Nathan zur Seite.

»Ben, es ist vorbei.«

»Hilf mir, ihn runterzubringen!« befahl Ben und hob Obers Füße an. »Vielleicht kann der Notarzt ihn wiederbeleben. Die Rettungswagen haben doch Elektroschock –«

»Es wird nichts nützen.« Nathan setzte sich auf den Boden und lehnte sich gegen Obers Bett. »Er ist tot.«

Während die Sanitäter die Trage aus dem Haus rollten, übergab Ben den Abschiedsbrief und den Ledergürtel den Polizisten, die ebenfalls gekommen waren. Einer der Beamten sprach mit allen drei Hausbewohnern, dann gab er Ben seine Karte. »Ich möchte mich gern noch einmal mit Ihnen unterhalten.«

»Wir kommen morgen aufs Revier«, versprach Ben. Ihm war, als sei jedes Gefühl aus ihm gewichen. Er schloß die Augen, um sich irgendwie von der Welt abzuschirmen, und versuchte, den bohrenden Schmerz in seinem Hinterkopf zu vergessen.

»Die Sache mit Ihrem Freund tut mir wirklich leid«, sagte der zweite Polizeibeamte.

»Danke.« Ben begleitete die beiden Polizisten hinaus. Als der

Streifenwagen und der Rettungswagen abfuhren, zog er die Tür zu; dann sackte er auf dem Fußboden zusammen, drehte sich auf den Rücken und versuchte, so gut es ging, klar zu denken. Schließlich wandte er sich an Nathan, der an dem gläsernen Eßtisch saß. »Wo ist Eric?«

Nathan starrte durch die Glasplatte auf seine Füße. »In seinem Zimmer. Er telefoniert mit seiner Mutter.«

»Hat er sich wieder gefangen?«

»Ich denke, ja«, erwiderte Nathan. »Wenn er aufgelegt hat, solltest du Obers Eltern anrufen.«

»*Ich* soll anrufen? Das kann ich nicht.«

»O doch, das kannst du.« Nathan stand auf und ging zur Treppe.

»Warum denn ich?« Ben folgte ihm.

»Du trägst die Verantwortung«, sagte Nathan schroff.

»Das meinst du doch nicht ernst«, erwiderte Ben drohend.

Nathan drehte sich um und sah Ben ungläubig an. »Trägst du vielleicht nicht die Verantwortung?« Er kam auf Ben zu und baute sich vor ihm auf. »Wer soll denn sonst schuld sein? Vielleicht Ober? Nein, das ist ja schlecht möglich. Dann ist vielleicht Rick schuld? Oder ich? Oder vielleicht Senator Stevens?«

»Niemand ist *schuld*«, unterbrach Ben ihn.

»Tatsächlich? Das war also etwas, das einfach nur so passiert ist?«

»Natürlich ist es nicht einfach nur so passiert. Und wenn die Sache mit mir nicht gewesen wäre, wäre Ober wahrscheinlich noch am Leben. Aber das heißt noch lange nicht, daß ich ihn umgebracht habe.«

»Nein, du hast ihm nur den Gürtel um den Hals gelegt.«

Ein wütendes Schweigen legte sich über das Zimmer. »Du kannst ein echter Dreckskerl sein, weißt du das?«

»Ich wollte dafür sorgen, daß du –«

»Daß ich was?« Bens Augen füllten sich mit Tränen. »Daß ich mir Vorwürfe mache? Daß ich denke, ich bin schuld? Mach dir keine Sorgen, das tu ich schon. Ich halte mich für hundertprozentig verantwortlich. Ich bin derjenige, der diese ganze Sache losgetreten hat, und das wird mich bis an mein Lebensende verfolgen. Bis zu dem Tag, an dem ich sterbe, wird kein einziger Tag vergehen, an dem ich mich nicht schuldig fühlen werde.«

»Du solltest dich auch schuldig fühlen.«

»Erzähl mir bloß nicht, wie ich mich fühlen soll.« Bens Stimme zitterte. »Ober war mein bester Freund! Ich hätte alles getan, um ihn zu retten.«

»Du hättest ihn ja retten können«, erwiderte Nathan. »Du hättest nur den Mund aufmachen müssen.«

»Was ist denn los mit dir, verdammt noch mal?« schrie Ben. »Wie kannst du bloß so ekelhaft sein? Ich wollte mich doch stellen! Darum ging es heute abend doch! Aber ich konnte doch nicht wissen, daß Ober sich umbringen würde! Ich hatte keine Ahnung, daß er so gefährdet war!«

»Und ich hab' keine Ahnung, was du jetzt von mir erwartest. Glaubst du, nur weil du deine Schuld zugibst, werde ich sie dir sofort vergeben? So funktioniert das nicht. Du hast ihn umgebracht, und jetzt mußt du damit leben.«

Wütend schlug Ben Nathan in den Magen. »Ich habe ihn nicht umgebracht!« brüllte er.

Vor Schmerz vornübergeneigt, rang Nathan nach Luft.

»Ich habe ihn nicht umgebracht!« wiederholte Ben. »Er hat es selbst getan!«

Noch immer keuchend warf Nathan sich auf Ben, so daß beide auf den Couchtisch stürzten. Das selbstgemachte Möbelstück zerbrach; die Jahrbücher und Obers Album rutschten auf die beiden.

Nathan hockte sich auf Bens Brust und packte ihn am Hemd. »Warum hast du das zugelassen?« schrie er.

Ben stieß ihn zurück und taumelte hoch. »Ich hab's doch nicht gewollt!«

»Warum hast du dann nicht –«

»Ich wünschte, ich hätte tausend Dinge getan!« schrie Ben.

»Um tausend Dinge ging es nicht«, sagte Nathan. »Da war nur eines zu tun.«

»Ich schwöre dir, ich wollte mich morgen stellen!«

»Es ist doch ganz egal, was du tun *wolltest*.« Tränen strömten über Nathans Gesicht. »Ober ist *heute* gestorben! Er ist tot,

Ben! Wir werden ihn nie wiedersehen! Durch deine Schuld ist er gestorben! Ober ist tot!«

»Nathan, ich –«

»Ich will nichts mehr hören.« Nathan stürmte auf die Treppe zu. »Ich habe genug von deinen verdammten Entschuldigungen. Egal, was du sagst, ich weiß, du hast ihn umgebracht. Und ich hoffe, daß dieser Gedanke dich dein Leben lang verfolgt.«

»Ich hab's Ihnen doch schon gesagt«, verteidigte sich Richard Claremont. »Ich hab' ihn überhaupt nicht angefaßt. Schließlich war ich den ganzen Abend am Jefferson Memorial, um die anderen drei zu beobachten.«

»Wenn Sie lügen, wird die Polizei Sie finden«, sagte Rick drohend. »Man hat das ganze Haus nach Fingerabdrücken abgesucht.«

»Ich lüge aber nicht! Bevor ich hierhergekommen bin, habe ich überhaupt nicht gewußt, daß er sich umgebracht hat.« Claremont zog seinen Mantel aus. »Seit wann sind Sie eigentlich so darum besorgt, was mit diesen Kerlen passiert?«

»Wenn einer von ihnen seine Stelle verliert, macht mir das keine Sorgen, aber wenn einer abkratzt, ist das eine andere Sache.«

»Ich weiß gar nicht, warum Sie das so erschüttert.« Claremont setzte sich auf das feudale Hotelsofa. »Schließlich haben Sie sie in diese Situation gebracht. Da hätten Sie erwarten können, daß einer von ihnen durchdreht.«

»So etwas hatte ich nie vor!« brüllte Rick.

»Aber Sie hätten wissen müssen –«

»Ach, hören Sie doch auf«, unterbrach Rick ihn. »So etwas kann man nicht vorhersehen.«

»Aber –«

»Ich will jetzt nichts mehr hören. Lassen Sie's.«

»Na schön«, sagte Claremont. »Und was machen wir jetzt mit dem Urteil?«

»Darüber habe ich schon nachgedacht.« Rick zog eine halbe Flasche Weißwein aus dem Kühlschrank. »Ich fürchte, daß Ben nicht mehr mitspielen wird.«

»Sie glauben also nicht, daß er die Verabredung morgen einhält?«

»Auf keinen Fall.« Rick entkorkte den Wein. »Gleich in der Frühe wird er zur Polizei laufen.«

»Aber wenn er –«

»Machen Sie sich keine Sorgen«, beruhigte Rick seinen Partner. »Er wird nie dort ankommen.«

Den Kopf voller Seelenqual und Reue ging Ben ins Bad und drehte die Dusche auf. Er zog sich aus und trat unter den warmen Wasserstrahl, begierig, die vergangenen Stunden von sich abzuwaschen. Mit ausgestreckten Armen lehnte er sich gegen die Wand der Duschkabine und ließ das Wasser über seinen Körper fließen. Volle drei Minuten stand er völlig bewegungslos, bevor ihn langsam und ohne Vorwarnung ein Weinkrampf überfiel. »Es tut mir leid, Ober«, schluchzte er, »es tut mir ja so leid.« Unter dem rauschenden Wasser stellte er sich plötzlich vor, wie er Obers Sarg tragen würde, und er erinnerte sich, wie er den seines Bruders getragen hatte. Er stellte sich das Gesicht von Obers Mutter vor, als sie vom Tod ihres Sohnes erfuhr, und er erinnerte sich an die Trauer seiner eigenen Mutter. Er stellte sich die Zukunft ohne Ober vor und wußte, wie sehr er seinen Freund vermissen würde.

ACHTZEHNTES KAPITEL

Am Sonntagmorgen zog Ben um Viertel nach neun seinen Mantel an und nahm seine Aktentasche. Noch immer tief in Gedanken an Obers Tod versunken, versuchte er, nicht an die nervenaufreibende Stille zu denken, die sich im Haus ausgebreitet hatte. Er trat aus der Haustür. Eine dünne Schicht Neuschnee bedeckte den Boden. Auf dem Weg zur Straße trat er vorsichtig in die Spuren, die Eric und Nathan hinterlassen hatten. Während er zur U-Bahn ging, blickte er wiederholt über seine Schulter. Nach den Ereignissen der vergangenen Tage war ihm die Vorsicht in Fleisch und Blut übergegangen. Als er um eine Ecke bog, sah er einen Mann in einem dunkelblauen Wintermantel und einem braunen Filzhut auf sich zukommen. Es beunruhigte ihn, daß die Hutkrempe das Gesicht des Mannes verbarg. Auf der Straße schob sich ein grauer Wagen neben ihn und hielt. Ben erkannte sofort, daß es Erics Auto war.

»Wie geht's?« Eric kurbelte sein Fenster herunter.

»Ganz gut«, antwortete Ben tonlos. Er trat an den Straßenrand und beugte sich zum Fahrerfenster hinunter. »Ich hab' vielleicht fünf Minuten geschlafen.«

»Ich auch«, sagte Eric. »Ich muß einfach ständig an ihn denken. Allein die Vorstellung, wie er da gehangen hat ...«

»Bitte hör auf.« Bens Hände schlossen sich um das Metall des Türrahmens.

»Hast du es Lisa schon erzählt?«

»Ich hab' sie gestern nacht noch angerufen. Bevor ich meinen ersten Satz beendet hatte, hat sie schon losgeheult. Ich hab' sie noch nie so erlebt.«

Eric bemerkte die Aktentasche in Bens Hand. »Wo gehst du hin?«

»Zur Staatsanwaltschaft.«

»Das war's dann also?«

»Hoffentlich«, sagte Ben. »Morgen um diese Zeit sollte ich die ganze Sache hinter mir haben.«

»Ich weiß, daß ich das gestern nicht gesagt habe, aber ich glaube, du tust das Richtige.«

»Danke«, sagte Ben, während der Fremde in dem dunkelblauen Mantel hinter ihm vorbeiging. Ben drehte sich um und sah ihm hinterher. »Sieht der Typ deiner Meinung nach verdächtig aus?«

»Eigentlich nicht. Warum?«

»Mir ist er sonderbar vorgekommen.«

»Ich würde mir an deiner Stelle keine Sorgen machen«, sagte Eric. »Bestimmt ist er harmlos.«

»Ja.« Ben richtete sich auf.

»Soll ich dich zur Metro bringen?« fragte Eric.

»Mir wäre es lieber, wenn du mich in die Stadt fahren könntest.«

»Keine Zeit. Ich muß kurz einen Artikel überarbeiten, und dann in die Redaktion. Weiter als bis zur U-Bahn geht's beim besten Willen nicht.«

»Schon in Ordnung.« Ben trat zurück auf den Gehweg. »Ich glaube, die zwei Straßen schaffe ich schon.«

»Wie du willst.« Eric kurbelte sein Fenster wieder hoch. »Dann bis heute abend.«

»Hoffentlich«, sagte Ben. »Wenn du bis zum Abendessen nichts von mir gehört hast, bedeutet das, daß ich noch um meine Chancen als Kronzeuge feilsche.«

Der Wagen fuhr an, und Ben ging weiter. Als er die Geschäftsstraße des Viertels erreichte, ließ er seinen Blick unruhig umherschweifen. Er sah einen alten Mann, der seinen Gemüsekarren über den schneebedeckten Weg zog. Eine Frau, die trotz des Wetters neben ihrem schwarzen Labrador einherjoggte. Einen Supermarktangestellten beim Schneeschaufeln. Eine übergewichtige Frau, die Mühe hatte, nicht auszurutschen. Noch immer nervös, erreichte Ben seine Lieblingsbäckerei. Ich muß mich wirklich beruhigen, dachte er, während er eintrat. Es verfolgt mich doch niemand. Ben aß einen Bagel und eine Banane, wischte sich den Mund ab, schloß seinen Mantel und trat wieder in die Kälte hinaus. Sofort fiel ihm auf, daß zwischen ihm und dem U-Bahnhof der Mann in dem dunkelblauen Mantel und dem braunen Filzhut stand.

Langsam ging Ben weiter und versuchte, den sich nähernden Fremden zu identifizieren. Er schien so groß wie Rick zu sein, aber schwerer. Das konnte aber auch der dicke Mantel sein. Während sein Herz heftig zu schlagen begann, versuchte Ben sich einzureden, daß alles nur Einbildung war. Beruhige dich, sagte er sich. Es gibt keinen Grund, verrückt zu werden. Als sie noch drei Meter voneinander entfernt waren, streifte Ben seinen rechten Handschuh ab und ballte die Faust, entschlossen, auf jede verdächtige Bewegung des Mannes zu reagieren. Der war noch drei Schritte entfernt, und Ben war schweißgebadet. Panisch vor Angst machte er sich auf alles Erdenkliche gefaßt.

Ben hielt den Atem an, als der Mann an ihm vorbeiging; dann mußte er den Drang bezwingen, sich nach ihm umzudrehen. Erst als er ein ganzes Stück an dem Fremden vorbei war, atmete er erleichtert aus. So viel Schweiß für nichts, fuhr es ihm durch den Kopf, und er lachte gezwungen. Gerade wollte er sich doch umdrehen, um dem Mann noch einmal hinterherzusehen, als er von hinten gepackt wurde. Er spürte, wie ein Arm sich fest um seinen Hals legte, während eine Hand in einem dunkelblauen Ärmel ihm ein beißend riechendes Taschentuch ins Gesicht drückte. Instinktiv warf Ben den Kopf zurück, so daß er in das Gesicht des Angreifers schlug.

»Verdammte Scheiße!« brüllte der Mann, ließ Ben los und faßte sich an seine blutende Nase.

Hustend und nach Atem ringend rannte Ben weiter. Als er am Supermarkt vorbeikam, blickte er sich um und sah, daß der Fremde ihn wieder verfolgte. Ben ließ seine Aktentasche fallen und entriß dem Angestellten des Supermarkts seine Schneeschaufel. Wild schwang er sie vor dem herannahenden Angreifer. »Bleiben Sie stehen, verdammt noch mal!«

»Beruhigen Sie sich«, sagte der Mann. »Ich tu Ihnen schon nichts.« Während er versuchte, Bens Aufmerksamkeit auf sich zu ziehen, kam Rick um die Ecke und schlich sich langsam von hinten an Ben heran.

«Wer sind Sie?« fragte Ben. »Wer hat Sie geschickt?«

»Ich bin auf Ihrer Seite«, sagte der Mann. »Das schwöre ich. Ich bin vom Justizministerium.« Sein Blick richtete sich auf etwas hinter Bens Schulter.

Ben wirbelte herum und schwang blindlings seine Schaufel. Zu seiner Überraschung traf er mit der flachen Seite Rick, der ihn fast schon gepackt hatte. »Das ist ja nicht zu fassen.« Als Rick zu Boden fiel, hob Ben die Schaufel, um noch einmal zuzuschlagen. »Für wen hältst du dich eigentlich?« brüllte er. »Das ist mein Leben!«

Dann sah Ben den Supermarktangestellten. »Rufen Sie die Polizei!« schrie er ihn an.

»Wir sind von der Polizei«, verkündete Ricks Komplize. »Sie brauchen niemanden zu rufen.«

»Jetzt packen Sie ihn doch, Claremont!« brüllte Rick, der sich das blutverschmierte Ohr hielt.

Ben warf dem Fremden die Schaufel ins Gesicht, drehte sich um und stürzte davon.

»Hinterher!« schrie Rick, obwohl Claremont schon losgelaufen war.

Schneller und athletischer als seine beiden Verfolger, hetzte Ben in das Wohngebiet des Viertels zurück. Er sprang über Zäune, hastete durch Hinterhöfe und verschwand hinter Hausmauern, so daß seine Verfolger ihn nie länger als ein paar Sekunden im Blickfeld hatten. Am Ende einer Einfahrt wandte er sich im Hinterhof nach links, sprang über einen Zaun in den Nachbargarten und von dort in den nächsten Hinterhof, um über eine andere Einfahrt wieder auf die Straße zu gelangen. Dabei wußte er, daß das einzige Haus des Viertels, das er meiden mußte, sein eigenes war, denn wenn seine beiden Verfolger sich trennten, würde ihm einer von ihnen mit Sicherheit dort auflauern. Während die kalte Luft seine Lungen füllte, arbeitete er sich langsam wieder zum Supermarkt vor, wobei er die Straßen mied und sich seinen Weg durch die mit Abfall übersäten Gassen suchte. In der Hoffnung, seine Verfolger abgehängt zu haben, lief er auf *Boosin's Bar* zu, den einzigen Ort, der seiner Kenntnis nach ein Münztelefon und – noch wichtiger – eine Hintertür besaß. Ein letzter Blick, dann verschwand er in der Kneipe.

Ben ging sofort nach hinten, stieß die Tür zur Herrentoilette auf, betrat eine Kabine und verschloß die Tür. Vornübergebeugt versuchte er, Atem zu schöpfen. Die Wärme des Raums stand in scharfem Gegensatz zur Kälte draußen, und Ben spürte ein Brennen in seinen Lungen. Er zog seinen Mantel aus, klappte die Klobrille hoch und erbrach die Banane und den Bagel. Als sein Magen schon leer war, mußte er noch immer würgen, als ob sein Körper damit auf die Panik reagierte, die ihn überfallen hatte. Zitternd drückte er die Spülung und setzte sich. Das kann doch alles nicht wahr sein, dachte er, die Ellbogen auf die Knie gestützt. Was geht hier eigentlich vor, verdammt noch mal? Während er sich die Stirn mit Toilettenpapier abtupfte, sank seine Körpertemperatur allmählich auf ihr normales Niveau. In sein Gesicht kehrte langsam die Farbe zurück.

Zwanzig Minuten später war Ben überzeugt, daß Rick und sein Komplize endgültig verschwunden waren. Er verließ die Toilette, suchte in seinen Taschen nach Kleingeld und fand ein paar Münzen, die er in den Geldschlitz des Telefons steckte. Während er Lisas Nummer wählte, schossen seine Blicke durch den Raum, in dem ein paar Basketball-Fans vor dem ersten Spiel des Tages ihr Frühstück verzehrten.

»Hallo«, meldete sich Lisa.

»Du wirst nicht glauben, was ich gerade erlebt hab'.« Bens Stimme überschlug sich. »Rick und irgendein anderer Kerl haben mich überfallen. Sie sind auf mich los und haben versucht, mich zu kidnappen. Ich hab' ihnen mit einer Schaufel eins verpaßt und bin einfach losgerannt –«

»Moment, Moment, Moment«, unterbrach Lisa ihn. »Eins nach dem anderen. Jetzt noch mal von vorn.« Nachdem er ihr die Ereignisse der letzten halben Stunde berichtet hatte, sagte sie: »Das kann ich nicht glauben.«

»Mußt du aber.«

»Hast du Ricks Partner erkennen können?«

»Nein. Ich war völlig außer mir. Ich erinnere mich nur noch, daß er geschrien hat, er sei vom Justizministerium.«

»Glaubst du, das stimmt?«

»Natürlich nicht«, erwiderte Ben. »Das Justizministerium schickt keine Leute los, die einen mit Chloroform angreifen. Er wollte nur nicht, daß jemand die Polizei ruft.«

»Aber wer war er dann?«

Bens Blick hatte sich auf den Eingang des Lokals geheftet.

»Entweder Ricks Handlanger oder der Kerl, den Rick benutzt, um Geld mit American Steel zu machen.«

»Warum braucht Rick dazu jemand? American Steel ist doch eine ganz normale Aktiengesellschaft, und Rick kann so viele Aktien kaufen, wie er will.«

»Aber man braucht Geld, um Aktien zu kaufen, und wahrscheinlich hat die Grinnell-Sache Rick wieder arm gemacht. Also braucht er jemand, der bereits eine Menge American-Steel-Aktien besitzt oder der bereit ist, ihn zu finanzieren. Sonst ist er –« Ben blickte auf seinen am Boden liegenden Mantel. »Verdammt«, sagte er, »mir wird gerade klar, daß ich meine Aktentasche vor dem Supermarkt verloren habe. Bestimmt haben sie sie mitgenommen.«

»Du hast doch das Urteil nicht dringelassen, oder?«

»Natürlich nicht. Aber da war der Brief drin, den ich geschrieben habe. Und das bedeutet, sie wissen, daß ich mich stellen will.«

»Das ist ihnen offenbar sowieso schon klargeworden«, erwiderte Lisa. »Übrigens, hast du Nathan und Eric verständigt?«

»Noch nicht. Warum?«

»Ruf sie an. Wenn Rick in deinem Viertel herumläuft, wird er als erstes euer Haus überprüfen. Sind die beiden noch da?«

»Nathan ist im Büro, aber Eric könnte noch zu Hause sein.« Ben legte auf und wühlte wieder in seinen Taschen. Er hatte einen Nickel zu wenig. Gehetzt tippte er die Nummer seiner Telefonkarte ein. Noch während seine Finger über die Tasten tanzten, bemerkte er, daß er sich verwählt hatte. »Verdammt.« Er legte wieder auf und wählte hektisch noch einmal. »Komm schon, komm schon«, murmelte er vor sich hin, während er auf den Summton wartete. Als er ihn endlich hörte, wählte er die vertraute Nummer und betete, daß Eric mit seinem Artikel vielleicht schon fertig war und das Haus verlassen hatte.

»Hallo«, meldete sich Eric.

»Eric, ich bin's. Verlaß das Haus. Rick und dieser Kerl in dem dunkelblauen Mantel –«

»Hast du schon mit Lisa gesprochen?« unterbrach ihn Eric.

»Mach dir wegen Lisa keine Sorgen«, sagte Ben. »Du mußt jetzt –«

»Sei doch mal still«, fuhr Eric ihn an. »Rick hat hier angerufen und sich nach dir erkundigt. Er hat gesagt, es sei dringend. Und ich soll dir sagen, daß er zu Lisa unterwegs ist.«

Ben wurde flau im Magen. »Wann hat er angerufen?«

»Vor etwa einer halben Stunde. Brauchst du vielleicht –«

Ben legte auf, tippte erneut seine Kennziffer ein und wählte Lisas Nummer. »Scheiße, Scheiße, Scheiße«, murmelte er, als das Telefon fünfmal läutete, ohne daß jemand abhob.

Endlich meldete sich Lisa. »Hallo.«

»Verlaß sofort deine Wohnung«, sagte Ben. »Rick ist auf dem Weg zu dir.«

»Vielleicht bin ich auch schon da«, ertönte Ricks Stimme. »Wie geht's dir, Ben?«

»O mein Gott.«

»Warum bist du so niedergeschlagen?« fragte Rick. »Ich bin's doch nur.«

»Wenn du ihr was antust, kannst du dich drauf verlassen, daß ich –«

»Erspar mir deine Drohungen.« Ricks Stimme wurde ernst. »Ich habe jetzt Lisa und Nathan –«

»Nathan?«

»Halt den Mund und hör mir endlich zu. Ich habe beide, und außerdem habe ich diese Spielchen endgültig satt. Und jetzt sag mir, wo du bist.«

Ben schwieg.

»Das ist wirklich nicht der richtige Zeitpunkt, sich dumm anzustellen«, sagte Rick. »Einen Freund hast du an diesem Wochenende schon verloren. Sollen da zwei draus werden?« Da noch immer keine Antwort kam, fuhr er fort. »Oder drei?«

»Ich bin in *Boosin's Bar*«, sagte Ben endlich. »Das ist in der New Hampshire.«

»Ich weiß. Ich erwarte von dir, daß du in zehn Minuten vor der Tür stehst. Und wenn du den Drang verspüren solltest, die Polizei, deine Eltern, Eric oder irgend jemand anderen anzurufen, werde ich sehr böse auf dich sein. Verstehst du?«

»Ja.« Ben verschluckte seine Wut.

»Gut. Und jetzt eine letzte Frage. Wie lautet das Urteil in der American-Steel-Sache?«

Wieder schwieg Ben.

»Ich hab' dich was gefragt.«

Noch immer Schweigen.

»Es geht nur um Geld«, sagte Rick warnend. »Mach da bloß nicht mehr draus.«

»American Steel gewinnt«, bellte Ben. »Bist du zufrieden? Jetzt kannst du endlich deine Millionen einsammeln.«

»Ich bin sehr zufrieden – das ist genau die Antwort, die uns Lisa auch gegeben hat. Dann bis in zehn Minuten vor der Tür.«

Als er hörte, wie Rick auflegte, explodierte Ben. Er schmetterte den Hörer gegen den Apparat. Die wenigen Gäste des Lokals sahen auf, als sie den Lärm hörten. Wieder ließ Ben den Hörer gegen das Metall des Apparats krachen. Wieder und wieder.

Plötzlich packte ihn jemand von hinten. »Was ist denn mit Ihnen los, verdammt noch mal?« fragte der Barkeeper und entriß Ben den Hörer.

»Lassen Sie mich los!« schrie Ben und versuchte, sich dem Griff des Mannes zu entwinden.

Der Barkeeper zerrte ihn zur Tür und schob ihn hinaus. »Wenn Sie ausrasten wollen, tun Sie das woanders.«

Vor Zorn bebend, wartete Ben vor *Boosin's Bar*. Die Hände tief in seinen Manteltaschen verborgen, trat er verzweifelt auf einen kleinen Schneehaufen ein. Nach zehn Minuten hielt ein roter Jeep am Bordstein. Nur Claremont saß darin. »Bleiben Sie stehen, wo Sie sind«, sagte er, während er ausstieg und auf Ben zuging. Er hatte seinen braunen Filzhut abgelegt. Claremonts rundliches Gesicht hatte eine ausgelaugte, mehlige Färbung und ließ ihn wesentlich älter aussehen, als Ben erwartet hatte.

»Ziehen Sie Ihren Mantel aus.« Claremont deutete die Bewegung mit seinen Wurstfingern an.

Als Ben gehorcht hatte, tastete er ihn ab. »Immer noch besorgt wegen möglicher Mikrophone?« fragte Ben.

»Ich hab' gehört, Sie tragen so gern welche.« Zufrieden öffnete Claremont die Autotür. »Einsteigen.«

Fünfunddreißig Minuten später bog der Jeep in den rückwärtigen Parkplatz des *Palm Hotel* in Bethesda ein. »Folgen Sie mir«, sagte Claremont und ging auf den Hintereingang des Gebäudes zu. »Und wenn Sie auch nur ein Wort zu irgend jemand sagen …«

»Schon verstanden«, erwiderte Ben.

Sie fuhren mit dem Aufzug ins vierundzwanzigste Stockwerk und gingen durch den Flur zum Zimmer 2427. Claremont schob seine Karte in das elektronische Schloß, stieß die Tür auf und betrat eine luxuriös ausgestattete Suite. Das Wohnzimmer war leer.

»Wo sind denn alle?« wollte Ben wissen.

»Halten Sie den Mund und folgen Sie mir«, befahl Claremont. Er führte Ben durchs Schlafzimmer und öffnete die Tür zur angrenzenden Suite. Auch die durchquerten sie, um zu einer weiteren Verbindungstür zu gelangen. Durch sie betraten sie endlich die größte der drei Suiten, wo Rick, Lisa und Nathan sie erwarteten.

Als Ben und Claremont in der Tür erschienen, erhob sich Rick von seinem Sofa. »Schön, schön, dann ist die ganze Clique ja versammelt«, sagte er. »Lisa, Nathan, ihr kennt Ben wohl schon. Ben, das sind Lisa und Nathan.«

Ben war überrascht, daß Nathan und Lisa ruhig an dem großen gläsernen Eßtisch saßen. Als er jedoch durchs Glas blickte, bemerkte er, daß beide mit Handschellen an ihre Stühle gefesselt waren. Ein geschwollenes blaues Auge verunzierte die linke Seite von Nathans Gesicht.

»Bist du verletzt?« fragte Ben.

»Leck mich am Arsch.« Nathan drehte den Kopf weg.

»Aber Kinder«, mahnte Rick, »ihr wollt euch doch nicht streiten.«

»Du hättest ihn nicht schlagen müssen«, sagte Ben.

»Doch, das war notwendig«, konterte Rick. »Sonst wäre er nämlich nicht mitgekommen.«

Ben sah Lisa an. »Dich haben sie aber nicht geschlagen, oder?«

»Soll das ein Witz sein?« rief Rick und deutete auf die Nagelspuren an seinem Hals. »Sie hat mehr Schaden angerichtet als du.« Er ging zu einem kleinen Mahagonischreibtisch in einer Ecke des Zimmers, griff in seine Aktentasche und entnahm ihr zwei Paar Handschellen, die er seinem Komplizen zuwarf.

Claremont schob Ben zu einem massiven Holzstuhl neben Nathan. »Setzen Sie sich.«

»Zuerst laßt ihr die beiden frei«, verlangte Ben.

»Damit sie zur Polizei rennen?« Rick lachte. »Setz dich, Ben. In deiner Lage hast du keine Forderungen zu stellen.«

Claremont fesselte Ben mit den Handschellen an den Stuhl.

»Falls ihr vorhaben solltet, zu schreien«, sagte Rick, »möchte ich euch raten, euren Lungen die Strapaze zu ersparen. Wir haben den Großteil dieses Stockwerks für uns allein, und der Geschäftsführer hat uns vollständige Diskretion zugesichert. Heutzutage kann man fast alles kaufen.«

»Ich weiß gar nicht, warum du so selbstgefällig tust«, stieß Ben hervor. »Schließlich ist Eric noch in Freiheit. Wenn wir heute abend nicht nach Hause kommen, wird er sofort zur Polizei gehen.«

»Nein, das wird er nicht«, sagte Rick kühl.

Lisa sah Ben an. »Nathan mußte Eric anrufen und ihm sagen, daß er bis in die Nacht hinein arbeiten muß. Und dann mußte ich ihn anrufen, um ihm erklären, daß es dir und mir gut geht – daß der Anruf von Rick nichts weiter als eine leere Drohung war.« Als sie Bens betroffene Miene sah, fügte sie hinzu: »Rick hat gesagt, sie würden dich umbringen, wenn wir uns weigern.«

Von der Drohung überrascht, sah Ben seinen Gegner an.

»Zufrieden?« fragte dieser.

»Wirst du jetzt die Verkündung des Urteils aufhalten?« fragte Fisk, der ungeduldig in Lungens Büro saß.

»Ich weiß nicht, wie ich das machen soll«, erwiderte Lungen. »Wir haben nicht mehr Beweise als am Freitag. Ben und Lisa sind das ganze Wochenende noch nicht hiergewesen.«

»Ich hab' doch gesagt, wir sollten sein Haus überwachen.« Fisk richtete den Zeigefinger auf Lungen. »Jetzt wissen wir nicht, wo er ist.«

»Vielleicht ist er ja nur beim Einkaufen.«

»Ich bin weiterhin der Meinung, daß wir das Urteil aufhalten sollten. Sag den Richtern, es kann nicht verkündet werden, bevor wir Ben gefunden haben.«

»Jetzt mach dir doch endlich mal klar, was du da verlangst. Ich soll dem Obersten Gerichtshof der Vereinigten Staaten Sand ins Getriebe werfen, bloß weil einer der Assistenten an diesem Wochenende nicht ins Büro gekommen ist? Weißt du überhaupt, wie schnell wir uns bei so einer Geschichte auf dem Arbeitsamt wiederfinden können?«

»Und was ist, wenn er morgen auch nicht aufkreuzt?«

»Das ist doch völlig egal«, erwiderte Lungen. »Bevor wir keine Beweise haben – und damit meine ich auch die letzte Einzelheit –, können wir den Gerichtshof nicht einfach blockieren. Glaub mir, wenn wir alles zusammen haben, gehört Ben Addison mir. Aber bis dahin sitzen wir einfach da und warten ab.«

»Und lauschen.« Fisk drehte den Lautsprecher auf Lungens Schreibtisch auf.

Bens gefesselte Arme wurden steif. »Es war ein Fehler, nur uns drei einzukassieren.«

»Ach, tatsächlich?« Rick saß auf dem feudalen Sofa und blätterte in Papieren, die auf dem Couchtisch lagen.

»Ja. Eric wird die Geschichte nämlich nicht glauben. Wahrscheinlich sitzt er schon längst bei der Polizei.«

»Das ist eine ziemlich blöde Theorie«, sagte Rick, ohne den Blick von den Papieren abzuwenden.

»Und wieso?«

»Du meinst also, Eric wird zur Polizei laufen?« Rick hob den Kopf, um seine Gefangenen zu betrachten. »Du meinst denselben Eric, der dir geraten hat, das um jeden Preis zu vermeiden? Denselben Eric, der dir erklärt hat, du könntest mich ganz allein festnageln? Und der soll die Sache an die große Glocke hängen? Selbst Ober war da intelligenter.« Ben biß die Zähne zusammen. »Hat wohl 'nen Nerv getroffen, was?«

»Ohne dich wäre er jetzt noch am Leben«, sagte Ben. »Dafür bring' ich dich um.«

»Natürlich tust du das. Und da du das wirklich glaubst, verstehe ich auch, warum du denkst, daß Eric dich retten wird.« Rick machte es sich auf seinem Sofa bequem. »Tut mir wirklich leid, daß ich dir so was sagen muß, aber diesmal bist du ganz allein.«

Verärgert saß Eric an seinem Schreibtisch in der politischen Redaktion. In den letzten drei Stunden hatte er ständig versucht, seine Freunde zu erreichen. Nathan war nicht im Büro, Ben nicht im Gericht, Lisa nicht zu Hause. Diese Anrufe müssen ein Trick gewesen sein, überlegte Eric, während die Krümel seines verspäteten Mittagessens auf seine Tastatur fielen. Er blätterte in seiner Rolodex. Schluß mit den Spielchen, dachte Eric, während er die Nummer der Sicherheitsabteilung des Obersten Gerichtshofs wählte. Ich brauche Hilfe.

»Büro der U.S. Marshals«, meldete sich eine Männerstimme. »Carl Lungen am Apparat.«

»Mr. Lungen, hier spricht Eric Stroman, Ben Addisons Mitbewohner.«

»Woher kennen Sie meine Durchwahl?« Lungen klang verärgert.

»Die hab' ich mir heimlich aus Bens Rolodex besorgt – man weiß ja nie, ob man nicht mal einen Marshal braucht. Ich rufe auch an wegen eines Notfalls. Ich glaube, Ben ist in großen Schwierigkeiten.«

»Ich bin ganz Ohr.«

»Ich will nicht die ganze Geschichte aufrollen, aber Ben wurde von einem Kerl namens Rick erpreßt. Vor ein paar Stunden hat mich Ben angerufen und mir gesagt, ich soll unser Haus verlassen, weil Rick hinter uns her sei. Eine halbe Stunde später hat sich dann Lisa gemeldet und behauptet, alles sei in Ordnung. Vielleicht bin ich ja nur neurotisch veranlagt, aber ich glaube, daß ihnen etwas zugestoßen ist.«

»Eric, ich bin sehr froh, daß Sie mich angerufen haben«, antwortete Lungen. »Und jetzt fangen Sie ganz von vorn an und erzählen mir die Geschichte.«

Es war zehn Uhr abends, als Rick und Claremont in der mittleren Suite saßen und in den Überresten ihres vom Zimmerservice gelieferten Abendessens stocherten. »Nur noch zwölf Stunden«, sagte Rick und knabberte an einem Pommes-frites-Schnitz. »Wir haben's fast geschafft.«

»Können Sie garantieren, daß wir die Optionsscheine bis zum Mittag verkaufen können?«

»Wie oft wollen Sie's denn noch hören?« fragte Rick. »Bis zwölf Uhr mittags ist alles erledigt.«

»Schauen Sie mich nicht so an«, erwiderte Claremont. »In meiner Lage hätten Sie auch solche Gedanken. Schließlich wird es nur wenige Stunden dauern, bis die Aufsichtsbehörde feststellt, daß ein Manager der American Steel seinen gesamten Bestand an Aktien verkauft hat, um eine sehr gewagte Wette einzugehen. Der Deal wird dort ein ganz schönes Stirnrunzeln verursachen.«

»Bis die darauf kommen, sind wir längst verschwunden. Machen Sie sich nicht verrückt.«

»Ich bin froh, wenn alles vorbei ist.«

»Sie werden mehr als froh sein«, sagte Rick. »Sie werden reich sein. Die Optionsscheine werden uns Millionen einbringen.«

»Und was ist, wenn Ben lügt und Steel verliert?«

»Keine Sorge. Nach der Sache mit Grinnell hätte ich keinen Dollar eingesetzt, ohne sicher zu sein, daß er die Wahrheit sagt.«

»Nathan, kannst du nicht damit aufhören?« flehte Ben. »Sprich doch mit mir.«

»Laß ihn in Ruhe«, sagte Lisa. »Er wird schon was sagen, wenn er dazu bereit ist.«

»Schweigen hilft jetzt wirklich niemandem«, beharrte Ben. »Schluck's doch endlich runter.«

»Ich soll es runterschlucken?« Nathan hob den Kopf und starrte Ben an. »Ober ist tot. Das ist nicht etwas, was ich einfach *runterschlucken* kann. Heute nicht, und morgen nicht. Wahrscheinlich nie.«

»Hört auf zu streiten.« Lisa zerrte an ihren Fesseln. Als sie sich nach links beugte, konnte sie über die Armlehne sehen und erkennen, daß ihre Handschellen mit den hölzernen Streben verbunden waren, die Vorder- und Hinterbeine des antiken Stuhls verbanden. »Wir sollten uns darauf konzentrieren, hier herauszukommen.«

»Laß mich mal raten«, sagte Nathan. »Du hast 'ne Haarklammer in der Frisur und bist Expertin im Schlösserknacken?«

»Schön wär's.« Lisa ließ ihren Stuhl vorkippen, bis sie stehen konnte. Gebeugt stolperte sie zu Ben und setzte den Stuhl so ab, daß sie ihm gegenübersaß. »Siehst du die Streben da?« fragte sie. »Wenn du dagegen trittst, werden sie bestimmt brechen.«

Ben prüfte mit einem Blick den Durchmesser der Stäbe. »Unmöglich«, sagte er. »Die werden nie –«

»Jetzt hör auf«, unterbrach Lisa ihn. »Versuch es. Tritt, so stark du kannst, aber paß auf, daß du nicht meine Hand triffst.«

Ben rückte seinen Stuhl in Position und konzentrierte sich auf den ersten Tritt. »Moment«, sagte Lisa und wedelte mit ihrer gefesselten Hand. »Gib mir deinen anderen Fuß.«

»Warum?«

»Weil du sonst nach hinten fliegst, sobald du meinen Stuhl triffst.«

Ben nickte und wartete, bis Lisa ihre Hand fest um seinen linken Knöchel gelegt hatte. Dann zog er sein rechtes Bein zurück, zählte bis drei und ließ seinen Fuß gegen die Strebe krachen.

»Noch mal«, forderte Lisa ihn auf. »Mach weiter.« Wild trat Ben über ein Dutzend Male zu, bis er den hölzernen Stab splittern spürte. »Gleich hast du's geschafft«, feuerte Lisa ihn an. Beim nächsten Tritt brach die Strebe durch, und Lisa konnte die Handschelle abziehen. Einen Arm noch immer gefesselt, drehte sie ihren Stuhl um. »Jetzt die andere.«

»Seid leise«, warnte Nathan, der die Tür zur angrenzenden Suite im Auge behielt.

Als Ben die zweite Strebe durchgetreten hatte, war Lisa frei. Die Handschellen baumelten an ihren Handgelenken. Sofort stellte sie sich vor Bens Stuhl und hob den Fuß.

»Vergiß den Stuhl«, sagte Ben. »Hau ab und hol Hilfe.«

»Abgelehnt«, erklärte Lisa.

»Hör auf zu streiten, geh einfach.« Ben zerrte an seinen Fesseln. »Wir können unmöglich alle drei freikommen, ohne daß sie was hören.«

»Dich haben sie ja auch nicht gehört, oder? Außerdem, wenn ich jetzt abhaue und sie das merken, wer weiß, was sie dann mit euch anstellen?«

»Uns wird schon nichts passieren«, beharrte Ben. »Geh endlich und hol Hilfe.«

»Ich gehe nicht.« Lisa begann, auf eine der Streben einzutreten. »Schließlich will ich nicht euren Tod auf dem Gewissen haben.«

»Sie werden uns schon nicht umbringen«, sagte Ben.

Lisa hielt inne, um Ben in die Augen zu sehen. »Soll das ein Witz sein? Meinst du, sie schlagen uns, kidnappen uns und fesseln uns, aber umbringen würden sie uns nicht?«

»Hol Hilfe«, wiederholte Ben.

»Nathan?« fragte Lisa.

»Mach weiter«, sagte Nathan. »Ich hab' ja selbst erlebt, wie sie einen behandeln. Rick hat es absolut genossen.«

Auf einem Bein stehend, stieß Lisa ihren anderen Fuß gegen die Strebe. Sie bewegte sich nicht. »Verdammt.«

»Verschwinde doch endlich«, bettelte Ben.

»Halt den … Mund«, erwiderte Lisa, während sie weitertrat. Einen Moment später begann die Strebe zu splittern, nach weiteren sechs Tritten zerbrach sie. Lisa hetzte auf die andere Seite des Stuhls.

»Beeil dich«, sagte Ben.

»Was meinst du wohl, was ich gerade tue?« Lisa begann, die zweite Strebe zu bearbeiten. Einer Minute später brach auch sie. Ben und Lisa eilten zu Nathans Stuhl, nahmen sich jeweils eine Seite vor und traten auf das antike Holz ein.

Nathan zitterte vor Erregung. »Ihr schafft es«, sagte er. »Bestimmt schafft ihr es.«

Erschöpft hielt Lisa inne, um Atem zu holen.

»Mach weiter«, drängte Nathan. »Gleich hast du's.«

Die Strebe auf Bens Seite zersplitterte, und Nathan konnte seinen Arm befreien. Als Ben auf die andere Seite stürzte, um Lisa zu helfen, hörte er ein leises Klicken.

Alle drei sahen auf.

»Scheiße«, sagte Nathan.

»Warum macht ihr euch bloß so viel Mühe?« Rick stand in der Ecke des Zimmers und hatte einen Revolver auf die drei Freunde gerichtet. »Wir müssen sie trennen«, sagte er, während er und Claremont auf den großen Glastisch zugingen. Rick richtete den Lauf auf Lisa. »Stecken Sie sie ins Badezimmer. Die Handschellen kommen an die Rohre unter dem Waschbecken.«

Als Claremont ihre linke Fessel packte, schwang Lisa die rechte durch die Luft und schlug sie gegen seine Schläfe. Claremont umklammerte ihre beiden Gelenke mit einer Hand und schlug ihr mit der anderen so heftig ins Gesicht, daß sie zu Boden stürzte.

»Ich bring' dich um!« schrie Ben und ging auf Claremont los.

Rick richtete seinen Revolver auf ihn. »Bleib stehen!«

Gelähmt vor Angst starrte Ben auf den Lauf der Waffe.

Im selben Moment flog krachend die Tür zur nächsten Suite auf. »Hände hoch! U.S. Marshal!« brüllte Carl Lungen, während er ins Zimmer stürzte und wild mit seinem Revolver fuchtelte. Bens sah ihn mit offenem Mund an. »Sie sind alle festgenommen!« schrie Lungen.

»Wo warst du denn die ganze Zeit, verdammt noch mal?« fragte Rick, von Lungens Auftritt gänzlich ungerührt. »Du hättest doch schon lange hier sein sollen.«

Lungen ließ seine Waffe sinken, sah Ben an und begann zu lachen. »Oh, Mann, Sie sollten Ihr Gesicht sehen«, sagte er. »Sie haben wirklich gedacht, ich würde Sie jetzt retten, was?«

»Helfen Sie uns, sie wieder zu fesseln«, sagte Claremont. »Fast wären sie uns entwischt.«

»Na, wie fühlt sich das an, auch mal der Dummkopf zu sein?« Lungen richtete seinen Revolver auf Ben. »Dann also schön die Hände hoch.«

»Was geht hier vor, verdammt noch mal?« Ben hob die Hände in die Luft. »Arbeiten Sie etwa für die?«

Lungen stieß Ben den Lauf in den Rücken und führte ihn zu einem unversehrten Stuhl. »Nehmen Sie's nicht persönlich«, sagte er. »Geld ist Geld.«

»Ist Fisk auch dabei?« fragte Ben, während Lungen ihn an den Stuhl fesselte.

»Schön wär's.« Lungen wandte sich zu Rick um. »Mit dem hab' ich ja den ganzen Tag verbracht. Tut mir leid, daß ich euch nicht helfen konnte, die drei hier einzusammeln.«

»Also hat Fisk Probleme gemacht?« fragte Rick.

»Ich hab' mir jeden nur möglichen Grund einfallen lassen müssen, um ihn davon abzubringen, loszustürmen und alle festzunehmen. Er ist nervöser als eine Jungfrau in der Hochzeitsnacht.«

Mit höhnischem Grinsen betrachtete Rick Bens fassungsloses Gesicht. »Wird er abwarten?« fragte er.

»Vorläufig ja, aber ich mach' mir Sorgen, daß er ausrastet, wenn Ben morgen nicht im Büro aufkreuzt.«

»Er wird schon nichts unternehmen«, sagte Rick. »Nach allem, was du mir erzählt hast, geht Fisk noch nicht mal pinkeln, bevor du's ihm erlaubst.«

»Das darf alles nicht wahr sein«, murmelte Ben, während Lungen sich Nathan zuwandte.

Lungen befestigte Nathans frei gewordene Handschelle an der Armlehne seines Stuhls. »Kommen Sie, Ben«, sagte er, »hatten Sie wirklich so eine hohe Meinung von sich? Wenn ich nicht gewesen wäre, hätte Fisk Ihr Büro schon vor Wochen angezapft, und nicht erst vor ein paar Tagen. Und der Test am Lügendetektor – den hätten Sie ohne meine Hilfe auch nicht überstanden. Sie müßten mir eigentlich dankbar sein.«

»Wieso?« fragte Ben. »Es war doch Fisk, der das Gerät bedient hat.«

»Aber wer hat das Ding wohl entsprechend eingestellt?« Lungen setzte sich neben Rick auf die Couch. »Selbst wenn Sie's drauf angelegt hätten, wären Sie nicht durchgefallen.«

»Und du hast geglaubt, dein Freund hätte dir Placebos verabreicht und du hättest trotzdem bestanden«, höhnte Rick.

Ben blickte Nathan an. »Ich hab' nie gedacht, daß –«

»Ist schon gut«, flüsterte Nathan mit zitternder Stimme. »Das ist jetzt ganz egal.«

»Oh, Mann.« Lachend schlug Lungen Rick aufs Knie. »Hast du ihre Gesichter gesehen, als ich hier reingekommen bin? Sie dachten schon, alles sei vorbei.«

»Das wird es auch bald sein«, sagte Rick, »und zwar in weniger als elf Stunden.«

Es war vier Uhr morgens. Fast alle Lichter der Suite waren gelöscht, und gespenstische Stille lag über dem dunklen Zimmer. Eine kleine Tischlampe neben dem Sofa gab gerade genug Licht, um Lungen seine Zeitung lesen zu lassen. Im Badezimmer war Lisa auf dem Linoleumboden eingeschlafen, die Erschöpfung hatte ihre Angst überwältigt. Im Wohnzimmer hielt Nathan mühsam die Augen offen, obwohl sein Kopf immer wieder schlaftrunken nach vorn fiel. Ben saß hellwach in einer Ecke und starrte Lungen mit brennenden Augen an.

Der Marshal saß auf dem Sofa und blätterte in der Zeitung, während er die drei Freunde bewachte. Als er über die Schulter sah, fing er Bens Blick auf. »Wenn Sie mich schon so anstarren, können Sie auch was sagen«, sagte er. Da er keine Antwort erhielt, fügte er hinzu: »Warum schlafen Sie nicht einfach?«

»Ich bin nicht müde.«

»Schön, dann bleiben Sie eben wach.« Lungen wandte sich wieder seiner Zeitung zu. »Ist mir egal.«

»Hoffentlich bringt Ihnen das Geld was.«

»Mit Sicherheit.«

»Wieviel kostet ein Marshal heutzutage? Eine Million? Zwei Millionen?«

Lungen faltete seine Zeitung zusammen und drehte sich um. »Auf Ihre moralischen Vorhaltungen kann ich verzichten.«

»Einverstanden«, sagte Ben. »Aber ich hoffe, Ihnen ist klar, daß Sie den Rest Ihres Lebens auf der Flucht sein werden.«

»Wieso?« fragte Lungen. »Wenn hier alles vorbei ist, gehe ich einfach wieder an die Arbeit. Und wenn ich Ben und Lisa mitbringe, die beiden gesuchtesten jungen Juristen Amerikas, wird man mich wahrscheinlich sogar noch befördern.«

»Klar wird man das.«

»Glauben Sie, was Sie wollen. Aber schon morgen abend wird Ben Addison auf der Fahndungsliste stehen. Raten Sie mal, welchen Namen die Aufsichtsbehörde finden wird, wenn sie unsere Transaktion überprüft. Und das Konto, das Rick für Sie während der Grinnell-Sache angelegt hat – glauben Sie bloß nicht, daß da nicht noch eine schöne Summe landet. Wenn dazu noch das Tonband kommt, auf dem Sie das CMI-Urteil verraten, wird kein Mensch Ihnen Ihre Geschichte abkaufen.«

»Beten Sie dafür.«

»Das ist nicht nötig. Was meinen Sie wohl, wem Amerika glauben wird – dem jungen Juristen mit dem millionenschweren Konto oder dem Marshal, der ihn festgenommen hat? Und falls Sie versuchen sollten, Rick vorzuschieben, welchen Beweis haben Sie schon? Wie die Dinge liegen, können Sie nicht mal beweisen, daß er überhaupt existiert.«

Ben schwieg. Seine Schultern verkrampften sich, so daß die Handschellen an seinen Gelenken zerrten. »Sie können sagen, was Sie wollen, aber eins ist doch klar: Rick denkt nur an sich selbst. Und das bedeutet, daß Sie ihm scheißegal sind. Es würde mich nicht mal wundern, wenn eine der von ihm gelegten Spuren auch zu Ihrem Büro führt. An Ihrer Stelle würde ich aussteigen, und zwar sofort.«

»Ach Gott, Ben, glauben Sie wirklich, Sie könnten mich dazu bringen, die Seite zu wechseln? Ich bin nicht irgendein verkannter Handlanger. Ich bin mir jeder Konsequenz voll bewußt. Rick und ich haben das Ganze schon vor langer Zeit geplant, und ich habe durchaus vor, es bis zum Ende durchzuziehen.«

»Also sind Sie schon seit CMI dabei?«

»Was glauben Sie denn, woher Rick so viel über den Gerichtshof wußte?« fragte Lungen. »Ohne einen Insider wäre es für ihn unmöglich gewesen, so eine Sache anzufangen.«

Die Tür in der Zimmerecke ging auf, und das helle Licht der angrenzenden Suite fiel in den dunklen Raum. Rick trat ein. »Na, habt Ihr euch angefreundet?« fragte er, während er in die Mitte des Zimmers schlenderte.

»Kann man sagen.« Lungen erhob sich von seinem Sofa und ging auf die Tür zu. »Ben hat mich überredet, die Seite zu wechseln. Mir ist klargeworden, was für ein Trottel ich war, und jetzt werde ich uns allesamt anzeigen.«

»Wunderbar.« Rick klopfte Lungen auf den Rücken, als dieser an ihm vorbeiging. »Aber sieh zu, daß du vorher ein wenig zum Schlafen kommst. Wir haben morgen noch viel vor.«

An der Tür drehte Lungen sich noch einmal um. »Ich wünsche eine gute Nacht, Ben.«

»Und ich wünsche Ihnen sehnlichst, daß Sie im Schlaf ersticken«, erwiderte Ben, bevor die Tür zufiel.

»Sieht ganz so aus, als wären wir beide allein«, sagte Rick mit einem Blick auf den schlafenden Nathan.

»Na und?« bellte Ben und versuchte, über seine Schulter zu sehen. Rick stand hinter ihm und kippte langsam den Stuhl zurück. »Was hast du vor?« fragte Ben.

Rick reagierte nicht. Er zog den Stuhl in die Mitte des Zimmers und richtete ihn so aus, daß er dem Sofa gegenüberstand. Mit einem besseren Blick auf seinen Gefangenen ließ Rick sich nieder. »Jetzt sei doch nicht sauer«, sagte er. »In jedem Spiel muß es Gewinner und Verlierer geben. Und in diesem bist du eben zufällig der Verlierer.«

»Und du bist der Gewinner?«

»Richtig. Allerdings hättest du auch einer sein können. Das Angebot war von Anfang an da. Du hast dich leider geweigert, es anzunehmen.«

»Es gab kein Angebot. Du hast nicht mit mir verhandelt, sondern nur mein Vertrauen mißbraucht.«

»Dann verklag mich doch. Hättest du das Urteil denn sonst verraten?«

Ben schwieg.

»Eben.«

»Dann wär's das wohl – du weißt eben einfach alles über mich.«

»Ben, hast du irgendeine Ahnung, was der größte Unterschied zwischen uns beiden ist?«

»Von deiner Geisteskrankheit einmal abgesehen?«

»Im Ernst«, fuhr Rick fort. »Es ist ein feiner, aber ungemein bedeutsamer Unterschied.«

»Ah, jetzt begreife ich«, sagte Ben. »An diesem Punkt wirst du mir irgendeine kitschige Geschichte erzählen – daß wir die zwei Seiten derselben Münze sind oder so was.«

»Keineswegs. Vielleicht besitzen wir ähnliche Qualitäten, aber was mich betrifft, so gehören wir noch nicht mal zu derselben Währung. Und das liegt ganz und gar an unserem wichtigsten Unterschied: Du glaubst, daß die Gesellschaft immer recht hat, während ich meine, daß sie ein Witz ist.«

»Da bist du ja ein echter Außenseiter.«

»Denk mal darüber nach, dann wirst du schon merken, daß ich recht habe«, machte Rick weiter. »Du intrigierst und lügst und manipulierst genau wie ich, aber du liebst die Art und Weise, wie die Gesellschaft aufgebaut ist. Du hältst dich an die Regeln. Hart arbeiten, den perfekten Job an Land ziehen, die perfekte Frau finden, das perfekte Haus kaufen, den perfekten

Wagen leasen. Hinter dem Köder wirst du den Rest deines Lebens herlaufen. Und solange du diesen Weg gehst, kannst du noch so clever sein, du wirst doch immer der ausrechenbare Pragmatiker bleiben, während ich immer im Vorteil bin. Und das war auch der eigentliche Grund, warum ich dich ausgesucht habe.«

»Du hast ja keine Ahnung, wer ich bin«, erwiderte Ben kühl.

»Ach ja? Dann will ich dir die Frage stellen, die ich immer zurückgehalten habe: Was hältst du davon, mein Partner zu werden?«

»Was?«

»Das ist kein Scherz.« Ricks Tonfall war todernst. »Wir werden Partner. Ich lasse dich gehen; du gehst ans Gericht zurück. Du beendest dein Jahr dort und verrätst mir alle lukrativen Urteile. Im Sommer werden wir nur so in Geld schwimmen, und du bist auf ewig sorgenfrei.«

»Ist das dein Ernst?«

Rick grinste. »Nein. Überhaupt nicht. Sehe ich so blöd aus?«

Ben schwang seinen rechten Fuß vor und trat Rick gegen das Schienbein. »Du bist ein Arschloch.«

»Zweifelsohne«, bestätigte Rick. Mit einer schnellen Bewegung stieß er Bens Stuhl um. Im Kippen zerrte Ben an seinen Handschellen und bereitete sich auf den Aufprall vor. Mit lautem Krachen schlug die Lehne auf dem Boden auf, so daß Bens Kopf zurückschnellte. Auf dem Rücken liegend, schloß Ben die Augen und weigerte sich, auch nur das kleinste Anzeichen von Schmerz zu zeigen. »Nun schlaf mal schön«, sagte Rick und lehnte sich auf dem Sofa zurück. »Morgen ist ein großer Tag.«

»Aufwachen! Aufwachen! Aufwachen!« rief Rick am folgenden Morgen um Viertel vor neun. Aus dem Schlaf gerissen, als sie Rick an die Badezimmertür schlagen hörte, fuhr Lisa auf und schlug mit dem Kopf an die Rohre unter dem Waschbekken. Betäubt setzte sie sich auf dem Boden auf, lehnte sich an die Badewanne und bewegte ihre Handgelenke, um die Durchblutung ihrer bleichen Hände anzuregen.

Im Wohnzimmer ließ Nathan langsam den Kopf kreisen. Ben, der noch immer auf dem Rücken lag, hatte von den dreien am besten geschlafen. Er leckte sich den morgendlichen Belag von den Zähnen. »Ich muß aufs Klo.«

»Halt's noch ein wenig«, sagte Rick. Er hob Bens Stuhl an, um ihn wieder aufzustellen.

»Ihre beide seht ja furchtbar aus«, sagte Claremont zu Ben und Nathan, die dicke Tränensäcke unter den Augen hatten.

»Wo ist Lungen?« Ben blickte im Zimmer umher.

»Im Gericht.« Rick ging auf Nathan zu. »Er muß Fisk beruhigen.«

»Wann wollen Sie eigentlich den Broker anrufen?« fragte Claremont ungeduldig. »Es ist bald neun.«

»Wird gleich geschehen.« Rick kippte Nathans Stuhl und zog ihn in die Mitte des Zimmers.

»Was soll das?« fragte Nathan. »Was haben Sie vor?«

»Ich überprüfe eine Theorie.« Rick ließ den Stuhl geradekippen. Dann wandte er sich an Ben, der Nathan nun von der Seite her sah. »Hast du deinen Freund auch gut im Blick?«

»Rühr ihn bloß nicht an«, warnte Ben. »Ich hab' dir das Urteil schon gesagt.«

»Das Grinnell-Urteil hast du mir auch gesagt.« Rick rollte die Ärmel seines weißen Hemdes auf. »Und du weißt ja, was mir das eingebracht hat.« Er zog seinen Arm zurück und schlug Nathan die Faust ins Gesicht.

»Hör auf!« schrie Ben.

»Gewinnt American Steel auch wirklich?« fragte Rick, während Claremont danebenstand und zusah.

»Sie gewinnen. Ich schwör's dir.«

Rick landete einen Schlag auf Nathans Unterkiefer. «Bist du sicher, daß es so ist?«

»Hör auf!« brüllte Ben. »Es stimmt!«

Aus Nathans Mund tropfte Blut. »Er sagt die Wahrheit«, kommentierte Claremont.

»Das werden wir schon sehen.« Rick ging ins Badezimmer, um Lisa an den Handschellen herauszuzerren.

»Wag es nicht!« schrie Ben, tobend vor Wut.

»Halt den Mund«, herrschte Rick ihn an. Claremont zog Nathan weg und brachte einen Stuhl in die Zimmermitte, während Lisa um sich trat und sich wütend gegen Ricks Griff sträubte.

»Laß mich los, verdammt noch mal!« brüllte sie. »Ich bring' dich um!«

»Ruhe«, sagte Rick, während die beiden Männer sie auf den Stuhl zwangen. Sie schlossen ihre Handschellen um die Armlehnen, dann trat Rick zurück, um Ben zu beobachten.

Ben spürte, wie sein Gesicht rot anlief. »Laß sie in Ruhe! Ich hab' dir das verdammte Urteil doch gesagt!« brüllte er.

»Meine Güte«, sagte Rick, »ich wußte gar nicht, daß du so an ihr hängst.«

»Beeilen Sie sich.« Claremont sah auf seine Armbanduhr. »Wir haben keine Zeit für so was.«

»Glauben Sie mir«, sagte Rick, »wenn wir nicht das richtige Urteil kennen, ist alle Zeit der Welt belanglos.« Er sah Ben an. »Na, Ben, gewinnt American Steel wirklich?«

»Sag's ihm nicht«, zischte Lisa.

Rick schlug ihr ins Gesicht. »Dich hat keiner gefragt.« Ein roter Fleck blühte unter Lisas linkem Auge auf. »Jetzt paßt du gleich besser zu Nathan.«

»Laß sie in Ruhe!« Bens Arme zerrten an den Handschellen, sein Körper zuckte in wilder Wut. »Ich bring' dich um!«

»Ich hab' dich was ... gefragt«, wiederholte Rick und schlug wieder zu.

Ben sah Blut und Speichel aus Lisas Mund fließen, während er sich hilflos zu befreien versuchte. »Ich bring' dich um, du Scheißkerl!«

»Das ist nicht die richtige Antwort.« Rick gab Lisa eine Ohrfeige, die ihren Kopf zur Seite schleuderte.

Tobend und brüllend hatte Ben jede Gewalt über sich verloren. In irrer Wut zerrte er an seinen Fesseln. »Es ist die Wahrheit!« schrie er, während ihm Tränen übers Gesicht liefen. »Was willst du denn noch hören?«

»Wie war die Abstimmung?« fragte Rick.

»Fünf gegen vier«, sagte Ben. »Dreiberg hat den Ausschlag gegeben.«

Rick zog seinen Revolver aus der Tasche und richtete ihn auf Lisa. »Bist du sicher?«

»Kommen Sie, Rick, das reicht«, unterbrach ihn Claremont.

»Mund halten«, erwiderte Rick. Er packte Lisa an den Haaren, stieß ihr den Lauf der Waffe in den Mund und wiederholte seine Frage. »Bist du sicher?«

»Ich schwöre es«, flehte Ben. »Bei meinem Leben.«

Rick spannte den Hahn und legte seinen Finger an den Abzug. »Ich scherze nicht. Ich tu's.«

»Ich schwöre, daß es wahr ist.« Bens Körper verkrampfte sich. »Steel gewinnt.«

Rick schwieg, während er in Bens Gesicht nach dem Anflug einer Täuschung suchte. »Schön«, sagte er schließlich und zog den Lauf aus Lisas Mund, »ich glaube dir.« Er ging zu dem Tisch in der Ecke, nahm sein Handy und tippte rasch eine Nummer ein. »Hallo, Noah? Ich bin's. Paß auf. Sobald die Börse aufmacht, liquidierst du sämtliche Vorzugsaktien, die du von mir hast. Mit dem Erlös kaufst du dann sämtliche Optionen auf American Steel, die du bekommen kannst.« Rick lauschte einen Augenblick. »Genau. Ich bin ganz sicher. Mittags wirst du dann abkassieren und den Betrag auf das übliche Konto überweisen. Genau. Du hast's verstanden.« Rick schaltete das Handy aus und sah Claremont an. »Jetzt müssen wir nur noch warten.«

Lisa spuckte Blut auf den Teppichboden, während sie darum kämpfte, die um sie kreisenden Zimmerwände zum Stehen zu bringen.

»Lisa!« rief Ben. »Sieh hierher!«

»Sie kommt zu sich«, sagte Nathan. »Laß ihr Zeit.«

»Was ist passiert, verdammt noch mal?« fragte Lisa. »Mein Gesicht fühlt sich an wie ein Luftballon.«

»Wie geht's dir?« fragte Ben. »Alles in Ordnung?«

»Ja, ja.« Sie preßte die Augen zu, um einen Schwindelanfall zu unterdrücken. »Laß mich mal Atem holen.« Eine Minute lang blieb sie stumm, dann fragte sie: »Sieht mein Auge so schlimm aus, wie es sich anfühlt?«

»Nur ein blaues Auge«, sagte Ben.

»Ich weiß, was es ist«, fuhr Lisa ihn an. »Sag mir, wie es aussieht.«

»Ziemlich übel.«

»Hat Rick das allein gemacht, oder hat Claremont auch zugeschlagen?«

»Es war Rick«, antwortete Ben.

»Wenn ich aus diesen Handschellen rauskomme, ist er ein toter Mann.« Lisa sah über die Schulter und erblickte Nathan. »Und wie geht's dir?«

»Ganz gut.« Nathans Stimme war kaum mehr als ein Flüstern.

»Sieht mein Auge so schlimm aus wie seines?« Lisa deutete mit dem Kinn auf Nathan.

»In ein paar Stunden bestimmt«, sagte Ben.

»Toll.«

»Hey, Rick« rief Ben durchs Zimmer. »Können wir wenigstens ein bißchen Eis bekommen?«

»Nein.« Rick zog einen Laptop aus seiner Aktentasche.

Wenige Minuten vor zehn schloß Rick sein Handy an den Laptop an und klinkte sich in die Westlaw-Datenbank des Obersten Gerichtshofs ein. Claremont blickte ihm über die Schulter. »Können wir das Urteil von hier aus mitbekommen?« fragte er.

»Nein«, erwiderte Rick sarkastisch, »wir machen einen Ausflug zum Gericht, damit wir es alle persönlich hören können.« Er hackte auf die Tastatur ein. »Sobald das Urteil verkündet wird, gibt das Pressebüro es frei, und über Westlaw kommt es on line.«

Am anderen Ende des Zimmers fragte Ben Lisa: »Bist du sicher, daß alles in Ordnung ist?«

»Zum zehnten Mal, ja.« Die Haut um ihr Auge schwoll weiter an und wurde dunkler. »Man schlägt mir schließlich täglich ins Gesicht.«

»Nathan?« fragte Ben. »Wie geht es deinem Auge?«

»Gut. Hör auf zu fragen.«

»Jetzt haltet alle mal den Mund«, forderte Rick mit einem Blick auf seine drei Gefangenen.

Um genau zehn Uhr ließ der Gerichtsdiener seinen Hammer ertönen, und alle Anwesenden erhoben sich.

»Der ehrenwerte Vorsitzende und die Mitglieder des Obersten Gerichtshofs der Vereinigten Staaten!« verkündete der Gerichtsdiener. Sogleich traten die neun Richter durch den burgunderroten Samtvorhang und begaben sich auf ihre Plätze.

»Hört! Hört! Hört!« rief der Gerichtsdiener. »Wer ein Anliegen vor den ehrenwerten Obersten Gerichtshof der Vereinigten Staaten zu bringen hat, wird aufgefordert, herbeizutreten und aufzumerken, denn der Gerichtshof läßt sich nun zur Sitzung nieder. Gott schütze die Vereinigten Staaten und dieses ehrenwerte Gericht!« Wieder ertönte der Hammer, und alle Anwesenden nahmen Platz.

»Heute verkünden wir drei Urteile«, erklärte Osterman dem bis auf den letzten Platz gefüllten Saal. »Alvarez gegen die Stadt Gibsonia, Katz and Company gegen Nevada und Richard Rubin gegen American Steel. Richter Veidt wird die ersten beiden Urteile verlesen, Richterin Dreiberg das dritte.«

»Warum dauert es so lange?« Claremont starrte auf Ricks leeren Bildschirm. »Es ist schon Viertel nach zehn.«

»Beruhigen Sie sich«, sagte Rick. »Schließlich müssen sie drei Urteile verkünden. Es kommt schon noch.«

»Kommt es durch, sobald es verkündet ist, oder wartet man, bis die ganze Sitzung vorbei ist?« fragte Claremont.

»Ich hab' doch gesagt, daß es kommt«, wiederholte Rick. »Jetzt halten Sie endlich den Mund.«

»... entspricht nach dem ersten Zusatz den Buchstaben unserer Verfassung. In der Angelegenheit Katz and Company gegen Nevada entscheiden wir daher zu Gunsten des Beklagten und bestätigen das Urteil des Obersten Gerichtshofs von Nevada.«

»Vielen Dank, Richter Veidt«, sagte Osterman. »Richterin Dreiberg wird unser letztes Urteil verkünden.«

»Warum läßt du uns nicht gehen?« fragte Ben aus seiner Ecke. »Du kennst das Urteil doch.«

Rick starrte gebannt auf seinen Laptop. »Ich glaube es erst, wenn ich es sehe.«

»Und was ist, wenn er gelogen hat?« fragte Claremont. »Dann hätten wir auf das falsche Ergebnis gesetzt.«

»Reißen Sie sich zusammen«, schnauzte Rick. »Er hat die Wahrheit gesagt.«

»Woher wissen Sie das?«

»Weil er genau weiß, daß ich ihn sonst umbringe.«

»Vielen Dank, Herr Vorsitzender.« Richterin Dreiberg stützte sich auf beide Ellbogen, während sie ins Mikrophon sprach. Mit langsamer, monotoner Stimme sagte sie: »In der Angelegenheit Richard Rubin gegen American Steel sind wir der Ansicht, daß der Aufsichtsrat der Gesellschaft sich vor der Durchführung der Fusion nicht um die Zustimmung der Aktionärsminderheit bemühen mußte. Die Behauptung der Aktionäre, der Aufsichtsrat habe eine andere Meinungsbildung unter den Aktionären verhindern wollen, ist daher ungenügend, um eine Privatklage nach dem Aktiengesetz zuzulassen. Wir entscheiden daher zu Gunsten des Beklagten und bestätigen das Urteil des Berufungsgerichts im Neunten Bezirk.«

»Haben wir gewonnen?« fragte Claremont.

Rick überflog die Urteile, während sie über seinen Bildschirm rollten. »Moment. Da kommt es.« Er hielt inne. »Sieht ganz so aus, als hätte American Steel gerade einen Riesenprozeß gewonnen. Gratuliere, Addison. Endlich hast du was richtig gemacht.« Rick klappte seinen Laptop zu, löste die Verbindung zu seinem Handy, ging zur Couch und brachte beides in seiner Aktentasche unter.

»Was machen wir jetzt?« fragte Claremont aufgeregt. »Wo treffen wir Lungen? Wann brechen wir hier auf?«

»Eins nach dem anderen«, sagte Rick. Er zog einen Schlüssel aus der Tasche und ging auf Ben zu. »Helfen Sie mir, die drei da loszumachen. Und dann verschwinden wir hier alle.«

»Wo geht's denn hin?« fragte Ben, während Rick seine Handschellen aufschloß.

Rick antwortete ihm nicht. Statt dessen zog er Ben aus seinem Stuhl und schob ihn auf Claremont zu. »Wieder fesseln«, befahl er.

»Strecken Sie die Hände aus«, sagte Claremont. Als Ben gehorchte, legte er ihm die Handschellen wieder an.

Auch Lisa wurde erneut gefesselt. Claremont hielt die beiden an den Schultern fest, während Rick auf Nathan zuging. »Keine Bewegung, bevor ich was sage«, sagte Claremont drohend.

Lisa starrte Ben an, bis er auf sie aufmerksam wurde, dann deutete sie mit den Augen auf Claremont, während sie unmerklich auf ihren Schritt zeigte. Ben schwankte zurück. »Mir wird schlecht«, stöhnte er. »Ich glaube, ich kippe um.« Claremont ließ Lisa los, um Ben aufzufangen. Sofort wirbelte Lisa herum und ließ ihr Knie in seine Leisten krachen. Während Claremont und Ben zu Boden fielen, lief sie zur Tür. Als Rick begriff, was geschah, ließ er Nathan los, zog seinen Revolver und begann zu schießen. Lisa hatte schon den Türknauf in der Hand, als zwei Kugeln neben ihr einschlugen.

»Keine Bewegung!« schrie Rick.

Lisa stand reglos vor der einen Spalt weit geöffneten Tür, die Hände noch immer gefesselt.

»Ich tu's. Ich bring' euch alle um«, drohte Rick.

Lisa wußte, daß dies ihre letzte Chance zur Flucht war. Sie stürzte in den Flur, während drei weitere Kugeln in die Tür einschlugen.

Lisa rannte direkt auf den Notausgang zu, doch als sie die Tür zum Treppenhaus aufriß, sah sie zu ihrer Überraschung zwei weitere Türen – eine führte nach oben, die andere nach unten. Sie entschied sich für den Weg nach unten und zog mit ihren gefesselten Händen die schwere Metalltür auf.

»Ihr nach!« brüllte Rick Claremont an, der bereits auf die von Kugeln durchlöcherte Tür zutaumelte. Dann richtete er seinen Revolver auf Ben. »Wenn du dieses Zimmer verläßt, dann schwöre ich dir, daß du gleich zwei Freunde auf dem Gewissen hast.«

Ben sah zu Nathan hinüber, der noch immer an seinen Stuhl gefesselt war. »Ich gehe nirgendwohin«, sagte er. »Das schwöre ich.« Sekunden später war Rick aus dem Zimmer.

Von ihren Handschellen behindert, hatte Lisa Probleme, die erste Treppe hinunterzulaufen. Sie suchte nach einer weniger unbeholfenen Haltung und merkte, daß ihr die Bewegung leichter fiel, wenn sie die Ellbogen eng an ihren Körper preßte. Als sie das dreiundzwanzigste Stockwerk erreichte, fand sie eine weitere Tür, die zum nächsten Treppengang führte. »Verdammt«, zischte sie. Während sie die Tür aufzog, hörte sie Rick und Claremont schon hinter sich.

Die Hände fest gefaltet und die Ellbogen eng am Körper, rannte Lisa die Treppe hinunter. In jedem Stockwerk hatte sie mit einer Tür zu kämpfen. Und je mehr sie das erschöpfte, desto schwerer fiel ihr das Öffnen der Türen und um so länger brauchte sie, um einen Treppenteil zu überwinden. Auf jedem Absatz war sie versucht, zurück in den Flur zu laufen, doch die Angst ließ sie auf der Treppe bleiben. Sie riß die Tür zum fünften Stockwerk auf und überlegte, wann Rick und Claremont sie einholen würden.

Als Lisa den vierten Stock erreicht hatte, war sie ausgelaugt. Der Schlafmangel und die kreisende Treppe ließen den Schwindel in ihrem Kopf zurückkehren, doch sie weigerte sich, aufzugeben. Sie biß die Zähne zusammen, um gegen ihre Benommenheit anzukämpfen, und lief weiter. Nur noch vier Treppen, sagte sie sich. Sobald ich in der Halle bin, schrei' ich wie verrückt. Sie hatte die Tür zur nächsten Treppe erreicht, als sich der Angstschweiß auf ihrem ganzen Körper ausbreitete. Taumelnd stürzte sie sich auf den Türknauf. Er bewegte sich nicht. Sie blickte hoch und bemerkte ein Schild an der Tür: »Zum Erdgeschoß bitte die Treppe im Südflügel benutzen.« Nein! Nicht das! dachte sie und trat wild auf die Tür ein. Wieder ergriff sie den Türknauf, stemmte den Fuß gegen die Wand und zerrte verzweifelt daran. Sie hörte die Schritte von Rick und Claremont näher kommen.

Dann wandte sich Lisa zu der Tür, die zum Flur führte. Sie riß sie auf und taumelte aus dem Treppenhaus. Der mit Teppichboden ausgelegte Flur war gespenstisch still. Zu ihrer Rechten sah sie durch ein großes Glasfenster das blaue Wasser eines Pools unter sich. Sie stürzte den Gang hinunter, wobei sie mit ihren gefesselten Händen an jede Tür schlug. »Feuer! Alle raus hier! Feuer!« Keine einzige Tür öffnete sich. Als Lisa die Aufzüge erreichte, schlug sie mit den Fäusten auf den Abwärtsknopf. Die Digitalanzeige über den Lifttüren zeigte an, daß ein Aufzug sich im neunzehnten, der andere im sechsundzwanzigsten Stock befand. So lange kann ich hier nicht warten, dachte sie und rannte weiter. Auf ihrem Weg zum anderen Ende des Flurs sah sie ein kleines Schild: »Südtreppe – zum Erdgeschoß.« Sie betete, daß dies der ersehnte Fluchtweg war, und schloß die Hände um den Knauf. Auch diese Tür war verschlossen. »Verdammte Scheiße!« brüllte sie.

Von der Tür der Nordtreppe her hörte sie, wie Claremont Rick etwas zurief. Die Stimmen waren laut. Lisa wußte, daß die beiden nicht mehr weit entfernt sein konnten.

Außer Atem, lief sie zu den Aufzügen zurück, um wütend beide Knöpfe zu drücken. »Komm schon, du Scheißding! Hierher!« Ein Aufzug war jetzt im siebzehnten Stock, der andere noch immer im sechsundzwanzigsten; sie hatten sich kaum bewegt. Überzeugt, daß Claremont und Rick in wenigen Sekunden auftauchen würden, sah sie den Flur entlang und erinnerte sich an das Schwimmbecken hinter dem Fenster. Sie atmete tief ein. Es sind bloß vier Stockwerke, kalkulierte sie. Wahrscheinlich kann ich es schaffen. Bevor sie es sich wieder ausreden konnte, hatte Lisa schon die Ellbogen angelegt und stürzte mit letzter Kraft auf das riesige Fenster neben dem Notausgang zu. Zuerst die Schulter, zuerst die Schulter, wiederholte sie, während sie auf ihr Ziel zuschoß.

Gerade als Lisas Körper die Glasscheibe durchschlug, erschien Claremont im Flur. Durch das splitternde Glas packte er ihre Handschellen. Doch von ihrem Schwung vorwärtsgetragen, stürzte Lisa über den Fensterrahmen, während Tausende winziger Scherben auf sie herabregneten. Ihr Gewicht riß Claremont flach auf den Bauch und zog ihn auf den Abgrund zu. Doch etwas hielt ihn auf: Rick.

»Alles in Ordnung?« Er hatte Claremonts Gürtel gepackt.

Claremont starrte über den Rand, während er mühsam Lisa festhielt, die vor dem Fenster hing. »J-ja«, sagte er.

»Nein! Nicht!« schrie Lisa, während ihre Hände sich um Claremonts Handgelenk krampften. Ihr Gesicht und ihre Arme waren mit Hunderten winziger, blutender Schnitte bedeckt. »Bitte nicht fallen lassen!«

Ohne den Schwung, der sie bis über das Schwimmbecken hätte tragen sollen, wäre Lisa direkt auf den gekachelten Boden gestürzt, wo sich bereits eine Menschenmenge versammelt hatte.

»Lassen Sie los«, sagte Rick.

»Was?« fragte Claremont.

»Bitte nicht!« schrie Lisa wieder. »Nicht fallen lassen!«

»Lassen Sie los, und dann verschwinden wir«, sagte Rick. »Ich hab' genug von diesem Blödsinn.«

Doch Claremont hielt Lisas Handschellen fest, während sein Arm sich von ihrem Gewicht verkrampfte.

»Lassen Sie los, hab' ich gesagt«, befahl Rick. »Was soll das denn? Wir wollten sie doch sowieso umbringen.«

Mit aller Kraft hielt Claremont Lisa fest.

Rick zog seinen Revolver heraus und richtete ihn auf Claremonts Kopf. »Sie sind gar nicht Richard Claremont. Wer zum Teufel sind Sie?« Claremont schob sich langsam zurück und begann, Lisa emporzuziehen. Rick spannte den Hahn und preßte die Mündung an Claremonts Schläfe. »Sie haben drei Sekunden, um mir zu sagen, wer Sie sind. Danach fliegt ihr beide aus dem Fenster. Eins ... zwei ...«

»Ben!« schrie Lisa. Rick wirbelte herum und sah in einen Schwall aus weißem Schaum. Während er sich die brennenden Augen rieb, stürzte Ben mit einem Feuerlöscher auf ihn zu. Mit seinen gefesselten Händen schwang Ben den Löscher wie einen Baseballschläger und traf Rick am Kopf. Rick taumelte zurück. Im Fallen drückte er ab, und ein scharfer Schmerz fuhr durch Bens linke Schulter. Vorwärts stolpernd schwang Ben von neuem den Feuerlöscher, um Rick den Revolver aus der Hand zu schlagen.

Ben versuchte, den Feuerlöscher ein drittes Mal zu heben, doch der Schmerz in seiner Schulter war nicht mehr auszuhalten. Als er sah, wie ihm das Blut den Arm hinunterlief, überfiel ihn ein Schwindel, und er ließ den Löscher fallen.

»Tut verdammt weh, was?« Rick kam taumelnd auf die Beine. »Der nächste Schuß geht dir ins Hirn.«

Ben hob den Kopf und sah Ricks Revolver vor den Aufzügen auf dem Boden liegen. Als er sich umdrehte, hatte Rick sich schon fast aufgerichtet.

»Holen Sie den Revolver!« schrie Claremont, während er Lisa emporzog.

Ohne sich um die Waffe zu kümmern, stürzte Ben auf Rick zu. Er faltete die Hände und ließ wild die Arme schwingen. Als seine Handschellen Ricks Gesicht trafen, stolperte der rückwärts, doch als Ben erneut zuschlagen wollte, traf Ricks Faust Bens Schußwunde. Mit einem Aufschrei umklammerte Ben seine Schulter. Rick starrte auf den Revolver.

Während er dagegen ankämpfte, einfach umzufallen, sah Ben, wie Rick sich auf die Waffe zubewegte. Wieder stürzte er auf ihn zu und prallte von hinten gegen ihn, so daß sie beide wieder zu Boden stürzten. Rick drehte sich auf den Rücken und versuchte, sich freizukämpfen, doch Ben blieb auf ihm hocken. Er packte Rick am Hals und drückte ihn gegen den Boden. »Du widerlicher Dreckskerl!« brüllte er, während Rick wild um sich schlug. »Du hast Ober umgebracht!«

»Er hat sich selbst umgebracht!« hustete Rick.

»Nein!« schrie Ben und schlug Ricks Hinterkopf auf den Boden. »Du hast ihn umgebracht!« Ben verstärkte den Druck auf Ricks Kehle. »Willst du spüren, wie Ober sich gefühlt hat? Willst du spüren, wie er gestorben ist?« Rick schlug auf Bens Kopf ein, um seinen Gegner abzuschütteln, doch Ben zeigte keine Reaktion. Rick schlug gegen Bens blutende Schulter, doch Ben bewegte sich nicht. Je mehr Rick sich wehrte, desto fester wurde Bens Griff. Schließlich hörten das Husten und das Zappeln auf – Rick war endlich bewußtlos. Doch Ben ließ seinen Hals nicht los. »Du hast meinen Freund umgebracht!« schluchzte er. »Das werde ich dir heimzahlen!«

Während die Tränen über Bens Wangen strömten, wurde Ricks Gesicht dunkelrot. Ben drückte noch fester zu. Ricks Leben in seinen Händen, erinnerte er sich an sein letztes Gespräch mit ihm. »Du willst sehen, wie ich die Regeln übertrete?« knurrte Ben und sah, wie noch mehr Blut in Ricks Gesicht strömte. »Jetzt merkst du, was ich von deinen verdammten Regeln halte.« Verzerrte Bilder jagten durch Bens Kopf. Nathans zerschlagenes Gesicht. Lisas blutender Mund. Ober.

Schluchzend starrte Ben auf Ricks angeschwollenes Gesicht. Dann ließ er los. »Ober! Es tut mir ja so leid!«

Dann brach Ben auf dem Boden zusammen. Sein Atem ging keuchend. Es war endlich vorbei.

Während Ben auf dem Boden lag und sich die Schulter hielt, kam der Aufzug an. Die Türen gingen auf, und Alex DeRosa stürmte mit einem halben Dutzend bewaffneter Marshals heraus.

»Los geht's«, brüllte DeRosa, während seine Männer in den Flur ausschwärmten. Zwei von ihnen legten Rick Handschellen an, zwei weitere rannten zu Lisa und Claremont, um sich um sie zu kümmern.

»Alles in Ordnung?« DeRosa half Ben auf die Beine.

»Was soll denn das, verdammt noch mal?« fragte Ben verwirrt. »Wo haben Sie die ganze Zeit gesteckt?«

»Tut mir leid.« DeRosa schloß Bens Handschellen auf. »Rick hat Sie die ganze Woche keine Sekunde aus den Augen gelassen. Da wollten wir nichts riskieren.«

»Nichts riskieren?« schrie Ben und rieb sich die Handgelenke. »Um ein Haar hätte er uns umgebracht! Und Sie, Sie haben mich glatt belogen.«

»Ich hab' Sie nicht belogen«, verteidigte sich DeRosa. »Aber es war notwendig, daß Sie sich normal verhielten.« Er legte eine Hand auf Bens Schulter. »Das war wirklich die einzige Möglichkeit, um –«

»Fassen Sie mich nicht an!« brüllte Ben und schüttelte die Hand ab. »Sie haben gelogen und unser Leben aufs Spiel gesetzt! Für wen halten Sie sich eigentlich?«

»Ben, ich konnte Sie nicht erreichen. Rick war Ihnen ständig auf den Fersen.«

»Das ist doch Unsinn«, fuhr Ben ihn an. »Sie hätten mir in der U-Bahn einen Zettel zustecken lassen können. Oder am Jefferson Memorial. Zumindest hätten Sie mir nach Obers Tod eine Nachricht zukommen lassen müssen.«

»Es tut mir leid –«

»Ich will's nicht hören«, brüllte Ben und ließ ihn einfach stehen. Sich die Schulter haltend, ging er auf Lisa und Claremont zu. »Danke für die Hilfe«, sagte Claremont.

»Lecken Sie mich am Arsch.« Ben schob ihn beiseite, um zu Lisa zu gelangen, die an der Wand zusammengesunken war. Er ergriff ihre blutige Hand und starrte in ihr zerschlagenes Gesicht. »Wie geht's dir?« fragte er.

»Ich hab' schon bessere Tage erlebt.«

»Haben sie dich durchs Fenster gestoßen?«

»Im Gegenteil.« Lisa lächelte gequält. »Das hab' ich mir selbst angetan. Tolle Idee, was?«

»Eine deiner besten.«

»Schaffen wir die beiden endlich ins Krankenhaus«, sagte einer der Marshals.

»Hat er wirklich auf dich geschossen?« Lisa starrte auf Bens Schulter.

Ben grinste sie an. »Nein, das hab' ich mir selbst angetan.«

NEUNZEHNTES KAPITEL

Einen Eisbeutel ans Auge gepreßt, wartete Nathan in einem kleinen Nebenraum von DeRosas Büro. Zwei Stunden waren vergangen, in denen er sich nicht bewegt hatte, und noch immer saß er auf demselben harten Stuhl und stützte sich auf denselben kleinen Konferenztisch. Auf der Fahrt hatten die Marshals kein Wort mit ihm gesprochen; seine Drohungen hatten sie gänzlich unbeeindruckt gelassen. Sie hatten ihm lediglich mitgeteilt, daß Ben und Lisa in Sicherheit seien.

Endlich ging die Tür zu DeRosas Büro auf. Ohne seinen Eisbeutel vom Auge zu nehmen, trat Nathan ein. Auf einem der beiden Stühle vor dem Schreibtisch saß Ben, den linken Arm in einer Schlinge. Nathan ließ den Eisbeutel sinken und warf ihm einen finsteren Blick zu. »Also deshalb hat man mich zwei Stunden eingesperrt?« fragte er DeRosa. »Damit Sie hier unseren Märchenprinzen verhören konnten?«

»Setzen Sie sich.« DeRosa deutete auf den Stuhl neben Ben.

»Ich stehe lieber«, erwiderte Nathan schroff.

»Wie Sie wollen«, sagte DeRosa.

»Wie geht's dir denn?« fragte Ben.

»Wie's mir geht?« wiederholte Nathan sarkastisch. »Mal sehen: Mein Auge ist dick wie eine Melone, mir dröhnt der Schädel, und niemand hat mir irgendwas gesagt. Abgesehen davon geht es mir phantastisch.«

»Was war das letzte, das Sie im Hotel gesehen haben?« fragte DeRosa.

»Als letztes hab' ich gesehen, wie ein Dutzend Marshals ins Zimmer platzte. Sie kassierten Ricks Sachen ein, diskutierten lautstark, daß man die Anrufe, die über Ricks Handy gelaufen waren, überprüfen müßte, und erst dann haben sie mich losgemacht – was offensichtlich ihre geringste Sorge war. Dann sind Sie hereingekommen, haben sich vorgestellt und sind wieder verschwunden. Ein Sanitäter hat mich untersucht, mir einen Eisbeutel gegeben und ein paar Aspirin, und bevor ich mich versah, haben zwei Ihrer Möchtegern-Agenten mich hierhergefahren und mich in der Kammer da eingeschlossen.«

»Tut mir leid, daß ich wieder weg mußte«, sagte DeRosa, während er sich Notizen machte. »Und was ist vorher passiert?«

Bevor Nathan antworten konnte, ging die Tür auf und Claremont kam herein. Eine Tasse Kaffee in der Hand, setzte er sich auf einen Stuhl am Fenster. Wutentbrannt starrte Nathan seinen Kidnapper an. »Wer ist das, und was tut er hier, verdammt noch mal?«

»Das ist Michael Burke.« DeRosa deutete auf Claremont. »Er ist ein U.S. Marshal.«

»Sie sind Polizist?« fragte Nathan.

»Ich bin ein Marshal«, korrigierte Burke.

»Sie sind ein Marshal und haben zugelassen, daß Rick uns nach Strich und Faden verprügelt?«

»Tut mir leid«, erwiderte Burke. »Wir mußten warten, bis Rick die Optionen kauft, bevor wir irgend etwas unternehmen konnten.«

»Und was haben Sie unternommen, als Rick den Auftrag durchgegeben hatte?« Nathans Stimme wurde lauter.

»Was dann passiert ist, können Sie mir nicht in die Schuhe schieben. Das war Ihr Fehler. Unsere Leute waren bereit, das Zimmer zu stürmen, aber Lisa ist einfach losgerannt.«

»Ach, und das war *mein* Fehler?« Nathan lachte. Er ging zu dem leeren Stuhl neben Ben und setzte sich. »Wie zum Teufel hätten wir wissen sollen, daß Ihre Leute in der Nähe waren?«

»Ben und Lisa wußten Bescheid«, sagte Burke.

»Wie bitte?« Nathan sah Ben an.

»Ich schwöre dir, daß ich nichts wußte«, verteidigte sich Ben. »Ich dachte, sie hätten mich aufgegeben.«

»Moment mal«, sagte Nathan. »Vor ein paar Stunden hab' ich noch gedacht, ich müßte sterben! Was geht hier eigentlich vor, verdammt noch mal?«

»Also –«, begann Ben.

»Ich will alles hören«, verlangte Nathan. »Von Anfang an.«

»Lassen Sie diesen Ton und halten Sie den Mund«, bellte DeRosa. Nathan drückte seinen Eisbeutel wieder ans Auge, während Ben tief durchatmete und berichtete, wie er DeRosa aufgesucht und warum er später geglaubt hatte, die Marshals hätten ihn hängengelassen.

»Soll das heißen, man hätte Rick schon seit Wochen festnehmen können?« fragte Nathan ungläubig. Er sah DeRosa an. »Warum haben Sie dann so lange gewartet?«

»Wir wollten alle Personen fassen, die mit Rick unter einer Decke steckten«, erklärte DeRosa. »Zum Beispiel seinen Broker und alle anderen, die er bezahlt hat.«

»Und wir wollten Lungen überführen«, fügte Burke hinzu.

Nathan warf ihm einen frostigen Blick zu. Dann sah er Ben an. »Wußtest du, daß er ein Marshal ist?«

»Überhaupt nicht«, sagte Ben. »Deshalb hab' ich ihm ja eins übergebraten. Erst als er Lisa gerettet hat, wurde mir klar, daß er auf unserer Seite stand.«

»Und was war mit Obers Rauswurf?« fragte Nathan. »Wußte irgend jemand –«

»Wir wußten nicht, daß Rick Ober denunzieren würde«, erwiderte DeRosa.

»Und wenn Ihnen das was hilft«, fügte Burke hinzu, »ich wußte auch nicht, daß Rick Sie alle kidnappen wollte. Er hat das erst in letzter Minute entschieden, als er vermutete, daß Ben sich stellen würde. Schließlich hatten wir damit gerechnet, daß Ben das Urteil erst heute mittag übergeben würde.«

»Die Geiselnahme hat uns wirklich aus dem Tritt gebracht«, gab DeRosa zu. »Wir dachten nicht –«

»Nein, gedacht haben Sie sich wirklich nichts«, unterbrach Nathan ihn. »Sobald Rick auf uns losgegangen ist, hätte Burke die Notbremse ziehen müssen. Statt dessen hab' ich mir grundlos das Gesicht einschlagen lassen müssen.«

»Ich konnte wirklich nichts unternehmen«, verteidigte sich Burke.

»So ein Blödsinn«, entgegnete Nathan. »Sie hätten sagen können, wer Sie wirklich sind. Dann wären alle gezwungen gewesen, ins Zimmer zu stürmen und uns zu retten.«

»Das war unmöglich, ohne uns alle in Lebensgefahr zu bringen. Ich wußte ja nicht, wo die Verstärkung sich verborgen hatte. Ich wußte nur, daß sie da sein würde, wenn die Sache außer Kontrolle geraten würde.«

»Und was ist damit?« brüllte Nathan und zeigte auf sein blaues Auge. »Und mit dem Moment, in dem Rick Lisa seinen Revolver in den Mund gesteckt hat? War das noch immer nicht genügend außer Kontrolle für Sie?«

Ben legte seine Hand auf Nathans Schulter. »Beruhige dich, Nathan«, sagte er. »Wenn die Marshals in diesem Moment reingestürmt wären, hätte Rick Lisa tatsächlich den Kopf weggeblasen. Wie die Dinge stehen, sollten wir uns glücklich schätzen, daß nicht mehr passiert ist.«

Nathan entzog sich Ben und stand auf. »Was hätte denn überhaupt noch passieren können? Das war das schlimmste Wochenende meines Lebens!« Ben streckte die Hand aus, um ihn zu beruhigen, aber Nathan wich ihm immer weiter aus. Schließlich stand er in der Mitte von DeRosas Büro. »Als Ober seinen Job verloren hat, hatte man Rick doch schon in der Hand! Und *du* hast kein Wort gesagt! Du hättest alles auffliegen lassen können! Du hättest –«

»Ich habe das getan, was meiner Meinung nach das beste für alle war«, sagte Ben. »Wenn ich zu früh gehandelt hätte, wäre Rick untergetaucht. Der einzige Weg, endgültig mit ihm fertig zu werden, war, ihn zu erwischen.«

Nathan konnte seinen Zorn nicht länger unterdrücken. »Du selbstsüchtiger Dreckskerl!« schrie er. »Der einzige, mit dem du endgültig fertig geworden bist, ist Ober! Indem du den Mund gehalten hast, hast du ihn umgebracht!« Wütend schleuderte Nathan seinen Eisbeutel durchs Zimmer. Er schlug auf DeRosas sorgsam aufgeräumten Schreibtisch auf und riß einen Papierstapel mit sich zu Boden.

»Daß Sie sich aufregen, verstehe ich schon«, sagte Burke, »aber Sie müssen das Gesamtbild sehen –«

»Das Gesamtbild ist mir scheißegal!« brüllte Nathan. »Mein Leben ist nicht dazu da, daß Leute wie Sie damit rumspielen! Sie haben uns mißbraucht! Und Ober hat den Preis dafür gezahlt.«

»Das reicht.« DeRosas Stimme dröhnte durch das Zimmer. »Ober hat von sich aus gehandelt. Und wenn Selbstmord seine beste Lösung war, hatte er mehr Probleme als die, die Ben ihm aufgehalst hatte. Was Sie betrifft, sollten Sie sich freuen, daß Sie noch am Leben sind. Ansonsten können Sie draußen einen Zettel in den Beschwerdekasten werfen.«

Schweigend stand Nathan reglos mitten im Zimmer, während DeRosa seine Papiere aufhob.

»Nathan, es tut mir wirklich leid«, sagte Ben. »Ich hab' mich wirklich bemüht –«

»Ich will's nicht hören«, unterbrach Nathan ihn. Er trat einen Schritt auf DeRosa zu. »Sie wußten ja wohl von den Erpresserbriefen, die Rick uns geschickt hat.«

»Natürlich«, erwiderte DeRosa. »Machen Sie sich keine Sorgen. Wir werden Ihrer Arbeitsstelle mitteilen, daß Ihre Mitwirkung in diesem Fall von unschätzbarem Wert war. Wenn ich das entsprechend vorbringe, wird man Sie mit Sicherheit nicht rausschmeißen.«

»Großartig. Wunderbar«, sagte Nathan und ging zur Tür.

Burke folgte ihm. »Sie werden jetzt nicht gehen«, knurrte er. »Wir haben noch ein paar Fragen an Sie –«

Nathan riß die Tür auf und stürmte hinaus.

»Lassen Sie ihn gehen«, sagte DeRosa. »Es war ein langer Tag.« Als die Tür zugefallen war, sah er Ben an. »Also, das wäre eine verlorene Schlacht – sind Sie bereit für Hollis?«

Ben saß vor Hollis' Büro und wartete nervös darauf, daß die Tür aufging. Warum dauert es so lange? überlegte er und spielte ungeduldig mit der Schlinge, in der sein linker Arm steckte. Seit seinem ersten Arbeitstag war er vor keinem Treffen mit Hollis so nervös gewesen. Zwanzig Minuten später öffnete sich die schwere Mahagonitür, und Lisa kam heraus.

»Wie ist es gelaufen?« fragte Ben. »Was hat er gesagt?«

»Er will dich jetzt sprechen«, antwortete Lisa.

»Aber wie hat er –«

»Geh rein und sprich mit ihm. Er ist der Chef, nicht ich.«

Unsicher trat Ben ein, zwang sich zu einem Lächeln und setzte sich auf den Stuhl vor dem Schreibtisch. »Schön, wieder hier zu sein«, sagt er.

Mason Hollis verfolgte die Entwicklung der Rechtsprechung schon seit über dreißig Jahren und war der zugänglichste der neun Obersten Richter. Geboren als ältestes von sieben Geschwistern und selbst fünffacher Vater, strahlte er eine väterliche Ruhe aus. Es ging das Gerücht, daß er bei einem Baseballspiel in Yale absichtlich einen Ball verschenkt hatte, weil er der Meinung war, die gegnerische Mannschaft hätte sonst zu hoch verloren. Als Richter im Bezirk D.C. hatte er einmal eine Fristverlängerung gewährt, damit der Verteidiger sich »richtig ausschlafen« konnte. Nach Auskunft aller Mitarbeiter des Gerichts war Hollis der einzige Richter, vor dem keiner Angst hatte. In diesem Augenblick jedoch zitterten Ben Addison die Knie.

»Wie geht es Ihnen?« Hollis strich sich mit der Hand über sein schütteres weißes Haar, so daß die Finger über die zahlreichen Leberflecken wanderten, die seine Kopfhaut schmückten.

»Ganz gut«, sagte Ben, ohne seinem Vorgesetzten ins Gesicht sehen zu können.

»Sieht ganz so aus, als könnten Sie froh sein, noch zu leben, nicht wahr?«

»Wahrscheinlich.«

Hollis ergriff einen Bleistift und begann, an dessen Radiergummi zu kauen. »Nun seien Sie mal nicht so niedergeschlagen«, sagte er. »Sie sollten stolz auf sich sein. Rasche Auffassungsgabe und so weiter.« Da Ben nicht reagierte, fügte er hinzu: »Ein schwächerer Mensch wäre von so etwas niedergerissen worden.«

»Ich bin froh, daß es endlich vorbei ist.«

Hollis lächelte ihn an. »Ich muß Ihnen sagen – als ich Sie und Lisa einstellte, war mir schon klar, daß Sie ein lebhaftes Gespann sein würden. Daß es so lebhaft würde, habe ich zwar nicht erwartet, aber man kann nicht alles haben.«

Ben klopfte mit dem Fuß auf den dicken, burgunderroten Teppichboden und sehnte sich danach, daß Hollis endlich auf den Punkt kam. Er wollte seine Entscheidung erfahren. »Darf ich Sie etwas fragen?« platzte er heraus. »Kann ich meine Stelle behalten?«

»Ben –«

»Da ich bei Ricks Festnahme geholfen habe, wird man rechtlich nicht gegen mich vorgehen«, erklärte Ben mit unsicherer Stimme. »Die Marshals sagten, meine Personalakte würde vollständig sauber bleiben, und sie wollen mir eine Belobigung aussprechen, weil ich bei Lungens Überführung mitgewirkt habe. Sie haben ihn heute morgen festgenommen.«

»Ben, es tut mir leid …«

»Die Marshals sagten, ich könnte –«

»Ben, hören Sie mir bitte zu«, unterbrach Hollis ihn. »Theoretisch mögen Sie unschuldig sein, aber Sie haben den Ehrenkodex dieses Gerichts verletzt. Ich habe keine andere Wahl, als Sie ziehen zu lassen.«

Es war halb neun Uhr abends, als Ben nach Hause zurückkehrte. Eric saß am Eßtisch und beugte sich über eine kleine Leinwand. Er spritzte mit den Fingern rote, blaue, gelbe und grüne Farbtropfen darauf, um das abstrakte Gemälde nachzuschöpfen, das er direkt auf die Wand aufgetragen hatte. Es war Erics vierter Versuch, sein Werk zu kopieren; nur eine nahe Entsprechung würde geeignet sein, in Obers Sarg zu liegen. Als er Ben eintreten sah, reinigte er seine Finger mit einem terpentingetränkten Lappen und kam auf ihn zu. »Was ist passiert?« schoß er los. »Wie geht's dir? Was ist mit deiner Schulter? Was hat man dir gesagt? Warum hast du so lang gebraucht?«

Ben zog seinen Mantel aus und hängte ihn in den Schrank. Dann drehte er sich zu Eric um und gab ihm eine einzige Antwort: »Man hat mich rausgeschmissen.«

»Was?« sagte Eric, während Ben in die Küche ging. »Das darf doch wohl nicht wahr sein. Erzähl mir, was passiert ist.«

Ben ließ sich ein großes Glas Wasser einlaufen. »Es gibt nichts zu erzählen. Man hat mich rausgeschmissen. Ich habe Hollis alles erzählt, er hat mir zugehört, hat versucht, mir die Sache leichter zu machen, und dann hat er mich gefeuert. Anschließend hat er mich zu Osterman gebracht, und nach einem langen Vortrag durfte ich gehen. Das ist alles. Ich arbeite nicht mehr am Obersten Gerichtshof.«

Ben leerte das Glas in einem Zug.

»Was haben sie dir noch gesagt?«

Ben ignorierte Erics Frage. »Wo ist Nathan?«

»Der ist nach Boston gefahren. Morgen ist doch Obers Beerdigung.«

Ben ließ langsam seine Schulter kreisen, bis ein scharfer Schmerz einsetzte. »Hat er irgendwas gesagt?«

»Er hat mir die Geschichte mit Rick erzählt, hat seine Sachen gepackt und ist abgefahren.«

»War er noch immer wütend?«

»Ich würde ihn nicht anrufen, bevor wir nach Boston kommen. Er ist ziemlich außer sich.«

»Ich verstehe.« Ben zog ein Fläschchen aus seiner Hosentasche und las die Gebrauchsanweisung seines Schmerzmittels. Er ließ noch etwas Wasser einlaufen und nahm eine der winzigen rosa Tabletten.

»Jetzt erzähl mir endlich, was passiert ist«, forderte Eric. »Ich hab' gerade was darüber in den Nachrichten gesehen.«

»Toll«, sagte Ben sarkastisch. »Hat man meinen Namen erwähnt?«

»Nein. Es war bloß ein kurzer Bericht. Es hieß, jemand namens ...«

»Mark Wexler«, ergänzte Ben, weil Eric Mühe hatte, sich an den Namen zu erinnern.

»Genau, Mark Wexler«, wiederholte Eric. »Er ist wegen Insider-Trading unter Verwendung vertraulichen, vom Obersten Gerichtshof stammenden Materials verhaftet worden. Viel wußte man allerdings nicht, deshalb war ich nicht sicher –«

»Mark Wexler ist Ricks richtiger Name.« Ben ging ins Wohnzimmer, um sich auf die große Couch zu legen. »Offenbar hat er in Seattle früher in einer hochkarätigen Kanzlei gearbeitet, die komplizierte rechtliche Aufträge für CMI und Charles Maxwell abwickelte. Vor ungefähr einem Jahr hat man ihn aus ethischen Gründen gefeuert – aufgrund der Vermutung, daß er in Verbindung mit einem seiner Fälle Aktien gekauft hatte.«

»Also ist er bereits vorbestraft.« Eric setzte sich auf das kleine Sofa.

»Nein, er hatte eine weiße Weste. Die Kanzlei konnte ihm nie etwas beweisen. Was er auch tat, er hat verstanden, es geheimzuhalten. Aber obwohl keine Beweise beizubringen waren, hat die Kanzlei ihn aufgefordert, zu kündigen. Danach ist er offenbar nach New York gezogen und hat seither dort gewohnt.

Wenn er was hier in Washington zu tun hatte, brauchte er bloß in den Shuttle steigen.«

»Erstaunlich«, sagte Eric.

»Ich will jetzt wirklich nicht mehr über ihn reden«, sagte Ben. »Er war schon den ganzen Nachmittag das Gesprächsthema.«

»Dann sag mir wenigstens, was mit Hollis war.«

»Da gibt's nicht viel zu sagen. Da die ganze Sache publik gemacht werden muß, konnten sie nicht einfach darüber hinweggehen. Und wenn man mich behalten hätte, hätte das ein schlechtes Licht auf den Gerichtshof geworfen. Schließlich hab' ich den Ehrenkodex verletzt. Wenn man mich nicht aufgefordert hätte, zu kündigen, hätte den niemand mehr ernst genommen.«

»Immerhin hat man dich nicht gefeuert«, argumentierte Eric. »Man hat dich nur gebeten, zu kündigen.«

»Das macht keinen Unterschied.«

»War Hollis wenigstens nett zu dir?«

»Er hätte nicht netter sein können. Er hat mir gesagt, wie sehr er meine Arbeit für ihn schätzte, und daß wir hoffentlich in Kontakt bleiben. Er will mir eine Empfehlung für meine nächste Stelle schreiben. Er hat sogar behauptet, es habe ihn beeindruckt, wie wir Rick dingfest gemacht haben. All das hat seine Entscheidung aber nicht beeinflußt.«

»Was geschieht mit Lisa?«

»Gar nichts. Ich habe dafür gesorgt, sie aus dem Ganzen rauszuhalten. Wie die Dinge stehen, ist sie die Kollegin, die den Plan entwickelte und die mir half, die schwere Zeit durchzustehen. Mit meiner ersten Indiskretion hatte sie nichts zu tun.« Ben legte seinen Arm auf ein Sofakissen und fragte sich, wie lang es dauern würde, bis das Schmerzmittel endlich wirkte.

»Und was hat Osterman gesagt?« fragte Eric.

»Er war widerwärtig wie immer. Er hat mir einen großen Vortrag über die Ziele und Ideale des Gerichtshofs gehalten, die nie in Frage gestellt werden dürften. Ich hatte wirklich das Bedürfnis, die Hand auszustrecken und seine erbärmliche Frisur zu verwüsten. Mir ist ohnehin nicht klar, wieso man mich zu ihm geschleppt hat. Hollis hatte mich ja schon rausgeworfen.«

»Das mit seinen Haaren hättest du wirklich bringen sollen. Was hätte er dir schon antun können? Dich noch mal rauswerfen?«

»Kann sein«, sagte Ben zerstreut.

»Eine letzte Frage?« Eric konnte seinen Reporterinstinkt einfach nicht abschütteln. »Wie hat Burke Rick davon überzeugt, er sei Claremont?«

»Nach der Grinnell-Sache war Lisa und mir klar, daß Rick versuchen würde, sich sein Geld zurückzuholen. Also haben wir sämtliche anstehenden Fälle überprüft, mit denen man viel Geld machen konnte.«

»Wie viele waren das?« fragte Eric fasziniert.

»Nur vier, bei denen es wirklich um viel ging.«

»Und wie hat Burke Rick gefunden?«

»Er hat ihn nicht gefunden«, sagte Ben. »Jemand wie Rick sucht sich seine Partner selbst, weshalb wir uns überlegen mußten, wie Rick Burke finden könnte. Also haben wir damit angefangen –«

»*Ihr* habt das alles auf die Beine gestellt?«

»Natürlich haben die Marshals die ganze Detailarbeit geleistet, aber Lisa hatte den Plan entwickelt«, erklärte Ben. »Die Marshals haben sich die Führungskräfte aller vier Unternehmen vorgenommen –«

»Aber solche Firmen haben doch Hunderte von Managern«, warf Eric ein.

»Nicht, wenn man sich auf die mit einer kriminellen Vergangenheit beschränkt. Wir dachten uns folgendes: Wenn Rick aus hundert Managern einen auswählen müßte, würde er mit Sicherheit den nehmen, der am ehesten zu einem Gesetzesbruch bereit war.«

»Also hat man all diese Leute überwacht, bis Rick sich rührte?«

»Noch besser«, sagte Ben. »Die Marshals haben jeden Manager *ersetzt*, bis Rick in Aktion trat. Burke war das Double von Richard Claremont, dem Vizepräsidenten der Finanzabteilung von American Steel. Der Mann ist früher einmal wegen Steuerhinterziehung verurteilt worden.«

»Und wie viele Manager wurden ersetzt?«

»Es war natürlich nicht möglich, alle zu nehmen, besonders, wenn man die Sache geheimhalten wollte. Deshalb haben wir die zwanzig wahrscheinlichsten Kandidaten ausgewählt und dann gewartet.«

»War das nicht ein starker Eingriff in das Leben des echten Claremont?«

»Man hat lediglich sein Telefon übernommen. Der echte Claremont ist noch nicht einmal in ein anderes Büro umgezogen. Der einzige Unterschied war der, daß seine Anrufe an Burke geleitet wurden. Wenn es ein echter Kunde war, gab der ihn an Claremont weiter, wenn es sich um Rick handelte, blieb er am Apparat.«

»Und ihr beide, Lisa und du, ihr wart euch nicht sicher, daß das auch wirklich so lief?« fragte Eric.

»Wir hatten keine Ahnung.« Ben war von dem pochenden Schmerz abgelenkt, der durch seinen Arm lief. »Lisa und ich haben DeRosa den Plan und die Liste der verdächtigen Manager übergeben, erfuhren aber nie, ob auch alles gemacht wurde. Erst als man mich mit dem Auto hierhergebracht hat, habe ich alles erfahren.«

»Unglaublich.« Eric lehnte sich zurück. Als er Bens leeren Gesichtsausdruck sah, fragte er: »Geht's dir nicht gut?«

»Ich bin bloß nicht ganz da. Mein Arm tut weh, und dann das Schmerzmittel ...«

»Du siehst furchtbar aus. Vielleicht solltest du jetzt schlafen gehen.«

»Ich fühle mich auch furchtbar.« Ben stand vom Sofa auf.

»Kopf hoch. Du hast heute einen großen Sieg errungen.«

Ben ging langsam zur Treppe. »Fühlt sich nicht so an.«

Eric zog seinen Notizblock aus der Tasche. »Ben, kann ich dich um einen letzten Gefallen bitten? Ich will ja nicht rücksichtslos sein, aber macht es dir was aus, wenn ich einen Artikel über die Sache schreibe?« Er sah auf seine Armbanduhr. »Wenn ich mich beeile, komme ich wahrscheinlich auf die erste Seite.«

»Eric, du kannst mich am Arsch lecken.« Ben ging die Treppe hoch. »Und damit kannst du mich sogar zitieren.«

EPILOG

Zwei Wochen waren vergangen, als Ben an einem Samstagabend Lisas Apartmenthaus betrat. »Schön, Sie zu sehen«, sagte der Portier begeistert.

»Gleichfalls.« Ben versuchte, seinem Blick auszuweichen.

»Das haben Sie toll hingekriegt«, fuhr der Portier fort. »Sie sind ja 'ne richtige Berühmtheit geworden.«

»Danke.« Ben flüchtete in einen wartenden Aufzug. Im vierten Stock stieg er aus, ging den Flur entlang und läutete an Lisas Tür.

»Wer ist da?« fragte Lisa und sah durch den Spion.

»Ich bin's«, antwortete Ben.

»Moment mal, sind Sie nicht der Typ, den ich in den Nachrichten gesehen habe? Der geniale Jurist, der sich dadurch bewährt hat, daß er einen der größten Betrüger aller Zeiten fing?«

»Mach bitte auf«, flehte Ben.

Als Lisa ihm gegenüberstand, sah Ben, daß die meisten Schnitte auf ihrem Gesicht und an ihren Händen schon verheilt waren. Geblieben waren nur ein paar dünne, rosafarbene Narben, wo das Glas besonders tief eingedrungen war.

»Schön, dich zu sehen«, sagte Lisa. Als sie sich vorbeugte, um Ben einen Kuß zu geben, drehte er ihr zu ihrer Überraschung die Wange hin. »Das ist alles, was ich bekomme?«

Ben trat ein und setzte sich auf Lisas Couch. »Fang bitte nicht wieder an«, flehte er.

»Was ist denn los?«

»Nathan zieht endgültig aus. Er hat eine Wohnung gefunden und zieht noch diese Woche um.«

Lisa zog ihren Schreibtischstuhl heran und setzte sich. »Ich weiß gar nicht, warum du so erstaunt darüber bist. Das hat er doch schon angekündigt, als er aus Boston zurückgekommen ist.«

»Ich weiß schon«, sagte Ben. »Aber ich dachte, er würde es sich anders überlegen. Ich hab' mir vorgestellt –«

»Was hast du dir vorgestellt?« unterbrach Lisa ihn. »Daß er vergißt, daß Ober tot ist? Daß er dir verzeiht, obwohl er wegen dir fast umgebracht worden wäre? Daß er irgendwann zurückblickt und über die ganze Sache lacht? Das war eine Riesengeschichte, Ben. Seit zwei Wochen wird in den Nachrichten darüber berichtet. Das ist nicht etwas, das einfach so verschwindet.«

»Trotzdem darf ich ja wohl betroffen sein, wenn er auszieht. Er ist einer meiner besten Freunde, und er redet nicht einmal mehr mit mir.«

»Betroffen solltest du auch sein«, sagte Lisa. »Aber du solltest ihm auch ein wenig Raum geben. Wenn ihr so eng befreundet seid, wird er vielleicht irgendwann wieder auf dich zukommen.«

»Ich weiß nicht«, meinte Ben. »Ich glaube wirklich, daß ich ihn verloren habe.«

»Das ist eben das Problem mit konkurrenzgeprägten Freundschaften – sie zerbrechen beim leisesten Aufprall.«

»Der Aufprall war ja nicht gerade leise. Es war eher, wie von einem Güterzug überrollt zu werden.«

»Jedenfalls wird es lange dauern, bis sich alles beruhigt hat«, sagte Lisa. »Und wie verhält sich Eric? Ergreift er Partei?«

»Es ist ihm völlig schnuppe«, sagte Ben. »Du hast ja gesehen, was mit ihm passiert ist. Er ist im siebten Himmel. Nach Meinung seines Chefs hat er die Sache ja ans Tageslicht gebracht.«

»Bist du noch immer wütend auf ihn, weil er dich zitiert hat?«

»Natürlich paßt es mir nicht, daß er unser privates Gespräch verbraten hat, aber was soll ich machen? Außerdem, wenn Eric dem ersten Artikel nicht eine gewisse Richtung gegeben hätte, weiß ich gar nicht, ob alles sich so gut entwickelt hätte. Er war ja der erste, der mich den König des Gerichtshofs genannt hat.«

»Der König des Gerichtshofs«, wiederholte Lisa erschauernd. »Ist das nicht das Dümmste, was du je gehört hast?«

»Es stellt mich in ein edles und ehrenwertes Licht.« Ben wölbte seine Brust vor.

»Es klingt eher, als seist du ein überdrehter Basketball-Star.«

»Du kannst mich gern verspotten, aber dieser schmalzige Titel hat mir sehr genützt. Die Medien lieben ihn.«

»Wie Ihr meint, Euer Hoheit.«

Grinsend fragte Ben: »Wie läuft's am Gerichtshof?«

»Wunderbar«, antwortete Lisa. »Nicht anders als vorher. Der neue Kollege ist das letzte. Er ist ungefähr so aufregend wie Sägemehl.«

»So schlimm kann er doch nicht sein.«

»Glaub mir, er ist so schlimm. Letzte Woche hab' ich ihm aus der Cafeteria einen Bagel mit Sesamstreusel mitgebracht, und er hat gemeint, er könnte ihn nicht essen, weil er eine Lücke hinten zwischen den Zähnen hat. Die Samen könnten sich darin festsetzen, sagte er.«

»Kaum zu glauben. Und du hast ihm nicht augenblicklich in den Hintern getreten?«

»Ehrlich, Ben. Versuch doch du mal, den Tag mit jemand zu verbringen, der allergisch gegen Käse ist. Der Typ ist ein Versager.«

»Ist er intelligent?«

»Akademisch gesehen, ja. Da ist er brillant. Aber in der realen Welt kann er nicht funktionieren. Selbst wenn ein kühner Gedanke sich in seinem Gebiß verfangen sollte, würde er ihn nicht erkennen.«

»Wenn er so farblos ist, wieso hat Hollis ihn dann ausgesucht?«

»Ich glaube, gerade deswegen. Nach dir konnten sie nicht noch so eine dynamische Persönlichkeit gebrauchen. Sie brauchten jemand Sicheren. Jemand, der allergisch gegen Käse ist.«

»Na, wenigstens hat er den Job«, sagte Ben.

»Jetzt hör mal auf. Wen interessiert denn dieser Job?«

»Mich.«

»Dir sollte das am wenigsten ausmachen. Der einzige Grund, warum du da gearbeitet hast, war der, um an die Stelle zu kommen, die du jetzt hast. Jeder von uns wünscht sich, in deinen Schuhen zu stecken. Die ganze Stadt spricht von dir, ganz zu schweigen von sämtlichen Juristen. Wayne and Portnoy haben dir weitere Zehntausend angeboten, obwohl du ihrem obersten Anwerber gesagt hast, er soll dir den Buckel runterrutschen. Jeder verdammte Anwalt in Amerika wünscht sich, den Durchblick von Ben Addison zu haben. Was am Gerichtshof kannst du da noch vermissen?«

»Die Zusammenarbeit mit dir«, stellte Ben sachlich fest.

Überrascht fragte Lisa: »Vermißt du mich wirklich?«

»Natürlich vermisse ich dich«, erwiderte Ben. »Ich vermisse dich. Ich vermisse Ober. Ich vermisse seine Lotteriegeschichten. Ich vermisse ...«

Lisa hob eine Augenbraue. »Ben, Ober ist tot, und das kannst du nicht ändern.«

»Und Nathan will fort. Und Eric ist es nicht wert, weiter mit ihm umzugehen.«

»Es ist hart, das weiß ich schon«, sagte Lisa. »Aber du mußt in die Zukunft blicken. Schließlich fängst du jetzt bei der Staatsanwaltschaft an – und zwar in einer Stellung, die normalerweise mindestens zwei Jahre Berufserfahrung erfordert. Du hast sämtliche Bewerber überrundet und einen der besten Jobs in Washington bekommen. Du wirst Staatsanwalt! Und das heißt, daß du jetzt täglich hinter Typen wie Rick her sein wirst. Das hast du mir doch gesagt, als du die Stelle angenommen hast, oder? Daß du begeistert bist, weil dein Jagdinstinkt zum Zuge kommt? Und jetzt wirst du jeden Tag auf der Jagd sein.«

»Begeistert bin ich immer noch«, gab Ben zu. »Nach allem, was ich durchgemacht habe, könnte ich in einer wesentlich schlimmeren Lage sein. Aber ich kann einfach nichts dagegen machen – ich vermisse die drei.«

»Du hast ja noch mich«, sagte Lisa.

»Ich weiß«, erwiderte Ben, »und da hab' ich auch wirklich Glück gehabt.«

»Ich will dir mal sagen, warum du Glück hattest«, konterte Lisa. »Du hattest Glück, daß ich nie irgend jemand verraten habe, wer den geheimen Addison-Plan in Wirklichkeit entworfen hat.«

Ben lachte. »Fang bloß nicht damit an.«

»Im Ernst«, sagte Lisa. »Dir ist ja wohl klar, daß ich es war, die den gesamten Plan –«

»Ich weiß schon«, unterbrach Ben sie. »Dir ist der Plan eingefallen. Du hast mir geraten, mich an die Marshals zu wenden.

Du warst es, die sagte, das sei meine einzige Chance, du bist auf die Idee gekommen, die Manager durch Doubles zu ersetzen, die meinte, wir sollten uns auf die mit krimineller Vergangenheit konzentrieren …«

»Ich war diejenige, die gesagt hat, du solltest aktiv werden.«

»Ganz richtig«, stimmte Ben zu. »Du warst die Aggressive von uns beiden. Du hattest die Idee. Ich hab' mich mit Grinnell gebrüstet, und du hast mich aus dem Sumpf gezogen.«

»Und doch müssen wir uns jetzt die Anerkennung teilen.«

»Willst du das jedesmal aufs Tapet bringen, wenn wir uns treffen?«

»Mehr oder weniger.«

»Ich hab' ja nie behauptet, ich hätte den Plan entworfen«, flehte Ben. »Ich habe bloß gesagt, ich hätte ihn für DeRosa formuliert.«

»Auf der Basis meines Einfalls.«

»Auf der Basis deines Einfalls«, wiederholte Ben. »Das hab' ich ihnen ja gesagt. Was willst du denn noch von mir hören?«

»Ich will folgendes hören: Die Ehre gebührt Lisa ganz allein – ich bin nichts als ihr demütiger und ergebener Diener.«

»Weißt du, es gibt Schlimmeres, als nicht allein im Scheinwerferlicht zu stehen. Schließlich ist es ja nicht so, als hätte man dich vollständig ignoriert.«

»Vollständig vielleicht nicht, aber –«

»Wie viele Stellenangebote hast du diese Woche bekommen? Ein Dutzend?«

»Eigentlich vierzehn. Und die *New York Times* bringt am nächsten Sonntag ein Feature über mich. Aber das heißt noch nicht, daß ich nicht gekränkt wäre. Wie ich die Dinge sehe, hättest du erst gar nicht den Mund aufmachen sollen.«

Ben packte ein in der Nähe liegendes Kissen und schlug es Lisa auf den Kopf. »Hör auf! Es war allein Erics Fehler – schließlich war er derjenige, der den Plan uns beiden zugeschrieben hat. Und als der Rest der Presse das übernahm …«

»… konntest du das einfach nicht leugnen.«

»Ich hab' ja versucht, es zu leugnen.« Ben lachte. »Aber zu diesem Zeitpunkt war es schon zu spät. Der König des Gerichtshofs war geboren.«

»Diesen Ausdruck will ich in meiner Gegenwart nicht hören«, drohte Lisa.

»Wenn du dich dabei besser fühlst, kannst du mich ja als Souverän bezeichnen.«

»Oder als Hofnarren.«

»Schön, nenn mich einen Narren. Was immer dich glücklich macht«, sagte Ben. »Aber wenn du die Wahrheit wissen willst: Es tut mir wirklich leid. Und dankbar bin ich auch.«

»Das weiß ich schon. Ich wollte dir bloß eine kleine Lektion erteilen«, sagte Lisa und freute sich, daß Ben lächelte. »Weißt du, ich mag dich viel lieber, wenn du glücklich bist.«

»Ich mich auch«, stimmte Ben zu. »Nach meiner Meinung gibt es zwei Sorten Menschen auf dieser Welt ...«

»Fang nicht wieder damit an«, flehte Lisa.

»Im Ernst – es gibt zwei Sorten Menschen auf dieser Welt: Sieger und Verlierer.«

»Laß mich mal raten, zu welcher du gehörst.«

»In meiner jetzigen Lage zu beiden«, sagte Ben. »Das ist die einzig mögliche Perspektive.«

Lisa schwieg einen Augenblick. »Das klingt gerecht. Dem kann ich zustimmen.«

»Danke«, sagte Ben.

Lisa sprang von ihrem Stuhl auf und ging auf die Couch zu. »Da wir jetzt deine wunderschöne Analyse vernommen haben, können wir gehen? Du hast doch gesagt, wir würden heute abend was losmachen.«

»Ich will aber nichts losmachen.« Ben lächelte. »Ich möchte lieber hierbleiben.«

»Also willst du auf andere Weise was losmachen?« fragte sie und setzte sich neben ihn.

»Nein.« Ben rückte ein Stück weg. »Ich will bloß hier rumsitzen und Trübsal blasen. Glaub mir, das wird riesig Spaß machen.«

»Trübsal blasen kommt nicht in Frage. Schlag dir das aus dem Kopf.«

»Wie steht's mit Schmollen? Weil ich genausogut schmollen kann, wenn ich schon nicht Trübsal blasen darf.«

»Du wirst auf beides verzichten.« Behutsam schob Lisa sich näher an Ben heran.

»Also, was machen wir dann? Vor uns hinbrüten? Grübeln? Uns angiften?«

»Ich will's mal so sagen«, erklärte Lisa. »Wie ich es sehe, gibt es zwei Sorten Menschen auf dieser Welt: solche, die mit mir schlafen werden, und solche, auf die das nicht zutrifft.«

»Beruhige dich. Ich bin nicht in der Stimmung.«

»Hör auf. Du hast gesagt, wenn sich der ganze Trubel gelegt hat –«

»Er hat sich aber noch nicht gelegt«, sagte Ben. »Außerdem – wer sagt denn, daß ich überhaupt mit dir schlafen will?«

»Na, das ist wirklich lustig. Aber dieses Spielchen funktioniert jetzt nicht mehr. Ich hab' dich weinen sehen, als Rick mich geschlagen hat. Du hattest Angst um mich.«

»Diese Tränen hatten nichts mit dir zu tun. Es waren Tränen der Wut. Zornige, haßerfüllte Tränen.«

»Natürlich.« Lisa schob sich noch näher.

»Ganz ehrlich«, beharrte Ben. »Außerdem kann ich jetzt sowieso nicht. Ich hab' zuviel im Kopf. Du hast mich ja vorher erlebt – ich bin deprimiert.«

»Du bist nicht deprimiert.«

»Ich *bin* deprimiert. Und ich werde viel Zeit brauchen, um darüber hinwegzukommen.«

»Wie lange?« wollte Lisa wissen.

»Sehr lange. Sehr, sehr lange.«

»Und wann gehen wir dann ins Bett?«

»Keine Ahnung. Vielleicht nie.«

»Ben ...«, sagte Lisa drohend.

»Schön. Du hast mich überredet. Aber ich sage dir gleich, es wird mir nicht gefallen.«

»Es wird dir gefallen.«

»Schön, es wird mir gefallen. Aber sobald wir damit fertig sind, ist auch unsere Beziehung beendet. Ich hab' genug von diesem Blödsinn.«

»Wie du meinst.« Lisa küßte Ben auf den Hals. »Du hast alles unter Kontrolle.«

DANKSAGUNG

Ich möchte den folgenden Menschen dafür danken, daß sie an diesem Buch und daher auch an meinem Leben teilgenommen haben: Jill Kneerim, meiner Agentin, für ihren Glauben an meine schriftstellerischen Fähigkeiten. In den vergangenen vier Jahren war sie meine Lektorin und Vertraute, hat mich aufgemuntert und beraten. Vor allem aber war sie mir eine wahre Freundin. Mit scharfsinniger (und manchmal vorausschauender) Einsicht und einem Gefühl für die nötige Bodenhaftung hat sie mir eine Beziehung geboten, für die ich aus tiefstem Herzen dankbar bin. Hätte sie nie über die Eigenheiten von Männerfreundschaften gelacht, wäre dieses Buch nicht entstanden. Elaine Rogers danke ich dafür, daß ihr Geschäftssinn die Kugel ins Rollen brachte – allein dafür stehe ich für immer in ihrer Schuld. Sandy Missakian hat mir mit ihrem Humor und ihrer beharrlichen Verhandlungsgabe das Leben wesentlich erleichtert. Sharon Silva-Lamberson hat viel mehr als ihre Pflicht getan und soviel in die Wege geleitet, indem sie Gefallen daran fand (danke, Sharon). Ike Williams und allen Mitarbeitern von Palmer and Dodge danke ich für ihre Unterstützung, Neil Stearns und seinen Kollegen bei der Dick Clark Film Group für ihren Mut, ihren Einsatz und ihre Hingabe. Neil, du und dein Team waren die ersten, die mir eine Chance gegeben haben. Das werde ich dir nie vergessen.

Ich möchte meinen Eltern danken, die mir immer unendlich viel Liebe entgegenbrachten und mir unwissentlich viele Jahre lang interessantes Material lieferten, meiner Schwester Bari für ihre beständige Unterstützung, Ethan Kline und Noah Kuttler, die diesem Buch und all seinen Details unglaublich viel Zeit und Energie gewidmet haben, Matt Oshinsky, Joel Rose, Chris Weiss und Judd Winick für ihre unermüdliche Hilfe und ihre Freundschaft, Professor Kellis Parker für seine universelle juristische Perspektive und seine stete Hilfsbereitschaft. Kathy Bradley danke ich für ihre Unterstützung bei der Vorbereitung und dafür, daß sie mir so viele lebendige Details vermittelt hat, Chris Vasil für sein scharfes Auge und seine Großzügigkeit. Dank auch an alle anderen Familienmitglieder und Freunde, deren Namen diese Seiten füllen.

Mein abschließender Dank gilt allen Mitarbeitern von Rob Weisbach Books und William Morrow: Bill Wright für seinen unglaublichen Enthusiasmus, Jackie Deval, Michael Murphy, Lisa Queen und Sharyn Rosenblum für ihre grenzenlose Energie und ihre unschätzbare Unterstützung, Colin Dickerman für seine Vorschläge, David Szanto für seine Bemerkungen zum Manuskript und für seine Hilfe bei allem, was an ihn herangetragen wurde, und all den anderen großartigen Menschen bei Weisbach/Morrow, die dazu beigetragen haben, daß dieses Buch verwirklicht werden konnte. Unglaublich viel Dank schulde ich schließlich meinem Lektor und Verleger, Rob Weisbach. Rob ist ein Mensch mit echtem Weitblick und ein perfekter Lektor, dessen Engagement für seine Autoren nicht hoch genug geschätzt werden kann. Es ist mir eine Ehre, zu seinem neuen Verlag zu gehören; noch stolzer bin ich aber, ihn zu meinen Freunden zählen zu können. Rob, ich werde dir nie genug für alles danken können, was du für mich getan hast: Neben deinem grenzenlosen Enthusiasmus hast du mir auch deine Zuversicht geschenkt.